현대문학 교수 350명이 뽑은

2015 올해의 문제소설

한국현대소설학회 엮음

2015 올해의
문제소설

초판 인쇄 · 2015년 2월 15일 | 초판 발행 · 2015년 2월 23일
3쇄 인쇄 · 2015년 3월 20일 | 3쇄 발행 · 2015년 3월 30일

엮은이 · 한국현대소설학회
펴낸이 · 한봉숙
펴낸곳 · 푸른사상
주간 · 맹문재 | 편집 · 지순이, 김선도 | 교정 · 김수란

등록 · 1999년 7월 8일 제2-2876호
주소 · 서울시 중구 충무로 29(초동) 아시아미디어타워 502호
대표전화 · 02) 2268-8706(7) | 팩시밀리 · 02) 2268-8708
이메일 · prun21c@hanmail.net / prunsasang@naver.com
홈페이지 · http://www.prun21c.com

ISBN 979-11-308-0327-2 03810

값 15,000원

이 도서의 국립중앙도서관 출판예정도서목록(CIP)은 서지정보유통지원시스템 홈페이지(http://seoji.nl.go.kr)와 국가자료공동목록시스템(http://www.nl.go.kr/kolisnet)에서 이용하실 수 있습니다. (CIP제어번호 : CIP2015003992)

2015 올해의
문제소설

한국현대소설학회 엮음

머리말

『2015 올해의 문제소설』을 발간하며

전국의 대학에서 현대소설을 연구하고 가르치는 교수들이 주축이 된 '한국현대소설학회'에서는, 매년 문예지에 발표된 소설을 대상으로 전문 연구자의 시각에서 한 해 동안의 문제작을 선정하고 그 의미를 새롭게 조명하며 『올해의 문제소설』을 발간해왔다.

『2015 올해의 문제소설』은 2013년 겨울부터 1년 동안 문예지에 발표된 중 · 단편 소설 중 가장 주목할 만한 작품들을 선별하여 엮었다. 여러 차례의 학회 세미나와 토론을 통해 기성의 명성이나 기존의 평가에 얽매이지 않고, 한국 소설문학의 오늘과 내일을 가늠할 수 있는 '문학성'과 '문제성'을 지닌 작품을 선정하고자 했다. 최종 선정된 12편의 작품은 다음과 같다.

1. 권여선, 「카메라」, 『현대문학』, 2013. 12.
2. 백민석, 「비와 사무라이」, 『세계의 문학』, 2014. 여름.
3. 안보윤, 「나선의 방향」, 『문학사상』, 2013. 12.
4. 이장욱, 「기린이 아닌 모든 것에 대한 이야기」, 『창작과 비평』, 2013. 겨울.
5. 임철우, 「흔적」, 『문예중앙』, 2014. 봄.
6. 정용준, 「개들」, 『문학사상』, 2014. 5.
7. 정이현, 「영영, 여름」, 『문학동네』, 2014. 여름.

8. 조해진, 「번역의 시작」, 『현대문학』, 2014. 7.

9. 최수철, 「거제, 포로들의 춤」, 『문학과 사회』, 2014. 여름.

10. 최은미, 「근린」, 『창작과 비평』, 2014. 봄.

11. 최은영, 「한지와 영주」, 『작가세계』, 2014. 여름.

12. 하성란, 「개를 데리고 다니는 여인」, 『한국문학』, 2014. 봄.

— 작가명 가나다순

위 작품들은 우리 삶과 사회에 대한 진지한 탐색을 보여주고 있다. 체제에서 가장 취약한 이들이 희생자로 겨냥되고 파멸되는 우리의 삶이 가진 부조리와 비정함에 대한 냉정한 직시를 담담하게 기술하기도 하고(「근린」), 현대인의 삶에 나타나는 분열증, 삶과 죽음에 관한 이야기를 통해 역사적 사실이 현대 의식과의 대화를 통해 탄생되는 모습(「거제, 포로들의 춤」)을 그릴 뿐만 아니라 언어적 형용으로 진실을 포장하기보다는 구체적인 관계 속에서 진실을 향해 노력하는 소통의 중요성을 역설하기도 한다(「기린이 아닌 모든 것에 대한 이야기」). 일제 식민지 이후 발전된 현실이라는 것은 더디고 느린 상상일 뿐(「개들」)이라는 지적은 뼈아프게 다가온다.

작가적 글쓰기에 대한 탐구가 돋보이는 작품들도 주목된다. 사라진 사람들의 표현되지 못한 감정을 글로 번역하며 꿈을 꾸고 감각을 닦아나가는 존재로서 작가를 지목하고 있는가 하면(「번역의 시작」), 현실의 자아, 현실의 언어가 안고 살아가야 하는 문제들을 소설적 자아와 소설적 언어로 해결할 수 있으리라는 메시지(「비와 사무라이」)를 던지기도 한다.

더 나아가 삶에 대한 근원적 성찰을 하고자 하는 진지한 노력이 엿보이는 작품들도 있다. 한 젊은이의 우연적이고도 비극적인 죽음을 통해 유쾌하고 능동적인 삶(「카메라」)을 그리거나, 죽음의 순간에 대비될 때 인생의 의미가 더욱 극적으로 드러나듯 죽음을 묘사하는 것으로 삶의 문제를 천착(「흔적」)

하기도 한다. 우리가 쓸모없는 실존으로 격하한 데에서 진정한 실존 가능성을 제시(「개를 데리고 다니는 여인」)하기도 하고, 시간은 흐르고 사람은 떠나듯 결국 우리는 다시 혼자가 된다는 사실을 받아들여야 한다고 이야기하기도 한다(「한지와 영주」). 결국 혼자일 수밖에 없는 이 세상에서 타자를 발견하게 해주고 그 타자를 통해 결국 나와 마주하게 되는 기적(「영영, 여름」)과 생의 덧없음이라는 보편적 주제(「나선의 방향」)는 우리의 삶을 그려낸 아름다운 서사시일 것이다.

문제작들을 이러한 주요 특징들을 전문적인 소설 연구자들로 구성된 우리 학회의 특성을 살려 소설 이론을 이루는 여러 요소들을 중심으로 분석하되, 자유로운 시각과 해석 방법이 드러나도록 하였다. 구성, 기법, 시점, 인물, 주제, 플롯, 화자 등과 같은 소설의 핵심 개념들을 바탕으로 한 작품론은 올해의 문제작들을 이해하는 데에 길라잡이가 될 것이라 기대한다. 또한 대학 현장과 문단에서 활약하고 있는 필진들의 해설은 좋은 작품을 쉽게 이해할 수 있도록 도울 것이다. 『2015 올해의 문제소설』을 통해 우리 소설뿐만 아니라 우리 삶, 우리 사회의 오늘과 내일을 점검하고 그 이해의 깊이와 폭을 더하게 되길 바란다.

2015년 2월

한국현대소설학회
『2015 올해의 문제소설』 기획위원회

차 례

2015 올해의 문제소설

카메라

2015 올해의 문제소설

권여선

—

1996년 장편소설 『푸르른 틈새』로 등단
단편집 『처녀치마』 『분홍 리본의 시절』
『내 정원의 붉은 열매』 『비자나무숲』
장편소설 『푸르른 틈새』 『레가토』 『토우의 집』 등

그 일은 어쩌면 10년 전에 지자체의 책임자가 그 길을 다시 포장하면서 아스팔트 대신 돌길을 깔기로 결정했기 때문일 수도 있다. 하지만 그보다는 2년 전에 문정이 관주에게 사진을 찍고 싶다고 말했기 때문일 가능성이 더 크다. 정확히 말하면 1년 9개월 3일 전이다. 그들이 마지막으로 만난 게 1년 7개월 24일 전인데, 문정은 그보다 39일 전에 그 얘기를 했다. 지나가는 말로 해본 소리였다.

사진을 배워서 찍고 싶어.

그럼 찍어요, 하고 관주가 말했다. 내가 카메라 좋은 걸로 하나 사줄게요. 우리 같이 배워서 찍어요. 그 말에 문정은 어림없다는 표정을 지었다. 카메라 값이 얼마나 어마어마한데. 그가 그녀의 어깨를 가볍게 두드렸다. 이 갈지 마세요, 문정 씨. 그의 말대로 그녀는 어느 새 턱을 내밀고 앞니를 좌우로 천천히 갈아대고 있었다. 다음 학기엔 조교가 될 거고, 그럼 월급도 받게 될 거니까. 교육공무원이라서 교사 월급만큼 나온대요. 어마어마하죠?

그러나 관주가 조교가 되고 어마어마한 월급을 받기 전에 그들은 헤어졌다. 오늘 오후에 문정은 그때 그에게서 받았어야 할 카메라를 택배로 받았다. 관희가 보내준 것이다. 도대체 관희는 지난주 목요일 언제쯤, 자신의 어떤 얘기에서 관주와의 관계를 눈치챈 걸까. 그리고 왜 끝까지 알은체를 하지 않았던 걸까. 그러나 그런 건 이제 하나도 중요하지 않다.

지난주 수요일에 박 아나가 전화를 걸어 목요일 모임이 저녁이 아니라 점심때라고 알려주었다. 시험이 얼마 남지 않아 갈까 말까 망설이던 문정은 가겠다고 했다. 점심 먹고 자리를 옮겨 차를 마신다고 해도 두세 시간이면 충분할 것이다.

"관희 씨도 온댔어요."

박 아나가 생각난 듯 말했다.

"한동안 안 나왔잖아요?"

문정이 놀라서 물었다.

"그러니까요. 그동안 어떻게 지냈나 몰라."

박 아나는 하나도 궁금하지 않다는 투로 말하고 전화를 끊었다. 아나운서들의 공통점은 직접 듣는 것보다 기계장치를 통해 듣는 목소리가 더 좋다는 점이었다. 관희 씨를 보겠구나, 생각하니 문정은 기분이 묘했다. 헤어진 애인의 누나, 하지만 그쪽은 전혀 그런 줄도 모르는.

폐지된 지 2년이 넘은 라디오 프로그램의 팀원들이 이렇게 오랫동안 만나오는 일은 흔치 않았다. 목요일의 모임은 그 당시 프로그램을 진행했던 남자 뮤지션과 낭독자였던 박 아나가 결혼을 앞두고 마련한 것이었다. 어쩌면 이 모임이 지금껏 지속되었던 건 그들 커플 때문이었는지 모른다. 당시 팀원으로는 그들 외에 장 PD와 구성작가였던 문정, 그리고 관희가 있었다. 관희가 하는 일은 특별히 정해져 있지 않았다. 그녀는 음료와 간식을 챙기고 게스트를 스튜디오로 안내하고 서류를 작성하고 주차권을 발급하는 등의 허드렛일을 했다. 프로그램이 폐지된 후 관희와 문정은 다른 프로그램에 투입되지 못했다. 관희는 모임 초창기에만 잠깐 나오다 언제부턴가 나오지 않았는데, 박 아나의 말로는 전화를 해도 받지 않고 문자를 해도 답장이 없거나 짧게 불참을 통보하는 식이라고 했다. 같이 일할 땐 몰랐는데 괜히 기분 나빠, 하고 박 아나는 물방울이 통통 튀는 듯한 목소리로 투덜거리곤 했다.

목요일의 모임은 문정의 예상보다 훨씬 일찍 끝났다. 강남에 있는 파스타

집에서 만나 점심을 먹고 자리도 옮기지 않은 채 앉은 자리에서 후식으로 제공되는 커피를 마셨다. 결혼을 앞둔 커플에게서 둘이 교제하게 된 계기와 과정을 간단히 듣고 청첩장을 받는 걸로 끝이었다. 예비 신랑신부는 결혼 준비로 눈코 뜰 새 없이 바쁜지 서둘러 주차장으로 내려갔고, 장 PD도 급한 약속이 있다며 택시를 타고 가버렸다.

오후 2시가 조금 넘은 시간에 문정과 관희만 강남 대로변에 우두커니 남았다. 하늘은 맑고 가을볕은 바삭했다. 길가의 가로수는 도토리 빛깔로 물들어 있었다. 문정이 어디서 차라도 한잔 더 마시고 가자고 얘기하려는데 관희가 말했다.

"어디로 가세요? 나는 전철 타고 갈 건데."

"나도 전철 탈 거예요."

"아, 네."

관희의 태도가 왠지 무성의해 보여 문정은 차 마시자는 얘기를 꺼내지 않았다. 관희는 점심을 먹을 때도 억지로 끌려나온 듯 말없이 앉아 있더니 청첩장을 받고는 미안한데 난 못 가겠네요, 하고 말해서 분위기를 서먹하게 만들었다. 그럴 거면 왜 나왔지, 하는 얼굴들이었다.

그들은 전철역을 향해 걸었다. 역 개찰구를 통과하고 나서 관희가 문정에게 어디서 내리느냐고 물었다. 문정이 내릴 역을 말하자 관희가 걸음을 멈추었다.

"네?"

문정은 자신이 내릴 역을 한 번 더 말해주었다. 관희는 낮은 목소리로 그 역의 이름을 되뇌었다. 잘 모르는 역인가 싶어 문정은 이전 역과 다음 역의 이름도 말해주었다.

"알아요, 거기."

이렇게 말하고 관희는 무거운 걸음을 떼놓았다. 문정도 예의상 관희에게 어디서 내리느냐고 물어보았다.

"네?"

관희가 얼빠진 얼굴로 물었다.

"어디서 내리냐고요."

"아, 저는 거기서 한참 지나서 내려요."

무슨 대답이 이런가 싶었지만 문정은 더 묻지 않았다. 박 아나의 말대로 같이 일할 때는 몰랐는데 괜히 기분이 나빠지려고 했다.

관희는 전철을 타고 가는 내내 컴컴한 유리창만 바라보고 있었다. 내릴 역이 가까워서 문정이 잘 가라고 인사를 하자 관희는 어리둥절한 표정이 되었다. 문정이 옆에 있었다는 사실마저 까맣게 잊은 모양이었다. 문정은 몸을 돌려 내리는 사람들 뒤에 붙어 섰고 열차가 멈추자 내렸다. 관희가 자신을 보고 있지 않을 것 같아 문정도 돌아보지 않았다.

전철이 떠나는 굉음이 울리고 잠시 뒤에 문정은 누군가 자기를 부르는 소리를 들었다. 설마하고 돌아보니 관희였다.

"왜 여기서 내렸어요?"

"그게……."

관희는 머뭇거렸다.

"이 동네에 볼일 있어요?"

"그건 아니에요."

"그럼 왜요?"

"그러니까 잘 모르겠어요."

문정은 관희의 작은 눈을 유심히 들여다보았다. 일단 겉으로 보기에 눈이 확 풀렸거나 광기에 번득이거나 하는 건 아니었다. 문정이 뭘 의심하는지 알아차린 관희가 희미하게 웃었다.

"나 아직은 안 미쳤어요."

문정도 싱겁게 웃었다.

"문정 씨, 나하고 술 한잔 안 할래요?"

문정이 놀라 술이요, 하고 되묻자, 관희는 혼자 마시기가 무서워서요, 했다.

"왜요?"

"그냥 이 동네가요."

관희는 막막한 얼굴로 주변을 돌아보았다. 그저 평범한 전철역일 뿐이었다.

"이 동네가 왜요?"

"아는 술집도 없고."

문정은 짓궂은 마음이 되었다.

"그럼 내가 괜찮은 술집 알려줄까요? 치킨도 잘하고 맥주도 맛있는 데로?"

"그게 아니라요."

관희는 빚을 얻으러 온 사람처럼 양손을 번갈아 만지며 땀을 닦는 동작을 했다.

"내가 살게요, 문정 씨. 마시기 싫으면 잠깐만이라도 같이 앉아 있어줘요. 내가 이 동네 어딜 가봐야 하는데, 아니, 안 갈지도 모르고, 가보고 싶기도 하고, 어떻게 해야 할지 몰라서 그래요. 잠깐만 같이 있어줘요, 문정 씨."

이 동네에 볼일이 없다면서요, 하려다 문정은 그만두었다.

관희가 아무거나 괜찮다고 해서 문정은 골뱅이무침과 생맥주를 시켰다. 치킨을 아주 잘하는 집이었지만 점심을 먹은 지가 얼마 안 되었고, 관주가 이 집 치킨을 좋아했다는 생각이 문정의 마음을 쓸쓸하게 했다.

"이 동네에서 쭉 살았어요?"

관희가 물었다.

"3년 좀 넘었어요."

문정이 말했다.

"몰랐어요."

"우리, 그렇게까지 친하진 않았나 보죠."

"그랬던가요?"

이렇게 말하고 관희는 웃는 시늉을 했다. 작은 눈, 작은 코, 작은 입에 광대뼈가 조금 도드라져 작은 언덕 사이에 있는 작은 마을 같은 느낌을 주는 얼굴이었다.

골뱅이무침과 생맥주가 왔다. 그들은 잔을 부딪치고 맥주를 마셨다. 문정은 그동안 자신이 맥주를 무척 마시고 싶어 했다는 걸 깨달았다. 관희가 양손에 포크를 쥐고 골뱅이무침과 국수를 섞기 시작했다. 예전에도 술자리에서 수저를 챙기고 음식을 나누고 계산을 처리하는 일은 관희가 다 맡아 했다. 문정이 업무도 끝났는데 제발 그러지 말라고 해도, 괜찮다면서, 그냥 하던 사람이 하는 게 편해요, 했다. 문정이 요즘 무슨 일을 하느냐고 묻자 관희는 원룸텔을 관리하는 총무 일을 한다고 했다. 관희가 무슨 일을 하느냐고 물어서 문정은 임용고시를 준비한다고 대답했다. 붙기만 하면 당신 동생만큼이나 어마어마한 월급을 받게 될 거라는 말은 하지 않았다.

"그 시험이 그렇게 어렵다는데."

관희가 포크를 내려놓으며 말했다.

"시험이 다 어렵죠."

"맞아요."

탁자 왼편에 가을 오후의 햇살이 널찍한 직사각형의 넓이로 펼쳐져 있었다. 맥주잔에 햇살이 비치면서 거품이 눈부시게 반짝였고, 골뱅이무침 접시에서 짙푸른 오이 껍질이 싱그럽게 빛났다. 같이 라디오 프로그램 일을 하던 2년 전만 해도 문정은 스물여덟이었고 관희는 스물아홉이었다. 관희와 두 살 터울인 관주는 스물일곱이었을 것이다. 아직도 20대인 사람은 그밖에 없구나,

하고 문정은 생각했다. 유리창 밖에 노란 소국이 모래시계처럼 생긴 허리가 잘록한 화분 위에 반원형으로 소담스레 피어 있었다.

문정이 포크로 빨갛게 무쳐진 국수 가락을 말아 올리는데 관희가 불쑥 말했다.

"나는 급속도로 나쁜 사람이 되어가고 있어요."

문정이 가볍게 대꾸했다.

"누구나 나빠져요."

"그럴까요?"

문정은 국수를 호로록 빨아들이고 말했다.

"나이가 드니까요."

"그런 거 아닌 거 알면서. 문정 씨도 느꼈을 거면서."

국수를 씹다 말고 문정이 물었다.

"내가 뭘……?"

관희는 문정의 말을 가로막고 뜬금없는 얘기를 꺼냈다.

"우리 원룸텔 현관문 번호가 3366#이에요."

관희는 치통을 앓는 사람처럼 얼굴 한쪽을 찌푸린 채 말했다.

"이렇게 간단한 조합인데도 한 번도 제대로 누르고 들어오지 못하는 남자가 있어요. 외국인인데 불법체류자 같아요. 매번 삑삑 에러를 내요. 어떤 땐 두 번, 어떤 땐 세 번 만에 겨우 들어오고 안 그러면 내가 열어줘야 해요. 언젠가는 몇 번 만에 겨우 들어오면서 3366이 어쩌고 해요. 그래서 뭐라는 거냐고 물었더니 번호는 잘 눌렀는데 이번엔 샵 대신 별을 눌렀다는 거예요. 그래서 내가 문 모양을 생각하라고 했어요. 문 모양이 별보다는 샵하고 더 비슷하잖아요?"

문정은 고개를 끄덕였다.

"그러네요."

"그런데도 또 별을 눌러요. 그럴 때마다 문 모양을 생각하라고 얘기해주는데도 그냥 흐흐 웃고 그만이에요."

"머리가 지독히 나쁜 남잔가 봐요."

"모르겠어요! 모르겠어요! 모르겠어요!"

관희가 고개를 마구 내저었다. 문정은 그런 돌발적인 행동에서 관희의 상태가 정말 좋지 않다는 걸 느꼈다. 관희는 맥주를 마시더니 또 다른 얘기를 시작했다.

"뉴스에도 잠깐 나온 얘긴데요, 이런 일이 있었대요. 어떤 사람이 밤에 길을 가는데 어떤 사람이 골목에서 뭘 하고 있더래요. 그래서 이 사람이 그 사람을 카메라로 찍었대요."

문정은 관희의 어수선한 얘기를 잘 알아들을 수가 없었다. 도대체 누가 누구를 찍었다는 건지 이해가 되지 않았다. 절이나 고시원 같은 곳에 혼자 오래 틀어박혀 지낸 사람들이 그렇듯, 문정은 혹시 관희 씨가 문제인 게 아니라 내가 계속 어떤 소통에 실패하고 있는 건가, 생각했다.

"골목에 있던 사람이 나와서 자기를 찍었냐고 물었대요. 이 사람은 안 찍었다고 했대요. 그 사람이 자기 찍는 소리 들었다면서 빨리 지우라고 했대요. 이 사람은 정말 안 찍었다고 하고 그냥 길을 갔대요."

관희는 맥주를 마시고 나서 누가 훼방이라도 놓을까 두려운 듯 빠르게 말을 이었다.

"그 사람이 골목에서 단단한 걸 갖고 나와서 이 사람 등을 후려쳤대요. 이 사람이 쓰러지니까 카메라를 빼앗아 갔대요."

"세상 무섭네요."

문정이 대꾸했다.

"그 사람도 불법체류자였대요. 그래서 그랬대요. 사진 찍혀서 붙잡혀 갈까 봐. 모자도 쓰고 있었으면서."

관희는 맥주를 마시고 잠시 숨을 고르더니 차분한 목소리로 말했다.

"총무니까 나는 방 열쇠를 다 갖고 있어요."

어느 정도 얘기에 집중하게 된 문정이 긴장하여 귀를 기울였다.

"어느 날 불법체류자들 방에 몰래 들어가서 냉장고 문을 열고 음료수에 약을 타는 상상을 해요. 무슨 약을 탈지, 그 약을 어디서 구할지, 그런 건 모르겠는데 아무튼 약을 타는 거예요."

"……관희 씨."

"그 생각이 너무 간절해서 밤에 잠도 안 와요."

문정은 자기도 모르게 물었다.

"동생은요?"

관희는 그 말을 못 들은 체했다.

"여기저기 불법체류자들 천지예요. 우리 원룸텔에도 그런 인간들이 득시글거려요."

문정은 득시글거린다는 말에 살짝 소름이 끼쳤다.

"다음 달에 이 일을 그만둘 거예요. 이사도 갈 거고요. 이러다간 내가 미치고 말겠어요."

"관희 씨."

"왜요?"

관희가 포크로 샐러드를 뒤적였다.

"동생하고 같이 안 살아요?"

"동생이요?"

관희는 악몽에서 깬 사람처럼 뚱한 얼굴로 문정을 노려보았다.

"남동생이요. 요즘은 관희 씨하고 같이 안 살아요? 결혼했나요?"

관희가 샐러드를 뒤적이던 포크를 내려놓았다. 내려놓은 포크 끝에 묻은 드레싱이 당근 빛으로 반짝였다.

"문정 씨."

문정은 어색하게 팔을 문지르며 관희를 보았다. 관희는 화가 난 것 같기도 하고 어디가 아픈 것 같기도 했다. 문정은 관희의 입에서 그가 결혼했다는 얘기가 흘러나와도 침착하리라 다짐했다.

"예전에 내가 문정 씨한테 내 동생 얘기한 적 있어요?"

"네?"

"우리, 그렇게까지 친하진 않았다면서요? 나 아무한테나 동생 얘기 안 하는 사람이에요. 그런데 내가 문정 씨한테 동생 얘기 한 적 있냐고요."

"한 번 봤잖아요."

문정이 말했다.

"네? 누구를요? 우리 관주를요? 문정 씨가요?"

관희가 정말 깜짝 놀란 것 같아 문정도 깜짝 놀랐다.

"기억 안 나요?"

"뭐가요?"

"개편 때 우리 프로 없어질 거라고, 어디서 장 PD가 얘기 듣고 온 날요."

"그날 뭐요?"

"다들 분개해서 술 마시다 2차 끝나고 가고 우리 둘만 남았잖아요. 오늘처럼."

관희는 생각이 날 듯 말 듯한 얼굴로 문정의 말을 듣고 있었다.

"관희 씨가 나보고 한잔만 더 하자고 해서. 그러고 보니까 오늘도 관희 씨가 먼저 한잔하자고 했네요."

"그래서요?"

"그래서 우리 둘이 곱창집 갔잖아요?"

"아, 생각났어요."

관희가 환하게 웃었다. 예전에는 이렇게 잘 웃던 여자였는데, 하고 문정은 생각했다.

"맞아요. 되게 추운 날이었죠? 우리 둘이 어딘가 더 가긴 갔었는데 거기가 곱창집이었구나."

"또……."

문정은 잠시 망설였다. 관희가 흥미를 느낀 듯 재촉했다.

"또 뭐요?"

"그날이 관희 씨 동생 제대하던 날이었잖아요?"

관희의 표정이 굳었다.

"관희 씨가 그거 까먹고 많이 취했잖아요? 그래서 남동생이 데리러 왔었잖아요?"

관희는 멍한 얼굴로 앉아 있다가 갑자기 탁자 쪽으로 몸을 숙이고 손으로 눈가를 짚었다. 탁자 왼편의 햇살은 어느새 반짝이는 얇은 끈의 두께로 줄어 있었다. 문정은 여기까지만 얘기하자고 생각했다. 그 후에 그와 더 만난 건 얘기하지 말자고 생각했다. 어차피 헤어졌으니까.

문정은 그를 관주야, 하고 불렀고, 그는 처음엔 누나라고 하다 세 번째 만났을 때부터는 문정 씨라고 불렀다. 문정이 말하지 말라고 했고 그도 동의했으므로 관희는 둘의 교제를 알지 못했다. 굳이 숨길 이유는 없었는데, 그때는 아직 때가 아니다 하는 생각이었다. 같이 일했던 동료의 동생, 또는 누나와 같이 일했던 동료와 사귄다는 게 좀 계면쩍었고, 사귄 지 얼마 되지 않아서 그랬다. 계속 만났더라면 그들은 관희에게 말했을 것이다.

그들이 마지막으로 만난 곳은 영화관이었다. 그러니 그들이 헤어진 곳도 영화관이었다. 1년 7개월 24일 전, 그들은 복합쇼핑몰 옥상 주차장에 나란히 서서 옥상 난간 너머로 펼쳐진 검게 휘어진 철도와 상가의 불빛들을 바라보았다. 그는 관희가 사준 봄 점퍼를 입고 있었는데 짙은 갈색에 부직포 모양의 가는 골이 들어간 고급 점퍼였다.

문정이 옥상 화단에 걸터앉자 그가 점퍼를 벗어서 건넸다.

깔고 앉아요.

됐어. 괜찮아.

깔고 앉으라니까요.

그가 점퍼를 그녀 손에 쥐어주었다.

됐어, 정말.

그녀는 점퍼를 그의 팔에 도로 얹었다.

깔고 앉아요. 바지 더러워져요.

그가 점퍼를 그녀 옆자리에 깔았다. 그녀가 얼른 점퍼를 집어 탁탁 털어 그에게 주었다.

점퍼 더러워지잖아!

그녀는 화단에 앉은 채로 그는 선 채로, 그들은 말없이 담배를 피웠다. 그가 담배를 끄고 점퍼를 입으면서 말했다.

문정 씨, 참 고집 세다.

그러는 너는, 이라고 말하려다 문정은 그만두었다.

그들은 영화를 보러 들어갔고 영화를 보는 내내 아무 말도 하지 않았다. 영화를 보고 나와서 담배를 피우면서도 한마디도 하지 않았다. 그들은 말없이 몸짓만으로 헤어지는 인사를 나누었다. 그게 끝이었다. 문정도 연락하지 않았고 그에게서도 연락이 오지 않았다. 그는 그녀의 청바지를 더럽히지 않으려 했고, 그녀는 관희가 사준 새 점퍼를 더럽히지 않으려 했다. 그뿐이었다. 가슴 떨리게 시작된 그들의 연애는 두 달도 못 되어 그토록 사소하게 끝이 났다.

그 후 문정은 앞니를 가는 버릇을 고치려고 노력했다. 이를 갈 때마다 이 갈지 마세요 문정 씨, 하는 목소리가 들려오는 듯했고, 그럴 때마다 또 자신이 그를 기다리고 있는 것 같았다. 두 달 뒤에 병원에 다녀오고 나서 그 버릇은 싹 없어졌다.

관희가 고개를 들고 가라앉은 목소리로 말했다.

"우리 관주를 한 번 봤었군요."

"네. 한 번 봤었죠."

문정은 한 번, 에 힘을 주어 말했다.

"그날 내가 우리 관주 제대하는 것도 잊어버릴 만큼 술을 퍼마셨네요."

관희는 양손으로 맥주잔을 쥐고 물끄러미 들여다보았다.

"난 그때 우리 팀이 참 좋았어요. 장 PD님도 좋았지만 문정 씨가 제일 좋았어요. 오늘도 사실 문정 씨 보러 나온 건데."

"그랬어요?"

문정은 공연히 슬퍼졌다. 부디 관희 씨가 더 나빠지지 않았으면 하고 바라는 마음이었다.

"적절하게 대접받는다는 느낌. 그런 거 문정 씨한테 처음 느꼈어요. 근데 문정 씨한테도 내가 우리 관주 얘기를 안 했네요."

"왜 안 했어요?"

관희는 잠시 생각하더니 말했다.

"비밀."

"아, 비밀이에요?"

문정은 관희가 얘기하기 싫다는 뜻으로 들었는데 아니었다.

"내 동생은 아무도 모르는 나만의 비밀이었어요."

"아, 그 비밀?"

"유치하죠?"

"하나도 안 유치해요."

"가만히 생각해보니까 그런 것만도 아니었어요."

"그럼요?"

관희가 짧게 한숨을 쉬었다.

"솔직히 말하면 옮을까 봐 그랬을 거예요."

"옮아요?"

"나한테 그런 동생이 있다는 걸 알면 사람들은 나하고 동생을 포개놓고 생각할 거 아니에요? 그러면 내 상황이나 조건이나 이런 게 동생한테 옮아갈 것 같았어요. 내 말 이해돼요?"

"아, 조금은요."

"그러니까 우리 관주는 나하고 달라도 너무 다른데, 같은 차원에서 포개져서 생각될까 봐. 그래서 병이 옮듯이 내 기운이 그 애한테 옮아갈까 봐. 미신 같은 생각이죠?"

"글쎄요."

문정은 조금 혼란스러워져서 물었다.

"관희 씨하고 동생하고 그렇게 다른가요?"

"다르죠. 달라요."

"뭐가 그렇게 달라요?"

"그 앤 믿을 수가 있으니까요."

"믿을 수가 있다?"

문정은 그 말에 조금 회의적이었다. 관주가 믿을 수 있는 사람인지 문정은 확신할 수 없었다.

"우리 관주가 대학은 좋은 델 못 갔어요."

관희는 이렇게 말하고 서글프게 웃었다.

"근데 대학 가면서 자기하고 약속을 했대요. 그때부터 얼마나 책을 읽어대던지, 도서관에서 잔뜩 대출해 가지고 와서 반납하기 전까지 다 읽어야 된다고 밤을 꼴딱 새우고. 사람이 어떻게 그렇게 미친 듯이 공부만 할 수 있을까요? 대학원 좋은 데로 가더니 더 열심히 하더군요. 자기가 많이 부족하다면서. 난 잘 모르지만 석사 논문도 잘 썼다고 칭찬받았대요."

"그랬을 거 같아요."

"문정 씨도 그런 것 느꼈구나. 문정 씨 보기에 우리 관주 어땠나요?"

문정은 처음 그를 보았을 때 어땠던가 생각해보았다.

"잘생긴 배 같았어요."

"배요? 먹는 배요?"

"아뇨. 바다에 떠가는 배요."

"돛단배 같은 거요?"

"네. 돛단배 같은 거요."

"왜요?"

"보기만 해도 기분 좋잖아요. 미끈하고 반듯하고 부드럽고."

"아, 정말 그래요. 미끈하고 반듯하고, 또?"

"부드럽고."

"부드럽고. 문정 씨는 우리 관주를 한 번 보고도 딱 알아봤군요."

막아두었던 봇물이 터진 듯 관희는 동생에 대해 자꾸 얘기하고 싶어했다.

"우리 관주는 군대 갈 때도 그랬고 휴가 나와서도 그랬고 공부 못해서 뒤처질까 봐 늘 불안해했어요. 근데 나는 하나도 걱정하지 않았어요. 그 애를 믿었으니까요. 난 나는 안 믿어요. 하지만 우리 관주는 믿었어요. 제대하고 복학하면서 바로 조교도 됐잖아요?"

"네, 그랬죠."

문정은 얼떨결에 이렇게 대꾸하고 멈칫하여 관희를 보았다. 다행히 관희는 그녀의 맞장구를 의례적인 것으로 받아들인 듯했다.

"조교 되는 게 그렇게 어렵다고 하더라고요. 월급도 교사만큼 받는다고 하고. 첫 월급 탔을 때 관주가 이번 달 것만 자기가 쓰면 안 되겠느냐고 묻더라고요. 그래서 다음 달 것도 계속 쓰라고 했어요. 난 무조건 그 앨 믿었으니까요. 근데 아니라고, 딱 첫 달만 자기가 쓰겠다고 하더군요."

"다음 달부터는 주던가요?"

관희가 씁쓸하게 웃었다.

"아니오."

"못된 동생이네요."

"못된 동생이죠. 그렇게 못됐을 줄은 몰랐어요."

믿을 수 있다더니요, 하고 물으려다 문정은 그만두었다. 관희의 눈가에 눈물이 맺혀 있었다. 남매 사이에 불화가 있었으리라는 짐작은 드는데, 그게 어떤 종류의 불화일지 문정은 알 듯도 모를 듯도 했다.

"그래도 우리 관주, 정말 열심히 살았던 애예요."

문정은 관희의 과거형 어법에 조금 화가 났다. 그건 지금은 열심히 안 산다는 뜻이었다.

"이제 관희 씨하고 같이 안 살죠?"

"이제 같이 안 살아요. 우리가 같이 산 게 관주 대학 들어가면서부터니까 10년 가까이 같이 살았네요."

관희가 생각났다는 듯 옆자리에 놓아둔 가방을 들어보였다.

"이거 우리 관주가 첫 월급으로 사준 거예요."

가죽으로 된 진갈색 가방이었다. 작년 봄에 관희가 사준 그의 점퍼 색깔과 비슷했다. 이 남매는 도토리 색을 좋아하는군, 하고 문정은 생각했다.

"그리고 자기 카메라를 샀어요."

"카메라요?"

그네를 탄 것처럼 문정의 눈앞이 흔들, 했다.

"좀 비싼 거였나 봐요. 친구하고 같이 사진 배워서 찍기로 했다고 그러더군요. 카메라 사 온 날 매뉴얼 읽고 기능 익히느라 방에서도 찍고 나가서도 찍고. 바람 나오는 고무공같이 생긴 게 있어요. 에어 블로어라고 하는 건데 그걸 렌즈에 대고 폭폭 누르면 먼지가 날아간대요. 그걸 얼마나 폭폭폭폭 눌러대던지. 융으로 된 천이 있어요. 그걸로 렌즈는 또 얼마나 정성껏 닦던지. 꼭 개구쟁이 소년이 갖고 싶던 장난감을 얻은 것 같았어요. 우리 관주가 그렇게 행복해하는 건 처음 봤어요. 근데 문정 씨 취했어요? 갑자기 얼굴이 빨개졌어요."

문정은 급히 자리에서 일어나 화장실에 다녀오겠다고 말했다. 화장실 거울에 비친 그녀의 얼굴은 몹시 빨갰다. 그녀는 한동안 숨을 쉴 수 없었다.

그들은 각자 500cc 다섯 잔째를 마시고 있었다. 면이 불어터진 골뱅이무침 접시를 치우고 새로 치킨을 시켰지만 아무도 손대지 않았다.

"아까 뉴스에 나왔다는 얘기 중에서요."

문정이 힘겹게 말을 꺼냈다.

"카메라 뺏긴 사람은 어떻게 됐어요?"

"알고 싶어요?"

"모르겠어요."

"알고 싶지 않으면 묻지 말아요."

"알고 싶어요."

관희가 문정을 빤히 바라보았다. 문정은 그토록 이상한 눈빛을 누구에게서도 본 적이 없었다. 작은 언덕이 있는 작은 마을에는 이제 아무도 살지 않아요, 하고 말하는 눈빛이었다. 그 텅 빈 마을의 버려진 창고처럼 적막하고 공허한 눈빛이었다.

"죽었어요."

관희의 말이 너무 간단해서 문정은 실감이 나지 않았다.

"왜요?"

"운이 나빴죠. 거기 길이 주먹만 한 돌을 박아놓은 돌길이었대요. 카메라를 안 놓치려고 꽉 쥐고 있다가 손으로 바닥을 못 짚고 그대로 넘어가면서 돌에 정통으로 머리를 찧었대요."

"돌길."

문정이 중얼거렸다.

"돌길."

관희가 중얼거렸다. 문정은 자신이 내릴 역의 이름을 되뇌던 관희의 낮은 목소리를 생각했다.

"불법체류자가 그 사람의 꽉 쥔 손가락을 하나하나 펴고 카메라를 빼앗아 갔대요. 벌벌 떨면서도요."

문정은 음식물 모형처럼 진한 갈색으로 굳어버린 닭튀김을 노려보았다. 이런 빛깔, 이런 빛깔 하고 생각했다. 이런 남매, 이런 남매, 도토리…… 만…… 했을…… 아이……. 어느 순간 문정의 상체가 풀썩 경련을 일으켰다.

"문정 씨는 남동생 없어요?"

관희가 물었다. 문정은 몸을 덜덜 떨면서 고개를 저었다.

"있었으면 이름이 뭐였을까요?"

문정은 관희의 말을 이해할 수 없었다.

"문기. 김문기."

관희가 비밀을 알려주듯 또박또박 말했다.

"우리 관주 휴대폰에 그런 친구가 있었어요."

문정은 탁자 위에 엎드렸다. 관희가 자리에서 일어났다. 문정은 관희가 가 버릴까 봐 무서웠지만 꼼짝도 하지 않았다. 이 동네에서 혼자 술 마시기가 무섭다고 한 관희의 말이 생각났다. 관희가 문정의 옆자리로 와서 그녀의 등에 손을 얹었다. 축축한 손이었다.

해는 이미 졌고 맥주집은 제법 북적이기 시작했다. 그들은 멍하니 마주 앉아 생각나면 잔을 들어 맥주를 마시고 말없이 화장실에 다녀오고 맥주가 떨어지면 맥주를 시켰다. 한번은 문정이 나가서 담배를 피우고 돌아왔다. 시간이 얼마나 되었는지 얼마나 마셨는지 둘 다 알지 못했다. 그들은 뭔가 꼭 해야 할 일을 미루느라 필사적으로 딴청을 피우는 사람들 같았다.

"우리 관주는 내가 누나인 게 부끄러웠을까요?"

관희가 혀 꼬부라진 소리로 물었다.

"그렇지 않았어요."

관희가 약간 나무라는 눈빛을 해서 문정은 말을 바꾸었다.

"그렇진 않았을 거예요."

"문정 씨 생각에도 그렇진 않았을 것 같죠?"

"네. 그렇진 않았을 것 같아요."

왠지 모르지만 관희는 아무것도 모르는 사람처럼, 아무 일도 겪지 않은 사람처럼 말하고 있었고, 문정에게도 그러기를 요구하는 듯했다. 잠시 뒤에 관희가 또 물었다.

"문기라는 친구도 괴로워했을까요?"

문정은 고개를 끄덕였다.

"휴대폰 번호도 못 바꿨을 거예요."

"그랬겠군요."

"이사도 못 갔을 거예요."

"그랬겠군요."

이 가는 버릇도 고치고, 까지 생각하다 문정은 생각을 그만두었다. 지금 이런 생각을 하는 건 위험했다.

"나는요, 문정 씨, 가난하고 못 배우고 생각 없는 사람들이 미워요. 3366#도 제대로 못 누르고, 문 모양이 샵인지 별인지도 모르는 사람들."

관희는 이렇게 말하고 픽 웃었다. 그들은 한참 동안 말없이 맥주만 마셨다. 관희가 문정을 쳐다보았다.

"눈이 많이 부었어요."

문정은 말없이 고개를 흔들었다.

"예전에 우리 관주가 술에 취해서 그랬어요. 누나는 나쁜 사람이 될 능력이 없는 사람이야, 하고. 꼭 착한 사람이어서가 아니라 악에 대해서 무능한 사람이야, 하고. 그땐 그게 무슨 말인지 잘 몰랐는데 이젠 알 것 같아요."

"나는 모르겠는데요."

문정은 젖은 냅킨을 꼬기작꼬기작 만지면서 말했다.

"내가 무능해서 그런지 몰라도,"

관희가 고개를 옆으로 늘어뜨렸다.

"나쁜 사람이 되는 건 참 힘이 드는 일이에요, 문정 씨."

취한 와중에도 문정은 관희가 고맙다는 생각이 들었다. 관희가 이런 빤한 연극을 고집하는 건 문정도 자기처럼 나빠질까 봐 그런 거였다. 비록 거짓이지만, 문정에게 한 뼘이라도 허구의 간격을 만들어주려는 거였다. 문정은 거절당할 줄 알면서도 물었다.

"언니라고 부르면 안 돼요?"

"안 돼요."

"왜요?"

"그건…… 안 좋아요."

누구한테요, 하고 물으려다 문정은 그만두었다.

그들은 비틀거리며 맥주집을 나왔고 약속한 듯이 돌길을 향해 걸어갔다. 멀리서 보면 돌길은 검은 줄이 그어진 잿빛 바둑판 같았다.

"누가 이런 길을 만들 생각을 했을까요?"

관희가 돌길에 발을 들여놓다 비틀거리며 말했다.

"동네에서도 원성이 자자한 길이에요."

문정이 관희의 팔꿈치를 잡았다.

"넘어지는 사람도 많겠어요."

"많죠. 여자들이 특히 싫어해요. 굽 높은 신발 신고 발목 삔 사람도 많고, 하이힐이 돌 사이에 껴서 굽이 부러진 경우도 있어요."

관희가 가로등을 지나 멈춰 섰다. 문정은 여기구나 생각했다. 유리그릇이 떨어져 비늘처럼 산산조각이 나는 느낌이었다.

"그 사람 가족들은 맨손으로라도 이 돌들을 몽땅 파내고 싶지 않았을까요? 손톱이 깨지고 손가락이 부러지더라도."

이렇게 말하고 관희는 울퉁불퉁한 돌길에 쪼그리고 앉아 포석 하나를 쓰다듬었다. 문정도 쪼그리고 앉았다. 포석의 표면은 거칠었고 핏자국 같은 것은 없었다. 관희가 그 위에 손을 얹었다. 문정도 그 위에 손을 포갰다.

"옮을까요?"

문정이 속삭이듯 물었다.

"옮지 않을 거예요."

관희가 말했다.

"옮았으면 좋겠어요."

"하지만 옮지 않아요."

그들은 오랫동안 그렇게 앉아 있었다. 세상의 모든 시간이 멈추고 그들 둘만 돛단배를 타고 캄캄한 강물에 실려 떠내려가는 것 같았다. 관희가 무릎 위에 얹힌 문정의 주먹 쥔 손을 살며시 펴주며 말했다.

"그렇게 꽉 쥐지 말아요, 문정 씨. 놓아야 살 수 있어요."

그러는 언니는, 하려다 문정은 그만두었다. 대신 턱을 내밀고 앞니를 천천히 갈면서 시장 쪽으로 통하는 좁은 골목을 들여다보았다.

그것은 어쩌면 10년 전에 지자체에서 그 길을 다시 포장하면서 돌길을 깔았기 때문일 수도 있지만, 그보다는 1년 9개월 3일 전에 문정이 지나가는 말로 사진을 찍고 싶다고 말했기 때문일 것이다. 삶에서 취소할 수 있는 건 단 한 가지도 없다. 지나가는 말이든 무심코 한 행동이든, 일단 튀어나온 이상 돌처럼 단단한 필연이 된다.

그날 관주는 기분이 좋았다. 돌길 오른쪽으로 꺾이는 골목 안은 어두웠다. 어둠 속에 종이 박스를 묶어놓은 더미들이 쌓여 있었다. 모자를 쓴 작은 체구의 남자가 허리를 구부리고 뭔가를 묶고 있었다. 그는 카메라 액정을 통해 그 모습을 들여다보았다. 프레임 속에서 남자가 움직일 때마다 누런 바지 주름이 어렴풋한 빛과 그늘의 윤곽선을 만들었다. 그는 무심코 셔터를 눌렀다. 그 소리에 남자가 돌아보았다. 모자 그늘에 가려 남자의 얼굴은 보이지 않았다. 돌출한 코끝과 둥근 턱 선이 안개 낀 밤바다에 뜬 돛단배처럼 흐릿했다. 남자는 어눌한 말투로 사진을 찍었느냐고 물었다. 그는 아니라고 했다. 남자가 지워, 지워, 했다. 그는 아니라며 손을 흔들고 돌아섰다.

남자가 가느다란 파이프를 쥐고 다가와 그의 등을 내리쳤다. 죽일 생각은 아니었고 그저 무서웠을 뿐이다. 남자는 덜덜 떨면서 그의 꽉 쥔 손에서 카메라를 빼냈다. 남자가 두리번거리며 돌아서는 모습이 돌길 오른편 가로등에 매달린 감시카메라에 소리 없이 찍혔다. 남자는 카메라를 팔기도 전에 붙잡혔다. 남자는 자기가 파이프로 내리친 사람이 죽었다는 걸 붙잡힌 후에야 알았다.

카메라는 돌고 돌아 오늘 오후에 문정에게 도착했다. 관희의 말대로 관주는 믿을 수 있는 사람이었다. 그가 작년에 어마어마한 돈을 주고 산 캐논 600D 카메라는 돌길의 포석만 한 크기이지만 무게는 그보다 훨씬 가볍다. 흔적도 없이 지워진 아이와 달리 카메라는 흠집 하나 없이 말짱하다. 메모리는 아무도 살지 않는 작은 마을의 버려진 헛간처럼 텅 비어 있다.

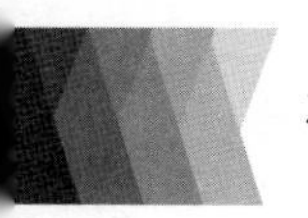

작품해설

이덕화 평택대학교 국어국문학과 교수

우연과 우연, 그 필연성의 미학

1. 우연과 우연

니체는 우주가 아무런 목적이 없다는 것을 역설하면서, 우연과 필연을 설명하고 있다. 우리는 우주 안에서 잘 놀기 위해서 그때그때 주어지는 사건을 우연적인 것으로 보는 것과 동시에 그것을 숙명적이고 필연적인 것으로 보아야 한다는 것이다. 즉 우연적인 것들은 필연적인 것으로서 모두 서로 연결되어 있다는 것이다.

니체의 우연과 필연의 관계를 미학적으로 드러내기 위한 작품인 듯, 「카메라」의 작품 구성은 우연적인 사건들의 조합에 의해서 필연적인 운명이 드러난다. 이 작품에서 진행되는 서사의 사건, 작품의 세 주요 인물의 만남에서부터 그중 한 명의 죽음에 이르기까지 모든 사건은 우연에 의해서 조합되어 있다. 이 작품에서의 서사의 중심은 관주라는 인물의 죽음이다. 인물의 죽음은 우연적인 만남에서부터 시작해서 우연적인 사건으로 끝난다.

이 작품에서 서사의 방향은 세 가지라 할 수 있다. 첫 번째는 2년 전 라디오의 한 프로그램의 팀원이었던 관희와 문정의 관계이다. 두 번째는 관희와 동생 관주의 관계이다. 세 번째는 문정과 관주의 관계이다. 이 세 사람은 만남도, 헤어짐도 우연의 연속 속에서 이루어진다.

우선 관희와 문정의 관계는 2년 전 라디오 프로그램의 같은 팀으로, 팀이 해체된 이후 만나지 않다 우연히 만나게 됨으로써 이야기가 다시 진행된다. 2년이 지나, 그것도 우연히 라디오 프로그램을 같이 한 팀원 중에 한 명이 결혼 청첩장을 돌리기 위해 만난 모임에서, 팀 해체 후 모임에 나타나지 않던 관희가 나타났다. 이 만남을 통해, 관희와 관주, 문정과의 관계가 선명하게 드러난다.

이 작품에서의 서사의 중심은 관주라는 인물의 죽음이다. 인물의 죽음은 우연적인 만남에서부터 시작된다. 2년 전 라디오 방송 프로그램 개편 때 관희와 문정이 소속된 프로그램이 없어진다는 소식에 다들 분개해 잔뜩 술을 마셨다. 관희는 그날 동생 관주가 군대 제대해서 돌아오는 날이라는 것도 잊고 만취했다. 결국 동생이 술집으로 관희를 찾아왔고, 그때는 이미 다른 팀원들은 다 돌아가고 관희와 문정만 남아 있었다. 그날 관주와 문정은 처음 만났고, 관희는 문정이 관주를 만났다는 사실을 기억하지 못할 정도로 만취한 상태였다. 이후 관주와 문정은 관희 몰래 두 달간 만남을 가졌고, 이 만남에서 문정이 관주에게 사진을 찍고 싶다고 말한 것이 관주의 죽음과 연결된다. 우연히 조그만 다툼으로 서로 연락하지 않고 지금까지 지내다, 1년 9개월 3일이 지난 시점에서 관희를 통해 관주의 소식을 듣게 된 것이다.

2. 우연의 조합으로서의 필연

관주는 대학교 조교로 발령이 나면서 교사 수준의 월급을 받게 되었고, 첫 월급으로 관희의 가방과 자신의 카메라를 샀다는 것이다. 카메라를 산 후 신이 난 관주는 친구와 같이 사진을 찍기로 했다며 여기저기 카메라 샷을 눌러대었다. 그러다 우연히 관주의 카메라 샷에 눌린 대상이 불법체류자였다. 자신을 신고할까 봐 놀란 불법체류자가 카메라를 뺏으려고 몸싸움이 일어났다. 그러던 중에 관주가 10년 전 지자체가 아스팔트 대신 돌을 깐 그 길에 넘어지면서 포석에 머리를 부딪혀 그만 죽게 된 것이다. 문정은 자신이 사진을 찍고 싶다고 한 것이 관주를 죽음으로 몰고 갔는지, 지자체가 아스팔트 대신 돌을 깔았기 때문에 죽음을 맞게 되었는지, 헷갈려한다.

> 그것은 어쩌면 10년 전에 지자체에서 그 길을 다시 포장하면서 돌길을 깔았기 때문일 수도 있지만, 그보다는 1년 9개월 3일 전에 문정이 지나가는 말로 사진을 찍고 싶다고 말했기 때문일 것이다. 삶에서 취소할 수 있는 건 단 한 가지도 없다. 지나가는 말이든 무심코 한 행동이든, 일단 튀어나온 이상 돌처럼 단단한 필연이 된다.(33쪽)

위의 서술자의 서술처럼, 작품에서 우연의 조합처럼 보이는 이 모든 파편적인 조각들이 하나의 필연과 연결되어 있다. 그것은 관희와 문정의 대화를 통해서 드러나는 관희의 불법체류자에 관한 짜증으로 드러난다.

> "어느 날 불법체류자들 방에 몰래 들어가서 냉장고 문을 열고 음료수에 약을 타는 상상을 해요. 무슨 약을 탈지, 그 약을 어디서 구할지, 그런 건 모르겠는데 아무튼 약을 타는 거예요."
> "……관희 씨."
> "그 생각이 너무 간절해서 밤에 잠도 안 와요."
> 문정은 자기도 모르게 물었다.
> "동생은요?"
> 관희는 그 말을 못 들은 체했다.
> "여기저기 불법체류자들 천지예요. 우리 원룸텔에도 그런 인간들이 득시글거려요."
> 문정은 득시글거린다는 말에 살짝 소름이 끼쳤다.
> "다음 달에 이 일을 그만둘 거예요. 이사도 갈 거고요. 이러다간 내가 미치고 말겠어요."(20쪽)

위의 인용문에서 보여주는 것처럼, 가족이라고는 하나밖에 없는, 자신과는 다르게 너무나 성실하게 살아가는, 전적으로 믿을 수 있는 동생이 불법체류자로 인해 죽음에 이르게 된 상황에서 불법체류자에 대한 무의식적인 반응이 신경질적으로 드러난다. 더군다나 피해의식이 많은 관희가 불법체류자가 많은 오피스텔 관리자로 일하면서 당하게 되는 여러 가지 에피소드를 통해 불법체류자에 대한 불신이 더욱 가중된다.

이 작품의 서사에서 우연처럼 집합되어 있는 여러 가지 에피소드가 인용문에서 서술한 필연인 죽음의 원인인 불법체류자와 연결되는 것은 현 우리의 현실을 반영하는 것이다. 『조선일보』 1월 15일자에 실린 불법체류자에 관한 기사는 이를 반증한다.

> 경찰청에 다르면 외국인 범죄자 수는 2008년 2만 623명에서 2012년 2만 6663명으로 늘어났고, 지난해의 경우 7월까지 집계된 숫자가 1만 6922명에 달했다. 이 중 38.1%가 살인, 강도, 성폭행, 절도, 폭력 등 5대 강력범죄였다. 경찰은 이 가운데 상당수 범죄가 불법체류자가 저지른 것으로 추정하고 있다.

이 작품은 우리 사회의 심각한 문제 중의 하나인 불법체류자의 문제가 우리 삶의 필연의 한 부분임을 보여주고 있다. 그러나 서사의 방향이 관주의 죽음과 연관되어 있지만, 관주의 안타까운 죽음 자체를 작가는 애도하게 내버려두지 않는다. 관주의 죽음이 10년 전 지자체에서 아스팔트 대신 돌을 깔았기 때문도 아니고, 문정이 관주에게 사진을 찍고 싶다고 말한 것이 관주를 죽음으로 몰아간 것도 아니라는 것이다. 관주가 카메라로 사진 찍기를 연습하며 앵글에 맞춘 대상이 불법체류자였고, 마침 관주가 넘어진 것이 돌이 깔린 도로였다는 것이다. 그러나 관주의 죽음은 필연이었고 운명이었다는 것이다.

3. 비극의 극대화

이 작품에서 서술 화자는 문정임에도 관주의 죽음을 비롯하여 관주를 알고 있는 인물은 관희이기 때문에 관희를 통해 관주가 어떤 인물인지 서술된다. 주로 관희는 동생 관주를 자신과의 비교를 통해 드러낸다.

"내 동생은 아무도 모르는 나만의 비밀이었어요."
"아, 그 비밀?"
"유치하죠?"
"하나도 안 유치해요."
"가만히 생각해보니까 그런 것만도 아니었어요."
"그럼요?"
관희가 짧게 한숨을 쉬었다.
"솔직히 말하면 옮을까 봐 그랬을 거예요."
"옮아요?"
"나한테 그런 동생이 있다는 걸 알면 사람들은 나하고 동생을 포개놓고 생각할 거 아니에요? 그러면 내 상황이나 조건이나 이런 게 동생한테 옮아갈 것 같았어요. 내 말 이해돼요?"
"아, 조금은요."
"그러니까 우리 관주는 나하고 달라도 너무 다른데, 같은 차원에서 포개져서 생각될까 봐. 그래서 병이 옮듯이 내 기운이 그 애한테 옮아갈까 봐. 미신 같은 생각이죠?"(24~25쪽)

위의 인용문에서 보듯이 관희는 동생 관주 이야기를 좀체 다른 사람에게 하지 않는데, 그 이유가 동생을 자신과 포개어서 생각할까 봐, 그래서 자신의 나쁜 기운이 동생에게 옮겨갈까 봐 이야기하지 않을 정도로 동생에 대한 신앙적인 경외감을 가지고 있다. 대학원에 가서 밤을 꼴딱 새우면서 미친 듯이 책을 읽고 대학원 석사 논문을 우수하게 썼고, 그로 인해 조교로 발령받아 교사만큼의 월급을 받게 된 자랑스런 동생이다.

그런 동생의 죽음에 관해서는 객관적인 뉴스를 인용해 지나치게 간단하게 문정에게 이야기한다. 이런 관희의 대화법은 1년 9개월 3일 전 서로 상대방을 배려하려는 조그마한 다툼으로 서로 연락을 하지 않은 관계에 있는 문정의 관주에 대한 호기심을 극대화한다. 문정은 관주에 대해 미끈하고 반듯하고 부드러운 돛단배 같다는 참신한 인상을 가지고 있다. 문정이 아직도 미련이 많은 관주의 현황에 대한 궁금증을 제시할 때마다 관희는 모른 척하고 다른 대화를 계속한다. 그럴수록 문정의 관주에 대한 궁금증은 더해간다. 그러나 관희의 이야기의 초점은 불법체류자에 대한 불평과 불만이다.

문정은 라디오 프로그램에 관여했던 팀원 중의 한 사람으로부터 관희가 이상해졌다는 이야기를 들은 이후라 관희의 횡설수설 두서없는 이야기에서 관희의 정신적인 상태를 의심한다. 그러면서도 문정은 관주의 행방에 대해 집요한 관심을 드러낸다. 결국 관희가 횡설수설하는 뉴스 속에서 카메라를 빼앗기고 불법체류자에게 죽은 사람은 관주라는 것을 눈치챈다. 그것도 자신이 사진을 찍고 싶다는 말 때문에 관주가 카메라를 샀고 그 카메라로 인해 죽었다는 것을 알게 된다.

여기에서 관주의 죽음을 객관적 뉴스를 통해 제시한다든가, 밝고 긍정적이고 성실한 동생 관주에 대한 관희의 신앙적인 경외감을 보여준다든가, 아직 미련이 많은 문정이 관주의 현황에 대해 가지는 궁금증을 극대화한 것은 결국 관주의 느닷없는 그것도 스물아홉 살의 밝고 건실한 청년의 죽음의 비극성을 극대화하기 위한 작가의 전략임을 알 수 있다. 니체는 비극적인 것은 즐거운 것이며 순수하고 능동성이고 역동적인 유쾌함이라고 했다. 스물아홉 살 관주의 우연적인 죽음은 비극적이지만, 29년의 시간 안에서 유쾌하고 능동적인 삶을 즐긴 한 편의 아름다운 서사시이다. 그 역동적이고 유쾌함은 수동적이면서 부정적인 관희와 관주에 대한 미련으로 관주의 현황을 궁금해하는 문정을 통해서 더욱더 부각된다.

비와 사무라이

2015 올해의 문제소설

백민석

—

1971년 서울 출생

1995년 『문학과사회』로 등단

단편집 『16믿거나말거나박물지』 『장원의 심부름꾼 소년』 『혀끝의 남자』

장편소설 『헤이, 우리 소풍 간다』 『내가 사랑한 캔디』

『불쌍한 꼬마 한스』 『목화밭 엽기전』 『러셔』 『죽은 올빼미 농장』

여자는 베란다에 빨래를 널다가 바구니를 내려놓고 창문에 다가가 섰다. 벚꽃이 흰 꽃망울을 달기 시작한 아파트 단지 진입로를 그녀는 바라보았다. 유리창에 이마를 기댄 채. 아직 대기가 찬지 입김이 서렸다. 색색 숨소리가 입천장을 울리고 다시 고막을 울리고 그리고 경직된 그녀의 얼굴 전체를 울렸다. 유리창 찬 기운에 이마가 얼얼했다. 그녀는 이마를 떼고 힘주어 창문을 연 다음 베란다 난간에 손을 얹고, 배를 대고 허리를 굽혔다. 난간을 바르쥐고 점점 더 길게 허리를 폈다. 그렇게 몸을 빼면 단지 진입로 너머 한강 둔치로 내려가는 길의 공원이 살짝 엿보였다. 그녀는 몇 분이나 난간에 몸을 기댄 채 목까지 길게 빼고 체력 단련 시설이 늘어선 공원 쪽을 바라보았다. 왼발까지 타일 바닥에서 떼고 점점 더 쭉 허리를 폈다. 이제 바닥에 붙어 있는 건 오른발 발가락 두 개뿐이었다. 엄지발가락을 살짝 튕겨만 주면 그녀는 중심을 잃게 될 것이었다.

여자는 두 손으로 난간을 살짝 밀며 배를 떼곤 허리를 약간 젖히면서 두 발을 바닥에 디뎠다. 얼음장 같은 강풍이 그녀의 단발머리를 채 가기라도 할 듯 훑기 시작했다. 15층 상층부를 휘감아 돌며 때로는 건물을 통째로 쥐고 흔들기도 하는 강풍이었다.

"뭐해?"

거실에서 여자는 한 손으로 남편 전화를 받으며, 다탁에서 귤 하나를 집어 엄지 끝으로 껍질을 갈랐다.

"빨래 널어."

남편은 벌써 3년째, 회사에 출근해 이 시간이면 전화를 걸어왔다. 이유를 물으면 남편이 아내한테 전화도 못 하냐고 건조한 목소리로 대꾸했다. 하지만 그녀는 알고 있었다, 남편이 전화를 거는 건 밀어를 나누고 싶어서가 아니라 겁이 나서라는 걸. 그리고 오후 시간에도 귀찮아하지 않을 만큼만 전화를 해 여자의 목소리를, 기분을 확인하곤 한다.

"어쩐지 올해는 노숙자들이 좀 일찍 나온 것 같지 않아?"

"노숙자들이 나왔어? 봤어?"

"출근할 때 오빠도 보지 않았어? 강변도로로 가잖아."

"가지. 하지만 그런 사람들은 못 봤는데."

"난 봤어. 어제."

여자는 어쩐지 올해는 열흘쯤 일찍 나온 것 같아, 하고 덧붙였다.

"작년엔 공원의 목련 몽우리가 다 터진 다음에 나왔단 말이야. 올해는 아직 벚꽃도 피지 않았어."

하지만 전화를 끊고 보니 꽃이 피는 차례가 목련이 먼저인지 벚꽃이 먼저인지 언뜻 기억이 나지 않았다. 둘 다 앞서거니 뒤서거니 하며 폈던 것 같기도 했다. 어쨌든 분명한 건 목련이든 벚꽃이든 개나리든 봄꽃이 피기 전에는 공원이며 강변 산책로에 노숙인들이 나오지 않는다는 사실이었다. 봄꽃이 피기 전에는. 자칫 3월에도 얼어 죽을 수 있기 때문이었다.

여자는 그렇다면 봄꽃이 피기 전에는 노숙인들이 어디에 가 있을지 궁금했다. 그저 잠깐만 궁금했다. 그녀는 서울역 인도 육교에 한번 들어서본 적이 있었다. 대학을 졸업한 해 봄에 중림동에서 면접을 보고 서울역으로 걸어 나오다 길을 잘못 든 것이었다. 초입부터 오줌 지린내와 술내가 코를 찔렀다. 겨울용 점퍼를 껴입은, 땟국이 질질 흐르는 사내들이 육교 양편으로 흩어져 자리를 잡고 있었다. 첫번째 사내는 종이 박스를 덮고 대자로 드러누워 있었다. 떡이 된 반백의 머리와 쥐가 뜯어 먹은 것 같은 수염. 그녀는 그의 곁을 지날 때부터 종종걸음을 치기 시작했다. 두 번째 사내는 난간을 향하고 서 있었다. 새까맣게 때가 탄 주름진 것을 바지춤에서 꺼내 손에 쥐고 소변을 보고 있었다. 세 번째 사내 하나는 바닥에 주저앉아 고개를 들고 해바라기를 하고 있었다. 햇빛에 그의 검고 부은 얼굴이 번들거렸다. 반짝이는 갈색의 두 눈동자가 그녀를 쫓는 듯했다. 황사 때문에 공기는 탁하고 납빛을 띠고 있었다. 육교 중간쯤 다다랐을 때 그녀는 악취에서 어떤 힘을, 밀도를 느꼈다. 그녀를 자꾸 밀쳐내는 어떤 힘을, 그녀의 하이힐을 한자리에 붙잡아두려는 어떤 밀도를 느꼈다. 그녀는 악취 속을 허우적대고 있었다. 코도 맵고 눈도 매웠다. 그녀는 이제 뛰고 있었다. 더럽고 뚱뚱하고 느려 터진 사내들이 그녀 왼편 오른편에서 꿈지럭대고 있었다. 그녀는 육교를 달려 내려와 정류장으로 가 숨을 몰아쉬면서 버스에 올라탔다. 그녀는 집에 돌아와선 속옷까지 싹 벗어 세탁기에 던져 넣었다.

여자가 그 인도 육교에서 해를 입은 것은 없었다. 누가 그녀를 모욕한 일도 없었고 침을 뱉은 것도, 더러운 부은 손으로 발목을 부여잡은 것도 아니었다. 오래 머물렀던 것도 아니었다. 기껏 3분이나 5분쯤 있었다. 넘어진 것도 발목을 삐끗한 것도 하이힐 굽이 부러진 것도 아니었다. 하지만 그녀는 인도 육교에서 보고 느꼈던 그 봄날 오전의 광경을, 그 알 수 없는 힘과 밀도를 결코 잊지 못했다.

오늘 아침도 여자는 하품을 하며 귤을 까 먹었고 MBC의 〈기분 좋은 날〉을 보았다. 그러는 틈틈이 휴대폰으로 트위터를 확인했고 모바일 쇼핑 사이트에 들러 할인 이벤트를 뒤져보았다. 쇼가 끝나자 채널을 돌려 커피를 마시며 아침 드라마를 봤다. 드라마가 끝나고 그녀는 플레이어에 걸어놨던 CD를 돌렸다. 트럼펫 소리가 빽빽거렸다. 한국전쟁 때 미군 양키들이 술집 주크박스에 동전을 넣고 저런 음악을 들었다는 거지. 그녀는 스윙 리듬에 맞춰 허리를 흔들며 진공청소기를 돌렸다. 맑은 봄날에 햇살은 넘쳐나고 공기는 알

맞게 따뜻하고 거실 바닥도 알맞게 차가웠다. 그녀의 눈이 닿는 거실 어디에도 그녀를 아프게 하거나 어둡게 하는 그늘은 없었다. 그녀가 알지 못하는 걱정거리도, 그녀가 알지 못하는 위협도 없었다. 그늘이라고 하면 다탁 밑에 조금, 텔레비전을 올려놓은 거실장 안에 조금, 그리고 등 뒤에 그녀의 그림자가 짧게 조금……. 그마저도 속이 훤한 그늘이고 어둠이었다.

하지만 벌써 3년째였다, 이렇게 이유도 없이 코허리가 시큰해지는 게. 여자는 거실 유리창을 돌아보았다. 물얼굴처럼 떠 소리 없이 일렁이는 자신의 상반신 어디에도 그늘지고 어두운 부분은 없었다. 그녀의 모습은 아직 남편이 반했던 모습 그대로였다. 그녀는 일어나 CD플레이어를 끄고 점심으로 호밀빵 샌드위치를 만들어 먹었다. 그리고 남편 방에서 잠깐 웹 서핑을 하다가 침대에 엎드려 낮잠을 잤다.

여자는 약속 시간이 가까워 집을 나서면서 주변을 두렷댔다. 아파트를 나서면서는 단지 진입로를, 마을버스 정류장으로 가면서는 공원을, 버스에 올라서는 멀리 내려다보이는 한강 둔치를 살폈다. 단지 안 목련의 꽃망울은 거의 벌어져 있었다. 벚나무의 우듬지 쪽은 벌써 희끗희끗했다. 꽃들이 폈으니 노숙자들이 오겠지, 하고 그녀는 생각했다. 그녀는 아홉 정거장을 지나 버스에서 내려서야 똑바로 앞만 보고 걸었다.

“어째 넌 볼 때마다 눈이 빨갛냐?”

남자의 말에 여자는 가볍게 어깨를 으쓱해 보였다. 눈 흰자위의 핏발 선 부위를 가릴 수 있는 컨실러가 있다는 얘기는 들어보지 못했다.

“얼굴에 잠시 비가 내린 거야.”

남자는 그런 여자를 귀여워 죽겠다는 표정으로 바라보았다. 대학 새내기 시절 이후로 남자가 여자에게 줄기차게 지어 보였던 그 표정이었다. 그 표정이 좋아서 그녀는 그와 함께 다녔고 커플이 됐다. 그러다가 똑같은 표정을 다른 여자애들한테도 지어 보인다는 사실을 알아냈다. 그 순간부터 그가 징

그러웠다. 그는 입대를 했고 그녀는 졸업을 했고 직장을 잠깐 다니다 지금의 남편을 만나 결혼했다.

그뿐이었다. 아프지 않았다. 자기가 보기에도 여자는 아프지 않은 사랑만 해왔다.

너는 너무 애매하게 생겼어, 네 삶도 그렇고. 네 미래도 그럴 거야, 하고 여자는 편지로 이별을 통고했다. 그때 남자는 군대에서 행군을 나가 있었고 배달 사고가 나 편지를 읽을 수도 답장을 쓸 수도 없었다. **넌 언제나 얼굴에서 비가 올 거야,이 愁霖 같은 계집애. 평생 愁霖 속에서나 살아라,** 하고 그는 두 달이 지나서야 떨리는 필체로 답장을 썼다.

여자는 愁霖이라는 단어를 알지 못했다. 남자는 여자보다 지적으로 우위에 서지 않으면 못 견디는 성미였다. 그녀에게 아는 척하며 스윙 음악 같은 재즈의 맛을 가르쳐준 것도 그였다. 그녀는 획수를 하나하나 세어가며 한자 사전을 찾았고 그래서 愁霖이 수림이며 어두침침하고 우울하게 내리는 긴 장맛비란 뜻이 있으며 풀어 쓰면 시름 겨운 장마, 슬픈 장마라는 뜻도 된다는 사실도 알아냈다.

그런 남자를 여자는 지난해 여름, 대학 선후배 모임에서 다시 만났다. 둘은 반가운 마음에 철없던 시절에 나눠 가졌던 저주는 다 잊고 시종 즐거운 미소를 지어 보였다. 그때 그는 호프집 유리창을 적시는 가는 비를 보며, 80년대 동시 상영관 냄새가 풍기는 어떤 이야기를 들려주었다.

비와 사무라이는 뭐랄까, 교훈담 같은 거야. 사무라이의 칼 놀림은 장마철 빗줄기 같아야 한다는 거지. 장마철 빗줄기? 그때 여자는 무슨 일본 영화에 대해 얘기하는 줄 알았다. 그녀는 다즐링 티백을 컵에 담갔다 꺼냈다 하며 무표정한 얼굴로 남자를 바라보았다. 그녀의 저주와는 다르게 그는 소설가로 나름 성공해 있었다. 어느 일간지에서 주최하는 공모를 통해 소설가가 되었고 인터넷으로 검색하면 이름도 좀 나온다. 그리고 이번에도 남자는 사무라이 이야기를 꺼냈다.

"사무라이들이 즐기던 경기 중에는 자기 배를 얼마나 더 잘 가르느냐를 겨루는 것도 있었대."

"상대 배가 아니라 자기 배를?"

"웃기지?"

"웃을 일은 아닌 것 같은데?"

여자가 정색을 하자 배를 가른다고 꼭 죽는 건 아니라고 남자는 덧붙였다. 일단 살아야 상대의 갈린 배도 보고 자기 배가 더 예쁘게 갈렸다는 걸 확인할 수 있을 테니까, 하고. 그리고 승자는 갈린 배를 꿰맸다가 다 아물면 다시 시합에 나갔다고 했다.

여자와 남자는 뮤지컬 〈맘마미아〉의 낮 공연을 봤다. 남편은 코까지 고는 뮤지컬을 그는 한 번 졸지도 않고 끝까지 즐겼다. 둘은 케이크 하우스에서 간단히 이른 저녁을 먹고 버스 정류장에서 헤어졌다. 그녀는 버스를 기다리며 넌 왜 사무라이 따위에 그리 관심이 많은 거야, 하고 입을 뗐다. 그때 채 말이 끝나기도 전에, 그가 두 손으로 그녀의 머리를 감싸고는 이마에 입을 맞췄다. 그녀는 놀라 뒤로 물러섰다. 이마에 그의 입술이 와 닿는 순간, 오랫동안 잊고 있었던 그의 부드러운 콧김이 느껴지는 순간, 자기 안에서 무언가가 눈을 뜬 것만 같았다.

목련꽃과 벚꽃 중 어느 것이 먼저 피는지 미처 알아내기도 전에 여자가 사는 아파트촌은 봄꽃들로 온통 희고 노랗게 물들었다. 그리고 그와 동시에 공원의 벤치도 노숙인들의 차지가 되었다. 노숙인들은 둔치의 산책로에도 띄엄띄엄 엉덩이를 붙이고 있었다. 그녀는 멀리서 그들을 지나칠 때마다 〈TV동물농장〉에서 본 시간이 멈춘 동물, 나무늘보 같다는 생각을 했다. 기름기와 먼지로 뭉친 터럭하며, 어제나 그제나 오전이나 오후나 한결같은 그들의 자세가. 소주병을 두고 두엇이 둘러앉았거나 해바라기를 하며 벤치에 쭉 뻗었거나 가방 같은 것에 팔을 걸친 채로 비스듬히 앉은.

"요즘 서울역 가본 적 있어?"

여자가 물었다. 남편은 3년째 퇴근하자마자 바로 귀가하기를 반복하고 있었다. 어쩌다 부서 회식이 있거나 하는 날은 1차까지만 자리를 지키다 왔다. 평소 귀가 시간은 어김없었다. 오늘은 7시 5분에 현관문을 열었고 어제는 7시 10분이었다. 그제는 6시 55분이었고. 지난달의 평균을 내보면 7시 1, 2분 언저리가 될 것이었다.

"서울역에 노숙자들이 사는 육교 있잖아."

여자는 방금 씻고 나와 주방 식탁에 앉은 남편의 얼굴을 바라보며 말했다.

"그런 육교가 있어?"

여자는 저녁을 먹으며 서울역 인도 육교와 그 육교에 사는 사내들에 대해서 말했다.

"근처에 가지 말고 빙 둘러 가. 그거 살 썩는 냄새야. 사람이 산 채로 썩어 들어가는 냄새라고."

식사를 마치고 여자와 남편은 거실에 가 앉았다. 둘은 커피를 마시며 여자가 낮에 다운받아놓은 대만 영화를 봤다. 어제는 태국 영화를, 그제는 일본 영화를 봤다. 지난 3년간 둘의 저녁 시간은 거의 똑같이, 라고 말해도 좋을 정도로 엇비슷하게 흘러갔다.

"순전히 나라 잘못이야."

침실로 들어가 불을 끄며 남편이 말했다.

"뭐가?"

"아무리 사람이 게으르다고 그렇게 살게 놔두면 안 되지. 어째서 그 사람들은 만날 육교 위에 있는 거야? 나도 어렸을 적에 본 적이 있다고. 거지 하나가 육교 난간에 기대고 앉아 사람들 다니는 쪽으로 두 발을 쭉 뻗고 있는

데, 양쪽 발바닥에 100원짜리 동전만 한 뻘건 구멍이 서너 개나 뚫려 있는 거 있지. 학교를 가려면 그 육교를 건너야 했거든. 얼마나 씻지 않았는지 발은 온통 시커먼데, 썩어서 균이 파먹은 건지 어디에 다친 건지 뻘겋게 속살이 드러나 있더라고."

여자는 3년 전 이 아파트촌으로 이사 와서 맞았던 첫 번째 봄을 떠올렸다. 목련꽃이며 벚꽃이며 개나리며 꽃잎의 천지를 거닐다, 얼굴과 손발이 퉁퉁 부은 새카만 노숙인 서넛과 마주쳤던 날을 떠올렸다. 목련과 벚나무들의 성긴 틈으로 언뜻언뜻 비치던 얼굴 서넛. 흰 꽃방석에 눌러앉은 몸뚱이 서넛. 그들은 순백의 아름다운 세상에 끼얹어진 오물들 같았다. 열 걸음쯤 떨어져서 걷는데도 오줌 지린내와 묵은 똥내가 진동했다.

새 보금자리를 튼 해의 첫 봄날은 그렇게 망가졌다. 여자는 그렇게 망가졌다고 여겼다.

토요일, 여자는 휴일 근무가 잡힌 남편과 함께 아침 7시에 아파트를 나섰다. 등에 멘 배낭엔 갈아입을 작업복과 장갑, 혹시 몰라 챙긴 속옷과 세면도구가 응급 약품 몇 가지와 함께 들어 있었다. 파나마 모자도 챙겼다. 그녀가 구청 자원봉사센터에서 주선한 집수리 봉사를 마지막으로 나갔던 게 작년 늦가을이었으니까 6개월 만에 일거리가 들어온 것이었다. 자원봉사는 그녀가 요즘도 유지하고 있는 단 하나의 사회활동이었다. 그녀에겐 교회도 직장도 동호회 활동도 없었다.

여자는 남편 차로 의정부로 가서 남편을 보내고, 다시 시외버스를 타고 포천시 송우리까지 갔다. 거기에서 약도를 따라 주택가로 들어섰다. 봉사 현장엔 낯익은 얼굴도 몇 있었다. 봉사 일을 하면서 알게 된 이들이었다.

"안녕하세요."

여자는 등산조끼 차림의 중년 사내에게 다가가 반갑게 인사했다. 사내도 그녀의 손을 잡고 흔들며 소리 내 웃었다.

"아, 이 친구는 새로 봉사센터에 등록한 미선 씨야. 미선 씨, 이 친구는 연주 씨라고 나랑 센터 동기야."

중년 사내가 같이 온 여자를 소개했다. 그와는 가끔 문자메시지를 주고받는 사이였다. 그 밖에는 별로 아는 것이 없었다. 초로에 가까운 나이라는 것, 강남으로 출퇴근하는 회사원이고 몇 년 전 이혼했다는 것, 잘 웃지 않고 말도 걸음걸이도 느리다는 것 정도. 언젠가 이혼한 처와 다투는 것을 우연히 보았는데, 그녀는 얼른 기억에서 지워버렸다. 봉사 일거리는 두 가지였다. 중년 사내와 다른 둘은 차량이 들이받아 엎어진 담을 다시 쌓는 일을 했고, 여자는 다른 봉사자 둘과 함께 옥상으로 올라가 옥상 바닥에 방수 페인트를 칠했다. 1시가 넘어서 다들 마당에 모여 중국 음식을 배달시켜 먹었다.

"운동화가 다 망가졌네요. 어째요?"

중년 사내 곁의 미선이라는 여자가 자장면을 한 젓가락 뜨다 말고 여자의 발치를 가리키며 말했다. 그녀의 운동화는 초록색 방수 페인트로 반 넘어 물들어 있었다. 둘러앉은 사람들 사이에서 저런 어째, 하는 소리가 들려왔다. 집수리는 저녁 7시가 넘어서야 끝이 났다. 마무리 쓰레질까지 하고 나왔다. 남은 일은 내일 일요일에, 센터의 다른 팀이 와서 할 것이었다. 그녀는 중년 사내의 차를 얻어 타고 서울까지 왔다. 운동화는 망가졌지만 그녀의 기분은 날아갈 듯했다.

여자가 아파트에 도착했을 때는 8시가 가까워 있었다. 남편은 거실 소파에 앉아 뉴스를 보고 있었다. 그녀는 중년 사내 얘기를 했다.

"아, 그 변태 이혼남 말이야?"

남편이 호기심 가득한 얼굴로 여자를 돌아보며 말했다.

"오빠는 그게 무슨 소리야! 그냥 불쌍한 사람이지."

"여자만 보면 바지를 까고 오럴을 해달라고 한다며? 그게 변태 아냐?"

여자는 커피가 든 머그잔을 들고 소파로 오다 말고 걸음을 멈췄다. 나한텐 친절하게 잘해줬단 말이야, 하는 말이 혀끝에서 맴돌았다.

여자는 공원에서 한강 둔치로 연결된 나무 층계를 내려가다가 어느 모자가 하는 말을 들었다. 엄마는 아이의 손을 잡아끌면서 너도 커서 저리 될래? 하고 다그치고 있었다. 그러고는 그녀를 지나쳐 식식거리면서 층계를 잰걸음으로 올라갔다.그녀는 층계를 내려가 둔치 산책로로 접어들 즈음, 아이 엄마가 뭘 두고 그런 소리를 했는지 보았다. 두툼하게 겨울옷을 껴입은 노숙인이 등받이 없는 시멘트 벤치에 가랑이를 쩍 벌리고 앉아 있었다. 그녀는 열 걸음쯤 사선을 그리며 노숙인과 넓게 사이를 벌리며 걸었다. 그래도 노숙인을 지나칠 땐 퀴퀴한 사타구니 내가 코를 찔렀다.

여자는 산책을 했다. 매일 오후 2시, 해가 좋은 날이면 워킹화를 신고 한강이 흘러가는 쪽을 따라 20분쯤 걷다가 되돌아오기를 반복했다. 3년째였다. 휴일이면 남편을 끌고 나와 함께 걷곤 했다. 하지만 코스를 바꿔 간다든가 밤 시간에 산책을 나간다든가 하는 일은 없었다. 낮이더라도 비가 와서 시야가 어두우면 나가지 않았다. 노숙인들 때문이었다.

여자는 자기 행동 반경에 노숙인 몇이 어디에 있는지 일일이 꿰고 있었다. 단지 앞 공원엔 윗몸일으키기 기구에 하나, 트위스트 앞에 둘, 온몸노젓기 앞에 하나가 있었다. 둔치로 내려가는 나무 층계엔 1주일에 두어 번 꼴로 하나가 나와 앉아 있었고, 40분 왕복 코스인 그녀의 산책로엔 100~200미터의 간격을 두고 두어 명이 뚝뚝 떨어져 앉아 있었다.

주민과 트러블이 나기도 했다. 여자가 홈플러스에 가고 있는데 공원에서 한 사내가 고함을 지르고 있었다. 들어보니, 어째서 공원을 노숙자들이 다 차지하고 있느냐는 얘기였다. 공원은 근린 시설인데 당신들 때문에 정작 주민들이 사용을 못하고 있지 않느냐고. 사내는 손등으로 코를 가리고 있었다. 상대도 물러서지 않았다. 노숙인 넷이 사내를 둘러싸고 얼굴을 바싹 들이대고는 입에 거품을 물었다. 노숙인 중 하나가 그러면 우리는 이웃이 아니고 뭔데, 하고 소리를 높였다.

"이 자식아, 내가 이래 봬도 연대 나온 놈이야."

"아이 씨, 입에 썩은 쥐를 물고 다니나! 야, 니들은 씻지도 않냐? 좀 씻어라!"

사내가 진저리를 치며 몇 걸음 물러섰다. 그러곤 더는 참기 힘들었는지 허리를 굽히곤 구역질을 하기 시작했다. 꺽꺽 소리가 여자한테까지 들렸다. 그녀는 노숙인 하나와 눈이 마주쳤다.

여자는 장을 보고 와서 정리를 한 다음 거실에 앉아 차를 마시다가, 아까 공원에서 본 일에 대해 누구한테든 이야기해야겠다고 느꼈다. 그녀는 남자에게 전화했다. 그리고 아까 있었던 일을 들려주었다. 그러면서 노숙자가 정당한 요구를 하는 주민을 위협한 것으로 해석할 수도 있는 거냐고 물었다. 남자는 생각 좀 해보겠다고 했다. 수화기 너머에서 전화벨이 울리고 있었다.

그러고 30분쯤 후에 문자메시지가 왔다. 야, 네가 얘기한 거, 신고했다간 인정머리 없다는 소리 듣기 딱 좋다. 노숙자들은 게으르거나 무능력해서 그리 된 게 아냐. 마음에 아주 큰 상처를 입어서 그리 된 거야. 그러고 나서 또 무슨 볼일이 생겼는지 잠잠하다가, 10분쯤 지나서 두 번째 문자가 왔다. 그 사람들, 좀 내버려둬. 구청에서 어려운 사람들 돕겠다고 자원봉사까지 한다면서 왜 그래? 여자는 충고가 고맙긴 한데, 자원봉사랑 노숙자 문제랑 무슨 상관이냐고 답 문자를 보냈다. 왜 이거에 그거를 슬쩍 끼워 넣느냐고 따졌다.

아직 장마 시즌은 아니었지만 궂은비가 사흘 밤낮으로 내렸다. 베란다 너머의 세상은 쥐색으로 물들었다. 해가 없어 거실은 낮에도 불을 켜두어야 했다. 빗줄기 입자가 얼마나 고운지 창문에 물방울 하나가 맺히려면 꽤 긴 시간이 지나야 했다. 하지만 그런 비가 하루 종일 사흘을 내려, 여자가 다니던 모든 길과 도로를 어두운 빛으로 물들였다. 그녀는 남편이 출근하자마자 침대로 돌아가 잠을 잤다. 잠이 오지 않으면 소파에 누워 쳇 베이커의 트럼펫 소리를 들었다. 그러다 선잠이 들기도 했고 깨면 베란다에 나가 아파트 진입로와 공원을 살폈다. 찻길 쪽엔 낮 시간인데도 가로등 불이 들어와 있었다. 하지만 그 때문에 공원 쪽은 더 어두워 보였다. 그녀는 다시 소파에 누워 잠을 청하며 아몬드 초코볼을 씹어 먹었다.

여자의 얼굴에서도 침침한 비가 내렸다. 그녀는 울지 않기 위해서라도 잠을 자야 했다. 저녁이면 아침에 새로 뜯은 초코볼 통이 반 넘게 비곤 했다. 이러단 돼지가 될 테지, 하고 충혈된 눈을 거울에 비추어보며 중얼거렸다. 그리고 마침내 비가 그치고 해가 났을 때, 그녀는 남자에게 전화를 걸었다.

"오늘은 무슨 일로 얼굴에 비가 내렸을까나?"

남자는 구 서울역사 앞에서 여자의 흐트러진 옆머리를 만져주었다. 그녀는 그의 손길이 와 닿는 게 싫지 않았다.

"여기 어디였는데."

여자는 휴대폰을 켜고 지도 검색창에 '서울역 인도 육교'라고 쳐 넣었다. 잠시 후 그녀는 오른편으로 몸을 돌려 성큼성큼 앞으로 나아갔다. 겨우 몇 발자국 앞이었다. 믿을 수가 없었다. 기억에는 100미터는 뛰었던 것 같은데, 겨우 몇 미터 앞에 인도 육교가 있었다.

하지만 인도 육교로 가는 통로는 허리까지 오는 쇠울짱으로 가로막혀 있었다. 그리고 10여 미터 안쪽, 육교의 입구 부분에도 연초록의 펜스가 높게 쳐져 있었다. 현수막이 보였다. 육교를 철거할 예정이라 통행로를 폐쇄한다는 내용이었다. 여자는 놀란 눈으로 어디 돌아서 들어갈 곳은 없는지 살폈다. 지린내의 흔적이라도 찾는 듯 코를 킁킁거리기도 했다. 노숙자들을 어떻게 떼어내고 몰아낼 수 있었을까. 그녀는 쇠울짱을 잡고 몸을 기울여 목을 길게 뽑았다. 하지만 아무리 뽑아도 펜스 너머 육교 안쪽은 보이지 않았다. 그녀는 두 손으로 쇠울짱을 바르쥐고 배를 대곤, 허리를 쭉 펴고 목을 앞으로 뺐다. 왼발이 공중으로 들렸다. 오른발의 구두코만 아슬아슬하게 바닥에 걸쳐 있었다. 그녀는 입을 꾹 다문 채 왼발을 허공에서 흔들면서 몇 분이나 그러고 있었다.

남자는 여자가 균형을 잃고 휘청하자 허리를 잡아 끌어당겼다. 그는 그녀를 길 건너 투썸플레이스로 데려갔다.

"육교가 저렇게 된 줄, 난 몰랐어."

여자가 컵을 내려놓으며 말했다. 그러고는 표정이 지워진 얼굴로 한참이나 말이 없었다. 그러다가 어느 순간 입술을 쭈그러뜨리고 핏발 선 눈의 초점을 흐리더니 울상을 지었다. 하지만 그녀의 기분은 점차 되살아나고 있었다.

"내가 널 왜 찼는지 알아? 네가 너무 애매하게 생겨서였어."

여자가 문득 생각난 듯이, 톤을 낮춰 으르렁거렸다.

"그러고 보니 내가 쓰는 소설도 뭔가 애매해, 쯧."

"난 네가 불행해지길 바랐어. 소설가들, 가난하지 않아?"

"하지만 우리 집은 원래 부자였는걸. 지금도 부자고. 대학에 강의도 나가고, 난 인생을 즐기고 있다고."

남자가 이런, 기대에 못 미쳐서 어쩌나 하는 표정으로 말했다.

둘은 천천히 커피를 홀짝이며 말없이 앉아 있었다. 컵이 비자 남자는 노숙자들이 어디 있는지 알 것도 같아, 하면서 여자를 잡아끌었다. 둘은 카페를 나와 길을 건너고 서울역 광장을 가로질러, 점차 밭아지는 인도를 따라 지하철 4호선 서울역으로 향했다. 가까이, 한 발씩 앞으로 내디딜수록, 그녀는 아까 육교에서 찾았던 악취가 자신의 힘을 드러내는 것을 느꼈다. 10미터 앞쪽으로 4호선 서울역 13번 출구를 알리는 플라스틱 기둥이 눈에 띄었다.

"쳐다보지 마."

남자가 낮게 중얼거렸다. 여자는 뭐? 응? 하다가 지하철로 내려가는 층계를 보곤 아, 하고 탄식을 질렀다. 지난 세월 자신의 기억 속에 단단히 틀어박혀 있던 육교 위의 그 잿빛 그림자들이, 지하철 층계를 따라 기다랗게 줄을 서 있었다. 그녀는 힐끔힐끔 왼편을 곁눈질하며 잰걸음을 옮겼다. 노숙인 행렬의 끝은 지하철 층계 아래 저 깊숙한 내부로 사라지고 있었다.

여자와 남자는 20미터쯤 지하철역을 지나쳐 갔다가, '사랑의 빨간 밥차'라고 쓰인 특수 차량 앞에서 걸음을 멈췄다. 짠 된장국 냄새와 김치 냄새가 진하게 풍겨왔다. 잠깐 서서 밥차를 바라보다가 둘은 길을 잃고 헤매는 사람들처럼 오던 길을 되짚어 걷기 시작했다. 이제 왼편으로 노숙인들을 위한 쉼터며 진료소가 지나갔다. 노란색 간판의, 선교회가 운영한다는 노숙인 쉼터가 눈길을 끌었다.

여자는 그동안 아프지 않은 사랑만 해왔다. 아프지 않은 사랑은 사랑이 아니라지만 어쨌든 그녀는 아니었다. 사는 데도 별문제가 없었다. 남편은 연애할 때처럼 잘 챙겨주고 아이는 좀 늦게 갖기로 합의했다. 시댁과도 문제가 없었다. 친구는 많지 않지만 너무 외롭지 않을 만큼은 있었다. 그녀는 베란다 창밖을 내다보며 유리창에 이마를 기댔다. 온기가 느껴졌다. 벌써 이틀째 더운 바람에 섞여 비가 내리고 있었다. 빗살은 가늘고 약했지만 끈질기게 창문을 훑어 내리고 있었다. 예보에 장마는 사나흘 뒤였다.

지난번에 구 서울역사에 다녀온 후로, 여자는 자기 과거의 어느 시점에 단단히 붙박여 있던 한 세계가 사라진 것만 같았다. 그녀는 정말로 마음속 공허를 느꼈다. 그것도 상실감이라면 상실감이었다. 그녀는 머그잔에 든 커피를 한 모금 마셨다. 척 맨지오니의 쭉쭉 뻗어나가는 플뤼겔호른 소리와 함께 〈산체스의 아이들〉 CD가 돌아가고 있었다. 서울역에 갔다 헤어질 때 남자가 사준 음반이었다. 1번 트랙을 들어봐, 라면서. 그녀는 1번 트랙에 무한 반복을 걸어놓고 있었다.

—자기도 저녁에 둔치에 나가는 거 아니지?

남편이 그제 아침 넥타이를 고쳐 매며 말했다.

—응?

—인터넷 검색해봐. 어젯밤에 내가 무슨 기사를 본 것 같아. 한강 둔치에서 연쇄 성폭행 사건이 일어났는데 그게 이 아파트촌 근처 같아.

여자는 청소를 끝내고 컴퓨터 앞에 앉아 검색창에 연쇄 성폭행이라고 쳐 넣었다. 몇몇 기사가 떴다. 그녀는 컴퓨터를 끄고 베란다로 나가 창밖을 바라보았다. 노숙자에 성폭행범이라니, 그 더러운 걸……. 그녀는 머리가 아파왔다.

마침내 장마가 시작되었을 때, 여자는 남자에게서 만나자는 전화를 받았다. 그녀는 해 없이 어두침침하고, 더운 바람이 거칠게 우산을 치고 도는 거리로 나갔다. 그녀는 휴대폰에 찍힌 약도대로 논현동의 카페를 찾았다. 차를 마시는 동안 그는 창밖에서 시선을 떼지 않고 바람이 잦아들기를 기다리고 있었다.

"나가자."

남자는 크로스백에서 단렌즈가 볼록 튀어나와 있는 미러리스 카메라를 꺼내들었다.

"사무라이 정신을 만끽해보자고."

둘은 카페를 나와 골목으로 꺾어 들어가 비탈길을 올랐다. 곧 내리막이 나왔다. 번잡한 골목 풍경이 펼쳐졌다. 고소한 기름내와 쉰 음식 냄새, 왁자지껄한 소음이 후텁지근한 바람을 타고 여자에게로 밀려왔다. 머리 위엔 현수막이 달려 있었다. 골목을 하나만 더 꺾어 들어가면 영동시장이 나오는 모양이었다. 남자가 우산을 내밀었다. 좀 씌워줘. 그녀는 양손에 우산을 들고 하나는 남자 머리 위로 높이 치켜들었다. 그는 카메라를 이리저리 휘두르며 유별날 것도 없어 보이는 골목 곳곳을 향해 셔터 버튼을 눌러댔다. 골목은 어느 건물 앞에서 네 갈래로 갈라지고 있었다. 그는 휴대폰으로 검색해보더니 십자로의 정중앙에 서서 다시 카메라를 놀렸다.

그러곤 1층의 횟집 옆에 난 입구를 통해 건물로 들어갔다. 남자는 1층에서 2층까지 계단을 오르며 여자가 보기엔 평범하기 그지없는 내부 풍경을 담았다. 층계의 스테인리스 난간, 얼룩진 빨간 굽도리 널, 층계참에 놓인 공용 화장실, 노랗게 기름때가 앉은 흰 벽면, 2층의 돼지고기 구이집 앞에 놓인 빈 맥주 박스와 냉장고. 좁아 터지고 답답하고 유리창에 낀 때 탓에 햇빛도 잘 들지 않았다. 그는 화장실 안에까지 들어가 셔터 버튼을 눌렀다. 그러곤 3층으로 올라가는 사우나 출입문 앞에 서서 다시 플래시를 터뜨렸다. 3층과 4층은 남성 전용 사우나였다.

"뭐하는 거야?"

여자가 남자에게 물었다.

"비와 사무라이의 배경을 찍어두는 거야. 비가 꼭 사무라이의 칼날처럼 뿌려지는 것 같잖아?"

남자는 이번엔 고개를 들고 빗살이 사선으로 흩날리는 하늘을 향해 셔터 버튼을 눌러댔다.

"카메라 휘두르는 폼이 꼭 네가 사무라이 같다."

여자는 남자의 카메라를 따라 우산을 뒤로 기울이고 눈을 들었다. 골목에 들어찬 3, 4층짜리 건물들에 가려 잿빛 하늘이 시장 골목만큼이나 좁다래져 있었다. 그만 가자, 젖었어. 그녀는 어깨의 맨살을 적시는 물기를 느끼며 말했다. 하지만 그는 깜빡 잊었다는 투로 지하도 있었지, 하고 중얼거리며 도로 건물 안으로 들어갔다. 지하층에서 카메라 플래시가 열 번쯤 번쩍였다.

"저기에 뭐가 있다고 찍어?"

남자가 나오자 여자가 물었다. 그는 젖은 얼굴을 닦으려고도 하지 않았다.

"뭐가 있냐고? 사무라이가 있지. 아까 그 사우나가 고시원이었을 때, 가진 건 원한뿐인 은둔자가 살고 있었어. 세 평짜리 방 한 칸에서. 그 은둔자의 꿈은 최고 레벨의 사무라이가 되어 칼로 세상을 다 베어버리는 것이었어. 무협 판타지의 리얼 버전이지. ……오랜 세월 많은 공력을 들인 끝에 사무라이는 드디어 깨달아. 사무라이의 칼 놀림은 장마철 빗줄기와 같아야 한다고 말이야."

남자는 고개를 돌리고 눈을 껌벅거리며 골목 저쪽 어딘가를 잠시 바라보았다.

"세상을 칼날로 다 적시려면, 칼 놀림이 장마철 빗줄기와 같아야 한다고 말이야. 증오, 사무라이의 순수한 증오. 세상을 흠뻑, 아주 흠뻑 적시려면 대충 해선 안 된다고 말이야. ……칼 놀림이 빈틈없고 억수 같고 상대가 누구든 증오로 흠뻑 적셔야 한다고 말이지. 그리고 마침내 그 사무라이 은둔자는 자리를 떨치고 일어나……. 이렇게 평범한 동네가 그런 괴물을 키웠다는 게 상상이 돼?"

하지만 여자로선 받아들이기 힘든 이야기였다. 무협 판타지가 아니라, 몇 년 전에 뉴스에서 들었던 고시원 살인 사건 같기도 했다. 그녀는 남자들이란 정말 칼싸움이나 좋아하고, 하며 혀를 찼다.

버스 정류장에서 여자는 우산을 접고 버스를 기다렸다. 집으로 가는 버스의 번호판이 보이자 그녀는 돌아서서 나 갈게, 하며 우산을 폈다. 그때 남자가 우산 속으로 불쑥 들어왔다. 그러고는 두 손으로 그녀의 얼굴을 감싸곤 입을 맞췄다. 엉겁결에 당한 일이라 그녀는 입을 다물 수도 없었다. 그의 혀가 입속으로 들어와 돌아다녔다. 침에서 아메리카노의 쓴 맛이 전해졌다.

여자는 집으로 돌아가는 동안 휴대폰에서 남자의 번호를 지웠다. 그를 다시는 보지 않을 셈이었다. 하지만 그의 휴대폰에 있는 자신의 번호까지 맘대로 지울 수는 없었다. 아파트촌에 거의 도착했을 때, 그에게서 수수께끼 같은 문자메시지가 왔다. **세상은 조만간 미친 사람들로 가득 찰 거야, 아직도 널 사랑해.** 그리고 이렇게 덧붙여져 있었다. **난 아무 짓도 안 했는데 왜 세상은 날 증**

오하는 거지? ㅎㅎ 그렇지만 그녀는 무슨 얘기인지 알고 싶지 않았다.

그날 저녁, 여자는 남편과 싸웠다. 남편은 오늘도 7시 5분에 귀가했다. 그러고는 자기 빨래를 챙겨 세탁기에 넣고, 손발을 씻은 다음 식탁에 앉아 그녀가 밥상을 다 차리고 자리에 앉기를 기다렸다. 하지만 그녀는 자리에 앉는 대신 주방 싱크대에 허리를 기대고 섰다.

"오빠는 친구도 없어? 왜 만날 7시 땡 하면 집에 오는 거야?"

"무슨 소리야?"

"남자가 좀 어울려도 다니고 모임도 갖고 그래야지. 직장 선후배도 집에 데려오고. 과장이 벌써 몇 년째야? 이제 좀 늦게 오라고. 외박도 가끔 하고."

남편은 묵묵히 저녁을 먹었다. 여자는 자기를 애 취급한다느니, 환자 보듯 한다느니, 정신 나간 여자 보듯 하는 그 눈빛이 마음에 안 든다느니, 하며 숨도 돌리지 않고 쏘아댔다. 그러는 동안 남편은 밥 한 공기를 다 비웠다. 그러고는 반찬 그릇까지 싹 비우고 물을 한 잔 마셨다. 이제는 어쩔 수 없이 그녀가 하는 말에 뭔가 대꾸를 해야 할 차례였다. 남편이 수저를 내려놓고 두 손을 가지런히 식탁에 올려놓으며 고개를 들자 그녀는 덜컥 겁이 났다.

"우리가 왜 이 아파트로 이사 왔는지 벌써 잊었어? 3년 전에 말이야. 그 대출 이자 갚으려고 내가 담배까지 끊었다는 거 기억 안 나?"

남편은 식탁에서 일어나 천천히 빈 그릇들을 챙기기 시작했다. 여자는 몇 걸음 물러났다. 남편은 자기가 먹은 그릇들은 싱크대에 넣고, 여자 밥그릇의 밥은 음식물 쓰레기통에 넣었다. 그러고는 커피메이커에 커피를 덜고 물을 넣고 전원을 켠 다음 다시 식탁에 가 앉았다.

"연주야, 난 너랑 같이 백 살까지 살다 늙어 죽었으면 좋겠어. 다른 사람은 아무도 필요 없어. 네 말대로 내가 사회생활을 하더라도 난 너를 혼자 놔둘 수가 없어. 그러면 아마 간병인을 이 집에 들이겠지. 그러곤 간병인더러 어떤 일이 있어도 너한테서 눈을 떼지 말라고 시킬 거야. 그러면 좋겠어?"

커피메이커에서 끓는 소리가 그쳤다. 남편은 일어나 머그잔을 꺼내 커피를 담곤 불 꺼진 거실의 소파로 가 앉았다. 하지만 오늘은 텔레비전을 틀지 않았다. 그냥 어스름에 잠겨 말없이 커피를 홀짝였다.

여자는 싱크대에 허리를 기댄 채 소리 죽여 울었다. 남편에게 우는 모습을 보이고 싶지 않았다. 어깨가 파르르 떨리다가 곧 들썩이기 시작했다. 하지만 소리는 내지 않았다. 그녀는 미끄러지듯 주방 바닥에 주저앉았다. 남편도 잘 알고 있을 것이었다, 자기를 출근시켜놓고 점심때쯤이면 그녀가 죽고 싶다는 생각을 열 번쯤 했으리란 사실을. 7시 퇴근해 귀가할 때쯤이면 그녀가 자살 생각을 구체적인 방법까지 더해서 스무 번쯤 했을 거라는 사실을. 베란다 난간에 배를 걸칠 때마다 이대로 발가락 두 개만 더 떼면 떨어지겠지, 하고 생각한다는 것을. 그래서 남편은 오전 10시면 세상없어도 확인 전화를 하고, 틈만 나면 전화해 목소리를 들어보고, 저녁 7시면 반드시 귀가하는 것이다. 그 같은 일을 3년째 하루도 빼놓지 않고 계속해오고 있는 것이다.

그리고 여자는 3년 전에, 그 끔찍한 생각을 자신이 정말로 행동으로 옮겼다는 사실을 떠올리곤 몸서리쳤다. 그때의 약물 과용 후유증으로 그녀의 간은 아직도 제 기능을 발휘하지 못하고 있었다. 그래서 이곳으로 이사 온 것이었다, 지푸라기라도 잡는 심정으로. 아파트의 조망과 생활환경이 나은 강남의 이곳으로 이사까지 했던 것이다.

"나도 아파. 칼날 백 개로 가슴을 갈기갈기 찢어놓는 것 같아. 그렇지만 너만 건강하다면 난 잘해나갈 수 있어."

고개를 드니 남편이 앞에서 허리를 굽히고 들여다보고 있었다.

"날이 정말 어둡구나, 아직 초저녁인데. 이러다간 올겨울에 정말로 검은 눈이 올지도 몰라. 검은 눈."

이제 장마도 깊어가고 있었다. 수림은 이 땅에서 여자가 갈 수 있는 모든 장소에 머무르며 비를 뿌려대는 것만 같았다. 그녀가 갈 수 있는 모든 곳을 깊은 속까지 젖게 하고 있는 것만 같았다. 하지만 이제 그녀는 암만 날이 궂어도 우산에 판초까지 두르고서라도 밖으로 나갔다. 장화를 신고서라도 외출을 했다.

노숙인들은 이제 문제가 아니었다. 서울역의 인도 육교에도, 여자의 머릿속에도 더 이상 노숙인들은 살고 있지 않았다. 공원과 둔치 산책로에도 노숙인들은 없었다. 장맛비를 피할 데도 마뜩찮은 데다, 연쇄 성폭행 사건 이후 자율 방범 순찰대가 구성되어 밤낮으로 산책로를 훑으며 노숙인들을 귀찮게 하고 있었던 것이다. 주민들도 흥분 상태에 있었다. 그녀도 보았다. 며칠 전, 한 건장한 아파트 주민이 공원 벤치에 앉아 있던 노숙인을 때릴 듯 위협해 쫓아내는 것을.

여자는 우산을 쓰고 비를 맞으며 산책을 했다. 장화 밑에서 찰방찰방 소리가 났다. 하루 한 번, 왕복 40분 코스는 꼭 돌았다. 코스를 돌고 돌아올 때 아까는 보지 못했던 그림자 하나가 시멘트 벤치에서 눈에 띄었다. 비에 흠뻑 젖은, 계절에 맞지 않는 두툼한 옷가지로 몸을 칭칭 동여맨 노숙인이었다. 유월 수림이 빈틈없이 그의 몸을 두들기고 있었다.

6월의 깊디깊은 장마가 노숙인의 퉁퉁 부은 몸뚱이를 남김없이 적시고 있었다. 아무거나 되는대로 집어먹어 겉은 퉁퉁 붓고 속은 공허하게 썩어가는 그를, 가차 없이 흠뻑 적시고 있었다. 마음에 상처를 입어 그 고통에 몸까지 둔하게 마비되어버린 그를, 억수처럼, 사무라이의 칼날처럼, 그의 몸을 다 저미고 조각내어버릴 듯이.

여자는 용기를 내어 다가가 노숙인 앞에 섰다. 노숙인은 눈을 뜨고 있었지만 시선은 약간 하늘을 향한 채로 그녀는 거들떠도 보지 않았다. 비가 눈두덩에 고이면 눈꺼풀을 깜박여 물방울을 털어냈다. 실성한 게 분명했다. 그녀는 한 발짝 더 가까이 갔다. 비에 맞아서 노숙인 얼굴의 얼룩이 점점이 지워지고 있었다. 군데군데 땟국이 흘러내리고 누런 피부가 드러나고 있었다. 그녀는 우산 아래서 울고 있었다. 그녀는 자기가 사무라이라도 된 것 같은 기분이었다. 그녀는 자기가 사무라이가 되어 이유도 없이 눈앞의 노숙인을 베어버린 기분이었다.

우산을 두들기는 빗소리에 여자의 울음소리가 묻혔다. 울음은 이제 그녀의 귀에만 들렸다. 그녀는 무언가 말하려 했지만 이번엔 울음에 자기 말소리가 묻히고 막혀버렸다. 그저 입만 몇 번 벙긋거릴 수 있을 뿐이었다. 그녀의 우느라 일그러지고 흔들리는 두 눈에, 노숙인은 씻겨내린 땟국과 함께 취색 구정물로 흘러내리고 있었다. 구정물로 흘러내려 빗물과 함께 20센티미터쯤 불어난 한강으로 빠르게 쓸려 들어가고 있었다.

김동환 한성대학교 한국어문학부 교수

소설의 언어로 세상 베기

이 소설의 독자는 대체로 '남자'라고 지칭되는 인물의 다음과 같은 말에서 본격적인 읽기를 시작하게 될 것이다.

> "뭐가 있냐고? 사무라이가 있지. 아까 그 사우나가 고시원이었을 때, 가진 건 원한뿐인 은둔자가 살고 있었어. 세 평짜리 방 한 칸에서. 그 은둔자의 꿈은 최고 레벨의 사무라이가 되어 칼로 세상을 다 베어버리는 것이었어. 무협 판타지의 리얼 버전이지. ……오랜 세월 많은 공력을 들인 끝에 사무라이는 드디어 깨달아. 사무라이의 칼 놀림은 장마철 빗줄기와 같아야 한다고 말이야."(57~58쪽)

이 말은 이 소설이 갈등 구조보다는 욕망 구조라는 맥락에서 읽어내기에 적당한 것임을 말해주는 대목이기도 하다. 오랜 은둔 생활을 한 사람이 세상을 향해 원한 맺힌 칼을 휘두르고자 하는 욕망이 서사구조의 저변에 깔려 있기 때문이다. 이 소설 속에는 그런 욕망을 지니고 있을 것으로 추정되는 인물들이 등장한다. '남편'이 아닌 '남자', '노숙인들', 심지어 '그녀'까지도 세상에 대한 원한을 지니고 있는 인물들로 읽힌다.

골목길의 건물에서 사진을 찍는 '남자'의 행위는 '비와 사무라이'라는 작품의 배경을 찍어두려는 것이라는 말에서 엿보이듯 '은둔자'의 현재적인 모습일 가능성이 매우 높다. 그가 그녀에게 보낸 문자메시지도 그러한 가능성을 높여준다.

"세상은 조만간에 미친 사람들로 가득 찰 거야." "난 아무 짓도 안 했는데 왜 세상은 날 증오하는 거지?"라는 문자메시지는 세상을 향해 날리는 원한 섞인 목소리에 다름 아니다.

노숙인들의 눈빛이나 행동 역시 거기에서 벗어나기 어렵다. '검고 부은 얼굴' '악취'에 가려져 있었지만 '그녀'에게 포착된 '어떤 힘'은 세상에 대한 원한에서 비롯된 것임을 추측하기 어렵지 않다. '마음에 아주 큰 상처를 입어서 그리 된 것'이라는, 남자의 문자메시지를 애써 외면하려는 '그녀'의 태도에서도 확인할 수 있다.

문제는 '그녀'이다. 소설 전반부에서 독자들은 '그녀'가 왜 노숙인들에게 관심을 보이는지 의아해할 수밖에 없다. "이렇게 이유도 없이 코허리가 시큰해지는 게"라는 문장에서 그녀가 우울증을 겪고 있을 것이라는 추정을 할 수는 있지만 소설의 초반부터 강하게 시선을 끄는 노숙인들에 대한 관심은 쉽게 그 정체를 드러내지 않는다. 우울증과 노숙인에 대한 관심을 하나의 의미 단위로 결합해내기에는 독자에게 주어진 정보가 너무 부족하다. 그러다가 끝부분에 이르러 남편의 말을 통해, 그리고 이어지는 서술자의 말을 통해 '그녀'의 이력의 한 자락이 드러나면서 그 실마리 정도가 제시될 뿐이다. 3년 전에 무슨 일인가로 약물로 자살을 시도했고, 그 후유증으로 몸 상태가 정상적이지 않다는 이력이 그것이다. 그러나 여전히 그녀의 노숙인에 대한 관심을 설명하기에는 부족하다. '세상에 대한 원한'을 등장인물들의 공통분모이자 서사구조의 추동력으로 떠올리게 되는 소이는 여기에 있다. 그렇게 묶여야 이 소설이 읽히기 때문이다. '그녀'나 '노숙인'은 어떤 연유로든 세상에 대한 원한을 지닌 인물이라는 공통분모로 묶어가는 것이 일반적인 독자로서 이 소설을 읽어가는 과정에서 선택할 수 있는 가장 용이한 가정이 될 것이다.

그렇다면 작가는 세상에 대한 원한을 지닌 인물들의 한풀이에 대해 말하고자 하는 것일까? 작가가 홀연 문단을 떠났다가 10년 만에 어딘가에서의 '은둔' 생활을 마치고 문단으로 돌아오게 된 이력이 슬쩍 뇌리를 스쳐간다. 문단 복귀 후「수림」「비와 사무라이」라는 소설을 통해, 장맛비에 새로운 상징 체계를 더하면서 세상을 은유하고 있다는 점도 스쳐 지나간다. 작가와 작중인물을 동일시하고 싶은 욕망을 쉬 버리지 못하는 독자들과 한 무리에 끼고 싶은 유혹이 불쑥 치솟는 대목이 아닐 수 없다. '사무라이의 순수한 증오'로 "세상을 흠뻑, 아주 흠뻑 적시려면 대충 해선 안 된다"는 말에서 작가가 설정하고 있는 증오는 무엇일까, 세상을 흠뻑 적시는 방법으로 무엇을 상정하고 있을까라는 의문을 떠올리게 되는 것은 이 작품의 결말 구조가 독자의 입장에서 접근해가기에 녹록하지 않은 까닭이다. '그녀'의 울음소리가 장맛비 소리에 묻혀 들리지 않는 것처럼 그녀의 울음의 의미는 '사무라이'라는 강렬한 은유 속에 갇혀버렸기 때문이다.

왜 '그녀'는 "사무라이가 되어 이유도 없이 눈앞의 노숙인을 베어"버리고 싶은지를 풀어나가야 하는데, 작가나 서술자는 유난히 말을 아끼고 있다. 그렇기에 '그녀'의 행위를 자기 자신의 내면에 존재하는 '노숙인'의 면모, 노숙인과 동일시될 수밖에 없는 자신의 이중적 자아를 떨쳐내고 싶은 욕망의 표현으로 읽어내는 일에 마냥 확신을 둘 수는 없다. '그녀'와 '노숙인' 사이에서 작용하고 있는 원심력과 구심력의 정체는 여전히 미지수이기 때문이다. 마지막 부분에서 그녀의 '눈물'과 노숙인의 '씻겨내린 땟국'이 빗물과 함께 흘러 내려가는 장면은 두 사람의 관계에서 원심력보다는 구심력이 더 강하게 작용하고 있다는 판단을 하게 되는 근거는 될 수 있을 것이다. 다만 두 인물 사이의 원심력의 근원이 무엇인지에 대해서는 다양한 판단이 가능할 것이다. '그녀'의 '아픔'이 노숙인 때문일 수도, 노숙인과 같은 처지인 데서 온 것일 수도, 노숙인을 양산하게 된 사회적 상황에서 비롯된 것일 수도 있다고 보는 경우 등이 그 예가 될 것이다.

'남자'나 '그녀', '노숙인'은 우리일 수 있다. 세상의 돌아가는 이치가 도대체 수긍하기 어렵고, 내가 이유 없이 불이익을 감수해야 하고, 누군가 또는 무언가로부터 억울함을 당했으나 속수무책이어야 하고, 심지어 이 사회에서 정당하지 않은 사유로 배척되기도 하는 등등의 일들이 이 소설에서처럼 '증오'와 '원한'으로 이어질 수 있고 그것을 풀기 위해 '세상을 베어버리고' 싶은 마음을 가끔씩 또는 종종 갖게 되기 때문이다.

그러나 소설이라는 장르 속에 존재하는 언어는 세상을 베지 못한다. 백민석의 소설들을 읽을 때 만나곤 하는, 만화나 게임의 기법을 동원한 소설들의 언어도 세상을 베기에는 적절치 않은 도구이다. 소설 속에서 인물들의 의식과 감정을 고스란히 드러내는 말이라도 인용부호에 갇히거나 서술자의 목소리를 빌려야 비로소 독자에게 전달되기 때문에 소설적 언어는 그 자체로는 세상을 베어내는 힘을 유지하기 어렵다. 다만 다스릴 수 있는 힘을 내포할 뿐이다.

이 소설에서 작가는 앞에서 본 것처럼 인용부호를 통해, 문자메시지를 통해 세상을 몽땅 베어버리겠다는 한 남자의 원한을 무력화시켜 보여주고 있다. 소설이라는 구조 속에서 인용이나 문자메시지 등을 통해 원한이 표출될 때 이미 그 원한은 간접화되고 무력화되어 있어 독자들에게는 '칼'로 인식될 수는 없다. 독자들이 현실에서 누군가로부터 "이 세상을 다 베어버릴 거야"라고 듣는 경우와 소설의 등장인물을 통해 듣는 경우를 견주어보면 쉽게 두 언어의 차이를 느낄 수 있을 것이다. 이 대목에서 '칼'을 품은 언어로 표출해야 할 분노가 소설의 언어로 전화되면서 무뎌지고 다스려질 수 있음을 포착해 낼 수 있을 것이다. 소설이 문제 해결의 장르로 인식되고 있는 소이는 여기에 있지 않을까 싶다.

현실의 자아, 현실의 언어가 안고 살아가야 하는 문제들을 소설적 자아와 소설적 언어로 해결해낼 수 있으리라는 메시지를 읽어낼 수 있다면 독자로서의 존재감은 충분히 확보할 수 있을 것이다. 다만 나의 문제를 풀어내기 위한 소설적 자아나 소설적 언어가 무엇일지에 대해서는 독자 자신의 고유한 몫으로 남겨두고 해결해가야 할 것이다. 문득 세상일로 인해 생긴 심화를 다스리기 위해 나무로 만든 두꺼비의 굴곡진 등을 긁어 소리를 내고 입으로 중얼거리며 다스린다는 동

남아 어느 나라의 명상가들의 모습을 이 소설의 '은둔자'에게 전수하고 싶은 욕구가 생기는 것은 독자로서의 한 반응이 아닐까 싶다.

소설가 백가흠이 백민석에 대해 쓴 글에 이런 표현이 있어 흥미롭다. "만나보니 그의 말은 조금 신경질적이고 날카로우며 뭔가를 베는 데 쓰였다." 그러나 이 소설에서 백민석이 보여주는 인물들의 언어는 현실에서의 언어와는 달리 베인 곳을 아물게 하는 데 쓰이고 있다. 그리고 그 힘은 머릿속 한켠에 '우울증'이나 '노숙자'처럼 나앉아 있는 분노나 원한들을 제자리에 돌려놓는 일에서 나온다는 것을 알아차리는 일, 그것이 이 소설의 독자들이 다다라야 할 지점이다. 백민석의 소설이 전위적이라고 하는 말에 동의할 수 있다면 그 한 근거는 이러한 '낯선 사유 방식'에서 찾을 수 있을 것이다.

나선의 방향

2015 올해의 문제소설

안보윤

—

1981년 출생

2005년 「악어떼가 나왔다」로 문학동네작가상을 수상하며 등단

장편소설 『사소한 문제들』 『우선 멈춤』 『모르는 척』

소설집 『비교적 안녕한 당신의 하루』

2009년 「오즈의 닥터」로 자음과모음 장편소설상 수상

고작 다섯 시간이었다.

남자는 낯익다고도, 낯설다고도 할 수 없는 들판을 유심히 바라보았다. 본디 이곳은 검고 단단한 땅이었다. 군데군데 오래된 뼈처럼 튀어나와 있던 편마암이 지금은 흔적조차 없었다. 들판을 뒤덮은 건 남루한 틀에서 빠져나온 듯 균일하게 색을 잃은 모래들이었다. 헐거운 궤적을 그리며 남자의 손목시계가 흘러내렸다. 납작하고 가는 남자의 손목에 비해 터무니없이 큰 시계는 스테인리스로 도금된 굵은 선이 무례할 정도로 샛노랬다. 남자의 손가락이 손목시계를 두어 번 두드렸다. 다섯 시간. 그 짧은 시간 내에 이런 일이 가능한 걸까. 이렇게 모든 것이 깨끗이, 사라져버릴 수도 있는 걸까.

남자는 황량한 들판을, 모래밖에 남지 않은, 애초에 모래 외에 무엇이 있었다고 상상할 수 없게끔 아득한 음영만이 남은 들판을 다시 한 번 살폈다. 지그재그로 날아드는 바람이 표정 없이 건조했다. 흔들리는 것은 사방 어디에도 없었다. 다섯 시간 전까지만 해도 들판에 붙박여 있던 남자의 집은 이제 흙벽돌 하나 남아 있지 않았다.

돌이켜보면 그의 인생에서 사라지지 않는 것은 없었다.

남자의 부모는 아주 오래전 사라졌다. 남자의 목소리 역시 그들과 함께 사라졌으며, 목에 사선으로 새겨졌던 굵은 칼자국은 새로 돋은 살과 주름 사이로 흐려져 한때 그가 소유했던 말의 억양과 리듬의 기억을 품은 채 사라졌다. 열 살 아래 남동생이 사라진 건 3년 전이었다. 하얗고 넓은 이마와 상반되게 억센 머리칼을 가졌던 딸은 다섯 시간 전에 사라졌다. 이제 마지막, 마리암과 그들의 집이 사라진 지점에 이르러서야 남자는 자신의 불행을 오롯이 마주했다. 어쩌자고 이렇게 불행한 삶을 끈질기게 이어온 걸까. 주저앉은 남자의 손바닥에 모래알이 닿았다. 가슬가슬한 모래알이 뜻밖에 따뜻해서, 남자는 뺨을 바닥에 대고 흐느꼈다. 이왕 사라져버릴 거라면 이보다 더 끔찍해야 했다. 더 잔혹한 장면으로 의심할 겨를 없이 사라졌어야 했다. 집이 있던 자리에 증기가 솟구치는 거대한 구멍이라도 뚫려 있었다면 이렇게 무기력해지진 않았을 거라고, 들판에 엎드린 남자는 끅끅대며 사라진 것들의 말끔함을 원망했다.

남자의 일과는 밤 11시부터 시작됐다. 느슨하고 여유롭던 동대문 도매상가의 공기는 밤 10시를 넘어가면서 확연히 팽팽해졌다. 습관처럼 던지던 호객과 아부의 대사들은 사라진 지 오래였다. 작은 책만 한 크기의 가방을 허리춤이나 손목에 매단 사입자들이 상점과 상점 간 좁은 길에 빼곡했다. 거래처로 걸음을 옮기면서도 사입자들은 주변에 걸린 옷과 사람들의 동선을 면밀히 훑었다. 여러 가게로 시선을 돌리는 사람은 드물게 가방 안에 현금 뭉치를 챙겨온 사입자이거나 야시장 구경꾼인 경우가 많았다. 사입자들은 이 시간대의 흐름을 방해하는 구경꾼을 딱히 반기지 않았다. 그들의 걸음은 너무 느렸고 수시로 멈추거나 망설였으며 응혈처럼 아무데나 고여 수다를 떨었다. 사입자 중에는 옷을 가득 싸 넣은 대봉을 양어깨에 메고 가다 그들의 뒤통수를 가차 없이 떠밀어버리는 사람도 있었다. 거울 앞에 서서 한갓지게 옷을 몸에 대보며 길을 막는 응혈들에 대한 경고였다. 남자는 그 정도까진 아니었지만 아무 데나 무리 지어 선 구경꾼들이 성가시긴 했다. 이왕이면 더 늦은 시간에 나올 것이지. 지방으로 내려보낼 옷들을 싸려면 11시부터 새벽 1시까지는 물 한 모금 마실 시간조차 빠듯할 정도로 바빴다.

남자가 가야 할 곳은 정해져 있었다. 몇 년간 거래를 계속해온 상점들은 서로를 견제하지 않아도 될 만큼 적당히 떨어진 곳에 위치했다. 영수증만 수

북한 남자의 손가방이 허벅지와 허리께를 분주히 오갔다. 대구에 있는 소매 상점 두 개가 거래처의 전부인 남자는 다른 사입자들보다 시간이 넉넉한 편이었다. 그렇다 해도 물건을 실어 보내는 장차 시간에 맞추려면 마냥 늑장을 부릴 수는 없었다. 남자는 구경꾼들을 서툴게 밀어내며 상가 구석으로 파고들었다.

남자는 자신이 하는 일이, 말하자면 수송관 역할에 불과하다는 걸 알고 있었다. 대구 소매상점은 남자의 동생이 운영하는 곳이었다. 사업 수완이 좋은 남자의 동생은 대구에 제법 규모가 큰 상점 두 개를 운영하고 있었다. 하나는 번화가 대로변에, 하나는 멀티플렉스 영화관이 입점해 있는 쇼핑몰 2층에 있다고 들었다. 시작은 권리금 5천짜리 쪽가게였다. 지하상가에서 지상으로 올라가는 계단 아래, 삽으로 떠낸 듯한 삼각형 공간이 동생의 첫 가게였다. 일곱 평짜리 가게의 밑변과 빗변이 정확하게 45도를 유지하고 있어 물건을 진열하는 것도, 안에 재고품을 쟁여두는 것도 쉽지 않았다. 그럼에도 동생은 여성용 플랫슈즈와 액세서리를 팔아 2년 만에 종잣돈 2억을 만들었다. 가게를 넓히면서 여성의류로 품목을 바꾼 동생은 밤마다 남자를 데리고 동대문을 돌았다. 그것이 남자를 사입자로 만들기 위한 첫 단계였음을 남자는 아주 나중에야 깨달았다.

— 담달부터는 형이 혼자 올 거예요.

남자를 앞으로 쓱 밀어 세운 동생이 거래처 사장에게 몇 번이고 허리를 굽히며 말했다.

— 제가 오던 때랑 똑같이, 그렇게만 해주세요. 저희 형 진짜 착한 사람이거든요. 묵은 옷 두세 종 섞어넣으셔도 괜찮아요, 신상품만 제대로 챙겨주시면 사장님 반품 나온 옷들 제가 어떻게든 팔아드릴게요. 저희 형 좀 잘 부탁드립니다.

동생이 대구에 상점을 계약했을 때도, 둘이 함께 살던 서울 전셋집을 남자

명의로 돌려놓았을 때도, 동대문 거래처에 홍삼 박스를 돌리며 남자를 부탁했을 때도 남자는 멀뚱히 서 있기만 했다. 동생이 준비하는 것이 남자의 자립인지 본인의 자유인지 가늠할 수 없어서였다. 어느 쪽이라 해도 남자는 방해할 생각이 없었다. 동생이 남자에게 품고 있는 건 가족애와 연민, 학습된 책임감과 질긴 부채감이었다. 그것들의 조합은 부모가 죽던 날*로부터 20년간, 다리에 도끼 자국이 찍힌 의자처럼 위태롭게 동생의 발밑을 떠받치고 있었다.

---

* 남자의 부모는 고속도로에서 죽었다. 남자와 동생은 목격자이자 사고 당사자이자 유족이라는 복잡한 위치에 놓여 있었다. 두 사람은 똑같이 어렸으나 각자가 기억하는 것이 달랐다.

남자는 누더기처럼 기워진 고속도로와 화물트럭을 기억했다. 남자가 전국청소년웅변대회에서 큰 상을 받은 직후였고, 그를 축하하기 위해 온 가족이 나들이를 나선 참이었다. 화물차가 많이 다니는 곳이라 도로 여기저기가 꺼져 있었는데, 대충 시멘트를 눌러 바른 통에 차가 수시로 요동쳤다. 앞서 가던 트럭의 사고는 우연이었다. 화물 과적 때문에 브레이크가 파열돼 생긴 사고로 화물트럭 운전사에게는 필연이었겠으나 그 뒤를 따라 주행했을 뿐인 남자의 가족에게는 참혹한 우연에 불과했다. 컨테이너를 설치하지 않은 화물트럭에는 건축용 목재가 가득 실려 있었다. 트럭에서 일시에 쏟아진 목재들이 뒤따라오던 승용차 전면 유리창에 침처럼 꽂혔다. 부모의 상반신은 치아 하나 온전히 남은 게 없었다. 깨진 목재와 유리창이 뒷좌석 중앙에 비스듬히 앉아 있던 남자의 목과 옆구리에 박혔다. 고작 여덟 살이었던 남자의 동생만이 앞이마에 검푸른 혹이 돋는 경상이었다. 남자는 죽지 않는 대신 목소리를 잃었다.

남자의 동생은 날카로운 굉음과 자신의 배 위에 올라 있던 형의 손을 기억했다. 나들이를 가는 내내 배가 아프다고 칭얼댔던 일도 기억했다. 남자의 동생은 자신의 배가 진짜 아팠는지 거듭 부모의 칭찬을 받는 형이 못마땅해 심술을 부렸던 건지 정확히 기억하지 못했다. 다만 이동하는 내내 형이 자신의 배를 쓰다듬어주던 것만을 기억했다. 굉음은 순식간에 그들을 덮쳤고 수초 후엔 거짓말처럼 모든 걸 정지시켰다. 남자의 동생은 먹먹한 정적 속에 이상한 각도로 젖혀진 앞좌석을 목격했다. 남자의 손이 자신의 배를 아프게 누르고 있었다. 몸을 뒤틀어 상체를 일으킨 남자의 동생은 남자의 목에 박힌 말뚝 같은 것을 보았다. 부모와 달리 남자는 살아남았다. 동생은 남자의 장기가 온전치 못하고 궂은 날이면 옆구리를 쥐고 바닥을 뒹굴면서도 아프다 한마디 뱉을 수 없는 상황이 된 게 전부 자신 때문이라고 생각했다. 자신의 배를 쓰다듬느라 뒷좌석 중앙에 앉아 있지 않았다면 남자 역시 앞좌석 등받이에 처박혀 혹 하나 돋는 걸로 끝났을지 몰랐다.

남자는 잠자코 동생의 뜻을 따랐다. 동생이 대구로 내려간 뒤, 남자는 이틀에 한 번꼴로 동대문에 나와 물건을 매입했다. 남자가 하는 일은 단순했다. 거래처에서 골라놓은 신상품을 매입하고 동생이 문자로 보낸 주문품들을 더해 넣어 꽁꽁 싼 대봉 대여섯 뭉치를 장차에 실어 대구로 보내면 그만이었다. 동생은 남자의 월급으로 꼬박꼬박 150만 원씩을 송금했다. 남자는 특별히 돈이 필요하지 않았으나 동생을 말리지 않았다. 대신 발 빠른 사입자들이 골라둔 것을 눈여겨봤다가 자신의 돈으로 서너 종씩 따로 매입해 대봉에 끼워 넣었다.

이 정도면 괜찮은 공존이라고 남자는 생각했다. 대구에 자리잡고 아이 둘을 키우며 사는 동생에게 남자는 짐이 되고 싶지는 않았다. 남자가 짐이 되는 것은 매달 150만 원의 월급을 받는 순간이 아니라 일을 그만두고 스스로의 힘으로 살아보겠다고 허세를 부리는 순간이었다. 남자는 되도록 동생이 최선이라고 생각해둔 틀에서 벗어나고 싶지 않았다. 동생의 의자처럼 남자의 의자 다리에도 모진 도끼 자국이 남은 탓이었다. 남자는 자신이 목소리를 낼 수 없게 된 것이 나름의 형벌이라고 생각했다. 자신이 웅변대회에서 상을 받지 않았다면 그들의 부모는 지금까지 살아 있을지 몰랐다.

남자가 다가오는 걸 확인한 거래처 사장이 투명하고 질긴 대봉을 꺼내 옷을 싸기 시작했다. 공장에서 새로 들여온 옷들 위주로, 색깔별로 챙겨 넣되 윗옷의 경우 블랙과 화이트를, 바지나 치마의 경우 제일 많이 팔리는 27, 28, 29 사이즈를 서너 점씩 더 챙겼다. 똑같은 대봉이 두 개 꾸려지는 동안 남자는 영수증에 옷 종류와 개수, 가격을 기록했다. 거래처 특성상 외상거래가 주를 이뤄 남자가 보낸 영수증대로 돈을 지불하는 건 남자의 동생이었다. 일말의 과정에는 어떤 대화도 필요치 않았다. 남자는 대봉을 어깨에 이고 꾸벅 인사를 한 뒤 상가를 나섰다.

지방 각 곳으로 내려가는 장차들이 상가 뒤편에 줄지어 서 있었다. 남자는 대봉 표면에 커다랗게 지역과 상점 이름을 써넣었다. 대구를 비롯해 전주, 광주, 부산까지 적혀 있는 대봉들이 공터에 빼곡했다. 여기까지였다. 남자는 대봉을 버스 짐칸에 밀어 넣고 시간을 확인했다. 새벽 2시. 황갈색 가죽줄이 손목에 딱 맞게 감긴 시계는 동생이 대구로 내려가면서 남자에게 준 선물이었다. 남자는 곡선으로 부드럽게 부푼 문자판 유리를 손가락으로 두드리며 화장실로 들어갔다. 슬그머니 거울 앞에 선 남자가 웃옷에 붙은 실밥을 털었다. 어깨와 팔꿈치 부근에 눌리고 구겨진 옷감을 정리하고, 대봉에 쓸려 정전기가 일어난 머리칼도 물을 묻혀 가라앉혔다. 새벽 2시. 순대곱창볶음을 먹으러 갈 시간이었다.

남자는 파란색 플라스틱 의자를 끌어다 앉으며 포장마차 주인 여자가 실쭉 웃는 모습을 지켜보았다. 포장마차에 들어설 때부터 주인 여자는 요란하게 눈짓을 하며 목소리를 높였다. 말임아, 거기 순대 써는 거 그만두고 이리 좀 와봐라. 말임아, 저기 순대볶음 1인분 니가 갖다드려. 말임아. 단무지도 갖다놔야지. 부잡스러운 광경 속에 남자는 팻말처럼 가만히 꽂혀 있었다. 말임은 주인 여자의 말을 대부분 알아듣지 못했다. 말임이 읽는 것은 주인 여자의 손짓과 몸짓이었다. 야채와 순대를 수북이 올린 플라스틱 접시가 남자 앞에 놓였다. 단무지 그릇과 물그릇이, 말간 국물이 담긴 우동 대접이 말임의 손에서 남자 앞으로 차근차근 옮겨왔다. 남자는 꽉 잡아 묶은 말임의 머리칼과 불 앞에 한참을 서 있어도 땀 한 방울 돋지 않는 맨송맨송한 이마와 좁은 콧날을 눈치껏 훔쳐보았다. 말임은 머리가 작고 턱이 좁았는데 그마저도 받치기 버겁다는 듯 가느다란 목이 늘 왼편으로 기울어져 있었다. 남자가 보고 싶은 건 말임의 눈이었다. 언젠가 백열전구 밑에서 마주친 그녀의 눈은 모랫빛이었다.

말임을 처음 본 건 넉 달 전이었다. 남자는 새벽시장 앞에 늘어선 포장마차들을 딱히 좋아하지 않았다. 동생과 함께 다닐 때야 사입이 끝난 뒤 납작만두나 곱창볶음으로 허기를 채웠지만 지금은 그럴 필요가 없었다. 남자는 포장마차에서 야식을 먹는 대신 편의점에 들어가 삼각김밥과 야채주스를 샀다. 아슬아슬한 수위까지 누린내를 풍기는 곱창볶음과 소주 반 병은 동생이 좋아하는 메뉴였다. 남자는 적당히 배를 채울 수 있는, 담백하고 맵지 않은 것이 좋았다. 소주를 삼킬 때마다 목젖에 매달리는 화기(火氣)도 싫었다. 혼자 살게 된 뒤 남자는 대부분의 끼니를 삼각김밥이나 기사식당 백반으로 해결했다. 추울 때는 유부와 튀김을 올린 우동을 먹을 때도 있었으나 가끔이었다. 그날도 남자는 포장마차 골목을 그냥 지나쳐 길을 건너려던 참이었다. 포장마차 뒤쪽으로 한 여자가 나오더니 14킬로그램짜리 고추장 깡통에 든 물을 바닥에 휙 끼얹었다. 운동화와 바지 밑단이 흠뻑 젖은 남자는 망연히 여자만 바라보았다. 그것은 바지 밑단에 지저분하게 달라붙은 고추장 찌꺼기가 더러워서도, 젖은 운동화가 불쾌해서도 아니었다. 사과의 내용일 게 분명한 여자의 말을 한마디도 알아들을 수 없었던 까닭이었다.

기어코는 귀도 고장 난 걸까. 아까 상점 안에서는 괜찮았던 것 같은데. 남자를 앞에 두고 열심히 머리를 조아리던 여자가 무언가를 깨달은 듯 멈칫했다. 포장마차 안으로 다시 들어간 여자가 주인 여자를 끌고 나왔다. 아이고, 이게 뭐래. 금세 상황을 눈치챈 주인 여자는 되레 호들갑을 떨며 남자를 포장마차 안으로 밀었다. 여기 앉아 볶음 한 접시 먹고 있음 싹 마르겠구만 뭘. 내 맛있게 볶아줄게. 아니다, 말임이 니가 볶아라, 응? 주인 여자가 내미는 대로 나무주걱을 받아 쥔 여자—말임이 불안한 눈으로 남자를 바라보았다. 모랫빛. 남자는 불빛 아래 무방비하게 드러난 말임의 눈을 보았다. 말임의 모랫빛 눈동자는 너무 밝았고, 그래서 그 안이 텅 빈 것처럼 보였다. 가뭇없이 사라져버릴 듯 피폐한 눈을 남자는 이전에도 본 적이 있었다. 하얀 배를 드러낸 채 뒷좌석에 누워 있던, 남자의 목에서 왈칵 쏟아지는 핏덩어리를 바라보던 여덟 살 동생의 눈동자가 꼭 그랬다. 동생은 그 뒤로 두 번, 자살을 시도했다.

남자는 꼬박꼬박 포장마차에 들렀다. 남자의 눈이 자연스럽게 말임을 찾았다. 말임은 양손에 나무주걱을 쥔 채 순대곱창을 볶고 있기도 했고, 박스째 놓인 깻잎을 다듬고 있기도 했다. 고추장 양념에 양파를 갈아 넣거나 세로로 정확히 세 번 접은 사각어묵을 파도처럼 구겨 꼬치에 끼우기도 했다. 포장마차의 온갖 잡일을 도맡아 하고 있는 셈이었다. 남자는 플라스틱 접시에 비닐을 끼우고 있는 말임의 느른히 기울어진 목을, 수시로 훔쳐보았다. 어느 날의 말임은 배꼽 근처에 주먹을 댄 채 우뚝 멈춰 섰다. 돌연 생수병을 들어 반 통씩 들이킬 때도 있었다. 어쨌거나 말임이 눈을 깜박이고 있으면 안심이 됐다. 남자는 자신의 감정이 불안인지 사랑인지 잘 구분할 수 없었다. 남자의 시선을 눈치챈 주인 여자가 어떤 식으로 부산을 떨든 상관없었다. 남자는 다만 말임이 살아 있는 게 좋았다. 말임의 눈에 차곡차곡 자신의 그림자가 쌓이는 것이, 간혹 알아들을 수 없는 이국의 언어로 낮게 읊조리는 말임의 목소리가, 자신에게 물그릇을 건네주는 발갛게 익은 손끝이 좋았다.

두세 달에 한 번씩 동생은 남자를 보러 왔다. 함께 올라온 동생의 아내는 남자의 집을 호주머니 뒤집듯 탈탈 털어 닦았다. 동생의 아내가 조린 우엉과 느타리버섯으로 냉장고를 채운 뒤 남자의 침실에서 커튼을 뜯어 빠는 동안 남자와 남자의 동생은 도매시장 거래처를 돌았다. 거듭되는 불황이었다. 꼬박꼬박 대금을 정산하는 남자의 동생은 귀한 손님이라 거래처마다 반기는 기색이 역력했다. 동생은 새로 나올 옷과 이미 나온 옷 얘기 사이사이 남자의 어깨를 괜스레 끌어안고 팔을 쓰다듬었다. 그때마다 남자는 앞에 놓인 바바리코트의 가볍게 조인 허리선을 쓰다듬거나 희미하게 고개를 끄덕임으로써 동의를 표했다. 동생의 목소리는 톤이 높고 유쾌했다. 동생의 아내 역시 활기찬 목소리를 가졌다. 두 사람이 마주 보고 얘기하고 있으면 어떤 음절이나 억양이 맞물리며 규칙적인 화음을 만들어내곤 했다. 내게도 목소리가 있었다면 어땠을까. 아마 말임의 것처럼 낮고 희미했을 거라고, 우리가 만들어낸 화음은 자신들만 들을 수 있을 만큼 작겠지만 그만큼 상냥하고 섬세했을 거라고 남자는 목 언저리를 쓰다듬으며 생각했다.

거래처를 돌며 사입까지 모두 끝낸 뒤 남자와 동생은 포장마차 골목으로 향했다. 순대곱창볶음 냄새가 적당한 훈기와 함께 끓어오르고 있었다. 막 볶기 시작했는지 냄새가 아직 비렸다. 단골집에 들어서는 동생의 손을 은근히 끌어 남자는 그 옆집, 또 옆집으로 걸음을 옮겼다. 이른 시간이라 포장마차 실내는 비어 있었다. 요란을 떨던 주인 여자가 말을 뚝 멈췄다. 남자의 뒤에 선 동생을 훑는 눈이 갈팡질팡 흔들렸다. 물그릇도 우동 대접도 모두 더디게 나왔다. 심지어 그들은 나무젓가락도 없이 단무지 그릇만 앞에 둔 채 오도카니 앉아 있었다. 동생은 여전히 유쾌했으나 어쩐지 신중해진 눈으로 주위를 살폈다.

보여주고 싶은 사람이 있어.

남자의 말을 알아들은 건 동생뿐만이 아니었다.

말임은 포장마차 뒤편에서 나오지 않았다. 남자와 동생은 어색한 침묵 속에 순대곱창볶음을 먹었다. 남자에게 침묵은 오래된 더께 같은 것이었으나 동생에게 침묵은 허물어진 늪지에 가까웠다. 깻잎과 깨가 많이 들어간 볶음은 지나치게 담백해서 결국 아무런 맛도 나지 않았다. 11월 밤바람이 끈질기게 포장마차를 흔들었다. 차고 무거운 바람이었다. 두리번대던 남자는 주인 여자가 슬쩍 젖힌 천막 저편으로 도로가에 쭈그려앉아 깻잎을 씻고 있는 말임을 발견했다. 웬일인지 목이 꼿꼿했다. 얇은 어깨가 바람이 불 때마다 움칫거렸다.

더운 나라에서 왔으니 이 나라 더위는 아무것도 아닐 거라고 떠들어대던 주인 여자의 말이 떠올랐다. 순대곱창을 볶는 사람도 먹는 사람도 등판에 하얗게 소금이 끼어 있던 8월이었다. 그렇다면 11월의 날씨는 말임에게 거대한 무엇일 터였다. 말임의 나라에도 겨울이 있었을까, 태풍이나 눈이, 고드름 같은 것이 있었을까. 남자는 동생에게 뭐라 말할 틈도 없이 포장마차를 나섰다. 동생의 승합차에는 미리 실어놓은 대봉들이 가득했다. 남자는 그중 하나를 골라 테이핑된 부분을 뜯었다. 폭이 좁거나 넓고, 감이 두툼하거나 얇은 옷들이 색깔별로 누워 단층을 이룬 사이로 손을 쑤셔넣었다. 이즈음, 이즈음이었을 텐데. 남자는 결국 옷을 전부 헤쳐놓은 다음에야 두꺼운 털실로 꽈배기 모양을 넣어 짠 니트 카디건을 끄집어냈다.

말임은 여전히 포장마차 뒤에 있었다. 도매상가로 모여들기 시작한 승합차와 장차 들이 말임의 앞을 휙휙 지나쳤다. 흐르는 물에 얼마나 씻었는지 바구니에 담긴 깻잎이 전부 너덜너덜했다. 젖은 손끝이 새빨갰다. 남자는 카디건으로 말임의 어깨를 조심스레 감쌌다. 말임의 가는 목이 부러지듯 툭 꺾여 무릎 사이에 얼굴을 묻었다. 코앞에 닿도록 브레이크도 밟지 않은 차 한 대가 말임의 얼굴에 찬바람을 끼얹듯 퍼붓고 사라졌다.

포장마차 주인 여자와 딱 한 시간 얘기했을 뿐인데 남자의 동생은 많은 것을 알아왔다. 말임을 지켜본 남자의 넉 달은 현실 앞에 별 의미가 없었다. 그 여자 이름은 말임이 아니야. 동생은 그렇게 말했다. 원래 이름이 마리암인데 포장마차 사람들이 편할 대로 부르던 게 굳어서 말임이 된 거래. 이집트에서 왔다니까 그렇게 더운 나라에서 온 것도 아니야.

남자는 동생의 말이 그리 새롭거나 충격적이지 않았다. 여자—말임—마리암의 이름 같은 건 상관없었다. 말임이거나 마리암이거나 남자로서는 어차피 부르지 못할 이름들이었다. 남자와 마리암에게는 말이나 호칭이 필요치 않았다. 각각의 언어, 이를테면 마리암이 쓰는 이국의 언어와 남자가 쓰는 침묵의 언어 사이에는 어떤 식의 접점도 없었다. 남자의 눈치를 살피던 동생이

조용히 덧붙였다. 그리고 마리암에게는,

—남편이 있대.**

—언젠가는 남편이 마리암을 찾으러 올 거야. 돈 낸 게 억울해서라도 찾아다니겠지. 죽을 때까지 돈을 보내줄 수도 없는 노릇이잖아.

남자는 동생의 근심과 불안을 이해했다. 그러나 이해만 했을 뿐 어떤 대답도 해줄 수 없었다. 마리암이 죽지 않길 바란다고, 그런 사연이 있다면 전남편에게 절대 발견되지 않길 바란다고, 그래서 할 수만 있다면 마리암을 자신의 좁은 방에 숨겨주고 싶다고 차마 말할 수 없었다. 남자의 눈이 자꾸 사방을 헛돌았다. 남자의 손가락이 시계를 톡톡 두들겼다. 동생은 남자의 대답을 기다리고 있었다. 남자는 이전에 동생이 데려왔던 신붓감들을 돌이켜보았다.

** 경남 어느 과수원 집 장남에게 마리암이 시집온 건 3년 전이라고 했다. 한국에서 유학 중인 사촌언니의 소개였다. 마리암의 사촌은 서울에 살았고, 서울을 제외한 어느 도시에도 가보지 못했다. 그건 시골로 시집온 마리암이 3년간 단 한 번도 마을을 벗어날 수 없었던 것과 같지만 다른 이치였다. 여기 사람들은 모두 잘살아. 빈민촌에 살고 있는 마리암의 가족은 그 말을 믿었다. 여기 사람들은 굉장히 세련됐어. 남자들이 특히 친절해. 한국 영화를 딱 한 편 볼 수 있었던 열아홉 살의 마리암은 그 말을 믿었다. 일찌감치 박사학위를 취득한 뒤 한국으로 유학 온 사촌언니와 열 살이 넘어가던 시점부터 가족들을 먹여살리기 위해 일을 해야 했던 마리암의 사정은 다를 것이었으나 아무도 그런 것을 신경 쓰지 않았다. 누군가는 알고도 입을 다물었는지 몰랐다. 경남 과수원은 넓고 아득했다. 어떻게 지내니, 라고 사촌언니가 물으면 마리암은 여긴 너무 넓어, 라고 대답했다. 여긴 좁고 높을 뿐인데 거긴 넓구나. 잘됐다. 사촌언니는 진심으로 그렇게 말했다. 마리암은 넓은 과수원 복판에서 남편에게 자주 맞았다. 마리암의 남편은 좁은 곳을 싫어해서 마리암과 관계를 가질 때도, 폭력을 행할 때도 모두 탁 트인 들판에서 했다. 가래로 두들겨맞아 뇌진탕을 일으킨 마리암이 발견된 곳도 과수원 길 옆이었다. 마리암은 남편을 피해 이주여성쉼터를 세 번 옮겼다. 마리암의 가족에게 상당한 돈을 송금한 뒤 마리암을 데려왔던 남편은 당연히 이혼을 거부했다. 마리암의 여권은 남편에게 빼긴 채였다. 마리암을 돌보던 복지사가 포장마차 주인 여자 동생이었던 덕에 마리암은 포장마차에 다니며 약간의 돈을 벌 수 있었다. 마리암은 월급의 절반은 알렉산드리아에 있는 가족에게, 나머지 절반은 남편에게 송금해왔다. 찾지 말아주세요, 그런 식의 애걸인 셈이었다.

장애인협회에서 오랫동안 일했다던 차분한 분위기의 여성이 있었다. 남자처럼 언어장애가 있지만 그림동화를 그리면서 똑똑하게 살아가던 여성이 있었다. 남자보다 세 살 많은 도매상점 여직원도 있었다. 동생이 꿈꾸는 그림은 그랬다. 자립에 성공한 배려 깊은 여성. 몸에 딱 맞는 소파처럼 안전하고 따뜻하게 남자를 감싸안아줄 어머니 같은 여성. 마리암은 그 어느 쪽에도 들지 않을 게 확실했다.

괜찮아, 나는.

남자는 휴대폰 문자판을 열어 자음과 모음을 하나씩 두드렸다. 너무 천천히 눌러 글자가 흩어지면 지우고 다시 썼다. 괜찮아, 나는. 오랜 시간을 들여 남자는 그렇게 썼다.

이대로도 괜찮아, 나는.

동생이 남자의 휴대폰을 사납게 빼앗았다. 동생은 그날 대구로 내려가지 않았다. 남자는 우렁우렁한 동생의 목소리와 그를 뒤쫓는 동생의 아내 목소리를 밤새 들었다. 그렇듯 조급하게 흐트러진 화음은 처음이었다. 남자는 의자 다리를 덥석덥석 베어 먹는 도끼 자국에 잠을 설쳤다. 동생이 정해준 틀에서 벗어나지 말자고 남자는 생각했다. 달라질 건 없었다. 동생 내외가 대구로 내려가면 남자의 일과는 다시 밤 11시부터 시작될 것이었다. 대봉을 짊어지고 사람들과 부대끼며 공터로 갈 것이고, 장차에 짐을 실은 뒤에는 습관처럼 시간을 확인할 터였다. 새벽 2시에는 누리고 매운 순대곱창볶음 1인분을 먹고, 마리암은 거기 어디에서 목을 기울이고. 이대로도 괜찮아. 남자는 다시 그렇게 말할 참이었으나 남자의 동생은 날이 밝기도 전 혼자 집을 나서 다음 날까지 돌아오지 않았다.

지산기념관은 바다가 보이는 외진 들판에 있었다.

조선 시대 유배 온 누구의 자손이라는데 이 고장에서도 지산이라는 호를 아는 사람은 드물었다. 옆머리가 싹둑 잘린 지우개처럼 생긴 건물에 열 평 남짓한 홀 하나가 전부인 기념관에는 지산이 썼다는 수필과 시조를 묶은 책 다섯 권과 누렇게 들떠 귀퉁이가 불탄 것처럼 보이는 원고 여남은 장, 수묵화 몇 점이 유리관에 덮인 채 드문드문 놓여 있었다. 입구 정면에 붙은 대형 초상화는 어떻게 봐도 최근에 그린 것으로 보였다. 남자는 누구의 이름도 적히지 않은 방명록을 덮었다가 다시 펼쳐놓았다. 자신의 이름을 적어볼까도 했으나 괜히 겸연쩍었다. 붓펜 뚜껑을 오래 여닫은 끝에 남자는 방명록 첫 페이지에 마리암의 이름을 썼다. 자음이 유난히 작아 기우뚱하게 적힌 글자들이 마리암과 꼭 닮아 있었다.

지산의 후손이 국회의원이 되면서 급조해놓은 기념관이라 내건 현판만이 그럴듯할 뿐 존재감이 없었다. 간혹 바닷가에 놀러 온 사람들이 들판에 오뚝 선 건물이 공중화장실인 줄 알고 들어왔다가 멋쩍게 나가곤 했다. 아무도 알지 못하는 기념관에서 100미터쯤 떨어진 곳에는 초가집이 두 채 있었다. 하나는 지산의 생가를 복원해놓은 곳으로 철사로 잡아 묶은 장지문 안쪽에 나무 책상과 보료, 서랍장 등등이 놓였다. 책상 위에 펼쳐놓은 책이 바람과 햇볕에 실컷 닳아 애처로운 모양새였다. 부엌과 그 곁에 붙은 광까지 착실히 복원해놓았으나 그 안에 있는 쇠스랑이나 검은 가마솥, 지게는 사실 지산과 아무 관계 없는 물건들이었다. 따지고 보면 기념관 안의 것들도 광에 걸린 코뚜레만큼이나 뜬금없고 조악했다. 생가 옆 또 하나의 초가는 기념관 관리인이 사는 곳이었다. 짚을 엮어 만든 지붕이 눈에 띄게 작았는데, 그곳은 남자와 마리암과 그들의 어린 딸이 사는 곳이기도 했다.

11월의 이른 새벽 서울에서 출발한 남자의 동생은 여섯 시간을 꼬박 헤맨 다음에야 마리암의 남편 집에 도착할 수 있었다. 동생은 마리암을 데려올 때 든 돈 전부를 주겠노라고 했고, 한 시간 후에는 두 배를 주겠다고 했다. 돈을 높일 때마다 굳세게 고개를 젓던 마리암의 남편은 열 배를 주지 않으면 이혼

해주지 않겠다고 우기다 동생이 자리를 털고 일어나자 돌연 다급해졌다. 남자의 동생이 차를 타고 떠나려는데 마리암의 남편이 쫓아나와 차 뒷범퍼를 사납게 걷어찼다. 당장 마리암을 잡아와 죽여버리겠다고 날뛰는 것도 잊지 않았다. 남자의 동생은 그를 무시하고 차를 달렸다. 고속도로 몇 개를 갈아타며 이주여성쉼터와 복지관과 가정폭력상담소와 경찰서와 변호사 사무실을 두루 누빈 남자의 동생은 다음 날에야 남자의 집으로 돌아왔다. 동생을 맞이하던 동생의 아내가 작게 비명을 질렀다. 차 뒤꽁무니에 우악스레 꽂힌 낫을 발견한 탓이었다.

동생은 서둘러 경기도 외곽으로 남자와 마리암을 보냈다. 동생의 지인이 운영하는 펜션에 남자와 마리암이 숨어 있는 동안 곱창집 포장마차가 반쯤 부서지고 이주여성쉼터 신발장이 불탔다. 남자와 마리암은 용인에서 공주로, 남해의 아주 작은 섬에서 남강 옆 모텔로 떠돌았다. 마리암은 불안해했지만 남자는 행복했다. 마리암이 꽈배기 무늬 니트 카디건을 꼭꼭 여며 입을 때면 남자는 손목시계를 천천히 두드리며 숨을 골랐다. 동생이 선물해준 것과 달리 투박하고 굵은 메탈시계였다. 남자의 손목에 비해 터무니없이 큰 시계는 스테인리스로 도금된 굵은 선이 무례할 정도로 샛노랬으나 남자는 그것을 한시도 몸에서 떼놓지 않았다. 동대문 좌판에 널린 5천 원짜리 중국산 시계든 포장마차 손님이 테이블에 풀어놓고 간 것이든 상관없었다. 남자는 자신의 팔목에 그것을 감아주던 마리암의 손을 기억했다. 서툰 손이었다. 누군가의 살갗이나 체온을 낯설어하는 턱없이 수줍은 손. 남자는 가끔 그 손을 잡아 손바닥에 자신의 이름을 써주었다. 마리암의 이름을 쓰기도 하고 함께 가자라고 쓰기도 했다. 어떤 글씨를 쓰든 마리암은 묵묵히 얼굴만 붉힐 뿐이었다.

지산기념관은 동생이 마지막으로 알아온 곳이었다. 여기라면 그놈도 찾아오지 못할 거야. 월급이 아주 적긴 하지만. 남자는 깊게 고개를 끄덕였다. 집이 있고 쌀을 살 돈이 있고 마리암이 있다면 그걸로 충분했다. 줄곧 미안한 얼굴을 하고 있는 동생을 남자는 꽉 끌어안았다. 휴대폰 화면에 남자는 괜찮아, 를 쓰다가 금세 지우고 다른 말을 썼다.

아주 좋아.

행복해, 나는.

남자는 매일 오전 9시 기념관 문을 열었다. 올이 성긴 싸리비로 주변을 쓸고 보름에 한 번씩 잔디를 깎았다. 기념관 내부는 늘 깨끗했지만 남자는 꼬박꼬박 유리를 닦고 점검 일지를 작성했다. 지역신문과 고지서 들을 정리하고 아주 가끔 찾아오는 방문객들에게 팸플릿을 나눠줬다. 그들 중 대부분은 화장실만 쓰고 나가거나 시내로 나가는 버스 편을 물으러 왔다가 말 못하는 관리인과 외국인 여자에게 난색을 표하며 돌아갔다. 폐관은 오후 5시였다. 남자와 마리암은 저녁식사를 하기 전까지 바닷가를 걸었다. 들판에 나란히 붙어 앉아 시간을 보낼 때도 있었다. 마리암이 그녀의 언어로 가족에게 긴 편지를 쓰는 동안 남자는 그의 언어로 마리암에게 긴 이야기를 늘어놓았다. 기념관 소유의 낡은 트럭은 5킬로미터 떨어진 시내로 장을 보러 갈 때나 목욕탕에 갈 때 썼다. 딸이 태어난 뒤엔 시내로 갈 일이 조금 잦아졌으나 그들의 삶은 대개 평온하고 고요했다.

마리암은 한국말을 쓸 줄도 읽을 줄도 몰랐다. 마리암이 아는 것은 가만가만 이어지는 남자의 고갯짓과 부지런히 움직이는 손이었다. 남자는 마리암이 속살거리는 말뜻을 여전히 알 수 없었으나 그녀의 눈짓과 몸짓을 대부분 읽을 수 있었다. 그들은 눈동자와 손가락을 움직이고 더듬어 서로의 말을 읽었다. 마리암은 바람에 찢어진 장지문을 손본 남자가 평상에 걸터앉아 목 언저리를 쓰다듬으면 물이 필요하다는 것을 알았다. 마리암이 자신의 옷깃을 잠깐 잡았다 놓고 등을 돌리면 남자는 마리암이 신발을 바꿔 신거나 뜨거운 차를 담은 물통을 가지고 올 때까지 기다렸다. 약간의 돈 외에는 무엇도 필요치 않은 생활이었다. 그들의 딸이 막 백일이 지날 무렵 남자는 동생의 부고를 들었다. 동생이 뇌졸중으로 쓰러진 곳이 하필 물품창고 안이라, 호흡장애를 일으킨 동생을 병원으로 데려간 사람이 아무도 없었다고 했다. 남자는 장례식이 끝난 뒤 한동안 초가집에 붙은 광에서 나오지 않았다. 축축하게 젖은 엉덩이로 흙바닥에 앉아 가쁘고 아팠을 동생의 마지막을 생각했다. 너무 쉽게 죽어버리는 자신의 가족들을 떠올리고는 무릎에 코를 박고 울었다. 자신이 끈질기게 살아남은 건지 연거푸 버려진 건지 가늠할 수 없어 남자의 슬픔은 쉽게 응고되지 않았다. 해가 질 무렵이면 마리암이 뜨거운 렌즈콩 수프 한 컵을 들고 남자 곁에 앉았다. 마리암은 남자에게 천천히 수프를 먹이고 뻣뻣해진 손과 종아리를 문질러주었다. 마리암의 얇은 등에 몸을 붙인 채 남자는 동이 틀 때까지, 방 안에 혼자 남겨진 그들의 딸이 더 이상 참지 못하고 울음을 터뜨릴 때까지 숨을 골랐다. 젖은 숨이 바닥으로 뚝뚝 떨어졌다.

남자와 마리암에게 있어 남자의 동생은 세상과 통하는 연결고리 같은 것이었다. 이제 남자와 마리암의 세계는 들판 안쪽으로 한정됐다. 기념관과 초가집 두 채. 그들의 딸은 잘 정돈된 잔디 위에서 힘차게 뛰놀았다. 군데군데 뼈처럼 튀어나온 편마암 모서리에 무릎을 찢기면 우렁차게 울었다. 마리암은 그녀의 언어를 아이에게 가르쳤다. 작은 돌을 늘어놓고 숫자를 가르치기도 하고 노래를 불러주기도 했다. 마리암의 목소리는 속삭이듯 낮고 딸의 목소리는 또렷하고 높았다. 남자는 그들이 만들어내는 화음이 좋았다. 들뜬 목소리가 어긋나거나 부산을 떨 때조차 사랑스러워 몇 시간이고 그들 곁에 바짝 붙어 시간을 보내곤 했다. 간혹 기념관 방명록에 써넣은 이름들을 확인할 때도 있었다. 남자는 마리암의 이름 옆에 부모의 이름을, 동생의 이름을, 자신의 이름을 가지런히 늘어놓았다. 남은 백지에 딸의 이름을 써 넣자 그들만의 족보가 완성되었다.

남자는 마리암이 잠든 틈을 타 딸을 안고 나왔다. 밤새 40도를 웃도는 열에 시달린 어린 딸이 팔다리를 늘어뜨린 채 땀에 젖은 이마를 남자의 목에 문질렀다. 축축하고 뜨거운 살갗이 안쓰러워 남자는 여러 번 딸의 뺨을 쓸었다. 딸이 빠르게 숨을 내뱉을 때마다 연한 허브향이 올라왔다. 남자는 밤새 미지근한 물수건으로 딸의 몸을 닦고 캐모마일 잎을 씹어 즙을 먹이던 마리암을 떠올렸다. 길고 고된 밤이었다. 아직 진료를 볼 시간은 아니었지만 병원이 있는 터미널까지 나가려면 시간이 꽤 걸릴 터였다. 남자는 딸의 몸을 담요로 둘둘 말았다가 다시 풀었다. 옷깃을 한껏 벌려주자 불긋하게 오른 열꽃이 조금 움츠러드는 듯 했다. 기념관부터 들판 끝까지 뜀박질을 하던 날처럼 딸의 숨이 가빴다. 남자는 트럭에 시동을 켜기 전 딸의 가슴과 목을 정성껏 문질렀다. 반쯤 열린 눈꺼풀 아래 딸의 눈동자가 가볍게 떨렸다.

터미널에는 예상보다 일찍 도착했다. 남자는 딸을 끌어안고 병원 로비에 앉아 접수창구가 열릴 때까지 기다렸다. 딸이 감기에 걸린 건 금요일 밤이었다. 기념관에 있는 구급상자에서 종합감기약을 꺼내 먹였으나 열은 좀처럼 떨어지지 않았다. 병원은 주말에 문을 열지 않았고 응급실에 가려면 다른 지역 종합병원까지 나가야 했다. 딸은 누워 잠을 자다가 시들시들 앉아 그림을 그리다가 다시 잠들었다가를 반복했다. 워낙 튼튼한 아이니 금방 나을 거야. 남자의 말에 마리암 역시 뭐라고 대꾸했으나 서로의 말이 같은 것인지는 알 수 없었다. 마리암은 딸을 업고 들판 끝까지 걸어갔다가 돌아왔다. 남자 역시 트럭 키를 여러 차례 만지작거렸다. 딸은 마리암의 등에서 숨을 몰아쉬며 잠들어 있었다. 병이 나아가는 과정일지도 몰랐다. 어린 시절의 남자와 남자의 동생은 열이 나면 땀을 흠뻑 쏟아내며 잠을 잤다. 오렌지주스를 마시고 잠들고 물을 마시고 잠들고를 계속하면 어느 순간 방바닥에 빨려 들어간 것처럼 무겁던 팔다리가 가벼워졌다. 남자의 딸 역시 어린 날의 그들처럼 아침이 되면 팔랑팔랑 뛰어다니며 높고 또렷한 목소리를 내리라 생각했다. 모래알처럼 한없이 옅은 딸의 동공과 마주치기 전까지는.

이윽고 병원 문이 열렸다. 접수대를 향해 걷는 남자의 품에서 딸이 조금씩 부풀기 시작했다. 남자는 딸의 숨이 단순히 힘찬 게 아니라 기이하고 불길하단 사실을 깨달았다. 얼굴을 확인하려 몸을 기울이자 딸의 머리가 덜컥 떨어졌다. 벌어진 입 안쪽으로 혀가 검게 말라붙어 있었다. 남자는 의사와 간호사에게 많은 말을 들었다. 그것은 설명이기도 했고 협박이기도 했다가 호된 질책으로 변했다. 남자가 알아들은 말은 패혈증, 위급 따위의 극적인 단어 몇 개에 불과했다. 남자는 지금의 상황을 이해할 수 없었다. 몇 시간 전까지만 해도 딸은 자신의 목덜미에 이마를 부비고 마리암의 가슴께를 더듬고 있었다. 환절기마다 감기를 앓았지만 사나흘이면 금세 털고 일어나 들판을 가로지르곤 했다. 그런데 왜 지금은 다르다고 하는 걸까. 남자는 부산하게 뛰어다니는 의사의 밑자락 터진 가운과 돌돌돌 소리를 내며 굴러가 딸의 몸 주변에 쌓이는 낯선 기계들과 발가벗겨진 딸을 망연히 바라보았다. 딸의 풀어진 손끝이 보라색으로 익어가고 있었다.

남자는 휴대폰에 저장된 기념관 전화번호를 불러내다 손을 멈췄다. 마리암은 한참 전에 잠에서 깼을 것이었다. 남자가 딸을 병원에 데려갔음을 짐작하고 안도하며 싸리비를 움직이고 있을지 몰랐다. 아무도 찾아오지 않는 기념관에 남자 대신 덩그마니 앉아 그들의 이름 뒤로 누구의 이름도 써지지 않은 방명록을 들여다보고 있을지도 몰랐다. 전화벨이 울리면 본능적으로 수화기를 들 수도 있었다. 그렇다고 한들 무엇을, 어떻게 할 수 있단 말인가.

남자는 자신의 목을, 주름과 세월 사이로 숨어들어 이제는 손금처럼 흐려진 상처를 더듬었다. 자신의 목소리는 유효하지 않았다. 얼굴을 마주 볼 수 없는, 손을 맞잡을 수 없는 거리에서 남자의 목소리는 어떤 것도 마리암에게 전할 수 없었다. 그게 사랑하는 딸의 죽음일지라도. 남자는 딸의 발밑에 쪼그려 앉았다. 자신조차 이해하지 못한 지금의 상황을 마리암에게 어떻게 전해야 한단 말인가. 남자는 조개껍질처럼 반들거리던 딸의 손톱에 집요하게 들러붙는 죽음의 색을 문질러 지우며 자신들이 낙원이라 생각했던 그곳이 일종의 유배지였음을 깨달았다. 그들이 서로를 완벽히 이해할 수 있었던 게 아니라 오해할 틈이 없었을 뿐임을, 세상을 유유히 살아가고 있던 게 아니라 그것과 마주칠 순간을 필사적으로 유예하고 있었을 뿐임을. 남자에게 언어 따윈 존재하지 않았다. 간혹 마리암이 남자에게 보내던 아득한 시선은 이해할 수 없음에서 오는 체념인지도 몰랐다.

결국, 그의 인생에서 사라지지 않는 것은 없었다.

남자는 모래로 뒤덮인 들판에 서서 사라진 것들을 하나씩 떠올렸다. 튀어나온 편마암의 검은 얼룩과 그것에 무릎이나 팔꿈치가 찢겨 울고 있던 딸의 목소리. 잘게 쪼개져 때로는 자장가처럼 들리고 때로는 무곡처럼 들리던 언어의 음률. 몸을 조금만 움직여도 금세 모두와 발가락이 맞닿던 좁은 방. 느른히 기울어진 마리암의 목. 처음엔 사랑하는 이들의 족보였으나 이제는 사라진 것들의 목록이 되어버린 방명록의 이름들. 한 번도 불러보지 못했던 그 이름들.

괜찮지 않았다, 이제는.

정말로, 행복하지 않았다.

남자는 천천히 들판을 걷기 시작했다. 시작도 끝도 없는 바람이 사방에서 불었다. 표정 없이 건조한 바람이었다. 남자의 걸음이 바람을 따라 지그재그로 흔들렸다. 부모가 죽던 날처럼 눈에 띄게 끔찍했다면 남자는 조금 더 경계했을 터였다. 동생의 차 뒷범퍼에 꽂혔던 낫이 자신의 허벅지나 팔뚝에 꽂혔다면 남자는 조금 더 예민해졌을 터였다. 끈질기게 달라붙는 불행의 근원이 자신인 줄 알았다면 애초에 마리암의 손을 잡지 않았을 터였다. 남자는 이제 무엇을 원망해야 하는지, 어떤 것을 반성해야 하는지 알 수 없었다. 그저 걷는 것 외엔 아무것도 할 수 없었다. 바람이 남자의 궤적을 더듬었다. 남자는 둥글게둥글게, 마리암과 그의 작은 딸이 함께 등을 맞대고 잠들던 자리를 향해 점점 더 작은 원을 그리며 걸었다. 모래알이 자기장에 휘둘리듯 남자의 걸음을 따랐다. 모래알의 뾰족하거나 둥근 모서리가 일제히 한 방향으로 흘러가고 있었다. 이윽고 나선의 중심에 다다른 남자가 무심코 자신의 목을 긁었다. 그의 몸에 물이끼처럼 돋아난 모래가 남자의 손에 긁혀 툭툭 바닥으로 떨어졌다. 들판에 남은 것은 모래, 오로지 모래뿐이었다.

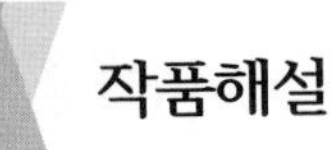

작품해설

강헌국 고려대학교 국어국문학과 교수

우연, 혹은 운명

사람은 살면서 이런저런 불행을 겪기 마련이다. 어리석은 집착이나 잘못된 계획, 때를 놓친 결정과 부주의 등으로부터 불행은 빚어질 수 있다. 그 경우 불행의 원인은 그 당사자에게 있다고 해야 한다. 그의 과오가 불행을 부른 격이므로 불행을 자초했다는 말이 성립된다. 그런데 어떤 불행은 그 불행을 겪는 당사자와 전혀 무관한 원인에서 초래되기도 한다. 천재지변으로 이재민이 되거나, 뺑소니 차량에 치이거나, 길을 걷다가 고층에서 떨어진 물체에 머리를 맞는 등의 사건들은 피해자의 의지나 계획과 아무런 상관 없이 벌어진다. 피해자는 스스로 초래하지 않았기에 결코 용납할 수 없는 그 불행을 고스란히 감수해야 한다. 안보윤의 「나선의 방향」도 그런 유의 불행을 발단으로 삼아 서사를 전개한다.

본문에서 '남자'로 호칭되는 이 소설의 주인공은 어린 시절 교통사고로 부모를 잃는다. 화물차의 짐칸에서 쏟아진 건축용 목재 하나가 뒤따라 달리던 남자 가족의 자동차를 정면에서 관통하여 부모가 그 자리에서 죽는다. 자동차 뒷자리에 앉았던 남자는 중상을 입고 그의 곁에 있던 동생은 경상에 그친다. 남자는 그 사고로 성대를 다쳐 벙어리가 된다. 형제에게 불행은 아무 예고 없이 문득 다가왔다. 사고는 우연에서 비롯되었지만 그들은 그 우연을 굳이 이해하려 한다. 어째서 자신들이 그러한 불행을 겪어야 하는지 골똘히 되묻는다. 그들은 불행의 원인을 찾던 끝에 자신들이 빌미가 되어 사고가 났다며 자책에 빠진다. 남자에게 불행의 원인은 그의 웅변대회 수상이다. 남자가 웅변대회에서 수상하지 않았더라면 가족들이 수상 축하를 위해 나들이에 나설 일도 없었을 것이고 사고도 당하지 않았으리라는 것이 남자가 우연한 사고를 필연으로 이해하는 방식이다. 동생은 자신 때문에 형이 목소리를 잃었다고 생각한다. 동생은 나들이 내내 배가 아프다고 칭얼댔고 남자는 그런 동생의 배를 쓰다듬어주었다. 사고 당시 남자는 상체를 동생의 배 쪽으로 숙이고 있었다. 만일 동생이 복통을 호소하지 않았다면 남자도 동생처럼 가벼운 상처를 입는 데 그쳤을 것이다. 남자의 중상에 대해 동생은 그런 식으로 부채를 짊어진다.

형제가 교통사고 이전의 상태를 회복하는 것은 불가능하다. 죽은 부모는 되살아나지 않고 남자는 잃어버린 목소리를 되찾을 수 없다. 현재를 열심히 살면서 나은 미래를 기대하는 것이 불행에서 벗어나는 방법이 될 수 있다. 생활력이 강한 동생은 대구에서 옷 소매점을 운영하면서 동대문시장의 거래처에서 물건을 떼어 자신의 점포로 부치는 일을 남자에게 맡긴다. 남자에 대한 가족애에 죄책감이 덧붙어 동생은 남자의 후견인 노릇을 하려 한다. 남자는 동생의 의도에 따르는 것이 동생을 위하는 길이라고 여긴다. 형제는 서로에 대해, 그리고 죽은 부모에 대해 그런 방식으로 속죄함으로써 저마다의 마음에 얹힌 죄책감을 덜어내려고 한다. 그러나 교통사고 이후 그들이 불행에서 멀어지고자 택한 삶의 방식은 "다리에 도끼 자국이 찍힌 의자처럼" 위태롭다. 다시 불행이 예고 없이 닥친다면 그들의 삶은 맥없이 붕괴될 수 있다.

남자는 이틀에 한 번씩 심야에 동대문시장에 나가 동생이 시킨 일을 한다. 거래처에서 받은 물건을 운송차량에 실어 동생에게 부치고 나면 새벽 2시가 된다. 남자는 그 시간에 식사를 하러 단골 포장마차로 향한다. 말임으로 불리는 여자가 남자의 발길을 그 포장마차로 이끈다. 작중 현재로부터 넉 달 전 남자는 일을 마치고 포장마차가 늘어선 골목을 지나다가 그중 한 곳에서 나온 여자가 끼얹은 물세례를 받았다. 그 여자가 말임이다. 남자에게 "말임의 모랫빛 눈동자는 너무 밝았고, 그래서 그 안이 텅 빈 것처럼 보였다." 그 눈동자는 20년 전 교통사고 당시 "남자의 목에서 왈칵 쏟아지는 핏덩어리를 바라보던 여덟 살 동생의 눈동자"와 꼭 닮았다. 남자가 어린 시절 당한 교통사고가 그랬던 것처럼 다시 우연이 이 소설의 서사를 추진시키는 전기가 된다. 사고 당시 동생의 눈동자를 망연히 바라보았던 남자는 이제 말임의 눈동자를 보면서 그녀에게 특별한 존재가 되고자 한다. 말임은 이집트 여자로서 그녀의 진짜 이름은 마리암이다. 마리암은 매매혼 형식으로 한국의 농촌총각과 결혼하였지만 남편의 폭력을 견디다 못해 가출하였다. 이주여성쉼터 세 군데를 거친 마리암은 포장마차에서 일자리를 얻어 생활한다. 마리암을 데려오느라 거금을 들인 남편은 이혼을 거부하고 마리암은 매달 월급의 절반을 남편에게 송금하면서 그가 자신을 찾지 않기 바란다.

남자가 마리암을 좋아한다는 사실을 알게 된 남자의 동생은 두 사람을 맺어주려 한다. 본문에서 '도끼 자국'으로 표현된 마음의 흉터가 동생으로 하여금 남자를 돕는 일에 강박적으로 나서도록 하는 것이다. 동생은 마리암의 남편을 찾아가 아내를 포기할 것을 종용하지만 그는 듣지 않는다. 마리암의 남편을 설득하는 데 실패한 동생은 남자와 마리암을 피신시킨다. 남자와 마리암은 펜션과 모텔을 전전하면서 도피 생활을 하던 끝에 남해안의 지산기념관이라는 곳에 관리인으로 정착한다. 마리암의 남편이 찾아내지 못할 것이라고 하면서 동생이 정해준 도피처였다.

찾는 이 없는 기념관에서 남자와 마리암은 호젓하고 소박하게 산다. 남자는 말을 못하고 마리암은 한국어를 할 줄 모른다. 그들은 말을 나누지 않아도 서로를 이해한다고 여긴다. 눈짓과 손짓만으로도 그들에게 충분하다. "약간의 돈 외에는 무엇도 필요치 않은 생활이었다." 그러나 불행이 다시 그들에게 닥친다. 그들의 후견인 격이던 동생이 뇌졸중으로 급사한다. 동생의 죽음은 남자와 마리암을 세상으로부터 단절시킨다. "남자와 마리암에게 있어 남자의 동생은 세상과 통하는 연결고리 같은 것이었다." 남자의 불행은 동생의 죽음에서 끝나지 않는다. 어린 딸이 패혈증으로 죽음으로써 남자의 자족적인 세계는 파국을 맞는다. 딸의 죽음을 겪고서 남자는 "자신들이 낙원이라 생각했던 그곳이 일종의 유배지"였으며, 사람은 살아 있는 한 세상으로부터 벗어날 수 없다는 사실을 비로소 깨닫는다. 세상과 단절되어 사람의 언어를 사용하지 않고 산다는 것이 결코 가능하지 않다는 것이 남자가 거듭되는 불행 끝에 도달한 인식이다.

이 소설은 우연처럼 벌어지는 불행들을 계기 삼아 서사를 구축한다. 남자에게 불행은 마치 준비된 것처럼 다가온다. 그 불행이 남자에게서 부모와 동생과 딸과 아내를 차례로 앗아간다. 부조리하거나 정의롭지 못한 사회현실 때문에 남자가 불행을 겪는 것은 아니다. 농촌총각과 결혼한 이주여성의 비참한 처지가 삽화로 다뤄지기는 하지만 이 소설의 전체적인 관심은 사회현실에 맞춰져 있지 않다. 무정한 운명과 인간의 유한성에 대한 존재론적 성찰이 이 소설이 우연들로 짜인 서사를 통해 전개하는 바이다. 유한한 인간 존재에게 운명의 사건들은 예견할 수도, 이해할 수도 없어서 우연처럼 보인다. 운명은 무자비하고 그에 비해 나약하기만 한 인간으로서는 그 운명을 수긍하는 것 외에 다른 도리가 없다.

딸이 죽은 후 남자는 홀로 남는다. 남자가 고열에 시달리는 딸을 데리고 병원으로 갔다가 기념관으로 되돌아오기까지 다섯 시간이 경과했다고 본문은 전한다. 그 다섯 시간 만에 기념관을 포함한 들판의 모든 것이 사라졌다고 한다. 들판에 솟아 있던 돌부리들마저 흔적 없이 사라졌다고 한다. 그 다섯 시간 동안 벌어진 일은 이 소설에 전혀 서술되어 있지 않다. 마리암은 어디로 사라졌고 기념관과 그 부속건물들은 어떻게 철거되었는지 독자로서는 알 길 없다. 이 소설은 그 다섯 시간을 공백으로 남겨둠으로써 남자의 지난 세월이 한낱 꿈처럼 보이도록 만드는 효과를 거둔다. 모든 것이 감쪽같이 사라진 들판에서 남자가 마리암과 함께 산 세월은 꿈처럼 덧없어진다. 그로써 이 소설은 생의 덧없음이라는 보편적인 주제에 가 닿는다.

이 소설은 정통적인 서술 방식을 취하지만 본문에 덧붙은 두 개의 각주는 별도의 주목을 요한다. 첫째 각주는 남자가 어린 시절 겪은 교통사고를, 둘째 각주는 마리암의 가난한 성장 배경과 비참한 결혼 생활을 전한다. 남자와 마리암은 그처럼 저마다 불행한 과거를 지니고 있다. 두 사람에게 그 과거는 사적인 비밀이어서 섣불리 말해질 수 없다. 만일 과거가 언급된다면 고통도 그와 더불어 재생될 것이므로 그 과거는 철저히 은폐되거나 억압되어야 한다. 남자와 마리암의 불행한 과거가 본문 중에 서술될 자리를 얻지 못하고 각주로 처리된 까닭은 그 사연의 내밀함과 고통스러움을 강조하려는 작가의 의도로 보인다. 그들의 사연은 본문과는 다른 서술의 층위에서 낮은 목소리로 조심스럽게 겨우 언급될 수 있다는 것이다.

이 소설의 끝 장면에서 남자는 걸음을 옮긴다. 그 걸음의 궤적은 나선을 이루면서 중심을 향한다. 남자의 걸음은 운명의 자기장을 벗어날 수 없어서 나선의 방향이 된다. 그 방향의 끝에는 소멸이 있을 뿐이다. 그래서 "들판에 남은 것은 모래, 오로지 모래뿐이었다."

기린이 아닌
모든 것에 대한 이야기

2015 올해의 문제소설

이장욱

—

2005년 문학수첩작가상으로 등단

소설집 『고백의 제왕』

장편소설 『칼로의 유쾌한 악마들』 『천국보다 낯선』

1

기린이 아닌 모든 것에 대한 이야기를 해드릴까요?

내가 그렇게 말하면, 당신은 어떤 생각을 합니까? 정말 기린이 아닌 모든 것을 생각합니까? 목이 참 길고, 키가 껑충하니 크고, 무중력 공간인 듯 천천히 움직이는 그 동물을 제외한, 모든 것을 생각합니까? 또는 그 동물이 한가로이 거니는 아프리카의 초원이나 동물원이 아니라, 세상의 모든 곳을 생각합니까?

그럴 리가. 기린이 아닌 모든 것에 대한 이야기를 해드리겠습니다, 라고 내가 말하면 사람들은 당연하다는 듯 기린에 대한 모든 것을 생각합니다. 마치 내가 이렇게 말한 것처럼 말이죠. 이제부터 기린에 대한 모든 것을 이야기해드리겠습니다 — 라고요.

나는 대체로 정확한 발음을 가지고 있습니다. 당신의 귀는 정확하게 내 말을 들었습니다. 그런데 지금 당신의 머릿속을 지나가는 것은 무엇입니까? 그건 기린이 아닙니까? 그 기린은 산책 중일지도 모르고, 배가 고파 아카시아 나무의 잎사귀를 베어 물고 있을지도 모릅니다. 암컷의 등에 올라타고 교미 중일지도 모르지요. 아니면 긴 목을 칼처럼 휘두르며 다른 기린과 싸우고 있는지도.

물론 나는 그 기린에 대해 아무런 권리가 없습니다. 그건 순수하게 당신의 머릿속에서 태어난 당신의 기린이니까요. 이상한 말이지만, 나는 그것이 내 운명이라고 생각합니다.

운명이라고 나는 말했습니다. 우스운가요? 하지만 믿어주십시오. 나는 진실만을 말하고 있으니까요. 그렇다고 느끼고 있습니다. 만에 하나 내 말이 거짓말이라 해도, 그건 진심을 다한 거짓말입니다. 전력을 다한 거짓말입니다. 내가 이렇게 말하는 순간에도, 아름다운 기린 한 마리가 당신의 머릿속을 지나가고 있지 않습니까? 그 기린은 하늘하늘 걸어가고 있지 않습니까? 그것이 증거입니다. 기린은 지금 어디까지 갔습니까? 멀리 사라지고 있습니까? 긴 목을 돌려 당신을 바라보고 있습니까? 거기 황혼이 지고 있나요?

그래요. 그것이 나의 운명입니다.

2

나는 언제부터 그런 이야기에 탐닉한 것일까요? 기린이 아닌 모든 것에 대한 이야기 같은 것에 말입니다. 초등학교 때 파출소에 가서 “저는 담임 선생님이 내 짝을 만지고 더듬는 걸 보지 못했어요”라고 말했을 때부터였을까요? 젊은 경찰관 아저씨가 나를 물끄러미 쳐다보던 그날 오후부터……?

그래요. 그건 초등학교 시절의 어느 봄날, 방과 후의 일이었습니다. 나는 책가방을 멘 채 학교 앞 파출소의 무거운 유리문을 열고 들어갔습니다. 부잣집 도련님처럼 얼굴이 희멀겋고 의협심이 넘쳐 보이는 경찰관 아저씨가 앉아 있더군요. 생각해보면 지금의 나보다 한참 어린 의경이었고, 인생의 역경이라는 것은 한번도 겪어보지 못한 게 틀림없는, 그런 청년이었습니다만.

그는 철제 책상에 앉아 가만히 나를 바라보다가 학교와 반과 담임 선생님의 이름을 물었습니다. 나는 사실대로 말했습니다. 학교와 반과 담임 선생님의 이름과…… 모든 것을요. 내 짝은 예쁘고 착한 데다가 장학사님의 딸이라는 이야기도 했습니다. 경찰관 아저씨가 묻는데 감출 게 어디 있겠습니까. 성실하고 모범적인 학생이 말입니다.

아저씨가 내 말을 옮겨 적고 있을 때, 나는 무심코 창밖을 바라보았습니다. 거기 하얀 구름이 떠 있었어요. 다시 보면 전혀 그곳에 있을 것 같지 않은, 아무것도 닮지 않은, 그저 구름일 뿐인, 단순한 구름이었습니다. 이상하게 그 흰빛이 기억에 오래 남더군요.

내가 파출소를 찾아간 뒤 며칠이 지나지 않아서, 담임 선생님이 교실에서 보이지 않게 되었습니다. 교장과 싸우고 그만뒀다, 무슨 교내 스캔들이 있었다, 심지어는 자살했다, 그런 소문들이 아이들 사이에서 떠돌았습니다. 하지만 변한 건 아무것도 없었어요. 아이들은 사라진 담임을 여전히 '반(半)대머리'라고 불렀고("반대머리 어디 갔냐?"는 식으로), 나는 평소처럼 조용하고 성실한 학생이었습니다. 생활기록부에는 언제나 '품행이 방정하여 타의 모범이 됨'이라고 쓰여 있었지요. 품행이 방정하다는 건 어딘지 안 좋은 표현 같았습니다. 방정맞은 아이라는 뜻인가?— 생각하곤 했으니까요.

사람들은 정말 그렇게 말하더군요. 엄마가 일찍 죽고 아버지와 둘이서 살아온 탓이라고 수군거렸습니다. 뒷자리 까까머리도, 동네 방앗간 할머니도, 심지어 오락실 아줌마가 기르는 개새끼까지 말입니다. 그래요. 그건 확실히 방정맞은 말입니다. 품행도 언행도 방정맞은 자들의 수군거림입니다. 왜 남의 집 가정사를 시시콜콜 들먹인단 말입니까? 내가 아버지를 뭘 어떻게 했다는 말입니까?

확실히 말씀드립니다만, 나는 아버지를 사랑했습니다. 누구보다도 사랑했습니다. 아버지에게 맹목적인 증오심을 가진 친구들도 있는 모양이지만, 나는 달랐습니다. 아버지에 대한 증오심이라니, 적의라니, 애들이 아직 어려서 그렇구나. 아버지가 없다면 자기들도 없었을 텐데…….

3

그 시절, 아버지는 귀가한 뒤 언제나 구석방에 틀어박혀 시간을 보냈습니다. 저녁 먹을 때 외에는 바깥으로 나오는 일이 드물었습니다. 고독한 남자였어요. 인생에 별다른 욕심이 없어 보였습니다. 말이 없고, 여자도 만나지 않고, 고기도 먹을 줄 모르고, 술도 마시지 않았습니다. 식물성 인간이랄까요. 욕망이라든가 의욕 같은 것과는 무관한 사람처럼 보였습니다. 나에게조차 별 관심이 없었을 정도니까요. 유일한 낙은 담배였습니다. 담배만은 미친 사람처럼 피워댔지요. 세상의 모든 식물들을 다 태워 없앨 것처럼 말이죠. 승려를 그만둔 뒤부터 그랬다고 했습니다.

승려요? 아, 스님, 스님 말입니다. 머리를 빡빡 밀고 회색 두루마기를 걸친, 바로 그 스님이요. 그렇습니다. 아버지는 명문 대학을 중퇴하고 한때 출가를 했던 사람이라고 하더군요. 사실 저로서는 지금도 이해가 잘 안 됩니다. 세상에는 그런 종류의 사람도 있는 모양이지만, 그게 내 아버지라니, 이상한 느낌이 들 정도였으니까요.

아버지는 이름만 대면 알 만한 사찰의 전도유망한 승려였다고 하더군요. 여자를 만나 나를 낳고 환속할 때까지는 말입니다. 세속을 떠났다가 다시 세속으로 돌아온 것입니다, 여자 때문에 말이죠. 아버지는 해탈보다 사랑을 택한 것일까요? 온 우주를 깨닫고 자신이라는 지옥에서 자유로워지는 일보다, 겨우 한 여자에 대한 사랑이 중요했던 것일까요? 글쎄, 잘 모르겠습니다. 그런 건 물어보지 않았으니까요. 우주니 해탈이니 하는 것에는 별 관심이 없었기 때문에……. 하긴 사랑에도 관심이 없긴 마찬가지였습니다만.

여자에 대한 사랑이라니, 우스꽝스럽지 않습니까? 그 사랑이란 애써서 가보면 감쪽같이 사라지는 게 아닙니까? 무지개나 구름 같은 것 말입니다. 너무나 선명하면서도, 선명하기 때문에 도저히 잡을 수 없는 것……. 심장을 쥐어뜯게 만들다가도, 어느 날 아침에 일어나보면 그게 뭔지 도무지 아리송해지는…….

그 여자는, 제 어머니 말입니다만, 금방 사라졌습니다. 원래 몸이 약했고, 폐에 심각한 문제가 있어서 절에 온 사람이라고 했습니다. 봄날처럼 밝고 환한 여자였다고 하더군요. 우울해하는 아버지를 오히려 위로해주기까지 했다니까요. 대체 누가 아픈 사람인지 모를 정도였다고 아버지는 회고했습니다. 그런 건 천성이자 일종의 능력이지. 주위의 공기조차 갓 핀 산수유처럼 신선해졌으니까…… 라고도 했습니다. 그토록 화사한 사람이 폐에 구멍이 뚫려 있다니, 호흡곤란을 겪어야 하다니, 맑은 공기를 마시는 것조차 힘들어해야 하다니…….

그 여자가 나를 낳은 뒤 거짓말처럼 문득 사라지더라는 것은 아버지의 표현이었습니다. 나는 가슴이 아프지도 않았다. 그 여자는, 네 어머니 말이다만, 애초에 세상에 존재하지도 않았던 것 같았으니까. 아버지는 그렇게 말했습니다. 하지만 존재하지도 않았던 그것이 당신을 지배하고 있다는 건, 어린 나 역시 어렴풋이 느낄 수 있었어요.

아버지는 조용히 저잣거리로 돌아왔습니다. 늙은 어미의 집에, 내 할머니 말입니다만, 나를 맡겨둔 채 일을 나갔습니다. 공사장을 쫓아다니기도 했고, 도배 시다바리를 하기도 했습니다. 하루 벌어 하루 사는 일들이었죠. 아버지는 언젠가 말했습니다. 이 일들이 좋다. 이 일들은 단지 그것 자체일 뿐이다. 거짓말을 할 필요도 없고 진실도 필요 없다. 사랑이니 열정이니 하는 것도 불필요하다. 그것이 좋다…….

아버지는 점점 외로운 사내가 되어갔습니다. 친구도 없었고 취미도 없었습니다. 단지 담배만을 피울 뿐이라는 듯이, 담배를 피우기 위해 이 세상에 태어났다는 듯이, 그렇게 담배를 피워댈 뿐이었습니다. 나를 구석방에 들어오지 못하게 한 것도 방 안에 가득 배어 있는 그 냄새 때문이었죠.

하지만 또 다른 이유가 있는 건 아닐까? 나는 의아했습니다. 담배연기로 가득한 방에서 밤마다 틱틱, 소리가 났으니까요. 뭔가 기계를 두드리는 소리였어요. 아버지는 무슨 일을 하는 것일까? 무선신호를 보내는 소리일까? 모르스 부호를 밤하늘로 날려 보내는 걸까? 외계인들에게 보내는 신호? 그게 아니라면……. 어린 나는 온갖 상상을 다 했습니다. 〈수사반장〉 같은 드라마의 영향인지도 모르지만, 내 상상은 점점 한쪽으로 흘러갔습니다. 뇌가 간질간질해지는 느낌이었습니다. 비밀이란 건 이상한 방식으로 인생을 풍요롭게 만들더군요.

그리고 그날이 왔습니다. 모든 게 조금씩 어긋나는 느낌이 드는 날이 있지 않습니까? 멀쩡하던 문이 삐걱거리고, 수도꼭지에서 녹물이 나오고, 유리컵에 실금이 가 있는 그런 날 말입니다. 그런 날에는 반드시 라디오가 고장 나고, 칼에 손을 베고, 고양이가 유독 눈에 자주 뜨이지요.

평소와 달리 아버지는 귀가한 뒤에도 구석방으로 사라지지 않았습니다. 대신 조용한 목소리로 나를 불렀습니다.

왜 그랬느냐?

아버지는 바닥을 바라보며 그렇게 물었습니다. 무슨 말인지 나는 이해하지 못했어요. 물끄러미 아버지의 얼굴을 바라보고만 있었지요.

왜 보지 않은 것을 보았다고 했느냐?

차분한 목소리였습니다. 궁금해서 묻는 것 같지는 않았습니다. 나는 직감으로 알았습니다. 그게 담임 선생님 얘기라는 것을 말이죠. 나는 사실대로 말했습니다. 보지 못한 것을 보지 못했다고 말했을 뿐이라고요. 아버지는 짧은 침묵 후에 중얼거리듯 입을 열었습니다.

그게 그거다.

나는 이해할 수 없었습니다. 그게 그거라니요. 어떻게 그게 그것이라는 말입니까? 그게 그것이라면, 대체 우리는 왜 말 같은 것을 해야 한다는 말입니까? 부반장의 지갑을 훔친 건 내가 아니라고 말했는데도 담임은 내 뺨을 때렸습니다. 나는 지갑을 훔치지 않았다고 말했는데도 담임은 내가 지갑을 훔친 아이라고 선언했습니다. 그래요, 그것이 나의 운명입니다. 나는 그 운명을 따라 파출소로 갔고 사실을 사실대로 말한 것뿐입니다. 담임 선생님이 내 짝을 만지고 더듬는 걸 보지 못했다고 말입니다. 그뿐입니다.

아버지는 마당의 사철나무 가지를 꺾어와 내 종아리를 때렸습니다. 힘이 실려 있지 않았기 때문에 그리 아프지는 않았습니다. 나는 아픈 것처럼 소리를 질렀습니다. 그래야 할 것 같았으니까요. 어린 마음에도 그게 때리는 사람에 대한 예의라고 생각했을까요?

그런데 이상한 일이지요. 소리를 지르자 종아리가 정말 아파왔습니다. 불에 덴 것처럼 뜨겁고, 따갑고, 고통스러워졌습니다. 찔끔 눈물까지 흐르더군요. 눈물은 슬픔을 부르는 법이지요. 슬픔은 또 우물처럼 스스로 차오르는 법입니다. 나는 어느 순간 울음을 터뜨렸습니다. 한번 터진 울음은 또 다른 울음을 불러왔어요. 나의 울음은 거의 통곡에 가까워졌습니다. 내 몸에 이토록 많은 물이 저장되어 있다니……. 그런 느낌이 들 정도였으니까요.

아버지는 매질을 멈추고 나를 물끄러미 바라보았습니다. 그리고 떨리는 입술을 열어 말했습니다.

선생님한테 혼이 났다고 해서…… 그런 말을 하면 안 된다.

그게 아버지의 간단명료한 결론이었습니다. 훌쩍이는 나를 좁은 마루에 버려두고 아버지는 담배연기 가득한 방으로 들어가버렸습니다. 나는 울음을 멈추었습니다. 종아리를 걷은 채 그 자리에 그대로 서 있었어요. 늦저녁의 황혼이 마루로 가만히 스며들더군요. 황혼은 매 맞은 종아리를 타고 올라왔습니다. 맞은 자리가 발갛게 젖어들었습니다. 그렇게 모든 걸 위로해주는 게 황혼의 임무라는 듯이 말입니다.

다음 날 나는 다시 파출소로 갔습니다. 부잣집 도련님처럼 얼굴이 말간 그 경찰관 아저씨를 찾아간 것이죠. 이번에는 마음을 굳게 먹고 진짜 거짓말을 했습니다. 참말을 하면 아무도 나를 믿어주지 않는다, 그게 어린 나의 깨달음이었으니까요. 나는 아버지가 수상하다고 말했습니다. 숫자가 가득 적힌 종이와 삐라들을 증거물로 건넸습니다. 밤마다 틱틱, 소리를 내며 어디론가 신호를 보낸다는 이야기도 했습니다. 어른 필체를 흉내 내서 종이에 빽빽하게 숫자를 적어 넣은 것은 나였고, 삐라 역시 산에서 주워 온 것이었습니다만, 틱틱거리는 소리만은 아버지의 것이었습니다.

그 후 놀라운 일이 일어났습니다. 아버지가 대규모 지식인 간첩단의 일원으로 체포되었다는 뉴스가 나왔으니까요. 아버지는 대학 때 포섭을 당했고, 불교계에 잠입했으며, 정체가 드러나기 직전 환속했다는 것이었습니다. 환속 뒤 막노동이나 도배 일을 하며 숨어 살았다는 이야기는 방앗간 할머니와 오락실 아줌마한테 들은 것입니다.

홀연히 사라진 아버지는 보름 후 피폐해진 몸으로 돌아왔습니다. 한 달쯤은 자리보전을 해야 할 정도로 망가져 있었어요. 언행이 방정한 자들은 수군거렸지요. 오락실의 개새끼까지 떠드는 것 같았습니다. 전쟁 때 월북했다는 할아버지 이야기…… 간첩이 의심되지만 증거불충분으로 풀려났다는 신문기사…… 대공분실에서 모진 고문을 받고 정신이 이상해졌다는 이야기…… 그동안 필명으로 시를 발표했으며 신문에 무슨 반정부 칼럼 같은 것을 쓰기도 했다는 얘기까지…….

아아, 나는 두려워졌습니다. 어떻게 두렵지 않을 수 있었겠습니까? 나의 입은 무서운 진실만을 말했던 것입니다.

4

과묵했던 아버지는 더 말이 없는 사람이 되었습니다. 아버지를 보고 있으면 깊은 물속을 유영하는 심해어가 떠오를 지경이었으니까요. 심해어에게는 눈이 없는지, 아버지는 나를 아예 보지 못하는 것 같았습니다.

그 후 저에게는 이상하다면 이상하고 이상하지 않다면 이상하지 않은 일들이 일어났습니다. 입만 열면 기묘하게도 거짓말이 튀어나왔다는 걸 말하는 게 아닙니다. 아니, 거짓말이 튀어나온 건 사실입니다. 하지만 그건 이미 거짓말이 아니었습니다. 무슨 말이냐구요?

숙제를 하지도 않았는데 숙제를 했다고 말합니다. 그러면 어여쁜 새 담임 선생님은 내 공책을 검사하고는 고개를 끄덕이며 지나갑니다. 온화한 미소를 띤 채로 말이죠. 무슨 일이 일어난 걸까요? 선생님이 돌려준 공책에는 '참 잘했어요'라는 푸른색 도장이 찍혀 있습니다. 텅 빈 공책 한가운데 말입니다.

그뿐입니까. 50원짜리 동전을 몇 개 훔쳤다가 오락실 아줌마에게 들킵니다. 아줌마가 등 뒤에서 내 어깨를 잡는 순간, 이건 거스름돈이라고 소리를 지릅니다. 방금 아줌마가 천 원짜리를 받아 동전통에 넣지 않았느냐, 아줌마가 잔돈을 내게 건네주지 않았느냐고 외칩니다. 아줌마의 미간이 일그러집니다. 실랑이 끝에 동전통을 확인합니다. 그러면 천 원짜리 지폐가 보란 듯이 아줌마의 알루미늄 동전통 안에서 발견되는 것입니다. 그때마다 오락실 개새끼가 미친 듯이 짖어대는 바람에 기분이 나빠지긴 했습니다만.

그런 일들은 끊임없이 일어났습니다. 어느 날 내 어여쁜 짝의 고급 펜텔 샤프가 사라졌습니다. 반대머리 담임이 어루만지지 않은, 장학사님의 딸인, 바로 그 짝 말입니다. 나는 그 애의 말이라면 팥으로 메주를 쑨다고 해도 믿었을 겁니다. 거짓말이라고는 한번도 해본 일이 없을 것 같은 하얀 얼굴의 소녀였으니까요. 동화 속에서 갓 튀어나온 공주 같았어요. 우리 반 아이들은 그 애를 백설공주라고 불렀습니다.

백설공주, 나의 백설공주……. 맹세코 나는 그 애의 펜텔 샤프 같은 것에는 아무런 욕심이 없었습니다. 그저 공주의 희고 부드러운 손가락이 제일 오래 머무는 물건이라고 생각했을 뿐입니다. 공주의 따스한 체온이 가장 깊이 배어 있는 물건, 그게 그 앙증맞은 샤프였을 뿐입니다. 공주는 그 고급 샤프를 잃어버리고 울음을 터뜨렸어요. 참으로 아끼던 물건이었으니까요.

그때 우리 반에는 일곱 난쟁이가 있었습니다. 물론 백설공주의 난쟁이들입니다. 모두들 내 어여쁜 짝을 좋아했기 때문에 붙은 별명이지요. 나는 난쟁이들 가운데 가장 잘생긴 부반장의 이름을 공책에 적어서 조용히 백설공주에게 내밀었습니다. 그리고 낮게 중얼거렸습니다.

얘가 훔쳐갔어.

울고 있던 공주는 용수철처럼 벌떡 일어났습니다. 그리고 그 잘생긴 부반장 녀석에게로 똑바로 걸어갔습니다. 초등학교 소녀답게 아주 호전적인 눈빛을 띠고 말이죠. 공주는 표독스럽게 소리쳤습니다.

너지!

놀라운 일은 그다음에 일어났습니다. 부반장이 고개를 푹 숙이더니, 예의 그 펜텔 샤프를, 백설공주의 체온이 밴 바로 그 빨간색 샤프를, 슬그머니 책상 위에 올려놓는 게 아니겠습니까. 미안. 난 그냥 네가 오래 쥐고 있던 거라서……. 그렇게 소심하게 중얼거리면서 말입니다. 나의 공주는 경멸을 담은 눈빛으로 그 난쟁이를 쏘아보다가 샤프를 낚아채 자리로 돌아왔습니다. 기어들어가는 목소리가 난쟁이 쪽에서 들려온 건 물론입니다.

미안해, 정말로…….

아아, 정말이지 어리둥절해질 수밖에요. 나는…… 나는…… 내 입을 의심하지 않을 수 없었습니다. 언제나 진실만을 말하는 내 입을 말입니다. '나는 거짓말쟁이다'라고 선언한 사람의 이야기를 알고 계시겠지요? '나는 거짓말쟁이다'라니. 참 이상한 말입니다. 그 사람이 정말 거짓말쟁이라면, 그는 진실을 말한 것이므로 거짓말쟁이가 아니게 됩니다. 그가 거짓말쟁이가 아니라면, 그는 자신이 거짓말쟁이라고 거짓말을 한 셈이 됩니다. 그는 자신이 거짓말쟁이라고 선언했기 때문에, 더 이상 거짓말쟁이가 될 수도 없고 거짓말쟁이가 안 될 수도 없는 이상한 상황에…….

아아, 골치가 아파오는군요. 그만둡시다. 이런 말장난을 하느니 차라리 진실한 거짓말쟁이가 돼버리는 게 나을 테니까요. 나는 거짓말쟁이다 — 라고 소리 높여 외치는 쪽이 나을 테니까요. 거짓말쟁이가 될 수도 없고, 되지 않을 수도 없을 때까지 말입니다. 그런 궁지에 몰릴 때까지 말입니다.

그래요. 그것이 나의 운명입니다.

5

이제 그 운명에 대해 말할 차례군요.

아시다시피 나는 박물관에서 일하는 사람입니다. 동물원도 아니고, 아프리카의 초원도 아니고, 바로 박물관입니다. 시간을 보존하는 공간, 아니 진실을 보존하는 공간 말입니다. 고독하지만 멋진 일이라고 생각합니다. 재산이니 평판이니 출세니 하는 것들과는 아무런 관계가 없는 일이니까요. 진실이 태어나는 곳, 아니 그것 자체가 진실인 공간이니까요.

내가 일하는 박물관은 소규모 대학 박물관에 불과하기 때문에 소장품들이 많지는 않습니다. 급여도 형편없습니다. 그래도 나는 불평 없이 관리인 일을 해왔습니다. 벌써 10년이 넘는 세월 동안 말이죠. 다시 말씀드리지만 조용하고 평화로운 곳입니다. 관람객 수가 하루를 다 합해봐야 10여 명이 채 안 되니까요. 초등학생들이 단체관람 올 때를 빼면 적막한 공기가 내내 고여 있습니다. 어둡고 은은한 조명, 청결한 실내, 푹신한 소파……. 시간은 그런 곳에 머무는 법입니다. 시간이 거처하는 유일한 곳, 시간이 자기 자신을 대상으로 삼는 유일한 장소, 그게 박물관이니까요.

박물관의 밤을 상상해본 적이 있으십니까? 긴 밤을 고요히 보내는 유물들의 황홀한 풍경을 떠올려본 적이 있으십니까? 기쁜 마음으로 말씀드리지만, 나에게는 그것이 생활입니다. 깊은 어둠 속의 시간과 함께 살아가는 것 말입니다. 박물관의 어둠이라는 건 부드럽고 부드러운 초콜릿에 가깝습니다. 몸을 담그고 있으면 소리 없이 녹아갈 것 같은 검고 불투명한 용액 말입니다. 모든 것이 그곳에 존재했다가 그곳에서 사라지지요. 그게 시간이라는 것의 임무라고 해도 좋습니다. 초콜릿처럼 달콤하냐구요? 글쎄요. 자기 몸이 녹아가는 기분이 달콤하다면 그럴 수도 있겠습니다만.

박물관 관리인이란 그런 침묵의 용액 속을 말없이 걸어 다니는 사람입니다. 관람객들이 모두 떠난 심야에 마지막으로 순찰을 하는 사람입니다. 시간의 문을 잠그는 사람입니다. 고여 있는 시간이 훼손되지 않도록 관리하고 보호하는 사람이지요.

물론 사소한 문제들이 없지는 않습니다. 대학 박물관이란 곳은 또 이런 곳이기도 하니까요. 고인 시간과 적막이 주인인 곳이면서, 연인들의 페로몬 향기가 흘러드는 곳 말입니다. 젊고 풋내 나는 캠퍼스 커플들이 찾아듭니다. 어린 연인들은 팔짱을 낀 채 인적 없는 박물관 전시실을 천천히 돌아보지요. 유물들에 별 관심이 없다는 건 동선만 봐도 알 수 있습니다. 그들은 곧 외진 곳의 어두침침한 소파에 앉게 마련이죠. 그러고는 서로 껴안고, 키스를 하고, 가슴을 만지고, 깊은 곳에 손을 넣고…… 별짓을 다하는 것입니다. 수백 년 된 불상들이 가만히 바라보는 앞에서 말이죠.

우스꽝스러운 일이라고 생각합니다. 천년의 영혼을 담은 유물들 앞에서, 금방 죽어 문드러지고 썩어갈 육신들이 하는 짓을 상상해보십시오. 이미 좀비에 가까운 것들이 말입니다. 잠시 살아 있는 시체들이 말입니다. 서로를 껴안고, 키스를 하고, 가슴을 만지고……. 아아, 혐오스럽고 창피한 일입니다.

그래요. 아버지라면 물론 다르게 말하겠지요. 아버지는 그런 것이 인생이라고 생각할 테니까요. 작은 마당에 황혼이 내리던 어느 저녁, 부쩍 잦은 병치레를 하던 아버지가 불현듯 이렇게 중얼거리는 걸 들은 적이 있습니다. 사라지지 않는다면, 그건 인생이 아니다. 거짓말처럼 사라지기 때문에, 인생은 아름다운 것이다……. 나에게 얘기하는 것인지 황혼에게 얘기하는 것인지는 알 수 없었습니다. 나는 그 말을 듣고 어쩐지 기분이 나빠졌던 것으로 기억합니다. 뭔가 말하려고 아버지를 보았는데, 그때 아버지의 얼굴은 발갛게 물들어 있었어요. 황혼이 제 임무를 다했던 것이지요. 좀 기괴한 비유입니다만, 그건 해탈한 간첩의 표정에 가까웠습니다…….

6

아버지가 세상을 뜬 것은 내가 서울 근교의 작은 대학에 입학한 뒤였습니다. 몸은 거짓말을 하지 않습니다. 하루에 서너 갑씩 태운 담배와 늦게 배운 술이 아버지의 몸을 잠식해 들어갔습니다. 아버지는 침묵 속에서 죽어갔습니다. 어머니의 병을 반복하려는 것이었을까요? 아버지의 폐는 이미 아무런 기능도 못 한다고 하더군요. 몸이 무섭게 말라갔어요. 그런 와중에도 아버지는 담배를 끊지 않았습니다. 변할 건 아무것도 없다는 식이었어요. 하긴, 뭐가 달라질 수 있었겠습니까? 죽음이 아버지의 고독한 인생을 곧 수납해갈 거라는 사실에 말입니다.

아버지가 세상을 뜬 후 나는 무기력한 생활에 빠져들었습니다. 연명했다고 하는 게 맞겠군요. 청춘의 열정이라든가 의욕 같은 것은 전혀 없었습니다.

동아리 활동 같은 것도 하지 않았고, 친구도 없었으며, 학점은 최악이었습니다. 그때 막 생긴 PC방에서 컵라면으로 끼니를 때우며 지냈습니다. 될 대로 돼라 하는 심정이었달까요.

그런 나를 구원한 것은 뜻밖에도 공주였습니다. 그 백설공주 말입니다. 초등학교 졸업 후 한번도 만나지 못하던 우리는 우연찮게—정말이지 거짓말처럼—학교 근처의 PC방에서 다시 만난 것입니다. 대한민국의 수많은 대학들 중 수도권 외곽에 위치한 그 소규모 대학에서, 그것도 PC방에서 재회하게 될 줄 누가 알았겠습니까?

당연히 우리는 사랑에 빠졌습니다. 사랑이라는 무지개, 그 구름바다에 말입니다. 그녀는 변한 것이 없었어요. 장학사였던 아버지가 세상을 뜬 뒤 가세가 기울었지만, 그녀는 여전히 그때 그 시절의 공주였습니다. 표정이나 성격, 말투만 공주인 게 아니었어요. 초등학교 때와 키가 똑같았고, 얼굴이나 몸집도 거의 변하지 않았더군요. 남들은 대단한 동안(童顏)이라고 부러워했지만 실은 좀 기이하게 보일 정도였습니다. 어떤 이는 질병을 의심했을 정도니까요.

공주는 대학생으로 보이기 위해 일부러 화장을 진하게 한다고 했습니다. 나와 여인숙에 갔을 때조차 새벽마다 화장실로 사라질 정도였어요. 옆에 누워 성기를 드러내고 밤을 보냈는데도, 아침이 오기 전에 화장을 하지 않으면 안 되었던 것입니다. 민낯의 공주는 나이와 얼굴이 맞지 않아 어딘지 균형이 어긋난 인상이었습니다. 마치 나이 어린 노파라든가 늙은 초등학생을 보는 느낌이랄까요. 그녀는 여전히 예전과 같은 공주였지만, 오히려 그랬기 때문에 공주의 주위에는 난쟁이들이 없었습니다. 난쟁이들을 잃고 스스로 난쟁이가 된 공주 같았어요. 예전과 똑같기 때문에 달라지다니, 좀 이상한 일이긴 합니다만.

'사랑해'라고, 나는 자주 말했습니다. 눈이 마주칠 때마다 '사랑해'라고 말했고, 잊을 만하면 '사랑해'라고 말했으며, 밤에 통화할 때도 '사랑해'라는 말을 반복했습니다. 왜였을까요? 나는 더 이상 펜텔 샤프 같은 데 관심이 없었고, 잘생긴 부반장에게 질투를 느끼지 않았으며, 공주 앞에서 선생에게 도둑으로 몰려도 치욕이라고 생각하지 않았을 텐데 말이죠.

아니, 바로 그렇기 때문에 '사랑해'라고 외쳤는지도 모릅니다. 나의 입은 언제나 진실만을 말한다고 했던가요. '사랑해'라고 말하면 신기하게도 사랑의 마음이 되살아났습니다. 내 심장 어딘가에 숨어 있던 열기가 뜨거운 샘물처럼 솟아났습니다. 그러니 잊을 만하면 '사랑해'라고 말할 수밖에요. 불안을 느끼면 '사랑해'라고 외칠 수밖에요. 아아, 공주에 대한 나의 사랑은 다시 그렇게 깊어갔습니다.

처음에 우리는 주로 교내 음악실에 틀어박혔습니다. 커다란 스피커로 클래식을 틀어주는 곳이었어요. 어두컴컴한 음악실에는 연인들이 많았습니다. 코를 고는 학생들도 있었지만 그건 견딜 수 있었어요. 음악을 듣느냐 마느냐는 취향의 문제니까요. 내가 견디지 못한 건 실은 음악 자체였습니다. 바흐의 브란덴부르크 협주곡 같은 것을 생각해 보십시오. 형체도 없고 설명할 수도 없습니다. 그저 화려하고 다채로운 음들이 허공에 가득할 뿐입니다. 1번 1악장의 현란한 화사함, 2악장의 깊고 깊은 슬픔, 2번 2악장의 우아함, 그런 것들 말입니다. 그게 다 무어란 말입니까. 허공과 같은 것이…… 허공 자체인 것이…… 왜 그토록 우리의 마음을 울린단 말입니까. 내가 견딜 수 없었던 건 바로 음악 자체였습니다.

그녀와 나는 교내 박물관으로 데이트 장소를 옮겼습니다. 말씀드렸듯이 고요한 곳입니다. 우리는 손을 잡고 천천히 유물들을 구경합니다. 워낙 빈약한 컬렉션이기 때문에 전시물들을 돌아보는 데는 30분도 걸리지 않습니다. 이런 것을 박물관이라고 하다니, 조금은 한심한 기분이 들 수밖에요.

할 수 없이 우리는 구석 자리의 소파에 앉습니다. 인적은 드물고 조명은 적당히 어둡고 주위는 고요합니다. 그 무렵 CCTV라는 게 처음 설치된 모양이지만, 그나마도 입구 쪽만 비추고 있었어요. 그러니 서로를 껴안고, 키스를 하고, 가슴을 만지고, 깊은 곳에 손을 넣고…… 그럴 수밖에요. 수백 년 된 불상들이 시간을 견디고 있는 곳에서 말입니다.

그건 우리의 사랑이 또 다른 운명을 맞게 되리라고는 생각하지 못하던 시절이었습니다. 박물관 소파에 앉아 여느 때처럼 공주와 이야기를 나누던 오후였어요. 나는 문득 이상한 느낌을 받게 됩니다. 무언가가 우리를 바라보는 듯했기 때문이었죠. 처음엔 관리인 아저씨인가 싶어 주위를 둘러보기도 했습니다. 아니었어요. 이건 뭐지? 분명 어떤 시선이 우리의 몸을 훑고 있었습니다. 강렬한 시선이었어요. 타는 듯한 시선이었습니다. 나는 공주를 밀어내고 몸을 일으켰습니다. 그리고 천천히 그 시선이 어디서 오는 것인지 깨달았습니다.

그것은…… 불상이었습니다. 어린 시절 아버지가 데려가곤 했던 사찰의 불상들과는 비교할 수 없이 강렬한 느낌의…… 불상이었습니다. 종교니 부처니 하는 것에 대해서 나는 개뿔도 모릅니다만, 모르기 때문에 더 깊이 느낄 수 있는 것도 있지 않겠습니까? 솔직히 말해서 사찰의 불상들은 따분했습니다. 이건 대웅전이고 대웅전에는 불상이 있어야 하니까, 하는 식으로 앉아 있으니까요.

하지만 그 불상은 달랐습니다. 지금 이곳에 존재한다는 걸 뜨겁게 주장하는 것 같았습니다. 나는 심장박동이 빨라지는 걸 느꼈어요. 어지러움 같은 것이, 어떤 의식의 혼란 같은 것이, 나를 사로잡았습니다. 체온이 올라갔습니다. 얼굴이 달아올랐습니다. 백설공주를 안고 있었기 때문이 아닙니다. 전적으로 불상의 타는 듯한 시선 때문이었어요. 나는 그 뜨거운 시선에 사로잡혔던 것입니다. 스탕달이라는 작가가 그랬다던가요. 무슨 박물관에서 르네상스 시대의 그림 한 점을 봤을 때라고 했습니다. 정신이 멍해지고 다리가 후들거리고 영혼이 빨려 들어가는 듯한 체험을 겪은 게 말입니다. '베아트리체 첸치의 초상'이라는 그림 때문이었다고 하더군요. 나는 그런 종류의 무슨 증후군에 걸린 것 같았습니다. 베아트리체에게 홀린 스탕달처럼, 나는 그 불상에 빠져들어간 것입니다.

7

다시 말합니다만, 독특하고 아름다운 불상이었어요. 아시겠습니까? 독특하고 아름다워서…… 눈을 뗄 수가 없는 불상이었습니다. 백설공주를 소파에 버려둔 채 나는 불상을 향해 다가갔습니다. 부처가 눈을 감고 어떤 짐승 위에 결가부좌로 올라타 있었습니다. 93.5센티미터 높이의 고려 시대 목조 비로자나불이라는 설명이 아크릴 판에 적혀 있었습니다.

하지만 우리를 향하던 그 뜨거운 시선은 부처의 것이 아니었습니다. 부처가 아니라, 부처가 타고 있는 짐승의 것이었습니다. 그래요. 그것은 바로…… 기린이었습니다. 동양의 상서로운 동물 말입니다. 뿔이 하나 달린 영물 말입니다. 사슴의 몸에 말의 발굽과 갈기를 지녔지요. 소의 꼬리를 갖고 있습니다. 온몸이 오색찬란한 비늘로 덮여 있고, 화사한 빛깔의 털이 흩날립니다. 기린은…… 기린은 아름다운 동물입니다. 나를 사로잡은 것은 비로자나가 아니라 비로자나가 타고 있는 바로 그 동물이었던 것입니다.

아니나 다를까, 기린불이라는 별명을 가진 그 불상은 박물관의 유일한 국보급 문화재라고 하더군요. 말씀드렸듯 작은 박물관이었고 소장품들은 형편없었습니다. 그 불상이 박물관의 존재 이유였던 셈입니다. 가장 값비싼 유물이자 박물관의 자랑이기도 했지요. 총장이 외부의 귀빈들을 데려와 관람시키곤 할 정도였으니까요. 그때마다 총장의 얼굴에 떠오르던 흐뭇한 표정을 나는 지금도 기억하고 있습니다.

나중에 문헌을 찾아보고 알게 된 것입니다만, 기린을 탄 부처상은 대단히 드물다더군요. 보살이나 동자가 탄 것은 간혹 있습니다만……. 둔황석굴에 기린을 탄 관음상이 있으나 그것 역시 부처는 아니라고 했습니다. 독특한 구도인 셈이지요. 게다가 기린의 모습이 특이했습니다. 부처는 어두운 빛깔에 오래된 목조불상 특유의 은은함을 유지하고 있었어요. 그런데 기린만은 어쩐 일인지 금방 도료를 칠한 듯 화사하고 신선한 느낌이었습니다. 게다가 상서로운 동물답지 않게 매서운 눈과 강인한 외뿔, 도드라지게 커다란 성기를 갖고 있었습니다. 당장이라도 수십만 마리의 정자를 허공에 흩뿌릴 기세랄까요.

수많은 학자들이 그 기린불에 대해 논문을 썼다더군요. 대개의 해석은 기린의 상서로운 기운으로 부처의 자비를 세상에 널리 퍼뜨린다는 식이었습니다. 하품이 나오는 얘기지요. 개중에는 부처가 해탈을, 기린은 세속을 뜻한다고 설명한 사람도 있었다지요. 각각 영원성과 육체성을 상징한다는 헛소리도 있었는데, 어떤 학자는 이 기린이 예수의 발밑에 깔린 뱀처럼 묘사되어 있다고 주장했다가 호된 비난을 들어야 했다더군요. 왜 동양의 영물을 서양의 사악한 상징에 빗대느냐는 얘기였습니다.

아무려나, 그런 것은 나와는 상관이 없었습니다. 그들에게는 그들의 기린불이, 나에게는 나의 기린불이 있는 것이니까요. 하느님의 것은 하느님에게, 가이사의 것은 가이사에게. 내게 황홀경을 안겨준 것은 기린의 의미 따위가 아닙니다. 기린 자체입니다. 거기 그렇게 서서 나를 바라보던, 그 자체로서의 기린 말입니다.

나는 거의 매일 박물관에 나가 그 동물을 바라보았습니다. 그때마다 나는 혼자였습니다. 공주와는 곧 헤어졌으니까요. 사랑이란 바흐의 음악과 비슷하다고 했던가요? 음악이 사라지면, 이 세계는 순식간에 전혀 다른 허공을 가진 세계로 돌변해버립니다.

누가 먼저 이별을 선언했는지는 기억에 없지만, 그녀가 이렇게 말한 것만은 또렷이 생각나는군요. 황혼이 내리던 교정에서였어요. 벤치에 앉은 공주가 먼 곳에 지는 태양을 바라보며 말했습니다. 초등학생 여자애의 목소리로 말이죠.

난 아직도 오리지널 펜텔만 써. 종류별로 갖춰두고서. 그때도 난 이미 여러 자루를 갖고 있었으니까.

공주는 거기까지 말하고 잠시 숨을 골랐습니다. 다시 입을 열었을 때는 눈가가 촉촉하게 젖어 있었습니다.

그런데 지금은 아주 흔해져버렸어. 누구나 마음만 먹으면 그 샤프를 쓰지. 너조차도. 심지어 그게 펜텔이라는 의식도 없이…….

발그레한 황혼이 그녀의 옆모습에 스며들었습니다. 하지만 나는 공주가 미친 건 아닌가 생각했어요. 샤프펜슬 같은 것을 아직도 머릿속에 두고 있다니, 오리지널이니 뭐니 하면서 감상에 젖다니 말입니다. 이것은 과연 나이 어린 노파의 세계가 아닌가 하는 엉뚱한 생각까지 들더군요. 그게 공주와의 마지막이었습니다. 나는 다시 음악이 사라진 허공에 버려진 것입니다.

8

대학을 졸업한 뒤 나는 바로 그 박물관에 취직했습니다. 박물관장이던 교수님을 열심히 쫓아다닌 덕분이었습니다. 임시직이었고 수위 일이었습니다만, 그런 것은 상관없었습니다.

그때가 내 인생에서 가장 행복했던 시절은 아니었을까요? 이상하게 들리겠지만, 나는 기린을 매일 바라볼 수 있다는 기쁨으로 살았다고 해도 과언이 아닙니다. 결혼도 하지 않았고, 취미도 갖지 않았습니다. 술도 마시지 않았고, 육식도 즐기지 않았습니다. 물론 담배만은 예외였습니다만.

나는 늘 정해진 옷을 입었고, 소박한 식사를 했으며, 특별히 만나는 사람도 없었습니다. 사람을 만나서 대화를 나눈다는 것이 부질없게 느껴졌습니다. 옷을 차려입고 외출하는 건 아버지의 기일 때뿐이었습니다. 아버지가 다니던 사찰에 가서 혼자 조용히 불공을 드리고 오는 것이지요. 그렇게 원룸 전셋집과 박물관만을 오가면서 훌쩍 10여 년의 세월이 흘러갔습니다. 그토록 단조로운 생활을 10년이 넘도록 해온 것입니다, 나라는 인간은 말입니다.

엉뚱한 얘기입니다만, 최근 이상한 뉴스들이 많이 눈에 뜨이지 않던가요? 웬 노숙자가 국보급 문화재에 불을 지르지를 않나, 수십 억대 고미술품들이 위작이라지를 않나……. 문화재 가운데 진품이 아닌 것들이 많다는 소문이 신문 방송에 끈질기게 오르내렸습니다. 신라 시대 여래입상이 가짜라는 둥, 목조관음불이 중국에서 수입된 모조품이라는 둥, 안견에서 불교미술까지 진위가 의심스러운 유물이 많다는 둥, 그런 소문들 말입니다.

나는 그런 얘기들에 관심이 없었어요. 나의 기린이 논란에 휘말리기 전까지는 말입니다. 누군가 문화재청과 대학 당국에 기린불이 가짜라고 투서를 넣었다고 하더군요. 진짜는 이미 일제 때 반출되었다는 허황된 주장이었습니다. 박물관 측과 사학과 교수들은 그 주장을 무시했습니다. 이미 정밀한 감식을 거쳤기 때문에 위작 논란은 말도 안 된다고 일축했습니다. 기린불이 가짜라면 박물관의 존재 근거가 사라지는 것이니 당연한 일이었지요.

박물관의 존재 근거만 사라지는 게 아닙니다. 그간 그 불상에 대해 논문을 쓴 교수들은 뭐가 되겠습니까? 수백억의 가치가 있다며 지역신문에 특집기사가 실린 적도 있는데, 신문사는 또 뭐가 되겠습니까? 기린불을 관람한 관람객들은 뭐가 되고, 내외 귀빈들에게 그 유물을 소개하던 총장의 자랑스러운 미소는 뭐가 된단 말입니까? 무엇보다도…… 무엇보다도…… 그 귀빈들을 안내하고, 기린불의 자리를 세심하게 청소하고, 실내온도를 신중하게 조절하고, 매일 그것의 안위를 확인해온 사람이 누구입니까? 대체 그 사람은 뭐가 된다는 말입니까?

아아, 그만둡시다. 흥분해봐야 소용없으니까요. 내가 이해할 수 없었던 건 대학 당국의 태도였습니다. 그들은 끝까지 기린을 지켰어야 했습니다. 그런데 신문지상에 몇 번 기사가 났다는 이유로, 진리의 상아탑인 대학에 위작으로 의심되는 작품이 있어서는 안 된다는 학계의 성명서 한 장 때문에, 그들은 기린불의 진위 조사에 착수하겠다는 기자회견까지 열었던 것입니다. 곧 조사위원회가 꾸려질 것이고, 탄소 측정을 비롯한 각종 첨단 감식 기술을 활용해 진품 여부를 가리겠다고 하더군요.

탄소 측정이라니요? 탄소 따위가 기린의 운명을 결정한다니요? 도대체 누가 진짜와 가짜를 나눌 권리를 그들에게 주었습니까? 누가 내 인생을 진짜니 가짜니 하면서 판정한다는 말입니까? 나는 잠을 이루지 못했습니다. 잠을 잘 수 없었습니다. 밤마다 기린의 타는 듯한 아름다움이 떠올랐습니다. 내가 대체 뭘 어떻게 할 수 있었겠습니까?

9

부슬부슬 비가 내리던 일요일 밤이었어요. 거리에는 인적이 드물었습니다. 갑작스레 날이 추워진 탓인지 을씨년스러운 분위기였지요. 나는 보일러도 켜지 않은 방바닥에 누워 원룸 천장을 바라보고 있었습니다. 왜 그런 날이 있지 않습니까? 모든 게 조금씩 어긋나는 느낌이 드는. 멀쩡하던 문이 삐걱거리고, 텔레비전이 고장 나고, 칼에 손을 베고, 길 건너편에 검은 고양이가 앉아 빤히 이쪽을 바라보는 날 말입니다.

다음 날이면 위원회에서 방문 조사를 벌일 예정이라고 하더군요. 하루 종일 아무것도 손에 잡히지 않았습니다. 아무것도 먹지 못했습니다. 나는 몸을 일으켜 주섬주섬 옷을 챙겨 입었습니다. 근무 때 입는 회색 제복이었어요. 가슴에는 내 이름과 대학명이 적혀 있지요.

그 깊은 밤에 나는 박물관으로 갔습니다. 휴일이었기 때문에 교정에도 박물관 주변에도 인적은 없었습니다. 나는 열쇠로 박물관 문을 따고 들어갔습니다. CCTV가 나를 찍도록 말입니다. 왜였을까요? CCTV를 노려보며 입꼬리를 올려 미소까지 지었던 것은? 그 검은 어둠 속에서 말입니다.

나는 박물관 내부를 거닐었습니다. 옛 추억이 아련히 내 영혼을 사로잡더군요. 백설공주는 잘 살고 있을까? 아직도 난쟁이를 잃은 공주일까? 그녀는 내가 왜 차갑게 변해버렸는지 이해할 수 있을까? 하긴, 나 자신조차 이해하지 못하는 걸 그녀가 어떻게? 나는 백설공주와 키스하던 소파에 앉았습니다. 따스한 시간이 고여 있는 것 같았습니다. 다정하게 손을 맞잡고, 가만히 어깨를 감싸안고, 그녀의 희디흰 목과 발간 입술에 키스를 하고…….

그리고 그 추억의 끝에 기린불이 보이더군요. 나는 기린의 시선을 정면으로 마주보았습니다. 초콜릿처럼 어둡고 짙은 시간이 우리 사이를 흘러갔습니다. 지난 10여 년이 하루하루 떠올랐습니다. 손전등을 들고 타박타박 거닐던, 고요하고 평화롭고 적막한, 그 밤의 순례들이 말입니다. 초콜릿처럼 녹아버린 그 무수한 시간들이 말입니다.

얼마나 시간이 흘렀을까요? 정신을 차리고 보니 모든 것이 명료해져 있었습니다. 그런 순간이 있지 않습니까? 이제 고민할 이유가 없다는 게 확실해지는 순간 말입니다. 그래요. 나는 기린의 말을 들었고 기린은 나의 말을 들었습니다. 우리의 대화에는 막힘이 없었습니다. 나는 확신했습니다. 전문가라는 자들이 탄소연대측정법이니 뭐니 난리를 피운들, 기린의 저 타는 듯한 눈빛을 지울 수는 없다고 말입니다. 저 시선의 진실을 부정할 수는 없다고 말입니다. 진실이란 그렇게 연약한 것이 아니니까요.

나는 담배를 피워 물었습니다. 연기를 들이마셨습니다. 달디달았습니다. 갓 핀 산수유가 된 듯 신선한 느낌이었어요. 건강이 어쩌고저쩌고 떠들어대는 속물들이, 이미 좀비나 다름없는 인간들이 혐오스러웠습니다. 차라리 누가 먼저 연기나 구름이 되는지 내기하는 게 나을 자들이 말입니다.

나는 담배를 입에 문 채 천천히 몸을 일으켰습니다. 기린을 향해 다가갔습니다. 진열창의 실리콘을 제거하고 강화유리를 떼어내는 데 걸린 시간은 겨우 10여 분 정도였습니다. 나는 준비해간 휘발유 통을 손에 들었습니다. 부처의 머리 위에서 통을 서서히 기울였습니다. 비로자나의 머리부터 기린의 발굽까지, 휘발유가 서서히 흘러내렸습니다. 어떤 기분일까요? 휘발유를 뒤집어쓴 부처의 마음이란?

나는 물끄러미 기린의 눈을 마주보았습니다. 슬픈 눈빛이었습니다. 기린의 성기는 고요히 쭈그러져 있었습니다. 더 이상 고민할 게 뭐가 있었겠습니까? 나는 물고 있던 담배를 기린불 위에 떨어뜨렸습니다. 담배는 슬로비디오 속에서처럼 천천히 낙하했습니다. 그리고 문득 붉은빛을 발하는가 싶더니, 훅 소리를 내며 순식간에 타오르기 시작했습니다.

목조불상은 잘 탔습니다. 미친 듯이 잘 탔습니다. 마치 이런 순간을 기다리기라도 한 듯 말이죠. 기린의 발끝에 불이 붙고, 발목이 타오르고, 성기가 타오르고, 화사한 느낌의 몸뚱어리가 타오르고, 뜨거운 눈동자와 단 하나뿐인 뿔이 타올랐습니다. 세상에 없는 상상동물의 몸이 타올랐습니다. 하나의 물질인 몸이 타올랐습니다. 불길은 비로자나까지도 순식간에 삼켜버렸습니다…….

아아, 나의 기린, 나의 베아트리체, 나의 공주, 나의 아버지, 그리고 어머니, 어머니……. 나는 나도 모르게 중얼거렸습니다. 아마도 외치고 있었는지도 모르겠습니다. 절규라고 해도 좋았겠지요. 무엇이었을까요? 무엇이 나를 그렇게 만든 것일까요? 기린의 뜨겁게 타오르는 눈빛이었을까요? 품행이 방정한 자들에 대한 증오였을까요? 나 자신에 대한 환멸이었을까요?

아닙니다. 그렇지 않습니다. 그게 환멸일 리가 없습니다. 증오일 리가 없습니다. 그것이 나의 운명이었을 뿐입니다. 진실만을 말하는…… 나의 운명 말입니다.

10

착각하지 마십시오. 나는 지금 당신의 선처를 바라고 이런 얘기를 하는 게 아닙니다. 당신에게는 나를 비난할 자격이 없습니다. 누가 나보다 더 그 기린을 사랑했다는 말입니까? 학자들입니까? 대학 총장입니까? 당신입니까?

그러고 보니 당신은, 내가 어린 시절 만났던 그 경찰관과 비슷하게 생겼군요. 노동이라고는 해본 적이 없는 하얀 손가락에, 얼굴은 희멀겋고, 책임감이 넘쳐 보입니다. 혹시 당신은 그때의 그 경찰관이 아닙니까? 자유와 정의를 지킨다고 착각하는 의경 말입니다.

뭐라구요? 또 얘기해야 합니까? 그건 이미 확실히 말하지 않았나요? CCTV를 확인해보세요. 당신들은 그런 것을 좋아하지 않습니까. 탄소니 CCTV니 하는 것들 말입니다. 화재경보가 미친 듯이 울리는 불구덩이 속에서 천천히 걸어 나오는 사람이 있을 겁니다. 그게 누굽니까? 내가 아닙니까? 기린불의 잔해가 발견되지 않았다구요? 그게 내 책임입니까? 내가 기린을 어디에 팔아먹기라도 했다는 말입니까? 겨우 돈 따위를 벌려고?

아아, 당신은 지금까지 내 이야기를 듣지도 않은 모양이군요. 차라리 바흐의 음악이 어디로 사라졌느냐고 물으십시오. 어제의 구름이 어디로 사라졌느냐고 물으십시오. CCTV 화면 속에 내리는 빗방울들이 다 어디로 가버렸느냐고 물으십시오.

……그만둡시다. 나는 당신의 머릿속에서 태어난 그 기린에 대해 아무런 권리도 없으니까요. 그래요. 그 기린은 사슴의 몸을 갖고 있을 겁니다. 말의 발굽과 갈기를 지녔겠지요. 소의 꼬리를 가졌고요. 온몸이 오색찬란한 비늘로 덮여 있습니다. 바로 그 짐승입니다. 외뿔을 곧추세운 동물 말입니다. 슬픈 눈을 가진 동물이지요. 그 동물은 지금 어느 구름 아래를 유유히 달려가고 있습니까? 얼마나 아름다운가요? 지금 막 고개를 돌려 당신을 바라보고 있습니까? 거기 황혼이 지고 있나요? 그런데 그것은……

정말 기린입니까?

이제 당신이 내게 대답할 차례입니다.

김형규 아주대학교 기초교육대학 교수

기린을 떠올리는 우리의 태도에 대한 이야기

"저는 담임 선생님이 내 짝을 만지고 더듬는 걸 보지 못했어요"라고 경찰관 앞에서 '나'는 말했다. 보지 못한 것을 보지 못했다고 말했을 뿐인데 그 말로 인해 담임 선생님은 학교를 떠났다. 그리고 아버지는 보지 않은 것을 보았다고 했다며 혼을 냈다. '나'는 다시 그 경찰관에게 가서 아버지가 수상하다고 거짓을 말했다. 그러자 아버지는 지식인 간첩단의 일원으로 체포된다. 아버지가 진짜 간첩단의 일원이었는지는 알 수 없지만 '나'의 말대로 아버지는 수상한 사람이 되어버렸다.

사실과 그 사실을 전달하는 말의 관계가 이상하다. 사실대로 말했으나 사실이 아닌 것이 되고 거짓을 말했으나 그 거짓이 사실로 둔갑한다. 숙제를 하지 않았음에도 했다고 말하자 한 것으로 인정받고, 아버지에게 종아리를 맞을 때도 아프지 않았지만 아픈 것처럼 소리를 지르자 정말 아프기 시작했다. 동전을 훔치고도 훔치지 않았다고 강변하자 거짓말처럼 상황은 말한 대로 되어버리고, 백설공주라 불리는 어여쁜 짝의 샤프를 친구가 훔쳤다고 모함하자 그 친구가 진짜로 훔쳐간 샤프를 꺼내놓는 등 '이상한' 상황은 반복된다.

이렇게 되면 진짜 사실이 무엇인가가 좀 애매해진다. 거짓이라 생각해 말했으나 우연히 사실과 일치하는 상황일 수도 있고, 진짜 거짓인데 사람들이 거짓을 의심하지 않고 그냥 사실로 인정하는 것일 수도 있다. 또는 사실이다 거짓이다 하는 자신의 판단 자체가 잘못되었을지도 모를 일이다. 어떤 상황이든 모든 상황의 진위 여부를 일일이 따져보기는 쉽지 않을뿐더러 불가능한 일일지도 모른다. 아니 하나하나의 순간마다 "진짜 사실일까?"라는 의심의 촉수를 항상 발동시킨 채 살아가는 일은 어쩌면 번거롭고 불필요한 일일 수도 있다. 그렇기에 사실 못지않게 언어로 표현하고 규정하는 것이 중요해진다.

"언어는 우리의 행동과 사고의 틀을 만들었다"는 워프(B. L. Whorf)의 말처럼 우리가 보고 느끼고 생각하는 경험은 언어를 통해 비로소 드러난다. 객관적 세계에 대한 사실 경험이 언어를 통해, 언어에 의해 규정되고 인식되는 것이다. 그런데 문제는 언어가 사실을 있는 그대로 전달하는 데 한계가 있다는 점이다. 우리의 언어는 우리가 경험하는 구체적이고도 다양하면서 개별적이고도 주관적인 세계와 감각들을 모두 담아내기에는 상대적으로 제한적이고 부족하다. 기린이 아닌 것을 이야기한다고 했는데 기린을 떠올리는 것처럼 언어는 사실과 의도를 그대로 전달하지 못한 채 다른 사고와 판단으로 이어지기도 하며 때때로—'나'가 겪은 상황처럼—사실과 거짓의 관계를 왜곡하기도 한다. 그렇기에 "그것이 나의 운명입니다"라는 말은 이와 같은 언어가 지닌 불완전함을 직접적으로 지칭하는 것일 수 있다.

신의 세상에 다가가고자 바벨탑을 쌓던 인간에게 신은 각기 다른 언어를 줌으로써 인간에 머물게 했다는 이야기가 있다. 성서에 전해지는 이 이야기는 언어가 달라 갈등하는 것이 인간의 모습임을, 동시에 그러한 갈등과 분열을 극복하기 위해 노력하는 것 또한 인간의 모습임을 보여준다. 불완전한 언어의 숙명은 결국 진실을 찾고자 타인과, 세계와 끊임없이 소통해야 하는 인간의 운명이기도 한 것이다. 여기에 비춰보면 「기린이 아닌 모든 것에 대한 이야기」는 사실과 거짓의 모호함, 그 과정에서 핵심적인 역할을 하는 언어가 불완전함을 보여주면서 동시에 언어와 진실의 관계는 어떠해야 하는가를 생각하게 한다.

아버지는 친구도 없고 취미도 없다. “구석방에 틀어박혀” 담배만을 피워댄다. 그는 아내의 죽음으로 사랑이 사라진 것처럼 결국 모든 것이 사라질 것이라고 생각한다. 그렇게 외부 세계와는 단절된 채 “식물성 인간”으로 지내다 세상을 뜬다. 아버지가 죽은 후 ‘나’ 또한 아버지처럼 무기력한 삶을 산다. 친구도 없이 혼자 지내며 “될 대로 돼라” 하는 심정으로 살아간다. 그러던 중 어린 시절 좋아했던 백설공주를 만나 사랑을 하면서 그러한 무기력감에서 잠시 벗어나게 된다. 그러나 “여전히 예전과 같은 공주”였던 그녀와는 “사랑해”라고 의식적으로 반복해 말해야만 사랑의 감정을 느낄 수 있는 사이에 불과했다. 그녀는 어릴 적 불리던 별명에 스스로를 고정한 채 “나이 어린 노파”의 세계에 머물러 있기 때문이다. 결국 박물관에서 기린을 탄 비로자나불에 빠져들 때쯤 그녀와 헤어지게 된다.

아버지가 진실의 허망함에 빠져 세상과의 소통 자체를 의도적으로 거부하던 인물이었다면 백설공주는 명명된 언어에 얽매여 현실 세계와 어울리지 못하는 인물이라고 할 수 있다. 서로 다른 양상을 보이지만 결국 두 인물은 모두 구체적이고 특수한 맥락과 그 가운데 주체로 자리한 사람과의 관계를 부정하거나 외면함으로써 타인 또는 세상과의 소통에 한계가 있는 존재들이다. 그 둘과 ‘나’와의 관계가 조화롭지 못한 상태로 귀결된 것은 당연한 일이다.

반면에, 아버지와도 백설공주와도 소통하지 못했던 ‘나’는 박물관에서 새로운 경험을 한다. 비로자나불이 타고 있던 기린의 형상에게서 알 수 없는 뜨거운 시선을 느끼고 그 시선 속에 강렬하게 빠져든다. 수백 년의 시간을 초월해 보존되고 있는 기린의 형상에서 황홀경을 느낀 ‘나’는 기린불을 매일 가까이서 보기 위해 박물관 직원이 된 후 “인생에서 가장 행복한 시절”을 보낸다. “진실을 보존하는 공간”이며 “그것 자체가 진실인 공간”인 박물관에 전시된 기린은 언어로 규정되는 의미와 상관없이 그 자체가 ‘나’에게는 진실이 된다.

그런데 그런 '나'가 기린불이 전시된 박물관에 불을 지르고 만다. 기린불을 두고 진위 여부가 논란이 되고, 급기야는 탄소 측정으로 이를 판정할 예정이 되자 "누가 진짜와 가짜를 나눌 권리를 그들에게 주었습니까?"라며 아예 태워 없애는 것이다. 진실이라 여겨지는 존재 자체에 불을 지르는 '나'의 이러한 행위를 어떻게 봐야 할까? 진실이란 우리가 명명하거나 인식한다고 달라지는 것이 아니며 우리의 언어로 그렇게 쉽게 확인할 수도 없음을 보여주는 극단적인 행동일까? 그렇게 진실은 우리의 인식과 무관하게 우리의 인식 세계 너머에 그 자체로 존재하는 초월적인 것임을 다시 확인시켜주고 강조하는 것일까?

이런 의구심대로 '나'의 방화 행위를 이해한다면 모든 것은 사라진다고 생각해 세상과 벽을 쌓았던 아버지나 언어의 명명 속에 갇혀 세상과 어울리지 못했던 백설공주, 그들과 '나' 또한 크게 다를 바가 없게 된다. 진실이 우리의 현실 너머에 있거나 모든 이에게 개별적으로 존재한다는 말은 곧 진실에 다가가기 위한 우리의 노력 모두를 소용없게 만들기 때문이다.

'나'의 방화 행위가 액면 그대로 읽히지 않는 이유가 여기에 있다. 전문가들이 난리를 피워도 기린의 타는 듯한 눈빛, 그 "시선의 진실을 부정할 수는 없다" 말하며 진실을 지워버리는 행위, 이런 행위가 증오나 환멸이 아닌 "진실만을 말하는 나의 운명" 때문이라는 말 등은 이미 그 자체가 하나의 역설이다. 이는 "그 자체가 진실인 곳"이라 말하던 박물관의 의미에 대해서도 마찬가지이다. 이-푸 투안의 말대로 "과거 숭배는 진실보다는 환상을 필요로 하며, 이런 차원에서 교훈적인 환상을 생산하는 것이 박물관의 중요한 기능"이기 때문이다. 박물관은 "시간을 보존하는 공간"이지만 과거의 유물들을 의식적으로 현재의 지식으로 만듦으로써 구체적인 시간성과 주체를 초월한 객관화된 의미를 전시하는 곳이기도 하다. 이런 공간에 불을 지르는 행위는 역으로 소통의 맥락과 사람이 배제된 채 박제되어 있는 '의미'에 반기를 드는 행위라 할 수 있지 않을까?

이렇게 보면 이 작품은 '진심을 다한 거짓', '무서운 진실' 등의 언어적 형용으로 진실을 포장하기보다는 구체적인 관계 속에서 진실을 향해 노력하는 소통의 중요성을 역설적으로 보여주는 것으로 이해가 가능하다. 인터넷과 스마트폰 등 소통 수단은 첨단을 걷고 있지만 변명과 비방, 협박과 회유 등이 난무해 정작 타인의 말에 귀 기울이고 함께 진실을 찾고자 하는 소통은 역설적으로 점점 더 요원해 보이는 현실, 그 속에서 '진실'에 다가가기 위해 우리는 어떤 태도를 취해야 하는가를 진지하게 성찰하는 것이 중요하다고 말이다.

기린이 아닌 모든 것을 이야기한다고 할 때 기린을 떠올리는 역설적인 상황처럼 「기린이 아닌 모든 것에 대한 이야기」는 작품 전체가 하나의 역설이 되어 이렇게 우리에게 '대화'를 걸고 있다.

흔적

2015 올해의 문제소설

임철우

—

1981년 『서울신문』 신춘문예에 「개 도둑」 당선

소설집 『아버지의 땅』 『그리운 남쪽』 『달빛 밟기』 『물 그림자』

장편소설 『붉은 산, 흰 새』 『그 섬에 가고 싶다』 『등대』

『봄날』(전5권) 『백년여관』 『이별하는 골짜기』 등

한국창작문학상, 이상문학상, 단재상, 요산문학상, 대산문학상 수상 죽은 아내가 다시 집으로 돌아왔다. 공교롭게도 당신의 생일에, 그러니까 정확히 일흔한 번째이자 마지막이 될 당신의 생일날 아침에 말이다.

새소리에 당신은 이제 막 선잠에서 깨어난 참이다. 창유리 밖 세상은 청색 비닐을 덧씌워놓은 것처럼 아직 푸른 물감에 어슴푸레 젖어 있다. 까악 까악. 뒷마당에서 산까치들이 아침부터 유난히 소란스럽다. 녀석들은 평소에도 네댓 마리씩 무리 지어 찾아와, 단풍나무들을 옮겨 다니며 한바탕 깍깍대다 떠나곤 했다. 인적 뜸한 산촌답게 산짐승들이 흔했다. 그 외딴집은 개울가에 위치한 데다 마당에 빙 둘러 심은 무성한 나무들 때문에 사철 온갖 새들이 모여들었다. 당신은 새소리를 좋아했다. 세상의 모든 아침은 새소리와 함께 시작하고, 또 새소리를 좇아 하루해가 진다는 사실을 당신은 이곳에 내려와서야 배웠다.

새들이 어디론가 한꺼번에 몰려간 모양이다. 사위가 다시 잠잠해졌다. 풀칠을 해놓은 듯 빽빽한 두 눈을 끔벅이며 당신은 소파에서 힘겹게 상체를 일으켜 세운다. 담요가 뱀 허물처럼 스르르 벗겨져 바닥으로 떨어진다. 밤새 거실 소파에 누워 있었음을 비로소 깨닫고 당신은 잠시 어리둥절해진다. 간밤에도 불면에 뒤척이다 담요를 뭉뚱그려 안고 침실을 빠져나왔을 터이다. 한데도 거짓말처럼 아무 기억이 없다.

아담한 넓이의 거실은 여전히 어두침침하고 선뜩한 냉기마저 감돈다. 몇 시쯤인지 잘 모르겠다. 벌써 몇 달째 시계가 초침 시침을 멈춘 채 벽에 걸려 있지만, 당신은 건전지 갈아 끼우는 일 따위는 아예 잊어버린 양하고 지내왔다. 입안이 소태처럼 쓰고 소변도 마렵다. 그만 일어나야 한다 생각하지만, 몸뚱이가 천근만근이다. 장작개비처럼 뻣뻣해진 팔다리엔 별다른 감각조차 없다. 그러다 왠지 이상한 느낌에 무심코 주방 쪽으로 고개를 돌리던 당신은 흠칫 놀란다. 저만치 어둑한 주방 한가운데 뭔가 희끄무레한 형체가 눈에 띈다. 손등으로 눈을 부비고 나서 두 눈에 힘을 주어본다. 분명 식탁 앞에 누군가 기척 없이 돌아앉아 있다. 눈에 익은 뒷모습이다.

"젠장맞을, 아침부터 또 헛것이 보이는 거야."

한숨과 함께 당신은 고개를 젓는다. 소파에 엉거주춤 앉아 천천히 심호흡을 해본다. 허벅지와 무릎을 주무르고 목, 어깻죽지, 팔뚝까지를 고루 손바닥으로 투덕투덕 두들겨준다. 매일 아침 운신을 시작하기 전 습관처럼 반복해온 일종의 준비운동이다. 그래야만 밤새 죽어 있던 육신의 감각이 가까스로 되살아나고, 사지와 관절에도 피가 돌아오는 것이다.

끙, 소리를 내며 당신은 일어선다. 무심코 주방 전등 스위치를 켜려다 이번에야말로 움찔하고 놀란다. 식탁 앞에 오도카니 앉은 여자의 뒤태를 당신은 한눈에 알아본다. 단발머리 여고생 같은 머리채. 길고 가녀린 목. 살집 없이 빈약한 등과 어깨. 언젠가 본 것 같은 검은색 원피스. 잠시 멍한 표정으로 굳어 있던 당신은 조용히 스위치에서 손을 거두고 돌아선다. 전등을 켜면 아내가 연기처럼 사라져버릴 것만 같아서다. 화장실로 들어가 오줌을 눈 다음 세수까지 대충 마친다. 타월을 손에 쥔 채 거울을 물끄러미 들여다본다. 병색 완연한 얼굴. 숱이 듬성듬성한 백발에 움푹 꺼져 들어간 양 볼. 그 추레한 늙은이와 마주 선 채 당신은 한참 동안 탁한 눈알을 끔벅인다.

'저 사람이 왜 또 뜬금없이 돌아왔을까. 그러고 보니, 이게 얼마 만인가.'

순간 갑자기 현기증과 함께 눈앞이 깜깜해져온다. 무너지듯 바닥에 주저앉은 당신은 두 손으로 가슴을 움켜쥔 채 한동안 격한 호흡을 몰아쉰다. 모래 더미에 짓눌린 듯한 심장의 압박감. 넉 달 전 군청 앞 한길에서 의식을 잃고 쓰러졌을 때도, 두 달 전 마당에서 풀을 뽑다가 쓰러졌을 때도 꼭 이랬다. 아, 이게 마지막인가. 어차피 이렇게 끝나고 말 거였나. 눈앞으로 검은 차단막이 좍 펼쳐졌다 걷히는 그 짧은 찰나에 그런 생각이 뇌리를 스친다. 다행히 심장 박동이 차츰 가라앉는 것 같다. 심장과 뇌의 녹슨 혈관들이 파열 직전의 아슬아슬한 고비를 또 한 차례 용케 버텨내준 것이다. 거실로 돌아와 소파에 엎드리자마자 뒤늦게 심한 두통과 흉통이 동시에 덮쳐온다. 온몸은 이미 식은땀으로 축축하게 젖었다.

아내가 당신의 눈앞에 모습을 드러낸 건 이번이 두 번째다. 3년 전, 아내는 병으로 세상을 떴다. 뇌 안에 숨은 자두알만 한 종양 덩어리를 발견했을 때는 이미 한참 늦은 뒤였다. 뼈와 거죽만 남은 아내는 여러 달 병상에서 고통에 시달리던 끝에 숨을 거두었다. 장례식 따윈 애초에 불필요한 절차였다. 어차피 알릴 만한 사람도, 거기까지 찾아와줄 이도 없었다. 이미 세상을 뜬 처남의 가족과는 연락이 끊긴 지 오래였다. 세상이 온통 지글지글 끓어오르던 여름 한낮, 아내의 시신은 도시 외곽에 위치한 연화장의 불구덩이 속으로 끌려 들어갔다. 당신은 한 줌밖에 안 되는 뼛가루를 구형 아반떼에 싣고 제부도를 찾아갔다. 아내는 아들과 함께 있고 싶어 했다. 아내의 바람대로, 당신은 이른 새벽 바다로 나가 뼛가루를 훌훌 뿌려주었다. 그리고 갈 때처럼 혼자 차를 몰아 먼 길을 돌아왔다.

바로 그 며칠 후, 읍내 대중탕 탈의실에서 쓰러진 당신은 구급차에 실려 가까운 원주시 종합병원 중환자실로 옮겨졌다. 목욕을 마친 후 양말을 꿰신다가 돌연 의식을 잃고 벌렁 나자빠졌던 것이다. 첫 번째로 접한 뇌졸중이었다. 어르신, 용궁 갔다 오신 겁니다. 이 정도로 그친 것만도 진짜 기적이라는 뜻이에요. 젊은 의사는 짐짓 눈을 둥그렇게 뜨고 놀랍다는 시늉을 해보였다. 평소 어지럼증이 잦긴 했어도, 자신이 중증의 고혈압과 협심증을 앓고 있었다는 사실을 당신은 여태껏 모르고 있었다. 게다가 동맥경화까지 이미 진행

중이었다.

그날로 당장 심장 관상동맥 두 군데에 튜브를 삽입하는 수술을 받았고, 보름간의 입원 치료가 이어졌다. 병상이 여섯 개인 그 병실 안에서 보호자 없는 환자는 당신 혼자뿐이었다. 아내가 홀연 모습을 나타낸 게 그즈음이었다. 한밤중 심한 갈증에 눈을 떠보니, 아내는 침대 머리맡에 오도카니 앉아 그림자처럼 조용히 지켜보고 있었던 것이다.

"특별한 이상은 아니니까, 너무 놀라지 마세요. 기력이 쇠약해지면 사람에 따라 간혹 헛것이 보일 수도 있습니다."

보호자도 없는 환자인 탓에 안 그래도 찜찜한 기색이던 의사는 아내를 보았다는 당신의 말에 금세 반색을 했다. 하지만 그게 바로 엊그제 세상을 떠난 사람이라는 얘기를 듣더니 기가 막힌다는 표정이었다. 그때부터 간호사들은 물론 한 병실의 사람들조차 아예 당신을 치매 환자 대하듯 했다.

오로지 당신 눈에만 아내의 모습이 보인다는 사실을 깨달은 당신은 이후 두 번 다시 그 얘기를 꺼내지 않았다. 대신 남몰래 아내와 낮은 소리로 중얼중얼 대화를 나누었다. 사실 그건 대화가 아니라 당신만의 혼잣말이나 마찬가지였다. 아내는 시종 아무 말이 없었다. 늘 이만치 떨어진 거리에서, 마치 모든 걸 훤히 알고 있다는 듯이 엷은 미소를 띤 채 당신을 조용히 바라보기만 했다. 당신은 그런 상황에 곧 익숙해졌다. 본시 망자는 산 자들의 말을 하지 않는 법이라고 하지 않던가. 퇴원 하루 전날, 아침에 눈을 뜨니 아내의 모습이 보이지 않았다. 나타날 때 그러했듯, 아무런 예고도 기미도 없이 그림자처럼 홀연 사라져버렸던 것이다.

그사이 창밖 세상은 아까보다 훨씬 밝아져 있다. 으으으…… 우우우. 마당 쪽에서 얼핏 기이한 소리가 희미하게 들려오다가 뚝 그친다. 누군가의 잔뜩 목쉰 흐느낌 같기도 하고, 고통에 찬 단말마의 신음 같기도 하다. 물론 당신은 그 소리의 정체를 잘 알고 있다. 그 소리가 새삼스레 당신의 마음을 조급하게 만든다. 참, 그렇지. 오늘은 특별한 날이다. 해 지기 전까지 꼭 마무리해야 할 일들이 남아 있는 것이다. 소파에서 엉거주춤 몸을 일으킨 당신은 불편한 걸음으로 주방으로 들어선다. 뜻밖에 식탁이 비어 있다. 주방과 거실 어디에도 아내의 모습은 보이지 않는다. 당신은 전등을 켠다. 아침이 오긴 했어도, 앞산 너머로 해가 모습을 나타내려면 한참을 더 기다려야 한다. 깊은 골짜기에 처박힌 마을이라, 해는 언제나 뒤늦게 떴다가 황급히 지곤 한다.

당신은 냉장고 문을 연다. 저장실 내부가 숫제 텅 비어 있다. 전날까지 이런저런 짐정리를 마저 끝낸 다음, 아침 한 끼 몫만 남기고 깨끗이 치워냈기 때문이다. 당신은 어설픈 손놀림으로 먹다 남긴 밥 반 공기와 김치찌개, 장아찌 접시, 참치 통조림 그리고 우유팩을 식탁 위에 주섬주섬 늘어놓는다. 수년째 거의 변함이 없는 당신 혼자만의 아침 식단이다. 한 알 남은 날계란을 꺼내 들고 돌아서던 당신은 또 한 번 멈칫한다. 어느 틈에 아내가 돌아와 맞은편 의자에 앉아 있다. 당신은 잠자코 자리에 앉는다. 우유를 한 모금 마신 다음 젓가락을 집어 든다. 양쪽 어금니가 하나도 없어서 앞니로만 우물우물 씹어야 한다. 입맛이 전혀 없지만, 고개를 숙이고 당신은 한동안 먹는 데만 열중한다.

"또 어쩐 일로 불쑥 돌아온 거요? 내내 아무 기척도 없다가……."

당신은 푸슬푸슬한 밥 한 술을 간신히 삼키고 나서 중얼거린다.

"오라, 그러고 보니 오늘이 내 귀빠진 날이었네 그려. 이 늙은이가 미역국이라도 한 그릇 챙겨 먹고 있나 싶어, 걱정이 돼서 돌아온 거요?"

짐짓 헛웃음을 흘리며 당신은 비로소 고개를 든다. 바로 눈앞에 마주 앉은 아내의 모습을 보는 순간, 어쩔 수 없이 목 안이 울컥 차오른다. 이번에도 역시 아내는 말없이 이쪽을 바라보기만 할 뿐이다. 건강할 때보다는 다소 수척한 모습이긴 해도, 항암 치료 당시의 끔찍한 몰골이 아닌 것만도 고마운 일이다. 하지만 당신은 오늘 아내의 표정에 뭔가 달라진 점이 있음을 알아차린다. 눈빛이다. 지난번 병상을 지켜줄 때의 차분함 대신 어째선지 두 눈엔 슬픔과 애잔함이 가득 담겨 있는 듯하다. 그 어둡게 가라앉은 눈빛에서, 당신은 아내가 이미 모든 걸 빤히 알고 있으리라는 사실을 눈치챈다.

"여보. 행여 나를 만류할 생각으로 이렇게 찾아온 거라면, 그럴 필요는 없소. 어차피 이것 말고는 다른 길이 없다는 걸 당신도 아마 잘 알고 있을 거야. 내일 또 내일 하면서 우물쭈물하다간 그 일이 정작 어느 순간에 들이닥칠지 모르잖소. 내 말을 이해하겠소?"

당신은 설득하듯 차분한 어조로 중얼거린다. 뜻밖에 아내는 당신과 시선을 맞춘 채 잠자코 고개를 끄덕여 보인다. 여보, 알아요. 나도 이미 알고 있다고요. 아내의 눈은 그렇게 대답하고 있는 것 같다.

"고맙구려, 여보. 그리고 정말 잘 와주었소. 오늘 중으로 마저 마무리해야 할 일들이 아직 몇 가지 남아 있거든. 그걸 나 혼자 감당할 걸 생각하니 당최 막막하기만 하던 참이었는데, 마침 잘 왔네. 정말이야, 여보."

당신은 진심으로 말한다. 과묵하고 무심한 남편의 속마음을 생전에도 신통하리만치 빤히 읽어내던 여자였다. 당신은 새삼 회한에 젖어서 아내를 응시한다. 망막에 엷은 그늘막이 씌워진 듯 아내의 얼굴 윤곽은 희미하게 보인다. 그래도 두 눈에 담긴 슬픔과 입가에 묻어 있는 부드러운 미소를 당신은 읽어낼 수 있다. 병석에서도 오랫동안 잃지 않던 조용한 미소. 반복되는 항암치료조차 투정 한 번 없이 묵묵히 받아들이던 아내. 그러던 아내도 결국 막바지엔 정신 줄을 놓고 말았다. 아랫도리엔 기저귀가 채워지고, 남편의 얼굴조차 알아보지 못했다.

"아, 안 돼. 이러지 마. 이러지 마. 안 돼."

반쯤 의식을 잃은 채 병상에 누워있다가도 아내는 종종 다급하게 외치곤 했다. 묘하게도 해 질 녘이면 그랬다. 병원 창문에 드리운 노란색 커튼이 하오의 햇살에 흡사 불이 붙은 듯 환해질 때면 어김없이 그 느닷없는 외침이 튀어나왔다. 그럴 때 아내의 메마른 입술은 바들바들 떨리고 백지장 같은 얼굴은 공포와 절망으로 무섭게 일그러졌다. 그 짧은 발작이 멈추면 이내 혼곤한 잠에 떨어졌다. 그때마다 당신은 아내의 삭정이 같은 손을 잡아주며 뼈아픈 고통을 속으로 삭여내야 했다.

그날 경찰서로부터 전화 한 통을 받고 당신들은 허겁지겁 병원으로 달려갔다. 임시 안치된 시신의 신원을 확인해달라는 거였다. 안 돼. 형태야. 이러지 마. 이래선 안 돼. 흰 비닐커버를 벗겨내자마자 아내는 외마디 비명과 함께 쓰러졌다. 아들의 시신은 처참했다. 폐기물을 만재한 덤프트럭이 짓이겨 놓은 얼굴은 식별조차 불가능했다. 비가 억수같이 퍼붓는 밤, 서울역 앞 육교 밑에서 신문지를 깔고 함께 술을 마셨다는 노숙인 세 명이 증언을 했다. 아들은 평소처럼 말없이 곁에서 소주만 마셨다고 했다. 그러다 돌연 벌떡 일어나 혼자 미친 사람처럼 고함을 지르며 8차선 도로로 뛰어들었다는 거였다. 지하철 공사장을 막 벗어나 빠른 속도로 좌회전하던 덤프트럭은 사고 지점으로부터 수십 미터를 더 가서야 정지했다. 한밤중, 퍼붓는 빗속이라 기사는 아무것도 보지 못했다. 아들은 1년 가까이 행방불명 상태였다. 어디서건 괴로운 심사를 혼자 추스르고 나면 다시 집으로 돌아오겠지 여기며, 당신은 안절부절 못하는 아내를 달래기도 하고 호통을 치기도 하면서 기다리던 참이었다. 노숙자가 되어 거리를 떠돌고 있었다니! 집에서 역까지는 그다지 멀지도 않은 거리였다. 버스를 타고 역 앞을 수없이 지나다니면서도 왜 미처 거기엔 생각이 미치지 못했을까. 왜 한 번이라도 눈여겨보지 않았을까. 뒤늦게야 당신들은 가슴을 쳤다.

공원묘지에 묻어주자는 아내의 만류를 한사코 뿌리치고 당신은 아들의 주검을 화장한 다음, 제부도 부근 바닷가에 뼛가루를 뿌려주었다.

"절대로 땅에 묻을 수는 없어, 여보. 우리 두 사람이 떠나고 나면, 그때부터는 누가 이 아이의 무덤을 돌봐준단 말이오? 당신도 나도 마찬가지가 아닌가. 어차피 우리에겐 피붙이라곤 이 아이 하나뿐이잖소."

당신의 말에 결국 아내도 더 이상 가로막지 못했다. 그로부터 오랫동안 아내는 극심한 우울증에서 헤어나지 못했다. 실어증에 걸린 사람처럼 약에만 의지해 간신히 하루하루를 버티는 아내 앞에서 당신은 한숨조차 맘대로 쉬지 못했다. 그럴수록 당신은 일에 미친 사람처럼 분주하게 뛰어다녔다. 그래야만 숨을 쉬고 살 수 있었다. 그러다보니 생채기에 차츰 딱지가 내려앉는 것도 같았다. 이윽고 아내도 조금씩 말을 되찾기 시작했다. 전보다 밝아진 듯한 아내를 지켜보며 당신은 비로소 가슴을 쓸어내렸다. 하지만 그건 당신 혼자만의 생각이었다. 당신이 집을 비운 시간엔 아내 혼자 줄곧 방 안에 들어박힌 채 퀭한 눈으로 허공을 더듬고 있다는 사실을 당신은 알지 못했다. 아니, 알면서도 모르는 척했다. 아내의 유골함을 그러안은 채 당신은 갯바위 끝에 퍼질러 앉아 오래 슬피 울었다. 아내의 뇌 속에 그 끔찍한 종양 덩어리를 키워낸 것은 다름 아닌 당신의 비정함과 어리석음이라고 믿었다.

식사를 대충 때우고 나서 당신은 오늘따라 꼼꼼히 설거지를 한다. 전날 청소를 마친 찬장 내부와 집기들의 정돈 상태까지 재차 확인하고 휴지통도 일일이 비워낸다. 이제 당신이 그것들을 다시 사용할 기회는 없을 터이다. 약봉지를 뜯어 한 움큼 되는 알약을 입안에 털어 넣은 다음, 당신은 거실 구석에 쌓아둔 짐들을 하나씩 현관 바깥으로 옮기기 시작한다. 서너 달 전부터 틈틈이 정리해온 터라 남은 짐이라야 얼마 되지 않는다. 노끈으로 묶은 책 꾸러미가 네댓 개, 낡은 액자들이 한 묶음, 그리고 양곡 부대는 각종 영수증과 서류, 문구류 따위가 뒤죽박죽으로 채워져 있다.

"이것으로 불필요한 짐은 얼추 다 꾸린 셈이군. 집주인의 책이랑 세간 일체는 원래 자리에 그대로 남겨둘 거요. 그 친구가 워낙 꼼꼼한 성격이라, 아무래도 신경이 쓰여서 말이오. 옷장에 있는 내 옷가지며 이불 따위 구질구질 한 것들은 일찌감치 치워버렸지. 요즘엔 쓰레기 처리가 무척 수월해졌다오. 비닐봉지에 담아 마을 입구에 내놓으면 하루 걸러서 군청 차량이 나와 수거해가거든."

짐들을 마당 한쪽에 옮겨놓은 다음 당신은 가쁜 숨을 내쉰다. 이따가 시내 나갈 때 차로 실어낼 생각이다. 그것들을 마저 치워내고 나자 마음이 한결 가벼워진다. 친구인 K는 당신의 편지를 받고서 조만간 집을 둘러보기 위해 찾아올 것이다. 집주인인 K가 집 안에 들어섰을 때 당신의 흔적을 거의 느낄 수 없도록, 당신은 최대한 말끔히 지워놓고 떠나고 싶다. 손을 털고 돌아서려는데, 문득 책 뭉치 틈에서 낡은 검정색 비닐커버가 눈에 들어온다. 당신은 무심코 그 두툼한 사진첩을 뽑아든다. 어찌된 셈인가. 어째서 이것이 여태까지 남아 있었을까. 해묵은 사진첩을 쥔 손끝이 바르르 떨린다. 집 안에 남은 사진이란 사진은 하나도 남김없이 불에 태워버렸노라 믿었다. 아내의 뼛가루를 바다에 뿌려주고는 그길로 집에 돌아오자마자 맨 먼저 한 일이 그것이었다.

당신은 라이터와 신문지 몇 장을 찾아 들고 나온다. 마당에 붙은 텃밭 가장자리에 쪼그려 앉아 사진첩을 한 장씩 뜯어내기 시작한다. 종이가 두꺼워 쉽게 불이 붙지 않더니, 신문지를 집어넣자 금세 불꽃이 일어난다. 당신은 애써 사진 속 얼굴들을 외면한 채 실눈을 뜨고 불길을 주시한다. 산간지역에선 가장 무서운 게 불이다. 민가에서 함부로 쓰레기를 태우지 못하도록 산불감시 차량들이 가을부터 봄까지 수시로 순찰을 돈다. 크기도 연대도 다른 수많은 사진들 중엔 아버지가 세상에 남긴 단 두 장뿐인 사진도 섞여 있다. 어머니, 아내, 아들, 친지들 그리고 이름도 기억나지 않는 수많은 사람들의 얼굴도 차례차례 재로 변하고 있다. 불현듯 그것들이 당신 육신의 일부처럼 느껴진다. 아니, 당신의 전 생애가 눈앞에서 송두리째 연기가 되어 사라지고 있는 것만 같다.

당신에게 인생은 처음부터 끝까지 굴곡과 요철로만 이어진 비포장 길, 그나마도 출구 없는 막다른 골목길이었다. 험난한 운명은 손금에조차 예시되어 있었던 모양이다. 원, 이렇게 박복한 손금은 보다가 또 처음일세. 초년고생에다 말년고생까지 참 골고루 빡세게도 들어섰구먼. 어릴 적 동네 어귀에서 우연히 마주친 늙은 떠돌이 사주쟁이의 말을 당신은 아직도 기억한다. 출생부터 고단한 처지였다. 아버지가 나이 서른다섯에야 얻은 천금 같은 외동아들이 당신이었다. 중학교 교사였던 아버지는 전쟁 통에 끌려가 모진 매를 맞고 시름시름 골병을 앓다가 세상을 떠났다. 당신이 아홉 살 때였다. 마실 나갈 때면 어린 당신을 등에 업거나 어깨에 태우고 다니며 싱글벙글하던 아버지. 무릎에 앉혀놓고 손수 밥을 떠먹여주던 아버지. 비 오는 날 교실 밖에서 우산을 들고 기다리던 아버지. 당신이 가진 거라곤 그런 몇 가지 기억뿐, 아버지의 빈자리는 평생 메울 수 없는 깊고 어두운 구멍으로 남겨졌다. 홀로 된 어머니에게 당신은 유일한 핏줄이자 생의 의미였고 목적이었다. 억척스럽고 냉정한 어머니의 울타리 안에서 당신은 더없이 양순하고 고분고분한 아들로 자랐다. 고학으로 서울의 전문대학을 졸업하고, 취직을 하자마자 어머니가 골라준 이웃마을 처녀를 신부로 맞아들였다. 중학교를 마치고 면사무소 직원으로 일하다 시집을 온 아내는 천성이 조용하고 심덕이 고왔다. 본시 무덤덤한 성격의 당신은 아내에게 각별한 정도 없었지만 그렇다고 별다른 불만도 없었다. 괴팍한 시어머니 밑에서 묵묵히 순종하며 탈 없이 살림을 꾸려가는 아내가 그저 고마울 뿐이었다. 돈 벌 욕심에 중동지역 공사현장에 3년간 해외파견을 나간 것 말고는, 당신은 어머니가 세상을 뜰 때까지 곁에서 극진히 모셨다.

손이 귀한 혈통답게 당신도 역시 어렵사리 아들 하나만을 얻을 수 있었다. 몸은 다소 약했지만 내내 착하고 모범생으로 커준 아들은 부부의 유일한 자랑거리였다. 아들은 비교적 늦은 나이에 결혼을 했는데, 그래선지 아이가 쉬이 들어서지 않았다. 그 한 가지 말고는 모든 것이 순조롭게 풀려가는 듯싶었다. 그러다가 IMF가 들이닥쳤다. 아들은 직장을 나오자마자 친구의 꾐에 빠져 잘 알지도 못하는 유통업에 덥석 손을 댔다. 그때부터 모든 게 파국으로 치달았다. 동업한 회사는 도산했고, 어수룩한 아들은 해외로 달아난 친구의 빚까지 통째로 떠안았다. 아들의 불행은 고스란히 부모의 몫으로 넘겨져, 살고 있던 아파트까지 한꺼번에 날아갔다. 그것으로도 모자랐는지, 아들은 끝내 처참한 죽음으로 그 모든 불운의 정점을 찍고 말았다. 그리고 다시 아내마저 떠났다. 이젠 당신 혼자만 이렇게 덩그러니 남겨져 있을 뿐이다.

애당초 어디서 길을 잘못 들어섰던 것일까. 어리석은 아들이 친구의 꾐에 빠지지만 않았더라면 모든 게 달라졌을까. 그랬더라면 송두리째 파산을 당하지도 않았을 터이고, 아들의 이혼도 없었을 터이고, 며느리가 아이를 지우는 일도, 아아, 끔찍한 죽음도 없었을 터이지. 아니야. 애초에 녀석을 그렇듯 턱없이 유약하고 선량하기만 한 놈으로 키우지 않았다면, 공대가 아니라 제 소원대로 미술대학에 보냈더라면……. 아니야. 그날 밤 내 눈앞에서 술 취해 울고불고 못난 꼴을 보였을 때, 그때 내가 조금만 참았더라면, 못난 놈이라고 고함을 지르며 뺨을 때리지만 않았더라면……. 그랬더라면, 이 모든 것이 달라졌을까.

매운 연기도 그쳤는데, 당신은 눈물이 훅 솟구친다. 건너편 숲이며 골짜기가 물기에 어룽져 희미해 보인다.

으으…… 으으으. 문득 흐느낌 섞인 고통스러운 신음이 다시 희미하게 들려온다. 늙고 병든 개가 당신을 부르고 있다. 당신은 일어나 뒷마당으로 걸음을 옮긴다. 창고 옆에 놓여 있는 약간 어설픈 모양의 개집 한 채. 그것은 오래전 당신이 손수 판자를 구해와 짜 만든 작품이다. 주위에선 온통 끔찍한 지린내가 진동한다. 약에 찌든 만성 질환자의 오줌 냄새하고 똑같은 지독한 악취. 머루야. 머루야. 당신은 허리를 엉거주춤 숙이고 작은 소리로 불러 본다. 잠시 후에 피골이 상접한 개가 허깨비처럼 기어 나온다. 전신의 뼈와 관절을 고스란히 드러낸 몰골이 차마 보기 힘들 만큼 참혹하다. 젓가락 같은 뒷다리를 바들바들 떨다가 개는 폭 주저앉더니, 당신의 발등에 코를 묻고 끙끙댄다. 이 불쌍한 녀석아. 낮은 탄식을 삼키며 당신은 개의 머리를 두 손으로 감싸 쥔다.

"우리 머루, 어쩌다가……."

아내의 음성에 놀라 당신은 고개를 든다. 어느 틈엔가 아내는 이만치 떨어져 그림자처럼 서 있다. 잘못 들었나 싶어 당신은 아내를 올려다본다. 아내는 안타까움 가득한 눈빛으로 개를 묵묵히 내려다볼 뿐이다. 눈꺼풀에 들러붙은 고름을 손가락으로 떼어주자 개가 가까스로 눈을 뜬다. 양쪽 눈은 얼마 전부터 완전히 실명한 상태다. 머루. 유난히 눈빛이 초롱초롱해서 아내가 붙여준 이름. 하지만 지금 개의 양쪽 동공은 동전 크기의 희멀건 막으로 덮여 있다.

"머루가 몹쓸 병에 걸렸소. 작년 겨울부터라오. 약으로 근근이 버텨왔는데, 이젠 명이 거의 다했나 봐. 눈이 안 뵈니까 마당을 돌아다니지도 못해. 이젠 내가 와도 제대로 일어나지도 못하는군. 차라리 그냥……."

당신은 나머지 말은 삼켜버린다. 더 고생하지 말고, 차라리 얼른 갔으면 좋겠는데. 만삭 무렵부터 개는 눈에 띄게 마르기 시작했다. 별안간 엄청난 양의 물을 마셔대고 걸신들린 듯 사료를 먹어대는 걸 보고도, 새끼를 배서 그런 줄로만 여겼다. 애초에 늙은 나이에 새끼를 밴 것부터가 잘못이었다. 강아지는 세 마리였다. 한 마리는 사산이었고 나머지도 이틀을 채 넘기지 못했다. 어미를 읍내 가축병원에 데려갔더니 혈청검사부터 했다. 당뇨병입니다. 수치가 엄청 높게 나왔네요. 원래 이만한 나이 때가 발병률이 가장 높지요. 수의사의 말에 당신은 어리둥절했다. 그런 병은 사람한테만 있는 줄 알았다. 평생 인슐린 약과 식이요법을 병행해야 한다고, 그 외 특별한 치료책은 없다고, 당연히 돈깨나 들어간다고, 원래 이게 귀족병이라고 수의사는 설명해주었다.

"솔직히 말해서 이게 완치되는 병은 아니거든요. 그만했다가 또다시 나빠지고 그래요. 차라리 일찍 편하게 보내주는 편이 피차를 위해서 좋은 선택일 수도 있고요. 값비싼 애완견도 아니고 어차피 잡종견인데요 뭐."

자기 깐에는 솔직한 충고라는 투로, 중년의 수의사는 은근히 안락사를 권유했다. 당신은 잠시 흔들렸다. 생시에 아내가 자식처럼 끔찍이도 아껴주던 개였다. 그리고 저 또한 그런 아내에게 특별한 교감과 절대적인 애정을 바치던 개였다. 개는 아직도 아내를 기억하고 또 못내 그리워하고 있을지도 몰랐다. 아마도 분명 그럴 터였다. 아니라고, 일단 치료를 해보겠노라고 당신은 대답했다. 그때부터 매달 한 차례 병원을 다니며 주사를 맞히고 하루 세 차례씩 약을 먹였다. 병은 느린 속도로 꾸준히 깊어갔다. 개는 매일 엄청난 양의 물을 마셔대고 엄청난 양의 오줌을 빼냈다. 점차 시력을 잃어가더니 끝내 실명까지 했다. 이제는 식욕도 잃은 채 뼈와 가죽만 남아 있는 것이다.

"머루가 태어났을 때 일, 기억하세요?"

문득 나지막이 가라앉은 음성이 당신 귓전에 숨결처럼 와 닿는다. 분명 아내의 목소리다. 한순간 당신은 차마 눈을 뜨지 못한 채 가슴을 졸인다.

"기억하다마다. 우리 둘이서 그때 얼마나 애를 태웠는지 몰라."

"석 달 동안 우리 손으로 안아서 젖을 먹였어요."

"맞아, 그랬지. 내가 읍내 약국에서 젖꼭지하고 젖병을 사 왔잖소."

눈을 뜨면 아내가 사라질까 두려워하며 당신은 중얼거린다. 이 집으로 옮겨오고 나서도 아내의 얼굴은 여전히 어두웠다. 애완동물이 우울증 치료에 좋다는 얘기를 듣고, 당신은 읍내 장에서 강아지 한 마리를 사 왔다. 그 덕분인지 차츰 밝아지는 아내의 표정에 당신은 모처럼 안도의 숨을 내쉬었다. 백구는 이듬해 강아지를 세 마리 낳았지만, 출산 직후부터 앓아눕고 말았다. 심한 장염이었다. 어미가 입원해 있는 동안, 당신과 아내는 아직 눈도 못 뜨는 강아지들을 밤낮으로 돌봐야 했다. 유아용 젖병에 분유를 타서 번갈아가며 입에 젖꼭지를 물렸다. 그렇게 살려낸 녀석들 중 하나가 바로 머루였다. 어미 백구는 얼마 안 있어 결국 병사하고 말았다.

콸콸콸, 무심코 당신은 눈을 뜬다. 머루가 뒷다리로 엉거주춤 몸을 지탱한 채 굉장한 양의 오줌을 누고 있다. 주위를 둘러보지만 아내의 모습은 보이지 않는다. 배설을 마친 개가 이번엔 물통에 머리를 집어넣고 쿨럭쿨럭 마시기 시작한다.

비칠비칠 기어 나오는 개를 들어 올려 당신은 품에 안는다. 지푸라기같이 헐거운 무게에 당신은 새삼 놀란다. 원 세상에, 이렇듯 무섭게 말라버릴 수가 있을까. 그리도 힘차고 생명력 넘치던 녀석이었는데. 으으으. 두 눈을 감은 개는 주인의 품에 안겨 희미하게 앓는 소리를 낸다. 신음과 울음이 뒤섞인 기이한 소리. 말 못하는 짐승의 고통이 당신에게 고스란히 전해져 온다. 어차피 이리 될 거였으면, 차라리 그때 수의사 말에 따를 걸 그랬을까. 치료한답시고 공연히 고통만 연장시킨 셈이 된 것 같아 당신은 뒤늦게 후회스럽다.

당신은 승용차 뒷좌석 바닥에 신문지를 깔고 그 위에 개를 내려놓는다. 보이지도 않는 퀭한 눈으로 두리번대다가 개는 바닥에 힘없이 드러눕는다. 당신은 차 트렁크를 열고 내다 버릴 책 꾸러미와 쓰레기 자루를 실은 다음 운전석에 오른다. 어느 사이 아내가 조수석에 기척도 없이 앉아 있다. 하도 낡은 엔진이라 당신은 시동을 걸 때마다 늘 불안하다. 과연 오늘도 세 번째 시도 만에 털털털, 소리를 내며 용케 깨어난다. 집주인 K가 넘겨주고 간 그 고물 소형차를 당신은 평소엔 줄곧 세워두다시피 했다. 연료비가 무서워서 특별한 일 말고는 하루 네 차례 운행하는 군내버스를 이용했다.

당신이 아내와 함께 이 집으로 이사한 것은 10년 전, 아들을 잃고 나서였다. 아내의 우울증 때문에라도 한시바삐 서울을 뜰 결심이었는데, 때마침 대학 동창인 K가 시골에 있는 자신의 작업실을 선뜻 내주었던 것이다. 방 한 칸에 거실과 주방뿐인 스무 평짜리 소박한 목조주택. 다소 낡긴 했어도 당신으로서야 감지덕지였다. 사진작가인 K는 아내의 만성 관절염 때문에 기온이 따뜻한 제주도에 새 집을 마련해놓았다고 했다. 처음엔 2, 3년 지나고 돌아올 계획이라더니, 그는 여태 제주도에 그대로 머물러 살고 있다. K는 애초에도 낮은 액수였던 전세금을 그동안 단 한 번도 올린 적이 없다. 아끼는 집이어서 남에게 팔아넘길 수는 없고, 자칫 빈집으로 버려둘 뻔했던 것을 대신 관리해주는 셈 아니냐며 K는 당신에게 되레 고마워했다. 그동안 K는 딱 한 차례 이 집을 잠깐 둘러보고 갔을 뿐이다.

좁고 구불구불한 소로를 따라 500미터쯤 가니 비로소 민가가 나타난다. 여섯 가구가 오밀조밀 모여 사는 작고 가난한 마을. 한 집 빼고는 죄다 노인네만 사는 집들이다. 마을 어귀, 도로 초입에 있는 쓰레기 수거함 앞에 차를 세워놓고 당신은 짐 꾸러미들을 끌어내린다. 마침 경운기를 몰고 오는 박 씨를 당신은 불러 세운다.

"어제 부탁한 일, 잊지 말게나."

"아, 그러믄요. 지금 개 데리고 나가는 길이세요?"

"그래. 두 시간 안에는 돌아올 걸세. 이따가 보자고."

"먼저 가서 구덩이는 파놓을게요. 얼릉 다녀오세요."

박 씨가 언제나처럼 사람 좋은 웃음을 흘리며 경운기를 몰고 사라진다. 늙은이만 남은 동네에서 박 씨네 집만 식구가 여럿이다. 하지만 육신이 온전한 이는 칠순 넘은 노모 혼자뿐이다. 박 씨는 소아마비로 다리를 약간 절고, 박 씨의 아내와 서른 살 넘은 두 아들은 모두가 정신지체 장애인이다. 당신은 다시 차에 올라 국도를 천천히 달리기 시작한다. 개울 건너 산기슭, 독립가옥이 있던 자리를 아내가 뚫어져라 바라본다. 집터 마당엔 무너진 건물의 잔해가 제멋대로 쌓여 있다.

"저기, 집이 있었는데…… 그 안흥댁 아주머니 말예요."

아내가 당신을 돌아보며 눈빛으로 그렇게 묻는다.

"작년 여름에 아들이 내려와서 아예 철거해버렸다고 하더군. 참, 노인은 그보다 앞서 겨울에 세상을 떠났다오."

그러나 당신은 노인의 참혹한 죽음에 관해선 입을 다물기로 한다. 팔십 넘은 노인의 시신은 두어 달이 지나서야 사냥꾼들에 의해 우연히 발견되었다. 느닷없이 사냥개들이 그 외딴집을 에워싸고 야단법석을 부리더라고 했다. 부패한 시신 곁엔 농약병이 놓여 있었다. 주민들은 노인이 아마 도시의 아들네 집에 가 있겠거니 여겼다. 허리가 기역 자로 굽은 안흥댁 노인은 당신 부부에겐 특별한 기억으로 남아 있다. 노인이 기르던 암탉 다섯 마리를 머루가 한꺼번에 물어 죽인 사건 때문이다. 당신 부부가 진심으로 사죄하며 배상하려 하자, 말 못하는 짐승이 한 일이라며 노인은 한사코 마다했다. 억지로 돈을 마루에 던져놓고 도망치듯 돌아왔는데, 그 인연으로 아내는 홀로 사는 노인의 집을 이따금 들르곤 했었다.

가을이 오긴 한 모양이다. 도로 양편으로 코스모스가 제법 꽃을 피웠다. 마을마다 경쟁하듯 꽃길 가꾸기 운동을 벌여 조성한 꽃밭이다. 은행나무 가로수들도 노란 물이 들기 시작한 참이다. 당신은 슬쩍 아내의 기색을 살펴본다. 아내는 그림자처럼 조용히 앉아 창밖만 내다보고 있다. 으으. 개의 신음소리가 희미하게 흘러나온다.

사실 안흥댁 노인의 죽음 따위는 새삼 특별할 것도 없다. 노인만 남아 있는 시골이니, 죽어나가는 것도 당연히 노인들이다. 노인의 자살이건 홀로 방치된 주검이건 간에, 노인의 죽음은 더 이상 특별한 얘깃거리도 되지 못한다. 당신이 기억하는 것만 해도, 요 몇 년 사이 이웃한 몇몇 마을들에서 그 비슷한 죽음이 대여섯 차례나 있었다. 바로 이웃 마을의 팔순 노파의 시신은 자기 집 바로 뒤, 농업용수용 우물에서 열흘 만에 발견되었다. 나이 오십 되도록 결혼을 못한 외아들 앞길을 자신이 막고 있다는 소리를 입에 달고 살던 노파였다. 면 소재지 폐쇄된 공장의 컨테이너 창고에선 백골 주검이 발견되었다. 외지에서 흘러든 알코올중독자 노인이었다. 빈 창고엔 수많은 소주병과 함께 노인이 데리고 다니던 잡종견 세 마리가 아직 산 채로 남아 있었다. 반년 넘게 방치되었던 시신은 무엇에겐가 살점과 뇌수까지 파 먹힌 채 뼈만 남아 있었지만, 입 주위에 똑같이 붉은 얼룩을 묻힌 채로 세 마리 개들은 살이 제법 통통하게 올라 있었다. 그 외에도 누구는 한겨울 방 안에서 혼자 자다가 동사했고, 누구는 소나무에 목을 맸고, 또 누구는 안흥댁 경우처럼 제초제를 들이마시고 죽었다. 혼자 죽은 사람들에게도 대부분 가족이 있었다. 버젓한 자식이 있음에도, 노인들은 헌 집을 혼자 지키다 홀로 죽어갔다.

빠아앙. 돌연 귀청을 찢는 굉음. 당신은 황급히 갓길에 차를 붙이고 브레이크를 밟는다. 순간 거대한 덤프트럭이 엄청난 속도로 아슬아슬하게 스쳐 지나간다. 핸들에 머리를 묻고서 당신은 한동안 격한 숨을 몰아쉰다. 까닭 모를 증오와 절망, 슬픔이 한순간 당신을 해일처럼 덮쳐누르고 지나간다. 세상이 무섭다, 목숨이, 산다는 일이 정말이지 끔찍하고 지긋지긋하다. 불현듯 당신의 눈앞에 검푸른 바다가 스크린처럼 좍 펼쳐진다. 칠흑 같은 어둠 속의 바다. 무섭게 일렁이는 파도. 그리고 바다 밑바닥 심연을 향해 까마득히 가라앉아가는 누군가의 모습이 환영처럼 당신의 눈앞을 가로막는다.

잠시 자리를 비웠던 수의사가 진료실로 돌아왔다. 오물로 더럽혀진 가운을 새 걸로 갈아입은 모양이다.

"지난번에는 15만 원이라고 하지 않았소?"

"원래 사체 처리까지 우리에게 일괄로 맡기는 경우엔 그렇게 받고 있습니다. 이번처럼 손님께서 손수 처리하실 경우, 8만 원만 주시면 됩니다."

당신은 지갑에서 돈을 건네며 고맙다고 말한다. 저야 뭐, 어차피 이것이

직업인데 어쩌겠습니까. 개하고 정이 들었을 텐데, 어르신께서 속이 많이 상하시겠습니다. 수의사는 전에 없이 그런 말까지 덧붙인다.

모든 과정을 마치기까지 15분도 채 걸리지 않았다. 병원 옆 골목에 주차한 다음, 당신은 개를 안아 내렸다. 병원 유리문을 막 들어서려는데, 품 안에서 개가 갑자기 끙끙대며 안 들어가겠다는 듯이 발버둥을 쳤다. 지금껏 수차례 드나들었음에도 그런 반응은 처음이었다. 뭔가 육감으로 눈치를 챘던 것일까. 마침 대기실은 비어 있었다. 수의사를 따라 곧장 진료실로 들어갔다. 진찰대 앞에서 개는 또 한 번 끙끙대며 거부하는 시늉을 보였다. 그 역시 전에 없던 일이었다. 막상 진찰대 위에 오르자 개는 바닥에 꼼짝 않고 엎드려 있었다. 못 움직이게 단단히 잡고 계셔야 합니다. 수의사가 말했다. 당신은 두 손과 어깨로 개의 앙상한 몸뚱이를 바짝 감싸 안았다. 퀭한 눈으로 개는 바들바들 떨고 있었다. 미안하다 머루야. 내가 곁에 있으마. 무서워하지 마. 개의 앙상한 뼈대와 부석한 털을 연신 쓰다듬으며 당신은 중얼거렸다.

수의사는 익숙한 솜씨로 혈관에 바늘을 꽂고 약물을 투입했다. 곧 엄청난 경련이 엄습했다. 전신의 뼈, 근육, 신경 들이 수천 개의 미세한 용수철처럼 한꺼번에 발작을 일으켰다. 괜찮아. 금방 지나갈 거야. 괜찮아. 당신은 속으로 외쳐댔다. 불과 3, 4초의 시간이 한없이 길었다. 마침내 경련이 뚝 그쳤고, 이내 개의 몸 안에서 오물이 한꺼번에 왈칵 쏟아져 내렸다. 그것으로 모두가 끝이었다. 팔을 풀어 내리는 순간 짧은 전율이 당신을 훑고 지나갔다. 눈물이 핑 돌았다. 당신의 눈앞에 머루는 없었다. 한 찰나에, 생명의 빛 하나가 사라졌다. 생명이 빠져나간 그 자리엔 추한 털가죽과 뼈의 잔해, 혐오스러운 오물덩어리만 남아 있었다. 당신은 아들과 아내의 주검이 안겨주던 그 섬뜩한 낯섦과 이물감을 생생히 기억했다. 모든 죽음의 풍경은 동일했고, 죽음이 남긴 껍데기 또한 모두 다르지 않았다.

당신은 갑자기 훨씬 더 무거워져버린 개를 그러안고 가축병원을 나선다.

아까처럼 뒷좌석 바닥에 눕힌 다음 신문지를 씌워준다. 아내의 모습은 보이지 않는다. 몹쓸 광경을 보지 않게 되어 오히려 다행이다 싶다. 읍내를 벗어나 국도로 접어들 때까지 당신은 묵묵히 핸들만 쥐고 있다. 불현듯 검푸른 바다가 또다시 당신의 눈앞에 보인다. 칠흑의 밤. 그 얼음장 같은 수면으로 까마득히 내리꽂히는 한순간의 통증을 당신은 상상한다. 천 길 해저의 심연으로 뱅글뱅글 맴을 돌며 까마득히 가라앉는 몸뚱이. 당신은 황황히 고개를 내젓는다.

당신은 땅바닥에서 빈 우유갑과 빵 봉지를 주섬주섬 그러모아 비닐봉지에 챙겨 넣는다. 조금 전 박 씨와 둘이서 나눠 먹은 간식거리의 흔적들이다. 당신은 개가 묻힌 자리를 다시금 두 발로 골고루 밟아준다. 순전히 박 씨가 도와준 덕분에 일을 수월하게 마쳤다. 처음엔 봉분처럼 흙을 도톰하게 쌓아줄 생각이었는데, 박 씨 말을 듣고 그냥 지면과 평평하도록 만들었다. 풀포기 몇 삽을 떠다가 덮어준 덕분에 땅을 파낸 흔적도 대충 가려진 것 같다. 개는 담요에 곱게 싸서 묻어주었다. 구덩이가 조금만 더 깊었으면 좋았겠지만, 원체 돌이 많이 박힌 토질이라 박 씨가 힘들어하는 눈치였다. 조금 전 박 씨는 바쁜 일이 기다리고 있다며 서둘러 경운기를 타고 사라졌다.

당신은 바위에 걸터앉아 수건으로 이마의 땀을 훔친다. 바로 눈앞으로 당신의 집과 마당이 빤히 내려다보인다. 역시나 집 가까운 자리에 묻어주기를 잘한 성싶다. 머루는 제가 뛰놀던 마당을 여기 누워서 실컷 내려다볼 수 있을 것이다. 돌이켜보니, 저 집에서 제법 오래 살았구나. 가만있자, 10년째던가 9년째던가. 당신은 불현듯 회한에 젖은 눈빛을 하고 새삼스레 주변을 휘둘러본다. 길지도 짧지도 않은 그 기간 중에서 아내와 함께 보낸 시간은 7년이 채 안 된다. 아내와 함께한 그 시절이 인생에서 가장 애틋하고 소중한 시간이었음을, 당신은 홀로 남게 되어서야 비로소 깨달았다.

아내와 단둘이 그 산촌 외딴 집에서 보낸 7년 동안 당신은 참으로 많은 것들을 배웠다. 햇살과 바람, 안개와 숲, 나무와 풀, 개울 물소리를 만났고, 새벽달과 노을, 비와 천둥, 진눈개비 그리고 밤하늘 뭍별과 조우했다. 봄 겨울 가을 여름을 지켜보면서 탄생과 성장과 소멸의 순환을 배웠다. 헤아릴 수 없이 많은 그들 하나하나가 모여 우주의 숨결을 이루고, 세상은 그 우주의 숨결로 온통 가득 차 있다는 사실을 알게 되었다. 난생처음 그 많은 것들에 눈이 열리고 귀가 터지는 경험은 새롭고 경이롭기까지 했다. 그것은 당신의 메마르고 밋밋한 생애에서 처음이자 마지막으로 누려본 특별한 시간이었다. 그러나 그 모든 것은 아내의 죽음과 함께 끝나버렸다. 우주에 가득했던 빛은 꺼지고 세상은 한순간에 잿빛의 푸석한 황무지로 변했다. 아내의 숨이 멎는 순간, 당신 영혼의 한 부분도 함께 빠져나갔음을 당신은 깨달았다. 그날 이후 당신은 산골짜기 외딴 집 그 굴속같이 어두운 방 안에 들어박혀, 등허리 휜 늙은 초식동물처럼 과거의 기억들만 되새김질하며 지내왔다.

언젠가부터 당신은 죽음이라는 문제에 점점 더 몰두하기 시작했다. 당장 세상에 홀로 남겨졌다는 절망감이 당신의 숨통을 짓눌렀다. 당신은 철저하게 혼자였다. 원래도 대인관계가 서툴렀지만, 가족의 죽음과 궁핍은 당신 스스로를 더욱 고립으로 내몰았다. 노년인 데다 공간적으로 고립된 처지인 당신 곁엔 어느 사이 아무도 남아 있지 않았다. 이제 당신에게 유일하게 남은 것은 과거의 기억뿐이었다. 거기엔 당신이 잃어버린 모든 것들이 담겨 있었다. 당신이 잃어버린 사람들, 이름들, 얼굴들, 목소리, 숨결, 체취, 살의 온기와 감촉. 그리고 당신이 잃어버린 풍경과 소리와 색깔들…… 오로지 그것들만이 진정한 당신의 몫, 당신의 유일한 재산이었다. 당신은 그것들과 함께 살다가 그것들과 함께 죽게 될 터였다.

당신에게 죽음 그 자체는 두렵지 않았다. 어차피 당신이 마주치게 될 죽음의 형식은 정해져 있는 셈이었다. 고장 난 심장과 굳어 딱딱해진 혈관은 언제 어디서 터질지 모르는 시한폭탄이었다. 최근엔 두 차례나 쓰러졌다. 마지막 순간이 임박했음을 당신은 또렷이 예감하고 있었다. 길 위에서, 아니면 방 안에서. 어차피 당신이 죽음과 조우하는 형식은 그 둘 중 하나일 터였다. 그러나 무심히 걷다가 불시에 길바닥에 쓰러져 개처럼 죽고 싶지는 않았다. 그렇다고 아무도 없는 집에서, 끔찍한 악취와 함께 부패한 시신으로 뒤늦게 발견되는 것은 더 참을 수가 없었다. 당신 몫의 육신, 그것은 바로 당신 자신이기 때문이었다. 당신의 육신을 추악하고 끔찍한 오물 덩어리로 만들어 비정한 타인들의 조롱과 구역질과 가래침을 뒤집어쓰게 할 수는 없었다. 하지만 당신에겐 그 외의 선택은 존재하지 않았다. 당신은 철저히 혼자였다. 이제 당신을 두렵게 하는 것은 죽음이 아니었다. 어떻게 죽을 것인가. 어떻게 죽어야 이 초라한 흔적을 지상에 남기지 않을 것인가. 바로 그것이 당신을 두렵게 했다.

가을 햇살이 유리알처럼 투명하게 쏟아지고 있다. 고추잠자리 한 놈이 당신의 무릎에 잠시 앉았다가 휙 사라진다. 어디선가 새가 울고, 개울물 소리도 들려온다. 맞은편 산등성이는 그새 단풍물이 들었다. 단풍은 점차 아래쪽으로 내려와서, 얼마 후면 계곡마다 온통 불이 붙은 듯이 발갛게 타오를 터이다. 하지만 그 풍경 속에 당신은 결코 존재하지 않을 것이다. 당신은 끙 소리를 내며 일어선다. 사방을 두리번거려도 아내의 모습은 보이지 않는다. 아까 병원을 나왔을 때부터 줄곧 안 보인다. 잘 있어라 머루야. 당신은 소리 내어 작별인사를 하고는 집을 향해 천천히 걸음을 옮긴다.

개찰구 위에 걸린 디지털시계는 오후 9시 반을 가리키고 있다. 열차 도착 시각까지는 50분이 남았다. 당신은 아까부터 대합실 의자 한쪽에 혼자 우두커니 앉아 있다. 챙 달린 검정 모자에 등산용 갈색 점퍼 차림이다. 그나마 여행객 같아 뵈라고 일부러 그렇게 차리고 나선 참이다. 소지품이라야 곁에 놓인 작은 손가방 한 개뿐.

당신이 원주역에 들어선 것은 세 시간 전이다. 고물 차는 역에서 한참 떨어진 천변 무료주차장 맨 구석진 자리에 세워두고, 거기서부터 역까지는 걸어왔다. 역에 도착하자마자 부산행 열차표를 구입한 다음, 역전 식당에서 칼국수 한 그릇을 시켜 먹었다. 그러고 나서는 근처 다방에 들어가 편지를 썼다. K에게 쓴 그 편지는 지금 손가방 안에 들어 있다. 당신은 편지에 아까 그 주차장의 약도를 자세히 그려 넣은 다음, 집 현관 키는 주방 창문 아래 LPG 지 가스통 밑에 있다는 것도 적었다. 또 이참에 멀리 외국으로 나가 살게 되었다고, 그러니 집을 오래 비워두지 말고 세를 주거나 하는 편이 좋겠다는 말도 썼다. 마지막으로 그동안 감사했다고, 좋은 친구 덕분에 말년을 평안하게 보낼 수 있었으며 은혜를 잊지 않겠노라는 말로 끝을 맺었다. 당신은 그 편지를 내일 아침 부산에 도착하면, 자동차 키와 함께 우체국 등기로 부칠 터였다. 개찰구 주위가 별안간 소란해진 것 같다. 서울행 새마을호를 타고 갈 승객들이 줄지어 서 있다. 금요일 저녁이라선지 대학생으로 뵈는 젊은이들이 대부분이다. 당신은 전면에 걸린 대형 TV 화면으로 무심히 시선을 돌린다. 마침 화면 가득 파란 바다가 펼쳐진다. 한 무리의 해녀들이 뒤웅박을 안은 채 물속으로 텀벙텀벙 뛰어들고 있다.

바다로 가자, 라고 당신이 결심을 굳힌 것은 두 달 전이었다. 마당에서 풀을 뽑다가 잠시 의식을 잃고 쓰러졌던 바로 그 다음 날, 당신은 읍내 병원을 찾아갔다. 대기실에서 차례를 기다리며 앉아 있는데, 우연히 그 뉴스가 흘러나왔다. 심야의 여객선에 오른 노부부가 항해 도중 선상에서 행방불명되었다. 탑승객 카드에 인적사항을 허위로 기입한 점, 소지품 안에도 신원을 파악할 만한 단서를 남기지 않은 점 등, 계획적인 투신자살로 추정된다. 기자의 설명이 이어지는 동안, 선내 CCTV 자료가 화면에 비쳐졌다. 한밤인 듯 어둡고 흐릿한 앵글 상단에 언뜻 뭔가가 떠올랐다 사라졌다. 두 사람. 70대 노부부. 둘 다 왜소한 체구. 흰색 티셔츠에 운동모를 쓴 남자. 후줄근한 치마에 허리가 엉거주춤한 여자. 한눈에도 평범한 농촌 노부부였다. 그들의 동작은 다급해 보였다. 남편이 쫓기듯 앞장을 서고, 아내는 남편에게 한 손을 잡힌 채 황황히 뒤따라갔다. 불과 2, 3초의 순간에 찍힌 피사체의 모습은 그것이 전부였다. 그와 함께 승객들로 보이는 중년 여자 몇이 갑판 위에서 발을 구르며 뭐라 뭐라 안타깝게 외치는 모습이 이어졌다.

그날 밤, 당신은 한밤중에 잠을 깼다. 이상한 꿈이었다. 북극 같았다. 백색으로만 채워진 끝없는 빙원. 그 한가운데 당신이 혼자 서 있었다. 눈밭 저편 어디선가 기이한 소리가 들려왔다. 아아아아아. 울음소리였다. 남자인지 여자인지, 사람인지 짐승인지조차도 모호한 그 통곡 소리가 천지를 가득히 채우며 끝도 없이 이어지고 있었다. 꿈에서 깨어난 당신은 까닭 모를 두려움에 몸을 떨었다. 밤새도록 당신은 어둠 속에 웅크려 앉아서 그 울음소리에 대해 생각했다. 생각하고 또 생각하다 보니, 어쩌면 그것의 정체를 알 것도 같았다. 그랬다. 그 울음은 목숨을 가진 지상의 모든 것들에게서 흘러나오는 소리였다. 그 순간 당신의 뇌리에 뉴스 속 노부부의 모습이 떠올랐다. 당신은 그들이 다시 떠오르지 않기를 바랐다. 바다 밑 깜깜한 심연으로 영원히 가라앉기를 간절히 기원했다. 그리고 새벽 동이 희미하게 터올 무렵, 당신은 그동안 고민해왔던 해답을 마침내 찾아냈다.

밤 10시 20분. 열차는 거의 정시에 도착했다. 승강장에 서서 당신은 연신 사방을 두리번거린다. 역시나 아내의 모습은 보이지 않는다. 당신은 한쪽 창가 자리를 찾아 앉는다. 좌석이 절반 넘게 비어 있다. 어느 틈에 잠이 들었던 모양이다. 퍼뜩 눈을 뜨자마자 당신은 옆자리를 확인해본다. 곁엔 아무도 없다. 주위를 두리번거리다 말고 당신은 힘없이 한숨을 푹 내쉰다. 아마도 아내는 다시 오지 않을 모양이다. 열차는 시종 몸체를 좌우로 열심히 흔들어대면서 쿵쾅쿵쾅 달려간다. 청량리역을 오늘 저녁 9시 정각에 출발한 그 열차는 내일 오전 6시 30분쯤 종점인 부전역에 도착할 것이다. 당신은 내일 밤, 부산항에서 제주로 가는 여객선을 탈 계획이다. 출항시각은 저녁 7시. 그때까지는 시내에서 대충 시간을 보내며 기다려야 한다. 식사를 하고 목욕탕에 가거나, 공원이나 시장을 돌아볼 수도 있으리라. 배에 오르기 전, 독한 술을 한 병 사 가지고 가야 하지 않을까. 까마득히 높은 갑판 위에 홀로 서서 누군가 발아래 검은 바다를 응시하고 있는 모습이 홀연 당신의 눈앞에 떠오른다…….

이런저런 생각에 빠져 있던 당신은 한순간 멈칫하고 놀란다. 아, 당신이구려. 난 또, 이제 다시는 돌아오지 않을 줄로만 알았다오. 두 눈을 감은 채 당신은 혼자 빙긋이 웃는다. 아내는 대답이 없다. 그러나 당신은 아내가 거기 있다는 걸 또렷이 느낄 수 있다. 다리 위를 지나는 참인지, 바퀴 소리가 한바탕 커졌다가 잦아진다. 한동안 쿵쾅거리는 바퀴 소리에 귀를 기울이고 있다가 당신은 오른손을 가만히 옆으로 가져간다. 여리고 가느다란 아내의 손가락이 당신의 손 안에 오롯이 잡힌다. 한순간 당신의 눈에 핑그르르 물기가 번진다.

"여보, 나는 다음 세상에선 절대로 사람으로는 태어나지 않을 테요. 나무로, 풀 한 포기로, 꽃 하나로 그렇게 피어났다 사라지고 싶소. 이 세상의 어느 후미진 들판이나 골짜기에 아무렇게나 떨어져서, 아무런 흔적도 남기지 않고, 햇빛과 바람, 비와 눈보라를 맞으며 그렇게 잠시 피었다가 사라지고 싶소. 당신도, 나는 당신도 그랬으면 좋겠소."

여전히 아내는 대답이 없다.

"고맙소, 여보. 이렇게 곁에 함께 있어줘서…… 고맙소. 정말 고맙소."

마치 꿈이라도 꾸는 듯이 당신은 행복한 얼굴로 연신 중얼거린다. 쿵쾅쿵쾅. 그동안에도 열차는 저 혼자서 어둠을 헤치며 쉬지 않고 달려가고 있다.

최성윤 상지대학교 국어국문학과 교수

남김 혹은 숨김

이것은 '당신'의 죽음에 관한 이야기이다. 작품은 온통 죽음의 빛깔과 소리로 채워져 있다. 죽음을 예감한 '당신'이, 비켜서지 않고 차근차근 마지막 순간을 준비하는 모습은, 일견 쓸쓸하지만 자못 진지하고 경건한 과정으로 나타난다. 사랑도 이별도 무엇 하나 좀처럼 근사하게 장식되지 않는 누추한 이야기가 가질 수 있는 결말은 어떤 것인가? 그것을 묻고 실천하는 말년의 일상이란 어쩌면 '당신'의 추억과 인생에 대해 갖출 수 있는 최소한의 예의일지도 모른다.

사실 독거노인의 소외나 고독사 등은 이미 우리 사회에서 그리 낯선 이슈가 아니다. 익숙하다는 말은 적절하지 않을지 몰라도 '어떻게 그런 일이'가 아닌 '또 그 이야기인가' 쪽에 가까울 만큼 공공연한 문제라고 할 수 있다. '당신'과 같은 그들은 어디에나 있고, 아주 가까이에 있으며, 어쩌면 한때 가장 살가웠던 제 피붙이일 수도 있다. 그래서 늘 생각할수록 마음이 불편해지지만, 불편하기에 마치 익숙한 척 흘려버리지 않으면 견디지 못할 우리들의 문제요 내 문제다.

그런 문제를 굳이 들추어 재삼 거론해야 하는 것이 작가의 숙명일지 모른다. 작가 임철우는 이미 전작 「세상의 모든 저녁」(『문학과사회』 2012, 겨울)에서 밥상 위 냄비에 속절없이 얼굴을 박고 죽은 노인 '그'의 고독한 최후를 묘사한 바 있다. 그런데 다시 이 작품 「흔적」에서 죽음을 목전에 둔 '당신'을 그려야만 했던 이유는 무엇일까. 어쩌면 '당신'은 '그'가 범한 치명적 실수를 되풀이하지 않기 위해 몸부림을 치고 있는 것만 같다. 대책 없이 자신의 남루한 껍데기를 남겨 놓고 아무도 찾지 않는 방을 떠나지 못하는 황망한 영혼이, 염치없는 흔적이 되지 않기 위하여 애쓰는 것처럼 보인다.

> 마지막 순간이 임박했음을 당신은 또렷이 예감하고 있었다. 길 위에서, 아니면 방 안에서. 어차피 당신이 죽음과 조우하는 형식은 그 둘 중 하나일 터였다. 그러나 무심히 걷다가 불시에 길바닥에 쓰러져 개처럼 죽고 싶지는 않았다. 그렇다고 아무도 없는 집에서, 끔찍한 악취와 함께 부패한 시신으로 뒤늦게 발견되는 것은 더 참을 수가 없었다. 당신 몫의 육신, 그것은 바로 당신 자신이기 때문이었다. 당신의 육신을 추악하고 끔찍한 오물 덩어리로 만들어 비정한 타인들의 조롱과 구역질과 가래침을 뒤집어쓰게 할 수는 없었다. 하지만 당신에겐 그 외의 선택은 존재하지 않았다. 당신은 철저히 혼자였다. 이제 당신을 두렵게 하는 것은 죽음이 아니었다. 어떻게 죽을 것인가. 어떻게 죽어야 이 초라한 흔적을 지상에 남기지 않을 것인가.(148쪽)

그리하여 작가가 '당신'으로 하여금 꿈꾸게 한 것은 하나의 완벽한 소멸이다. 비망록이든 자서전이든 혹은 소설이든, 자신의 이야기에 마지막 문장을 써넣어야 하는 시점에 다다른 그는, 세상의 그 어떤 결말의 형식도 따르지 않고 무모하게도 제 원고 전부를 지워버리려 시도하고 있는 것이다.

소설의 시작은 독거노인인 '당신'의 일흔한 번째 생일날 아침으로 설정되어 있다. 그 "마지막이 될 당신의 생일날 아침"에 "죽은 아내가 다시 집으로 돌아왔다."

아침부터 밤까지, 과거 회상 부분을 제하면 이 소설은 '당신'이 살아낸 마지막 온전한 하루의 기록이다. 그 하루 동안 '당신'이 한 일이라야 잠을 깨어 간단한 아침을 먹고, 집 안에 남은 짐을 치우고, 뜻밖에 남아 있던 사진을 태우고, 동물병원에 가서 병든 개를 안락사시키고, 집 근처로 돌아와 죽은 개를 묻고,

역으로 가서 열차표를 사고, 칼국수를 사 먹고, 친구에게 편지를 쓴 다음, 부산으로 가기 위해 열차에 오른 것으로 간단히 요약된다. 그리고 거기에 더해 자신의 지난 삶을 되새겨본 것뿐인데, 언제 고꾸라질지 모르는 육신을 이끌고 조급한 마음으로 치러낸 것 치고는 모든 일이 별다른 우여곡절 없이 차근차근 수행된다.

10년 동안 살던 집에 남아 있는 자신의 모든 흔적을 지우는 일이 이처럼 수월할 수 있다는 것은 그만큼 '당신'의 마음의 준비가 철저하고 찬찬했던 탓도 있겠지만, 그의 부재를 깨닫는다고 해서 흔적을 찾아 나설 사람이 별로 없을 것이라는 점을, 혹은 낡고 누추한 것을 보이지 않는 곳에 치우고 더 이상 기억하지 않으려 하는 세태를 반영하는 것이기도 하다. 그의 손때가 묻었을 물건들은 쓰레기로 간주되어 버려지고, 그가 사랑한 개는 가망이 없다는 이유로 간단히 매장된다. 숨기는 것은 어려워도 버리는 것은 쉬운 세상이다.

그 자신도 그냥 남겨진다면 간단없이 버려질 것이다. 주인 없는 오물 덩어리가 되어 삶의 영역으로부터 격리되는 수밖에 없다. 그렇게 죽을 수는 없다는 '당신'의 조바심은 사랑한 가족들의 사진을 불태우거나, 안락사를 시킨 개의 사체를 처리해준다는 동물병원의 제의를 뿌리치고 돌아와 제 손으로 묻는 등의 행동과 연관된다. '당신'이 그것들을 남기고 죽는다면…… '당신'도 그것들처럼 돌볼 이 없이 남겨져버린다면…….

말하자면 하루 동안 그가 치운 것들이나 회상 속에 등장한 어버이와 자식을 포함한 모든 사람들, 3년 만에 나타난 죽은 아내까지도 결국 그에게 남겨져 그가 치운 흔적들이다. 버릴 수가 없어서 자신의 뇌수 속에 꽁꽁 숨긴 보따리들이다. 그래서 이제는 그 모든 보따리들을 품은 보따리, '당신'만이 남겨진 것인데, 그 마지막 보따리를 함부로 버리지 않고 숨겨줄 누군가가 세상에는 존재하지 않는 것이다. 아들은 10년 전에 죽었고, 아내는 3년 전에 그의 곁을 떠났다.

아들이 죽은 이후 숨어든 산촌의 외딴집, 그곳에서 아내와 함께 한 7년을 '당신'은 특별하게 기억하고 있다. 우주의 삼라만상과 교감하고 탄생과 성장과 소멸이 순환하는 자연의 순리를 깨우친 값진 시간이었다.

그러나 아내와의 사별 이후 동일한 공간은 죽음의 빛으로 변색되어 감득된다. 그는 드디어 홀로 남겨진 것이다. 인가가 드문 그 마을에서 죽음 따위는 특별한 일이 아니다. 홀로 살던 노인들은 농약을 먹거나, 소나무에 목을 매거나, 얼어서 죽어갔다. 그 시신은 오랜 기간 방치되거나 제가 기르던 개들에게 살점을 뜯긴 채 발견되기도 한다. 남겨지고 버려지는 일은 설사 그에게 자식이 있다고 해도 별반 달라질 것이 없다. 최소한 이곳은 자신의 흔적을 끝내 숨길 수 있는 공간이 아닌 것이다. 인간으로 태어나 70년을 살아온 이상 풀꽃처럼 나고 자라 흔적 없이 스러질 수는 없다.

세상사에 뜻을 잃어 청산으로 향했던 몸은 어느덧 바다를 꿈꾼다. 그 깊은 심연에서라면 스스로 주체하기 힘든 몸뚱이 하나 온전히 숨길 수 있을 것만 같다. 다시 태어난다면 "나무로, 풀 한 포기로, 꽃 하나로 그렇게 피어났다 사라지"기를 바라며 애달팠던 인생을 갈무리하는 평범한 노인의 여정, 21세기의 「청산별곡」인 셈이다.

삶의 수많은 변곡점들을 반추하며 사람들은 '이렇게 살았다면', '그때 이랬다면' 따위의 가정을 술 취한 사람처럼 일삼지만, 부질없는 이유는 그것들이 모두 돌이킬 수 없는 지난 일들이기 때문이다. 그런데 여기 '이렇게 죽는다면'의 경우의 수를 늘어놓고 어떤 형식을 취할 것인지 고민하는 인간을 대할 때 차마 무어라 거들 수 없는 것은 무엇 때문인가. 가깝든 멀든 그것은 다가올 일이며 누구도 피해갈 수 없는 문제라서가 아닐까.

이렇게도 살아보고 저렇게도 살아볼 수 있는 인간이 없듯이 죽음도 매한가지이다. 이별을 눈앞에 두고서야 지난 사랑의 가치를 깨닫듯이 인생의 의미는 죽음의 순간에 대비될 때 극적으로 드러난다. 작가가 죽음을 묘사하는 것은 삶의 문제에 천착한다는 말과 다르지 않다. '왜 이렇게밖에 죽을 수 없는가', '왜 이렇게 죽을 수밖에 없는가'를 유추하기 위해 독자는 소설 속 인물의 삶을, 그 양상과 조건을 쓰디쓰게 곱씹어야 한다. 놀라운 것은 그 인생이 기구하다고는 하지만, 따져볼수록 무엇 하나 특별할 것 없는, 지극히 눈에 익은 삶이라는 점이다. 작품의 처음부터 끝까지 '그'가 아닌 '당신'이라는 인칭을 고집한 작가의 의도는 무엇이었겠는가. 이 소설은 '당신'뿐만이 아닌, 당신의 죽음에 관한 이야기일 수도 있기 때문이 아닐까.

개들

2015 올해의 문제소설

정용준

—

1981년 광주 출생

2009년 현대문학신인상으로 등단

소설집 『가나』

장편소설 『바벨』

1

털이 젖어 몸피가 다 드러난 작은 개 한 마리가 농장에 들어왔다. 오전부터 비가 내렸고 근처에 다른 건물이 없으니 이 개는 온종일 비를 맞았을 것이다. 목줄을 바닥에 끌고 이마에 붉은 리본을 묶고 있는 시추다. 버려졌거나 길을 잃었거나 둘 중 하나겠지만 이 개는 다시는 주인을 만나지 못할 것이다. 개는 몇 번 몸을 털고 경계하는 눈으로 주위를 둘러보고 조심스럽게 처마 끝에 앉는다. 두려움이 깃든 동그랗고 까만 두 개의 눈동자가 나를 향하고 있다. 나는 생각에 잠긴다. 얘를 어떻게 해야 할지 결정하지 못하겠다. 이 개는 여기가 어떤 곳인지 모르고 있는 걸까? 아니, 그럴 리 없다. 이토록 강한 냄새를, 치욕과 고통으로 뒤범벅된 죽음의 냄새를 맡지 못할 리 없다. 빗속을 아무리 달려도 피할 곳도, 마른 땅도 찾을 수 없었기 때문이겠지. 내버려두기로 한다. 어차피 이 개의 운명은 정해졌다. 내일 아니면 모레, 아무리 길어도 1주일 안에 다시 잡혀올 것이다. 하지만 오늘은 아니다. 우리는 잠시 나란히 앉아 내리는 비를 바라본다.

개를 발로 걷어찼다. 방심하던 개는 짧게 짖고 놀라 도망간다. 꼬리를 다리 사이에 끼고 빗속으로 피하는 개를 보며 헛웃음을 짓고 중얼거린다. 개새끼가. 겁도 없이. 개는 멀리 가지 않고 저만치 서서 나를 보고 있다. 땅바닥을 발로 탁 차고 소리를 지르고 위협한다.

워!

개는 완전히 몸을 돌려 농장 반대편을 향해 달렸다. 전력을 내거라. 가능한 멀리 가거라.

비가 싫다. 마당은 오물과 진흙으로 뒤범벅되고 냄새는 심해진다. 도무지 익숙해지지 않는 개 냄새. 주변을 장악하고 오염시키는 우울한 기운들. 마르지 않은 오줌 위에 누워 철창 밖으로 내리는 비를 바라보는 수십 개의 노랗고 빨간 눈들. 플라스틱 바구니를 무겁게 채워 팔이 끊어지도록 들었다 놨다를 반복해도 불쾌한 기분은 가시지 않는다.

가게에는 손님이 없을 것이다. 매대에 우두커니 서서 바깥을 바라보는 모란의 등을 쳐다보며 곰은 악력기를 쥐었다 놨다를 반복할 테지. 마침내 불편한 심기를 어쩌지 못해 뭐든 할 것이다. 모란은 파를 썰고, 마늘을 까고, 개를 손질하고 할 수 있는 일을 다하면서도 내내 등 뒤의 곰을 신경 쓰느라 어깨가 굳어갈 것이다. 병구는 리어카를 끌지 못할 테고 새로운 책도 구할 수가 없겠지. 비는 모든 걸 엉망진창으로 만든다.

스트레스가 심한 개들끼리 싸우기 시작한다. 구석 자리로 밀려난 약한 놈의 귀를 물어뜯고 놔주지 않는 날카로운 이빨들. 시끄럽다, 시끄럽다, 말해도 멈추지 않는 소리들을 향해 더 큰 소리로 시끄럽다, 시끄럽다, 말한다.

2

읍내를 벗어나 국도를 타고 한참 들어오다 보면 농가 사이에 뜬금없이 서 있는 단층의 작은 건물을 발견할 수 있다. 이곳엔 가게 두 개가 나란히 붙어 있다. 형제사철탕과 태양건강원이다. 곰은 모란과 형제사철탕을 운영하고 이 씨는 아들 병구와 함께 태양건강원을 운영한다. 곰과 이 씨는 언뜻 보면 형제처럼 살가워 보이지만 이 씨는 건물주 곰에게 다달이 세를 내는 세입자다.

나는 외딴 곳에 떨어진 농장에서 지내며 둘 가게에 도축한 개를 공급하는 일을 한다.

문을 열고 들어서자 개를 손질하던 모란이 가볍게 눈으로 인사를 한다. 나는 그 눈을 마주하지 않고 고개를 푹 숙이고 들고 있던 플라스틱 바구니를 바닥에 내려놨다. 매대에는 반들반들하게 구워진 개 한 마리와 여러 부위로 절단된 고깃덩어리들이 보기 좋게 쌓여 있다. 테이블엔 취한 사내 둘이 식사를 하고 있다. 사내들은 철창에 갇혀 있는 개들을 조롱하며 논다. 불과 한 시간 전까지 철창 안에 들어가 있던 개의 살점을 씹으며 웃고 있다. 그들은 앞니로 쭉 뜯어낸 살점의 일부를 철창에 집어넣고 개들이 그것을 먹는지 안 먹는지 지켜본다. 안쪽 테이블엔 한심한 눈으로 그 모습을 바라보는 곰이 앉아 있다. 꼭 자신이 먹을 개를 지목해 직접 도살하는 걸 확인해야 직성이 풀리는 손님들을 위해 가게 내부에도 철창을 놓는다. 작업을 귀찮아하는 곰이 가장 싫어하는 종류의 손님이다. 단속의 위험이 있어 교살할 수도 없어 전기봉을 사용해야 하는데 그게 효과가 신통치 않아 작업에 어려움이 많다. 곰은 벽에 등을 기대고 한 손엔 악력기를 다른 손엔 불을 붙이지 않은 담배를 들고 있다. 무료해 보이는 얼굴이다. 나는 바닥에 떨어진 휴지와 양파를 집어 쓰레기통에 던졌다. 모란이 말없이 다가와 내 팔목을 잡아끌고 팔뚝에 물수건을 댔다. 물수건에 피가 묻어났다. 언제 다친 걸까. 작업할 때 발버둥치는 개의 앞발에 긁힌 것도 같고 바구니를 옮길 때 철문에 스친 것도 같지만 정확히 어떻게 다친 건지 기억나지 않는다. 모란은 별다른 말도 없이 의자에 앉아 썰고 있던 파를 다시 썰기 시작했다. 악력기가 내는 소리와 칼이 도마를 때리는 반복적인 소리는 기이한 박자로 어울린다. 나는 멍하게 서서 소리를 듣고 있다. 등 뒤에서 곰이 말했다. 낮은 음성이 뒷목을 지그시 누르는 두터운 손바닥처럼 무겁게 느껴진다.

애들 아프지 않게 약도 먹이고 심한 놈들은 주사도 줘라. 저기 간식 모아 놨으니까 밥에 섞어주고.

손가락이 가리킨 곳엔 검정 비닐봉투가 놓여 있다. 나는 그것을 들어 입구를 묶고 뒷좌석에 달린 상자에 실었다. 태양건강원의 미닫이문이 열리고 키가 작고 등이 굽은 사람이 밖으로 나왔다. 이 씨다. 그는 입을 벌리고 소리 없이 웃으며 내게 다가왔다. 한때는 삼촌이라고도 불렀던 사람이었지만 지금은 그 어떤 호칭으로도 부르지 않는다. 그는 어깨와 목을 쓰다듬으며 가까이 다가와 속삭인다.

아버지 계시나.

나는 고개를 끄덕이고 몸을 비틀어 그의 손에서 몸을 떼어냈다. 축축하고 서늘한 손바닥. 그는 왜 항상 몸을 만지는 걸까. 왜 굳이 가까이 다가와 귀에 대고 소곤댈까. 앉은 자리에서 큰 목소리로 사람을 부르는 곰과는 다른 모습이다. 오토바이에 시동을 걸기 전 물수건을 댔던 팔뚝을 쳐다봤다. 응고된 핏물이 맺힌 두 줄의 작은 상처. 고개를 돌려 모란을 봤다. 그녀는 고개를 숙이고 앉아 파를 썰고 있다. 속으로 다섯을 셀 때까지도 모란은 고개를 들지 않는다. 시동을 걸고 농장으로 향한다. 울퉁불퉁한 모양의 산길을 오르는 오토바이가 파도 위를 달리는 보트처럼 위아래로 넘실댄다. 봉지에 담긴 개 내장이 뒤섞이며 철썩철썩 물소리가 들린다.

3

철창을 열고 안을 들여다본다. 바닥에 누워 있던 개들이 벌떡 일어나 뭔가를 예감한 듯 구석을 파고들며 우왕좌왕 움직였다. 고개를 빳빳이 들고 꼼짝도 않고 나를 노려보는 용맹한 개가 보인다. 나는 녀석의 목덜미에 갈고리를 걸고 밖으로 끄집어냈다. 앞발을 바닥에 딱 붙이고 서서 끌려 나오지 않으려 저항한다. 소용없는 짓이다. 이빨을 보이며 으르렁거리는 주둥이를 피해 목에 밧줄을 건다. 밧줄을 도르래에 걸고 속으로 셋을 세고 쭉 잡아당긴다. 이 순간 팔뚝에 전해지는 묵직한 압박, 수도 없이 반복한 일이지만 이 감각은 언제나 좋다. 허공에 매달려 꿈틀대는 개. 손에 쥔 밧줄을 대못에 걸고 한 바퀴 감아 고정시킨 뒤 창고를 나온다. 10분. 딱 10분이면 끝난다.

개는 죽어 있다. 입을 벌리고 혀를 빼물고 눈을 가늘게 뜬 채 더 이상 움직이지 않는다. 작업은 최대한 빨리 끝내는 게 좋다. 과정 하나에 담배 한 대. 개 한 마리를 작업하는 데 세 까치면 충분하다. 순조로운 진행을 위해서는 정확한 리듬과 망설임 없는 손놀림이 필요하다. 가스 벨브를 열고 토치에 불을 붙인다. 담배에도 불을 붙인다. 근육의 경직이 시작된 개의 몸은 딱딱해진다. 몸통을 이리저리 돌리며 솜털 하나 남지 않도록 노릇하게 굽는다. 사포질을 끝내 부드럽게 변한 통나무처럼 개는 매끈해진다. 커다란 대리석 도마에 놓인 길이가 다른 세자루의 칼과 작업용 목장갑. 담배에 불을 붙이고 칼을 쥔다. 작업이 끝나면 양철통에 내장을 쏟아붓고 김장용으로 쓰이는 대형 양동이에는 내장이 없는 개를 집어넣어 핏물을 뺀다. 마지막으로 배에 붙은 지방을 뜯어내고 수세미로 닦아낸 뒤 바구니에 차곡차곡 집어넣는다. 큰 개는 형제사철탕에 작은 개는 태양건강원에 보낼 것이다. 흐르는 물에 손을 씻고 손가락 사이사이를 벌려 상처가 없는지 확인한 후 담배에 불을 붙이고 마당으로 나온다.

폐자재와 나무판이 벽처럼 쌓여 있는 사방, 깨진 벽돌과 자갈이 깔린 마당, 그 위로 다섯 개씩 4열로 놓인 마흔 개의 철창. 종이 다른 개들이 서로 엉켜있다. 꼬리를 내리고 눈물이 고인 병든 눈으로 허공을 쳐다보고 있다. 보고 있다기보다 그냥 뜨고 있다고 해야 할 정도로 무의미한 반복으로 움직이는 눈꺼풀, 느리게 닫히고 천천히 떠진다. 개들은 죽기 전엔 철창 밖을 나오지 못한다. 폐사한 닭과 음식물쓰레기, 동족의 내장이 섞인 밥을 먹고 산다. 불에 달군 쇠꼬챙이로 고막이 파열된 귀머거리들은 아무것도 듣지 못하기에 짖지도 않고 10개월 동안 최대한 몸을 불린다.

인적이 드문 야산에 위치한 형제사육농장. 이곳은 내 일터이자 집이다. 개를 사육하지만 도살도 한다. 근수가 많이 나가는 도사견을 주로 키우지만 버려진 애완견이나 떠돌이 개도 키운다. 곰이나 병구가 거리에서 잡아오기도 하고 개 주인들이 사육장에 맡기기도 한다. 그들은 자신의 개를 우리가 어떻게 하는지 묻지 않는다. 다시 찾아가는 이들도 없다. 농장에서는 거부하는 개가 없다. 늙고 병들어 움직이지 못하더라도 다리를 절고 눈이 돌아간 병신이라도 농장은 차별하지 않는다. 모든 고기는 저울 위에서 평등하기 때문이다.

4

작업을 마치고 개밥을 만들 때 병구의 소리가 들렸다. 신이 난 목소리로 멀리서부터 소리를 지르고 있다. 철문을 열고 마당에 들어선 병구는 뭔가를 질질 끌고 있었다.

한 놈 잡아왔다.

병구는 자랑스런 얼굴로 나를 바라보더니 짐짓 거친 사내 같은 위악적인 포즈로 끌고 온 개의 목을 쥐고 들어 올려 보였다. 이마에 붉은 리본을 묶고 있는 시추다. 3일 만에 다시 돌아온 것이다. 그사이에 무슨 일을 겪었는지 완전히 걸레로 변해 있었다.

통개로 쓰기에도 시원찮을 작은 놈을 데려다 뭐에 쓰려고.

나는 심드렁한 표정으로 개밥에 항생제를 섞고 막대기로 뒤섞었다. 칭찬을 해주지 않자 병구는 바로 의기소침한 모습으로 중얼거렸다.

그래도 개소주로 만들면 되잖아.

나는 병구의 뒤통수를 손바닥으로 톡톡 때리며 말했다.

아냐. 잘했어.

병구의 손에서 개를 넘겨받아 철창에 집어넣었다. 병구는 배시시 웃었다.

병구는 이 씨의 아들이자 내 유일한 친구다. 이 씨의 씨를 받아 유약하고 허접한 성격과 모양새를 갖고 있다. 겁이 많고 비위가 약해 아직 개 한 마리 잡아본 적 없다. 겨우 개밥이나 만들고 밥에 섞을 수 없는 털이나 잔뼈를 골라내는 일을 한다. 개소주를 담을 박스를 포장하고 가끔씩 철창을 청소하기도 하지만 주로 하는 일은 폐지를 줍는 일이다. 우리는 비슷하게 성장했다. 둘 모두 학교를 다니지 않았고 다른 일은 해보지 못했으며 집 근처를 벗어나지 못했다. 병구는 순진하고 착한 녀석이다. 마음을 숨길 줄 모르는 녀석이라 모든 감정이 표정을 통해 드러난다. 좋을 때는 감당하기 힘든 수다쟁이지만 어떤 때는 아이처럼 울고 칭얼거린다. 병구는 나를 좋아하지만 때로는 미워하고 질투한다. 병구가 내게 갖는 유일한 자부심은 자신이 이 씨의 친아들이라는 것뿐이다. 나는 내가 곰의 친아들이 아니라는 것이 하나도 부끄럽지 않은데 병구는 내가 고아라는 것을 불쌍히 여긴다. 곰과는 달리 확실히 이 씨는 병구를 진짜 아들처럼 예뻐한다. 용돈도 주고 맛있는 것도 사준다. 우리 아들, 우리 아들, 하면서 애정 표현도 잘한다. 하지만 술에 취하면 달라진다. 병신 새끼, 호로 새끼, 개새끼, 개 같은 새끼, 라고 욕을 하거나 허리띠를 풀어 병구의 몸을 때린다. 그럴 때마다 병구는 나를 찾아와 울곤 한다. 웅크린 병구의 작은 등을 보고 있으면 병구도 나처럼 어디에서 데려온 아이일 거라는 확신이 든다. 그때마다 나는 말하곤 한다.

어쩌면 너도 나처럼 고아일지도 몰라.

순한 병구는 이 말을 들으면 화를 낸다. 나는 병구가 화내고 흥분하는 모습을 보는 것이 재밌다. 그 애가 뭘 어떻게 해야 할지 모를 때까지 놀린다. 반응은 언제나 똑같다. 처음에는 화를 내다가 나중에는 주먹으로 나를 때린다. 그리고 결국엔 운다. 병구의 주먹은 작고 가볍다. 약하고 하찮은 아이다. 언젠가 한번 어떻게 하나 보자는 마음으로 끝까지 놀렸던 날이 있었다. '너도 고아가 분명해. 너는 모르겠지만 나는 알아.' 이런 말들로 몰아붙였다. 병구는 '아니야. 거짓말이야. 그만해'라고 소리치며 울다가 충동적으로 막대기를 들어 내 손등을 내려쳤다. 그것엔 작은 못이 하나 박혀 있었다. 병구는 내 손등에서 흐르는 피를 보고 자지러지듯 울었다. 나는 조금 놀랐지만 놀라지 않은 척 담담하게 손등을 바지에 문질러 닦고 병구를 달랬다. 어깨를 껴안고 괜찮다고 미안하다고 했다. 그 후로 몇 년이 지났지만 지금도 병구는 습관적으로 내 손등에 남아 있는 작고 동그란 흉터를 보고 죄책감을 느끼곤 한다.

병구는 뭔가를 말하고 싶어 죽겠다는 표정으로 전전긍긍하며 내 곁을 졸졸 따라다니고 있다. 나는 밥그릇에 밥을 퍼주다 말고 짜증을 내며 말했다.

또 뭔데?

병구는 기다렸다는 듯 의미심장한 얼굴로 말했다.

나 모란에게 장가갈 거다.

나는 낮게 한숨을 쉬며 말했다.

결혼하자고 했어?

아니. 아직. 그런데 곧 고백하려고.

나는 개밥을 푸다 말고 병구의 얼굴을 물끄러미 바라봤다. 최근의 병구는 모란에 대한 말만 한다. 그렇지 않아도 모자란데 모란에 대해 말하는 표정을 보고 있으면 실성한 애처럼 보인다. 무모한 흥분이 깃든 얼굴은 불안하다. 병구는 망상에 빠져 있다. 모란도 자신을 좋아한다고 생각하고 있는 것이다. 그 증거라는 것이 눈이 마주쳤을 때 자신을 바라보며 웃어줬다, 따뜻한 목소리로 인사해줬다, 와 같은 말도 안 되는 것들인데도 병구는 확신에 차 있고 기대에 부풀어 있다. 병구는 시도 때도 없이 모란에게 뭔가를 갖다 바쳤다. 사탕이나 과자 같은 것을 줄 때도 있고 길거리에 핀 하찮은 개망초 같은 것을 꺾어주기도 하며 귓불에 구멍도 없는데 귀걸이를 선물한다. 그때마다 모란은 난감하고 쓸쓸한 표정으로 미소 지으며 고개를 숙이며 고마움을 표하는데 그 모습을 볼 때마다 병구는 잔뜩 흥분하여 내게 달려오는 것이다. 처음에는 그러려니 했는데 이제는 답답하다. 병구가 불쌍하고 걱정스럽다. 모란을 좋아해서는 안 된다는 것을, 모란은 곰의 것이라는 것을. 나는 무슨 말을 하려다 말고 병구의 어깨를 두 번 두드렸다. 말해줘도 그것이 무엇을 의미하는지 이해할 수 없을 것이다. 병구는 주위를 두리번거리더니 꼭 움켜쥐고 있던 주먹을 서서히 펴고 손바닥을 보여줬다.

이게 뭐야?

병구는 손으로 입을 가리고 쿡쿡 웃어댔다. 무늬 없는 까만 머리끈이었다. 병구는 코에 대고 깊게 심호흡을 했다. 녀석의 눈꺼풀이 파르르 떨렸다.

모란의 냄새야.

5

사람들이 언제부터 곰을 곰이라고 부르기 시작했는지 모른다. 하지만 가게에 오는 손님들과 읍내 사람들은 그를 곰 사장이라고 부른다. 나는 그 이유를 외모 때문이라고 추측한다. 곰은 누가 봐도 곰처럼 생겼다. 얼핏 보면 크고 뚱뚱한 단순한 거구 같지만 자세히 보면 무른 곳이 없다. 골격이 크고 두꺼워 커다란 나무의 밑둥 같은 느낌을 준다. 짧은 스포츠머리에 면도를 깔끔하게 하는 편이지만 하루라도 거르는 날엔 턱과 뺨에 수염이 자라난다. 그는 온몸에 털을 갖고 있다. 팔과 다리뿐만 아니라 가슴과 배, 심지어 등까지 털이 나 있다. 말수가 적지만 크고 낮은 목소리를 갖고 있어 그의 말은 멀리까지 또렷하게 들린다. 작은 눈은 무심하고 게을러 보이지만 예리한 관찰력과 차가운 기운을 품고 있다. 또한 엄청난 힘을 갖고 있어 무엇이든 들어 올릴 수 있다. 강한 태풍이 야산을 휘저어 농장 옆의 커다란 나무가 부러져 담장을 덮쳤던 적이 있었다. 곰은 누구의 도움도 없이 근력 하나로 그것을 들어 옮겼다. 아직까지 곰에게 주눅 들지 않는 사람을 본 적이 없을 정도로 그의 인상은 강하고 위협적이다.

곰은 아버지다. 내 피는 그의 피와 무관하지만 그는 나를 지목했고 나는 곰의 아들이 되었다. 일곱 살 때 나는 누군지 모르는 아이들과 창문이 없는 방에 함께 모여 있었다. 모두 부모가 없는 아이들이었고 지저분했고 아파 보였다. 그곳에서 세 밤을 자고 곰을 만났다. 그는 방문을 열고 들어와 아무 말도 하지 않고 사내아이들을 살펴보았다. 눈빛을 보고 입을 벌려 안을 확인했다. 팔뚝과 허벅지 같은 곳을 꽉 쥐었다 놓았다. 그가 만지면 아이들은 겁에 질려 울거나 비명을 질렀다. 곰이 내 앞에 다가왔다. 다른 아이들에게 했던 것처럼 이곳저곳을 살펴보더니 갑자기 팔을 꽉 움켜쥐었다. 나는 가만히 있었다. 그는 흥미로운 표정으로 희미하게 웃고 이렇게 말했다.

참을성이 좋구나.

춥고 눈이 많이 내리던 어느 겨울 읍내를 다녀온 곰은 처음 보는 개를 한 마리 잡아왔다. 눈처럼 하얀 몸과 뾰족한 귀를 갖고 있는 잘생긴 개였다. 곰은 오른손엔 목줄을 쥐고 다른 손으로 내 손목을 잡고 야산에 있는 작은 창고로 갔다. 곰은 말했다.

아들, 오늘부터 일을 배우자.

곰은 팔뚝만 한 몽둥이를 집어 들고 개를 때리기 시작했다. 일정한 힘과 리듬으로 팔을 휘두르는 표정에서는 아무 감정도 읽을 수 없었다. 개는 처음에는 이빨을 보이며 저항하더니 나중에는 비명만 질러댔다. 결국엔 똑바로 서지도 못하고 주저앉아 날아오는 몽둥이를 그대로 맞기만 했다. 그제야 곰은 바닥에 몽둥이를 내려놓고 담배에 불을 붙이며 말했다.

옛날엔 맛있으라고 이렇게 몇 대 때렸는데 이제는 귀찮아서 그냥 잡는단다. 오늘은 처음이라 고전적으로 보여준 거다. 패나 안 패나 실은 별 차이가 없어.

개는 피투성이가 된 몸을 구석에 비비며 떨었다. 곰은 담배를 한쪽으로 비껴 물며 개 목을 두꺼운 손으로 움켜쥐고 들어 올리고 밧줄을 걸었다.

잘 봐.

목줄을 도르래에 걸고 쭉 끌어올린 뒤 대못에 걸었다. 그걸로 끝이었다. 곰은 허공에 떠서 꿈틀대는 개를 바라보며 다정하게 어깨동무를 했다. 나는 담배연기 사이로 조금씩 질식해가는 얼굴을 바라봤다. 개는 크고 진한 입김을 허공에 쉭쉭 내뿜었다. 10분이 흘렀다. 곰은 어깨동무를 풀며 일어서 개에게 다가갔다. 피우던 담배를 반쯤 감긴 눈동자에 비벼 껐다. 개는 미동도 하지 않았다. 곰은 이빨 열여섯 개를 모두 드러내 환히 웃으며 말했다.

이러면 죽은 거야.

나는 많이 맞고 자랐다. 실수하거나, 주저하거나, 망설이거나, 뭔가를 이해하지 못할 때마다 맞았다. 어떤 날은 나약해 보인다고 맞았다. 곰은 화도 내지 않고 욕도 하지 않고 차분하게 때렸다. 마치 주기적으로 하는 운동처럼 그는 때렸고 나는 맞았다. 곰은 가끔 때리다가 내 눈을 물끄러미 바라보며 감탄했다. 근성이 있다고 했다. 실은 나는 통증을 느끼지 못한다. 곰이 알려주기 전에는 인지하지 못했던 사실이다.

딱 한 번 곰의 뜻을 거스른 적이 있었다. 열세 살이 되던 초여름이었다. 당시엔 사철탕 영업은 안 하고 농장만 운영했다. 주문이 밀려 아침부터 저녁까지 쉴 틈 없이 작업에 몰두했다. 우리는 손발이 척척 맞았다. 곰은 기특하다는 듯 내 머리를 쓰다듬으며 말했다.

내가 아들 하나는 잘 뒀단 말이야. 이런 걸 바로 완벽한 호흡이라고 하는 거야.

나는 곰에게 칭찬받는 게 기뻤고 더 열심히 일했다. 그러던 어느 날이었다. 가정용으로 키우던 작은 개가 곰의 손을 물어뜯은 일이 발생했다. 죽음을 예감한 개는 두 가지의 모습을 보인다. 하나는 이빨을 보이며 강하게 저항하고 다른 하나는 눈을 깔고 꼬리를 마는 것이다. 저항하는 개는 목에 갈고리를 채우고 도르래에 줄을 걸 때까지 주의를 기울이지만 그렇지 않은 개는 목줄만 잡아끌면 된다. 그 개는 곰이 다가오자마자 꼬리를 말고 오줌을 쌌다. 곰은 별다른 의심 없이 목줄을 끌었는데 갑자기 돌변하여 곰의 손을 물어뜯은 것이다. 작지만 강단이 좋은 녀석이었다. 곰이 주먹으로 몇 번 내리쳤는데도 쉽게 포기하지 않고 매달렸다. 엄지손가락을 크게 다친 곰은 표정을 일그러뜨리고 한동안 그 개를 노려봤다. 곰은 개를 죽이지 않았다. 철창에도 넣지 않았다. 창고에 그냥 묶어놨다. 다음 날부터 개는 일종의 죄수처럼 취급받았다. 매일 죽지 않을 만큼 맞았다. 또한 개는 수많은 동료가 질식하는 모습을 지켜봐야 했다. 하지만 그 개는 꽤 오랫동안 곰에게 이빨을 드러냈다. 맞을 때마다 으르렁거렸고 눈으로는 증오가 서린 빛을 내뿜었다. 하지만 거듭된 고문과 반복된 폭력 앞에서 촛불처럼 반짝이던 빛은 차츰 사라졌다. 나중에는 철창에 누워 있는 다른 개들과 똑같아졌다. 나는 곰이 오토바이를 타고 읍내에 나가 있는 동안 개 목에 칼을 집어넣었다. 그 밤 이제껏 맞아보지 못한 방식으로 맞았다. 곰은 평소와 다르게 흥분했다. 욕도 하고 때리는 리듬도 불규칙했다. 나는 입술을 꽉 물고 소리 한번 내지 않고 묵묵히 맞았다. 평소에는 참을성이 좋다고 칭찬했던 그 모습이 그날따라 보기 싫었던지 곰은 고함을 지르며 말했다.

새끼가 기분 나쁘게.

곰은 허리춤에 차고 다니는 접이식 칼을 꺼내 내 허벅지를 찔렀다. 그리고 잠시 둘 사이에 이상한 침묵이 흘렀다. 곰은 당황했다. 그리고 떨리는 목소리로 말했다.

넌…… 통증을 못 느끼는구나.

곰은 벌떡 일어나 창고 밖으로 나갔다. 철창에서 개 한 마리를 끌고 왔다. 쓰레기가 담긴 검정 비닐봉지를 길게 찢어 주둥이에 돌돌 말아 묶었다. 곰은 개의 얼굴을 움켜쥔 뒤 고개를 돌려 나를 보며 말했다.

잘 봐.

곰은 개를 때리기 시작했다. 발로 밟고 주먹으로 배를 때리고 벽에 던졌다. 입을 벌리지 못해 끙끙 대며 신음만 하던 개는 마침내 비닐을 늘려 찢곤 입을 쩍 벌렸다. 곰은 희미하게 웃으며 중얼거려다. 그렇지. 곰은 내게 다가와 무릎을 꿇고 말했다.

통증이란 저런 것이다. 아프면 비명을 지르지 않을 수 없는 거지. 그런데 너는 좀 다르구나. 그동안 너를 보면 늘 이상했지. 과묵하고 인내심이 좋은 아이라고만 생각했는데…… 그게 아니었어. 너는 고통이란 게 뭔지 아예 모르는 녀석이었어.

곰은 경이로운 얼굴로 잠시 나를 쳐다본 뒤 허벅지에 박힌 칼을 뽑아 허리춤에 집어넣고 밖으로 나갔다. 그 순간에도 피는 아무 느낌 없이 벌어진 틈에서 고요히 흘러 바닥에 흐르고 있었다. 나는 개 피와 내 피가 섞여 수챗구멍으로 들어가는 모습을 물끄러미 바라보며 생각했다. 통증을 느끼지 못한다는 것은 뭘까. 아니, 통증을 느낀다는 것은 뭘까. 어지럽고 눈앞이 흐려졌다.

나중에 이 느낌이 현기증이라는 것을 알았다.

나는 그날 이후부터 거의 맞지 않았다. 세월이 흘러 스물이 되었고 개를 사육하고 도살하는 일은 온전히 내 일이 되었으며 농장은 내 것이 되었다.

6

병구의 창고에 놀러 간다. 수없이 반복했지만 여전히 문을 열기 전 마음이 설렌다. 책이 뿜는 곰팡이 냄새와 젖은 종이에서 나는 상쾌한 냄새는 다른 무엇으로도 대체할 수 없는 강한 쾌감을 준다. 허파에 냄새가 배도록 깊게 숨을 들이마시고 천천히 내뱉는다. 병구는 아침 일찍부터 리어카를 끌고 농가를 돈다. 한 시간은 족히 걸리는 읍내까지도 거뜬히 다녀온다. 병구는 개를 보고 만지는 일보다 상자와 폐지를 줍는 일을 더 좋아한다. 내가 병구를 좋아하는 가장 큰 이유는 어쩌면 그 애가 주워 오는 것들이 나를 기쁘게 하기 때문일 것이다. 크기와 종류별로 깔끔하게 분류되어 노끈으로 예쁘게 묶여 있는 종이로 쌓아 올린 탑들. 단정하게 배열되어 정리된 아름다운 풍경. 이곳은 내가 가장 사랑하고 아끼는 공간이며 누구와도 공유할 수 없는 은밀한 장소다. 도서관이고 학교고 놀이터고 병원이다. 이곳에서 수많은 단어를 배웠고 이야기를 들었으며 죽은 이와 외국인을 만났다. 피를 많이 흘려 어지럽거나 부은 눈이 잘 감기지 않을 때도 이곳에 숨어 책을 읽었다. 읍내의 헌책방이 문을 닫았을 때 병구는 엄청난 양의 책을 리어카에 싣고 왔다. 그때의 흥분과 감동을 잊을 수 없다. 어려운 단어와 문장으로 빼곡히 적혀 있는 두껍고 단단한 책은 자물쇠로 굳게 잠겨 있는 보물상자와 같았다. 이해할 수 없는 철학책의 한 문장에 손가락을 올려놓고 바보처럼 멍했던 날도 있었고 소설 속의 어떤 상황과 주인공이 너무도 불쌍해 새벽 내내 천장을 노려보며 억울해했던 날도 있었다. 형법에 관한 글을 읽을 때는 곰과 나의 행동들 중에서 죄가 될 만한 것들을 따져봤다. 법정에 선다면 우리는 각각 몇 년 형을 선고받게 될까에 대해 진지하게 고민해보기도 했다. 의학서적을 읽고 몰랐던 사실도 알았다. 통증이 없는 것은 일반적인 증상은 아니다. 몸이 주는 경고를 무시함으로 생명을 잃을 수도 있다. 하지만 그것을 정확히 인지하고 통제하면 좋을 수도 있다. 나는 스스로 상처를 치료하고 감염을 예방하는 법을 터득했다. 관절과 관절을 잇는 힘줄, 그것을 감싸는 근육과 근육, 그것을 덮고 보호하는 피부와 그 밑을 뚫고 복잡하게 꼬여 있는 수많은 혈관과 그 속을 흐르는 혈액에 대해서도 이해했다. 손가락으로 몸의 이곳저곳을 눌러가며 장기의 이름과 기능에 대해 익혔다. 선홍빛이 도는 근육의 둥글고 단단한 테두리를 하나씩 짚어가며 해부도를 살폈다. 근육의 수축과 이완의 개념도 알았고 팔과 다리가 근육이 움직이며 그것을 잡아당기는 힘줄의 탄성도 구체적으로 느낄 수 있었다. 근육은 노력에 따라 커지기도 하고 그에 따라 힘과 능력이 향상된다는 것도 알았다. 신경과 감각에 대한 부분에서는 손을 머리에 대고 가만히 상상에 잠겼다. 앎이 늘어감에 따라 삶에 대한 다짐이나 지혜도 늘어갔다.

내장은 절대로 다치면 안 돼.

몸이 둔해졌다면 골절을 의심해.

피를 너무 많이 흘리면 안 돼.

현기증이 느껴진다면 몸을 살펴봐야 해.

흉터는 사라지지 않아.

얼굴을 다쳐선 안 돼.

하지만 최근엔 창고에 올 때마다 실망한다. 리어카에 실려 오는 폐지 속에 책을 찾기가 힘들다. 가끔 책이 있더라도 유치하고 저급한 내용이 담긴 쓰레기일 경우가 많다. 기대가 꺾이고 무기력한 기운이 정신을 짓누르면 평온했던 감정이 흔들린다. 불쑥 병구에 대한 분노가 생기거나 명확한 대상도 떠오르지 않으면서 화가 난다. 불만이 생기고 반복적으로 행했던 일이 지루하게 느껴진다. 이런 것들은 내가 가장 주의하고 조심하는 감정인데 요즘엔 제어가 쉽지 않다. 이렇게 된 가장 큰 까닭은 모란을 향한 병구의 마음 탓이다. 미쳐 있는 탓에 병구는 행동도 생각도 뭐 하나 정상적으로 하는 게 없다. 되돌려야 한다. 저능한 병구는 내가 도와야 한다.

가득 채운 바구니를 한 시간 동안 들었다 놓으며 운동을 했다. 근육이 아프고 숨이 찰 때까지 수축과 이완의 반복을 멈추지 않았다. 상의가 축축이 젖고 입안이 건조하게 말라붙으면 그만둔다. 옷을 벗고 찬물을 몸에 끼얹는다. 씻을 때 꼼꼼하게 몸을 본다. 비누칠을 하기 전 팔다리를 움직여 구석구석 빠짐없이 살핀다. 모르게 다친 상처나 흔적들을 찾는 것이다. 나뭇가지에 걸려 목에 난 상처와 발목과 팔뚝에 깊게 패인 원인 모를 피딱지를 찾아 과산화수소를 부어 소독한다. 부글부글 끓고 부풀어 오르는 부드러운 피거품을 보고 있으면 몸이 정화되는 것 같다. 그 느낌이 너무 좋아 온몸에 칼질을 하고 그 위로 과산화수소를 콸콸 들이붓고 싶은 충동에 사로잡힌다. 온몸이 거품으로 뒤덮이는 기분이란 어떤 걸까. 가벼워질까. 부드러워질까. 긴 거울을 벽에 놓고 까맣고 단단한 몸을 본다. 오랫동안 반복한 노력으로 작년에 비해 눈에 띌 정도로 몸이 달라졌다. 어깨의 굴곡과 전체적인 몸의 선이 커졌다. 이두박근, 승모근, 상박, 하박, 등 근육이 붙고 그것이 커지며 결이 갈라졌다. 몸을 천천히 움직이며 거울 속의 나를 바라보며 문득 생각한다. 이제 내 근력은 곰에 비해 어느 정도일까.

마른 수건으로 물기를 닦아내고 옷을 입기 전 피부에 새겨진 상처들을 손가락으로 매만졌다. 잔 기스는 너무 많아 셀 수조차 없다. 흉터엔 나이와 시간이 흐르고 사건과 기억이 녹아 있다. 하지만 어떤 흉터는 기억이 없다. 그럴 땐 순간 아득해진다. 도대체 언제 어떻게 생긴 걸까. 누가 만든 걸까. 깊고 넓은 상처는 단단하고 흰 살을 만들어낸다. 몸 곳곳에 옹이 같은 게 박혀 있다. 오른쪽 배에 있는 엄지손톱 크기의 단단한 흉터를 더듬으면 오래전 병구의 창고에서 배우고 마침내 깨달았던 게 떠올라 마음이 싸늘하게 식는다. 예전엔 몰랐지만 이제는 그 의미를 안다. 어떤 상처는 흉터를 만들기 전에 사람을 죽인다. 이 상처는 나를 죽일 수도 있었다. 이 상처를 준 자는 그 순간 나를 죽이려고 했던 것이다. 아니, 이미 그는 나를 한 번 죽인 것이다. 다시 그런 일이 생긴다면 피하거나 내가 그를 죽일 것이다. 새로 생긴 팔뚝의 상처에 미색의 연고를 발랐다. 문득 모란이 생각난다. 그녀가 들고 있던 물수건과 도마를 때리는 가벼운 칼질 소리도.

7

오랫동안 주방 일을 맡았던 아주머니가 말도 없이 사라지고 보름 뒤 곰은 모란을 데려왔다. 그녀는 한국말이 서툴다. 중국에서 왔는지 탈북을 했는지 정확히 알 수 없지만 손님들은 연변 아가씨라고 부른다. 곰은 모란을 손님들과 이 씨에게는 종업원이라고 소개하면서 내게는 딸이라고 했다. 둘 다 맞는 말이다. 모란은 곰의 딸이고 종업원이다. 또한 하인이고 아내다. 하지만 내 누나나 어머니는 아니다. 모란은 개를 손질하고 요리를 한다. 마늘을 까고 파를 썬다. 가게를 청소하고 읍내에 나가 시장을 본다. 이 모든 과정 속에서 모란은 늘 차분하다. 말도 거의 하지 않고 웃지도 않고 그렇다고 울지도 않는다. 그녀는 어떤 강한 힘에 의해 통제되고 있는 듯 보였다. 나는 병구를 이해한다. 나도 모란이 좋다. 좋다는 감정이 사람마다 같게 느껴지는지 다르게 느

꺼지는지 알 순 없지만 나 역시 병구가 느끼는 흥분을 알고 있다. 이 감정과 비슷한 것을 모란을 만나기 전에 느껴본 적이 없었음으로 나는 이 감정이 평범한 감정이 아니라는 것을 안다. 모란은 내가 만난 사람 중 가장 친절하다. 만날 때마다 고개를 숙여 인사를 하고 박하사탕이나 설탕이 묻은 튀김건빵이 담긴 비닐봉지를 주기도 한다. 그 행동에 담긴 의미를 알고 싶어 며칠 동안 잠을 설친 적도 있다. 어느 날 읍내에 다녀온 모란은 아무 말도 없이 뒷좌석에 신문지로 포장된 뭔가를 집어넣었다. 농장에 도착해 펼쳐보니 그것은 중학생들이 보는 수학 교과서였다. 붉은 색연필로 그려진 동그라미와 빗금들, 그 안에 적혀 있는 알 수 없는 기호들과 복잡한 숫자들. 나는 그것을 창고 뒤편에 숨겨놓고 기회가 날 때마다 펼쳐봤다. 방정식 하나를 내 힘으로 풀어냈을 때 그것이 동그라미 속에 들어 있는 숫자와 일치했을 때 느꼈던 희열을 잊을 수 없다. 그때 나는 모란이 몹시 생각났고 이 모든 생각과 감정을 그녀에게 말하고 싶었다. 그것이 병구가 느끼는 것과 같은 걸까? 나는 그렇다고 생각한다. 하마터면 나도 병구처럼 모란에게 다가가는 실수를 할 뻔했기 때문이다. 나는 운동을 하고 찬물로 몸을 씻을 때마다 그 감정이 땀과 함께 씻겨지길 원했다. 모란은 곰의 것이다. 병구는 그것이 무슨 의미인지 알 수 없겠지만 나는 안다. 또한 보고 들었다. 병구는 모란을 원해서는 안 된다.

아침부터 오후까지 내내 비가 내렸다. 병구는 아침부터 농장에 머물며 나를 귀찮게 했다. 말하고 싶은 비밀을 입속에 감추고 있는 어린아이처럼 하루 종일 곁을 따라다녔다. 어떻게 말하면 좋을까. 무엇을 사주면 좋을까. 결혼한다고 하면 아버지가 어떤 반응을 보일까. 쓸데없는 말을 늘어놓는 병구의 얼굴은 해맑다. 나는 작업을 멈추고 시계를 봤다. 오후 3시였다. 점심과 저녁 사이에 곰과 모란이 무엇을 하는지 또 어디에 있는지 안다. 게다가 지금은 비 때문에 읍내에 나갈 수도 없다. 병구는 엄지와 검지 사이에 모란의 머리끈을 걸고 강박적으로 빙빙 돌리며 눈을 감고 냄새를 맡길 반복했다. 나는 병구의 어깨를 눌러 의자에 앉히며 말했다.

지금 말해. 비가 오면 여자들은 마음이 부드러워지거든. 모란의 방에 찾아가. 마음을 고백하고 결혼하자고 말해. 모란도 원하고 있을 거야.

병구는 얼굴이 빨개졌다. 그리고 뭘 어떻게 해야 할지 모르겠다는 듯 발을 동동 굴리며 작은 소리로 말했다.

정말?

정말.

나는 확신에 찬 목소리로 답했다. 병구는 알겠다며 고개를 끄덕이고 크게 심호흡을 한 뒤 미친개처럼 빗속을 뛰어갔다. 우둔한 병구를 단념시키기 위해서는 이 방법밖에 없다. 직접 목격하고 확인하지 않으면 절대로 이해할 수도 받아들일 수도 없는 것도 있다. 내가 그때 느꼈던 것을 병구도 느껴야 한다. 알아야 한다. 배워야 한다. 힘이 약하다는 것이 무엇이고 포기라는 감정은 어떤 것인지. 왜 필요한지.

병구는 모란의 방문 앞에 서서 호흡을 가다듬고 있다. 나는 걱정스런 마음에 병구의 뒤를 쫓아왔다. 관찰력이 없는 병구는 모란의 방문 앞에 신발이 두 개라는 것을 발견하지 못했다. 병구를 위한 방법이지만 걱정이 된다. 어쩌면 얘는 충격을 이기지 못해 쓰러질지도 모른다. 한참 뜸을 들이던 병구는 마침내 결심했다는 듯 모란의 방문을 노크하고 작은 목소리로 말했다.

저기.

아무 소리도 들리지 않았다. 병구는 좀 더 크게 노크하고 목소리에 힘을 실어 모란을 불렀다. 방문이 열렸다. 실오라기 하나 걸치지 않는 곰이 피곤한 눈으로 병구를 쳐다본 뒤 손을 몇 번 휘젓고 문을 닫았다. 병구는 마당에 우뚝 서서 꼼짝도 하지 않았다. 이제 곧 너는 얼음처럼 녹아내리겠지. 축 처진 어깨로 엉엉 울며 내게 달려올 것이다. 하지만 병구는 그러지 않았다. 주먹을 쥐고 부들부들 떨더니 방문을 열고 누워 있는 곰의 등에 올라타 목을 졸랐다. 곰은 병구를 목에 달고 그대로 일어서서 마당으로 걸어 나왔다. 곰은 정체를 알 수 없는 짐승의 모피로 만들어진 지저분한 발깔개 위에 두 발로 넓게 서서 병구의 머리카락을 움켜쥐었다. 소리를 지르며 큰 등에 달라붙어 목을 조르기 위해 안간힘 쓰는 병구의 모습은 두꺼운 곰의 가죽에 약한 이빨을 박고 버둥대는 강아지 같았다. 곰은 병구를 목에 걸고 그대로 등을 벽에 찍었다. 병구는 비명을 지르고 바닥에 떨어졌다. 곰은 마당에 주저앉은 병구와 이불로 몸을 가리고 있는 모란을 번갈아 쳐다보며 큰 소리로 껄껄 웃기 시작했다. 그리고 쓰러진 병구의 두 뺨을 움켜잡아 고개를 돌려 모란과 눈을 마주치게 한 뒤 몇 번 머리를 쓰다듬어주고 다시 방으로 들어갔다. 그때였다. 병구의 눈에서 빛이 났다. 그 옛날 곰의 손가락을 물어뜯었던 미친개의 광기가 병구의 몸을 휘감았다. 병구는 마루에 놓여 있던 작은 칼을 움켜쥐었다. 그것은 마늘을 까는 용도로 사용되는 작은 과도였다. 병구는 용감하게 방문을 열었다. 그리고 곰의 엉덩이를 찔렀다. 너무도 급작스럽게 일어난 일이라 말릴 틈도 없었다. 날이 무딘 장난감 같은 칼은 엉덩이에 박히지도 못하고 작은 상처만을 남기고 바닥에 떨어졌다. 병구는 분에 못 이겨 씩씩거리면서도 두려움에 부들부들 떨었다. 곰은 엉덩이를 손으로 문질러 손바닥에 묻은 피를 확인했다. 그리고 더 이상 웃지 않았다. 병구의 머리카락을 휘어잡아 방 안으로 끌고 들어가 문을 닫았다. 뭔가 강하게 부딪치는 둔탁한 소리가 들렸고 병구는 울부짖었다. 나는 어금니를 꽉 깨물고 밖으로 나갔다. 농장으로 돌아가는 내내 성난 목소리로 소리쳤다.

병구 이 병신 같은 새끼.

병구는 농장의 철창 앞에 멍하게 앉아 있었다. 희미한 달빛이 웅크리고 있는 병구의 등을 비췄다. 병구는 두 팔로 머리를 감싸고 주먹을 움켜쥐고 있었다. 괜찮냐고 묻고 어깨를 만지고 등을 토닥거려도 아무 말도 하지 않았다. 얼굴이 엉망진창이었다. 성한 곳이 하나도 없었다. 두 눈은 완전히 부어 아예 감겨 있었고 콧대가 기이하게 휘어 주저앉았다. 상처받은 자존심이 좁은 미간에 서려 있었다. 어른 같은 낯선 얼굴이었다. 병구가 아닌 것 같았다. 수다쟁이가 말이 없었다. 울보가 울지 않았다. 화도 내지 않고 칭얼거리지도 않았다. 그저 멍하게 어둠의 한 점을 응시하고 있었다. 나는 병구가 무엇인가를 깨닫고 있다는 것을 느낄 수 있었다. 어떤 슬픈 인식과 무력감이 큰 칼처럼 깊이 박혀 부드럽고 깨끗했던 내면이 서서히 갈라지고 있을 것이다. 병구는 병구가 아닌 것 같은 이상한 음성으로 말했다.

넌 개새끼와 개 같은 새끼 중 뭐가 더 기분이 나빠?

글쎄 모르겠어. 생각해본 적 없어.

한 개만 골라봐.

개 같은 새끼.

그렇지. 나도 그래. 그런데 왜 그게 더 기분 나쁜 걸까?

참 이상하지. 그게 왜 더 기분이 나쁜 걸까. 개보다 개 같은 게 왜 더. 병구는 실성한 사람처럼 이상하지, 이상하지, 라고 중얼거렸다. 나는 병구를 내버려두고 방으로 들어갔다. 그 밤은 잠이 안 왔다. 마음이 상하고 열이 올라 한 자세로 있기 힘들어 자세를 계속 바꾸며 뒤척였다.

다음 날 아침, 창고 문을 열고 작업장에 들어가니 병구가 있었다. 밧줄을 목에 걸고 고개를 숙이고 있었다. 허공에 떠서 쭉 뻗어 있었다. 오줌으로 변색된 면바지가 까맸다. 손목에 모란의 머리끈을 걸었다. 마지막 순간에 밧줄을 잡고 힘을 쓴 듯 손가락이 다 벗겨져 있었다. 20년을 살다 죽은 병구의 사체는 10개월을 산 도사견보다 작아 보였다.

8

이 씨는 병구를 장례 없이 화장했다. 이 씨는 유골을 농장 근처 야산에 뿌렸다. 곰은 황망한 표정으로 우는 이 씨를 끌어안고 위로했다. 나는 온종일 병구의 창고에 들어가 종이 위에 앉아 있었다. 아무것도 하지 않고 아침과 점심과 저녁을 다 보냈다. 이따금씩 모란은 지금 무슨 생각을 하고 있을지 궁금했다. 개죽음은 수도 없이 봤지만 가까운 사람이 죽은 것은 처음 겪었기에 어색했다. 마음이 불편했고 숨이 잘 쉬어지지 않아 몇 번씩이나 억지로 기침을 했다. 나는 이미 고아인데 고아가 된 것만 같았다.

두 가게는 정상적으로 문을 열었다. 모란은 평소와 달라 보이지 않았다. 평소 같았으면 개만 놓고 바로 농장으로 돌아갔을 텐데 어쩐지 발길이 잘 떨어지지 않았다. 곰은 아침부터 밖에 나가고 없었다. 나는 괜히 할 일도 없이 가게 주변을 어슬렁거리며 낮 시간을 죽였다. 모란은 의자에 앉아 빈 벽을 바라보며 말 한마디 행동 하나 없이 눈만 껌뻑였다. 그때였다. 태양건강원 문이 거칠게 열리고 이 씨가 나왔다. 그는 취해 비틀거렸고 잔뜩 화가 난 듯 부정확한 발음으로 알 수 없는 말을 중얼거렸다. 이 씨는 가게에 들어오더니 모란의 머리채를 잡아당기며 욕을 했다.

너지. 이 씨팔년아. 네가 내 아들 홀렸지.

나는 이 씨의 손목을 잡아 꺾고 모란에게서 떼어내려 했다. 그는 비명을 지르며 아프다고 소리치면서도 모란의 머리카락을 놓지 않았다. 이 씨는 손목을 붙잡힌 채 발버둥쳤다. 테이블이 넘어지고 숟가락과 젓가락이 떨어져 뒹굴었다. 나는 나 자신이 서서히 뜨거워지고 있음을 느꼈다. 주먹을 내리쳐 계란보다 약할 것 같은 저 작고 초라한 머리통을 깨부수고 싶은 강한 충동을 느꼈다. 그 순간 곰이 가게 안으로 들어왔다. 시끄럽던 이 씨가 입을 다물었고 나는 쥐고 있던 주먹을 풀고 이 씨의 손목을 놓았다. 곰은 우두커니 서서 모란과 이 씨와 나를 한 번씩 쳐다봤다. 그리고 어떤 생각에 잠긴 듯 입술을 꾹 다물었다. 곰은 이 씨의 손에서 모란의 머리카락을 넘겨받았다. 그리고 손바닥을 쫙 펴서 모란의 뺨을 때렸다. 모란은 테이블 두 개를 넘어뜨리면서 바닥에 쓰러졌다. 썰어놓은 파가 바닥에 흩어졌다. 곰은 중얼거렸다.

쌍년이 여기저기 흘리고 다니고 있어. 죽을라고.

곰은 이 씨의 어깨를 감싸 안고 한잔하자며 밖으로 나갔다. 그리고 나를 흘낏 쳐다보며 말했다.

이것 좀 정리해라.

나는 쓰러진 모란을 일으켜 의자에 앉히고 테이블과 의자를 바로 놓았다. 바닥에 떨어진 숟가락과 젓가락을 줍고 빗자루로 파를 쓸어 담았다. 모란은 붉게 변한 왼쪽 뺨에 손을 올리고 턱을 덜덜 떨고 있었다. 그 순간 무엇이든 하고 싶었지만 무엇을 해야 할지 알 수 없었다. 나는 아무 말도 행동도 하지 않고 문을 열고 밖으로 나갔다. 오토바이를 타고 시동을 걸려는데 모란이 밖으로 나와 내 손에 뭔가를 쥐어주고 다시 가게 안으로 들어갔고 나는 농장으로 올라가는 도중에 브레이크를 밟고 멈춰 주먹을 펴고 안을 확인했다. 손님이 버리고 간 영수증이었다. 뒷면에 서툴게 써진 글씨가 있었다.

나를 죽여주세요. 부탁합니다.

9

일생 중 가장 긴 밤이다. 어두운 상태로 세상이 정지한 것만 같다. 개들조차 죽은 듯 고요한 농장, 나는 마당 한가운데 우두커니 서서 하늘을 보고 있다. 뭔가 잘못하고 있다는 생각은 드는데 그것이 무엇인지 모르겠다. 강한 분노가 피와 살을 다 태울 것처럼 뜨겁게 온몸을 휘감는데 이것을 어떻게 해야 할지도 모르겠다. 눈 감아도 밤이고 눈을 떠도 밤인 시간에 나는 빛 없는 불꽃처럼, 물속에서 폭발하는 화약처럼 방향 없이 위험하다. 모란이 처음으로 내게 부탁했다. 이 부탁을 들어준다면 나는 유일한 친구와 함께 가장 친절했던 한 사람을 잃게 된다. 문득 끝까지 저항하다 결국 광기를 잃고 까맣게 변한 개의 눈이 생각난다. 나는 작업장에 들어가 도마 위에 놓인 세 자루의 칼 중 가장 긴 칼을 손에 쥐고 농장을 빠져나온다.

모란의 방 앞에 앉아 굳게 닫힌 문을 바라본다. 모란의 신발 한 짝이 뒤집혀 있다. 나는 그것을 가지런히 놓고 조금 더 기다린다. 큰 별 몇 개만 떠 있는 어둔 밤. 나는 서늘한 마루에 걸터앉아 있다. 무엇을 기다리는지 무엇을 기대하는지 나조차도 모를 마음은 다만 아주 고요하다. 막 숨이 멎은 짐승처럼 심장도 뛰지 않는 것 같다. 별의 위치가 조금씩 이동하며 밤이 흐르고 있다. 드디어 모란의 방문이 열린다. 익숙한 실루엣이 문턱을 밟고 넘어온다. 나는 어둠 속에서 몸을 낮춰 그것을 향해 다가가 조금의 망설임도 없이 왼쪽 복부에 칼을 찔러 넣었다. 그림자처럼 형체가 없던 실루엣이 갑자기 무게를 갖고 어깨 위로 고꾸라진다. 나는 자세를 낮추고 열쇠를 돌리듯 손목을 비틀어 칼끝을 서서히 돌린다. 나무에 나사를 박아 넣듯 온 힘을 다해 단단히 집어넣는다. 서서히 고개를 들었다. 실루엣 너머 어둠에 숨은 모란의 눈이 나를 향하고 있다. 미안하지만 나는 그녀의 부탁을 거절하기로 결정했다.

상대의 숨이 거칠고 불규칙적으로 변하고 몸이 떨린다. 그는 주먹으로 뒤통수를 때렸다. 나는 꿈쩍도 하지 않고 칼끝에 닿는 느낌에만 집중한다. 그의 두꺼운 손이 내 목을 쥐고 조른다. 숨이 찬다. 어지럽고 금방이라도 목뼈가 부러질 것처럼 강한 압박을 느낀다. 그도 나도 지금 전력을 다하고 있는 것이다. 하지만 잊었는가. 난 고통을 모른다. 질식시키거나 머리통을 박살내지 못한다면 당신은 죽게 된다. 나는 이 칼자루에서 결코 손을 놓지 않을 것이다. 당신이 내게 알려준 것이 맞다면 당신은 질 수밖에 없다. 나는 손가락의 감각만큼이나 이 칼끝의 감각을 잘 알고 있다. 이 칼이 찌르고 비틀고 잘라내고 있는 살점과 혈관과 내장을 명징히 느끼고 있는 것이다. 알려주고 싶은 게 있다. 내장은 절대로 다쳐서는 안 되는 중요한 장기다. 다시 한 번 힘을 주고 칼자루를 오른쪽으로 비틀었다. 드디어 비명이 터진다. 그렇지. 통증은 그런 것이라고 했지. 당신의 손아귀에서 힘이 빠져나가는 게 느껴진다. 몸부림치던 힘이 점점 줄어들고 있다. 손목을 타고 피와 내장이 그리고 그의 생명이 바닥으로 쏟아지고 있다. 곰. 내 아버지. 바닥에 쏟아진 것을 보세요. 이것들은 개의 간식이 될 거예요. 당신은 곧 움직이지 않게 될 겁니다. 10분, 딱 10분이면 끝납니다.

이영미 경희대학교 대학원 강사

개만도 '못한' 존재가 개 '같은' 존재로 비상(飛傷)한 까닭은

1927년 일제 식민치하에서 개(犬)의 문제를 다룬 단편소설이 있었다. 주요섭의 「개밥」이 그것이다. 그리고 지금 2015년, 88년이라는 시간적 거리 속에서 나는 정용준의 단편소설 「개들」을 통해 우리 시대, 개들의 존재를 통해 인간의 존재론적 위상을 다시 확인하려 한다.

주요섭의 「개밥」은 서구에서 들여온 주인집 개보다 못한 존재인 뿌리 뽑힌 자들, 그중에서도 가장 취약한 환경에 노출된 더부살이 행랑어멈과 그 딸의 이야기였다. 당시 유행한 용어로 설명하자면, 프롤레타리아의 삶을 그렸다. 친일파의 집으로 여겨지는 도심 어느 부잣집에서 일어나는 사건을 배경으로, 이 작품에 중요하게 등장하는 개는 일본 사람 사냥꾼의 집에서 얻어온 서양개이다. 그 개는 흰밥에 고깃국이 주식이었다. 주인아씨는 이 귀하디 귀한 애완견 서양개가 먹다가 남긴 흰밥과 그 고깃국물을 그냥 버리라고 했지만, 사람도 흰밥을 못 먹는데 개에게 흰밥에 고깃국을 주는 것이 말이 되느냐며 이를 미친 짓으로 여기던 어멈은 이 바둑이가 남긴 개밥을 자신의 세 살 난 딸 단성이에게 준다. 그동안 무척이나 굶주렸던 단성이는 난생처음 맛보는 이 기막힌 개밥을 참으로 맛있게 먹었다. 그날 이후 단성이는 이제 그 개밥을 탐내며 기다리는 일을 반복한다. 그러나 하루가 다르게 성장하던 개가 밥을 남기는 일은 없다. 쑥쑥 성장해야 하는 바둑이에게 단성이를 위해 밥을 남기는 '자선심'은 당연히 없다. 그래서 어멈은 더 이상 개에게 밥을 뺏지 못하였다. 이때 갑자기 지독한 영양 실조에다가 감기까지 겹친 단성이가 앓아눕는다. 단성이는 흰밥에 고깃국을 되뇔 뿐이었다. 어멈은 흰밥 고깃국을 실컷 먹고 있을 바둑이를 그려보면서 "우리 단성이는 그래 개만두 못하단 말인가?" 하고 탄식한다. 그래도 어멈은 언제나 주인아씨에게는 군소리로 저항하지 못하였다. 다만, 단성이에게 줄 고깃국물도 나누어주지 않으려 하는 인정사정없는 서양개 바둑이를 물어뜯어 죽였을 뿐이었다. 악이 난 어멈이 '통분과 본능적 자위심과 복수심'으로 단성이를 위하려는 마음만이 남아, 자신의 밥을 빼앗기지 않으려는 바둑이에게 달려들었던 것이다. 애초에 그들은 짐승이었다. 아니, 어멈 그 인간은 처음에는 개보다 더 못한 짐승이었다. 적어도 그 시절에는 단성이에게 개밥은 특별식이었고, 어멈은 저항함으로써 개와 '같은' 짐승이 되었다.

이제 애완견 서양개가 남긴 밥을 얻어먹었던, '빌어먹던' 식민치하 존재들은 독립 이후 경제발전으로 부유해졌다. 더 이상 서양개, 애완견은 고귀하지 않고, 미천했던 존재들은 그 귀하디귀한 존재들을 식용으로 태연히 먹게 되는 상황에까지 이르게 되었다.

> 털이 젖어 몸피가 다 드러난 작은 개 한 마리가 농장에 들어왔다. 오전부터 비가 내렸고 근처에 다른 건물이 없으니 이 개는 온종일 비를 맞았을 것이다. 목줄을 바닥에 끌고 이마에 붉은 리본을 묶고 있는 시추다. 버려졌거나 길을 잃었거나 둘 중 하나겠지만 이 개는 다시는 주인을 만나지 못할 것이다. 개는 몇 번 몸을 털고 경계하는 눈으로 주위를 둘러보고 조심스럽게 처마 끝에 앉는다. 두려움이 깃든 동그랗고 까만 두 개의 눈동자가 나를 향하고 있다. 나는 생각에 잠긴다. 얘를 어떻게 해야 할지 결정하지 못하겠다. 이 개는 여기가 어떤 곳인지 모르고 있는 걸까? 아니, 그럴 리 없다. 이토록 강한 냄새를, 치욕과 고통으로 뒤범벅된 죽음의 냄새를 맡지 못할 리 없다. 빗속을 아무리 달려도 피할 곳도, 마른 땅도 찾을 수 없었기 때문이겠지. 내버려두기로 한다. 어차피 이 개의 운명은 정해졌다.(158쪽)

정용준은 이 작품의 첫머리에서부터 그렇게 변모된 애완견의 일생과 조우하게 한다. 소설의 초입에서 버려진 시추의 모습은 애완용 서양개의 종말을 보여준다. 그러나 이것이 식민지 시대 우리가 애써 벗어나려 투쟁했던 계급과 권력의 청산, 프롤레타리아의 종말을 의미하지는 않는다.

이 소설 정용준의 「개들」 역시 요즘 말로 이야기하면 하층민, 그중에서도 극빈층의 삶을 그리고 있다. 시간적인 흐름을 견뎌낸 '상승'이 아니다. 더욱 극심한 분열이 될 뿐이다. 또 다른 형태의 좌초이다. 왜. 우리의 영토 내에 견뎌내야 할 적대적 계급이 모습을 더욱 교묘히 감추었기 때문이다. 작가는 그 감춤을 드러낸다. 다만, 식용의 경계 없음. 우리 내부의 싸움이 된 문제를 감추고 다시 드러내는 것이다. 작가는 소설을 마무리하는 장면에서 왜 내부 싸움이 되어갔는지를 보여준다.

개만도 못한, 그리고 개와 같은 존재에서 이제 개 같은 존재로 격상된 삶을 살고 있지만, 한국 경제발전이라는 문명 개화의 화려한 수식어는 88만 원 세대의 민낯을 가리는 가면이다. 그것은 상처뿐인 영광이었다. 그리고 이것은 애완견의 종말. 어떤 집에서 귀염받던 애완견 시추의 삶 그리고 죽음과 다를 바 없다. "어차피 이 개의 운명은 정해졌다. 내일 아니면 모레, 아무리 길어도 1주일 안에 다시 잡혀올 것이다. 하지만 오늘은 아니다. 우리는 잠시 나란히 앉아 내리는 비를 바라본다"는 주인공. 개와 같은 존재는 개와 나란히 앉는다. 개 같은 새끼. 병구. 주인공과 가장 친한 친구 병구는 주인공의 양아버지 곰에게는 개 '같은' 새끼이다. 특히 어처구니없게도 권력자인 곰의 여자를 탐했기 때문이다.

정용준의 「개들」은 개들을 둘러싼 남자들의 이야기이다. 아니, 개 같은 남자와 그 친구인 나의 사랑 이야기이다. 주요섭의 「개밥」에 나타난 계급성은 88년 동안 천천히 약화되고 다만 사랑이라는 어떤 형태가 정용준의 「개들」 속에 개입되었다. 여기에서 사랑의 여러 이름으로 여러 남자의 마음속에서 깊이 다시금 각인되는 여성 주인공은 한 명, 모란이다. 그녀는 거의 말이 없는 존재로서 중국에서 왔는지 탈북했는지 정확히 알 수 없지만 손님들은 연변 아가씨라고 부른다.

개같이 무식한 삶, 백정의 삶을 살지만 주인공은 지식을 탐한다. 그리고 여자를 그리워하고 있다. 양아버지 곰의 여자, 주인공의 유일한 친구 병구의 짝사랑 여자, 그리고 그녀는 소설이 끝난 후 나의 여자가 될 것이다. 아니, 될 것인가? 그 여자 역시 모순적이게도 '중학생들이 보는 수학 교과서'의 지식으로, 주인공 나에게 진심 어린 감정으로 탐구되고 있다. 그러나 그녀는 병구에게는 '무늬 없는 까만 머리끈'으로 '냄새'를 통해 정인이 되었다.

양아버지 곰의 여자이기에 감히 가까이할 수 없었던 모란에게 나의 가장 친한, 유일한 친구, 저능한 병구는 짝사랑을 시작하고 감히 모란에게 청혼하려 한다. 결과는 비참했다.

> 병구는 농장의 철창 앞에 멍하게 앉아 있었다. 희미한 달빛이 웅크리고 있는 병구의 등을 비췄다. 병구는 두 팔로 머리를 감싸고 주먹을 움켜쥐고 있었다. 괜찮냐고 묻고 어깨를 만지고 등을 토닥거려도 아무 말도 하지 않았다. 얼굴이 엉망진창이었다. 성한 곳이 하나도 없었다. 두 눈은 완전히 부어 아예 감겨 있었고 콧대가 기이하게 휘어 주저앉았다. 상처받은 자존심이 좁은 미간에 서려 있었다. 어른 같은 낯선 얼굴이었다. 병구가 아닌 것 같았다. 수다쟁이가 말이 없었다. 울보가 울지 않았다. 화도 내지 않고 칭얼거리지도 않았다. 그저 멍하게 어둠의 한 점을 응시하고 있었다. 나는 병구가 무엇인가를 깨닫고 있다는 것을 느낄 수 있었다. 어떤 슬픈 인식과 무력감이 큰 칼처럼 깊이 박혀 부드럽고 깨끗했던 내면이 서서히 갈라지고 있을 것이다. 병구는 병구가 아닌 것 같은 이상한 음성으로 말했다.
>
> 넌 개새끼와 개 같은 새끼 중 뭐가 더 기분이 나빠?
>
> 글쎄 모르겠어. 생각해본 적 없어.
>
> 한 개만 골라봐.
>
> 개 같은 새끼.
>
> 그렇지. 나도 그래. 그런데 왜 그게 더 기분 나쁜 걸까?
>
> 참 이상하지. 그게 왜 더 기분이 나쁜 걸까. 개보다 개 같은 게 왜 더. 병구는

실성한 사람처럼 이상하지, 이상하지, 라고 중얼거렸다. 나는 병구를 내버려두고 방으로 들어갔다. 그 밤은 잠이 안 왔다. 마음이 상하고 열이 올라 한 자세로 있기 힘들어 자세를 계속 바꾸며 뒤척였다.

다음 날 아침, 창고 문을 열고 작업장에 들어가니 병구가 있었다. 밧줄을 목에 걸고 고개를 숙이고 있었다. 허공에 떠서 쭉 뻗어 있었다. 오줌으로 변색된 면바지가 까맸다. 손목에 모란의 머리끈을 걸었다. 마지막 순간에 밧줄을 잡고 힘을 쓴 듯 손가락이 다 벗겨져 있었다. 20년을 살다 죽은 병구의 사체는 10개월을 산 도사견보다 작아 보였다.(177~178쪽)

병구를 잃은 나는 분노하였다. 그래서 나를 키워준 아비를 그에게 배운 방법대로, 개와 '같은' 방식으로 죽이기 위해 작업장에 들어가 가장 긴 칼을 쥐고 나온다.

일생 중 가장 긴 밤이다. 어두운 상태로 세상이 정지한 것만 같다. 개들조차 죽은 듯 고요한 농장, 나는 마당 한가운데 우두커니 서서 하늘을 보고 있다. 뭔가 잘못하고 있다는 생각은 드는데 그것이 무엇인지 모르겠다. 강한 분노가 피와 살을 다 태울 것처럼 뜨겁게 온몸을 휘감는데 이것을 어떻게 해야 할지도 모르겠다. 눈 감아도 밤이고 눈을 떠도 밤인 시간에 나는 빛 없는 불꽃처럼, 물속에서 폭발하는 화약처럼 방향 없이 위험하다. 모란이 처음으로 내게 부탁했다. 이 부탁을 들어준다면 나는 유일한 친구와 함께 가장 친절했던 한 사람을 잃게 된다. 문득 끝까지 저항하다 결국 광기를 잃고 까맣게 변한 개의 눈이 생각난다. 나는 작업장에 들어가 도마 위에 놓인 세 자루의 칼 중 가장 긴 칼을 손에 쥐고 농장을 빠져나온다.(180~181쪽)

선천적으로 고통을 못 느끼는 나는 어려서부터 양아버지인 곰에게 훈련된 사람이다. 그런 그가 키워준 아비를 죽이러 가는 것이다. 개와 같은 방식으로, 그를 죽이러 가야만 하는 것이다. "모든 고기는 저울 위에서 평등하기 때문이다."

나를 죽여주세요. 부탁합니다.

제발 죽여달라는 모란의 쪽지. 서툴게 써진 글씨를 받아들고 나는 "미안하지만 그녀의 부탁을 거절하기로 결정했다." 그리고 거꾸로 행동한다.

그럼 이 소설은 사랑 이야기인가. 사랑 이야기가 아니다. 병구가 죽기 때문이다. 휴머니즘이 드러나는 작품인가. 아니다. 개들이 죽기 때문이다. 그리고 주인공이 자신을 키워준 양아버지를 죽이기 때문이다. 그것도 양아버지의 여자 모란 때문에. 단지 여자 하나 때문에 이 소설의 남자들은 모두 '개 같은' 피비린내 나는 싸움을 하게 된다.

주요섭의 「개밥」에서 단지 먹고사는 문제, '흰밥에 고깃국' 때문에 인간은 개보다 못한 존재로서 어멈이 개에게 대항한다. 감히 주인아씨에게는 저항할 엄두도 내지 못한다. 결국 어미는 그 두려움에, 극도의 공포심과 자괴감으로 스스로 미쳐버렸었다. 이 개만도 '못한' 여자들의 이야기가 정용준의 「개들」에서는 남자들의 개 '같은' 이야기로 바뀌어 있었다.

> 철창을 열고 안을 들여다본다. 바닥에 누워 있던 개들이 벌떡 일어나 뭔가를 예감한 듯 구석을 파고들며 우왕좌왕 움직였다. 고개를 빳빳이 들고 꼼짝도 않고 나를 노려보는 용맹한 개가 보인다. 나는 녀석의 목덜미에 갈고리를 걸고 밖으로 끄집어냈다. 앞발을 바닥에 딱 붙이고 서서 끌려 나오지 않으려 저항한다. 소용없는 짓이다. 이빨을 보이며 으르렁거리는 주둥이를 피해 목에 밧줄을 건다. 밧줄을 도르래에 걸고 속으로 셋을 세고 쭉 잡아당긴다. 이 순간 팔뚝에 전해지는 묵직한 압박, 수도 없이 반복한 일이지만 이 감각은 언제나 좋다. 허공에 매달려 꿈틀대는 개. 손에 쥔 밧줄을 대못에 걸고 한 바퀴 감아 고정시킨 뒤 창고를 나온다. 10분. 딱 10분이면 끝난다.(161~162쪽)

이것은 개의 목숨이 끊어지는 순간의 이야기이다.

상대의 숨이 거칠고 불규칙적으로 변하고 몸이 떨린다. 그는 주먹으로 뒤통수를 때렸다. 나는 꼼짝도 하지 않고 칼끝에 닿는 느낌에만 집중한다. 그의 두꺼운 손이 내 목을 쥐고 조른다. 숨이 찬다. 어지럽고 금방이라도 목뼈가 부러질 것처럼 강한 압박을 느낀다. 그도 나도 지금 전력을 다하고 있는 것이다. 하지만 잊었는가. 난 고통을 모른다. 질식시키거나 머리통을 박살내지 못한다면 당신은 죽게 된다. 나는 이 칼자루에서 결코 손을 놓지 않을 것이다. 당신이 내게 알려준 것이 맞다면 당신은 질 수밖에 없다. 나는 손가락의 감각만큼이나 이 칼끝의 감각을 잘 알고 있다. 이 칼이 찌르고 비틀고 잘라내고 있는 살점과 혈관과 내장을 명징히 느끼고 있는 것이다. 알려주고 싶은 게 있다. 내장은 절대로 다쳐서는 안 되는 중요한 장기다. 다시 한 번 힘을 주고 칼자루를 오른쪽으로 비틀었다. 드디어 비명이 터진다. 그렇지. 통증은 그런 것이라고 했지. 당신의 손아귀에서 힘이 빠져나가는 게 느껴진다. 몸부림치던 힘이 점점 줄어들고 있다. 손목을 타고 피와 내장이 그리고 그의 생명이 바닥으로 쏟아지고 있다. 곰. 내 아버지. 바닥에 쏟아진 것을 보세요. 이것들은 개의 간식이 될 거예요. 당신은 곧 움직이지 않게 될 겁니다. 10분, 딱 10분이면 끝납니다.(181~182쪽)

그리고 이것은 곰의 목숨이 끊어지는 순간의 이야기이다. 위계의식은 상실되었다. 죽음은 공평했다. 개이든, 인간 '곰'에게든. 딱 10분이 필요할 뿐이다. 그리고 이것이 세상 모든 존재의 균형이 되는 것이다. 개와 사람의 죽음을 대하는 태도까지 균형이 맞춰진 것이다. 이것은 진보된 행위인가.

88년 전, 식민지가 된 우리 땅에서 작가 주요섭은 행랑어멈에게 '밥'을 위해 상전과도 같은 권력의 상징체, '개'를 죽이라 명하고 어멈을 광기의 한복판으로 내몰아 스스로 파탄케 했지만, 이제 독립된 대한민국의 땅 위에서 작가 정용준은 경제발전의 어두운 그늘에 여전히 묻혀 있는 저류 인간들에게 '사랑'을 위해 양아버지인 '곰'을 죽이라 명한다. 그 지배의 위계성에 감히 반항하고 단 10분 만에 침묵시킴으로써, 개보다 '못했던' 존재는 이제야 드디어 개와 '같은' 존재로서 그리고 개를 넘어설 존재로서 또다시 한 계단 올라서게 되었다. 오랜 시간이다. 그러나 이러한 하극상에도 불구하고, 소설의 끝에서도 여전히 계층의 벽은 극복되지 못하고 있다. 개보다 나은 존재. 이는 미완의 일이고, 현재의 일이다.

우리는 지금, 일제 식민지 시기의 삶보다 대단히 발전된 현실을 누리고 있다고 자부하곤 한다. 이것이 실제로는 매우 더디고 느린 상상일 뿐이라는 것을 정용준의 「개들」에서 우리는 바보처럼 절실히 느끼게 된다. 그래서 어쩌면 거창하게만 보이는 '주권(主權)'이라는 것은 다만 어떤 인간에게는 스스로 사랑을 차지할 수 있는 힘을 의미하는 것인지도 모른다. '진보(進步)'라는 것도 그저 그러한 힘겨운 한 걸음이라는 상상뿐일지 모른다.

영영, 여름

2015 올해의 문제소설

정이현

—

1972년 서울 출생

2002년 『문학과사회』 신인문학상에 단편소설 「낭만적 사랑과 사회」 당선

소설집 『낭만적 사랑과 사회』 『오늘의 거짓말』

장편소설 『달콤한 나의 도시』 『너는 모른다』

『사랑의 기초 : 연인들』 『안녕, 내 모든 것』 등

이효석문학상, 현대문학상, 오늘의 젊은 예술가상 등 수상 알고 보면 돼지만큼 깔끔하고 예민한 짐승도 없다는 내용의 그림책을 오래전에 읽었다. 돼지는 먹고 싶지 않은 것은 절대로 먹지 않고, 낮고 습기 찬 곳으로 배변 장소를 지정해둔다. 똥오줌은 가릴 줄 안다는 뜻이다. 또 돼지는 더없이 유순하다. 상대가 건드리지만 않는다면 아무도 먼저 공격하지 않는다. 돼지에게는 죄가 없었다. 무엇보다 인상적이었던 부분은, 돼지는 다른 돼지와 구별되지 않는 것을 가장 싫어한다는 구절이었다. 그것은 나에게 몹시 슬프고 아름다운 문장으로 각인되어 있었다.

열두 살 때 나는 도쿄에 살았다. 부모가 얻은 집은 변두리에 있었다. 다다미가 깔린 작은 방 두 개와 거실 겸 부엌으로 이루어진 평범한 연립주택이었다. 직전에 살던 마닐라의 콘도미니엄에 비해 턱없이 작은 집이었기 때문에 엄마는 하루아침에 돼지우리에 짐을 풀게 된 귀부인처럼 우울해했다. 엄마는 실제로 귀부인은 아니었다. 무역회사의 해외영업자인 남편을 따라 세계 여러 나라를 돌아다니는 동안 회사로부터 월급 외에 주거비와 현지 생활비를 지원받는 환경에 익숙해져버린 것뿐이었다. 남편이 도쿄 본사에 근무하게 되면서 엄마는 현실에 어느 정도 타협할 수밖에 없었다. 타협할 수 없는 것도 있었다. 딸의 인터내셔널 스쿨이었다. 나는 가끔 생각해보고는 했다. 연수입의 절반에 육박하는 등록금을 내고 나를 도쿄의 국제학교에 들여보내면서 부모는 무엇을 바란 것일까. 딸이 어떤 삶을 살아가기를? 한국인도 일본인도 아닌, 말하자면 코즈모폴리턴 같은 것이 되기를 갈망했는지도 몰랐다. 아무려나 그곳에서 내가 가장 먼저 배운 말은 '부타메'였다. 돼지야, 라는 의미의 일본어였다. 어느 나라든 국제학교 아이들은 현지어로 욕을 했다. 내가 가장 많이 들었던 말도 '부타메'였다.

동네에는 국제학교에 다니는 다른 아이가 아무도 없었다. 나는 매일 아침 스쿨버스를 타기 위해 혼자 지하철을 타고 두 정거장을 가야 했다. 오후에는 거꾸로 스쿨버스에서 내려 지하철을 타고 두 정거장을 지나 집에 돌아왔다. 엄마는 처음에 나더러 매일 네 정거장만큼의 거리를 두 발로 걸어다니라고 강요했다. 엄마는 늘 내 운동량이 부족하다고 주장했다. 나는 처음부터 다른 아기들을 압도하는 체격이었다. 사람들은 신생아실에 누워 있는 커다란 아기가 태어난 지 겨우 이틀째라는 사실에, 그리고 여자아이라는 사실에 연이어 놀랐다고 한다. 나를 가졌을 때 엄마의 입맛은 전 세계의 모든 음식들을 다 먹어치울 듯 기세등등했고, 그 결과 임신 말기에 체중이 30킬로그램이나 늘어났다. 적정 체중 증가 무게의 두 배가 넘는 수치였다. 결국 엄마는 임신성 당뇨라는 확진을 받았고, 복중 태아는 4.5킬로그램에 육박하는 체중의 인간으로 세상에 나왔다. 나는 엄마를 원망할 마음은 없었다. 그렇지만 엄마가 내 일일섭취열량을 강박적으로 체크하고 과도하게 제한하는 것에 대해서는 부당하다는 생각을 지울 수 없었다. 엄마는 어쩌면 터널 안에서 일어난 연쇄추돌사고의 가해자와 비슷한 입장이 아닐까? 맨 앞차 탑승객의 목뼈가 부러진 것은 맨 뒤차 운전자의 부주의 탓이다. 맨 앞차에 탔던 잘못밖에 없는 나로서는, 탄산음료와 초콜릿, 케이크와 쿠키, 과당이 의심되는 식품은 일절 금지하고 저녁 6시가 넘으면 맹물 외에는 입에도 못 대게 하는 엄마의 처사를 이해할 수 없었다. 별다른 방법은 없었다. 나는 매일 밤 주린 배를 안고 잠들거나, 모두가 잠들었다는 확신이 들면 까치발을 들고 주방으로 가 냉장고 속 음식들을 도둑고양이처럼 몰래 훔쳐먹어야 했다.

엄마의 바람대로 지하철을 타지 않고 걸어서 귀가한 것은 거기 사는 동안 딱 한 번뿐이었다. 현관 앞에 도착했을 때는 더운물로 샤워하고 나온 것처럼 땀에 푹 절어, 이마에서는 굵은 땀방울들이 뚝뚝 떨어졌다. 문을 열어준 엄마는 황급히 세면타월을 건넸다. 겨드랑이와 접힌 살들 사이에서 시큰한 땀냄새가 피어올랐다. 냄새는 나의 후각에도 그대로 전해졌다. 엄마의 눈빛에 동정심 같기도 하고 혐오감 같기도 한 감정이 지나가는 것을 나는 목격했다. 나는 타월로 얼굴과 머리통을 벅벅 문지르며 식탁으로 갔다. 식탁에는 레몬 조각을 띄운 물 한 컵이 놓여 있었다. 아무 말 없이 물을 입으로 가져갔다. 아주 조금씩 입에 머금었다가 목구멍으로 넘기기를 여러 차례 반복했다. 물도 씹어 먹듯이 마시면 공복감을 한결 줄일 수 있었다. 꾸르륵 소리가 텅 빈 위장에 울려 퍼졌다.

이듬해 신체검사에서 나는 동갑 여아 중 상위 95퍼센타일의 체중에 해당한다는 판정을 받았다. 전해에는 상위 97퍼센타일이었으니 아주 약간이지만 평균 쪽에 가까워진 셈이었다. 실제로 체중은 거의 변화가 없는 데 비해 키는 3센티미터 자랐다. 나를 유심히 관찰해온 사람이라면 그 미묘한 체형 변화를 눈치챘을지도 몰랐다. 그렇다고 내가 더이상 뚱뚱하지 않은 아이가 된 것은 아니었다. 열세 살, 와타나베 리에는 뚱뚱하고 내성적이며 당분이 부족하고 얼굴에 핏기 없는 소녀였다. 별명은 여전히 부타메였다.

부모에게 다시 기회가 왔다. 다음 인사이동에서 아빠의 해외근무가 거의 확실시된 것이다. 엄마는 머릿속으로 여러 도시들을 후보에 올렸다 내렸다 하기를 반복했다. 그녀가 살고 싶은 도시의 첫 번째 조건은 한국인도 일본인도 많지 않은 곳이었다. 왜 한국 여자가 일본 남자와 살고 있느냐는 시선을 신경 쓸 필요 없는 곳, 한국어도 일본어도 아닌 영어나 불어를 상용어로 쓰는 곳, 완만한 곡선의 사계절이 있는 곳, 시민들의 소득수준과 교육수준이 높은 데 비해 생활물가는 그다지 높지 않은 곳, 잘 관리된 천연 잔디공원이 도처에 펼쳐진 곳, 늦은 밤에도 대중교통시설을 이용해 귀가할 수 있는 곳. 엄마는 그런 곳에서 살고 싶어 했다.

나의 부모는, 아빠가 오래전 서울에서 근무할 때 만났다. 엄마는 해외여행 한번 가보지 않은 한국인이었고, 아빠는 일본인이었다. 그는 총 서른 개 정도의 한국어 단어를 알고 있었고, 그녀는 총 세 개의 일본어 단어를 알고 있었다. 사요나라, 모시모시, 그리고 아이시떼루. 엄마는 혹시 몰라 여고 시절부터 '사랑해'라는 말을 열 개 국어로 외워두고 있었다고 했다. 연애 시절 그들은 더듬거리는 영어로 대화했다. 신기하게도 소통에 아무런 지장이 없었어, 이게 운명인가 보다 했지. 엄마는 무덤덤하게 회상했다. 착각이었어. 연애 때는 다 그런 건데. 사실 불타오르는 남녀 사이에 말이 차지하는 비중이 얼마나 되겠니. 그러면 불타오르는 남녀 사이에는 말이 아닌 다른 무엇의 비중이 크다는 것인지 상상하다가 나는 얼굴이 벌게졌다. 엄마는 간혹 내가 열세 살에 불과한 소녀라는 사실을 깜빡 잊어버리는 것 같았다. 얼굴을 마주 보고 마음 편하게 모국어로 아무 이야기나 떠들어댈 수 있는 사람이라곤 나 하나뿐이어서 그랬을 것이다. 어릴 때부터 엄마가 내게 열심히 한국어를 가르쳐온 이유는, 모국과 모국어에 대한 깊은 애정의 발로 따위와는 전혀 관련이 없었다. 엄마는 자기가 하고 싶은 말을 완전히 이해하는 타인, 모국어의 청취자를 간절히 원했을 뿐이다. 나는 가끔 엄마가 딸의 몸무게가 아닌 영혼의 무게에도 관심이 있는지 궁금했다.

새로운 부임지를 기다리면서 엄마는 신혼 시절 살았던 에든버러에 대해 부쩍 자주 이야기했다. 무엇보다 자유로워서 좋았다고 했다. 자유로웠다는 게 무슨 뜻인지 묻지 않았다. 그녀가 대뜸, 네가 없었다는 뜻, 이라고 말할까 보아서였다. 그러면 나도, 아예 태어나지 않았을 때가 제일 자유로웠다고 응수해야 할 것 같았다. 그땐 영원히 지속될 줄 알았어, 행복이, 우린 참 사랑했거든. 젊은 시절의 부모가 얼마나 뜨겁게 사랑했는지, 무엇에 이끌려 국적과 언어의 장벽을 뛰어넘어 결합하게 되었는지 미안하지만 나는 전혀 관심이 없었다. 과거의 정열과 무관하게 현재 그들의 삶은 몇 모금 마신 다음 뚜껑을 열어놓고 방치한 페트병 속 탄산수 같았다.

갈 데가 정해졌어. 어느 저녁, 퇴근한 아빠가 통보했다. 언젠가부터 그는 집에서 일본어로만 말했다. 내게도 마찬가지였다. 딸과 모국어만으로 대화를 나누는 아내의 모습을 보고, 그의 숨은 애국심이 자극을 받았는지도 모를 일이었다. 아빠와 엄마 사이의 대화는 5퍼센트의 한국어와 20퍼센트의 일본어, 25퍼센트의 영어로 구성되어 있었다. 나머지는 침묵이었다. 얕은 침묵, 깊은 침묵, 편안한 침묵, 지겨운 침묵, 기이한 침묵. 우리가 가야 할 곳은 K였다. 언젠가 들어본 적 있는 것 같은 도시국가의 이름이었다. 나는 지구본에서 K라는 지명의 위치를 찾아보았다. 남태평양 부근이었다. 한겨울과 한여름의 온도 차이가 거의 없다는 것, 대부분의 시민들은 눈(雪)을 실제로 본 적이 없다는 것, 인건비가 무척 저렴하며, 치안에 대해서는 그다지 알려진 바 없다는 것. 인터넷 검색을 통해 알아낸 건 그 정도가 전부였다. 다른 데로 바꾸면 안 되느냐고 엄마가 아빠에게 물었다. 안 돼. 아빠가 대답했다. 원한다면 그냥 여기 남을 수는 있겠지만. 엄마는 빠르게 희망을 접었다. 며칠 후 그녀는 K의 장점 하나를 간신히 찾아냈다. 그래도 거긴 한국인도 일본인도 없다는구나. 할 수 있는 게 별로 없었으므로 나는 고개를 끄덕였다.

K를 향해 아빠가 먼저 떠났다. 나와 엄마는 국제학교의 방학이 시작되는 보름 후에 합류하기로 했다. 부모는 딸이 다니던 학교에서 학기를 마치기를 바랐다. 세 번째 전학이었다. 전학에 대하여 나는 체념에 가까운 정조를 가지고 있었다. 아쉬울 것도, 홀가분할 것도 없었다. 이쪽 학교를 빨리 떠난다는 건, 저쪽 학교에 빨리 들어간다는 뜻도 되었다. 이쪽이나 저쪽이나 마찬가지였다. 어느 나라 어느 학교에나 짓궂거나 심성이 못된 애들은 있게 마련이었다. 일부 남자애들은 나를 피그, 피기, 피글렛, 호그 등으로 부르며 우스꽝스런 돼지로 취급할 것이다. 그 외의 남자애들과 다수의 여자애들은 나를 대놓

고 무시할 것이고 혐오스러운 돼지로 취급할 것이다. 소수의 여자애들은 나에게 비교적 친절할 것이고 가련한 돼지로 취급할 것이다. 등교 첫날 와타나베 리에는 K의 언어로 돼지를 뭐라고 부르는지 가장 먼저 알게 될 것이었다.

엄마는 새로운 도시에서 맞닥뜨려야 하는 복잡한 상황을 남편이 미리 처리해놓기를 바랐다. 집과 자동차, 아이가 옮길 학교, 은행계좌, 전화 회선 등등 눈앞에 산적한 문제들 앞에서 그녀는 극도의 혼란을 느끼는 사람이었다. 안타깝지만 공평하게도 짐을 빼는 것은 그녀의 몫이었다. 연립주택에서 이삿짐이 나가던 날, 와타나베 일가가 사용하던 가구와 가재도구, 옷가지와 책들이 차곡차곡 종이 상자에 담겼다. 크고 작은 상자들은 컨테이너박스째 화물선에 실려 K에서 제일 큰 항구로 배송될 예정이었다. 우리가 살게 될 도시의 한가운데에 바다가 있다고 했다. 크고 작은 박스들마다 프레자일(Fragile)이라고 인쇄된 붉은 스티커가 붙었다. 엄마는 짐의 도착이 지연될까 봐 불안해했다. 최종 도착일을 몇 번이나 확인했다. 짐이 사람보다 늦게 도착하면 큰일이라고 말해, 아니지, 사람이 도착했는데 짐이 안 와 있으면 큰일이라고. 두 문장의 차이를 알 수 없었지만 나는 그녀가 원하는 대로 통역했다. 일본에 살기 시작하면서부터 엄마는 공적인 상황에서 나를 통역자로 내세우는 일이 잦았다. 엄마의 일본어 실력은 객관적으로 훌륭하다고는 할 수 없을지언정 형편없는 수준도 아니었다. 상대방이 외국인임을 인지하고 쉽고 천천히 발음해준다면 일상생활에서의 의사소통은 무리가 없을 거였다. 그러나 엄마는 일본인들 앞에서 일본어로 입을 떼는 일을 극도로 꺼렸다. 가장 오래 망설였던 것은 슈퍼마켓 계산대에서 착오로 거스름돈 500엔을 덜 받았을 때라고 언젠가 내게 말했다. 계산대 앞에서 망설이던 그 조바심의 시간 동안 그녀는 먼 옛날, 방송국 분장실에서의 기억을 떠올렸다고 했다. 결혼 전에 그녀는 방송국의 탤런트 공채시험에 합격한 적이 있었다. 첫 배역은 일일드라마 여자주인공이 동창회에서 조우하는 옛 친구3이었다. 주어진 대사는 "어머 너 정말 예뻐졌다"였다. 그녀는 사흘 밤낮으로 연습을 반복했다. 어머, 너, 정말, 예뻐졌다, 어디에 악센트를 주느냐에 따라 말이 완전히 달라지지. 그건 정말 완전히 다른 말 같았어. 수백 번은 다르게 발음해보았을 거야. 나중엔 그 수백 개의 문장들이 유리파편처럼 산산조각나서 허공으로 흩어져버리는 것 같았어.

녹화 당일, 분장실에서 엄마는 느닷없는 흉곽 통증을 느꼈다. 잘못 떨어진 유리조각이 새끼손톱 밑을 파고들어가 심장까지 흘러갔는지도 몰랐다. 녹화장에 들어가는 그녀의 마음은 인생의 기회를 움켜잡으려는 자가 아니라 고난의 터널을 통과해야 하는 순례자에 가까웠다. 그날 카메라 앞에서 치명적인 실수를 한 사람은 아무도 없었다. 그녀 또한 제 몫의 대사를 무사히 소화했다. 마침내 방송일이 온 거야, 그런데. 나에게 그때의 일을 들려주던 엄마는 별안간 말끝을 흐렸다. 자신의 얼굴이 브라운관 가득 찼을 때, 그 짧은 순간에, 엄마는 눈을 감고 말았다. 제 얼굴의 광대뼈가 그렇게 도드라진 줄을 몰랐기 때문이다. 그녀가 출연한 장면의 분당 시청률은 31.2퍼센트였다. 그날 저녁 텔레비전을 틀었던 국민들 중 31.2퍼센트가 그녀의 광대뼈를 목격했다는 뜻이었다. 엄마의 부모에게 방금 스치듯 지나간 게 그 집 딸 맞느냐는 전화가 몇 통 걸려왔다. 그게 전부였다. 다음 스케줄은 잡히지 않았다. 만약 중요한 배역 섭외가 폭풍우처럼 밀어닥쳤더라면 달라졌을지도 모르지만, 고작 여직원2나 궁중나인3을 연기하기 위해 수백만 명 앞에 못난 광대뼈를 드러내고 싶지는 않다고 엄마는 생각했다. 단역을 몇 번 고사하자 섭외가 뚝 끊겼다. 그러니까 그것은 일방적이지만은 않은 결별이라는 것이 그녀의 주장이었다.

나는 내가 본 적 없었던 때의 엄마의 선택에 대해 마음으로부터 지지를 표했다. 문제가 분명해 보일 때 어떤 사람은 원인을 제거하는 쪽을 택한다. 그러나 모두가 그런 것은 아니었다. 어떤 사람은 방 안으로 조용히 숨어들어 문을 걸어 잠근다. 인생이 반드시 순간순간의 암흑을 돌파하며 앞으로 나아가는 고단할 여정일 필요는 없지 않은가? 그런 식으로 생각한다는 측면에서 나는 그녀의 딸이 맞았다. 500엔 때문에 고민 중이던 슈퍼마켓에서 엄마는 같은 방식의 결단을 내렸다. 적지 않은 수의 고객들이 평화로운 정적 속에서 반찬거리를 고르고 있었다. 스미마셍. 그녀가 나직이 읊조린 소리를 어떤 직원도 듣지 못한 것 같았다. 스미마셍, 스미마셍. 그녀는 입술을 조그맣게 움직거려 반복했다. 아무도 돌아보지 않았다. 가슴이 두근거렸다. 심장을 손바닥으로 지그시 누른 채 그녀는 가만히 뒤돌아섰다. 마켓을 빠른 속도로 빠져나왔다. 거기 놔두고 온 건 고작 500엔일 뿐이야. 그렇지? 집에 돌아온 엄마는 구태여 내게 물었다. 나는 오래도록 궁금했다. 이미 지나가버린 일에 대하여 엄마는 무엇을 확인하려 드는 걸까? 나는 엄마가 멀리에다 놓고 온 것들에 대하여 생각해보았다. 그녀가 필사적으로 끌어모아 내게 들려주려 안간힘 쓰는 그 말들에 대하여. 아직도 엄마의 왼쪽 흉곽 언저리에 박혀 있을지도 모를 날카로운 유리파편에 대하여. 그것밖에 모르는 아이처럼 나는 순하게 고개를 끄덕였다.

제시간에 도착할 겁니다. 이삿짐센터의 매니저는 걱정하지 말라고 말했다. 엄마 쪽을 힐끗 보았다. 엄마는 여전히 걱정스러운 표정을 지우지 않고 있었다. 나는 걱정하는 것은 내가 아니라고 대답하려다 그만두었다. 잘 부탁드리겠다고만 정중하게 말했다. 아빠와는 일본어로, 엄마와는 한국어로 대화하는 것은 날 때부터 몸에 배었다. 하지만 두 언어를 맞교환하도록 매개하는 것은 전혀 다른 영역의 일이었다. 짐이 다 빠져나간 집의 내부는 낯설었다. 다리 네 개짜리 작은 식탁이 놓였던 자리에는 강아지 발바닥만 한 네 개의 정사각형 얼룩들이 남았다. 얼룩들 사이의 거리는 멀지도 가깝지도 않았다. 그 식탁에서 셋이 함께 식사를 하는 장면을 멀리서 흑백사진으로 찍었다면 꽤 평화로운 풍경으로 보였을지도 몰랐다. 그 식탁에서 내가 먹어온 것은 매끼 얼마쯤의 구운 채소, 약간의 해조류 무침, 생선 반토막이거나 지방질을 철저히 떼어낸 소량의 살코기, 두부, 소금을 치지 않고 끓인 맑은 국물과 밥 반 공기가량이 전부였다. 나는 한 개의 얼룩을 밟고 선 채 창밖을 바라보았다. 도쿄의 11월은 창문을 오래 열어놓아도 서늘해지지 않는 계절이다. 서쪽 하늘에 낮은 구름들이 흘러갔다. 이사를 가게 될 집의 창문은 어느 방향을 향해 열릴까. 창 너머로 혹시 바다가 보일까. K의 사람들은 무엇을 주식으로 먹을까. 그때 가까이서 엄마의 비명이 들려왔다. 나의 상상은 거기서 멈추었다.

엄마는 망연자실해 있었다. 목걸이가 없어졌다고 했다. 오래전 약혼 기념으로 선물받았던 티파니 목걸이였다. 백금의 가느다란 줄이 있고 한가운데에 별 모양으로 정교하게 커팅된 조그만 다이아몬드가 달려 있었다. 정확히 말하자면 분실은 아니었다. 목걸이가 들어 있는 작은 보석함이 이삿짐 속에 그냥 섞여 들어간 거였다. 엄마는 이사의 마지막 순간에 서랍장에서 빼려고 했던 보석함의 존재를 깜빡 잊었고, 그사이 서랍장은 충격완충재로 꼼꼼히 포장되어 컨테이너박스에 들어가버렸다. 서랍장이 담긴 컨테이너박스는 이미 화물트럭에 실렸고, 화물트럭은 이미 화물선이 정박해 있는 항구를 향해 달리는 중일 터였다. 그러니 어쩌면 그것은 몇 개의 겹쳐진 상자들에 관한 이야기였다. 보석함에는 목걸이 외에도 잡다한 귀걸이와 팔찌 등속이 들어 있었지만 엄마는 계속해서 목걸이를 잃어버렸다고만 이야기했다. 그것이 약혼 기념으로 받은, 영원을 서약하는 상징적 의미의 물품이어서가 아니라 그 안에 들어 있는 것들 중에서 가장 값비싼 물건이었기 때문이리라. 가만히 듣고 있다가 나는 엄마의 표현을 정정해주었다. 잊어버린 게 아니라 이삿짐이랑 같이 먼저 간 거잖아요. 엄마가 벌컥 화를 냈다. 그 목걸이가 K시로 온전히 옮겨진다고 어떻게 장담할 수 있느냐는 것이다. 마지막에 서랍 안 열어봤을 줄 아니? 벌써 슬쩍 빼갔을 거야, 그들이 어떤 사람들인데.

우리는 이삿짐센터 사무실에 찾아갔다. 사무실은 번화가 끄트머리의 쇠락한 골목에 있었다. 조짐이 안 좋아. 낡은 저층 건물의 2층 계단을 올라가며 엄마가 중얼거렸다. 조짐이라는 한국어 단어를 나는 처음 들었다. 영업시간이 지난 듯 문이 굳게 잠겨 있었다. 엄마는 그 자리에서 휴대전화의 버튼을 누르고 내게 전화기를 넘겨주었다. 전화기 너머에 매니저라는 사내가 나타났다. 사내는 잠시 말이 없었다. 원칙적으로 고객이 따로 요청하지 않는 한 내용물을 확인하지는 않는다고 그는 말했다. 만약 그 물건이 거기 들어 있다는 사실만 확실하다면, 다른 물건들과 함께 목적지에 도착하는 것에는 문제가 없을 거라고도 했다. 그 조건문의 방점은 뒤쪽이 아니라 앞쪽에 찍혀 있음을 알 수 있었다. 엄마가 내 등을 쿡쿡 찔렀다. 없어지면 어떻게 책임질지 물어봐.

남자는 단호했다. 그건 저희 문제가 아닙니다, 시계라고 했나요? 아 목걸이군요, 저희로서는 그 시계, 아니 목걸이가 애초에 정말로 거기 들어 있었는지 확신할 수 없습니다. 그렇지 않습니까? 남자가 연거푸 물었다. 목걸이가 거기 있었음을 증명할 방법이 있으십니까? 나는 귀로 남자의 목소리를 들으면서 엄마의 얼굴을 흘끔 봤다. 못마땅한 표정이 역력했다. 지금 엄마에게 남자의 말을 정직하게 통역한다면 어떤 일이 벌어질까. 그녀는 자기가 거짓말을 하는 줄 아는 거냐며 펄쩍 뛸 것이었다. 그러나 엄마에게도, 그게 원래 거기 있었음을 증명할 방법이 있을 리 없었다. 언젠가 부모가 결혼 즈음 찍었던 사진을 우연히 보았었다. 엄마는 긴 머리칼을 우아하게 틀어올리고, 네크라인이 깊게 파인 미색의 원피스 차림이었다. 희고 기다란 목이 노골적으로 드러났다. 쇄골 위로 늘어뜨린 하나의 액세서리가 잃어버린 그 별 모양 목걸이였다. 은은하게, 별은 반짝였다. 그 반짝임은 죽어도 희미해지지 않고 죽어도 멈추지 않을 것 같았다. 바래는 것과 사라지는 것 중에서 어떤 쪽이 더 나을까. 전화를 끊고서 나는 천천히 침을 삼켰다.

그러니까, 마지막으로 확인했을 때, 거기 보석함이 있었대요. 나는 내가 거짓말에 익숙한 소녀는 아니라고 믿어왔다. 정말? 반신반의하면서도 엄마의 낯빛이 환해졌다. 네. 연기에 재능이 있는 줄도 몰랐다. 그 안에 목걸이도 있었대요. 아니, 남의 상자는 왜 열어봐? 말은 그렇게 하면서도 엄마는 비로소 마음이 놓이는 것 같았다. 나는 천연덕스럽게 덧붙였다. 도착해서도 거기 있을 거래요. 확실, 하대요. 그래? 그렇겠지? 이제 엄마는 완전히 믿는 것 같았다. 믿게 하는 것. 통역은 그런 것이었다. 나는 이제야 내게 진짜 통역사의 자격 비슷한 것이 생겼음을 알았다.

나리타 국제공항을 출발해 환승을 거쳐 K공항에 도착한 것은 늦은 오후였다. 그곳은 내가 가본 국제공항 중에서 가장 작고 소박했다. 입국장에 들어서면서부터 엄마는 조심스레 코를 킁킁댔다. 무슨 냄새 나는 것 같지 않니? 나는 숨을 들이마셔보았다. 습하고 들큼한 공기가 비강을 파고들었다. 꽃무더기가 죽어가며 뿜어내는 향과 흡사한 냄새였다. 아빠는 넥타이를 매지 않은 반팔 리넨 셔츠 차림으로 우리를 데리러 왔다. 그는 늘 각진 옷을 입는 사람이었다. 도쿄에선 한여름에도 셔츠의 단추를 목까지 채우고 웬만해선 어깨패드가 들어간 여름 재킷을 벗고 외출하는 법이 없었다. 공항청사 밖으로 나서자마자 후끈 달아오른 아스팔트의 열기가 고스란히 전해졌다. 숨이 턱 막혔다. 온몸의 땀구멍에서 땀방울들이 일제히 솟구쳤다. 아빠의 옷차림이 순식간에 이해되었다. 더웠다. 더워도 너무 더웠다. 나는 본능적으로 티셔츠의 긴 소매를 둘둘 말아올렸다. 엄마는 어안이 벙벙한 표정이었다.

아빠의 지프에 실려가는 동안 우리는 별다른 말을 나누지 않았다. 차창 너머로 펼쳐진 풍경들은 정체를 알 수 없는 밭들과 넓지 않은 공터뿐이었다. 차가 굽이를 돌 때면 슬쩍 바다가 보였다 사라졌다 했다. 바다는 사파이어 빛이었다. 아주 멀리 살러 왔다는 실감이 났다. 차가 해안도로로 들어서 한참을 달리자 크지 않은 시내가 나타났다. 단층 슬래브 건물에 원색 간판으로 꾸민 상점들이 다닥다닥 늘어서 있었다. 마르고 가무잡잡한 사람들이 헐렁한

민소매 차림으로 느릿느릿 거리를 오갔다. 그 길을 조금 지난 곳에 우리가 새로 살게 될 아파트 단지가 있었다. 고층아파트 세 동이 우뚝 서 있는, 한눈에도 고급스러운 주거단지였다. 차가 입구에 들어서자 제복을 갖춰 입은 경비원이 거수경례를 하며 차단기를 열어주었다. 회사에서 주거비로 제공되는 금액은 도시마다 큰 차이가 없었다. 이곳의 물가가 그만큼 낮다는 의미였다. 20층의 거실 창문에서는 단지 안의 공용 수영장과 바다가 한눈에 내려다보였다. 엄마는 잠시 잃었던 귀부인의 지위를 되찾은 듯 기분이 급격히 좋아졌다. 도쿄에서 부쳤던 짐은 잘 도착해 있었다. 4인용 식탁도 다이닝룸에 제대로 놓여 있었다. 원래 있던 곳보다 훨씬 넓은 공간에 놓인 물건이 어쩔 수 없이 그렇듯이 그것은 초라하고 하찮아 보였다. 참, 목걸이는? 완전히 잊고 있었다는 듯 엄마가 물었다. 아빠가 어깨를 으쓱하는 시늉을 했다. 서랍장 안에는 보석함이 그대로 들어 있었다. 엄마가 뚜껑을 열었다. 모든 게 있었지만, 별 모양 목걸이만은 보이지 않았다. 집 안의 모든 상자와 서랍을 다 뒤져봐도 목걸이는 나오지 않았다.

겨울방학이 끝나도 K는 짙은 여름이었다. 나는 인터내셔널 스쿨 7학년으로 전학했다. 담임인 미란다는 금발의 중년 백인 여성이었다. 하이, 프리티 걸. 그녀가 내게 인사했다. 프리티 걸이라니. 나는 미란다가 눈이 몹시 나쁘거나 남에게 상처 주는 농담을 좋아하거나 엄청난 박애주의자이거나 학생의 환심을 사야 할 특별한 이유가 있는가 보다고 의심했다. 아니면 뚱뚱한 소녀를 애호하는 변태 아주머니인지도 몰랐다. 복도를 걸어 교실까지 가는 동안 나는 미란다의 벽돌색 구두만을 뚫어져라 내려다봤다. 바닥에 뭐가 떨어졌느냐고 미란다가 다정하게 물었다. 그건 이 애의 습관일 뿐이라고 엄마가 대신 대답했다. 엄마는 '샤이 걸(shy girl)'이라는 표현을 썼다. 나는 엄마가 센서티브(sensitive)라는 형용사를 사용했으면 더 좋았을 거라고 생각했다. 교실까지 걸어가면서 미란다는 여기는 한 학년이 세 반뿐인 작은 학교이며 K가 원래 외국인이 적은 곳이라 이곳도 전학생이 흔한 편은 아니라고 설명했다. 내가 속하게 된 반의 구성원은 나를 포함해 열 명이었다. 아시안과 비아시안이 반반이었다. 미란다는, 재패니즈, 와타나베 리에라고 소개했다. 박수 같은 건 아무도 치지 않았다.

하루가 지나도록 아무도 말을 걸지 않았다. 괜찮았다. 익숙한 상황이었다. 며칠이 지나도록 달라지지 않았다. 돼지라고 놀리는 아이도 없었다. 1주일이 지나도록 K의 언어로 돼지를 뭐라고 부르는지 듣지 못했다. 그곳의 외국인들은 새롭고 이상한 존재에게 호감도 비호감도, 아무런 감정도 느끼지 않는 것 같았다. 전학 1주일째 되는 날, 교실 천장에 왕거미가 나타나 작은 소동이 벌어졌다. 여자아이들은 새된 비명을 질렀고 남자아이들은 손가락으로 거미줄을 잡아채며 왁자하게 웃었다. 분명해졌다. 유년기 끝자락의 아이들에게 뚱보 전학생 와타나베 리에는 곤충만도 못한 존재였다. 무관심만이 어울린다고 치부되는. 무언가 섭섭하기도, 후련하기도 했다.

객관적인 눈으로 관찰한 교실 안은 나름대로의 정연한 질서로 움직이는 세계였다. 독특하게도 이곳의 아이들은 둘씩 짝을 지어 다녔다. 남자 두 팀, 여자 두 팀. 그렇게 네 팀이 존재했다. 이들은 같은 호수에서 헤엄치는 서로 다른 종의 가금류들처럼 보였다. 사이가 나쁜 것 같지는 않았지만 굳이 한데 섞여 몰려다니지도 않았다. 그리고 한 명이 남았다. 메이. 반에서 키가 제일 작고 여윈 동양계 여자아이였다. 내가 오기 전 아홉 명이었던 그 반에서 언제나 혼자인 건 그 애 하나였을 것이다. 장이라는 라스트네임, 두터운 렌즈의 안경, 무작정 길게 길러 하나로 묶은 촌스러운 머리스타일로 짐작건대 중국에서 온 소녀 같았다.

그 애가 혼자일 수밖에 없는 이유는 곧 알게 되었다. 메이는 영어를 잘 못했다. 토론 시간에 '우리는 학교를 꼭 다녀야 할까'라는 주제로 수업이 진행될 때였다. 누구는 그래도 다녀야 한다고 했고 또 누구는 홈스쿨링을 선택하는 것도 괜찮다고 했다. 태양이 이글거리는 오후였고, 고성능 에어컨디셔너가 24시간 풀가동되는 교실 안은 무기력의 기운이 지배했다. 열기라곤 전혀 없는 토론이었다. 어느 쪽이 이기든 어차피 누구나 계속 학교에 다녀야 하기 때문이었다. 모두 다 의무적으로 발언해야 했다. 차례가 되었을 때 나는, 우리가 공부를 하는 목적은 공부 그 자체가 아니라 결국 좋은 사람이 되기 위해서인데, 현대의 학교가 좋은 사람을 만드는 곳인지는 의문을 가져볼 필요가 있다고 더듬더듬 말했다. 훌륭한 의견이라고 담당교사 존이 칭찬했다. 다음에는 시선 처리에 더 신경을 쓰고, 자신의 논리가 옳다는 확신을 가지고 자신감 있게 밀어붙이라는 충고도 덧붙였다. 리에는 스스로를 더욱 믿어야 해요, 그럴 가치가 충분해요. 선생이 자기 말에 감동한 듯 열정적으로 말했다. 내가 존과 눈을 맞추지 못한 건 감동적이어서가 아니라 토할 것 같아서였다. 메이의 차례가 되었다. 그 애는 학교는 좋은 곳이라고 말했다. 나는 학교에서 영어를 배웁니다, 영어로 말할 수 있게 되었습니다, 학교에서 체육도 배우고 음악도 배웁니다, 감사합니다, 학교라는 장소에게. 메이는 오늘의 의제 자체를 이해하지 못하는 것 같았다. 존은, 메이의 주장은 단순해 보이지만 그 단순성 안에 진심이 담겨 있어서 오히려 타인을 효과적으로 설득할 수도 있다고 평가했다. 국제학교 교사들의 '굿맨'이라는 평판을 위한 강박은 때론 너무 지나쳐 작위적으로 보일 지경이었다. 메이는 알아들었는지 못 알아들었는지 얼굴이 발개진 채 고개를 숙이고 있었다. 이 반에 나보다 더 깊이 꺾인 각도로 고개를 숙이는 아이가 있었음을 알았다.

그리고 나는 어떤 소리를 들었다. 미치겠네. 혼잣말처럼, 메이가 아주 나지막하게 뇌까린 그 말은 틀림없이 한국어였다. 흘끔 옆을 봤다. 언제 그랬냐는 듯 메이의 입술은 꼭 닫혀 있었다. 그 애는 한국인이었다. 왜 몰랐을까. 왜 그럴 가능성을 생각도 못했을까. 마닐라에서도 도쿄에서도 학교마다 한국 아이들은 적지 않았었다. 그 애들에게 나도 절반은 한국 사람이라는 사실을 밝힌 적은 없었다. 나를 더 싫어할까 봐서. 마닐라의 학교에서 우리 엄마가 한국인인 것을 우연히 알게 된 부산 출신 여자아이가, 돼지와 같은 나라 사람인 게 싫다며 엉엉 우는 일을 당하고 난 다음부터였다.

다음 날 점심시간, 벨이 울리자 아이들은 저마다 런치박스를 꺼냈다. 학교 식당이 따로 없었으므로 이곳의 아이들은 샌드위치 같은 음식을 점심으로 싸 가지고 다녔다. 엄마는 매일 삶은 계란 반 개씩과, 얄따랗게 썬 오이와 토마토만을 넣은 작은 샌드위치 한 조각을 도시락 통에 담아주었다. 나는 교실 안을 둘러봤다. 벤은 미키와, 클로이는 제시와, 제이미는 마이클과, 니콜은 주디와 둘씩 나란히 다가앉아 각자의 샌드위치를 베어물고 있었다. 그렇다면 리에와 메이가 조금 더 붙어 앉아 밥을 먹지 못할 이유는 뭐란 말인가. 나는 천천히 무거운 몸을 움직였다. 내가 다가가자 메이는 꽤 놀란 것 같았다. 그 애가 어깨를 동그랗게 말면서 물었다. 와이? 무슨 할 말이 있느냐는 의미였다. 밥 같이 먹으려고. 나는 한국어로 말했다. 그때 메이가 짓던 표정이 두고두고 떠오른다. 그건 정말로 혼자 기억하기 아까운 것이었다. 아 유 코리언? 유 아 재패니즈! 메이는 유령이라도 만난 것처럼 눈을 끔벅였다. 메이도 어쩌면 내 뚱뚱한 몸에 자기와 같은 피가 흐른다는 사실이 싫을지도 몰랐다. 나는 일본인이 맞지만 엄마에게 한국어를 배웠다고 두루뭉술하게 대답했다. 아……. 그 애가 감탄사를 길게 뱉었다. 그런데 아주 잘하네. 고맙다고, 실은 다른 사람과 한국어로 이야기해보는 것은 오늘이 처음이라고 고백했다. 정말이냐? 응, 그래서 지금 떨려. 경계를 푼 듯 메이가 웃었다. 웃으니 장난꾸러기 토끼처럼 귀여워지는 얼굴이었다.

모국어 앞에서 그 애는 말이 없는 편이 아니었다. 머릿속에 담겨 있는 그 많은 말들을 학교에서는 어떻게 꾹 참고 있는지 모를 일이었다. 참, 아까 나한테 뭐라고 한 거야? 토론 시간에, 존 선생님이. 못 들었어? 응, 반만 알아들었어. 메이는 영어를 잘 못한다고 했다. 그전 학교에서는 러시아어를 많이 써서. 메이는 모스크바의 국제학교에서 지난 학기에 전학을 왔다고 했다. 아버지 회사 때문이냐고 물었더니, 응? 이라고 되묻다가 잠시 후 아버지는 같이 오지 않았다고 했다. 그 애는 혼자 와 있다고 했다. 혼자? 응, 나 혼자기는 한데. 메이는 잠시 무언가를 망설이는 것 같았다. 아주 혼자는 아니고 두엇이 같이. 두엇이 같이 왔다니 무슨 말인지 잘 이해되지 않았지만 따지고 들 이유는 없었다. 나는 좀 전에 존이 그 애를 칭찬했다고 알려주었다. 메이가 풋 소리를 내며 웃었다. 못 믿겠다!

메이의 런치박스 안은 휘황찬란했다. 소스까지 제대로 뿌린 두툼한 햄버그스테이크와 새우튀김, 닭튀김이 가득했고 두꺼운 햄과 치즈를 넣고 양상추가 밖으로 비어져나올 만큼 커다랗게 싼 샌드위치도 여러 조각이었다. 다른 통에는 알알이 곱게 씻은 청포도와 한입크기로 조각낸 멜론이 정갈하게 담겨 있었다. 매일 그걸 다 먹어? 내가 놀란 만큼 메이도 놀랐다. 넌 그거밖에 안 먹어? 두 번째 같이 점심을 먹던 날에도 메이의 도시락 구성은 전날과 똑같았다. 메이가 가장 큼직한 닭다리를 나에게 건넸다. 엄마의 얼굴이 떠올랐다. 나도 모르게 손을 뒤로 뺐다. 튀김옷을 입혀 기름에 튀긴 닭다리를 마지막으로 먹은 건 지난 추수감사절, 도쿄 국제학교의 특별 급식에서였다. 메이가 내 눈망울을 말끄러미 바라보았다. 메이는 손에 쥔 닭다리를 거두지 않고 있었다. 어떤 운 없는 어린 닭의 도막난 몸이, 메이의 손에서 나의 손으로 넘어왔다. 나는 닭다리를 조심조심 입가로 가져갔다. 식은 닭의 껍질은 기름지고 속살은 퍼석했다. 그리고 놀랍도록 맛있었다. 나는 뼛조각에 붙은 마지막 살점까지 쪽쪽 빨아먹었다. 메이가 또 토끼처럼 웃었다.

세 번째로 같이 도시락을 먹던 날, 우리는 조금 더 가까이 붙어 앉았다. 메이가 런치박스의 뚜껑을 열자 전날과 또 그 전날과 똑같은 음식들이 나타났다. 이윽고 메이는 나에게 부탁했다. 괜찮으면 말이야, 좀 먹어줄래? 우리가 서로의 도시락을 바꾸어 먹기 시작한 건 그날부터였다. 메이는 우리 엄마의 부실한 도시락이 자기 양에 딱 적당하다고 했다. 기름기 많은 음식들이 싫다고 했다. 그러므로 그건 서로 뜻이 맞아서 일어난 일이었다. 세상의 모든 피할 수 없는 일들이 그렇듯이. 메이는 모이를 쪼는 작은 새처럼 먹는 내내 입을 오물거렸다. 메이의 두터운 샌드위치를 베어물기 위하여 나는 입을 크게 벌릴 수밖에 없었는데, 그건 네 살 이후 내게 처음 있는 일이었다. 우리는 매일매일 점심시간마다 곁에 앉았고, 밥을 바꿔 먹었다. 벤과 미키, 클로이와 제시, 제이미와 마이클, 니콜과 주디, 메이와 리에. 둘들의 조합이 이렇게 완성되었다. 이제 세계는 완벽한 균형을 갖추게 되었다.

일곱 번째로 같이 밥을 먹고 난 뒤 메이가 가방에서 뭔가를 꺼냈다. 반들거리는 흰 조약돌이 모두 다섯 알이었다. 본 적 있어? 메이가 물었다. 돌이잖아. 내가 대꾸했다. 공깃돌 같아서 주웠어, 공기 할 수 있을 것 같아서. 메이의 말을 나는 알아듣지 못했다. 공기라면, 에어(air)? 메이가 시범을 보였다. 메이의 손은 자그마했고 손가락들은 짧고 뭉툭했다. 메이는 먼저 조약돌들을 책상에 가지런히 뿌리고는 한 알을 수직으로 높이 던졌다. 한 알이 공중에 머무는 찰나, 나머지 네 개 중에서 하나를 재빨리 집고는 낙하하는 돌을 같이 받았다. 그렇게 하나, 둘, 셋, 넷, 다섯 개의 돌들이 메이의 주먹 안에 다시 모였다. 꺾기! 이번에 메이는 그 다섯 알을 한꺼번에 휙 던졌다가 손등으로 받았다. 그러곤 손등을 다시 튕기면서 얼른 손을 뒤집었고, 붕 떴던 다섯 개의 돌들은 메이의 작은 손바닥 안에 안전히 휘감겼다. 나는 입을 벌리고 메이의 묘기를 지켜보았다. 그건 조약돌과 공기(空氣)와 인간이 함께 벌이는 마술의 한 장면 같았다.

너는 나보다 더 잘할 거야, 손이 커서. 메이가 조약돌들을 밀어주었다. 메이가 꼭 쥐었다 놓은 돌들은 아까보다 더 윤이 났다. 나는 손으로 돌들을 감아쥐었다. 촉감이 따듯했다. 메이처럼 한 알을 위로 휙 던졌다. 어떻게 해볼 새도 없이 돌은 수직 낙하했고 책상 아래로 굴러떨어졌다. 우리는 까르르 소리 내어 웃었다. 무엇이든 꾸준히 할수록 실력이 늘어난다는 말은 대부분의 경우 옳았다. 내 공기놀이 실력도 빠르게 향상되었다. 어느 순간, 두 알 잡기, 세 알 잡기도 할 수 있게 되었다. 학기가 중반에 접어들었을 때는 아주 간혹 메이를 이기기도 했다. 점심을 먹은 다른 아이들도 자연스럽게 우리 주위에 모였다. 클로이와 제시도 참여해서 2 : 2 편을 먹고 게임을 벌인 적도 있었다. 꺾기를 하다가 돌을 하늘에 띄워놓고 박수를 한 번 치면 '10년'씩 나이가 늘어난다는 공기의 법칙도 알게 되었다. 세 번을 치면 30년, 다섯 번을 치면 50년이었다. 우리는 박수를 치고 또 쳤다. 우리가 함께 나눠 가진 시간들은 모두 몇 년이나 되었을까? 천 년, 만 년, 10만 년?

복식경기를 벌이면 클로이와 제시 팀이 늘 졌다. 그럼 섞으면 되지 않느냐고 메이가 아이디어를 냈다. 그러면 실력이 비슷해질 것이고 공정해질 것이었다. 나는 메이와 다른 팀이 된다는 게 어쩐지 불안했지만 모두 다 좋아했기 때문에 따라서 미소 지었다. 클로이와 메이, 제시와 내가 한 팀이 되었다. 그날, 메이는 유독 펄펄 날았다. 조막만 한 손이 하도 빨리 움직여서 연을 세기에도 벅찼다. 꺾기를 하는 동안 메이는 수없이 박수를 쳤다. 하나둘셋넷다섯여섯일곱. 아, 너무 잘한다는 생각과 두렵다는 생각이 동시였다. 그리고 내 손이 장난처럼 그 애의 어깨를 살짝, 아주 살짝 건드렸다. 박수를 치다 말고 메이는 휘청 중심을 잃었다. 박수를 치느라 시선이 허공에 머물렀던 탓일 것이다. 내가 타고난 거센 악력을 잠시 간과했던 탓일 수도 있었다. 메이는 옆으로 넘어졌고, 그 책상 위에 아주 약간 튀어나와 있던 못이 그 애의 이마 한가운데를 찔렀다. 이마에서 피가 철철 났다. 학교의 양호교사가 처치할 수 있는 수준이 아니었다. 구급차가 도착했다. 교사들이 나를 구급차에 같이 태운 것은 가해자여서가 아니라 너무도 비통하게 꺽꺽거리며 우는 나의 정신적 쇼크가 걱정되었기 때문이었다.

K의 종합병원 응급실로 각각의 보호자가 불려왔다. 엄마는 못이 이마에

박혔다는 말만 듣고는 혼비백산해 달려왔고 그 문장의 주어가 내가 아니라는 사실에 본능적으로 안도하는 표정을 숨기지 못했다. 메이의 상처는 생각보다 깊었고 넓게 벌어졌다. 무엇보다 피가 멈추지 않았다. K에는 성형외과 전문의가 흔치 않았으므로 외과의사가 흉터를 꿰맸다. 메이의 부모는 오지 않았다. 메이의 보호자 자격으로 나타난 사람은 동양인 남자 하나와 동양인 여자 하나였다.

메이 옆의 침상에서 진정제 링거를 맞다가 나는 그들이 들어오는 것을 보았다. 그들은 메이에게 다가가 먼저 예의를 갖추어 인사했다. 그들은 메이에게 높임말을 사용해 정중하게 말했고, 그 애의 예후를 진심으로 염려하지만 진심으로 사랑하지는 않는 것 같았다. 누구를 사랑하는 건 감출 수가 없는 일이었다. 그들끼리 이야기하는 한국어 억양이 귀에 감겨왔다. 그 순간 나는 모든 것을 한꺼번에 파악할 수 있었다. 잠깐 밖으로 나간 엄마가 다시 들어오지 않기만을 나는 바랐다.

엄마는 응급실에 돌아오자마자 메이의 보호자들에게, Be too Bad라고 말했다. 유감이라는 의미였을 것이다. 미안하다거나 사과로 유추할 만한 언어를 사용하는 것은 잘잘못을 따져야 할 때 전략상 불리해질 수 있다고 판단한 것 같았다. 그들은 알아들었는지 못 알아들었는지 다만 뚱하게 앉아 있었다. 나는 아무 말도 하지 않았다. 할 수가 없었다. 잠든 척 눈을 감았다가 살며시 실눈을 떴다. 정확히 알아들을 수 없는, 국적을 알 수 없는 소음들이 붕붕거리며 날아다니다가 귓전에서 부서졌다. 이윽고 또렷한 한국어가 들렸다. 메이의 목소리였다. 친구들하고 놀다가 내가 중심을 잃었어요. 내가 잘못했어요. 엄마가 꼭 필요할 때만 사용하는 친근한 목소리로 끼어들었다. 어머, 한국 사람이구나?

메이의 본명은 매희(梅姬). 장매희이며 국적은 '더 데모크라틱 피플스 리퍼블릭 오브 코리아(The Democratic People's Republic of Korea)'였다. 흔히들 '노쓰 코리아'라고 일컫는 북한 말이다. 응급실을 나오면서 의사는 엄마에게 나의 건강 상태가 몹시 좋지 않다고, 이대로 가다가는 영양실조에 걸릴 수도 있다고 충고했다. 엄마는 반박하지 않았고, 알겠다고 대답했다. 나는 엄마가 의사의 말을 제대로 듣고 있지 않다는 것을 알았다. 내가 북한 아이의 이마에 구멍을 뚫었다는 사실에 엄마가 넋이 나갔다면, 그쪽 보호자들은 자신들이 책임져야 할 권력자의 딸이 남조선 여자의 아이와 단짝이라는 사실에 소스라쳤다. 아니다. 순전히 나의 상상일지도 모른다.

다음 날 학교에 가기 전에 엄마가 나를 불렀다. 교장에게 특별히 부탁을 해놓았으니 반을 옮기게 될 거라고 했다. 그동안에도 걔랑 절대로 말을 섞으면 안 돼. 와이 낫? 나는 영어로 소리쳤다. 그럼 아예 학교를 옮길래? 엄마가 진지하게 되물었다. 걔가 저쪽에서 굉장히 대단한 집안 아이래, 넘버 쓰리? 넘버 파이브? 아무튼. 여기까지 유학 보낸 거 보면 모르겠니. 엄마에겐 내가 모르는 것을 모른다고 할 수 없도록 만드는, 그래서 영원히 알 수 없도록 만드는 놀라운 재주가 있었다. 나는 엄마를 똑바로 바라보았다. 둘 다 신발을 벗고 서면 이제 내 키가 엄마보다 컸다. 나보다 작지 않게 보이려고 엄마가 필사적으로 상체를 곧게 펴는 것이 느껴졌다. 나는 엄마가 나에게 들려주었던 그 수많은 한국어들에 대해 생각했다. 그것들이 나를 만들었음을 인정해야 했다. 그렇지만 말해야 했다. 싫어요. 엄마의 눈이 커다래졌다. 나는 다른 반에 가지 않을 거고 다른 학교에도 가지 않을 거예요. 메이랑, 같이 있을 거예요. 말을 마치자 언젠가의 엄마처럼, 왼쪽 흉곽이 따끔거리기 시작했다. 엄마의 핏속을 떠돌던 유리파편이 말없이 내 몸으로 건너와 세차게 휘돌아다니고 있는가 보았다.

메이는 결석했다. 이마의 상처가 아물려면 시간이 꽤 걸릴 듯했다. 나는 오랜만에 내 도시락을 먹었다. 종잇장처럼 얇고 더럽게 맛이 없었다. 이 맛없는 걸 즐겁게 먹었던 메이에게 새삼 미안했다. 아 유 오케이? 제시가 다가와 물었다. 아임 오케이. 나는 씩씩하게 대답했다. 빙긋 웃으려고 했는데 턱근육이 굳은 것처럼 움직이기 힘들었다. 1주일이 지나도록 메이는 나타나지 않았다. 미란다는 메이의 거취에 대해 일언반구하지 않았다. 내 앞에서는 특별히 더 조심하도록 부탁을 받은 사람 같았다. 반의 구성원은 자연스럽게 아홉 명이 되었다. 벤은 미키와, 클로이는 제시와, 제이미는 마이클과, 니콜은 주디와 함께 다녔다. 그리고 나, 와타나베 리에가 혼자 남았다.

더 늦기 전에 무어라도 해야 했다. 집에 아무도 없는 오후, 나는 창고로 쓰는 작은 방에서 종이 상자 몇 개를 찾아냈다. 이사 올 때 쓰고 업체가 회수해 가지 않은 상자들이었다. 그중에서 가장 작은 상자를 들고 내 방으로 왔다. 나는 텅 빈 상자 안을 한참 동안 멍하니 들여다봤다. 'Fragile'이라고 인쇄된 붉은 스티커를 떼어내고, 남아 있는 접착제 자국을 칼로 살살 긁어냈다. 경고의 글자가 사라지자 그것은 아주 평범한 누런색 종이 박스가 되었다. 나는 아무도 모르는 깊은 곳에 두었던 목걸이를 꺼내어 색종이에 곱게 싸서 상자 속에 집어넣었다. 별 모양으로 커팅된, 엄마의 다이아몬드 목걸이였다. 엄마가 찾던 목걸이는 내가 가지고 있었다. 그냥 그러고 싶었다. 아무래도 변하지 않는 것, 사라지지 않는 것을 단 하나쯤 나도 가지고 싶었다. 편지는 영어로 썼다. 고마웠어, 메이. 우리 또 만나, 꼭. 박스를 테이프로 단단히 봉했다. 옆구리에 끼고 택시를 불렀다.

메이의 아파트가 어디인지만 알 뿐 정확한 동호수는 몰랐다. 그곳은 우리 집보다 더 비싸 보이고 경비가 삼엄해 보이는 단지였다. 엄마였다면, 그래봐야 K지, 라고 코웃음쳤을 것이다. 나는 오피스를 찾아가 금방이라도 울 것 같은 표정으로 말했다. 친구가 전학을 갔는데 선물을 주지 못했어요. 이걸 꼭 전달해야 해요. 오피스에 근무하는 남자는 내게 북한 국적의 사람들이 사는 주소를 말해줄 수는 없지만 선물 상자를 전해줄 수는 있다고 했다. K의 시민들은 대개 다 친절하고 선량했다. 내가 그의 마음을 움직였다면 진심이었기 때문일 것이다.

한 계절이 지난 뒤 메이에게서 답장이 왔다. 학교로 도착한 편지의 겉봉에 내 이름이 영어로 또박또박 쓰여 있었다. 내용은 한국어였다. 사정이 생겨서 잠깐 떠나왔어. K가 그리워. 곧 돌아갈 거야. 여기서 진짜 공깃돌을 선물로 가져갈게. 메이가. '매희'가 아니라 '메이'라고 단정한 한글로 적혀 있었다. 이곳의 누구도 몰래 훔쳐 읽을 수 없는 편지였다.

그날 저녁 나는 모래사장에 앉아 바다를 바라보았다. 해질녘의 바다는 모든 것을 집어삼킬 듯 한없이 고요했다. 해가 서서히 이울어갔다. K에서 몇 계절을 지나도록 이곳은 한여름이었다. 마지막 순간까지 영영 여름일 터였다. K의 언어로 돼지가 무엇인지 아직 알지 못했다. 나는 이제 별명도 없는 소녀였다. 부서지기 쉬운 것들, 부서지지 않는 것들에 대하여 생각하는 동안 해가 완전히 사라졌다. 어둑한 하늘에 해가 있던 흔적처럼 투명한 원의 테두리가 남았다. 어떤 비밀들을 이해하기 위해서라면 한동안 여기 더 머물러야 한다는 것을 알았다. 나는 눈을 가늘게 뜨고 하늘을 내 쪽으로 끌어당겼다. 두 손바닥을 높이 쳐들고 허공에서 맞부딪쳤다. 짝! 한 번, 그리고 한 번 더, 짝! 순식간에 20년이 지나가버렸다. 침묵만이 남은 미래에서 나는 암흑과 뒤섞일 때까지 앉아 있었다.

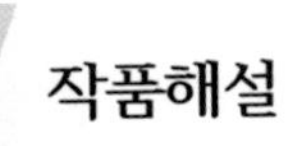

작품해설

강유정 강남대학교 국어국문학과 교수 · 문학평론가

소녀는 모국어로 운다

1. 소녀는 성장한다.

정이현의 좋은 소설은 대개 성장 서사를 담고 있다. 특히 성장의 주체가 소녀나 젊은 여성일 때 그 성장의 결말은 더욱 드라마틱하다. 정이현의 소설 속에서 성장은 환멸이나 각성으로 귀결되곤 한다. 등단작인 「낭만적 사랑과 사회」와 같은 초기 소설들은 환멸의 성장이 어떤 것인지 잘 보여준다. 위악을 전략으로 차용한 소녀, 여성들은 결국 세상의 더 큰 악과 만나 환상과 결별한다. 그 반대편에는 「삼풍백화점」으로 대표될 만한 각성의 서사가 있다. 중요한 것은 각성의 질감이다. 위악을 거둬낸 밑그림에는 타자를 이해함으로써 발견된 연민의 세계가 자리잡고 있다. "나"라는 인물이 세상의 악 앞에서 무너질 때 환멸을 배운다면 "너"를 알게 됨으로써 타자를 앓게 되는 것이다.

냉소적이면서도 까다로운 화자들이 속출하는 초기 소설 속 인물들도 매력적이지만 그렇기에 정이현 소설의 이면이 더욱 인상적이기도 하다. 나만 알던, 전형적인 중산층 소녀가 타자를 알고자 하고, 그 깨달음의 과정을 서사화함으로써 오히려 더 큰 공감의 지점들을 마련하기 때문이다. 공감이란 '너-타자'를 통해 '나-주체'가 되는 역설적 성장의 과정이기도 하다. 내가 아파서 세계를 이해하는 게 아니라 너의 통증을 내가 앓음으로써 소녀는 세상의 문을 열고, 스스로 나에게로 가는 길을 찾게 된다. 「영영, 여름」은 그런 점에서, 정이현 소설의 이면이자 진면목이기도 한, 공감과 연민의 성장 서사를 잘 보여주는 작품이다.

2. 모국어의 속살

「영영, 여름」은 사실 모국어에 대한 이야기이다. 모국어란 무엇인가? 베네딕트의 말처럼 국가란 상상의 공동체에 불과하다. 이 상상의 공동체를 운영하는 딱딱한 질서나 법이 대개 아버지라는 비유 안에 성립된다면 어머니는 단단한 공동체의 윤활유로 차용된다. 모국이나 모국어라는 용어는 이 상상의 공동체를 결합하는 어떤 상상의 공감대를 요구한다. 태어난 곳에서 쓰는 언어는 곧 어머니의 친밀감과도 같은 것이다.

열두 살이 된 소녀의 별명은 부타메이다. 일본인 아버지와 한국인 어머니 사이에서 태어난 그녀는 혼혈아이다. 그녀는 도쿄의 국제학교에서 아이들에게 '부타메'라고 놀림받는다. 부타메, 한국어로는 돼지. 아마 또래보다 소녀의 몸집은 조금 더 컸을 듯싶다. 소녀에게 한국어는 어머니로 상징된다. 어머니는 고작 '사요나라, 모시모시, 아이시떼루'라는 세 단어만으로 아버지와 결혼했다. 아마도 사랑에 빠진 남과 여에게 언어란 그다지 중요한 소통의 매개가 아니었을지도 모른다. 하지만, 두 사람이 결혼하고 사이에서 낳은 딸이 열두 살쯤이 되자 세 단어는 급격히 부족해진다. 어머니에게 모국어란 자신을 고스란히 표현할 수 있는 매체이자 현재 삶에 결핍된 무엇인 셈이다.

열두 살 리에라는 화자는 정이현 소설에서 종종 목격할 수 있는, 나이보다 성숙한 되바라진 소녀다. 가령, 그녀는 어릴 때부터 엄마가 그녀에게 열심히 한국어를 가르쳐온 이유를 "자기가 하고 싶은 말을 완전히 이해하는 타인, 모국어의 청취자를 간절히 원했을 뿐"이라고 여기며, 전학간 학교의 교사의 환대를 "강박"이라고 폄하한다. 제법 세상을 알 만치 아는 위악을 연기하는 소녀인 셈이다.

정이현의 소설을 읽는 재미 중 하나는 세속적 속내를 비추는 날카로움이다. 어른들의 친절 속에 숨어 있는 위선을 찾아내는 리에의 날카로움은 엄마에게 더욱 엄격하게 적용된다. 그런 리에에게 한국어에 집착하고, 한국어로만 완벽한 의사소통이 가능하다고 믿는 엄마는 강박증 환자와 다를 바 없다. 거스름돈으로 덜 받은 500엔에 집작하는 엄마나, 약혼 기념으로 받은 목걸이에 애태우는 엄마의 모습은 속물근성으로 일축된다. 그녀를 통역사처럼 내세워 일을 해결하려는 엄마의 노력도 이해할 수 없다. 아버지와는 일본어로 대화를 나누고, 어머니와는 한국어로 대화를 나누는 리에에게 모국어의 질감은 이해 불가능한 고집과 다르지 않다.

말하자면, 리에에게 언어란 단순한 매개일 뿐이다. 그것이 한국어이든 일본어이든은 중요하지 않다. 어쩌면 국제학교를 전전하며 여러 차례 전학을 반복한 리에에게 언어란 돼지라는 별명의 여러 버전 정도에 불과할지도 모를 일이다. 어떤 점에서, 리에에겐 여러 언어가 있지만 모국어는 없었다고 말하는 게 더 나을 듯싶다. 이는 리에에게 모국이라는 개념 자체가 없다는 의미이기도 하다.

그런 그녀 그리고 그의 가족은 비좁은 도쿄를 떠나 "K"라는 국가로 이사를 가게 된다. 아버지의 다음 근무지가 "K"로 결정되었기 때문이다. 엄마에게 "K"는, "잠시 잃었던 귀부인의 지위를 되찾"게 해준 곳이지만 리에에게 그곳은 그저 일본인도 한국인도 없어 편한 곳에 불과하다. '와타나베 리에'라고 자신을 소개해도 박수도, 관심도 없는 곳, 오히려 리에는 K의 무관심을 편안하게 받아들인다. 관심을 가져봤자 결국 자신이 돼지를 뜻하는 K의 언어로 놀림받는 계기일 뿐이기 때문이다.

아홉 명으로 이뤄진 반은 둘씩 짝을 지은 학습 과정이 많았는데, 늘 혼자였던 한 소녀를 발견하게 된다. 리에는 자연스럽게 그 소녀와 짝이 되고, 장메이라는 소녀는 중국인으로 짐작된다. 영어도 잘 못하고, 말이 없는 데다, 촌스럽게 검고 긴 머리를 하나로 묶고 다니는 메이, 그녀는 리에의 짝이긴 했지만 관심 대상이 되진 못한다.

그러던 어느 날, 메이가 "미치겠네"라는 한국어를 내뱉으며 둘 사이는 급격히 달라진다. 메이와 리에 사이엔 함께 사용할 수 있는 언어, 한국어가 있었던 것이다. 리에는 난생처음으로 한국어를 어머니의 통역사나 청취자로서가 아니라 자신의 언어로 사용한다. 메이 역시 한국어 사용자로서는 결코 말이 적은 친구가 아니었음이 밝혀진다. 한국어를 통해 메이는 그녀의 일상에 결핍되어 있던 몇 가지를 얻게 된다. 제2외국어가 아닌 언어로 말할 수 있는 기회, 다른 하나는 어머니가 금지한 영양가 높은 음식으로 구성된 메이의 도시락을 먹을 수 있는 기회였다.

3. 타인을 알고, 나를 얻다.

결국, 한국어를 통해 리에가 얻은 것은 바로 '친구'이다. 국제학교만 전전했던 리에는 처음으로 한국어를 쓰지만 자신을 놀리지 않는 친구를 만나게 된다. 언제나 혼자였던 메이는 언젠가 다른 국제학교에서 만났던 부산 소녀처럼 리에를 돼지라고 놀리거나 울지 않았다. 두 사람은 경계를 풀고 서로를 바라보며 웃기 시작한다.

메이는 리에에게 '공기놀이'를 가르쳐준다. 리에는 어머니의 한국어를 통해 불안, 강박, 불만만을 배웠지만 메이를 통해 즐거움과 놀이를 배우게 된다. 어머니의 금지를 어길 용기도 갖게 된다. 이제, 한국어는 리에에게 소중한 모국어가 된다. 단순히 엄마가 쓰는 언어가 아니라 자신이 자신을 가장 편하고, 솔직하게 드러낼 수 있는 매개, 그 매개로 한국어를 선택했기 때문이다.

그러던 어느 날, 공기놀이를 하던 메이는 이마에 깊은 상처를 입게 된다. 그리고 지금껏 대수롭지 않게 여겼던 메이의 특성들이 그들 사이의 장애물이 될 수 있음을 직감하게 된다. 가령, 이런 특성들 말이다. 메이는 영어를 못하는 이유로 러시아어를 주로 쓰는 곳에 있었다고 말했던 적 있다. 또, 메이는 자신은 부모가 아니라 어떤 남자, 여자와 이곳에 와 있다고 말한 적 있다. 메이는 한국어를 할 줄 아는 중국인이 아니라 바로 북조선에서 온 소녀였던 셈이다.

메이의 국적이 드러나자 메이와 리에는 떨어지게 된다. 메이의 치유가 우선적 목적이기는 했지만 대한민국의 혈통이 절반쯤 섞인 리에에게 그리고 엄마에게 북조선, 북한은 함께 나란히 앉을 수 있는 친구의 국가가 아니기 때문이다. 리에는 다시 못 보게 될지도 모른다는 안타까움에 메이에게 편지를 써서 전달한다.

주목해야 할 것은 리에가 영어로 쓴 편지에 메이가 한국어로 답장을 돌려주는 마지막 부분이다. 한 계절이 지난 뒤 메이에게서 온 답장에는 리에 역시 영어보다 훨씬 더 잘 이해하는 한국어로 "K가 그리워, 곧 돌아갈 거야. 여기서 진짜 공깃돌을 선물로 가져갈게"라는 글이 쓰여 있다. 가만 보면, 소설 속에서 다른 모든 장소들은 고유명사로 명기되어 있지만 소설의 주요한 갈등과 사건이 발생하는 "K"만이 이니셜로 표시되어 있다. "K"는 6개월이 지나고, 1년이 지나도 내내 여름인 곳, 별명도 없는 소녀가 조용히 나이를 먹어가는 곳, 그래서 마치 공기놀이의 점수 계산처럼 하릴없이 10년, 20년이 흘러가는 영영 여름인 곳으로 묘사될 뿐이다.

리에에게 "K"는 말하자면 메이를 만남으로써 모국어의 질감을 체감하고 타자를 발견한 장소이다. 정이현은 무국적적 소녀-인물을 통해 모국어, 모국이라는 까다로운 주제를 매우 입체적인 서사로 재현하고 있다. "K"라는 공간은 지도상 어디인지 분명히 명시되어 있지 않지만 묘사를 통해 환기되는 그곳은 뜨거운 열풍으로 그려진다. 그 이국적 풍경 속에서 두 소녀가 나누는 한국어는 곧 모국어라는 추상적 덩어리에 구체적 질감을 제공한다. 결국, 서로의 심연을 이해하기 위해 동원할 수 있는 최선의 수단, 그것이 바로 모국어이기 때문이다.

데이비드 포스터 월리스는 왜 글을 쓰느냐는 질문에 대해 이렇게 대답한 적 있다. "우리는 모두 지상에 홀로 있는 존재들이다. 나는 당신이 무엇을 생각하고 느끼는지 모르고, 당신도 내가 무엇을 생각하고 느끼는지 모른다. 글쓰기는, 최선의 경우에, 고독함의 심연을 가로질러 놓이는 다리가 되어준다."

말, 글이란 그런 것이다. "우리 안의 꽁꽁 얼어붙은 바다를 깨뜨리는 도끼", 결국 혼자일 수밖에 없는 이 세상에서 타자를 발견하게 해주고 그 타자를 통해 결국 나와 만나게 되는 그 경이로운 기적, 그것이 곧 말이자 말로 이루어진 소설의 세계이다. 정이현의 「영영, 여름」이 주는 그 공감은 곧 모국어와 그 속살이 이어준 세계의 가치이기도 하다.

번역의 시작

2015 올해의 문제소설

조해진

—

2004년 『문예중앙』으로 등단

단편집 『천사들의 도시』 『목요일에 만나요』

장편소설 『한없이 멋진 꿈에』 『로기완을 만났다』 『아무도 보지 못한 숲』

신동엽문학상, 젊은작가상 수상.

그 도시를 떠나온 뒤부터 하나의 꿈이 반복됐다. 영수 씨와 안젤라, 꿈의 주인공은 그들이었다. 그들은 마치 망각의 영역을 항해하는 한 쌍의 작은 조각배 같았다. 많은 그림들과 문장들이 실린 그 배들은 시간이란 이름의 거센 파도를 피해 가며 고요하게 흘러갔고, 밤이 되면 꿈의 입구로 이어지는 내 머릿속 쓸쓸한 항구에 정박하여 밧줄을 내렸다.

가령, 이런 식의 꿈이었다.

캐리어 가방을 끌고 추운 거리를 헤매다가 허름한 문을 열고 들어가면, 오래전 그 도시에서 내가 잠시 살았던 태호의 스튜디오 아파트가 나타난다. 시트가 헝클어진 침대, 체크무늬 식탁보가 깔린 테이블, 여기저기 긁힌 자국이 있는 3단짜리 옷장……. 꼭 필요한 가구만 있었던 그 공간은 그때의 모습을 고스란히 간직하고 있다. 테이블 위에는 뚜껑이 열린 맥주 한 병이 놓여 있고 창밖으로는 반원 모양의 뒷마당이 보인다. 꿈의 세계가 제공하는 입주권인 듯 병 안에서 찰랑이고 있는 맥주를 들이켜고 나면 철컹철컹, 철컹철컹, 귀에 익은 기차 소리가 들려온다. 마침 뒷마당에선 기차 한 대가 느릿느릿 지나가고 있다. 창가로 다가갈수록 기차는 크고 선명해진다. 철로도 없는 뒷마당을 반복해서 돌고 있는 그 기차에는 기관사도, 검표원도, 화장실을 이용하는 승객도 없다. 탑승객은 오로지 영수 씨와 안젤라, 두 사람뿐이다. 나란히 앉은 그들은 하나같이 표정이 없고 입술을 빵긋거리긴 하지만 목소리는 내지 못한다. 조금이라도 가까워지기 위해 창문 밖으로 손을 뻗어보지만 우리 사이의 거리는 좀처럼 좁혀지지 않는다. 뒤늦게 올라오는 취기에 비틀거리다가 맥없이 바닥에 주저앉으면 커다란 손이 아파트 벽을 뚫고 들어와 내

어깨를 흔든다. 철컹철컹, 철컹철컹. 나를 깨우는 손바닥에서도 늘 그렇게 기차 소리가 났다. 잠결에도 나는, 그 소리가 꿈속의 질서를 헝클이지 않기 위해 그 테두리만을 부드럽게 에두르며 지나간다는 걸 느끼곤 했다.

—영 레이디, 영 레이디!

들려오는 목소리에, 나는 가까스로 눈을 뜨고 내 어깨를 흔드는 여자를 올려다봤다. 그때 나는 안젤라의 이름이 안젤라란 것도 알지 못했으므로 그저 다부진 체격의 낯선 남미 여자가 내 잠을 깨웠다고 생각한 게 전부였다. 안젤라가 1주일에 한 번씩 아파트의 마당과 복도, 공동 세탁실을 청소하러 오는 용역 직원이란 것 역시 그날 처음 알게 된 사실이었다. 마주치는 모든 사람들을 피부색과 체형으로만 각인한 뒤 열린 서랍 같은 머릿속에 되는대로 처박아두고 지내던 시절이었다.

여긴, 어디인 걸까.

나는 몽롱한 눈길로 주위를 두리번거렸다. 마침 키가 큰 도토리나무에서 다 익은 도토리 몇 알이 떨어졌다. 내가 있는 곳이 떨어지면 부서지고 부서지면 소리가 나는 현실이라는 것을 일깨워주려는 듯, 도토리 소리는 한 줌의 메아리도 없이 단호히 울려 퍼졌다. 그러니까 그곳은 바람을 막아줄 차양 하나 없는 뒷마당의 철제 계단이었다. 공간이 확인되자 그제야 몸 안에 스민 한기가 느껴졌다. 두 팔을 엇갈려 몸을 감싸며 나는 몇 가지 사실들을 어렴풋이 떠올렸다. 간밤 그곳에서 맥주를 마시다가 현관문 열쇠를 떨어뜨렸다는 것, 닫으면 자동으로 잠기게 되어 있는 현관문을 열기 위해선 어떻게든 열쇠를 찾아야 했지만 이미 취한 상태였고 손전등 하나 챙겨 오지 않은 탓에 이내 포기한 채 쭈그리고 앉아 막연히 태호를 기다렸다는 것, 그러다가 잠이 들었고 그때껏 태호는 나를 찾으러 오지 않았다는 것, 그런 것들을 차고 건조하게.

여자는 자신을 안젤라라고 소개하며 도와주겠다고 말했지만 나는 일단 혼자 힘으로 상황을 정리하고 싶었다. 발치에 놓인 빈 맥주병들을 챙겨 일어나려던 순간, 그러나 나는 도로 주저앉고 말았다. 안젤라가 팔을 잡아주며 무슨 말인가를 걸어왔지만 내가 알아들을 수 있는 건 더 이상 없었다. 안젤라는 맥주병들을 한쪽으로 치운 뒤 청소용역 직원에게 배당된 열쇠로 현관문을 따주었고 302호 앞까지 나를 부축해주었다. 잘 알지도 못하는 타인의 과도한 친절은 불편했지만 체온을 나눠주고 쓰러지지 않도록 상체를 잡아주는 손길이 필요하긴 했다. 302호 열쇠는 다행히 주머니 안에 있었다. 열쇠를 꺼내며 언뜻 뒤를 돌아보자, 안젤라는 포갠 두 손을 오른쪽 귀에 대 보이며 푹 자라는 다정한 메시지를 보내왔다.

302호 안에선 태호가 베개에 얼굴을 파묻은 채 곤히 자고 있었다. 마치 안젤라의 메시지를 자신이 이미 접수했다는 듯이. 1주일 전부터였나, 아니면 한 달이 되어가는 걸까. 처음엔 밤마다 순순히 바닥에 담요를 깔던 그가 언제부터 나와 침대를 공유하게 되었는지 잘 기억나지 않았다. 어느 날 아침에 눈을 떠보니 침대 끝에서 동그랗게 몸을 말고 있는 그가 보였다. 며칠이 지나자 그는 자연스럽게 침대 한쪽을 차지하게 되었고 새벽을 통과하는 동안 우리의 다리나 팔이 겹치기도 했다. 늘 쉬운 건 아니었지만, 우리는 메마른 성욕을 외면하는 데 익숙해져갔다. 어젯밤, 그는 언제나처럼 자정이 다 돼서 귀가했을 것이고 불도 켜지 않은 욕실에 서서 대충 씻은 뒤 그대로 침대 위로 쓰러졌을 것이다. 내 숨소리가 들리지 않는다는 걸 의식할 틈도 없이 그는 곧바로 잠들었을 게 분명하다. 그렇게 생각하는 게 편했다. 내가 사라졌다는 걸 알고도 저렇듯 태평하게 잠을 자고 있는 건 아닐 거라고 믿어야 했다. 그 도시의 불문율 중 하나는 이것이었다. 내가 그곳에서 살고 있다는 것을 증언해줄 사람도, 뜻하지 않은 사고로 실종되거나 소멸된다면 그 상황을 세상에 알릴 사람도 태호 외엔 아무도 없다는 것……

나는 여전히 심하게 몸을 떨며 욕실로 들어가 샤워기를 틀었다. 가능한 오래오래 뜨거운 물방울의 위로를 받고 싶었지만 그새 깨어난 태호가 욕실 문을 거칠게 두드린 탓에 서둘러 샤워를 끝내야 했다. 대충 옷을 껴입고 문을 열자 태호는 급해서, 말하며 내 몸을 살짝 밀치고는 바로 욕실로 들어갔다. 변기에 쏟아지는 오줌 소리를 들으며 침대 맡에 놓인 탁상시계를 내려다보니 시간은 어느새 7시 10분이었다. 그러고 보니 이 시간에 나는 주로 주방에 있었다. 빵과 샐러드를 준비하고 커피를 내리고 접시를 닦았다. 태호는 체크무늬 식탁보가 깔린 테이블에 앉으면 한숨부터 쉬곤 했다. 그는 늘 걱정이 많았다. 남들보다 월등한 조건으로 재취업을 하려면, 나아가 고액연봉자가 되어 서울 한복판에 있는 아파트와 매끈한 중형차를 소유하려면 A로 가득한 성적표가 필수였지만 언어적 한계로 인한 학업의 장벽과 엄청난 분량의 과제가 그의 의욕을 꺾고 있었다. 경제적인 지원을 해주지 못하는 부모의 형편과 비행기까지 타고 날아와 좁은 아파트를 차지하고 있는 채권자도 그에게는 남들은 겪지 않아도 되는 자신만의 불우한 현실로 여겨졌을 것이다.

나는 주방으로 들어가 냉장고 문을 열어놓고 한참을 서 있다가 전날 먹다 남긴 베이글을 꺼내 토스터에 넣었다. 채권자는 채무자를 위해 이렇게 아침마다 식사를 준비한다. 물론 나 혼자만의 아침 식탁에 태호가 허락도 없이 끼어든 것이라 해야 더 정확한 표현이겠지만, 그런 태호를 제지하지 않은 건 분명 나였다. 커피 잔에 뜨거운 물을 붓다 말고 나는 신경질적으로 주전자를 탁 내려놓았다. 벌써부터 뒷마당 철제 계단에 앉아 맥주를 마시며 취해갈 수 있는 밤의 시간이 그리웠지만 현관문 열쇠를 찾을 때까지는 불가능할 터였다. 그날 아침, 태호와 마주 앉아 아침을 먹는 동안 내가 바라보는 허공에는 투명한 상자 안에서 잔뜩 웅크리고 있는 내 모습이 그려졌다. 열쇠로 인한 근심이 커갈수록 허공의 상자는 점점 더 내 몸을 옥죄어왔지만, 태호는 내가 열쇠 얘기를 꺼내기도 전에 마지막 베이글 한 조각을 입안에 구겨 넣고는 황급히 302호를 뛰쳐나갔다.

침실이자 거실로 이용되는 방 하나에 작은 욕실과 주방이 갖춰져 있는 302호에는 세 개의 채널만 나오는 텔레비전과 국제전화가 제한되어 있는 전화기가 있었다. 태호는 할 일이 없을 땐 텔레비전을 보며 영어 공부를 해보라고 조언했지만 아무리 인내심을 갖고 화면을 들여다봐도 내게 들리는 거라곤 예스와 노, 그리고 오케이가 전부였다. 나는 주로 낮잠을 잤다. 낮잠을 자고 일어나면 302호에서 소비해야 하는 시간이 그만큼 차감되어 있어서 좋았다. 외출은 거의 하지 않았다. 섣불리 집을 나섰다가 길이라도 잃으면 또다시 태호의 도움을 필요로 하는 사람이 될 수밖에 없었고 그런 상황이라면 한 번으로도 충분했다. 서울에서처럼 무작정 드라이브를 나갈 수도 없었다. 미국에 온 지 1주일도 안 됐을 무렵 태호의 차를 몰다가 가벼운 접촉사고를 낸 이후부터, 자동차는 태호와 나 사이에서는 금기어가 되어 있었다. 태호에게서 받은 돈으로 뉴욕에 머물다가 귀국하겠다는 계획이 틀어진 것도, 따지고 보면 그 접촉사고 때문이었다. 태호는 자신의 차와 상대 차의 수리비뿐 아니라 내 근육통 치료비를 계산해야 했다. 청구서는 간격을 두고 한 장씩 날아왔고, 그때마다 그는 계산기를 두드리며 내게 갚아야 할 돈을 다시 산출했다. 내 적금은 그렇게 반으로 줄어들었지만 그에겐 그마저도 버거운 액수인 듯했다. 태호는 겨울방학이 시작되면 허드렛일을 해서라도 돈을 벌어 갚겠다고 큰소리쳤으나 그때가 되면 미국에서 비자 없이 체류할 수 있는 기간인 3개월을 초과하게 될 터였다. 일단 귀국하여 태호의 송금을 기다릴 것인가, 아니면 돈을 받아낸 뒤 불법체류자 신분으로 출국할 것인가 하는 문제를 동전 던지기로 결정할 수는 없었다. 어느 날은 꼭 돈을 받아낸 뒤 귀국하겠노라고 결심했지만, 또 다른 날이 오면 잘못한 것도 없는데 미국 출입국사무소의 입국 거절 명단에 이름이 올라간다는 게 용납되지 않았다.

반원 모양의 뒷마당 철제 계단에 앉아 어둠에 젖어가는 밤의 풍경에 빠져들기 시작한 건 아무것도 결정하지 못한 채 속수무책으로 흘려 보낸 시간이 한 달이나 되어가던 무렵이었다.

뒷마당에는 대체로 대여섯 대의 차들이 주차되어 있었고 두 그루의 키 큰 도토리나무가 있었다. 해가 저물면 고층빌딩과 네온사인, 대형 멀티비전을 모르는 그 도시의 순박한 어둠은 숨을 곳을 찾지 못하고 그 뒷마당에까지 퍼져 들어왔다. 시간이 지날수록 주차된 차들과 도토리나무들은 조금씩 지워져갔고 끝내는 내 몸도 어둠 속으로 차근차근 스며들게 됐다. 첫날엔 아무것도 마시지 않았고 둘째 날엔 맥주 한 병을 마셨다. 그리고 셋째 날부터는 취할 때까지 마시고 또 마셨다. 술에 취하면 어딘가에서 꼭 기차 소리가 들려왔다. 철컹철컹, 철컹철컹. 기차는 기차라는 사물에서 연상되는 고전적인 소리를 내며 끊임없이 어딘가로 떠나갔다. 기차 소리가 깃들면 그 평범한 뒷마당이 어느 국경 도시의 환승역처럼 느껴졌다. 내가 갈아탈 기차가 어디로 갈지는 안내판을 보지 않아도 알 것 같았다. 나라는 한 인간이 덧없이 사라질 수 있다는 생소한 가능성, 기차의 목적지가 환기하는 그 가능성은 나를 두렵게도 했지만 매혹하기도 했다.

안젤라가 302호 문을 두드린 건 열쇠를 잃어버리고 한 주가 지난 수요일이었다. 안젤라는 안젤라라는 이름을 또 한 번 밝히며 한 손을 펴 보였는데, 그 안엔 놀랍게도 내 현관문 열쇠가 들어 있었다. 나는 두 눈만 끔벅이며 안젤라를 되바라봤다. 뒷마당에서 청소를 하다가 주웠는데 아무래도 302호에 사는 영 레이디의 열쇠 같아서 가져와봤다고 그녀는 말했다. 안젤라는 대수롭지 않은 일이라는 듯 열쇠를 건넸지만, 그 순간 내게는 그녀가 세상에 둘도 없는 위대한 마술사처럼 보였다.

열쇠가 없는 그 1주일 동안, 나는 현관문 밖으로 한 발자국도 나가지 못했으므로 뒷마당에서 맥주에 취해가는 밤의 시간도 소유하지 못했다. 안젤라가 아니었다면 그런 폐쇄된 생활은 좀 더 지속됐을 것이다. 열쇠를 잃어버린 다음 날, 태호와 함께 뒷마당을 샅샅이 뒤져보긴 했지만 한 시간여가 지난 뒤 우리의 손에 들어온 거라곤 25센트짜리 동전 두 개와 껌 봉지, 그리고 빈 담뱃갑이 다였다. 새 열쇠를 맞출 수밖에 없는 상황이 되었지만 태호는 시험을 들먹이며 기다리라는 말만 되풀이했다. 왜 열쇠를 잃어버려서 사람을 귀찮게 하느냐며 짜증을 낸 날도 있었다. 내가 누구 때문에 직장도 그만두고 여기까지 왔는데! 참지 못하고 악을 쓰자 태호는 예의 그 불쌍한 얼굴로 학점에 대한 불안감을 토로하기 시작했다. 망할 놈의 쇳덩어리. 나는 종종 낮잠에서 깨어나 차갑게 중얼거리곤 했다. 쇳덩어리 하나도 내 힘으로 얻어낼 수 없다는 게 그 도시의 또 다른 불문율이었다. 나는 그 도시의 열쇠공 연락처를 알지 못했고, 다운타운에 있다는 아파트 관리사무소에 전화를 걸어 상황을 설명하고 새 열쇠를 받는 절차엔 겁이 났다. 무언가를 새로 발급받을 때마다 밟아야 하는 절차는 대개 이런 식이었다. 대기실이나 로비에서 기다리고 있다가 이름이 불리면 신분증을 보여준 뒤 영어로 신청서를 쓰고 영어로 질문에 대답하는 것, 추가적으로 요구되는 서류나 유의사항을 알아듣지 못하고 부자연스럽게 고개를 끄덕이다가 성과도 없이 돌아서는 것. 태호에게 도움을 청하지 않은 채 은행과 휴대폰 상점을 찾아간 적이 있었지만 계좌를 열고 휴대폰을 개통하는 것까지는 하지 못했다. 시립도서관 대출증과 백화점의 할인카드도 내 것이 되지 못했다. 나는 아무것도 하지 못했다. 아마도 그 무렵부터 영수 씨는 한 방울의 빗방울도 막아주지 못할 것 같은 천이 다 찢긴 우산을 들고 나를 찾아오기 시작했을 것이다. 나는 영수 씨에 대해 거의 아무것도 몰랐지만, 그가 나보다 영어를 못했다는 것 정도는 잘 알고 있었다.

태호는 내게 필요한 것을 궁금해하지 않았고 먼저 물은 적도 없었다. 내가 더 이상 아무런 사고도 일으키지 않고 없는 듯이 지내다가 때가 되면 조용히 돌아가길, 그는 오직 그것만을 바라고 있었을 것이다. 6개월 만에 만난 나를 건너다보던 그의 얼빠진 표정을 잊을 수 없었다. 열여덟 시간에 걸친 긴 여정 끝에 그의 아파트 현관문 앞에 도착한 내게 그가 처음 한 말은 미안해, 가 아니라 갚을게, 였다. 난 네가 빌려준 거라고 생각했어, 진짜야. 화도 나지 않았다. 나는 그를 밀치고는 기내용 캐리어 가방을 현관문 밖에 그대로 남겨둔 채 302호로 씩씩하게 올라갔다. 뒤에서 내 캐리어 가방을 들고 따라오는 그의 얼굴이 시무룩했다.

태호는 거래처 직원의 소개로 만났다. 특별하지도 않고 뜨거울 것도 없는 데이트가 몇 번 이어졌다. 만난 지 석 달이 되어가던 무렵 그가 사회생활에 대한 염증을 늘어놓은 뒤 곧 모든 것을 정리하고 미국으로 유학을 갈 예정이라고 밝힌 순간, 그러나 담담했던 내 마음은 동요하기 시작했다. 공교롭게도 그 무렵, 뉴욕의 센트럴파크 벤치에서 시신으로 발견된 한 남자의 사연을 인터넷으로 접하게 됐다. 기사엔 그가 20여 년 전 혼자 미국으로 건너갔고 체류 기간의 대부분을 불법체류자로 살았다고 적혀 있었다. 연락이 되는 가족이 없어서 한인들의 기부금으로 공동묘지에 안치됐다는 마지막 문장에 내 시선은 오래 머물렀다. 기사에 나온 그의 이름은 최영수가 아니었고 사진 속 노년의 남자 얼굴은 젊은 시절의 영수 씨와는 겹쳐지지 않았지만, 20년의 세월은 모든 것을 가능하게 할 수 있는 긴 시간이기도 했다. 뉴욕 외곽에 있다는 그 공동묘지로 내 발길을 이끌기 위해 어떤 보이지 않는 힘이 태호와 그 인터넷 기사를 짧은 시차를 두고 내 일상으로 밀어 넣은 건 아닌가, 그런 생각이 들기도 했다. 어리석은 줄 알면서도, 도저히 그 생각에서 빠져나올 수가 없었다. 유학 얘기가 나오고 석 달 후, 등록금 때문에 어렵게 합격한 경영대학원 입학을 포기해야 할 것 같다는 태호의 말에 나는 주저 없이 적금을 해지했다. 돈을 받던 날 태호는, 회사에서 퇴직금이 나오면 그 돈으로 간소한 식을 올리자며 활짝 웃어 보였다. 그리고 두 달 뒤, 그는 내게 전화 한 통 없이 혼자 출국했다. 그가 퇴직금을 거의 받지 못하는 계약직 직원이었다는 건 그의 미국 주소를 수소문하는 과정에서 뒤늦게 알게 됐다. 그가 합격한 대학 이름을 거짓으로 둘러댔다는 것 역시 나는 눈치채지 못했다. 그렇게 아무것도 눈치채지 못한 채 새벽에는 영어회화 학원에 다녔고, 주말에는 재혼한 뒤 청주에 살고 있던 어머니를 한 번이라도 더 만나기 위해 부지런히 버스터미널을 오갔다. 운명적인 끌림이라든지 따뜻한 소속감, 혹은 뭐든지 감수할 수 있는 희생 같은 것에 대해서는 깊이 고민하지 않았다. 태호를 향한 그때의 내 마음은 허름한 여관의 공동샤워실 세면대에 내팽겨진 낡은 칫솔 같은 거였는지도 모르겠다. 필요하지만 더 깨끗한 칫솔이 있었다면 굳이 사용하지 않았을 대체 가능한 사물……. 그 벌을 받고 있는 거라고, 때때로 나는 302호 안에서 혼잣말로 중얼거리곤 했다. 감정보다 상황에 이끌린 죄, 진심을 모른 척했던 죄, 동시에 그의 진심도 보지 못한 죄, 그 모든 죄들의 대가가 바로 302호의 무료한 시간이었다.

그날 안젤라는 내 초대로 302호 안으로 들어왔다. 체크무늬 식탁보가 깔린 테이블에 앉아 내가 건네는 접시와 커피 잔을 받던 그녀와 눈이 마주쳤을 때, 순간적으로 나는 그녀처럼 환하게 웃고 말았다. 안젤라의 그 웃음은 그날 내게 찾아온 두 번째 열쇠였을 것이다. 그 열쇠가 열어준 곳은 뜻밖에도 고향이었다. 신분증이 없어도 불안하지 않고 아무 데나 전화를 걸어도 소통이 되는 곳, 언어가 곧 거리감으로 치환되지 않는 곳……. 또한 그곳은 도로에서 가벼운 접촉사고를 냈다 해도 수갑과 감옥을 상상하며 공포감에 짓눌리지 않아도 되는 곳이기도 했다. 하지만 그 고향에 아무런 미련도 두지 않고 훌쩍 떠나려 했던 건, 그날로부터 불과 6개월여 전의 일이었다.

안젤라의 그 환한 웃음을 떠올리면 그 도시의 지하철역에 설치되어 있던 주황색의 티켓 체크인 상자가 내 감정의 모양이 되었다. 티켓을 상자에 넣으면 찰캉, 하는 소리와 함께 탑승 가능한 날짜와 시간이 찍혀 나오듯 안젤라의 웃음은 친구가 생겼다는 소식을 알리는 유효 표지처럼 내 마음속에 새겨졌다.

안젤라와의 수요일 점심식사는 그 후로도 세 번 더 이어졌다. 수요일마다 아파트로 청소를 하러 오던 그녀는 일을 끝내고 나면 어김없이 302호를 노크했고 302호로 들어온 뒤엔 빵과 수프, 샐러드와 커피가 차려진 테이블 앞에 앉았다. 그녀는 점심을 거르고 저녁의 직장인 이탈리아 식당으로 출근하곤 했으므로 내가 차려준 음식을 늘 남김없이 맛있게 먹어주었다.

몇 차례의 점심식사를 통해 나는 안젤라가 진짜 마술사와 다름없다는 걸 알게 됐다. 내 현관문 열쇠를 찾아다준 건 그녀가 펼쳐 보일 다양한 마술의 서막에 불과했다. 일단 그녀는 오직 영어만으로도 나와 대화를 나눌 수 있었다. 간혹 내가 대화 흐름과 상관없는 말을 하거나 적당한 단어가 생각나지 않아 뜸을 들여도 그녀는 답답해하거나 재촉하지 않았다. 오히려 무슨 말에든 적극적인 반응을 보였고, 말과 말 사이에 침묵이 끼어들면 차분히 기다려주었다. 그뿐만이 아니었다. 안젤라에겐 언어를 초월하는 교감 능력도 있었다. 마지막이 된 우리의 네 번째 점심식사에서 새벽의 도로에서 일어났던 접촉사고에 대해 언급하자 그녀의 얼굴은 마치 그 사고 현장을 목도하기라도 한 듯 순수한 걱정으로 물들어갔다. 그것만으로도, 나는 뜨거운 눈물을 쏟을 뻔했다. 전화를 받고 현장으로 달려온 태호는 영어에 서툰 나 대신 경찰과 보험사 직원 앞에서 사고 상황을 설명했고 내 음주 여부와 운전 경력 등을 밝혔다. 그날 그와 나는 동이 틀 무렵에야 302호로 돌아올 수 있었다. 허락도 없이 자신의 차를 끌고 나가 사고까지 낸 것에 화를 낼 법도 한데 그는 내내 아무 말도 하지 않았다. 마치 그 방에 내가 없다는 듯 입을 꾹 다문 채 옷을 갈아입고 가방을 챙겨 그가 방을 나간 순간, 내 안은 잡동사니로 가득한 다락방의 거울로 채워졌다. 거울이 그곳에 존재하는 한 거울 속 풍경도 결코 바뀌지 않을 무용한 사물……. 영 레이디, 슬퍼하지 마. 접촉사고 이후 태호가 보인 반응까지 털어놓자 안젤라는 내 손등을 어루만지며 부드러운 목소리로 말했다. 안젤라의 가장 뛰어난 마술이 펼쳐진 건 그때였다. 실수에는 죄책감을 느낄 필요 없다고 그녀는 말했다. 아니, 꼭 그렇게 말한 건 아니었지만 나는 그녀의 눈빛에서 분명 그 문장을 읽었다. 그녀는 타인에게 언어가 아닌 눈빛으로 그 사람이 듣고 싶어 하는 말을 전할 줄 알았다.

안젤라는 이야기꾼이기도 했다. 신비롭고 아름다운 은유들로 가득한 그녀의 이야기를 듣고 있노라면 아무리 읽어도 지루하지 않은 책 속에 들어와 있는 기분이 들었다. 그녀는 15년 전, 보름 동안 쉬지 않고 걸어서 미국으로 왔다. 강을 건너고 들판과 사막을 가로질러 미국 국경을 넘어왔을 때, 서른 명의 동행자 중 세 명이 바람 속으로 사라지고 없었다. 그녀의 남동생도 그중 한 명이었다. 바람이 멈추지 않는 한 그도 걷는 걸 멈출 수 없으므로 그가 언제 이곳에 도착할지는 아무도 몰랐다. 알 수 없지만, 기다림을 포기한 적은 없다고 안젤라는 이어 말했다. 하루에 딱 한 번 거리 전체가 황금빛으로 변하는 동네에서 그녀는 어머니와 함께 날마다 남동생을 기다렸다.

—그리고 내 남자친구 벤지는 커다란 새장 안에서 일해.

벤지가 화제에 오르자 그녀의 목소리가 저절로 높아졌다.

—벤지의 몸은 정말 아름다워. 그의 몸은 울퉁불퉁한 산맥과 윤기 흐르는 들판과 깊은 계곡이 모두 있는 검은 대지의 축소판이라고 할 수 있어. 그 대지 곳곳에는 세계 각국의 글자가 새겨져 있는데 왼쪽 어깨에서 팔꿈치까지 이어진 마야어 타투가 그중 가장 특별하지. 새장 안에서 그가 무슨 일을 하느냐고? 사실 별거 없어. 그저 눈부신 조명과 사람들의 환호를 받으며 그가 가장 잘하는 걸 보여주면 되는 거야. 일이 끝나면, 그의 검은 대지엔 비가 내리고 상처 입은 새들이 그 빗속을 낮게 날아다니지. 영 레이디, 사실 난 이제 그만…….

거기까지 말한 뒤 안젤라는 긴 침묵 속으로 들어갔다. 침묵이 흐르는 동안 세상은 부지런히 어두워져갔고 안젤라의 얼굴도 그만큼 희미해졌다.

— 이제 그만, 새장 속에서 그를 꺼내주고 싶어.

그 말과 함께 안젤라가 다시 침묵에서 빠져나왔을 때, 그녀와 나는 뒷마당 철제 계단에 앉아 맥주를 마시고 있었다. 그녀가 엄청난 양의 설거지를 해야 하는 아파트 근처의 이탈리아 식당이 인테리어 공사로 1주일간의 휴업을 한 덕이었다. 여느 때와 달리 조금은 우울해 보이던 안젤라는 나보다 두 배 이상 빠른 속도로 맥주를 마셨다. 안젤라는 결국 취했다. 취한 안젤라가 몸을 좌우로 흔들며 고향의 노래를 부르는 동안, 내 눈에는 예의 그 찢긴 우산을 든 영수 씨가 보였다. 안젤라는 계속해서 노래했고 영수 씨는 안젤라의 노래에 맞춰 이리저리 우산을 돌리며 기이한 춤을 추었다. 그렇게 우리의 시간은 다른 통로 속을 지나갔지만 결국엔 똑같은 분량으로 뒷마당을 떠났다. 성실하게 지구를 왕복하는 어둠을 타고, 철컹철컹, 철컹철컹, 단 한 번도 인간의 시간을 거절한 적 없는 그곳을 향해. 버스 막차 시간이 다 되어서야 자리에서 일어난 안젤라는 헤어지기 전 살짝 날 안으며 연거푸 속삭였다. 굿바이. 씨 유. 해브 어 나이스 나이트. 갓 블레스 유. 나는 그 인사를 한국말로 한 번 더 반복했다. 잘 가. 또 봐. 근사한 밤을 보내. 너에게 신의 축복이 있길. 내 한국말 인사를 모두 들은 안젤라는 어쩐지 물기가 밴 목소리로 속삭이듯 물었다.

— 영 레이디, 너는 방금 내 고향의 말을 한 거니?

12월이 되면서 기온이 급격하게 떨어졌다. 무비자 체류 기한은 열흘로 좁혀졌고, 그건 열흘이 지나기 전에 돈과 안전한 귀국 중 무엇에 중점을 둘지 결정해야 한다는 걸 의미했다. 결정한 것도 없으면서 무작정 한국 여행사에 전화를 걸어 6개월짜리 오픈티켓의 돌아가는 날짜를 조율하고 있을 때, 누군가 302호 문을 두드렸다. 테이블에 앉아 책을 보는 척했지만 실은 내 통화를 주의 깊게 듣고 있던 태호가 머리를 긁적이며 문 쪽으로 걸어갔다.

잠시 후, 태호의 짧은 비명이 들려왔다. 뒤를 돌아본 나는 예약을 마무리하지 못한 채 전화를 끊어야 했다. 열린 문틈으로 믿을 수 없게도 안젤라가 서 있는 게 보였다. 안젤라, 외치며 나는 태호를 밀치고는 걸쇠를 풀었다. 그 추운 겨울밤에 안젤라는 짧은 셔츠에 얇은 트레이닝복 바지 차림이었고 양말도 없이 여름 슬리퍼를 신고 있었다. 게다가 한쪽 눈은 흉하게 부풀어 있었고 입가에는 피가 고여 있었으며 드러난 팔뚝에는 찍히고 멍든 자국이 있었다. 내 얼굴을 확인한 안젤라가 평소와 다르게 잔뜩 주눅 든 목소리로 두서없이 말했다.

— 있지, 영 레이디, 처음엔 택시를 타고 병원에 가려고 했어. 근데 지갑이랑 휴대폰이 없었어. 집을 뛰쳐나올 때 필사적으로 뭔가를 움켜잡긴 했는데 한참을 걷다가 주먹을 펴보니까 이 아파트의 현관문 열쇠더라고. 처음엔 호텔, 참, 내 정신 좀 봐, 호텔이 아니라 병원에 가려고 했다니까. 진짜야.

나는 일단 안젤라를 침대 쪽으로 데려갔고 주방으로 가서 물을 끓였다. 얼음과 마른 수건을 준비했고 세탁해놓은 두터운 담요도 꺼냈다. 정신없이 안젤라와 주방 사이를 오가는데 돌연 뒷덜미를 지나가는 서늘한 기운이 느껴졌다. 태호가 문 옆에서 팔짱을 끼고 선 채 나와 안젤라를 번갈아 보고 있었다.

— 저 여자, 뭐야?

나와 시선이 마주치자 태호가 한국말로 물었다.

— 친구야. 프렌드, 몰라?

태호는 웃었다. 그건, 내가 들어본 그 누구의 웃음소리보다 차가웠다. 웃음이 가시자 그는 붙박이장으로 걸어가 신경질적으로 외투를 꺼내 입으며 혼잣말인 듯, 그러나 내가 들을 수 있을 만큼은 큰 목소리로 중얼거렸다. 시험기간 된 거 알고 저러는 거야, 뭐야. 이젠 약쟁이 여자까지 내 집에 끌어

들여? 그래, 갚는다 갚아. 그래봤자 한 학기 등록금도 안 돼, 네 돈. 가방과 차 키를 챙겨 그는 곧 302호를 나갔다. 볼륨장치가 고장난 라디오를 나는 느끼고 있었다. 안에서는 분노의 가사가 담긴 노래가 터질 듯한 음량으로 울려 퍼지고 있었지만 스피커에서는 아무 소리가 나지 않는 바보 같은 라디오……. 담요를 뒤집어쓴 채 얼음수건을 눈가에 대고 있던 안젤라가 흔들리는 눈동자로 날 건너다보고 있었다.

— 괜찮아.

나는 아무 일도 아니라는 듯 최대한 덤덤하게 말했다. 마음은 이미 짐을 싸 들고 공항으로 달려가고 있었지만 주방에서는 물이 끓고 있었고 내게는 날짜가 확정된 티켓이 없었다. 안젤라는 뜨거운 물을 마시는 동안에도 끊임없이 기침을 했다. 팔뚝 어딘가에 주삿바늘 자국이 있는지 유심히 살펴보다가 이내 그만두었다. 그 대신 안젤라, 부르며 나는 그녀 곁에 앉았다.

— 안젤라, 병원에 가야 하지 않아? 여기엔 비상약품도 없어.

반 정도 비운 컵을 도로 내밀며 그녀는 고개를 저었다.

— 걱정하지 마, 영 레이디. 난 어려서부터 자고 일어나면 아픈 게 다 나아 있곤 했어.

— 마술사처럼?

되묻자, 안젤라는 그제야 안젤라답게 환하게 웃었다. 나는 곧 자리에서 일어나 히터의 강도를 높이고 이불을 정리해주었다. 고마워, 침대에 누우며 그녀가 말했고 천만에, 나는 대답했다. 추위를 견디며 긴 거리를 걸어서인지 그녀는 이내 잠이 들었다. 태호는 돌아오지 않았고 새벽은 길었다. 테이블에 엎드려 있다가 자명종 소리에 놀라 눈을 떴을 때, 안젤라는 보이지 않았다.

그 다음 주 수요일, 안젤라는 오지 않았다. 안젤라에게 작별인사를 한 뒤 떠날 계획으로 수요일 밤 비행기를 예약해놓은 게 소용없는 일이 되고 말았다. 오전 수업이 끝나면 차를 갖고 오겠다던 태호를 기다리다가 노트북을 켜고 구글 지도를 열어보았다. 그 근처에 이탈리아 식당은 다섯 군데가 있었다. 정오쯤 짐을 정리하여 혼자 태호의 아파트를 나왔다. 처음 그 도시에 도착했을 때처럼 내게는 기내용 캐리어 가방 외에는 아무것도 없었다.

세 번째 들른 이탈리아 식당에서 덜 마른 페인트 냄새가 났다. 카운터로 걸어가 안젤라를 찾아왔다고 말하자 안젤라는 1주일째 결근 중이라는 대답이 돌아왔다. 그 대신 안젤라와 친분이 있다는 주방 직원이 잠시 나를 만나주긴 했다. 주방 직원의 이름은 에즈네였다. 에즈네에게도 내 이름을 밝히자 그녀는 안젤라에게서 들은 적이 있다며 반가워했고 자연스럽게 나에 대한 경계심도 풀었다. 에즈네를 통해 나는 안젤라를 조금 더 알게 됐다. 아니, 나는 안젤라라는 이름 외에는 그녀에 대해 아무것도 몰랐으니 그제야 그녀를 조금이나마 알게 된 것에 불과했다.

에즈네는 안젤라의 집 주소도 알려줬다. 주소에 적힌 거리 이름은 도시의 북쪽으로 한때는 공장단지였지만 제조업 쇠락으로 대부분의 공장들이 문을 닫으면서 이제는 우범지역으로 전락한 곳이었다. 나는 캐리어 가방을 끌며 무작정 북쪽을 향해 걸었다. 두 시간여를 쉬지 않고 걸으니 녹슨 건물들이 하나둘 보이기 시작했다. 러스트 빌리지(rust village). 그런 별칭으로 불리고 있는 옛 공장단지가 비로소 시작된 듯했다. 버려진 건물이 흔하고 행인이나 차량이 거의 눈에 띄지 않아서인지 녹(綠)의 동네에는 음산한 기운마저 돌았다. 그곳에서도 12월의 해는 짧았다. 오후 4시가 지나자 뉘엿뉘엿 해가 저물었다. 부지런히 앞을 향해 걷던 나는 어느 순간 가만히 멈춰 서서 눈앞의 풍경을 하염없이 바라보았다.

노을 속에서 공장들의 녹슨 배관통과 굴뚝이 황금빛으로 물들어가고 있었다.

마술의 시간이었다.

마술의 시간 속에서 나는, 에즈네가 내게 들려준 이야기를 떠올렸다. 나를 늘 영 레이디라 불렀던 안젤라는 실제로는 이제 겨우 20대 초반으로 나보다 여섯 살이나 어렸다. 15년 전, 고향인 아르헨티나를 떠나 미국으로 밀입국하면서 잃어버린 남동생을 찾겠다는 일념 하나로 착실히 일만 했던 안젤라가 변하기 시작한 건 벤지를 만나고부터였다. 벤지는 격투기 선수라고는 하지만, 실제로는 도박용으로 만들어진 무허가 격투기장에서 실감 나게 맞는 쪽을 담당하는 아마추어 중의 아마추어라고 했다. 매 맞는 게 일인 주제에 툭하면 안젤라를 괴롭혔지. 돈이나 빼앗고. 거기까지 말한 뒤, 에즈네는 크게 한숨을 내쉬었다. 그 순간, 새장 모양의 경기장 안에서 온몸이 땀에 젖도록 맞고 또 맞아 새처럼 슬피 우는 흑인 남자가 내 마음속에 쓱쓱 그려지기 시작했다. 은유로 가득했던 안젤라의 언어는 그렇게 하나의 그림으로 번역되었다.

노을이 지자 황금은 이내 녹으로 되돌아갔고, 그 녹은 다시 희미한 어둠에 묻혔다. 어둠과 추위는 같은 속도로 거리를 장악해갔다. 문득 이상한 느낌이 들어 손을 내려다보니 안젤라의 집 주소가 적혀 있던 메모지가 보이지 않았다. 깨지기 직전의 유리컵을 가슴에 품고 있는 것처럼 어지러움에 가까운 불안감이 엄습해왔다. 차도가 나올 것 같은 폭이 넓은 길을 따라 무작정 뛰고 또 뛰었다. 하지만 아무리 뛰어도 차도는 나오지 않았고 그 흔한 상점 하나 보이지 않았다.

그때였다.

철컹철컹, 철컹철컹. 실체도 없이 나를 위로해주곤 했던 그 기차 소리가 먼 곳에서부터 희미하게 들려왔다. 실에 끌려가듯 나는 맹목적으로 그 소리를 따라갔다. 기차와 철로 같은 건 발견하지 못했지만 어둠 속에서 조명을 밝히고 있는 레스토랑은 보였다. 레스토랑은 따뜻할 터였고 그 안엔 택시를 부를 수 있는 전화기도 있을 거였다. 반가운 마음에 레스토랑 안으로 들어서자 두셋씩 모여 햄버거나 샌드위치를 먹고 있던 몇 명의 흑인들이 일제히 내 쪽을 쳐다봤다. 창가 자리에 앉아 웨이트리스에게 커피와 베이글을 주문했다. 레스토랑 창문에는 흔들흔들 움직이는 샌드백 하나가 비쳤다. 단 한 번도 경기에서 이겨보지 못하고 퇴역한 늙은 복서의 샌드백 같았다. 안젤라는 내 마음속의 티켓 체크인 상자를 밀어내고는 그토록 남루하고 고독한 샌드백으로 돌아와 있었다.

시간이 흐를수록 레스토랑은 비어갔고, 어느 순간 나 혼자만 남게 되었다.

텅 빈 레스토랑 창가 자리는 마치 승객이 한 명도 남지 않은 기차의 마지막 칸 같았다. 기차가 설 때마다 짐을 들고 주저 없이 기차에서 내린 사람들은 다시 돌아오지 않았다. 그사이 커피는 차갑게 식었고 베이글은 단단하게 굳어갔다. 택시를 불러야 하는 시간이 다가오고 있었지만 나는 레스토랑 어딘가에 있을 전화기를 찾는 대신 의자 옆에 세워둔 캐리어 가방에서 영수 씨의 공책을 꺼냈다. 20년의 세월을 지나오는 동안 공책의 회색 하드커버는 비닐처럼 얇아져 있었고, 그 안의 종이는 손만 대도 바스라질 것처럼 누렇게 삭아 있었다. 큰돈을 벌려면 외국으로 나가야 한다고 믿던 시절, 영수 씨는 뉴욕 플러싱에 한인마트를 개업한 친척을 돕겠다며 혼자 비행기를 타고 떠났다. 그리고 그로부터 3년 뒤, 그는 사라졌고 그가 갖고 있던 통장과 간소한 소지품만이 귀향했다. 그의 마지막을 보았다는 사람들은 많았지만 그들의 증언은 모두 달랐다. 사라지기 직전의 그는 술집 앞에도 있었고 기차역 대합실에도 있었으며 상가의 지하 주차장에도 있었다. 인사도 받지 않은 채 고개를 푹 숙인 모습으로 어딘가를 향해 빠르게 걸어가는 걸 보았다는 증언도 있었다. 어머니와 나는 그 증언들 중 무엇을 믿어야 할지 알 수 없었다.

영수 씨가 남긴 소지품 중에, 그리고 서툰 그림으로 채워진 이 회색 공책이 있었다. 나이가 들면서, 그가 공책에 그린 그림들이 단순한 풍경이 아니라 그의 감정은 아니었을까, 나는 생각하게 됐다. 공식적인 기관에서 영어를 배워본 적 없는 영수 씨는 뉴욕에 사는 동안 영어도 모국어도 될 수 없는 표현의 한계에 자주 절망했을 것이다. 그에게는 제3의 언어가 필요했을 터이다. 게다가 그의 머릿속에서 나는 한글을 깨치지 못한 다섯 살 아이로 남아 있었다. 그림이라면 하나뿐인 딸도 해독할 수 있을 거라고, 그는 생각했을지도 모른다. 다리의 길이가 제각각인 의자는 불안감, 식품 판매대에 생뚱맞게 놓여 있는 곰 인형은 외로움, 갖가지 모양의 사탕들로 가득한 유리병은 그리움……. 때로는 불확실한 언어보다 형체가 뚜렷한 사물이 그 순간의 감정을 더 정확하게 표현할 수도 있는 거라고, 나는 이 공책을 보며 배웠다.

저녁 8시가 지나자 웨이트리스는 내 쪽을 흘끔거리며 빈 의자들을 테이블 위로 올리기 시작했다. 나는 자리에서 일어나 웨이트리스에게 다가가 조심스럽게 물었다. 당신은 안젤라를 압니까? 웨이트리스는 인상을 쓰며 어깨를 으쓱해 보일 뿐, 모른다는 대답도 하지 않았다.

계산을 마친 뒤 레스토랑을 나오자 습기가 밴 찬 바람이 불어왔다. 안젤라의 남동생과 나의 영수 씨도 어딘가에서 이 바람을 맞으며 걷고 있을 거라고 생각하자 나는 춥지 않았다. 멀리서 그 무뚝뚝한 웨이트리스가 예약해준 택시가 다가오는 게 보였다. 철컹철컹, 철컹철컹. 택시 트렁크에 캐리어 가방을 실을 때, 또다시 기차 소리가 들려왔다. 택시가 공항으로 가는 동안에도 그 소리는 내 귀 뒤편 어딘가에서 힘차게 울려댔고 의아한 마음에 차창을 열면 가뭇없이 사라졌다. 공항에 도착해서야 그 소리가 내게만 들리는 사라진 사람들의 언어라는 걸 나는 깨달았다. 아직 번역할 수 없는 먼 곳의 언어였지만, 뚜렷하게 감각되는 위로이기도 했다.

태호는 결국 돈을 갚지 않았다. 2년 만에 다시 만난 그는 내가 그 도시에서 자신의 아파트와 식료품과 물과 전기를 나눠 썼으니 내게 갚아야 할 돈은 실질적으로 제로가 되었다고 말했다. 바라던 대로 미국 대학의 경영학 학위를 소지하게 됐지만 그는 여전히 구직 중인 듯했다. 무언가에 쫓기는 사람처럼 조급해하는 그의 얼굴을 물끄러미 바라보다가 커피숍을 나왔다. 이상하게 후회되는 게 없었다. 내가 있는 곳은 배들의 회항을 기다리는 텅 빈 항구일 뿐이었고, 나는 그 사실이 마음에 들었다. 어딘가에서 바람이 불어왔다. 습관처럼 손가락 끝으로 바람의 온도를 재보았지만 예전만큼 바람 속의 추위와 외로움이 걱정되는 건 아니었다. 꿈이 지속되는 한, 나는 더 이상 혼자가 아닌 영수 씨를 만날 수 있을 터였다. 망각을 거부하는 것, 어쩌면 그건 안젤라가 내게 선물해준 마지막 마술인지도 모르겠다. 언젠가 나도 그 기차에 탑승하게 될 거라는 투명한 확신은 바람 속을 둥둥 떠다니는 풍등(風燈)으로 내 눈앞에 나타나곤 했다. 풍등이 지나간 자리마다 사라진 사람들의 체온이 불빛으로 어른거렸다.

철컹철컹, 철컹철컹.

그리고 기차는 끊임없이 떠나갔다.

영수 씨와 안젤라를 태운 그 기차가 늘 반원 모양의 뒷마당을 도는 건 아니었다. 기차는 내가 헤매고 다녔던 러스트 빌리지를 돌아다니기도 했고, 끝내 가보지 못한 뉴욕 플러싱의 허름한 뒷골목과 가족이 없는 자들이 묻힌 음산한 공동묘지를 통과하기도 했다. 총성이 울리는 삼엄한 국경지대를 지나간 적도 있었고, 비가 내리고 새들이 우는 검은 대지를 가로지른 적도 있었다.

그래도 기차 소리는 한결같았다.

철컹철컹, 철컹철컹.

그건, 나를 깨우는 아침의 소리이기도 했다. 하나의 꿈이 끝나면 꿈속의 이야기는 영수 씨와 안젤라의 조각배에 새로이 얹어졌다. 그때마다, 또 다른 번역이 시작되었다.

강진호 성신여자대학교 국어국문학과 교수 · 문학평론가

번역의 시작과 번역으로서의 글쓰기

보통 '꿈'이라고 하면 꿈속의 체험이 잠을 깬 뒤에도 회상되는 회상몽(回想夢)을 가리킨다. 수면 상태에 들어가면 뇌수의 활동 상태가 각성했을 때와는 달라지는데, 이때 일어나는 표상(表象)의 과정을 '꿈 의식'이라고 하며, 깨어난 뒤에 회상되는 것을 '꿈 내용'이라고 한다. 여기서 꿈속에 나타나는 표상은 현실 체험과 관련을 갖는데 그것은 대체로 융합 · 치환 · 상징 · 형상화 등의 방법으로 이루어진다. 두 가지 이상의 부분들이 조합되어 만들어지기도 하고, 서로 바뀌어 다른 것에 결부되기도 하며, 연상되는 것이 나타나기도 한다. 그렇기 때문에 꿈은 현실계와 관련을 갖기는 하지만 현실적인 사고로는 이해할 수 없는 비논리적이고 비합리적인 표상을 특징으로 한다. 그런데 조해진의 「번역의 시작」에 삽입된 '꿈'은 정신분석학적 차원이 아니라 작가에 의해 의도적으로 가공된 치밀한 상징의 세계이다. '꿈 내용'은 이후에 전개될 이야기의 복선으로 제시되며 이야기의 처음과 끝을 가로지르며 연동되는 장치라고 할 수 있다.

'나'가 꾸는 반복적인 꿈의 내용은 이렇다. '나'는 캐리어 가방을 끌고 추운 거리를 헤매다가 오래전 그 도시(뉴욕으로 짐작되는)에서 잠시 살았던 태호의 스튜디오 아파트 302호의 문을 열고 들어선다. 테이블 위에는 맥주가 놓여 있고 창밖으로는 반원 모양의 뒷마당이 보이는, 그때 모습 그대로인 작은 공간이다. '나'가 맥주를 들이키고 나면 그때마다 철컹철컹 귀에 익은 기차 소리가 들려온다. 철로도 없는 뒷마당을 반복해서 돌고 있는 그 기차에는 기관사도 검표원도 없으며, 탑승객은 오로지 영수 씨와 안젤라, 두 사람뿐이다. 나란히 앉은 그들은 하나같이 표정이 없고 입술을 뻥긋거리긴 하지만 목소리는 내지 못한다. 조금이라도 가까워지기 위해 창문 밖으로 손을 뻗어보지만 우리 사이의 거리는 좀처럼 좁혀지지 않는다. 뒤늦게 올라오는 취기에 비틀거리다가 맥없이 바닥에 주저앉으면 커다란 손이 아파트 벽을 뚫고 들어와 내 어깨를 흔든다.

이런 내용의 꿈에서 눈여겨볼 대목은 열차 안의 두 사람이 목소리를 내지 못하고, 나는 열차 '안'이 아니라 '밖'에 있고, 손을 뻗지만 거리가 좁혀지지 않는다는 것, 그리고 기차는 '철컹철컹' 소리를 내며 반복된다는 것이다. 이 음향과 더불어 '영수 씨와 안젤라', 두 인물을 키워드로 해서 소설은 꿈 의식과 꿈 내용을 구체적으로 풀이해나가는 식이다.

먼저, 꿈속에서 아파트 벽을 뚫고 나와 어깨를 흔들던 '커다란 손'은, 아파트 밖 철제 계단에서 맥주를 마시다가 열쇠를 잃어버리고 태호를 기다리다가 잠이 든 '나'를 깨우던 손길의 기억과 연결된다. 꿈속의 장면은 '나'가 안젤라라는 인물을 처음 알게 된 순간이 재현된 것이었다. 안젤라는 당시 1주일에 한 번씩 아파트를 청소하러 왔던 아르헨티나 출신의 여자이다. 언어가 전혀 통하지 않는 낯선 도시의 아파트에서 답답하게 갇혀 지내던 처지의 나로 하여금 처음으로 마음의 문을 열게 한 여자가 바로 안젤라였다.

그러면, '나'는 어떤 사연으로 그 아파트에 머물게 된 것일까. '나'와 '태호'는 거래처 직원의 소개로 만나 몇 번의 데이트를 한 사이였다. 만난 지 석 달쯤 되었을 때, 남자는 미국으로 유학을 떠날 예정이라고 했고, 등록금 때문에 어렵게 합격한 대학원을 포기해야 할지도 모른다고 했을 때, '나'는 기꺼이 적금을 해지해서 학비를 마련해주었던 것이다. 남자는 회사에서 퇴직금을 받아 결혼식을 올리자고 했으나 혼자 출국해버렸다. '나'가 직장까지 그만두고 미국으로 달려갔던 것은 무엇보다 잃은 돈을 찾으려는 목적이었다.

그런데 주목해볼 대목은 이런 '나'의 미국행에는 또 다른 근본적인 동기가 숨어 있다는 점이다. 남자의 미국 유학 얘기를 듣고 마음이 동요한 배경에는 다섯 살 무렵 미국으로 간 아버지와 관련된 기억이 도사리고 있었다. 큰돈을 벌려면 외국으로 나가야 한다고 믿던 시절, 아버지는 마트를 개업한 친척을 돕겠다며 혼자 비행기를 타고 떠난 이후 3년 뒤에 사라져서, 20여 년의 시간이 흐른 지금까지도 생사조차 확인이 안 된 상황이다. 그런데 미국행을 앞둔 그 무렵 '나'는 공교롭게도 뉴욕의 센트럴파크 벤치에서 시신으로 발견된 한 남자의 사연을 접하게 된다. 20여 년 전 혼자 미국으로 건너갔고 체류 기간의 대부분을 불법체류자로 살았던 남자가, 연락이 되는 가족이 없자 한인들의 기부금으로 공동묘지에 안치되었다는 내용의 기사였다. 기사 속의 남자는 '나'의 아버지인 최영수가 아니지만, 사진 속 노년의 남자 얼굴은 젊은 시절의 모습과 겹쳐지지 않았지만, 여러 가지로 추측이 가능할 법한 상황이다. 소설 서두 꿈속의 등장인물 '영수 씨'는 '나'의 실종된 아버지의 이름이라는 것이 드러나는 대목이다. "뉴욕 외곽에 있다는 그 공동묘지로 내 발길을 이끌기 위해 어떤 보이지 않는 힘이 태호와 그 인터넷 기사를 짧은 시차를 두고 내 일상으로 밀어 넣은 건 아닌가, 그런 생각이 들기도 했다"는 진술은 '나'의 미국행에 그 보이지 않는 힘의 작용이 컸다는 것을 시사해준다.

그렇게 해서 좁은 아파트에서 태호와의 기묘한 동거 생활이 시작되는데, '나'는 언어 소통이 안 되기에 외출을 거의 못하고 갇혀 지내는 신세가 된다. 결국 뒷마당 철제 계단에 앉아 취할 때까지 맥주를 마시는 것으로 시간을 보내고, 그러다가 취하기 시작하면 어느 시점부터 기차 소리를 듣는다(이 대목은 내가 후에 꾸는 반복적인 꿈속의 장면과 연결된다). 이때 '나'가 체험하는 감정은 인간이 낯선 땅에서 덧없이 사라질 수 있는 가능성이다. 더불어 엄습하는 두려움의 감정. 그 과정에서 '나'는 서서히 자신보다 더 영어를 못했을 아버지가 오래전에 겪었을 낯선 땅에서의 신산스런 삶을 체감하고 이해하기 시작하는 것이다.

안젤라는 그런 '나'에게 진심으로 위로를 주고 친구처럼 다가온 존재였다. 잃어버린 열쇠를 찾아준 인연으로 안젤라가 아파트를 청소하러 오는 수요일마다 점심식사를 함께 하면서 나는 그녀가 15년 전 미국에 밀입국했고 그 과정에서 남동생을 잃어버렸다는 사실을 알게 된다. 이후 '나'에게 안젤라는 아버지 '영수 씨'와 겹쳐지는 인물이 된다.

'나'는 귀국을 앞둔 시점에서, 안젤라가 초췌한 몰골로 사라진 뒤 안 보이자 그녀가 일했던 이탈리아 식당을 찾아간다. 안젤라의 집 주소가 적힌 메모지를 들고 찾아간 동네에서 '나'는 경기에서 이겨보지 못하고 퇴역한 늙은 복서의 '남루하고 고독한 샌드백' 같은 안젤라의 모습을 느끼고, 그제서야 비로소 아버지가 남긴 소지품인 회색 공책을 꺼내본다. 서툰 그림으로만 채워져 있던 공책이었다. '나'는 아버지의 그 그림들이 단순한 풍경이 아니라 그의 감정일 것이라고 생각한다. 영어를 배운 적이 없는 아버지는 뉴욕에 사는 동안 영어로도, 그렇다고 모국어로도 할 수 없는 표현의 한계에 자주 절망했고, 그래서 제3의 언어가 필요했을 것이라는 점을, 게다가 그의 머릿속에는 한글을 깨치지 못한 다섯 살짜리 딸이 남아 있었기에 그림이라면 어린 딸도 해독할 수 있을 것이라고, 아버지는 생각했을지도 모른다고 추측하는 것이다.

> 다리의 길이가 제각각인 의자는 불안감, 식품 판매대에 생뚱맞게 놓여 있는 곰인형은 외로움, 갖가지 모양의 사탕들로 가득한 유리병은 그리움……. 때로는 불확실한 언어보다 형체가 뚜렷한 사물이 그 순간의 감정을 더 정확하게 표현할 수도 있는 거라고, 나는 이 공책을 보며 배웠다.(239쪽)

'나'가 안젤라와 '영수 씨'의 표현될 수 없었던 감정에 공감하고 이해하는 순간, 멀게 느껴지던 그들과의 거리는 좁혀진다. '나'가 레스토랑에서 나올 때 습기 찬 바람이 불어왔지만 더 이상 춥지 않았던 것은 안젤라의 찾지 못한 남동생과 사라진 아버지 영수 씨도 어딘가에서 이 바람을 맞으며 걷고 있을 거라고 생각되었기 때문이다. 그리고 그동안 계속 들려오는 기차 소리가 자신에게만 들리는 '사라진 사람들의 언어'였음을 깨닫게 되는 것이다.

결국 나의 미국 여정은 배신한 연인으로부터 잃어버린 돈을 찾는 여행이 아니라 사라진 아버지를 찾아가는 영혼의 여로였던 셈이다. 귀국 후 만난 태호에게서 돈을 받아내지 못했지만 후회되는 게 없었다는 진술에서도 그런 사실은 드러난다. 꿈이 지속되는 것은 '나'가 기억의 망각을 거부하고 있기 때문이다. 꿈이 지속되는 한 더 이상 혼자가 아닌 아버지를 느낄 수 있다. '나'는 망각을 거부하는 것이 안젤라가 자신에게 선물해준 마지막 마술이라고 받아들이고 있다.

이런 점에서 작품의 제목이 '번역의 시작'이라는 것은 의미심장하다. 꿈의 '해석'이 아니라 '번역'이라는 것. 해석이란 어떤 현상이나 행동, 글 따위의 의미를 이해하거나 판단하는 것인 반면에 번역은 그와는 다른 의미를 갖고 있다. '번역'이란 어떤 언어로 된 글을 다른 언어의 글로 옮기거나 바꾸는 행위이다. 곧, 꿈이란 현실과는 분리된 별도의 정신 세계라는 것, 꿈은 '아직 번역할 수 없는 먼 곳의 언어'이지만 망각되지 않고 지속되고 반복된다. 번역은 그 꿈을 현실의 언어로 바꾸는 행위이다. 작가의 글쓰기란 그 먼 곳의 언어, 꿈꾸는 언어를 글로 옮기는 일이기도 하다. '사라진 사람들'은 언어를 갖지 못하지만 마치 신령과 인간을 연결하는 중재자 역할을 하는 무당처럼, 작가는 표현되지 못한 그들의 감정을 글로써 번역하기 위해 끊임없이 꿈을 꾸며, 감각을 닦아가는 존재임을 조해진은 말해준다.

거제, 포로들의 춤

2015 올해의 문제소설

최수철

—

1958년 춘천 출생

1981년 『조선일보』 신춘문예 소설 부문에 「맹점」 당선

창작집 『공중누각』 『화두, 기록, 화석』 『내 정신의 그믐』 『분신들』

『모든 신포도 밑에는 여우가 있다』 『몽타주』 『갓길에서의 짧은 잠』

장편소설 『고래뱃속에서』 『어느 무정부주의자의 사랑』 4부작 『벽화 그리는 남자』

『불멸과 소멸』 『매미』 『페스트』 『침대』 『사랑은 게으름을 경멸한다』

윤동주문학상, 이상문학상, 김유정문학상, 김준성문학상 수상.

Island of Korea, A Camp for North Korean prisoners of war

1. 거제도, 1952년

지금 나는 사진 한 장을 유심히 들여다보고 있다. 1952년의 어느 겨울날, 거제도 포로수용소의 한 광장에서 포로들이 춤을 추고 있다. 사진 설명으로는 그들이 추는 춤이 스퀘어댄스라고 한다. 뒤쪽으로는 '자유의 여신상'이 보인다. 미국 뉴욕 항의 리버티 섬에 세워진 바로 그 여신상을 그대로 본뜬 것이다. 언뜻 보기에도 비례가 맞지 않아서 다소 엉성하고 조잡하다는 인상을 준다. 아마도 공구나 재료가 변변찮은 열악한 환경에서 만들어진 탓일 것이다. 그러나 두 팔을 한껏 벌리고 가슴을 활짝 펴고 머리를 약간 뒤로 젖힌 과장된 자세가 더욱 강한 호소력을 발휘하고 있다.

그림자가 짧고 희미한 것으로 보아, 흐린 날씨에 시간은 한낮인 듯하다. 둥글게 원을 그리고 있는 포로들은 일곱 명인데, 모두가 새로 지급받은 듯한 미군 군복 차림에 넥타이까지 매고 있다. 그리고 하나같이 섬뜩한 느낌을 주는 가면을 쓰고 있다. 사진상으로는 종이로 만든 것인지, 천으로 만든 것인지 식별할 수 없다. 몸의 자세를 자세히 보면, 춤 솜씨가 제법이라는 것을 알 수 있다. 상대방에게 몸을 옆으로 기울이며 바깥쪽 다리를 자신 있게 들어 올리는 동작은 결코 어설프게 흉내를 내고 있는 게 아님이 분명하다.

그 뒤로 앉거나 서서 그들의 춤을 지켜보고 있는 사람들이 보이고, 그 한가운데에 한 남자가 뒷짐을 지고서 오만한 자세로 서 있다. 유독 혼자 외투를 걸친 그 사내는 그들의 행동 하나하나를 감시하고 있는 것처럼 보인다. 사진 오른편으로는 예닐곱 명의 사내들이 등을 보인 채 일렬로 서 있는데, 머리에는 흰색 두건을 쓰고 있다.

이 사진은 스위스 출신 사진작가 베르너 비숍이 1952년에 거제도에서 찍은 것이다. 대표적인 현대 보도사진 작가 그룹인 '매그넘 포토스(Magnum Photos)' 소속의 비숍은 2년 후 페루 안데스 계곡에서 자동차 추락 사고로 38세의 나이에 세상을 떠났다.

2. 크리스 베르티에

내가 이 사진을 처음 접한 것은 3년쯤 전에 크리스 베르티에를 통해서였다. 베르티에는 나의 프랑스인 친구였다. 그는 파리 서쪽 외곽에 위치한, 주로 아시아와 아프리카를 대상으로 하는 작은 사진 박물관의 관장이었다. 자베르-칸 뮤지엄이라는 이름의 그 박물관은 원래는 개인 재단으로 설립되었으나, 심각한 경영난을 겪은 후에 이미 오래전부터 그 지역의 도청에서 소유

권을 넘겨받아 운영하고 있었다.

박물관 건물 앞의 넓은 부지에는 프랑스, 영국, 보스니아, 일본 등 여러 나라의 양식이 다양하게 혼재된 정원이 꾸며져 있었다. 세계 평화를 염원한다는 취지에서 조성된 그 독특한 정원으로 인해 박물관의 이름도 꽤 알려진 편이었다. 정원 자체의 규모는 그리 크지 않았지만, 다양한 풀과 나무, 꽃과 돌, 작은 연못들이 정적으로 어우러져 있어서, 그 이국적인 정취가 낯설지 않게 다가왔다. 처음 그곳에 발을 들여놓았을 때, 문득 한국 담양에 있는 소쇄원이 머리에 떠올랐다. 소쇄원 양식으로 이곳에 작은 정원을 하나 꾸민다면 잘 어울릴 듯싶었다. 정원 한쪽 옆으로 대나무 숲을 꾸며도 좋을 것 같았다.

베르티에는 나와 동갑내기였는데, 프랑스 출판계에서는 인문 교양서의 저술 및 기획 분야에서 아시아 전문가로 알려져 있었다. 내가 그를 처음 만난 것은 어느덧 10여 년 전으로 거슬러 올라간다. 그해 가을에 나는 잠시 파리에 머물고 있었다. 그 무렵에 나는, 비록 그다지 성공적이라고는 할 수 없었지만, 나름대로 몇 권의 장편소설과 소설집을 출간하면서 작가로서 입지를 굳혀나가고 있었다.

파리행을 결심한 것도 명목상으로는 새 장편소설을 위한 자료 조사를 위해서였다. 그러나 사실상 그때부터 아내와의 별거가 시작되었다. 방을 따로 쓰기 시작한 건 훨씬 오래전부터였는데, 어느 날부턴가 아내와 나 사이에 갑자기 말도 사라졌다. 말이 사라지자 몸짓만 남았다. 말은 대화를 유도하지만, 말이 배제된 몸짓은 신호나 지시, 심지어 명령을 전달할 뿐이었다. 우리는 서로에게 신호하고 지시하고 명령하면서 한동안 팬터마임 같은 삶을 살았다. 서로를 정면으로 보기를 피했으므로, 어차피 표정은 중요하지 않았다. 시간이 흐를수록 상대방의 시선을 끌기 위해 몸짓이 점점 더 커졌다. 어쩔 수 없이 우리는 서로를 곁눈으로 살펴야 했다. 흘겨보는 그 눈길로 인해 서로를 감시한다는 느낌이 들었던 것은 어찌 보면 당연한 일이었다. 우리가 몸담고 있는 서울의 작은 아파트는 우리에게 수용소와 다를 바 없었다. 결국 우리는 한동안 떨어져 지내기로 합의를 보았다. 우리의 별거는 3년 후 이혼할 때까지 계속되었다.

대학에서 프랑스 문학을 전공했지만, 프랑스 방문은 그때가 처음이었다. 샤를드골공항에 도착하여, 처음 이틀은 파리 교외의 호텔에 머물다가, 외환은행 파리 지점에 근무하는 대학 동기의 도움을 받아 파리 13구에 작은 스튜디오를 얻었다. 보름쯤 지나 어느 정도 파리 생활에 자리를 잡아가기 시작할 무렵에, 한 여자에게서 전화를 받았다. 그녀는 자신의 이름이 한수영이고, 내 3년 아래 대학 후배라고 밝혔다. 머릿속으로 가만히 이름을 되새겨보니, 간간이 강의실과 캠퍼스에서 마주치던, 말수는 적었지만 조금은 당돌한 인상을 주던 여학생의 모습이 눈앞에 떠올랐다. 그 후로 그녀를 다시 본 기억이 없었다.

인사말이 오간 뒤에 그녀는 아시아 연구소를 겸한 자베르-칸 재단의 연구원인 크리스 베르티에라는 사람이 나와 만나고 싶어 한다고 말했다. (그때만 해도 베르티에는 연구원이었고, 박물관 관장이 된 것은 5년쯤 전이었다.) 그녀는 대학 졸업 후 나의 경력을 어느 정도 알고 있는 것 같았다. 아마도 외환은행에서 일하는 동기에게서 내가 파리에 와 있다는 사실을 전해 들은 모양이었다. 우리는 다음 날 베르티에와 함께 셋이 팡테옹 근처의 카페에서 만나기로 했다.

전화를 끊고 났을 때, 문득 눈과 코에 통증이 느껴졌다. 내 감각의 기억 속에 내장된 매캐한 최루탄 냄새가 코를 찔렀기 때문이었다. 대학 시절, 늘 반정부 시위가 끊이지 않았던 터라, 캠퍼스 어디에서든 보도블록을 밟으면 그 틈에 내려앉아 있던 최루탄 가스가 먼지와 함께 풀썩거리며 피어올랐다. 그 시절을 떠올릴 때면 그 냄새가 가장 먼저 다가왔다. 그때 초점이 잘 맞지 않아 흐릿한 장면 하나가 천천히 눈앞에 떠올랐다. 도서관 앞에서 학생들이 기습적으로 시위를 벌이고 있었다. 어느새 나타났는지 소위 백골단이라고 불리던 사복 전투경찰들이 그들을 덮쳤다. 도주와 추격과 구타와 비명, 그 와중에 한 여학생이 전투경찰의 우악스런 손아귀에 옷자락이 잡힌 채 질질 끌려가고 있었다. 이제 그 장면은 선명해졌다. 그녀는 한수영이었다. 그날 나는 먼발치에서 그 광경을 보며 내 눈을 믿을 수 없었다. 그녀는 한 번도 데모에 가담한 적이 없기 때문이었다.

베르티에와 나 사이의 인연은 그렇게 시작되었다. 그는 연한 흑발에 체격이 크지 않아서, 크고 둥근 눈을 제외하고는 전체적으로 동양인을 연상시키는 외모였다. 술에 대해서도 프랑스인답지 않게 무척이나 절제된 모습을 보였는데, 그 때문인지 열성적이면서 진지한 눈빛이 더 강한 인상을 주었다. 첫 만남의 자리에는 수영도 동석했다. 그녀에게는 놀라울 정도로 예전 모습이 거의 남아 있지 않아서, 내게는 낯선 사람과 다를 바 없었다. 그녀는 화장기가 전혀 없는 얼굴에, 마치 막 목욕탕에서 나온 사람처럼 머리카락에 윤기가 흐른다는 점을 제외하고는 수수하고 평범해 보였다. 그녀는 코디네이터로 일하면서, 베르티에와도 자주 공동 작업을 하고 있다고 했다. 그녀는 우리 사이에 오가는 대화에 무척 관심을 보였다. 내가 말이 막히면 그녀가 나서서 열띠게 이야기를 늘어놓곤 했다. 그러나 그날 이후로 그녀는 우리가 만나는 자리에 다시 모습을 나타내지 않았다.

베르티에의 말에 따르면, 지금까지 주로 남아메리카와 일본과 중국에 관심을 가져왔던 프랑스 출판계는 이제 한국으로도 눈을 돌리고 있다고 했다. 한국의 오랜 역사와 정치적으로 특수한 상황, 그리고 최근에 보여준 놀라운 경제적 발전을 고려한다면, 예술과 문화에 있어서도 주목할 만한 성과가 있었으리라는 것이었다. 그런 취지에서 베르티에는 가장 먼저 한국의 젊은 작가들을 중심으로 단편소설 앤솔러지를 기획하고 있었다. 그는 작가와 작품을 선정하는 일로 내게 도움을 청했고, 나는 선선히 승낙했다. 나중에 한국의 작가들에게 연락해서 섭외를 하고 계약을 하는 일도 내가 맡기로 했다.

프랑스 측에서는 우선적으로 폴 로랑 출판사가 번역 및 출간에 적극적으로 나섰다. 그 후로 프랑스에 한국 소설들이 정기적으로 소개되었다. 베르티에는 내 장편소설도 고려의 대상이라고 했지만, 시간이 흘러도 출판 계약은 이루어지지 않았다. 아마도 한국적인, 가장 한국다운 문학을 찾으려는 그들의 입장에서, 현대인들의 심층 심리를 주로 다룬 내 소설들은 다소 까다로운 대상이었던 모양이었다. 때문에 베르티에로서도 난처해하는 것 같았고, 그 점을 잘 알고 있었기에 나도 말을 꺼내기를 피했다.

5년 전에 베르티에는 바라던 대로 박물관의 관장이 되었고, 이듬해 봄에 한국을 방문했다. 프랑스에서 열리는 '세계의 정원' 전시회 때 소개하기 위해 유서 깊은 한국 정원들을 다큐멘터리로 제작하려는 의도에서였다. 베르티에는 제작진 세 명을 대동했는데, 놀랍게도 수영이 그중 하나였다. 나는 그들과 함께 오랜만에 소쇄원을 찾았다. 늦은 봄이라 소쇄원에는 은은한 향기와 온갖 종류의 맑은 소리가 가득했다.

두 명의 사진작가가 사진을 찍고 비디오 촬영을 하느라 바쁘게 움직이는 동안, 베르티에와 수영은 나란히 서서 정원을 거닐었다. 그 뒤를 따라 천천히 걷던 중에 나는 그들이 그저 일 관계로 만나는 사이가 아님을 뒤늦게 알아차렸다. 베르티에는 늦은 나이에 결혼하여 실비라는 이름의 어린 딸을 두고 있었고, 수영은 줄곧 혼자 지내고 있었다. 수영에게서는 불행해하는 기색이 보이지 않았다. 나는 그들 둘이 은밀하게 눈빛을 교환하는 장면을 여러 차례 볼 수 있었다. 그러나 그 눈빛에는 비밀스런 사랑을 하는 사람들 사이에서 오가는 애틋함과 간절함은 담겨 있지 않았다. 수영 쪽에서 짧고 날카롭게 노려보고 베르티에는 먹먹한 눈길로 그녀를 마주 바라보곤 했다. 그 순간 그들 사이에서는 애정보다는 미움과 분노가 느껴질 정도였는데, 오히려 그 때문에

서로 쉽게 떨어질 수 없이 끈끈하게 엮여 있다는 느낌을 주기에 충분했다.

지방 여행을 하는 동안, 호텔에 투숙할 때마다 모두 다섯 개의 방을 얻곤 했는데, 나는 베르티에와 수영이 한 침대에서 잠든다는 사실을 모르지 않았다. 두 명의 사진작가도 그 점을 알면서도 개의치 않는 기색이었다. 그 무렵에 나는 이혼을 하고 독신으로 지내고 있었기 때문에, 나도 모르게 수영을 유심히 바라보곤 했다. 만약 수영이 베르티에와 깊은 관계를 가지고 있지 않았다면 그녀에 대한 내 감정이 어땠을까 궁금했기 때문이었다. 그러나 이미 나로서는 베르티에 없이 수영을 생각할 수 없었고, 수영 없이 베르티에를 생각할 수도 없었다. 내가 5월 말의 어느 날 두 사람을 공항으로 배웅하는 동안, 그들은 언뜻언뜻 행복한 연인처럼 보이기도 했다.

그 후 우리 사이에는 1년가량 연락이 오가지 않았다. 얼마 전부터 폴 로랑 출판사에서는 더 이상 한국 소설 출판을 고려하지 않는 탓에, 베르티에와 내가 함께할 일도 없었다. 그러다가 그해 겨울, 그러니까 3년 전 겨울에 그에게서 이메일이 도착했다. 거기에 바로 이 사진이 첨부되어 있었고, 사진 파일의 제목은 '재교육 캠프에서의 스퀘어댄스, 거제도, 한국, 1952'였다.

메일의 내용은 대략 다음과 같았다.

"〈한국의 정원〉이라는 다큐멘터리 필름을 공개하면서, 한국에 관한 사진전도 함께 열자는 의견이 있었네. 전체적인 방향을 잡아보기 위해, 한국에 관한 중요한 기록 사진들을 검토하던 중에 이 사진을 발견했지. 한국 공산군 포로들이 가면을 쓰고 춤을 추고 있어. 그런데 왜 한국인들이 미국의 민속춤을 추고 있을까. 포로수용소를 미국이 관리하고 있기 때문이라고 막연히 짐작할 수 있을 뿐이어서, 자세한 내막이 궁금하군. 독일군이나 일본군에게 포로가 된 미국 군인들이 독일이나 일본의 춤을 출 것인가. 그리고 왜 가면을 쓰고 있을까.

물론 포로가 된 한국의 군인들, 특히 북한군(북한 출신의 인민군과 남한 출신의 의용군)들의 입장이 무척 복잡했다는 걸 어느 정도 알고 있어. 지금

이들은 북으로 돌아가느냐, 남쪽에 남느냐, 아니면 중립국을 택하느냐의 기로에 놓여 있지. 아마도 공산주의를 버리고 민주주의를 택하려는 사람들이 이 춤을 추고 있을 거야. 그래도 이 사진 속에는 뭔가 더 복잡한 드라마가 들어 있을 듯해. 이들에게 춤을 가르쳐준 사람은 누구일까.

문득 떠오르는 이야기가 있어. 남아메리카에서 혁명의 바람이 불던 시절, 원주민 인디언들은 축제를 맞아 춤을 출 때 전통적인 가면을 착용했는데, 이 가면들은 게릴라들이 신분을 감추는 수단으로 자주 이용되었다더군. 그 때문에 정부군에 의해 한 마을이 지구상에서 완전히 사라지기도 했다는 거야. 언젠가 아시아 관련 자료를 뒤지다가 퐁피두 센터 도서관에서 '한국의 가면'에 대한 사진첩을 본 적이 있지. 어쩌면 이들은 미국 민속춤을 추는 시늉을 하면서 실제로는 한국의 탈춤을 추고 있는 건 아닐까."

3. 매그넘 포토스

나는 그 사진에 대해 자세히 조사해보고서 알려주겠다고 답장을 보냈다. 처음에는 나 역시 사진 속 장면에 강한 호기심을 느꼈다. 전후 사정을 캐들어가다 보면 충분히 흥미로운 이야깃거리도 얻을 것 같았다. 그동안 거제도 포로수용소를 생각할 때면 내 머릿속에는 항상 같은 이미지가 떠오르곤 했다. 반공포로와 친공포로가 한데 뒤섞여 서로 세력을 차지하기 위해 목숨을 걸고 싸우는 상황이, 하나의 함정 속에 천적 관계인 두 집단이 동시에 떨어져서 서로 잡아먹고 잡아먹히는 상황과 겹쳐지는 것이다. 누군가 그들을 떼어놓지 않는 한 한쪽이 말살되거나 아니면 양쪽이 다 말살될 때까지.

그러나 나는 잠시 마음만 동했을 뿐, 자료를 뒤지는 작업에 선뜻 착수하지 못했다. 왜 그랬을까. 너무 힘든 일이 되리라 생각했기 때문일까. 아니면, 지금까지 한국의 과거사를 가지고 소설 쓰는 일에는 한 번도 관심을 두지 않았던 탓이었을까. 어쩌면 사진 속 상황이 액면 그대로일 뿐일지도 모른다는 생각이 들었기 때문일 수도 있다. 반공포로들이 춤을 추는 것은, 공산주의에 대한 민주주의의 우월성을 선전한다는 미국 측의 방침에 적극적으로 협조하기 위한 수단일 뿐인 것이다. 어차피 포로수용소 관리뿐만 아니라 한국동란 자체의 주체가 미국이지 않았는가. 한국군은 독자적인 작전권이 없었고 휴전회담에서도 발언권이 없이 참관인 자격으로 참석해야 하지 않았는가.

나는 답장을 차일피일 미뤘고, 시간은 빠르게 흘러갔다. 세계의 정원 전시회는 여러 사정으로 무기한 연기되었다. 몇 달 후 베르티에는 〈한국의 정원〉 다큐멘터리 필름을 담은 비디오테이프를 보내주었다. 우리는 그 일로 이메일을 주고받았지만, 어느 쪽도 사진 이야기를 다시 꺼내지 않았다.

내가 그 사진과 다시 마주친 것은 지난 달 말로 어느새 3년이 지난 후였다. 그날 나는 '매그넘 사진전'을 관람하기 위해 한가람 미술관 3층의 전시회장을 찾았다. 2월도 며칠 남지 않아서 봄이 멀지 않았지만 날씨가 한겨울 못지않게 몹시 추웠고, 미술관 마당에는 싸락눈이 깔려 있었다.

나는 '매그넘 포토스'에 대해 아는 바가 많지 않았다. 그래도 로버트 카파나 카르티에 브레송 같은 유명한 사진작가들에 관한 책은 몇 권 읽은 적이 있었다. 브로슈어를 보니, '매그넘 포토스'는 2차 대전 후부터 동시대의 현실을 휴머니즘적인 시선으로 생생하게 담아낸 가장 정통적이면서도 자유롭고 개성이 강한 보도사진 작가 그룹이라고 적혀 있었다.

전시장 안은 어두운 편이었고, 사진 한 점마다 독립적으로 조명이 설치되어 있어서 그 속에 담겨 있는 광경이 더욱 강한 인상을 불러일으켰다. 나는 가급적 천천히 걸음을 옮겼다. 하지만 마음속으로는 각각의 작품 앞에서 충분히 시간을 보내고 싶은 욕구와 빨리 다음 작품으로 넘어가고 싶은 충동 사이에서 끊임없이 갈등하고 있었다. 역사란 무엇인가. 우리 삶의 리얼리티란 무엇인가. 사진 속 장면은 리얼리티였지만, 사진 그 자체는 리얼리티가 아니었다. 단지 보여줄 거리, 볼거리일 뿐이었다. 그렇다면 우리는 역사의 리얼리티를 어떻게 경험해야 하는가.

나는 두 시간쯤 후에 전시장을 나와서 뮤지엄 숍으로 갔다. 딱히 뭔가를 사고 싶어서가 아니라, 건물을 나서기 전에 잔뜩 긴장된 내 머릿속의 기압을 바깥의 기압과 맞추기 위해서였다. 막 숍 안으로 들어섰을 때, 진열대 오른쪽 가장자리에 놓인 크고 두툼한 사진첩이 눈에 들어왔다. 그 책은 '매그넘 포토스' 소속 사진작가들의 렌즈로 포착한, 20세기의 역사를 담은 사진집이었다. 제목은 '현장에서 만난 20세기'였다. 나는 그 책을 집어 들고 무심코 책장을 들추었고, 그때 바로 그 사진, 포로들이 가면을 쓰고 춤을 추고 있는 그 사진이 눈앞에 펼쳐졌다.

베르너 비숍이 '매그넘'의 일원이라는 것을 전혀 몰랐던가. 나는 멍하니 사진을 내려다보았다. 3년 만에 다시 그 사진을 대하고 있다는 생각이 들자, 지나간 시간의 흐름이 생생하게 느껴지면서 귓속이 먹먹해졌다. 나는 미간에 힘을 모아서 사진 밑에 붙어 있는 글귀들을 읽어 내려갔다.

"한국의 거제도, 1952년." "'정말로 잘못된 장소에서 잘못 택한 적군을 상대로 벌인 잘못된 전쟁이었다.' 미국 총사령관 브래들리 장군." "한국전쟁은 냉전 시대를 특징짓는 중요한 사건 중 하나라고 할 수 있다. 북한 측 전쟁포로들이 수감되어 있는 수용소를 찍은 이 사진에서, 포로들은 자유의 여신상 모형 앞에서 미국의 민속춤 '스퀘어댄스'를 추고 있다."

넓은 책장의 하단에는 베르너 비숍의 얼굴 사진이 실려 있었다. 얼굴이 약간 긴 편이어서 그런지 선량하면서 장난기도 조금 느껴지는 인상이었다. 그러나 넓은 이마와 깊은 눈매에서는 차분함과 진지함이 느껴졌다.

그 밑에는 비숍이 직접 쓴 사진에 대한 설명이 붙어 있었다. "거제도에서는 모든 것이 조작되었다. 모든 사람들에게 지시가 내려졌고, 사진을 찍는 우리들 앞으로는 그럴듯한 사람들만이 지나가도록 계획되었다. 이 사람들은

'보도사진'에 찍히기 위해 포즈를 취했다. 나는 이게 진정으로 수용소에서의 생활인지 끊임없이 자문하지 않을 수 없었다."

그 글을 읽고 나서 나는 책의 무게도 잊은 채 눈을 돌려 오랫동안 창밖을 내다보았다. 나무와 건물과 간판이 어우러진 바깥의 풍경은 한 덩어리로 꽝꽝 얼어붙어 있었다. 비숍의 글에 따르면 사진 속 장면은 의도적으로 연출되었다는 것이었다. 나는 책을 떨어뜨리듯 내려놓고서 밖으로 나왔다. 택시를 타고 집으로 돌아오는 동안, 내 머릿속에서는 브래들리의 말이 계속하여 울림을 일으켰다. '한국동란은 정말로 잘못된 장소에서 잘못 택한 적군을 상대로 벌인 잘못된 전쟁이었다.' 그렇다면, '실로 적절한 장소에서 적절하게 택한 적군을 상대로 벌이는 적절한 전쟁'이 있다는 말인가. 대체 어떤 전쟁이 그런 전쟁일까. 그런 전쟁이 있다면 나 또한 정말로 그 전쟁터에 뛰어들고 싶었다.

그제야 비로소 나는 깨달았다. 처음 그 사진을 보고서 강한 호기심을 느꼈을 때, 나는 그 장면에서 흥미로운 이야깃거리를 찾고 있었다. 그 사진에 대한 관심이 이내 시들해진 까닭은, 나 자신이 사진 속 상황을 단지 이야깃거리로 대하고 있음을 자각하고서 무의식적으로 부끄러움을 느꼈던 탓이었다. 언젠가부터 나는 무엇을 대할 때마다 그럴 듯한 이야깃거리인가 아닌가 하는 잣대로 가치를 재고 있었다. 진실을 찾는 건 내 능력을 넘어서는 일이었고, 따라서 나의 소관이 아니었다. 그런데 이제 그 사진이 다시금 나를 강하게 끌어당기고 있었다. 분명 내게 뭐라고 말을 건네고 있었다. 아직은 그 말을 알아들을 수 없었지만, 이제 나는 전쟁터에 나선 병사의 심정으로 그 사진을 바라보고 있었다.

다음 날부터 나는 거제도 포로수용소에 대한 자료를 모으기 시작했다. 가장 먼저 열화당 사진 문고로 출판된 베르너 비숍의 사진첩이 손에 들어왔다. 그 책의 87면에 실린 그 사진의 제목은 '재교육 캠프에서의 스퀘어댄스, 거제도, 한국, 1952'였다. 베르티에가 사진 파일에 붙인 바로 그 제목이었다. 그 옆에는 다음과 같은 설명이 붙어 있었다. "이 수용소의 첫째 목적은 북한과 중국 포로들에게 서구식 생활 방식과 가치를 가르치는 것이었다. 이는 무엇보다도 배경에 보이는 자유의 여신상 같은 서구적 이미지의 수용, 혹은 일종의 민속 활동으로서 스퀘어댄스를 배우는 것이었다. 이 사진에서는 포로들이 종이 가면을 씀으로써 자기들 나름의 모습을 덧붙였다."

비숍의 사후에 출간된 이 책의 편집자는 클로드 쿡맨이었다. 그가 해설도 썼으니 사진 설명도 그가 붙인 것으로 보아야 할 것이다. 그런데 그는 포로들이 각기 자기 스타일대로 가면을 만들어 썼다고 믿고 있었다. 과연 그럴까. 지금 이들이 일종의 가면무도회 분위기를 내고 있다는 말인가. 그렇게 보기에 가면들은 하나같이 흉측할 정도로 거칠고 기괴해 보이지 않는가.

이 책에는 거제도와 관련하여 비숍이 찍은 또 한 장의 사진이 실려 있었다. 제목은 '가장 어린 포로, 거제도, 한국, 1952'였는데, 이런 설명이 붙어 있었다. "나이 많은 동료들과 같은 군복을 입은 일고여덟 살가량의 소년이 포로수용소에서 자기 몫의 국과 김이 모락모락 나는 밥을 받아 들고 있다." 배식시간이 되어 길게 늘어선 포로들의 행렬, 그중에서 군복에 군모 차림의 한 아이가 막 국과 밥을 타 가지고 어딘가로 걸어가고 있다. 그는 얼굴에 만족스런 미소를 짓고 있다. 이목구비가 분명하고, 뺨은 토실토실하다. 지금 이 소년은 어떻게 되었을까. 분명 어딘가에 살아 있지 않을까. 살아남지 않았을까.

나는 책방과 온라인 서점과 도서관과 RISS(학술연구정보 서비스)를 뒤져서 책들을 구했다. 돈을 주고 구입한 책들 중에는 중고 서적도 적지 않았다. 자료들을 정리해나가는 동안 거제도 포로수용소에서 벌어진 그야말로 피비린내 나는 일련의 역사적 사건들이 내 앞에서 천천히 윤곽을 드러냈다. 거제도 포로수용소는 1951년 2월부터 포로들을 수용한 이후로, 반공포로와 친공포로를 분류하기 시작하였고, 1952년 4월에는 이미 대부분의 반공포로들이 제주도, 부산, 광주, 논산, 마산 등지에 새롭게 건설된 수용소로 이송되어 수감되었다. 그러나 분류작업이 몇 달 동안 더 계속된 점을 감안한다면, 대략 1년 반 동안 반공포로들과 친공포로들 사이에 밤낮으로 목숨을 건 싸움이 벌어졌다고 볼 수 있다. 정확한 사망자 수에 대해서는, 거제도 포로 공동묘지에 4천여 기의 무덤이 있고 그 외에도 적지 않은 시신이 유기되었다는 점을 염두에 두어야 할 것이다.

양 진영은 대외적으로도 극명한 대비를 보였는데, 반공포로들은 수용소 당국의 방침이나 정책에 적극적으로 동조했고, 친공포로들은 철저히 거부하고 방해 공작을 펼쳤다. 수용소 당국에서는 원칙적으로 친공포로들을 반공포로로 회유하려는 의지를 가지고 있었으나, 제네바 협정에 따른 자율적 판단과 자치적인 활동을 허락했다. 비숍이 찍은 '스퀘어댄스' 사진은 그 대립의 한 단면을 가장 극적으로 드러내주고 있는 것이다.

4. 아버지

소설가로 살아가는 나의 삶은 최근 들어 그다지 행복하지 않았다. 어쩌다 글을 발표하거나 책을 출간하고 나면, 오히려 나 자신이 세상과 채널을 제대로 맞추지 못하고 있다는 사실을 절감하곤 했다. 그건 책이 많이 팔리고 안 팔리고 하는 것과는 별개의 문제였다. 깊은 산에 들어가서 크게 외치는데, 메아리가 돌아오지 않거나 돌아온다 하더라도 전혀 다른 목소리가 들리는 것이었다.

그래서인지 언젠가부터 나는 신화와 종교의 영역을 헤매고 있었다. 제주의 궤네깃또 신화를 바탕에 두고서 4 · 3사건을 풀어나가는 데 몰두하거나, 바퀴를 테마로 삼아서 이른바 현대적인 불교 설화를 쓰려 하거나, 성당의 고해실 의자 이야기로 기독교적 신성의 세계에 다가서려 하고 있었다. 말하자면 나는 인간 세상에 제대로 적응하지 못하고 유령처럼 떠돌고 있었다.

나는 오래전부터 내 오랜 친구로 가장 먼저 나의 아버지를 꼽았다. 내가 사춘기를 겪을 무렵부터 아버지와 나 사이에 갈등이 적지 않았다. 그러나 늘 결정적인 파국은 피할 수 있었고, 그 점은 전적으로 아버지의 넉넉한 성품 덕분이었다. 아버지는 지금 위독하여 벌써 몇 달째 병원 신세를 지고 있었다. 평생 성실한 중등학교 교사로 조용히 살아온 아버지는 나이 일흔이 넘은 후부터 갑자기 역마살이라도 낀 듯 전국 방방곡곡을 돌아다녔다. 누군가가 말리려 들면, 늙는 것과 늙은이처럼 사는 것은 다르다는 모호한 말을 습관처럼 되풀이했다.

그러다가 결국 일이 생기고 말았다. 어느 날 강원도 철원 부근에서 산에 오르다 쓰러져 응급조치를 받은 후 서울에 있는 대학병원으로 이송되었다. 쓰러질 때 뇌에 충격을 받아 뇌진탕이 왔는데, 다행히 그런대로 회복이 되었다. 왼쪽 다리에 약간의 마비 증상이 왔지만 거동을 하는 데 큰 불편함이 없었다. 나는 아버지에게 푸른색 티타늄 지팡이를 사드렸다. 그러나 아버지는 지팡이를 짚는 것을 싫어했다. 한 달에 한두 번 가족 모임이 있을 때 아버지 손에는 매번 지팡이가 들려 있지 않았다. 내가 걱정도 하고 짐짓 화도 내보았지만, 아버지는 아랑곳하지 않았다. 아마도 지팡이를 짚는 것이야말로 늙은이처럼 사는 것을 의미한다고 여겼던 모양이다.

우려했던 대로 아버지는 어느 겨울날 집 앞 인도의 불규칙한 보도블록에 왼쪽 발이 걸려 다시 넘어졌다. 또 머리를 부딪혔는데, 이번에는 상태가 훨씬 심각했다. 아버지는 장시간에 걸쳐 뇌수술을 받은 후에 깨어났다. 그러나 말이 어눌했고, 거동은 거의 불가능했다. 그 후로 수차례에 걸쳐 다시 수술을 받았다. 의사들 말로는 뇌에 자꾸 피가 고이기 때문이라고 했다. 그러나 피를 빼면 다시 피가 고였다.

그 상태로 1주일이 지났을 때, 나는 형과 함께 병원 휴게실에서 상조회사 직원들을 만났다. 검은 양복을 맵시 있게 차려입은 두 명의 젊은 남자가 근심 어린 표정으로 우리를 맞았다. 우리는 유언과 수의에 대해, 그리고 장례 절차에 대해 차분하게 이야기를 나누었다. 우리 네 사람에게 아버지는 이미 죽은 사람이었다. 그들이 매고 있는 검은색 넥타이에 눈길이 닿았을 때, 문득 춤추는 포로들 사진이 눈앞에 떠올랐다. 포로들은 모두 검은 넥타이를 매고 있었다. 그중 앞쪽에서 혼자 춤을 추고 있는 사내의 넥타이가 가볍게 너풀거리고 있었는데, 마치 몸통이 짧고 가는 뱀처럼 보였다.

그러자 이번에는 눈앞에서 흰 꽃과 붉은 꽃이 어른거렸다. 중공군 포로들 콤파운드(포로수용소 내의 작은 단위의 수용소들을 부르는 이름)에서 상당수의 포로가 경비대와 무장 투쟁 중에 사망했을 때, 중공군들은 성대하게 장례식을 치르기로 결정했다. 그들은 관리 당국 측에 흰 휴지 뭉치와 머큐로크롬을 요구했고, 그것들로 흰 꽃과 붉은 꽃을 만들었다. 휴지와 빨간약으로 만든 것이라 하더라도, 죽음을 애도하기 위해서는 반드시 꽃이 필요한 것일까. 문득 두 명의 상조회사 직원이 아버지의 죽음을 위해 마련된 두 송이의 검은 꽃처럼 보였다.

나는 혼자 조용히 일어나서 병실로 돌아왔다. 아버지는 여전히 깊이 잠들어 있었다. 아버지는 매사에 좋고 싫음이 분명했지만, 그렇다고 완고하거나 편협하진 않았다. 그는 항상 웃음을 잃지 않았고, 눈에 보이는 모든 것이 그에게는 그럴듯한 유머의 대상이 되었다. 가족들을 웃음거리로 삼는 일도 자주 있었지만, 그로 인해 불화가 생긴 적은 한 번도 없었다.

내가 이혼한다는 뜻을 밝혔을 때, 아버지가 말했다.

"네 경우는, 결혼을 하고서 후회를 했으니, 이혼을 하고서 후회하는 일은 없기를 바란다."

결혼은 해도 후회하고 안 해도 후회하듯이, 이혼 역시 해도 후회하고 안 해도 후회한다는 말을 아버지는 그렇게 돌려 표현한 것이다.

겨울이었지만 실내는 약간 후텁지근했다. 아버지의 몸에서 담요가 옆으로 흘러 내려와 있었고, 환자복의 아랫배 쪽 앞섶이 약간 벌어져 있었다. 그 사이로 배에 난 흉터가 눈에 들어왔다. 아버지가 군대에서 받은 복막염 수술 자국이었는데, 얼핏 보면 철조망 문양처럼 보이는 그 흉터는 배꼽 아래부터 거의 명치까지 일직선으로 이어져 있었다.

아버지는 강원도 봉평의 한 초등학교에서 교편을 잡고 있다가 한국동란 중에, 더 정확히 말해서 9 · 28수복 직후에 군대에 징집되었다. 남쪽으로 이송되어 곧바로 해병대에 배속되었고, 진해 훈련소에서 훈련을 받았다. 아버지 나이 스무 살 때였다. 2주 동안의 훈련이 끝나갈 즈음에, 아버지는 훈련소 철조망 너머로 낯이 익은 중년의 아낙을 보았다. 놀랍게도 그녀는 아버지의 어머니, 나의 할머니였다. 할머니가 아버지를 면회하기 위해 음식을 싸 들고서 그 험한 시절에 그 먼 길을 온 것이었다. 아버지는 그 일을 떠올릴 때면 눈시울을 붉히며 기적이나 다를 게 없는 일이었다고 말하곤 했다. 그 후로는 보따리를 머리에 인 여자를 보면 모두 할머니처럼 보였다는 말도 덧붙였다.

아버지는 전선에 배치되기 위해 대기하던 중에 복막염에 걸렸다. 복막에 염증이 생겼는데, 원인은 다양하지만 뭔가 날카로운 것에 찔려 세균이 침투한 경우도 적지 않다고 했다. 군의관은 아버지가 훈련 중에 철조망에 찔린 상처를 보고서 그때 감염되었다고 결론을 내렸다. 아버지는 수술을 받은 후에 부산 근처의 의무대로 이송되어 그곳에서 회복기를 보냈다.

병원은 포로수용소와 크게 다를 바가 없었다. 병자들이긴 해도 군인들이었으므로, 탈영을 막기 위해 곳곳에 초소가 세워져 있었고 철조망이 반원형으로 둘러쳐져 있었다. 바다 쪽으로는 열려 있었는데, 환자들은 날마다 철조망 근처나 바닷가를 배회하며 먹을 것을 구하기 위해 애썼다. 조개나 낙지 같은 것들이 간혹 그들의 허기를 달래주었다. 식량이 턱없이 부족한 상황이라, 배식을 맡은 사람들은 막강한 권력자였다. 그들은 환자들에게 무조건의 복종과 충성을 표시하는 뜻으로 밥을 타기 전에 원숭이처럼 왼손을 머리 위에 얹고 있도록 했다. 그렇게 아버지는 살아남았고, 그곳에서 휴전 소식을 들었다. 아버지의 훈련소 동기들은 거의 대부분 전장에서 목숨을 잃었다.

5. 자유의 여신상

나는 계속해서 거제도 포로수용소 관련 책자를 읽고 인터넷 문서를 뒤졌다. 그러던 중에 유엔군 민간정보교육국에서 CI&E(Civil Information and Education) 프로그램을 마련하여 포로들에게 교육적이고 문화적인 활동을 적극적으로 유도했다는 사실을 알았다. 어느 반공포로 출신의 증언에 따르면, 군악대의 연주가 거제도 상공에 높이 울려 퍼지는 가운데, 포로들이 팀을 짜서 축구, 농구, 배구 시합을 통해 마음껏 기량을 겨루었다고 했다. 한국군 헌병사령관 원용덕 장군(훗날 반공포로 석방의 주역)이 시찰 나와 단상에 앉아서 흡족한 표정으로 그 광경을 지켜보았다는 기록도 있었다.

포로들의 문화 활동은 체육 분야에 국한된 게 아니었다. 이와 관련된 사진 자료들을 여러 책에서 확인할 수 있었다. 그중에는 외부에서 초빙된 여자 아나운서들의 도움을 받아 방송 프로그램을 짜는 방송부원들을 찍은 사진도 있었다. 그리고 승공 플래카드를 제작하는 미술부원들의 사진도 있었는데, 사진의 배경에는 링컨의 얼굴 그림과 예수 조각상이 자리를 차지하고 있었다. 그런가 하면 국악기와 양악기가 혼합된 교향악단의 사진, 〈즐거운 나의 집〉을 노래하는 합창부원들의 사진도 볼 수 있었다. 연극 공연 장면을 찍은 사진은 찾을 수 없었는데, 기록에 따르면 73콤파운드의 연극부에서 〈춘향전〉을 무대에 올렸고, 춘향이 역을 맡은 남자 배우의 뛰어난 연기에 모두가 넋이 나갔다는 것이다.

그러나 춤에 대해서는 전혀 언급이 없었다. 스퀘어댄스가 아니더라도, 왈츠든 포크댄스든 하다못해 탈춤이나 사당패 춤 같은 것을 추었다는 기록은 어디에도 없었다. 그래도 문제의 사진 속 배경에 우뚝 솟아 있는 '자유의 여신상'에 접근할 수 있는 단서는 찾을 수 있었다.

1951년 가을, 역시 CI&E 프로그램의 일환으로 반공포로들의 박람회가 열렸는데, 손재주가 뛰어난 포로들이 만든 다양한 공예품과 예술품들이 전시되었다. 빈 통조림 깡통이 기관차의 차량이 되어 궤도 위를 달리고 C레이션 식료품 상자가 벽걸이 시계로 변신했다. 쌀 포대와 밀가루 포대로 만든 멋진 신사복과 우아한 숙녀복들, 그리고 조각 판화와 풍경화도 있었다. 그 외에 호랑이, 말, 곰, 독수리 등의 목공예 조각상들도 선을 보였는데, 그중에 뉴욕의 자유의 여신상도 들어 있었던 것이다.

마침 거제도 포로수용소를 시찰 중이던 미 육군참모총장 콜린스 대장과 유엔군 사령관 리지웨이 대장이 포로수용소장 도드 준장의 안내를 받으며 삼엄한 경계 속에서 박람회를 관람했다. 그들은 도구도 변변치 않은 상태에서 보잘것없는 재료로 만들어낸 멋진 작품들을 보고 놀라지 않을 수 없었다. 여기까지는 목격자들의 증언이다. 아마도 그때 미군 장성들은 나무로 조각된 '자유의 여신상'의 미니어처를 보았을 것이다.

나는 상상한다. 며칠 후, 한 반공포로 콤파운드의 지부단장이 관리 당국에 요청한다. 칭찬을 받은 목공품들 중에 '자유의 여신상'을 대형 입상으로 제작하고자 하니, 지원을 해달라는 것이다. 도드 소장은 흔쾌히 승낙한다. 여신상은 미국적 민주주의의 표상이다.

수용소 내에서 포로들에 대한 자활기술 교육은 철물 공작, 목공, 구두 수선, 양복 재단, 이발 등 여러 분야에서 이루어지고 있었다. 계속하여 나는 상상한다. 저 높이 솟아 있는 여신상 제작에 솜씨 좋은 장인들이 모두 동원된다. 그들 중에는 철물공작소에서 익힌 솜씨를 발휘해 지도부의 요구대로 각종 무기를 열심히 만들어낸 의용군 출신의 포로도 있다. 친공포로 측과 반공포로 측 사이에서 수시로 학살극이 벌어지던 시기에, 친공 측은 물론이고 반공 측에서도 수많은 무기를 만들었다. 그 무기들을 한데 모아놓았다면 기념비적인 무기 박람회가 되었을 터이다.

이제 그 중년의 포로는 낮에는 자유를 상징하는 여신상의 철골 구조물을 세운다. 그리고 밤이면 드럼통 뚜껑을 떼어내어 날을 갈고 나무 자루를 끼워서 창을 만드는가 하면, 군화 바닥을 뜯어 끄집어낸 쇠를 갈아 단도를 만든다. 철조망을 잘라내어 나무 막대에 칭칭 감아서 철퇴처럼 휘두르게 한 것도 그의 발상이다. 온갖 살상용 무기를 만들던 손으로 여신상의 동체를 쓰다듬는다. 그는 단지 장인일 뿐, 자신이 만든 작품들이 어떻게 쓰이는지 따지는 건 그의 능력을 넘어서는 일이고, 따라서 그의 소관이 아니다.

지금 나는 인터넷에서 검색한 자유의 여신상을 모니터에 띄워놓고 가만히 바라본다. 높은 받침대 위에 선 여신은 부드럽게 흘러내리는 옷을 걸치고 머리에는 일곱 개 대륙을 상징하는 뿔 달린 왕관을 쓰고 있다. 오른손으로는 '세계를 비추는 자유의 빛'을 상징하는 횃불을 높이 쳐들고, 왼손에는 '1776년 7월 4일'이라는 날짜가 새겨진 독립선언서를 들고 있다. 일곱 대륙을 상징한다는 여신상 머리의 뿔은 검투사의 투구처럼 섬뜩한 느낌을 준다. 좀더 주의 깊게 들여다보면 예수가 썼던 가시 면류관처럼 보이기도 한다. 그 가시가 철조망으로 변한다. 철조망으로 만든 관을 쓴 예수의 두상이 마치 화면보호기의 영상이 떠오르듯 천천히 스크린을 가린다.

6. 철조망

틈이 날 때마다 인터넷을 검색하던 중에, '세계와 한국의 사진작가들'이라는 사이트에서 비숍이 찍은 새로운 사진 10여 장을 발견했다. 그중에는 거제도 포로수용소 사진도 세 점이 들어 있었다.

그중 하나는 강당에서 진행되고 있는 교육 장면을 담고 있었다. 날마다 저녁 식사 전 4시부터 5시까지는 정치 교양 시간이었다. 만약 이 사진이 반공 포로들의 콤파운드를 찍은 것이라면, 왼팔을 90도로 쳐들고 오른손을 옆구리에 붙인 채 등을 보이고 서 있는 사진 속의 인물은 이승만과 맥아더의 이름을 입에 담으며 미국적 민주주의의 가치를 역설하고 있을 것이다. 만약 이 인물이 친공세력의 선동가라면, '영명한 지도자'로 시작해서 소비에트 사회주의 10월혁명과 강철 같은 인민군의 위업에 대해 열변을 토한 뒤 '간악한 미제국주의자들'에 대한 성토로 끝을 맺을 것이다.

또 다른 두 장의 사진에는 철조망이 화면 대부분을 차지하고 있다. 한 장의 사진에서는 철조망이 시야를 가로막고 있고, 그 위에 포로들의 빨래가 널려 있다. 그 너머에서 포로들이 하나같이 주머니에 손을 찌르고서 카메라 렌즈를 노려보고 있는데, 눈빛에서 적의가 느껴진다. 모처럼 바람이 없고 햇살이 따뜻한 날, 거지들이 빨래한다는 날을 맞은 모양이다. 철조망에 어지럽게 걸려 있는 젖은 옷들은 거칠게 잘린 인간의 몸통을 떠올리게 한다.

또 한 장의 사진에서는 머리에 보따리를 이고 걸어가는 한 아낙의 모습이 전면에 포착되어 있고, 그 뒤로 수용소의 철조망과 감시탑이 보인다. 햇살이 낮게 깔려 감시탑을 통과하고 있는 것으로 보아 아침녘으로 보인다. 철조망 너머에서는 벌써부터 포로들이 여기저기 몰려서서 웅성거리고 있다. 나는 그 사진에서 아버지가 훈련소 철조망 너머로 보았던 할머니의 모습을 다시 발견한다.

아버지는 복막염에서 회복된 뒤 의가사제대를 했다. 자칫 치명적이었을 병이 그를 살렸다. 배에 길게 난 상처는 생존자를 위한 훈장이자 철조망 모양의 낙인이 되었다.

어느 날 아버지는 자신의 삶이 마침내 말년에 이르렀음을 자각했다. 그 순간 그의 마음속에서 뭔가가 변했다. 그는 이제부터라도 다른 삶을 살고 싶었다. 어떻게든 다른 삶을 살아서, 죽기 전에 자신의 흔적을 이 세상에 남기고 싶었다. 그러기 위해 그가 택한 일은 곳곳에 함부로 버려져 있는 철조망을 수거하는 일이었다. 전국 방방곡곡을 돌아다닌 것도 그래서였다. 나는 그 사실을 뒤늦게야 알았다. 그는 자신의 흔적을 남기기 위해 철조망을 없애야 했다. 철조망의 흔적을 없애는 것이, 그에게는 자신의 흔적을 남기는 방법이었다.

사실, 불과 얼마 전까지만 해도 우리 주변에 철조망이 얼마나 많았던가. 산길에서, 강가에서, 바닷가에서, 사유지에서, 공원에서, 골프장 부근에서, 어디에서든 철조망이 우리 앞을 가로막았다. 온통 철조망투성이인, 가히 철조망 제국이라고 불러도 지나치지 않았다. 이 또한 한국동란이 남긴 후유증들 중 하나였다. 그 후유증은 아직 완전히 가시지 않았다. 게다가 이제는 가시 철조망 대신 그보다 훨씬 효과적인 면도날 철조망이 대세를 이루고 있다.

어렸을 적에 내가 살던 집은 봉의산이라는 높지도 낮지도 않은 산의 남쪽 자락에 있었다. 당연히 그 산은 나와 내 친구들의 주된 놀이터였다. 한번은 정상까지 올라갔다가 북동쪽 사면을 타고 소양강 쪽으로 내려가보기로 했다. 그쪽은 너무 가팔라서 등산로 같은 것도 아예 없었다. 하지만 초등학교 상급반이었던 우리는 높은 축대나 절벽 타기를 꽤 즐겼다. 밤에 잠을 자다가 절벽 중간에 매달린 채 올라가지도 내려가지도 못하는 악몽을 꾸고서 가위눌린 적이 한두 번이 아니었다. 그러나 낮이 되면 다시 가파른 언덕을 기어 올라갔다.

소양강을 내려다보며 강변도로를 3, 40미터가량 앞둔 곳까지 내려왔을 때, 우리 앞을 녹슨 철조망이 가로막았다. 둥글게 말린 그 철조망은 전쟁 중에 남하하는 공산군에 대항하여 국군이 소양강 방어선을 폈던 흔적이었다. 다른 아이들은 돌아가자고 했지만, 나는 조심스레 앞으로 나아갔다. 워낙 오래된 철조망이라 군데군데 틈이 벌어져 있었다. 나는 그중 가장 넓어 보이는 곳으로 과감하게 상체를 들이밀었고, 다음 순간 더 이상 꼼짝도 할 수 없다는 사실을 깨달았다. 조금만 몸을 움직여도 곳곳에서 날카로운 통증이 느껴졌다.

너무도 순식간에 일어난 일이라 어이가 없고 기가 막혔다. 그러나 가시들로 이루어진 괴물의 손아귀에 갇혀버린 건 분명한 사실이었다. 빠져나가려 하면 내 몸이 먼저 비명을 질렀다. 나는 무엇보다도 내 몸이 저주스러웠다. 가시들은 눈에 보이는 듯하면서도 보이지 않았고, 보이지 않는 듯하면서도 분명히 눈에 보였다. 결국 나는 상처 입은 짐승처럼 울부짖었고, 친구들도 나처럼 눈물을 철철 흘리며 가시 달린 쇠줄에 매달렸다. 나는 거의 한 시간 만에 간신히 철조망에서 벗어났는데, 옷이 너덜너덜했고 여기저기에 살이 찢겨 피가 흐르고 있었다. 그날 나는 철조망이 무엇이고, 갇힌다는 게 무엇이고, 포로라는 게 무엇인지 절감했다.

아마 아버지도 그때 일을 잊지 못했을 것이다. 자세히 기억나지는 않았지만, 아버지는 내 몸에 난 상처를 보고서 속으로 눈물을 흘렸을 것이다. 이제 아버지는 몇몇 민간단체에 적극적으로 참여하여 철조망 수거에 앞장서고 있었다. 한강변을 따라 설치되어 있던 철조망 철거에 많은 시간을 보냈고, 얼마 전에는 지리산 바래봉 인근에 남아 있던 철조망과 지주대를 모두 제거하는 데 힘을 썼다. 이 철조망과 지주대는 오래전에 양 떼 목장 주위에 둘러쳐 놓은 것이었는데 목장이 폐쇄된 후에도 지금까지 방치되어왔던 것이다. 국립공원관리공단의 협조를 받아 걷어낸 수 톤의 철조망은 재활용 업체에 매각되었고 그 수익금은 불우이웃돕기 성금으로 쓰였다. 아버지는 비무장지대 내에 뒹구는 녹슨 철조망을 수거하여 상품으로 제작하고 판매하는 사업에서도 큰 역할을 했다. 하지만 그 상품은 기대했던 만큼 인기를 얻지 못했다. 아무리 우리 역사의 실상을 증언하는 물건이라 하더라도, 철조망 조각을 포장하여 벽에 걸어놓고 싶어 하는 사람들은 그리 많지 않았다.

철조망은 지구상에 처음 모습을 드러냈을 때부터 이미 악마의 밧줄 혹은 악마의 모자 끈 같은 섬뜩한 이름으로 불렸다. 10여 년 전 파리 생활을 접고 귀국하기 직전에 나는 유럽 여러 곳을 돌아보았다. 그때 폴란드 남부의 오슈비엥침, 독일 이름으로 아우슈비츠라는 도시에 들렀고, 수용소를 방문했다. 무엇보다도 나는 그곳을 둘러싸고 있는 높다란 철조망에 압도되었다. 철조망 울타리는 흔히 투명한 공포를 불러일으킨다고 했다. 벽이나 말뚝 울타리와는 전혀 달리, 철조망은 사람을 완전히 가둬두면서도 그 너머를 거의 투명하게 내다볼 수 있게 하기 때문이었다.

한 감방 벽에는 예수상이 새겨져 있었다. 설명에 따르면 손톱으로 파서 만든 것이라고 했다. 가만히 보니, 가시 면류관뿐만 아니라 예수상 자체가 철조망 가시들로 이루어진 듯한 느낌을 주었다. 수용소 내의 박물관에는 그곳에 수감되었던 사람들의 가방과 신발, 안경, 심지어 머리카락을 모아둔 전시관도 있었다. 가방 전시관 앞을 지나던 나는 나도 모르게 우뚝 걸음을 멈추었다. 아무렇게나 쌓여 있는 가방들 중에서 갈색 가죽 가방 하나가 내 눈길을 끌었기 때문이었다. 나치는 유대인들의 가방을 빼앗을 때 나중에 돌려주겠다고 거짓말을 하며 가방에 이름과 주소를 쓰라고 했다. 그 갈색 가죽 가방 위에는 분명 'Marie Kafka, Prag'라고 씌어 있었다. 프라하의 마리 카프카. 프란츠 카프카는 1924년에 프라하에서 41세의 나이로 죽었다. 그렇다면 20년쯤 후에 아우슈비츠에서 죽은 마리는 프란츠와 어떤 관계였을까. 아무도 알 수 없는 노릇이었다.

프란츠 카프카가 병약하여 유대인 박해가 본격적으로 시작되기 전에 죽었다는 것은 실로 다행한 일이다. 그런데 왜 나는 늘 카프카가 강제수용소에서 죽었다고 여기고 있는 것일까. 어쩌면 카프카가 소설을 쓰기 위해 자신을 유폐시킨 골방이 내게는 수용소처럼 느껴지기 때문이 아닐까.

박물관을 나서자 철조망이 바람에 떨리며 미세하게 금속성을 냈다. 어찌 들으면 새 울음소리 같기도 했다. 그때 문득 나 자신도 내내 철조망의 감각과 이미지에 갇혀 있는 포로 같다는 느낌이 들었다. 나는 포로였다.

7. 치명적인 유머

거제도 포로수용소의 비사를 다룬 책들을 계속 읽어나가는 중에 특히 인상적이었던 것은 '허니 바케스'였다. 허니 바케스는 원래 뜻은 꿀통이지만 포로들에게는 똥통 혹은 거름통을 의미했다. 정기적으로 각 콤파운드의 작업소대 포로들은 2인 1조가 되어 '허니 바케스'라고 불리는 분뇨통을 하나씩 나무장대에 매달아 어깨에 짊어졌다. 그러고는 경무장한 한국군 경비대의 호위와 감시를 받으며 수용소를 빠져나와 고현 앞바다에 오물을 버렸다.

어떤 기록에 따르면, 한국인들이 그 똥통을 허니 바케스라고 부른다는 말을 듣고서, 도드 장군이 한국인들의 유머 감각에 감탄했다는 내용이 있다. 이 대목을 읽으면서 나는 실소를 머금지 않을 수 있었다. 허니 바케스는 원래 허니 버킷(honey bucket)이라는 미국의 속어를 한국식으로 바꾸어놓은 표현이기 때문이었다. 포로들이 미군들에게서 배운 말임이 분명하니, 오히려 우리야말로 똥통을 꿀통이라고 부르는 미국인들의 유머 감각에 감탄해야 할 노릇이었다.

그러나 미군들이 오랫동안 몰랐던 사실이 있었다. 그 허니 바케스 안에는 수시로 인간의 잘린 팔, 다리, 심지어 머리까지 들어 있었다. 수용소 안에서 살인이 벌어지면 시체를 토막낸 뒤 허니 바케스에 숨겨 밖으로 빼돌려 바다에 던져버린 것이었다. 그런 줄도 모르고 한번은 거제도의 한 농부가 포로들이 한눈파는 틈을 타서 거름통을 가져다가 밭에 뿌렸는데, 그때 통에서 사람의 머리가 굴러 나와 까무러치게 놀랐다는 기록도 있다.

게다가 허니 바케스는 정치적, 군사적으로도 결정적인 역할을 했다. '겁 없는 프랭크' 도드 장군이 친공포로들과 면담을 하고 있을 때, 바다에 허니 바케스를 비우고 돌아오던 포로들이 장군을 에워싸고 자기들 콤파운드로 밀어넣었던 것이다. 삽시간에 분뇨 처리반 포로들에게 납치를 당한 도드 장군의 군복에서는 아마도 똥냄새가 진동했을 터이다.

꿀통이라는 이름의 똥통 속에 사람의 조각난 몸이 들어 있었다는 것, 그리고 그 똥통으로 미국 군대의 명예에 말 그대로 똥칠을 했다는 것, 이것이야말로 한국 역사의 가장 비극적인 상황이 빚어낸 가장 극적이고도 치명적인 유머 감각이 아닐까.

처음 한동안 나는 비숍의 사진 설명에 '1952년 거제도'라고만 되어 있어서, 정확히 몇 월이었는지 궁금했다. 긴팔 옷에 장갑을 끼고 있고 목도리도 두르고 있는 것으로 보아 사진 속의 계절은 분명 겨울이었다. 그렇다면 1952년 1월경일까 아니면 1952년 12월경일까. 1952년 4월 말에 대부분의 반공포로가 거제도를 떠나 다른 곳으로 이송되었으니, 아마도 1월경이라고 생각해야 할 것이었다.

그런데 그 시기에는 아직 반공과 친공의 분리 수용이 제대로 이루어지지 않은 상황이었던 터라, 각각의 콤파운드 안에서 좌우의 폭력적인 대립이 정점에 달해 있었다. 실제로 친공포로들이 크리스마스 준비를 하던 반공포로를 습격하여 수많은 사망자와 부상자를 낸 사건이 발생했고, 그 후로 친공포로들과 미군 사이에서도 수시로 대규모 충돌이 발생하고 있었다.

그러나 비숍의 사진에서는 그런 극렬한 분위기가 전혀 감지되지 않는다. 보도 통제를 당한 것일까. 아니면 모범적이고 안정적인 반공 콤파운드 몇 곳만 취재할 수 있도록 허락되었던 것일까. 그래서 비숍 자신도, '거제도에서는 모든 것이 조작되었다, 나는 이게 진정으로 수용소에서의 생활인지 끊임없이 자문하지 않을 수 없었다'고 노골적으로 불만 섞인 글을 썼던 것일까. 그 글은 곧 자신이 찍은 사진이 실상과는 전혀 다른 꾸며진 상황을 담고 있을 뿐이라고 스스로 밝히고 있는 게 아닌가.

그렇다면 다시, 포로들은 왜 스퀘어댄스를 추고 있는가. 가면은 왜 쓰고 있는가. 쿡맨은 자기들 딴에는 멋을 부리려 했다고 말했다. 그러나 아무리 보아도 가면들은 서로 비슷비슷해서, 개성을 살리기보다는 얼굴을 가리려는 의도가 더 커 보인다. 반공포로들이 목숨을 걸고 춤을 추면서 신변의 안전을 조금이나마 도모하기 위해 가면을 썼던 것일까. 아니면, 장차 남쪽으로 전향한 자기들 얼굴이 보도되었을 때 북한에 있는 가족에게 피해가 가지 않게 하려는 배려였을까. (반공포로의 대부분이 남한 출신 의용군이지만, 인민군 포로도 적지는 않았다.) 혹시 반공포로들과 친공포로들이 한데 섞여 가면을 쓰고 춤을 추었다고 가정할 수는 없을까. 하지만 이 경우에는 상당한 상상력이 필요할 듯하다.

지금 나는 잠정적으로 이렇게 결론을 내린다. 그들의 춤과 가면 또한 허니바케스처럼 치명적인 유머 감각의 극치였다.

8. 임진강

나는 육군 보병 장교로 군 생활을 했다. 그 시절을 돌이켜볼 때면 어김없이 가장 먼저 떠오르는 기억이 있다. 삼사관학교에 입소하여 5개월 동안 훈련을 받은 뒤 전방에 파견되어 교육을 받을 때의 일이었다. 나는 훈련소 동기 하나와 보름 동안 임진강 하안 경비 중대에 배속되어 실습 소대장 자격으로 경계 임무를 수행했다. 계절은 겨울이었고, 그해 겨울은 몇십 년 만의 한파라고 할 정도로 유난히 추웠다.

임진강변을 따라 길게 참호가 구축되어 있어서, 나는 밤낮으로 경계근무 등급에 맞춰 참호 순찰에 나섰다. 우리 앞에는 철조망이 쳐져 있었고, 그 너머는 강이고, 그 너머는 공동경비구역이었다. 저녁이나 새벽에 내무반을 나설 때는 옷을 여러 벌 껴입어서 마치 뚱뚱한 눈사람처럼 어기적거리며 걷곤 했다. 이틀에 한 번은 날이 샐 때까지 어둠 속에서 눈에 보이지 않는 철조망을 응시하며 참호 안에 꼼짝 않고 앉아 있기도 했다.

중대 막사 뒤쪽으로는 넓게 개활지가 펼쳐져 있었고, 주민들이 그곳에서 논밭을 일구고 있었다. 북쪽으로는 철조망과 강물, 그리고 남쪽으로는 논밭과 그 너머로 마을의 평화로운 정경이 눈에 들어왔다. 그 기이한 대비에 나는 자주 머리가 먹먹했다. 열흘쯤 지났을 때, 새벽 근무 후에 모처럼 내게 개인 정비 시간이 주어졌다. 오후 근무 때까지 다섯 시간 동안 나는 자유였다.

점심 식사를 하고서 연병장 주변을 산책하던 중에, 눈길이 자꾸 마을 쪽으로 향했다. 근무지 무단이탈은 중대한 범죄였다. 하지만 주변에 아무도 없이 나는 혼자였고, 망루 위의 병사들도 내게 등을 돌리고 있었다. 내 상관인 중대장은 별로 말이 없고 내성적인 성격이었는데, 사격에서만은 누구에게도 뒤지지 않았다. 그날도 그는 사격장에서 병사들과 내기를 걸고서 사격 시합을 하고 있었다.

그런저런 생각이 머리를 스치고 있을 때, 어느새 나는 초소를 지나 마을 쪽으로 천천히 걸음을 옮기고 있었다. 병사들의 눈에 띄지 않을까 걱정할 필요도 없었다. 바람은 쌀쌀했지만, 햇살이 화사했다. 일단 마을 안으로 들어서자 마음이 더 느긋해졌다. 이제 세 시간 안에 조용히 귀대하면 아무 문제도 없을 것이었다. 나는 책방에 들러 책들을 뒤적이고 중국집에서 자장면도 먹고 다방에 들러서 커피도 마셨다. 돌아가는 길에 가게에 들러 싸구려 양주 여러 병을 사서 군복 주머니들을 채웠다. 밤에 근무가 끝난 후 병사들과 함께 마시기 위해서였다.

해가 막 지기 시작할 무렵에 나는 다시 개활지로 나섰다. 저 앞에 중대 초소가 보였다. 나는 심호흡을 하고서 가급적 상체를 낮추어 천천히 걸음을 옮겼다. 그런데 10여 미터가량 앞으로 걸어 나갔을 때, 여기저기에서 철모들이 불쑥불쑥 솟아올랐다. 그와 거의 동시에 완전무장한 병사들의 모습이 눈에 들어왔다. 그들이 사방에서 나를 향해 달려왔는데, 총구는 정확히 나를 겨냥하고 있었다. 5분대기조가 출동한 것이었다. GOP에서 실습교육을 받을 때,

나도 5분대기조의 일원이 되어 완전군장을 한 채 5분 안에 출동하기 위해 내무반에서 명령을 기다린 적이 몇 번 있었다.

그때 맨 앞에서 달려오던 중위 계급장을 단 장교가 내 앞으로 바싹 다가서더니 총구를 들이밀며 손 들라고 소리쳤다. 나는 엉거주춤하게 서서 두 손을 쳐들었다. 순간, 중위의 얼굴에 실망한 기색이 짙게 어렸다. 그는 허탈한 표정으로 총을 내리더니 무전기를 꺼내 들었다. 그가 본부에 보고를 하는 동안, 내 귀에는 '병아리 한 마리, 병아리 한 마리 확인'이라는 말이 들렸는데, 그 의미는 나중에 알 수 있었다. 아직 임관을 하지 않은 실습 소대장들은 소위 계급장이 노란색이기 때문이기 때문에 병아리라는 은어로 불렸던 것이다. 5분대기조가 출동한 까닭도, 이상한 계급장을 단 군인 하나가 마을을 돌아다니는데 군용 차량이 나타나면 슬그머니 골목으로 숨곤 한다고 마을 사람들이 신고를 했던 탓이었다.

신분 확인이 끝나고 병사들이 물러간 뒤, 나는 혼자 개활지를 마저 가로질러 곧장 화장실로 갔다. 그곳에서 몸에 지니고 있던 술병들을 재래식 화장실의 똥통 속으로 모두 던져버렸다. 중대장실로 가기 위해 내무반 안으로 들어섰을 때, 갑자기 하사관 하나가 오른손에 탄띠를 말아 쥐고서 죽여버리겠다고 소리치며 나를 향해 달려왔다. 나는 그 자리에 멈춰 서서 멍하니 그를 바라보았다. 그때 병사들이 그를 붙들며 말렸고, 내 훈련소 동기가 내 팔을 잡고 막사 밖으로 끌고 나갔다.

그날, 중대장은 끝내 나에게 한마디 말도 하지 않았다. 마치 자기와는 상관없다는 듯, 내게 화를 내지도 않았고 내 사과를 받아들이지도 않았다. 그날부터 당장 경계 근무의 강도가 최고로 높아져서 중대원 전체가 24시간 참호에 투입되어야 했다. 식사도 참호에서 했다. 삼사관학교의 대대장이 내게 전화를 해서 불호령을 내렸고, 나는 어쩌면 이대로 옷을 벗어야 할지도 모른다고 생각했다. 그럴 경우에는 올가을에 사병으로 다시 입대해야 했다.

사흘 동안 나는 내내 철조망을 바라보며 시간을 보냈다. 밤마다 달이 밝아서, 철조망은 달빛을 받아 금빛으로 빛났다. 때로는 철조망이 녹아내릴 것처럼 보이기도 했다. 나와 함께 경계근무를 서던 병사들 중 몇몇은 내게 위로의 말을 건넸다. 그러나 대부분 원망이 담긴 싸늘하게 날선 눈빛으로 나를 노려보았다. 때문에 내게는 그들 또한 철조망의 일부처럼 여겨졌다. 그들의 시선이 눈에 닿을 때마다 나는 철조망의 가시에 찔리는 고통을 느꼈다. 어렸을 적 봉의산에서 그랬던 것처럼, 나는 철조망에 갇힌 포로였다. 모든 군인은 포로였다.

9. 한수영

베르티에에게서는 여전히 아무 소식도 없었다. 처음에는 그의 침묵이 왠지 심상치 않게 여겨졌는데, 가만히 생각해보니 오히려 내 쪽에서 침묵을 지키고 있는 것으로 여겨질 수도 있겠다 싶었다. 미안한 마음도 들고 하여 얼마 전에 출간한 수필집을 녹차 두 봉지와 함께 국제우편으로 그에게 보내주었다. 그동안 써온 잡문들을 한데 모은 것이었다. 그는 한글을 읽지 못해도 책 선물 받기를 좋아했다. 그런데 박물관 주소로 보낸 그 책이 돌아왔다. 그에게 이메일을 써서, 책이 돌아왔는데 무슨 일이냐고 물었지만, 내내 수신 확인이 되지 않았다. 휴대폰으로 전화를 걸어보아도, 없는 번호라는 메시지만 돌아왔다.

답답한 마음에 구글로 그의 이름을 검색해보았다. 검색 목록 중에서 가장 최근 것은 자베르-칸 뮤지엄에서 열린 티베트 사진전 전시회의 동영상이었다. 베르티에는 정장 차림으로 개막 연설을 하고 있었는데, 그 동영상도 이미 2년 전에 찍은 것이었다. 그래서인지 화면 속에서 베르티에는 무척 젊은 모습을 보여주고 있었다.

생각 끝에 박물관으로 전화를 걸었다. 접수계 여직원은 잠시 호흡을 가다듬더니 베르티에 씨는 작년 가을 중국 출장 중에 자동차 사고로 사망했다고 말했다. 나는 얼떨결에 알겠다고 하고서 전화를 끊었다. 그러고는 하루 종일 황막한 가슴을 가라앉히느라 애써야 했다. 베르티에가 죽고 나서 이미 계절이 두 번 바뀌었는데, 전혀 그런 줄도 모르고 있었다. 포도주 한 병을 따서 책상 앞에 앉아 마시고 소파에 누워 잠들었다가 깨어났을 때는 새벽 2시경이었다. 프랑스는 아직 저녁 8시였다.

나는 약간 혼몽한 정신으로 베르티에의 집 전화번호를 눌렀다. 젊은 여자의 목소리가 전화를 받았다. 베르티에의 딸 실비로 짐작되었지만, 나는 마리와 통화할 수 있느냐고 물었다. 베르티에의 아내 마리는 내가 건네는 위로의 말을 담담하게 받아들였다. 그녀가 고맙다고 말하고 나자, 우리 사이에는 더 이상 할 말이 없었다. 수화기를 내려놓자마자 졸음이 밀려들었다.

다음 날 저녁 메일함을 열어보니, 마리가 보낸 이메일이 도착해 있었다. 예전에 그녀는 잠시 폴 로랑 출판사의 일을 도운 적이 있었고, 그때 우리 사이에 이메일이 몇 번 오간 터였다.

"최 선생님 전화받고, 내가 조금 당황했던 모양입니다. 전혀 예상하지 못한 일이라, 다소 무례하게 여겨졌더라도 양해 바랍니다. 사실 크리스와 나는 작년 봄부터 별거 중이었습니다. 그래도 크리스는 실비를 보러 간간이 들렀고, 우리는 서로 친구처럼 대했지요. 아시겠지만, 그이는 중국 윈난성 지역의 사진작가 그룹과 만나는 일로 출장을 갔다가 자동차 사고를 당했습니다. 윈난성의 쿤밍 시 외곽에서 과속으로 달리다가 길가의 가로수를 들이받고 현장에서 숨을 거뒀습니다. 그런데 운전석에는 최 선생님의 후배인 한수영이 앉아 있었답니다. 베르티에는 중국어를 잘하고 현지 사정도 밝았으니까, 아마도 차를 렌트했겠지요. 아시다시피 두 사람은 오래전부터 가깝게 지냈지요. 두 사람이 실제로 어떤 관계였는지는 잘 몰라도, 내가 보기에 결코 사랑하는 사이는 아니었습니다. 수영은 얼마 전부터 무척 히스테릭해져서 크리스에게 수시로 까다로운 주문을 했어요. 하지만 크리스는 수영의 요구라면 거의 대부분 순순히 들어주었습니다. 지난번 중국 여행도 사실은 수영이 억지로 성사시킨 거나 다름없었지요. 왜 하필 쿤밍이었을까요. 쿤밍은 얼마 전부터 지진과 테러로 이곳 신문에서도 자주 오르내렸지요. 수영이 그곳의 사진에 관심을 가진 것도 아마도 그래서였겠지요. 나는 수영에 대한 크리스의 태도를 이해할 수 없었어요. 곁에서 지켜보다 못해 내가 한마디 하면, 크리스는 늘 이렇게 대꾸했어요. 아마 자기들은 전생의 업 같은 것으로 엮여 있는 게 아닌가 싶다고 말이지요. 서양인이면서도 그이는 그런 사람이었어요. 크리스는 수영에게 나로서는 도저히 이해 못 할 책임감과 죄책감을 느끼고 있었지요. 그러나 이제 모두 지난 일입니다. 부디 두 사람이 카르마에서 벗어나 서로를 자유롭게 해주기를 바랄 뿐입니다."

메일을 읽고 나자, 문득 8년쯤 전에 파리에서 베르티에의 가족을 만났던 일이 기억났다. 그 무렵에 실비는 막 사춘기에 들어선 약간 통통한 금발 소녀였다. 딸에 대한 베르티에의 사랑은 각별해 보였다. 그러나 아내와는 그리 사이가 좋은 것 같지 않았다. 그때도 막연하게나마 어쩌면 그들 사이에 한수영이라는 존재가 자리 잡고 있는 건지도 모른다는 생각이 들긴 했지만, 확신은 없었다.

수영은 백골단 사건이 있은 후 학교에 모습을 드러내지 않았다. 아버지가 외교 분야의 고위 공무원이라 구치소에서 금방 풀려났지만, 몸과 마음에 큰 충격을 받은 모양이었다. 그 후에 들려온 소식으로는, 학교도 마치지 않고 프랑스로 건너가서 대학 문과 학부 과정에 신입생으로 입학했다는 것이었다. 그 후로 지금까지 프랑스에서 20년 가까이 홀로 살고 있었다. 뛰어난 프랑스어 실력을 인정받아 대학과 정부 부처로부터 여러 가지 제안을 받았으나 모두 거절했다고 했다. 단 한 번, 미술전을 기획하여, 한국과 프랑스의 젊은 화가들을 중심으로 '한불 현대 미술 초대전'을 서울에서 열려고 한 적이 있었다. 그러나 수영은 도중에 계약을 파기하고 프랑스로 돌아가버렸다. 그러고 얼마 지나지 않아 수영이 자살을 기도했다는 소문이 돌았는데, 수영의 아버지가 친아버지가 아니라는 사실이 대학 동문 사이에 알려진 것도 그 무렵이었다.

문득 몇 년 전에 동료 작가 둘과 함께 실크로드를 여행하던 기억이 났다. 중국에 도착한 지 사흘째 되는 날, 우리 셋은 늦은 밤에 택시를 타고 도로를 달리고 있었다. 개발이 덜 된 지역이어서 그런지, 차도에는 가로등이 전혀 없었다. 대신 가로수에 사람 키 높이만큼 흰 페인트가 두텁게 칠해져 있었다. 지금도 나는 그것이 병충해로부터 나무를 보호하기 위한 것인지, 아니면 흰색 페인트로 전조등 불빛을 반사시켜 가로등 대용으로 삼은 것인지 알지 못한다. 여하튼 자동차가 빠른 속도로 내달리는 동안, 길 양쪽에서 아름드리나무들이 수시로 흰빛을 번쩍거리며 눈앞으로 달려들었다. 그때마다 우리는 날카롭게 찌르고 들어오는 그 강한 빛에 꼼짝없이 걸려든 나방이 되어버렸다. 그 빛은 어둠 속에서 길의 방향을 알려주어 우리를 앞쪽으로 인도하는 게 아니라, 오히려 우리의 눈을 멀게 해서 자기 쪽으로 강력하게 끌어당기고 있었다.

이제 나는 안다. 베르티에와 수영 또한 죽음의 순간 직전에 날카롭게 찌르고 들어오는 그 강한 빛의 철조망에 걸려들어 두 마리 나방처럼 타버렸음을. 또한 나는 안다. 베르티에가 비숍의 사진에 대해 내게 문의했을 때, 그 뒤에는 수영이 있었다. 한국 사진 전시회도 수영의 발상이었다. 수영은 나의 힘을 빌려 그 사진의 비밀을 알고 싶었다. 내가 지난 몇 달 동안에 한 작업을 그녀는 이미 오래전부터 해오고 있었던 것이다. 그녀는 베르티에를 졸라서 함께 아우슈비츠에도 다녀왔을 것이다. 그녀 역시 철조망이라는 끔찍한 존재에 일찌감치 눈을 떴을 것이다. 그렇다면 그녀는 자신이 원하는 답을 얻었을까. 아니면 새로운 질문을 던지기 위해 원난성으로 간 것일까. 그 새로운 질문의 끝에서 스스로 죽음을 택한 것일까. 이미 오래전부터 더 이상 내 도움은 필요 없었던 것일까.

10. 멜랑콜리아

출판사 사람들과 번역 일로 만나 저녁 식사를 하고 돌아오던 길에 아버지 집에 들렀다. 비밀번호를 눌러 문을 열고 안으로 들어서자, 텅 빈 거실에서 은은하게 묵향이 풍겼다. 어머니가 3년 전에 타계한 후로, 아버지는 파출부도 마다하고 혼자 집 안을 청결하게 유지해왔다.

아버지는 잠시 정신이 돌아왔다가 다시 깊은 잠에 빠졌다. 깨어났을 때도 심하게 말을 더듬었다. 의사의 말로는 회복된다 하더라도 언어 능력을 상당 부분 상실할 것이라고 했다. 머리에 고이는 피는 양이 많이 줄었다. 그러나 뇌의 혈관은 여전히 피를 흘리고 있었다.

나는 서재로 들어가서, 불도 켜지 않고 방 한가운데에 우두커니 서 있었다. 한때 소설가 지망생이었던 아버지는 책에 대한 욕심이 대단했다. 나는 창문 쪽을 빼고 삼면의 벽을 가득 채운 책들을 천천히 둘러보았다. 이제 이 책들은 내가 물려받을 것인가, 아니면 도서관에 기증할 것인가. 나 또한 아버지를 닮아 책에 대한 욕심만은 대단했지만, 왠지 이 책들을 감당할 자신이 생기지 않았다.

이제 아버지는 죽음의 철조망에 칭칭 감겨 있었다. 문득 아버지는 혹시 마지막으로 철조망에 대한 소설을 쓰고 싶었던 게 아닌가 하는 생각이 들었다. 아무 책이나 뽑아 들어 책장을 넘기면 책갈피에서 신문과 잡지에서 오려낸 철조망과 관련된 자료들이 쏟아져 내릴 듯했다. 그러면 그것들이 나를 이 방 안에 영영 가둬버릴 것 같았다.

휴대폰의 벨이 울렸다. 나는 방의 불을 켜고 전화를 받았다. 형의 목소리가 낮고 느리게 귓전을 울렸다. 아버지가 코마 상태에 빠졌고, 의사 말로는 쉽게 깨어나지 못할 것 같다고 했다. 형의 목소리에는 피로가 배어 있었다. 그러나 내게 묵직하게 전해지는 그의 피로감에는 위엄이 있었다.

지난 몇 년 동안 나는 심각한 우울증에 걸려 있었다. 처음에 나는 내 우울증이 단지 나 자신의 개인적인 문제에서 비롯되는 것으로 생각했다. 언젠가 '나태 분열증'이라는 희한한 병에 대해 들은 적이 있었다. 구소련에서 반체제 활동가들을 탄압하기 위해 이 병명을 붙였다는 사실을 알았을 때, 나는 나야말로 심각한 나태 분열증 환자라고 스스로 낙인찍었다. 길을 걷다가 주인과 함께 산책 나온 개들을 보면, 크든 작든, 귀엽든 흉하든, 한 발에 걷어차고 싶은 충동을 간신히 억제해야 했다. 산길을 걷다가 딱따구리를 보게 되면, 나 자신이 언젠가부터 벌레 찾는 능력을 잃어버려 부리로 아무 가지나 마구 두드려대는 딱따구리가 된 기분이 들었다. 잠을 자고 싶은데 정신이 말똥말똥해서 미칠 지경이 되듯이, 미치고 싶은데 정신이 말똥말똥해서 미칠 지경이 되기도 했다.

고등학교 동창 중에 정신과 의사로 일하는 친구가 있는데, 그는 내게 프로작이나 팍실 같은 항우울제 복용을 권했다. 그러나 적어도 아직은 화학물질을 섭취해서 내 속에 변화를 일으키는 일이 그리 내키지 않았다. 대신 마음 수행을 통한 영적인 치료에 나서거나, 아니면 반대로 우울증에 대해 과학적인 접근을 시도했다. 예를 들어, 명상 센터에 등록하여 몇 달 동안 티베트 펄싱 요가를 집중적으로 배워보았다. 그런가 하면 몇 번에 걸쳐 아이리딩(Eye-Reading)이라는 것을 받아본 적도 있었다. 눈의 홍채를 관찰하여 피시술자의 심리적 장애나 트라우마를 파악하고 개선하는 요법이었다. 그러나 어떤 방식으로도 마음의 평안은 얻어지지 않았다. 심지어 아이리딩을 할 때는, 내 눈 속에서 철조망이 보인다는 소리를 듣지 않을까 터무니없는 걱정을 하기도 했다.

그런저런 경험을 하고 나서, 몇 달쯤 전 어느 날 아침에 아무 생각 없이 집 뒷산에 올랐다가 예기치 못한 경험을 했다. 덤불 속에 종이 한 장이 구겨진 채 떨어져 있는 걸 보고서 처음에는 그냥 지나치려 했다. 그런데 얼핏 보기에 종이에 인쇄된 활자나 그림이 왠지 산에서 흔히 보는 홍보용 종잇장과는 다른 것 같았다. 나는 걸음을 멈추고 몸을 굽혀 종이를 집어 들었다. 흙이 묻고 얼룩지고 가시에 찔려 곳곳에 구멍이 뚫려 있었는데, 그 위에는 이렇게 씌어 있었다. '미상 무인비행체를 발견 시 신고를 생활화합시다. 사진 촬영 가능 시 실제 사진을 찍어서 보내주시기 바랍니다. 포상 : 부대장 표창 수여, 소정의 포상. 제5708부대장.' 이러한 문구와 더불어, 파주 추락 무인기와 백령도 추락 무인기의 사진이 실려 있었고, 그 밑에는 신고 전화번호와 신고 요령이 자세히 적혀 있었다.

순간, 머릿속이 아찔했다. 4, 50년 전과 달라진 게 전혀 없었다. 우리가 어렸을 적에도 비행기가 수시로 하늘 높이 떠서 삐라라고 부르는 전단을 뿌렸고, 아이들은 하늘에서 은빛으로 반짝이며 떨어지는 삐라를 줍기 위해 논밭으로 산으로 쫓아다니곤 했다. 그 전단을 가지고 뭘 어쩌려는 게 아니고, 단지 그것을 손에 넣는 행위가 더할 나위 없이 흥미진진한 게임이었다. 누구든 더 많이 얻는 아이가 승자였다. 때문에 전단을 주우려다가 나무가시에 긁히거나 철조망에 찔려 피가 나는 일 정도는 그리 대수로운 일이 아니었다.

나는 머릿속으로 피가 몰리면서 다시금 우울증이 온몸을 오그라뜨리는 것을 느꼈다. 4, 50년 전에는 간첩이라는 존재가, 그리고 지금은 무인비행체라는 존재가, 그 실체도 모호한 존재들이 우리를 압박하고 있었다. 과학의 발전만이 이루어지고 있을 뿐, 서로 총을 겨누고 있는 동족 간의 거리는 조금도 좁혀지지 않았다. 한국의 자살률이 OECD 국가 중에서 8년째 1위라는 건 어쩌면 당연한 일이었다. 구한말의 혼란, 일제강점기, 나라의 분할, 동족상잔의 전쟁, 휴전, 군부 독재 정권, 그리고 여전히 휴전 상태. 지금도 휴전선 250킬로미터를 따라 몇 겹으로 경계를 갈라놓고 있는 철조망. 우리는 여전히 철조망이 둘러쳐진 수용소 속에 살고 있으니, 우리가 어찌 정상적일 수 있겠는가. 너무 오래 지속된 긴장이 우리 마음의 근육무력증을 유발하고 있었다.

우리는 지금도 거제도 포로수용소 속에 들어 있었다. 거제도는 아우슈비츠와 달랐다. 아우슈비츠에서 포로들은 어느 날 불려 나가 목욕실로 끌려가서 가스 중독으로 죽음을 맞게 되리라는 두려움에 시달렸을 것이다. 그러나 거제도에서는 오늘 이 초라한 침상에서 잠들었다가 내일 온전히 깨어날 수 있을지 보장받을 수 없었다. 단지 잠깐 동안의 소강 상태가 있을 뿐, 전쟁은 매 순간 계속되고 있었다. 게다가 적은 우리 자신 속에 정체를 감춘 채 숨어들어 있었다. 살아남기 위해서는 내 쪽에서 저들을 죽여야 했다. 내가 저들을 죽여야 하기 때문에 저들도 나를 죽여야 했다. 내가 저들의 적이었고, 내가 곧 나 자신의 적이었다.

나는 우울하고 무기력한 수용소의 죄수처럼 한 손에 삐라를 들고 터덜터덜 산을 내려왔다. 마치 나 자신이 정처 없이 밤거리를 배회하는 외로운 게이처럼 느껴지기도 했다. 명색이 작가인 나는 분단으로 인해 수천만의 한국어 독자를 빼앗긴 가련한 소설가였다. 그렇다면 독자를 되찾기 위해, 그리고 만성적인 우울증에 걸려 쥐가 난 근육을 풀어주기 위해 뭔가를 써야 하는데, 무엇을 써야 하는지 알 수 없었다.

내가 비숍이 찍은 사진 속 장면, 가면을 쓰고 춤을 추는 포로들의 모습을 보고 또 보고 다시 들여다본 것도, 무엇을 써야 하는지 그 답을 얻기 위해서였다. 그 장면을 수없이 들여다보면서 나는 오랜 여행을 했다. 그 오랜 여행 끝에 다시 이 장면 앞으로 돌아온 지금, 비로소 나는 나 자신이 바로 이 순간 막막한 공포를 가면으로 간신히 억누르며 경쾌하게 몸을 놀리는 포로라는 사실을 깨닫는다. 이제 나는 사진의 안팎을 넘나든다. 내가 포로가 되고, 또 비숍이 된다. 그리하여 마침내 나는 아버지가 쓰고자 했던 소설, 한수영이 시작했던 그 소설을 계속해서 써나가기 위해, 이 사진 한 장이 내게 허락한 짧고 치명적인 꿈속으로 깊이 빠져든다.

11. 포로들의 춤

막사 밖에서는 군악대(정확히 말하면 포로 악단)의 군가 소리가 울려 퍼지고 있다. 포로들로 이루어진 악단이어서 음정과 화음이 자주 틀리지만, 소리만은 우렁차다. 나는 검은 휘장을 걷고 '가면들의 방'으로 들어간다. 지금 내 앞에는 작고 낮은 탁자가 놓여 있고, 그 위에 골판지나 얇은 천으로 만든 가면 수십 개가 아무렇게나 쌓여 있다. 하나같이 모양이 썩 좋아 보이지 않지만, 이렇게라도 만들 수 있었다는 게 놀라운 일이다. 나는 그중 몇 개를 들춰보다가, 공기가 잘 통할 것처럼 보이는 종이 가면을 집어 든다. 처음에 가면은 찬바람을 막아주지만, 나중에는 입김이 맺혀서 차갑게 얼어붙기 때문이다.

나는 가면을 쓰고, 문 옆에 매달려 있는 거울 앞으로 다가가서 넥타이를 바로잡는다. 거울 속의 나는 지옥의 사자처럼 근엄하고 무시무시해 보이지만, 다른 한편으로는 멍청한 도깨비처럼 우스꽝스럽기도 하다.

이제 춤출 준비가 끝났다. 나는 반대편 쪽문으로 나간다. 그곳에는 나처럼 가면을 쓴 자들이 어정쩡한 자세로 서 있다. 우리는 모두가 모인 것을 확인하고서 스스로 정렬을 하고 운동장으로 나간다. 오늘 우리는 모두 스무 명이다. 날은 흐린 편이지만, 다행히 바람은 거의 불지 않는다. 운동장 상공에는 만국기가 매달려 있다.

우리가 운동장 한가운데로 나가서 둥글게 둘러서자 갑자기 음악이 멈춘다. 이제 포로 악단이 우리를 위해 연주해줄 차례다. 곧 음악이 다시 시작된다. 미국 민요 〈밀짚 속의 칠면조〉다. 계속해서 〈힝키 딩키 파리 부〉 〈오 수재너〉 〈캡틴 징크스〉 〈켄터키 옛집〉이 연주될 것이다. 이 노래들은 이미 예전에 내가 하모니카로 능숙하게 불던 것들이다. 물론 내가 남쪽의 한 섬에 갇혀서 이 노래들에 맞춰 미국 춤을 추게 되리라고는 상상도 못했지만 말이다.

나는 잠시 혼자 제자리걸음을 하며 박자를 맞춘다. 어느새 내 앞에서 두 명의 남자가 서로 팔짱을 끼고 거침없이 빙글빙글 돌아가고 있다. 키가 약간 작은 쪽이 몸이 날렵해서 춤 동작도 자연스럽고 민첩하다. 나는 저자가 누군지 모른다. 대충 짐작이 가기는 하지만, 함부로 추측하는 건 금물이다. 잘못 판단했다가는 나중에 크게 후회할 일이 생길 우려가 있다. 때문에 춤추는 동안 우리 사이에는 결코 대화가 오가지 않는다.

나는 황해도 해주에서 인민군에 징집되었다. 내 나이 열아홉 살 때였다. 고등학교를 졸업한 뒤 초등학교 교사가 될 준비를 하던 중이었다. 나는 함께 입대한 해주 출신 청년들과 보름 동안 훈련을 받은 후 전투에 투입되었다.

총 쏘는 데 남들보다 서툴렀던 나는 곧바로 철조망 돌파조에 소속되었다. 우리는 전방에 철조망이 나타나면 그 밑으로 막대탄을 밀어 넣어 폭파시키거나, 그게 여의치 않으면 우리 몸으로 철조망을 덮어야 했다. 우선 철조망에 담요를 걸친 뒤, 두터운 솜을 넣은 누비옷을 여러 겹 껴입은 우리가 그 위에 엎드리면 다른 병사들이 우리 등을 밟고 넘어가는 방식이었다. 얼굴을 보호하는 게 특히 어려웠는데, 두꺼운 천으로 만든 보호대를 뒤집어쓰고서 두 팔에 단단히 묻는 수밖에 달리 도리가 없었다. 그 와중에 철조망 가시에 몸이 찔리는 경우도 있었지만, 다른 병사들의 심각한 부상에 비하면 아무것도 아니었다. 처음에 나는 그 일을 영웅적으로 해냈다. 남들보다 키가 큰 편이라는 점도 유리하게 작용했다. 곧 훈장을 받게 될 거라고 여럿이 나를 추켜세울 정도였다.

그런데 철조망 돌파는 공격을 할 때뿐만 아니라 후퇴를 할 때도 필요하다는 점이 문제였다. 왜관 일대에 이르기까지 나는 매번 남쪽을 향해 엎드렸다. 하지만 다부동 전투에서 인민군 주력부대가 큰 타격을 입고 인천상륙작전으로 퇴로가 끊긴 후로는, 자주 북쪽을 향해 엎드려야 했다. 남쪽을 향할 때는 병사들이 나를 넘어간 후에 내 몸을 스스로 추스를 시간이 있었다. 그러나 이제는 병사들이 퇴각한 후 나 혼자 남아 허둥거리며 그들 뒤를 따라야 했다. 게다가 비록 담요와 누비옷이 있다 하더라도 혼자 철조망을 넘어가는 것은 결코 쉬운 일이 아니었다.

그러다가 마침내 나는 춘천 부근에서 철조망 위에 붙박인 채 미군에게 붙잡히고 말았다. 어찌나 많은 병사들이 나를 밟고 넘어갔는지, 사위가 조용해져 몸을 일으키려 하는데 꼼짝도 할 수 없었다. 겨우 고개만 들어서 두리번거리는 게 고작이었다. 소리를 질러보았으나 아무런 대답도 들리지 않았다. 그제야 가슴과 팔다리에서 통증이 느껴졌다. 밟히고 밟히고 또 밟힌 나머지, 누비옷 속의 솜이 얇게 다져져서 철조망 가시가 담요와 솜과 천을 꿰뚫고 살속까지 파고든 모양이었다. 문득 이대로 있다가 들개라도 나타나서 발을 물어뜯으면 어쩌나 싶었다. 하지만 다행히 주변에 시체들이 널려 있었다.

이윽고 해가 지고 희끄무레한 달이 떠올랐을 때, 마침내 나는 엉엉 울기 시작했다. 그때 미군들이 나타났다. 그들은 철조망에 명태처럼 꿰인 내 모습을 보고서 모두가 동시에 웃음을 터뜨렸다. 그들은 총구로 내 몸을 쿡쿡 찌르고 손전등으로 내 얼굴을 비췄다. 나는 덫에 걸린 짐승처럼 울부짖는데, 그들은 허리를 접어가며 웃고 있었다.

나는 미군 의무대에서 한 달 이상 항생제 치료를 받아야 했다. 철조망 가시에 찔려 생긴 상처들로 온몸이 퉁퉁 부어올랐기 때문이었다. 다행히 심각한 감염 증상은 보이지 않았다. 퇴원 후에 나는 여러 곳의 수용소를 전전하다가 1951년 3월 미 해군 LST에 실려 거제도로 이송되었다.

내가 수감된 76콤파운드는 특히 강력한 친공 캠프였다. 나는 아직 부상이 완치되지 않은 척하며 최소한으로 말하고 최소한으로 행동했다. 그러다 보니 멍하니 철조망을 바라보며 시간을 보낼 때가 많았다. 그제야 사람이란 누구나 일단 철조망을 보고 나면 마음속에 우울증과 공포심이 생기지 않을 도리가 없다는 사실을 깨달았다. 나는 그 끔찍한 것을 바라보며 내 끔찍한 현실을 간신히 버텨나갔다.

수용소 안의 생활은 하루 종일 이념 교육, 정신 교육, 군사 교육으로 바쁘게 돌아가고 있었다. 어린 나이에도 내 눈에는 그 모든 게 우스꽝스런 장난처럼 여겨졌다. 그러나 사실 달리 선택의 여지가 없었다. 이 좁은 곳에 수백 명의 장정이 갇힌 상태에서 그런 우스꽝스런 장난 외에 딱히 할 수 있는 게 무엇이 있겠는가.

다른 모든 콤파운드와 마찬가지로, 우리에게도 교회가 있었다. 다른 곳에서는 미국인 군목이 주일마다 찾아와 예배를 집전하고, 포로들 중에서 신앙 경력이 있는 독실한 신도가 교화 활동을 하고 있다고 들었다. 그러나 우리 경우에는 공산당 세력이 워낙 강해서 교회는 유명무실했고, 단지 수용소 당국의 비위를 맞추기 위해 형식적으로 문을 열어놓은 정도였다.

어느 날, 나는 교회 천막 앞을 지나다가 반쯤 벌어진 문틈으로 무심코 안을 들여다보았다. 해주에서 살 때 마을 한쪽에 교회가 있어서 친구들 손에 이끌려 두 번 예배에 참석해본 적이 있었다. 때문에 교회는 그리 낯설지만은 않았지만, 그렇다고 친숙하게 여겨질 정도는 아니었다. 그래도 교회 앞을 지날 때면 나도 모르게 그쪽으로 눈길이 갔다.

천막 안은 그늘이 져서 약간 어두웠는데, 멍석을 깔아놓은 바닥에 한 남자가 등을 보이고 앉아 있는 게 보였다. 몇 발짝 다가가서 살펴보니, 미국인 군목이었다. 그가 텅 빈 예배당 안에 혼자 앉아 기도와 묵상을 하고 있었다.

목사는 다음 주 일요일 오후에도 같은 시각에 교회를 찾았다. 나는 그가 경비 초소를 지나 운동장을 가로질러 교회 천막 안으로 들어가는 것을 지켜보았다. 잠시 후, 나도 모르게 발길이 그쪽으로 향했다. 아마도 지난번에 혼자 외롭게 앉아 있던 그 미국인 목사의 모습이 내게 조금 안쓰럽게 여겨졌던 모양이었다. 내가 안으로 들어서자 목사는 고개를 돌려 나를 보고서 약간 놀란 표정을 지었다. 그러나 이내 환하게 웃더니 왼쪽으로 돌아앉으며 나를 맞은편에 앉게 했다.

그는 한국에 오래 살아온 선교사 출신의 군목이어서 한국말이 능숙했다. 그러나 우리에게는 그리 많은 말이 필요하지 않았다. 우리는 침묵을 지키다가 간간이 서로를 바라보며 미소를 지었다. 우리는 연민의 눈길로 서로를 바라보며 힘든 상황이라 어려움이 많겠다고 똑같은 말로 상대방을 위로했다. 헤어질 때 그는 나를 다시 만날 수 있으리라 믿는 눈치였다. 그러나 나는 그럴 자신이 없었다.

다음 날 아침, 식사 배급을 받기 위해 줄을 서 있는데, 누군가가 내 뒤로 바짝 다가서면서 낮은 목소리로 중얼거렸다. 내가 처단 대상 반동분자 명단에 올랐으니 주의하라는 것이었다. 그러고는 목소리를 더 낮춰서, 평소에 내가 당의 활동에 미온적으로 참여해서 눈엣가시였던 데다가, 어제 목사와 만나 이야기를 나눴다는 게 보고되었다는 말도 덧붙였다.

순간, 나는 머리에서 피가 마르는 듯한 느낌을 받았다. 그러나 뒤를 돌아보고 싶은 충동을 간신히 내리눌렀다. 잘못하면 내게 귀띔을 해준 사람도 위태롭게 할 수 있기 때문이었다. 사실 내게 친공이냐 반공이냐 하는 건 중요하지 않았다. 몸 보전 잘해서 전쟁이 끝나면 고향으로 무사히 돌아가겠다고 막연하게 생각해왔을 뿐이었다. 그런데 이제는 사정이 전혀 달랐다. 나는 내가 얼마나 중대한 실수를 저질렀는지 절감했다. 속으로 나 자신에게 수없이 욕을 퍼부었지만 이미 엎질러진 물이었다.

처음에 나는 이미 모든 게 끝났다고 생각했다. 저들이 한번 결정을 내리면 얼마나 가차 없이 실천에 옮기는지 나 자신이 누구보다 더 잘 알고 있었다. 그러나 다음 날부터 포로 분류 심사가 시작되어 수용소 안팎이 어수선해지면서 내게 다소 시간의 여유가 생겼다. 1주일이 금방 지나갔다. 나는 일요일 오후를 기다렸다가 사람들의 눈을 피해 일찌감치 교회 천막 안으로 숨어들었다. 목사는 나를 보고 반가워했지만, 내 표정이 그의 얼굴에서 미소를 지워버렸다. 나는 자초지종을 밝히고서, 오늘 밤 당장 이곳을 벗어나지 못하면 죽게 되었다고 말했다.

목사는 한동안 고개를 주억거리며 생각에 잠겼다. 아무리 친공포로들에게 냉대를 당하기는 해도, 그들에게 완전히 등을 돌리는 행위를 하는 건 그리 현명하지 않다고 생각하는 기색이었다. 잠시 후, 그가 내 왼쪽 팔을 움켜쥐고서 목소리를 낮추어 말했다. 이제 곧 해가 질 테니 그때까지 기다렸다가 자기와 함께 이곳을 나가자는 것이었다. 나는 미간을 찌푸렸다. 초소 경비병들이 순순히 문을 열어줄 것 같지 않았기 때문이었다. 그러나 시간을 더 끌 수도 없는 상황이었고, 목사가 요구하면 문이 열릴지도 모른다는 생각이 들었다.

겨울이라 해가 일찍 떨어졌다. 날이 어둑어둑해진 후, 목사가 먼저 천막을 나가서 철망 문 쪽으로 천천히 걸어갔다. 나는 천막 뒤쪽의 터진 틈으로 빠져나와 철조망을 따라 옆걸음으로 슬금슬금 그 뒤를 따라갔다. 저녁 식사 시간을 맞아 포로들은 취사 천막 앞에 몰려 서 있었다. 목사가 문 앞에서 걸음을 멈췄을 때, 나는 그의 오른쪽 옆구리에 바싹 붙어 섰다. 철조망 너머에 서 있던 두 명의 한국인 경비병이 나를 향해 눈을 부릅뜨며 물러서라고 소리쳤다. 목사가 그들에게, 특별한 용무가 있어서 내가 데리고 나가는 것이니 문을 열라고 말했다. 그러자 상병 계급장을 단 경비병이, 상부의 허가가 없으면 포로를 내보낼 수 없다고 잘라 말했다. 목사가 자신이 모든 걸 책임지겠다고 했지만, 둘 중에서 선임으로 보이는 상병은 단호히 고개를 저었다. 목사가 계속해서 호통도 치고 달래기도 하는 동안, 망루에서는 유사시에 대비해 나를 향해 총구를 겨누고 있었다.

그때 갑자기 망루에서 총소리가 울렸다. 허공에 대고 쏘는 위협사격이었다. 이상한 기분이 들어 뒤를 돌아보니, 어느새 상당수의 포로가 우리 쪽으로 우루루 몰려들고 있었다. 적의를 품고 나를 노려보는 모습이, 당장이라도 달려들어 나를 자기들 쪽으로 끌고 갈 기색이었다. 목사가 목소리를 높였고, 경비병들도 당황하여 문에 바싹 붙어 섰고, 포로들은 점점 더 가까이 접근했고, 나는 뒷걸음질을 쳐서 철망문에 등을 붙였다. 두 번 더 위협사격이 있었다. 맨 앞에 서 있던 세 사내가 주머니에서 뭔가를 꺼내들며 불쑥 앞으로 나섰다. 문이 열렸고, 우리는 재빨리 열린 문으로 빠져나왔다. 문이 닫혔다. 이중 철조망을 모두 빠져나왔을 때, 나는 온몸이 땀에 흥건히 젖어 있었다.

한국군 헌병들이 나를 데려간 곳은 73콤파운드였다. 번호가 7로 시작하니 그곳도 인민군 포로들을 수용하는 곳이었다. 그러나 76콤파운드보다는 친공 세력이 강하지 않아서, 친공과 반공 양측이 서로 팽팽하게 대립하고 있는 상황이었다. 말할 것도 없이 이제 나는 그곳에서 친공포로들이 호시탐탐 목숨을 노리는 대상이 되었다.

미군 방첩대 CIC에서 나를 호출한 것도 나의 그런 사정을 알았기 때문이었을 것이다. 방첩대 천막 안의 한 방에서 머리카락이 붉은 젊은 미군 대위는 내게 자기들을 돕지 않겠느냐고 단도직입적으로 물었다. 나는 그 말이 무슨 뜻인지 잘 알고 있었다. 미군 측에 '변절 작전(Operation Turn coat)'이라는 게 있는데, 인민군 포로들을 차출하여 대우를 잘해준 뒤 전향시켜 간첩이 되도록 하는 게 목적이라는 말을 들은 적이 있었다. 포로들의 사망 신고서를 허위로 작성하여 포로수용소 밖으로 빼돌린 뒤 북한이나 중국에 침투시킨다는 것이었다. 대위의 말대로 그렇게 하면 목숨을 건질 수 있었다. 지금 당장은 살아남는 게 가장 중요한 일이었다.

그러나 나는 고개를 저었다. 이 결정으로 인해 곧 죽을지도 모르지만, 민간인으로 돌아가서 평범한 삶을 살 수 있는 기회를 완전히 버리고 싶지는 않았다. 대위는 붉은색 머리카락만큼이나 얼굴을 벌겋게 상기시키며, 협조하지 않는다면 76콤파운드로 돌려보낼 수 있다고 말했다. 통역을 하던, 옆머리가 희끗희끗한 중년의 포로는 대위의 으르렁거리는 듯한 어조를 그대로 흉내 냈다. 나는 그저 씁쓸히 웃어 보였다.

73콤파운드의 철망문을 지나 막사 쪽으로 걸어가는 동안, 이제 모든 게 막막하면서도 동시에 매 순간이 더할 나위 없이 절박하다는 생각이 들었다. 그러나 내 쪽에서 할 수 있는 일은 아무것도 없었다. 반공 진영에서 나를 자기들 편으로 가담시키려 했지만, 이번에도 나는 미온적인 반응으로 일관하며 씁쓸히 웃어 보였다.

나와 가까이 지내는 사람은 장 목사라고 불리는 평양 출신의 포로밖에 없었다. 대대로 기독교인 집안에서 태어난 장 목사는 신학교를 운영하는 미국 선교사 밑에서 목사 교육을 받던 중에 공산당의 기독교 탄압 정책으로 집안이 풍비박산 나는 것을 막기 위해 인민군에 자원입대했다. 따라서 그는 아직 목사가 아니었지만, 모두가 그냥 장 목사라고 불렀다. 그는 내가 죽을 뻔했다가 군목에 의해 구출되었다는 것을 알고 있었던 터라, 처음부터 내게 친근감을 표했다. 나는 그가 싫지 않았으나, 그가 믿고 있는 신과 나 사이의 거리는 여전히 너무도 멀었다.

모처럼 바람이 없고 햇살이 따뜻했던 어느 날, 거지들이 빨래한다는 날, 우리도 빨래를 해서 철조망 울타리에 널었다. 철조망에 어지럽게 걸려 있는 젖은 옷들은 거칠게 잘린 인간의 몸통을 떠올리게 했다. 철망 너머에서 금발의 잘생긴 서양 청년이 우리 쪽으로 렌즈를 향하고서 사진을 찍고 있었다. 나는 웃어 보이고 싶었지만, 오히려 주머니에 손을 찌른 채 노려보듯 그를 바라보았다.

이제 우리가 뭘 할 수 있을까요. 내가 장 목사에게 물었다. 장 목사가 대답했다. 글쎄, 우리 그냥 춤이나 출까요? 서로를 죽이는 것보다 함께 춤을 추는 게 보기도 좋잖아요. 내가 말했다. 좋군요. 그런데 무슨 춤을 출까요? 장 목사가 말했다. 우리가 한데 뒤섞여서 우리 춤을 덩실덩실 추면 미군들이 겁을 먹겠지요? 저들을 안심시키려면 모두가 함께 질서 있게 움직이는 춤을 추어야지요. 스퀘어댄스가 좋겠어요. 신학교에서 선교사들에게서 배웠어요. 소박하면서도 화려한 춤이에요. 둘이 쌍을 이루어 빙글빙글 도는 게 기본동작인데, 미국 서부 시대의 개척 정신을 표현한다더군요.

장 목사는 갑자기 말을 멈추고서 내게 다가서더니 내 오른팔을 자기 팔에 끼고서 빙글빙글 돌기 시작했다. 그러나 두 바퀴도 돌지 못해서 우리는 발이 얽혀 바닥으로 쓰러졌다. 우리는 얼음장처럼 차가운 바닥에 누운 채 한참 동안 소리 내어 웃었다. 어쩌면 장 목사의 말이 맞는지도 몰랐다. 그것밖에는 달리 아무것도 할 게 없었다. 그리고 어쩌면 춤을 추면서 우리는 이 지옥을 조금은 견딜 만한 곳으로 만들 수 있을지도 몰랐다.

그날부터 장 목사는 포로들에게 춤을 가르치기 시작했다. 처음에는 포로들 대부분이 춤사위가 민망하다고 꽁무니를 뺐다. 그러나 장 목사와 내가 열심히 설득해서 춤을 배우는 사람들의 수를 차츰 늘려나갔다. 그들은 대부분 반공포로였다. 그러나 그 속에 친공 진영의 프락치도 들어 있음을 우리는 모르지 않았다. 반공이든 친공이든, 자기편의 세포망을 확대하고 정보를 수집하기 위해 수단과 방법을 가리지 않았기 때문이었다. 그렇게 보자면 반대편의 중요 인물을 제거하는 데 춤이 이용되거나, 춤을 추는 도중에 우발적으로 충돌이 일어나서 칼부림이 날 수도 있는 노릇이었다.

장 목사가 가면을 쓴다는 발상을 하게 된 것도 그 점을 우려해서였다. 그는 포로 공작소에 특별히 의뢰하여 가면 30개를 만들어 왔다. 가면들은 조잡하고 보기도 흉했지만, 모양은 그다지 중요한 문제가 아니었다. 어느덧 포로들의 춤 솜씨도 훨씬 나아져서 대외적으로 선보일 만했다. 이제 준비는 모두 갖춰졌다.

어느 날, 장 목사는 춤을 배운 50여 명의 포로를 한데 모았다. 그중에서 선

착순으로 20명이 차출되었다. 나도 그중 하나였다. 우선 우리는 옷에서 신분을 식별할 수 있는 모든 표지를 제거했다. 그 과정에서 포로 세 명은 새 옷으로 갈아입어야 했다. 그러고서 차례로 막사 뒤에 마련된 작은 천막 속으로 들어갔다. 장 목사가 '가면들의 방'이라고 부르는 그곳에서 우리는 각기 가면 하나를 골라 쓰고 밖으로 나왔다. 천막을 나올 때 가면을 쓴 우리는 다른 사람이 되었다. 나는 너를 모르고, 너는 나를 모르고, 그렇게 우리는 하나가 되었다.

우리가 운동장 한가운데로 나가서 둥글게 둘러서자 갑자기 음악이 멈춘다. 이제 포로 악단이 우리를 위해 연주해줄 차례다. 곧 음악이 다시 시작된다. 미국 민요 〈밀짚 속의 칠면조〉다. 돌이켜보면 그동안 긴 여행을 했다는 생각이 든다. 그 여행의 끝에서 지금 나는 가면을 쓰고 나의 파트너와 팔짱을 끼고서 빙글빙글 돌고 있다.

숨이 차다. 가면 안에 맺힌 수증기가 차갑게 식어서 얼굴이 시리다.

언젠가 아우슈비츠 강제 수용소에 대해 들은 말이 있다. 그곳에서는 아침부터 밤늦게까지 음악이 연주되었는데, 그 음악은 대규모 사기극의 일환이라고 했다. 그 아름다운 가락은 가스실에서 죽어가는 사람들의 비명 소리를 잠재우는 한편, 아직 죽지 않은 사람들이 자신들의 운명을 예측하지 못하도록 마비시키는 소리였기 때문이었다.

어쩌면 지금 우리가 추고 있는 춤 역시 지금 이 순간 어디에선가 죽어가는 사람들의 비명 소리를 잠재우고, 다가오는 죽음을 예측하지 못하게 하는 연극적인 기만에 불과할지도 모른다. 저 경쾌한 가락이 악마의 트릴처럼 들리기도 하는 것이다.

그러나 나와 팔과 팔로 연결되어 있는 이 남자는 결코 기만이 아니다. 그에게서 체온과 체취가 느껴진다. 이 냄새와 열기가 나와 그가 인간임을 알려준다. 이 절실한 느낌보다 더 진실한 것이 어디에 있겠는가.

순간, 나는 나 자신도 추스를 수 없는 충동에 휩싸여 갑자기 그를 으스러지게 부둥켜안는다. 그가 깜짝 놀라 나를 밀어낸다. 그러나 나는 그를 놓아주지 않고 더 힘껏 그를 내 쪽으로 끌어당긴다. 그러자 놀랍게도 그의 몸에서 저항이 사라지더니 그 또한 나를 끌어안는다.

적대감을 가질 때 인간들은 서로에게 치명적인 철조망이 된다. 가볍게 스치기만 해도 상처가 생긴다. 그러나 그 철조망을 넘어서기 위해서는 끌어안을 수밖에 없다. 담요도 누비옷도 없이 맨몸으로 끌어안아야 한다. 그렇게 내 몸의 상처와 내 속의 피로 가시를 녹여버려야 한다.

우리는 서로 몸을 꼭 붙인 채 발을 질질 끌며 천천히 돈다. 이 춤은 더 이상 스퀘어댄스가 아니다. 이제 우리는 서로를 놓아주고 탈춤 춤사위로 덩실덩실 춤을 추고 있다. 우리가 가면을 벗었던가. 모르겠다. 악단이 잠시 연주를 멈추었다가 이내 우리 음악을 연주하기 시작했던가. 그것도 모르겠다. 운동장에 있던 모든 사람이 우리와 함께 덩실덩실 추는 춤 속으로 어우러졌던가. 그것 역시 모르겠다. 그런데 이 춤은 언제 끝날 것인가. 아니, 영원히 계속될 수는 없는 것일까. 지구상에 존재하는 모든 것이 이 춤의 시간 속으로 빨려 들어와 있었다.

박진숙 충북대학교 국어국문학과 교수

포로-재현 불가능성의 아이콘과 소설의 리얼리티

한국 문학사에서 전쟁포로를 다룬 작품은 장용학의 『요한시집』(1955), 최인훈의 『광장』(1960), 강용준의 『철조망』(1960) 등이 있다. 한국전쟁 기간 동안 거제도 포로수용소에 수용되었던 문인으로는 시인 김수영과 소설가 강용준을 들 수 있다. 김수영의 시 「조국에 돌아오신 상병 포로 동지들에게」나 산문 「나는 이렇게 석방되었다」는 포로의 기억이 정치적일 수밖에 없음을 잘 드러내주고 있다.

전쟁포로의 서사는 기억에 의존해서 재현되어야 하는데, 포로의 기억은 재현 불가능성을 전제하고 있다. 당시 정치적 상황을 염두에 두면서 내적이든 외적이든 검열을 거치지 않고는 표현될 수 없기 때문에 독자 역시 해석 과정에서 빈틈에 대한 고민을 할 필요가 있다. 분단 체제가 지속되고 있으며 이데올로기로 정치적 진영을 구분하고자 하는 사회에서 기억은 더구나 파편으로 존재할 뿐이다. 최수철의 중편소설 「거제, 포로들의 춤」은 거제도 포로수용소 사진 한 장이 소설이 되기까지를 포로 표상과 관련된 기억의 조합으로 보여주고 있는 소설가소설이며 사소설이다.

이 소설의 화자는 '나'라는 소설가이다. 이 소설은 11개의 장으로 분절되어 있는데, 1~10장은 사진을 둘러싼 자료 배치 및 추론 과정, 11장은 그렇게 해서 완성된 소설 속 소설「포로들의 춤」으로 구성되어 있다. 사진의 본질은 현실의 재현인데, 몽타주처럼 보이는 사진에서 포로수용소의 리얼리티를 찾아가는 과정이 구현되어 있는 것이다.

소설의 출발점인 사진은 스위스 출신 사진작가 베르너 비숍이 1952년 거제도에서 찍은 것이다. 1952년 어느 겨울 흐린 날 한낮, 거제도 포로수용소의 한 광장에서 가면을 쓴 포로들이 스퀘어댄스라는 미국 춤을 추고 있고, 그 뒤에는 기묘하게 생긴 '자유의 여신상'이 있다. 뒤로 앉거나 서서 춤을 지켜보고 있는 사람들, 한가운데에서 포로를 감시하는 듯한 외투를 걸친 사내가 있으며 오른편에는 머리에 흰색 두건을 쓰고 있는 예닐곱 명의 사내가 있는 사진이다.

내가 이 사진을 처음 접하게 된 것은 아시아와 아프리카를 대상으로 하는 작은 사진 박물관 '자베르-칸 뮤지엄' 관장 크리스 베르티에를 통해서였다. '재교육 캠프에서의 스퀘어댄스, 거제도, 한국, 1952'라는 제목의 사진 파일이 이메일로 왔던 것이다. 그 이메일에 베르티에는 여러 가지 궁금증을 질문으로 던져 놓았다. 왜 한국인들이 가면을 쓰고 미국의 민속춤을 추고 있을까, 이들에게 춤을 가르쳐준 사람은 누구일까, 어쩌면 이들은 미국 민속춤을 추는 시늉을 하면서 실제로는 한국의 탈춤을 추고 있는 건 아닐까 등.

나는 흥미가 일었고 자세히 조사해서 알려주겠다는 답신을 했으면서도 선뜻 자료조사를 하지는 않고 있었는데, 3년이 지난 후인 지난 달 말 '매그넘 사진전'을 관람하기 위해 한가람미술관 3층 전시회장을 찾았다가 그 사진을 다시 마주하게 된다. 나는 "역사란 무엇인가. 우리 삶의 리얼리티란 무엇인가. 사진 속 장면은 리얼리티였지만, 사진 그 자체는 리얼리티가 아니었다. 단지 보여줄 거리, 볼거리일 뿐이었다. 그렇다면 우리는 역사의 리얼리티를 어떻게 경험해야 하는가" 하는 생각에 사로잡히게 된다.

매그넘 포토스 소속 사진작가들이 찍은 20세기의 역사를 담은 사진집『현장에서 만난 20세기』를 보고, 나는 비숍이 직접 쓴 사진에 대한 설명을 읽는다.

사진 속 장면이 의도적으로 연출되었다고 써놓은 비숍의 설명을 읽고 나는 그 사진이 내게 말을 건네고 있음을 느끼며 전쟁터에 나선 병사의 심정이 되어 그날부터 거제도 포로수용소 자료를 모으기 시작했다. 열화당 사진 문고로 출판된 베르너 비숍의 사진첩 87면에 실린 사진을 확인하고 그 책의 편집자인 클로드 쿡맨이 쓴 해설을 읽었다. 그리고 책방, 온라인 서점, 도서관 RISS(학술연구정보 서비스)를 뒤져 거제도 포로수용소에서 벌어진 일련의 역사적 사건들의 윤곽을 정리하기에 이른다. 비숍이 찍은 스퀘어댄스 사진이 반공포로와 친공포로의 대립의 한 단면을 가장 극적으로 드러내주고 있는 것임을 알게 된다.

계속해서 거제도 포로수용소 관련 책자를 읽고 인터넷 문서를 조사하던 중 유엔군 민간정보교육국에서 CI&E(Civil Information and Education) 프로그램을 마련하여 포로들에게 교육적이고 문화적인 활동을 적극적으로 유도했다는 사실과 방송, 미술, 합창, 연극 공연 등 포로들의 다양한 문화 활동이 있었다는 사실을 알게 된다. 또 인터넷 사이트 '세계와 한국의 사진작가들'에서 비숍이 찍은 새로운 사진 10여 장을 발견, 그중 거제도 포로수용소 사진 세 점을 보게 된다. 강당에서 진행되고 있는 교육 장면을 찍은 사진과 철조망이 화면 대부분을 차지하고 있는 두 장의 사진이었다.

거제도 포로수용소 비사 중 인상적인 '허니 바케스' 소개. 1952년 1월경으로 추정되는 비숍의 사진에는, 좌우의 폭력적 대립이 정점에 달해 있었던 때라 친공포로들이 크리스마스 행사를 준비하던 반공포로를 습격한 사건이 있었고 친공포로와 미군 사이에 수시로 대규모 충돌이 발생했는데, 그런 극렬한 분위기가 감지되지 않는다. 비숍은 이를 두고 "거제도에서는 모든 것이 조작되었다, 나는 이게 진정으로 수용소에서의 생활인지 끊임없이 자문하지 않을 수 없었다"고 썼던 것이다. "그 글은 곧 자신이 찍은 사진이 실상과는 전혀 다른 꾸며진 상황을 담고 있을 뿐이라고 스스로 밝히고 있는 게 아닌가"라고 해석하는 화자의 시선은 바로 소설가 최수철이 자신의 소설을 두고 하는 말은 아닌가?

소설에 드러나는 모습은 전혀 다른 꾸며진 상황인데 그 허구가 진실을 전달하기를 종용한다면? 최수철은 "그들의 춤과 가면 또한 허니 바케스처럼 치명적인 유머 감각의 극치였다"고 쓰고 있다.

이 소설에는 서사의 전개 과정을 따라 세 개의 죽음이 등장한다. 하나는 비숍의 죽음, 또 하나는 베르티에의 교통사고, 그다음은 소설가 지망생이었던 아버지의 죽음이다. 비숍의 죽음은 완료된 것으로 베르티에의 교통사고는 거제도 포로수용소 사진을 전후하여 발생하고, 아버지의 한국전쟁 경험부터 철조망 수거 작업, 죽음에 이르는 과정은 내가 쓴 소설 11장 속에 제대로 투영되어 있다. "문득 아버지는 혹시 마지막으로 철조망에 대한 소설을 쓰고 싶었던 게 아닌가 하는 생각이 들었다"는 진술은 11장으로 이어진다.

이 중 베르티에의 원난성 교통사고는 한수영과 함께였다는 점에서, 물론 그녀는 살아남았지만, 한수영의 의미화를 매개하고 있다. 내가 베르티에를 만난 것도 대학 3년 후배였던 한수영을 통해서였는데, 대학 때 데모 경험을 둘러싼 기억과 베르티에와 한수영의 미묘한 관계 등을 근거로 나는 베르티에와 수영이 원난성 교통사고의 순간, 내가 실크로드 여행에서 느꼈던 그것을 공감한 것이 아닐까 생각해본다. 가로등은 없고 가로수에 사람 키 높이만큼 칠해져 있던 흰색 페인트가 흰빛을 발하며 달려들던 장면. "그때마다 우리는 날카롭게 찌르고 들어오는 그 강한 빛에 꼼짝없이 걸려든 나방이 되어버렸다. 그 빛은 어둠 속에서 길의 방향을 알려주어 우리를 앞쪽으로 인도하는 게 아니라, 오히려 우리의 눈을 멀게 해서 자기 쪽으로 강력하게 끌어당기고 있었다." 수영 역시 철조망이라는 끔찍한 존재에 일찌감치 눈을 뜬 '포로'가 아니었을까.

베르티에를 만난 때 내가 아내와 별거하고 있었으며 서울의 작은 아파트를 수용소처럼 느끼고 있었다든가, 아버지 장례식 준비 과정에서 만난 상조회사 직원의 검은색 넥타이를 보며 춤추는 포로들 사진을 떠올린다든가, 인터넷에서 검색한 자유의 여신상 머리의 뿔이 예수가 썼던 가시 면류관처럼 보이기도 하고 그 가시가 철조망으로 변하는 듯한 경험을 하는 등 이 소설에는 현대인의 삶에서 느껴지는 수용소 의식, 철조망 표상들이 '문득'이라는 부사어, '떠올랐다'라는 서술어를 동반하며 자주 출현한다. 어렸을 적 친구들과 산에 놀러 갔다가 소양강 방어선의 흔적이 있는 철조망에 갇힌 경험은 철조망이 표상에만 그치는 것이 아니라 한국동란이 남긴 후유증들 중 하나로 현대인의 삶에까지 영향을 미치고 있음을 말해준다.

그런데 이러한 포로 의식은 소설가로서의 자의식으로 귀결됨을 다음을 통해 알 수 있다. 10여 년 전 유럽 여행 중 폴란드 남부의 오슈비엥침, 아우슈비츠에 들러 수용소를 방문했을 때 본 철조망, 수용소 내 박물관 유대인의 가방 전시관에서 마리 카프카의 이름을 보고 프란츠 카프카를 떠올리며 왜 나는 늘 카프카가 강제수용소에서 죽었다고 느끼는 것일까 생각한다. "어쩌면 카프카가 소설을 쓰기 위해 자신을 유폐시킨 골방이 내게는 수용소처럼 느껴지기 때문이 아닐까" 하는 데에 이르면 이는 명확해진다. 박물관을 나서면서 "그때 문득 나 자신도 내내 철조망의 감각과 이미지에 갇혀 있는 포로 같다는 느낌이 들었다. 나는 포로였다"고 하는 진술은 이 소설이 쓰여지게 된 계기가 내 속에 내재되어 있던 포로 의식 때문임을 말해준다. 이 포로 의식은 어렸을 때부터 군 생활, 부부 생활 곳곳에 도사리고 있었던 것이다.

어느 날 아침 뒷산에서 발견한 홍보용 종잇장이 알려준 분단 체제의 일상화를 자각하면서 역사적 실체가 가하는 비정상성을 인식하게 된다. 작가는 이를 너무 오래 지속된 긴장이 유발한 마음의 근육무력증이라 규정하며 "우리는 지금도 거제도 포로수용소 속에 들어 있었다"고 표현한다.

그리하여 다시 성찰해보건대 "작가인 나는 분단으로 인해 수천만의 한국어 독자를 빼앗긴 가련한 소설가였다. 그렇다면 독자를 되찾기 위해, 그리고 만성적인 우울증에 걸려 쥐가 난 근육을 풀어주기 위해 뭔가를 써야 하는데, 무엇을 써야 하는지 알 수 없었다"는 상황 판단이 이루어지고 이를 현실화시키는

데 기여한 것이 바로 비숍의 사진 한 장이었던 것이다.

나는 거제도 포로수용소 사진이 진심으로 말을 걸어오는 대로 기억과 자료와 내면을 탐색한다. 비로소 자신이 "막막한 공포를 가면으로 간신히 억누르며 경쾌하게 몸을 놀리는 포로"라는 사실을 깨닫는다. 그렇게 해서 탄생한 것이 소설 11장이고, 이 소설 「거제, 포로들의 춤」이다. 이 소설의 귀착점은 상처를 끌어안을 때 새로운 시작이 있다는 통합의 필요성에 대한 자각이다. 짝을 맞추어 추던 스퀘어댄스에서 혼자 자유롭게 추는 탈춤으로 바뀐 춤의 시간이란 통합의 시간이며 자유가 확보된 순간으로 확대된다. 거제도 포로수용소 포로들의 막막한 공포는 이러한 방식으로 해소되었을 것임을 보여주는 작가는, 소설가로서의 자신 역시 역사적 사건을 직접 대면하며 진심으로 추적해가는 과정을 통해 빼앗긴 독자를 되찾는 소설 쓰기에 성공하고 있는 것이다. 작가를 비롯하여 현대인이 느끼는 포로 의식의 한켠에는 자유에 대한 지향이 억압당하고 있음을, 그것은 파편의 적극적인 통합을 통해서만 극복 가능한 것임을 보여주고 있다. 이 소설은 재현 불가능한 것을 상상력으로 재현하여 리얼리티를 만들어내었다. 소설을 어떻게 써야 할 것인가에 대한 작가의 고민과 성찰, 거제도 포로수용소의 역사적 사실에 대한 자료 등은 덤으로 얻어진다.

이 소설이 의미를 갖는 것은 사진 한 장에 대한 추론 과정에서 현대인의 삶에 나타나는 나태 분열증, 수용소 의식, 포로 표상, 삶과 죽음에 관한 이야기를 다루고 있기 때문이다. 이는 결국 역사의 리얼리티가 현재 의식과의 대화를 통해 어떻게 탄생되는지를 보여주는 과정이기도 하다.

근린

2015 올해의 문제소설

최은미

—

1978년 강원 인제 출생

2008년 『현대문학』에 단편소설 「울고 간다」 당선

소설집 『너무 아름다운 꿈』

공원에서 사고가 일어난 것은 10월 31일 오전이었다. 날개 폭이 6미터 남짓인 소형 비행체 한 대가 근린공원 체력단련장에서 등산로로 이어지는 중간 지점에 추락했다. 연합뉴스는 이 비행체가 RQ-105기종의 육군 소속 무인정찰기로, 사고 당시 원격조종을 통한 무인정찰 훈련 비행 중이었다고 보도했다. 보도에 따르면 사고를 목격한 주민들은 "하늘에서 오토바이가 지나가는 듯한 소리가 나 쳐다보니 아파트 20층 높이에서 비행체가 날아가고 있었"으며 "어느 순간 보니 이 비행체가 날개를 뒤집은 채 추락하고 있었다"고 말했다. 사고 당일은 근린공원에서 '어르신문화축제'가 열리던 날로 사고 시각인 오전 11시경, 공원 야외공연장과 체력단련장 인근에는 이미 100여 명의 인파가 있었던 것으로 전해졌다. 그중 사망자는 단 한 명이었다. 튀어 날아온 기체 파편에 목이 찔린 사망자는 '대동맥 파열로 인한 대량 출혈'로 현장에서 사망했다. 평소 근린공원에서 사망자를 자주 봐왔다는 한 주민은 '그 여자가 그렇게 죽을 줄은 몰랐다'고 말했다.

1

10월 첫날 아침 근린공원 사거리의 도로 상황은 무난했다. 신호대기 중이던 아반떼 승용차를 마을버스가 들이받는 일이 있었지만 출근길 교통 흐름에 지장을 줄 정도는 아니었다. 근린산 위로 떠오른 아침 해는 가을이 시작된 산을 타고 내려와 부채꼴로 펼쳐진 근린공원 진입 광장과 그 앞의 횡단보도까지 고루 비추었다. 하늘은 파랗고 바람은 잔잔했다. 야외 활동을 하기에 더 없이 좋은 시기가 시작되고 있었다.

출근 차량이 빠지고 도로가 한적해질 무렵, 젊은 여자 한 명이 근린공원 입구에 나타났다. 회색 치마레깅스에 짧은 후드점퍼를 걸친 여자는 잠에서 덜 깬 듯 흐느적거리며 벤치 쪽으로 걸어갔다. 여자는 부채꼴 이쪽 벤치에 등을 기대고 앉더니 고개를 파묻고 움직이지 않았다.

곧이어 늙은 여자 두 명이 걸어와 부채꼴 저쪽 벤치에 앉았다. 잠시 뒤 같은 또래로 보이는 여자가 둘을 부르며 건너왔다. 건너온 여자는 숨을 헐떡이더니 자신이 간밤에 똥 싸는 꿈을 꿨다고 말했다. 앉아 있던 여자 중 한 명이 만 원짜리 세 장을 꺼내 그 꿈을 샀다.

서쪽 방면에서 오던 차가 사거리 북서 방향의 주유소로 들어갔다. 북동쪽에서 내려온 바람이 여자들의 등을 훑고 사거리 교차점을 지났다. 벤치에 나란히 앉은 늙은 여자 셋은 그들의 대각선 맞은편, 사거리 남서 방향에서 무언가가 흔들리는 것을 보았다.

"우리 저기나 한번 가볼까?"

꿈을 산 여자가 말했다.

"원장이 꽤 용하다던데."

가운데에 앉은 여자가 말했다. 꿈을 판 여자는 아무 말도 하지 않았다. 사거리 남서쪽 건물 안에 있는 것은 휴대폰 대리점과 편의점, 독서실과 PC방, 학원들과 노인요양원이었다. 그 옆으로 새로운 건물이 올라가 있었다. 건물 외벽을 덮은 현수막에 '관절' '척추' '통증' 같은 글자가 보였다. 건물 앞에서 움직이며 그들의 시선을 끈 것은 키다리 허수아비 풍선이었다. '만성통증 조기치료'라는 여덟 글자를 몸에 새긴 허수아비가 양팔을 펼친 채 바람을 타고 있었다.

"옆에 있는 건물이 죽네……."

어쩐지 힘이 빠진 듯한 목소리로 꿈을 판 여자가 한마디 했다. 나머지 두 여자가 웃긴다는 표정으로 꿈을 판 여자를 보더니 대꾸를 하지 않았다. 일교차가 점점 벌어져 그들 중 한 명이 머플러를 풀었을 무렵 중년 여자 한 명이 애완견과 자루를 안고 산에서 내려왔다.

"밤 많이 떨어졌어요?"

가운데 여자가 물었다.

"할머니들이 새벽같이 올라가서 얼마나 주워가는지 벌써 빈 껍질이 수두룩해요. 좋은 델 잘 찾아야 돼요."

"어디가 좋아요?"

중년 여자의 팔에서 내려온 시추가 벤치를 맴돌며 짖었다.

"명당자리가 하나 있어요. 밤나무하고 참나무가 얼마나 큰지……."

"알알 알알."

시추가 말을 끊으며 뛰어갔다. 동쪽에서 온 차들이 남쪽으로 좌회전을 시작하자 사거리 남동 방향의 아파트 단지에서 빛무리가 흘러나왔다.

"알알 알알."

보행신호와 함께 부채꼴 광장으로 쏟아져들어온 건 연두색 단체복을 입은 유치원생들이었다. 아이들은 시추에게 달려들기도 하고 공원 조형물에 올라타기도 하면서 흩어졌다 모였다 했다. 사각정자가 있는 부채꼴 꼭짓점에서 다시 줄을 선 아이들은 잠자리채를 높이 쳐들었다. 아이들은 교사의 손짓에 맞춰 합창을 시작했다. 잠자리 꽁꽁, 꼼자리 꽁꽁. 이리 와라 꽁꽁, 저리 가라 꽁꽁. 이리 오면 살고, 저리 가면 죽는다.

유치원 아이들이 휩쓸고 간 부채꼴 광장의 사각정자 위에는 언제부터 거기 있었는지 모를 여자아이 한 명이 앉아 있었다. 아이는 숲 체험을 떠난 유치원생들과 같은 또래로 보였다. 아이 앞에는 스케치북이 펼쳐져 있었다. 아이는 빨간색 크레파스를 꺼내더니 흰 종이 위에 제일 먼저 해를 그렸다. 아이의 엄마로 보이는 여자가 정자에 걸터앉아 아이의 정수리를 내려다보았다.

"다음엔 누가 커피 좀 타와."

꿈을 산 여자가 말했다. 점심때가 되자 여자아이와 엄마는 횡단보도를 건너 아파트 단지 후문으로 사라졌다. 사거리 남쪽 방향에서 온 맥도날드 오토바이가 그들을 따라 아파트 단지로 들어갔다. 레깅스 여자가 벤치에서 몸을 일으켰을 때에는 허수아비 풍선의 팔 한쪽이 직각으로 꺾여 있었다.

2

꿈을 판 여자는 꿈을 팔 생각이 없었다. 깨고 나서도 흥분이 가시지 않아 누군가에게 말하고 싶었을 뿐이었다. 3만 원을 얼떨결에 받아드는 게 아니었다고 여자는 후회했다. 무언가 중요한 것을 빼앗겼다는 생각을 지울 수 없었다.

여자가 볼일을 본 곳은 모래알과 조약돌이 들여다보이는 맑은 물웅덩이였다. 분홍빛 대변이 여자의 몸에서 끝도 없이 빠져나왔다. 변은 물속에서부터 똬리를 틀며 올라왔다. 물에서도 절대 흐트러지지 않는 실한 변이었다. 여자가 꿈에서 깬 것은 그 변이 몸속으로 다시 들어왔을 때였다. 기다랗고 굵고 단단한 것이 몸을 밀고 들어오는 순간 여자는 눈을 떴다. 뭐라 말할 수 없는 허전함과 슬픔이 밀려왔다. 여자는 꿈 생각에 아침도 제대로 먹지 못했다. 그래서 그런 실수를 한 것이었다. 그날 아침의 모든 행동과 언행이 평소의 자신답지 않았다고 여자는 생각했다. 자신은 성급하고 수다스러운 편이 아니었다. 조용하고 온화하게 늙었다는 말을 듣고 사는 쪽이었다. 60대 중반이었지만 아직 환갑 전으로 보는 사람도 있을 만큼 피부도 괜찮았다.

여자는 화장대에 앉아 거울을 보았다. 꿈을 팔고 난 뒤 지난 며칠은 무얼

해도 예전 같지가 않았다. 밥맛도 없었고 무릎도 더 시렸다. 누가 말을 하면 서운한 생각부터 들었고 까닭도 없이 눈물이 돌았다. 여자가 한숨을 내쉬며 거울에서 고개를 돌렸을 때였다. 전화벨이 울렸다. 며칠간 구부정했던 여자의 등이 전화를 받는 동안 점점 펴졌다. 여자는 두 번 연속으로 감사하다는 말을 하고 전화를 끊었다. 꿈을 판 여자는 꿈 따위는 잊어버린 듯 흥얼거리기 시작했다. 여자는 물을 끓여 보온병에 넣고는 커피 몇 봉지를 챙겨 현관문을 나섰다.

같은 시간에 꿈을 산 여자도 전화를 받았다. 근린공원 부채꼴 광장에서였다. 전화를 끊고 난 여자는 벤치에 앉아 있는 레깅스 여자를 보면서 얼굴을 찌푸렸다. 한동안 부채꼴 이쪽 벤치에 앉던 레깅스 여자는 며칠 전부터 부채꼴 저쪽 벤치를 차지하고 앉더니 오늘은 다시 이쪽 벤치에 앉아 있었다.

"젊은 여자가 일관성이 없어."

가운데 여자가 오자 꿈을 산 여자는 레깅스 여자에 대한 험담을 시작했다. 박스를 찾으러 갔더니 엉덩이 한번 들지 않고 쳐다만 보더라, 옷 입은 것도 볼썽사납다, 어깨 벌어진 것 좀 봐라, 굼뜬 애들은 질색이다. 꿈을 산 여자는 화풀이를 하듯 중얼거렸다.

"며느리로 저런 것들이 들어올까 봐 내가 요새 잠이 안 와."

보행신호가 떨어지자 아파트 단지 쪽에서 여자아이와 엄마가 걸어왔다. 간격을 두고 꿈을 판 여자가 뒤따라왔다. 꿈을 판 여자를 보자마자 여자 둘이 벤치에서 일어났다.

"자긴 뭐 됐어?"

"실버댄스스포츠."

꿈을 판 여자의 말에 잠시 정적이 흘렀다. 세 여자는 모두 10월 말일에 있을 어르신문화축제에 참가할 예정이었다. 경쟁률이 가장 높았던 실버댄스스포츠에 꿈을 판 여자만 선정이 된 것이었다. 나머지 두 여자가 전화로 권유

받은 공연은 한복을 줄별로 맞춰 입고 어깨춤을 추는 '노부(老婦)는 골드스타일'이었다. 댄스스포츠와는 비교가 될 수 없었다. 실버댄스에 참가하는 여자들은 모두 빨간 원피스를 입었다. 빨간 구두를 신고, 머리에는 빨간 꽃을 꽂고, 역시나 높은 경쟁률을 뚫고 선정된 남자 노인들과 탱고를 추는 것이었다. 실버댄스는 어르신문화축제의 꽃이었다.

꿈을 판 여자가 한턱내겠다는 듯 커피를 타서 돌렸다. 꿈을 팔기 전으로 시간을 되돌리는 게 가능하기라도 한 것처럼 꿈을 판 여자는 혈색이 살아나 있었다.

"커피 맛이 왜 이래."

꿈을 산 여자가 한 모금 마시자마자 인상을 썼다.

"내가 김태희 말고 이나영 있는 걸로 사라고 했잖아!"

꿈을 산 여자가 순식간에 팔을 젖혀 벤치 뒤 회양목 위로 커피를 뿌렸다. 김이 올라오는 뜨거운 커피였다. 운동기구 위에 올라가 있던 중년 여자가 비명을 지르며 뛰어왔다.

"알알, 알."

회양목 뒤에 앉아서 놀고 있던 것은 여자아이와 시추였다. 시추의 크림색 니트 위에 커피 얼룩이 점점이 져 있었다. 아이와 시추가 화상을 입을 수도 있었던 상황이었다. 중년 여자가 달려오는 동안에도 아이 엄마는 정자 기둥에 멍하니 기대 앉아 있었다. 가장 먼저 달려온 것은 뜻밖에도 레깅스 여자였다. 레깅스 여자는 아이와 개가 무사한 것을 확인하고는 꿈을 산 여자를 한 번 쳐다본 뒤 벤치로 돌아갔다. 어른들의 큰 소리에 겁을 먹은 여자아이가 엄마가 있는 정자 쪽으로 달려갔다. 시추가 종종거리며 여자아이를 따라 뛰었다. 달려오는 아이와 시추를 발견한 엄마가 "저리 가!" 낮게 소리를 질렀다. 그 소리에 아이와 개 모두 멈칫했지만, 아이는 엄마한테로 시추는 주인한테로 돌아갔다.

해는 정오를 향해 조금씩 이동해갔다. 단풍이 펼쳐진 근린산에서 간간이 사격 소리가 들렸다. 사거리 서쪽 방면에서 달려온 맥도날드 오토바이가 공원 입구에 멈춰 섰다. 맥도날드 라이더는 오토바이에서 내리며 휴대폰을 꺼냈다. 라이더는 휴대폰으로 깨진 보도블록을 촬영했다. 라이더는 다시 몇 걸음을 옮겨 전신주를 찍었다. 관절척추병원에서 나온 팔 골절 환자가 키다리 풍선 옆에 서서 담배를 피우며 웃었다. 신호대기 중이던 마을버스 기사가 '아반떼 씨발놈'이라며 삿대질을 했다. 맥도날드 라이더가 휴대폰을 이동해 마을버스 기사를 찍었다.

"저 영감이 지금 누구한테 욕을 하는 거야?"

꿈을 산 여자가 벤치에서 일어났다.

"방금 씨발년이라고 하는 거 들었어? 지금 나한테 욕한 거 아니야?"

"아니야."

가운데 여자가 꿈을 산 여자를 끌어 앉혔다.

"그러니까 그 요양원 커플 말이야."

가운데 여자가 말을 이었다.

"요양원에서 눈 맞은 게 문제가 아니야. 그 둘이 글쎄 합방을 요구했대. 요양원 측에 정식으로 요청을 했다는 거야."

"세상에, 정신은 멀쩡한가 보네."

"그게 어떻게 멀쩡한 거야. 노망이지."

"남자는 그 뭐지, 뇌경색인지 뇌졸중인지로 쓰러져서 들어갔다던데. 몸 반쪽은 아예 굳어버렸대."

"여자는?"

"뭐라더라. 바람만 불어도 아픈 그런 병으로 시작을 해서 콩팥이고 뭐고 다 망가졌다던데."

"통풍?"

"그래 통풍. 안 겪어본 사람은 절대 모른다더구먼. 바람만 스쳐도 그렇게 아프대."

늙은 여자 셋은 문득 말을 멈추고 대각선 맞은편을 보았다. 왼쪽으로 몸을 꺾었던 키다리 허수아비 풍선이 다시 오른쪽으로 몸을 꺾었다. 규칙적으로 움직이던 풍선은 갑자기 고개를 꺾더니 다시 두 팔을 펼치며 손을 흔들었다. 그들은 풍선의 움직임만으로도 바람의 세기를 알 수 있게 된 것에 불현듯 공포를 느꼈다. 바람이 자면 풍선은 흔들렸다. 바람이 세면 풍선은 펄럭였다. 바람이 아주 세면 풍선은 요동을 치며 춤을 추었다.

운동기구 위에서 어깨돌리기를 하던 중년 여자도 동작을 멈추고 대각선 맞은편을 보았다. 관절척추병원보다 한 톤 어두운 오래된 빌딩. 노랗게 물든 은행나무 위로 수학전문학원 간판이 보이고 그 위층으로 요양원 창문이 보였다. 그 안에 중년 여자의 노모가 있었다. 여자가 짬을 내 부채꼴 광장에서 시간을 보내는 것은 노모의 침대 가에서 공원이 내려다보이기 때문이었다.

네 방향으로 뻗은 가로수들이 정오 직전의 빛을 흩뿌렸다. 시추와 여자아이가 그늘과 양지를 오가며 뛰어다녔다. 아이가 낙엽을 모아 공중에 뿌리면 시추가 하나라도 잡으려고 뛰어올랐다. 시추가 커다란 가로수 잎을 물어 오면 아이가 나뭇잎으로 시추를 간질였다. 광장을 둘러싼 나무에서 도토리가 떨어져내렸다. 잠자리들이 꼬리에 빛을 매달고 쑥부쟁이 사이를 날아다녔다. 가을빛이 잠깐씩 풍경을 정지시키는 마법 속에서 사람들은 가을 열매가 터지는 소리를 듣고 있었다.

"이거……."

레깅스 여자는 아이 목소리에 고개를 들었다. 아이가 내민 양손 위에 밤 하나, 도토리 하나가 올라가 있었다.

"엄마 몰래 주웠어요."

아이는 부끄러운 듯 금방 눈을 떨구었다. 용기를 내서 온 듯했다.

"유치원 가고 싶지 않니?"

레깅스 여자가 아이에게 물었다.

"우리 엄마가…… 엄마 마음에 드는 유치원이 없어요."

레깅스 여자는 정자 쪽을 보았다. 아이의 엄마는 멀리서 보기에도 격앙된 손짓으로 휴대폰을 두드리고 있었다.

"우리 엄마는 아빠랑 문자로 싸워요."

"그렇구나."

"아빠는 엄마 문자 때문에 미치겠대요."

"그렇구나."

"우리 엄마는 힘들어요."

"……."

"나 때문에."

"……."

몇 초였다. 레깅스 여자는 아이의 검은 눈동자에서 잠깐 일렁이고 사라진 무언가를 보았다. 여자가 미처 뭐라고 하기도 전에 "이리 와!" 아이 엄마가 아이를 불렀다. 아이는 엄마한테로 뛰어갔다.

3

맥도날드 라이더는 엘리베이터 11층 버튼을 눌렀다. 두 주 넘게 매일 배달 주문을 하는 집이었다. 주문 시간은 낮 12시 30분, 메뉴는 불고기버거 세트 하나였다. 주중 점심시간에 하루도 거르지 않고 주문을 하는 집은 처음이었다. 세 주째가 되자 라이더는 특이한 집이라는 생각이 들었고, 그래서 잠깐씩 여자의 인상이나 거실 풍경을 훑어보게 되었다.

TV, 소파, 책장, 잘 정돈된 아이 장난감들. 거실 좌탁에 앉아 그림을 그리던 아이가 반가움과 실망감이 교차하는 눈빛으로 뒤를 돌아보는 게 다였다. 특이한 점은 없었다. 정상적인 여자라면 아이에게 패스트푸드를 매일 먹이진 않을 것이다. 그렇다면 여자가 먹는 것일까? 어떻게 똑같은 불고기버거를 매일 먹을 수 있을까?

라이더는 촉이 좋은 형사라도 된 듯한 긴장을 느끼며 마을파수관 배지를 만지작거렸다. 마을파수관은 시에서 성실한 배달 청년들에게 준 직책이었다. 파수관의 임무는 '여성 폭력 현장 감시 및 신고'와 '공공시설물 파손 등 생활 안전 위해 요소 신고'였다. 배달 중 그런 현장을 발견하면 스마트폰으로 촬영해 신고를 하는 것이었다. 라이더는 실제로 CCTV를 파손하며 다닌 한 40대 남자를 신고해 우수 파수관으로 선발된 적이 있었다. 파수관 제도가 시행된 뒤 맥도날드 전 지점에서 처음으로 올린 성과였다. 라이더는 그때의 뿌듯함을 잊지 않고 있었다.

엘리베이터를 타고 내려오면서 라이더는 배달 첫날을 되짚어보았다. 여자는 분명 라이더의 왼쪽 가슴에 달린 마을파수관 배지를 유심히 보았다. 다시 생각해보니 그때의 여자 표정이 마음에 걸렸다. 파수관을 계속 부르는 건 누군가에게 하고 싶은 말이 있어서일 수도 있다. 집에서 혹시 폭력과 파손의 현장이 펼쳐지고 있는 걸까. 이상한 놈이라도 숨어 들어가 있는 걸까. 협박을 받고 있다면 햄버거 값을 건네는 동안 어떤 식으로든 알릴 수 있지 않을까. 생각을 이어가던 라이더는 정신이 돌아온 듯 피식 웃었다. 도움이 필요해서 배달을 시킨다니, 그런 건 영화에서나 일어날 일이라고 라이더는 고개를 저었다.

이런저런 생각 끝에 라이더가 내린 결론은 '그 여자가 나한테 관심이 있다'였다. 아무래도 그게 제일 현실성이 있었다. 아파트 단지를 빠져나오면서 라이더는 여자의 머리부터 발끝까지를 다시 그려보았다. 얼핏 보기로도 여자는 예쁘장한 인상이었다. 신호를 기다리는 동안 라이더는 규칙적인 성생활을 하는 능숙한 주부와의 한 번을 상상했다. 기분이 좋아진 라이더는 흥얼거리면서 근린공원 사거리를 통과했다.

짧은 가을을 누리러 나온 사람들이 사거리와 공원 곳곳을 걸어다니고 있었다. 공원 야외공연장과 다목적광장에서는 어르신문화축제 준비가 한창이었다. 공연 연습을 하던 노인들이 삼삼오오 흩어져 열매를 줍고 가을 과일을 먹었다. 요양원 커플에 대한 얘기가 정자와 벤치와 광장을 오가며 신화처럼 떠돌았다.

중년 여자는 시추를 데리고 근린산을 올랐다. 여자는 매해 단풍철이 되면 전국의 산을 찾아다니는 게 낙이었지만 올해는 딸이 장기 출장을 가면서 맡긴 시추 때문에 동네를 떠나지 않았다. 노모의 건강도 문제였다. 아쉬운 대로 근린산을 찾았지만 마음에 차지는 않았다. 근린산에는 저고도 방어임무를 수행하는 육군수도방위사령부 예하 부대가 주둔하고 있었다. 등산로는 거의 철책과 함께 이어져 있었고 철책에는 꼭 개구멍들이 있어서 시추를 잃어버릴까 신경이 쓰였다. 산을 타는가 싶으면 민간인은 우회하라는 군 작전지역 팻말을 만났고 나무가 우거진다 싶으면 콘크리트 임도(林道)가 나타나 풍경을 끊어놓았다.

여자가 발견한 명당은 의외로 근린공원 근처였다. 다목적광장 오른편으로 지세가 높아지는 곳에 체력단련장이 있었고, 명당은 체력단련장과 본격적인 등산로 중간 지점에 있었다. 이정표가 가리키지 않는 오솔길을 50여 미터만 따라 돌아가면 밤나무와 참나무가 둥그렇게 우거진 숲이 나왔다. 제일 큰 참나무 밑에 사각정자 하나가 숨어 있었고, 울창한 나무들이 몇 개의 독립적인 공간을 만들며 겹겹이 이어져 있었다. 무덤터처럼 고요한 곳이었다. 밤과 도토리가 지천이었고 낙엽밭이 꽃길처럼 펼쳐져 있었다. 마을에 오래 산 연인들에게는 공공연히 알려진 장소였지만 중년 여자는 아직 거기서 누구와도 마주치지 않았다. 체력단련장 부근에만 가도 시추는 벌써 오솔길을 헤치며 명당 쪽으로 내달렸다.

산에서 내려오자 부채꼴 광장에는 여자들이 앉아 있었다. 중년 여자는 그들이 조금씩 이상한 여자들이라고 생각했다. 레깅스 여자는 집에 들어가서 편히 자지 않고 왜 공원에 나와서 자는지 이해가 안 됐다. 아이 엄마는 얼굴에 이미 우울증 중증 상태가 나타나 있었다. 바깥에 꼬박꼬박 나오는 걸 보면 어떻게든 버텨보려는 생각이 있는 것도 같았지만 또래 아이들이 나오는 오후가 되면 여자는 아이를 데리고 사라졌다. 나란히 앉아 있는 여자 노인 셋은 한 계절씩 돌아가면서 서로를 따돌리는 사이였다. 그러면서도 늘 셋이 같이 어울렸다.

"그게 다 밤이에요?"

가운데 여자가 중년 여자의 등산가방을 보며 물었다. 가운데 여자는 중년 여자를 볼 때마다 자신도 밤을 좀 더 주워야 한다는 생각에 사로잡혔다. 딸네 집에도 줘야 했고 다음 달에 약식도 만들어야 했다. 가운데 여자는 중년 여자의 등산화를 한참 쳐다보았다.

"무릎이 성하니 얼마나 좋아그래."

그때 꿈을 판 여자의 카톡 수신음이 울렸다. 실버댄스 파트너 노인이었다. 축제일이 가까워올수록 꿈을 판 여자는 마음이 점점 뜨거워지는 걸 느꼈다. 특히 합방을 요구한 요양원 커플 얘기는 여자에게 감동과 충격을 함께 주었다. 10월 첫날 꾸었던 꿈도 여전히 여자의 몸 위를 기어다니고 있었다. 가을빛, 빨간 원피스, 파트너 노인의 홀쭉한 배와 손목뼈. 그런 것들이 한꺼번에 여자의 가슴을 두드렸다.

꿈을 판 여자의 얼굴이 달아오를 때마다 꿈을 산 여자는 초조해졌다. 꿈을 산 여자는 분홍빛 대변과 3만 원을 생각했다. 꿈 얘기를 듣는 순간 여자는 그게 보통 꿈이 아님을 확신했었다. 그런 확신은 지금껏 틀린 적이 없었다. 자신이 산 그 꿈의 효과가 언제 나타날 것인지, 꿈을 산 여자는 목을 감싸며 하늘을 올려다보았다. 순간 저고도에서 송골매 같은 것이 나타났다 사라졌다.

"저거 봤어?"

꿈을 산 여자가 물었지만 본 사람은 아무도 없었다.

"비 온다던데. 좀더 주워놔야겠어."

가운데 여자가 먼저 자리를 뜨고 시추는 여자아이가 그림을 그리고 있는 사각정자를 맴돌았다. 여자아이는 그날따라 시추와 놀지 않고 정자에 앉아 그림만을 그리고 있었다. 레깅스 여자는 밤과 도토리에 대한 보답으로 막대 사탕 하나를 가져왔지만 아이 엄마와 아이의 분위기가 심상치 않아 망설이고 있었다. 아이가 그림을 두어 장쯤 더 그렸을 시간이 지났다. 아이 엄마가 갑자기 아이를 정자 밖으로 끌어냈다. 여자는 아이의 어깨를 거칠게 밀치며 해를 가리켰다.

"잘 봐. 니 눈엔 저게 빨간색으로 보이니?"

아이가 휘청거리며 하늘을 올려다보았다. 아이는 무방비 상태로 해를 보았다. 저렇게 보면 눈이 부실 텐데, 레깅스 여자가 생각하는 순간 아이가 눈을 껌벅이더니 눈물을 흘렸다. 아이는 소매로 눈물을 쓱 닦아냈다.

"다시 말해봐. 해가 무슨 색이야?"

"……."

"대답 안 해? 해는 노란색이잖아. 그래 안 그래!"

아이 엄마가 정자로 저벅저벅 걸어가 노란색 크레파스를 꺼냈다. 그때 숲 체험을 마친 유치원 아이들이 공원 안쪽에서 나타났다. 아이들은 속삭이듯 노래를 불렀다. 잠자리 꽁꽁, 꼼자리 꽁꽁. 이리 와라 꽁꽁, 저리 가라 꽁꽁. 이리 오면 살고, 저리 가면 죽는다.

여자아이는 정자와 아이들 중간에 서 있었다. 아이는 얼어붙은 듯 움직이지 못했다. 울 듯이 선 아이의 두 눈동자에 가을 구름이 몰려와 있었다. 아이가 공원에 마지막으로 서 있던 날 정오의 풍경이었다.

4

10월 하순 이틀 동안 비가 내렸다. 하루는 강풍을 동반한 비가 내렸고 하루는 비안개가 근린산을 뒤덮었다. 이틀 동안 어르신문화축제 공연 연습은 중단되었고 누구도 근린공원에 나오지 않았다. 이틀 동안 근린공원 사거리를 통과한 차량은 18만 대, 사거리 횡단보도를 오간 사람은 920명이었다. 강수량은 70밀리미터, 체감온도는 0도, 해와 달은 뜨지 않았다. 북동쪽에서 남서쪽으로 초속 17미터의 바람이 불어오던 그날 밤, 사람인지 아닌지 불분명한 두 형상이 남서쪽 건물에서 나왔다. 그들은 바람을 거슬러 북동쪽 산으로 올라갔다. 그들 뒤로 비안개에 휩싸인 아파트 단지의 불빛이 펼쳐졌다. 총 24개 동 2천 세대의 불빛이 풍등처럼 떠오르다 허공 속에서 점멸했다. 그중 서른일곱 집의 여자들이 아이를 보며 말했다. '우리…… 같이 죽을까?' 그날 밤 한 집에서 그 말을 행동으로 옮겼다. 나무들이 한 방향으로 출렁이며 밤새 낙엽을 쏟아냈다. 날이 밝을 때까지 키다리 허수아비 풍선은 춤을 추었다.

5

비가 그친 뒤 기온은 큰 폭으로 떨어졌다. 하늘은 개었지만 벤치에는 아직도 이틀간의 습기가 남아 있었다. 박스를 깔고 앉아 있던 늙은 여자 셋은 중년 여자와 경찰이 건너오자 자리에서 일어났다.

"이를 어째."

가운데 여자가 얼굴이 하얗게 굳은 중년 여자의 손을 잡았다.

"이게 한꺼번에 무슨 일이야."

꿈을 산 여자가 정자에 탈진 상태로 앉아 있는 아이 엄마를 보며 말했다. 꿈을 판 여자는 흥분을 누르며 파트너 노인한테 문자를 보냈다. '그 둘이 요양원을 탈출했대요!'

경찰은 중년 여자에게 근린산 수색 일정을 말한 뒤 아이 엄마한테로 걸어갔다. 아이 엄마는 3일 꼬박 곡을 한 상주 같은 모습이었다. 여자는 쉰 목소리로 흐느끼며 자기를 죽여달라고 말했다. 경찰은 아이 엄마에게 몇 가지 정황을 묻는 듯 보였지만 여자는 얘기를 할 수 있는 정신이 아닌 듯했다.

"속이 속일까, 그 예쁜 애를 어쩌다가."

"애가 없어져서 온 산을 헤매고 다녔나 보더라고."

"아침에 체력단련장 쪽에 쓰러져 있었다던데."

"그런데 애가 설마 산으로 갔을까. 주택가 쪽에서 찾아야 되는 거 아니야?"

"경찰이 어련히 알아서 찾으려고."

"알알, 알알알, 알, 알알."

시추가 부채꼴 광장을 어지럽게 돌았다. 형제들과 통화를 하는 듯하던 중년 여자가 시추를 안아들고 길을 건넜다. 꿈을 산 여자가 낮게 혀를 찼다.

"그 여자가 저 여자 엄마인 줄은 몰랐네."

꿈을 산 여자는 중년 여자한테서 시선을 거두다 아이 엄마를 보고 있는 레깅스 여자를 보았다. 레깅스 여자는 잠시도 눈을 떼지 않고 아이 엄마를 보고 있었다. 주머니에 든 밤과 도토리와 막대사탕을 만지면서 레깅스 여자는 아이 엄마의 말을 곱씹었다. 아이를 잃어버린 여자는 아이를 찾으려고 하지 죽으려고 하지 않는다. 하지만 아이 엄마가 흐느끼며 하는 말은 진심처럼 들렸다. 아이를 잃어버린 죄책감으로 하는 말이 아니라 여자는 정말로 죽고 싶은 것 같았다.

"아무래도 수상해……."

꿈을 산 여자는 아이 엄마와 레깅스 여자를 번갈아 보며 고개를 갸웃거렸다. 빤한 동네에서 아이가 어디를 갔을까. 그 또래 아이들은 대개 부모의 휴대폰 번호나 집 동호수 정도는 외우고 있었다. 단순 실종일까. 혹시 면식범의 유괴는 아닐까. 꿈을 산 여자는 그간의 몇 장면을 떠올렸다. 자신이 커피를 쏟았을 때 달려와 아이의 환심을 사던 레깅스 여자의 모습, 아이와 말을 트며 경계심을 풀던 레깅스 여자의 모습, 자신을 주책없는 노인네쯤으로 쳐다보던 레깅스 여자의 모습.

"내일이 벌써 마지막 날이네."

"마지막 날? 어디 죽으러 가나 보네."

"아니, 시월의 마지막 날."

꿈을 판 여자와 가운데 여자가 가로수를 쳐다보았다. 꿈을 산 여자는 휴대폰을 들고 한적한 곳으로 이동했다. 여자는 중대 기밀을 얘기하는 듯한 목소리로 어디론가 전화를 걸었다. 그로부터 다섯 시간 뒤, 레깅스 여자는 경찰서에서 이틀간의 알리바이를 대야 했다.

"제보가 들어와서 간단한 조사가 필요했습니다. 돌아가셔도 됩니다."

경찰서에서 나온 레깅스 여자는 하늘을 보며 숨을 몰아쉬었다. 목이 막힌 듯한 답답함과 분노가 가슴을 치고 나왔다. 레깅스 여자는 주머니에 다시 손을 넣었다. 아이가 건네준 도토리는 너무도 작고 동그랬다. 그날 정오의 아이 모습이 잊히지가 않았다. 레깅스 여자는 근린공원으로 향했다. 날이 저무는 중이었다. 사람들은 하나둘 집으로 돌아가고 아이 엄마만이 정자에 쓰러질 듯 기대 산을 보고 있었다. 그런 아이 엄마를 한 남자가 휴대폰으로 찍고 있었다. 남자 옆으로 눈에 익은 오토바이가 보였다. 네모난 배달통과 빨간 헬멧. 레깅스 여자는 남자의 목덜미를 낚아채 나무에 밀쳐 세웠다.

"너 뭐야."

레깅스 여자는 삼두근으로 라이더의 쇄골과 목울대 사이를 압박했다.
"너 저번 달부터 공원에서 사람들 찍고 다녔지. 너 변태야?"
"저, 전, 마을파수관인데요."
"그게 뭔데."
"이것 좀…… 풀어주세요…… 누나."
"죽을래? 내가 왜 니 누나야."
라이더는 숨을 컥컥거렸다.
"너 저 여자 왜 찍었어. 저 여자 알아? 너도 저 여자가 이상하다고 생각해?"
비가 오던 날부터 11층 여자는 배달 주문을 하지 않았다. 라이더는 공원을 지나다 며칠 만에 여자를 보고는 자기도 모르게 다가간 것이었다. 라이더는 자신이 정말 변태인지도 모른다는 생각이 들었다. 레깅스 여자는 라이더에게 하루치 시급을 주겠다고 제안했다. 여자는 라이더의 휴대폰 번호를 묻고는 임무 하나를 준 다음에야 팔을 풀어주었다.

라이더는 집으로 돌아가 그동안 찍은 휴대폰 속 사진들을 넘겨보았다. 그 중에는 비안개에 잠긴 근린공원 사거리의 가로등 사진도 있었다. 새벽 배달을 마치고 돌아가던 중에 고장이 의심돼 찍은 것이었다. 가로등 너머로는 흐리게 흔들리는 점 하나가 같이 찍혀 있었다. 웬만해서는 알아볼 수 없게 찍힌 그것은 팔이 늘어진 아이를 업고 공원 위쪽으로 올라가는 한 여자의 뒷모습이었다.

6

여자는 낙엽밭에 아이를 눕혔다. 아이 몸에는 아직도 체온이 남아 있는 것 같았다. 곧 따라갈게, 여자는 중얼거렸다. 비에 젖은 낙엽들은 여자가 아이를 위해 만들었던 배내이불 같았다. 여자는 아이의 몸 위에 한 겹 한 겹 이불을 덮어주었다. 다 덮고 나면 아이 옆 참나무 가지에 목을 맬 생각이었다. 그러면 모든 게 끝나는 것이었다.

여자가 지금껏 죽지 못한 것은 아이 때문이었다. 엄마 없는 세상에 홀로 남겨질 아이의 일상과 일생에 대해서 여자는 하루에도 몇 번씩 생각했다. 아이에게는 자살한 여자의 딸이라는 오명과 상처가 평생 따라다닐 것이었다. 친척집을 전전하며 천덕꾸러기처럼 크다가 남자 사촌이나 삼촌들한테 몹쓸 짓을 당할 수도 있었다. 여자가 아는 세상은 그랬다. 여자는 자신 외에는 누구도 믿을 수 없었다. 제대로 된 교육과 보살핌을 받지 못한 아이는 그저 그런 남자를 만나 결혼을 할 것이고, 아이를 낳으면 자신과 똑같은 방식으로 양육할 가능성이 컸다. 자신이 겪은 고통이 아이에게서 그 아이에게로 다시 그 아이에게로 전해지는 것이었다. 그 대물림과 반복의 고리를 자신의 손으로 끊어야 했다. 그게 모두를 위한 길이라고 여자는 생각했다.

여자는 나무기둥에 등을 기댔다. 땀과 습기로 후줄근해진 여자의 몸에서 김이 올라왔다. 여자는 배란기가 될 때마다 자신의 몸을 자해해왔다. 그 끔찍한 몸의 작용들을 이제 나무가 거두어줄 것이었다. 겹을 이룬 나무기둥들 사이로 비안개가 자욱이 들어차 있었다. 층층이 쌓인 젖은 낙엽이 산의 소음을 흡수해갔다. 이상하게도 마음이 편해지는 곳이었다. 아이가 아기였을 적, 유모차에 태워도 내내 울던 아이는 오솔길을 따라 이곳으로만 들어오면 울음을 그치곤 했다.

여자는 비틀거리며 몸을 일으켰다. 그때 숲 저쪽으로 무언가 거뭇한 것이 스쳐갔다. 여자는 순간 멧돼지일지도 모른다는 생각이 들었다. 멧돼지라면 아이의 시신을 파헤칠 수도 있었다. 여자는 두려움과 적개심으로 몸을 떨면서 알 수 없는 힘에 이끌려 나무기둥을 헤쳐갔다.

그곳엔 숲에서 제일 큰 나무가 있었다. 나무는 가지를 늘어뜨려 작은 집

한 채를 감싸고 있었다. 지붕과 기둥만 있는 그 집은 사각정자였다. 살아 있는 두 형체가 정자 위에서 움직이고 있었다. 여자는 그게 교미의 현장임을 직감적으로 알아챘다. 산에 고라니나 노루 같은 게 살고 있는지도 몰랐다. 두 형체는 한참을 버르적거리면서도 좀체 맞물리지 못하고 미끄러져나가기를 반복했다. 머리와 머리가, 목과 목이 고통스럽게 뒤틀리다 다시 엉켜들었다. 그러던 어느 한 순간 끙 소리와 함께 두 형체는 사지를 떨었다. 움직임이 멈춘 뒤 모습을 드러낸 것은 사람의 엉덩이 부위였다.

그것은 분명히 사람이었다. 두 형체가 사람임을 안 순간 여자는 토하기 시작했다. 여자는 터져나오는 토사물을 손으로 막으며 아무 곳으로나 기어갔다. 몸을 일으켜 내달리던 여자는 허리를 꺾으며 다시 토했다. 역하고 쓴 물이 온몸에서 역류했다. 여자는 내장이 뒤집힐 때까지 토하고 또 토하다 실신했다. 깨어났을 때는 날이 밝은 뒤였다. 누군가 괜찮으냐고 묻자 여자는 미친 듯이 고개를 저었다.

"아이가 없어요. 아가, 내 아가. 저를 죽여주세요. 저를 죽여주세요."

7

10월의 마지막 날은 완연한 가을 날씨로 시작됐다. 근린공원 부채꼴 광장에는 어르신문화축제 체험마당 부스들이 세워졌다. 노인들은 구 보건소에서 나온 이동건강버스 앞에서 무료로 혈당 검사를 받았다. 오후에 있을 어르신 문화공연의 리허설을 위해 야외공연장에는 사물놀이 팀과 부채춤 팀이 속속 도착했다.

오전 10시 반, 꿈을 산 여자는 '노부는 골드스타일' 팀의 연락을 받고 근린공원에 나와 있었다. 그동안 연습에 자주 빠졌던 사람들은 한 시간 일찍 모이라는 전갈이었다. 가운데 여자 또한 같은 연락을 받고 근린공원 사거리에서 막 길을 건너고 있었다. 가운데 여자가 건넌 다음 신호로 꿈을 판 여자도 길을 건넜다. 꿈을 판 여자는 코트를 목 끝까지 여며 입었지만 속에는 빨간 원피스를 입고 있었다. 실버댄스 복장을 다 갖춰 입고 파트너 노인과 따로 만나기로 한 것이었다. 체력단련장에 도착하면 전화를 하라는 파트너 노인의 문자를 확인하며 꿈을 판 여자는 걸음을 서둘렀다.

부채꼴 광장은 아침부터 북적였다. 아이 엄마가 앉아 있는 정자에는 다른 노인들이 몇 명 더 걸터앉아 있었다. 전통차 시음 부스의 온수통에서 따뜻한 김이 새어나왔다. 손녀의 손을 잡고 나온 할머니들이 단청목걸이를 만들어 아이들 목에 걸어주고 있었다. 맥도날드 라이더는 이른 아침부터 아이 엄마의 행동을 지켜보고 있었다. 여자가 산으로 가면 반드시 뒤를 밟아라, 레깅스 여자가 한 말이었다. 두 시간 가까이 정자에 앉아만 있던 여자는 10시 30분경, 무언가에 홀린 듯 공원 위쪽으로 올라가기 시작했다.

같은 시간에 근린경찰서로 전화 한 통이 걸려왔다. 육군수도방위사령부 예하 부대에서 온 전화였다. 요양원을 탈출한 두 노인이 발견된 곳은 근린산 봉우리의 군 참호 안이었다. 두 노인은 요양원 기저귀를 찬 채 구덩이 속에서 나란히 숨져 있었다. 경찰서의 연락을 받은 중년 여자는 부채꼴 광장에 주저앉았다. 노모가 발견됐다는 말을 듣고서야 여자는 노모의 행동을 실감한 듯했다.

"왜 그랬어 엄마아."

중년 여자는 어린아이처럼 소매로 눈가를 훔쳤다.

"바람이 그렇게 불었는데 왜 나갔어 엄마아아."

중년 여자는 산을 보면서 계속 엄마를 불렀다. 시추가 여자의 무릎을 핥다가 여자의 바지 자락을 잡아끌었다. 연습팀을 찾아 체력단련장 쪽으로 올라가던 가운데 여자는 울면서 올라오는 중년 여자를 보았다.

"얘 좀 데리고 있어주세요."

중년 여자는 등산로 쪽으로 정신없이 올라갔다. 엄마를 찾았나 보구나, 착잡해하며 가운데 여자는 체력단련장 벤치에 걸터앉았다. 그때 시추가 오솔길 쪽으로 내달렸다.

"얘, 어디 가니."

가운데 여자는 시추를 쫓아갔다. 다 도착했다던 가운데 여자가 오지 않자 꿈을 산 여자는 체력단련장 쪽으로 나왔다. 어떤 흥도 나지 않는 날이었다. 나뭇가지를 분지르며 나오다가 꿈을 산 여자는 꿈을 판 여자를 보았다. 꿈을 판 여자는 전화통화를 하면서 오솔길로 접어들고 있었다. 여자의 빨간 구두가 젖은 낙엽 속으로 푹푹 빠져드는 게 보였다. 꿈을 산 여자는 꿈을 판 여자를 뒤따라갔다.

그 시간 근린공원 사거리 남서쪽 횡단보도에 서 있던 레깅스 여자는 라이더의 문자를 받았다.

'체력단련장 네 시 방향 오솔길. 오십 미터 참나무숲. 제일 안쪽 나무 밑. 여자가 땅을 두드리며 통곡함. 낙엽 더미를 쓰다듬으며 아가를 부름. 10. 31. AM 10 : 47.'

레깅스 여자는 주먹을 쥐고 심호흡을 했다. 옆에 서 있던 허수아비 풍선이 몸 하단을 꺾으며 땅 위로 엎드렸다. 풍선은 모든 대기를 끌어모은 듯 서서히, 팽팽히 부풀며 아래에서부터 허리를 펴올라왔다. 풍선이 몸을 활짝 펼친 것을 신호탄으로 레깅스 여자는 달리기 시작했다. 레깅스 여자는 사거리를 전속력으로 가로질렀다. 여자는 번개와 같은 속도로 부채꼴 광장을 지나고, 야외공연장과 다목적광장을 넘어서, 체력단련장으로 뛰어올랐다. 북동풍이 근린산 정상에서부터 산을 흔들며 내려왔다. 맨가지와 낙엽들이 원래 한 몸이었던 걸 아는 것처럼 동시에 휘날렸다. 레깅스 여자가 오솔길을 타고 들어갔을 때, 공원 곳곳에서 사람들이 고개를 들기 시작했다.

"공원에 오토바이가 들어왔나?"

누군가 어리둥절해하며 말했다.

"하늘에서 나는 소리 같은데?"

누군가 숲 위를 가리켰다.

"저게 새야 비행기야?"

체력단련장에서 4시 방향, 50미터 안쪽에 흩어져 있던 여자들은 갑작스런 굉음에 동작을 멈췄다. 연인과 만나기 직전인 여자, 빨간 구두를 뒤쫓던 여자, 빈 밤껍데기를 뒤집던 여자, 숲 이쪽 끝에서 저쪽 끝을 찾아가던 여자, 숲 저쪽 끝에서 울고 있던 여자. 그들은 약속이라도 한 것처럼 자신의 머리 위를 올려다보았다. 시추만이 어떤 소리도 안 들리는 듯 낙엽이 수북이 덮인 그곳으로 달려갔다.

"알알, 알알알알알, 알알알알알알알알알알알알."

시추는 낙엽 더미 옆에서 겅중겅중 뛰기 시작했다. 풍속이 최고치를 기록한 추락 3초 전, 머리 위에 있는 물체가 곧 떨어질 거라는 걸 모든 여자들이 예감했을 때, 비행체는 추락하기 시작했다. 누군가는 바닥에 엎드렸고 누군가는 눈을 질끈 감았으며 누군가는 나무를 붙잡았다.

"알알알알알알알, 알알알알, 알알, 알, 알, 알, 알알."

시추는 낙엽들을 한 겹 한 겹 물어 옮겼다. 3초 후에도 30초 후에도 300초 후에도 시추는 낙엽 놀이를 계속했다.

8

무인정찰기 RQ-105는 추락 직전 마지막 영상을 송신했다. 군 지휘소 지상통제장비 모니터에는 60도 각도로 기울어진 낙엽밭이 담겨 있었다. 낙엽밭과 사선으로 맞닿은 하늘은 구름 한 점 없이 깨끗했다. 잎을 다 떨군 맨가지만이 하늘 안으로 실금처럼 뻗어나가 있었다. 어디선가 빛이 새어들어와 밭과 하늘에 물방울무늬를 만들었다. 기울어진 풍경 한쪽에 빈 벤치가 있었다. 아직 누구도 앉았다 간 적이 없는 벤치는 누군가를 기다리는 듯, 산을 보며 놓여 있었다. 얼마인지 모를 시간이 지난 뒤 그 위로 커다란 참나무잎 하나가 날아와 앉았다. 나뭇잎은 다시 바람에 실려 사각지붕 위로 내려앉았다. 둥근 해가 여러 번 뜨고 졌다. 가을이 가고 겨울이 오자 낙엽밭 위로는 눈이 내렸다.

작품해설

연남경 이화여자대학교 국어국문학과 교수

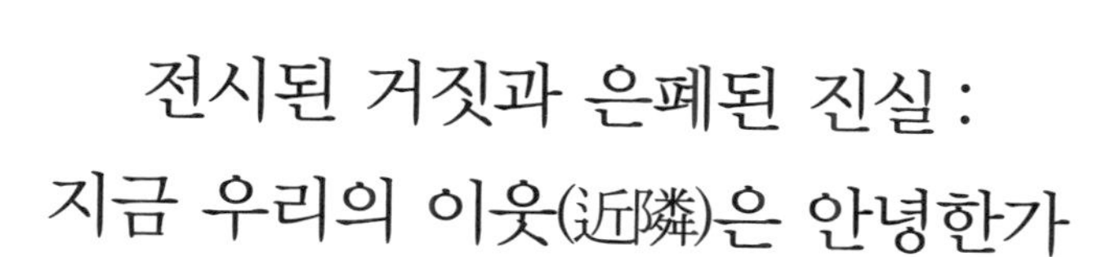

전시된 거짓과 은폐된 진실 : 지금 우리의 이웃(近隣)은 안녕한가

여기 흔히 볼 수 있는 아파트 단지 옆 근린공원의 한가로운 정경이 펼쳐져 있다. 담소를 나누는 할머니들, 개를 산책시키는 아줌마, 운동복을 입은 젊은 여자, 그림 그리는 어린아이 곁에 엄마가 보이는 평화로운 장면이다. 그러던 어느 10월의 마지막 날, '어르신문화축제'가 열리던 근린공원으로 육군 소속 무인정찰기가 추락하고 한 명의 사망자가 발생한다. 그리고 「근린」은 사고의 희생자가 누구인가를 묻는 질문으로부터 시작된다.

미스터리 스토리는 질문이 활성화되어 있는 장르로서 답을 찾는 과정의 지연에서 오는 긴장(서스펜스)과 예기치 못한 결말에서 오는 놀라움(기대의 위반)을 동반하므로 독서의 흥미를 유발하고 독자를 적극적 독서 행위에 동참시킨다. "그 여자는 누구인가"라는 수수께끼가 설정되며 시작되는 「근린」은 미스터리 스토리로 읽힌다. 사고의 희생자가 평소 근린공원에 자주 왔던 여자라는 단서가 던져지자 이제 그녀를 찾기 위해 서사는 10월 한 달간의 근린공원을 되짚어보는 방식으로 재구성된다. 잠시 서사의 진행을 따라가보도록 하자.

근린공원의 10월은 평범하게 시작된다. 벤치에 나란히 앉은 늙은 여자 셋 중 한 명이 다른 이의 꿈을 3만 원에 산다. 그 건너편에는 레깅스를 입은 젊은 여자가 앉아 있고, 시추를 데려온 중년 여자가 밤이 많이 있는 곳의 위치를 알려준다. 한 무리의 유치원 아이들이 숲 체험을 위해 공원을 지나가고, 그 또래의 여자아이가 혼자 스케치북에 그림을 그리고 있다. 늘 혼자인 그 아이는 엄마와 공원에 나타났다가 점심 무렵 아파트 단지로 들어간다. 뒤이어 맥도날드 배달 오토바이가 아파트 단지로 들어간다. 전혀 특별할 것 없는, 따라서 별다른 일이 일어나지 않는 10월의 나날들이 흘러간다. 그사이 꿈을 판 여자는 어르신문화축제에서 남자 노인들과 탱고를 추는 '실버댄스스포츠'에 선정된 기쁨에 들뜨고, 돈을 주고 꿈을 샀는데도 한복을 맞춰 입고 어깨춤을 추는 '노부는 골드스타일'에 선정된 여자는 맥이 빠진다. 그들은 공원 건너편 요양원에서 사랑에 빠져 합방까지 요구한 커플에 대해 초유의 관심을 기울이고 있다. 레깅스 여자는 밤과 도토리 한 톨씩을 선물로 가져온 여자아이와 잠깐 얘기를 나눈 뒤 아이가 유치원에 다니지 않으며 아빠와 늘 문자로 싸우는 엄마가 자신 때문에 무척 힘들어한다는 말을 듣게 된다. 이후 레깅스 여자는 아이의 상황에 신경이 쓰였지만 보답으로 가져온 막대사탕을 전하지 못하고 만다. 맥도날드 라이더는 3주째 하루도 거르지 않고 같은 시간 불고기버거 세트를 주문하는 집에 호기심이 생긴다. 마을파수관 임무도 담당하고 있는 그는 정상적인 여자라면 아이에게 패스트푸드를 매일 먹이지는 않을 것이라 생각하지만 엄마와 어린 여자아이만 사는 집안에서 별 특이점을 발견하지 못한 채 대수롭지 않게 여기고 만다. 시추를 산책시키며 밤을 줍고 다니는 중년 여자는 공원의 여자들을 조금씩 이상한 사람들이라 생각한다. 레깅스 여자는 왜 굳이 공원에 나와서 자는지 이해가 안 가며, 아이 엄마는 우울증이 중증 상태인 것 같고, 여자 노인 셋은 서로 따돌리면서도 늘 같이 어울리기 때문이다. 10월 하순, 비바람이 치던 이틀 동안 요양원을 탈출한 노인 커플의 실종 사건과 여자아이 실종 사건이 동시에 발생한다. 요양원 커플은 며칠 후 육군 참호 안에서 시신으로 나란히 발견되었으나, 실종된 여자아이는 발견되지 못한 채 어르신문화축제가 벌어지던 시월의 마지막 날 무인정찰기 추락 사고가 세간의 주목을 받는 가운데 영원히 묻히고 만다.

서사 진행 과정에서 다른 중대한 일이 발생하고 또 다른 질문이 던져진다. 노인 커플은 왜 요양원을 탈출했으며, 죽음을 맞이했는가? 도대체 아이는 어떻게 됐는가? 서사의 재구성 과정과 인물들의 행동과 시점을 통과해가는 가운데 답은 생각보다 쉽게 찾아진다. 요양원 커플은 반신불수와 통풍 때문에 불가능할 거라는 통념에 맞서 사랑을 이루기 위해 악천후를 무릅쓰고 요양원을 탈출한 것으로 드러났다. 게다가 놀랍게도 아이를 죽인 범인은 바로 엄마였고, 더욱더 놀랍게도 정황 증거와 아이 엄마의 진술이 있었음에도 불구하고 살해 사건은 해결되지 못한 채 미궁으로 빠지고 만다. 이처럼 「근린」은 여러 차례 독자의 기대를 배반하는 가운데 놀라움, 긴장, 불안의 상태를 조성한다.

결국 서사는 끝났지만, 종결은 이루어지지 않는다. 서사의 초두에 던져졌던 사고 사망자가 누구인지에 대한 답은 영영 밝혀지지 않은 채 소설은 끝난 것이다. 독자의 기대는 번번이 위반되고 수수께끼는 해소되지 않는 이러한 서사는 '생각을 위한 장치'다. 그러므로 이제 우리는 본격적으로 준엄한 질문과 마주할 차례다. 아이의 시신도 범인도 세상에 명명백백히 드러나지 않은 채 한 계절이 흐르고 잊혀져간다면 우리는 물어야 한다. 무인정찰기 사고로 죽은 그 여자가 누구인지가 더 궁금한가, 아니면 오늘도 희생되고 있을지 모르는 주변의 힘없는 이의 안녕이 더 궁금한가, 아니 중요한가. 이런 방식으로 최은미는 묻고 있는 것이다. 현재 여러분의 이웃(近隣)은 무사한가.

제목 '근린(近隣)'은 글자 그대로 '가까운 이웃'이라는 의미를 갖는다. 「근린」에서 사람들은 호기심의 대상은 지나친 가십 거리로 삼고, 정작 관심이 필요한 이에게는 무관심하다. 등장인물들은 꿈을 판 여자, 가운데 여자, 꿈을 산 여자, 레깅스 여자, 중년 여인, 아이와 엄마, 맥도날드 라이더로 불리고 있는데, 이러한 명명법은 고유명사가 부여되기에는 인물에 대해 아직 잘 모르거나(혹은 알려고 하지 않거나), 그들이 여느 아파트 단지에나 살고 있는 우리의 평범한 이웃들이라는 의미로 이해된다. 공원에 모인 여자들은 그들에게 부여된 명명(命名)처럼 그만큼만 타인을 인식하고, 그 정도로 타인을 오해하며 살아간다. 맥도날드 라이더는 배달지에서 이상의 징후를 발견했지만 대수롭지 않게 여기고, 뜨거운 커피가 쏟아진 상황에서 중년 여인의 관심은 모르는 아이가 아닌 자신의 애완견에게만 향할 뿐이다. 노인들에게는 황혼의 로맨스의 꿈을 자극하는 요양원 노인 커플의 가십 즐기기가 유일한 관심사였고, 한 달간 매일 마주쳤던 아이는 그저 공원의 풍경일 뿐이었다. 유일하게 아이와 함께 놀고 아이와 대화했으며, 마침내는 시신까지 발견한 시추의 안타까운 부르짖음은 계속 개입을 요청하지만 번역되어 전달되지 못한다. "알알알알알알알, 알알알알, 알알, 알, 알, 알, 알알." 과연 이들 중 어느 누구라도 아이의 죽음에서 무관할 수 있는가.

이웃의 관계는 이토록 긴밀하다. 개입의 망설임은 어린 아이의 죽음을 방관한 결과를 낳고 비바람 불던 밤 요양원을 탈출한 노인들의 밀회는 아이와 함께 죽으려던 엄마의 계획을 무산시킨다. 맥도날드 라이더의 사진에서는 아이 살인에 대한 증거가 발견되기까지 한다. 다른 한편 이웃의 관계는 헐겁다. 요양원 노인들의 진정성은 어느 누구에게도 전달되지 못한 채 죽음마저 가십 거리로 전락하고, 여러 정황 증거들과 당사자의 진술이 있었음에도 불구하고 아이 실종 사건은 해결되지 못한다. 자신을 죽여달라는 아이 엄마의 절규는 어이없게도 모성이라는 통념으로 오해되고, 유일하게 사건의 전모를 추적했던 레깅스 여자는 면식범의 유괴 가능성이라는 통념에 의해 경찰의 호출을 받는 어이없는 상황으로 치닫는다. 이처럼 가깝고도 먼 근린(近隣)의 역설은 한적하고 평화롭게 보이는 근린공원의 실상이 불신과 탈주, 근친살해가 벌어지는 범죄와 비극의 현장으로 변모하는 데 공모한다.

찰리 채플린은 인생은 멀리서 보면 희극이고 가까이서 보면 비극이라 했다. 원거리에서 평화롭게 보이는 우리의 일상은 근거리에서 보면 이토록 비극적이다. 무인정찰기가 전송하듯 원거리 촬영에서 점차 근거리 촬영으로 이어지는 서술 방식은 감정의 비약이 생략되고 건조한 문체로 담담하게 전개된다. 무인정찰기가 추락 직전 송신한 마지막 영상은 여자아이가 묻힌 바로 그 장소를 지목했으나 겉보기에 그저 낙엽밭인 그 영상은 아무에게도 주목받지 못했다. 정작 인간이 사라진 '무인(無人)'정찰기의 발전된 기술은 누구를 위한 것인지 궁금증을 낳으며, 오히려 사고를 야기해 또 다른 인명 피해를 낳을 뿐이다. 이는 현재 우리의 삶은 심지어 조종사 없는 비행이 가능할 정도로 기술이 발전하고 생활이 편리해진 조건에 놓여 있지만 '인간이 없는' 건조한 현실에서 발전된 기술은 무의미하며 소통과 수신은 불가능하다는 점을 암시한다.

최은미는 세간의 주목을 받지 못하는, 그래서 무관심하기 쉬운 사람들에 대한 이야기를 쓴다. 조금 더 거창하게 말하면 자본주의의 잉여이자 신자유주의의 경쟁에서 밀려나 있는 여자, 노인, 아이, 반려동물에게 작가의 관심은 닿아 있다. 내림되는 상처를 안고 사는 모녀(「울고 간다」), 무관심과 잠재적 폭력에 노출된 어린 여자아이(「라라네」), 반려동물의 비극적 죽음과 유대의 불가능성(「간밤 강가」), 손쉽게 은폐되는 범죄와 그로 인한 진실의 문제(「백일 동안」), 그리고 이런 것들이 계속 반복되리라 예상되는 불행한 미래가 최은미 작가의 작품 세계를 형성하고 있다. 「근린」 역시 이러한 흐름의 연장선상에 놓여 있으며, 특히 힘없고 연약한 여자아이와 노인의 희생이 주목을 요한다. 체제에서 가장 취약한 이들이 희생자로 겨냥되고 파멸되는 바는 작가의 발명이 아니다. 현재 우리 삶의 은폐된 진실이고, 작가는 그것을 발견한 것이다. 무심코 지나칠 수도 있는 주변의 사소함 하나라도 눈여겨보고 마음을 쓰는 작가의 세심함이, 그리고 감정이 최대한 억제된 담담한 기술 방식이 현재 우리 삶이 가진 부조리와 비정함에 대한 냉정한 직시를 가능하게 했다.

「근린」은 보이는 것과 보이지 않는 것, 전시된 것과 은폐된 것을 문제 삼는다. '어르신문화축제'는 어른에 대한 공경을 떠들썩하게 전시하는 행사다. 반면

요양원을 탈출해서라도 사랑을 이루려 했던 노인 커플의 죽음은 노인의 성을 없는 것으로 여기는 은폐된 진실에 대한 반증이다. 만인의 장소로서 '근린(近隣)' 공원은 단지 평온한 곳으로 보이지만 오해와 통념으로 가득 찬 혹은 무관심한 이웃의 시선은 비정한 현실을 은폐한다. 무인정찰기 추락과 사고사를 알리는 기사는 대문짝만 하게 보도되었으나 정작 같은 장소에서 발생한 살인 사건과 아이의 죽음은 영원히 알려지지 못한다.

소설에는 바람이 불 때마다 우쭐우쭐 춤을 추는 키다리 허수아비 풍선의 미장센이 기괴한 느낌을 전달한다. 한가롭게 보이는 일상 가운데 불현듯 엄습하는 공포는 우리 주변의 전시된 평온함이 전부가 아닐 수 있음을 환기한다. 결국 「근린」은 평범한 듯하나 결코 평범하지 못한 이웃들의 사정을 눈여겨보게 하고, 손쉽게 은폐되고 마는 진실을 문제 삼는 방식을 통해 우리 삶이 이대로 정말 괜찮은지 묻는 소설이 된다.

한지와 영주

2015 올해의 문제소설

최은영

—

1984년 경기 광명 출생

고려대학교 국어국문학과 졸업

2013년 『작가세계』 신인상에 중편소설 「쇼코의 미소」 당선 빙하가 반사하는 빛을 바라보면서 나는 너를 생각해.

100일간의 백야.

빛은 사람을 취하게 하고 동시에 깨어 있게 해. 나는 여기서 눈을 뜨고도 꿈을 꾸네. 네가 저 빙하 앞에 서 있는 것 같아. 햇빛 아래에서 푸른빛을 내던 너의 몸.

빛뿐인 고립 속에서 나는 남극 심부의 얼음을 시추하고 그 얼음에 새겨진 65만 년 동안의 기억을 알아내려 해. 나에게 이런 일을 할 만한 용기도 힘도 없다는 것을 나는 알아.

그런데도 나는 여기에 왔다.

남극과 빙하, 백야와 흑야에 대한 이야기를 들으면서 어쩌면 네가 나이로비가 아닌 이곳, 얼음의 땅에 있을지도 모른다는 생각을 했어. 환한 빙하 앞에 우두커니 서 있는 너. 너에 대한 그 환상이 나를 이 얼음투성이 대륙으로 이끌었던 거야.

나는 네게 이 노트를 전하고 싶어.

스물다섯의 젊은 수사가 그 수도원을 세웠을 때, 유럽은 제2차 세계대전 중이었다. 수도원을 세우고 싶었던 그는 그 장소를 찾기 위해 프랑스 시골의 마을들을 여행했다. 그곳은 리옹 근처의 작고 황폐한 마을이었다. 젊은 사람들은 마을을 떠났고 남겨진 노인들만이 전쟁 속의 고독을 견디고 있었다. 그가 그 마을에 들렀을 때 한 노부인이 그를 초대해서 말했다.

"이 적막한 곳에 와줘서 고마워."

그는 그 말을 잊어버리지 못하고 다시 그 마을을 찾아와 버려진 집을 사다 수도원을 세웠다. 말이 수도원이었지, 수사는 그 혼자뿐이었고 그는 염소 두 마리를 키우며 연명했다.

그는 부드럽고 수줍음이 많은 남자였고 기도와 노동, 휴식으로 이루어진 단순한 삶을 추구했다. 그는 보복하고 질투하며 분노하는 신은 없다고 생각했고 신이 인간에게 줄 수 있는 것은 오로지 사랑뿐이라고 믿었다. 1차, 2차 세계대전에서 인간이 같은 인간에게 어떤 일들을 저질렀는지 보고 알았으면서도 그는 신의 사랑을 믿었다. 그는 2차 세계대전 때는 나치를 피한 유대인들을 수도원에 숨겨줬고, 2차 대전이 끝난 후에는 독일인 포로들을 숨겨줬다.

그와 함께 살고 싶어 했던 이들은 그 낡은 집에 와서 서원을 했다. 그는 개신교 출신의 수사였지만, 수사가 되기를 청하는 이들 중에는 신부를 포함한 가톨릭 신자, 러시아 정교 신자, 그리스 정교 신자, 성공회 신자도 있었다. 서로 다른 종파 출신의 수사들은 하루 세 번, 러시아 정교회에서 부르던 짧고 반복되는 노래로 기도했고, 음악을 전공한 수사가 그런 짧고 반복되는 형식의 노래를 매년 작곡했다. 어떤 노래는 라틴어로, 어떤 노래는 독일어로, 프랑스어로, 러시아어로, 폴란드어로 작곡되었다. 하루 세 번의 공동 기도는 이 노래들과, 10분간의 침묵으로 이루어졌다. 아침에는 복음을 한 구절 읽고 묵상했고, 성체를 나눴다. 그들은 어떠한 기부나 선물도 받지 않았고 도자기를 굽고 책을 써서 수도원에 필요한 자금을 충당했다.

방문한 모든 사람을 거절하지 않는다는 원칙으로 그곳에서 기도하고 노동하고 싶은 사람들은 얼마든지 그곳에 머물 수 있었다. 특히 여름에는 유럽 각지에서 방문객들이 찾아왔고 한 주에 4천 명이 넘게 모여들기도 했다. 100여 명 되는 수사들만으로 방문객들을 맞는 건 어려운 일이었다. 방문객들이 늘어나자 장시간 그곳에 체류하는 사람들이 수사들을 도와 방문객들에게 음식과 숙소를 대접했다. 황량한 마을의 버려진 집에서 시작된 수도회에는 해마다 10만 명이 넘는 방문객들이 찾아오게 되었다.

대부분 유럽인들이었던 초기 봉사자들은 짧게는 한 달, 길게는 2년까지 수도원에 머물렀다. 이후로 수도원에서는 거리나 비용 면에서 프랑스까지 오기 힘든 제3세계의 20대들에게 왕복 비행기 표를 주고 봉사자로 초대하기 시작했다. 아프리카, 아시아, 중남미 20대들이 각 국가마다 두 명씩 초대받았고 이들은 방문객들이 가장 많은 시기인 여름에 수도원에서 세 달 머물면서 일을 하고 기도를 했다.

나는 아직도 내가 왜 그렇게 오랜 시간 그곳에 머물렀는지 모른다.

처음에는 1주일만 방문하기로 했던 수도원에서 나는 일곱 달을 보냈다. 첫 공동 기도 시간에 나는 그곳을 1주일 만에 떠날 수는 없다는 것을 알았다. 2주간의 프랑스 여행 중에 일어난 일이었다. 수도원의 도움을 받아 비자를 받아야 했고, 대학원을 휴학해야 했다.

그때 나는 스물일곱 살이었다.

나는 수도원에 머무르고 있는 여자아이들 중에서 가장 나이가 많았다. 수도원은 고등학교를 졸업한 아이들부터 서른이 되기 직전의 사람들만을 장기 봉사자로 선택했다. 대학을 졸업하고 자기 길을 찾는 스물두세 살 아이들이 개중 가장 많았다. 난 스물일곱이야, 라고 말하면 잠시 침묵이 흘렀다. 나의 부모도, 내가 여행을 떠나기 직전에 아이를 낳은 언니도, 지도교수와 연구실 사람들도 그랬다. 20대는 치열해야 할 시기였고, 여기서 치열함이란 죽기 살기로 빠른 시간 내에 안전한 경력을 쌓는 것을 의미했다.

"넌 네가 지금 무슨 짓을 하고 있는지 모르지." 언니가 말했다. "넌 낭비를 하고 있는 거야. 그것도 가장 멍청한 낭비를. 20대에 네가 하고 싶은 대로 하고 산다면, 결국 우리 엄마 아빠처럼 평생 집도 없이 살게 될 거야. 평생 남의 밑에서 시키는 일만 하면서 손이 발이 되도록 일해도 자식 결혼하는 데

단 한 푼도 보태줄 수 없는 사람이 될 거라고. 네가 대학원을 간다고 했을 때는 네가 교수가 되려는 목표라도 있는 줄 알았어. 그것도 아니었다면 왜 네 시간과 돈을 그런 곳에다가 투자한 거야? 교수와 동료들이 널 어떻게 보겠니. 넌 아직 세상을 몰라도 너무 모른다. 모아둔 돈도 없으면 적어도 학위는 있어야 하잖아. 그런 식으로 어정쩡하게 세상을 살아봐. 넌 정말 아무것도 아닌 사람이 될 거야. 네 속에서 나온 자식 한번 너의 품에 품어보지 못하는 인생을 살게 될 거라고."

나는 언니의 말에 동의했다. 언니의 목소리에 실린 분노에 가까운 두려움은 나의 오래된 주인이었으니까. 그 두려움은 어린 시절부터 꾸준히 나를 추동했고 나를 겉보기에는 그다지 위태로워 보이지 않는 어른으로 키워냈다. 두려움은 내게 생긴 대로 살아서는 안 되며 보다 나은 인간으로 변모하기를 멈춰서는 안 된다고 말해왔었다. 달라지지 않는다면, 더 나아지지 않는다면 나는 이 세계에서 소거되어버릴 것이었다.

그런데도 나는 그곳에 머물기를 택했다.

남자친구는 침묵했다.

마지막 통화에서 내가 이 수도원에 계속 남게 될 것이고, 얼마나 오래 머물지 모른다고 말했을 때, 남자친구는 잠깐 한숨을 쉬고 '알았다'고 말했다. 그게 전부였다. 미안하다는 말을 하기도 전에 그는 전화를 끊어버렸다.

우리는 싸움을 제외한 모든 방법을 동원해서 서로를 견뎠다. 감정을 분출하고 서로에게 욕을 해서 그 반동을 확인하고자 하는 의지도 없었다. 싸움도 일말의 애정이 있을 때나 가능한 일이었다. 나는 그를 미워하지 않았고 그도 나를 미워하지 않았다. 나는 그의 말이나 행동으로 상처받지 않았다. 그도 그러했을 것이다. 우리는 온실 속의 화초처럼 자라왔으므로 서로에게 나쁘게 대하는 법도 알지 못했다. 하지만 돌이켜 생각해보니 가장 나쁜 건 서로에게 나쁘게 대하지도 못하는 그 무지 안에 있었다.

우리는 예의바르게 서로의 눈을 가렸다. 결국 마지막에 와서야 내가 먼저 그의 눈에서 내 손을 뗐고, 우리는 깨끗하게 갈라섰다. 사랑하는 사람들의 마지막은 그렇게 깨끗할 수 없었기에 그 이별은 우리 사이에 어떤 사랑도 남아 있지 않다는 것을 증명했다. 우리는 그저 한 점에서 한 점으로 이동했을 뿐이었다.

마지막 통화를 하고 4주가 지나서 그에게서 문자가 왔다.

'지난 3년간 만나줘서 고마웠어. 미안하지만, 이제는 그만 만나자.'

그는 언제나 내가 자신을 '만나준다'고 말했었다. 그 말은 나를 당황하게 했고, 그를 조금이나마 경멸하게 했으며, 무엇보다도 그에 대한 편안함을 느끼게 해줬다. 그는 내가 아닌 누구를 만났더라도 그렇게 이야기했을 것이다. 그는 언제나 자기 자신을 과소평가했고, 겸손을 넘어서 가혹할 정도로 자신에게 인색했다.

그에게 나는 스물일곱이 되어 처음 사귄 여자친구였다.

"나는 일평생 여자의 관심을 받아본 적이 없었어. 여자와 사귄다는 건 꿈에서나 가능한 일이었어."

그는 아주 잘생긴 것은 아니어도 한눈에 호감이 가는 사람이었고, 박학다식했고, 피아노 연주를 잘했고, 키스도 잘했다. 그런데도 그는 마음속 깊이, 자신이 사랑받을 수 없다고 믿고 있었다. 그 생각을 직접적인 말로 표현한 적은 없었지만, 그와 만나는 3년간 그는 자신의 말과 행동 속에 그런 메시지들을 넣었고, 종국에는 나마저 그의 믿음에 세뇌되었다. 어떻게 그런 일이 가능했던 걸까.

한때는 그에게 한지에게 느꼈던 감정보다 더 큰 애정을 느꼈던 적도 있었다. 그런데 어느 순간 그 애정이 사라지고 내 눈앞에 서 있는 그가 커다란 종이인형처럼 보였었다. 그건 사랑이 깨진 것과는 다른 종류의 슬픔이었다.

어떻게 그럴 수 있었던 걸까.

그에게 하고 싶은 말들은 많았지만 나는 하지 않았다. 그저, 그렇게 일방적으로 한국을 떠나와서 미안하다고, 나도 그동안 고마웠다고 문자를 보냈다. 무감한 이별이었지만 이상하게 눈물이 났던 기억이 난다.

내가 케냐에서 출발한 한지와 카로를 마중 나간 건 수도원에 머문 지 네 달이 됐을 때의 일이었다. 수도원에서 운전을 할 줄 알거나 지리에 익은 봉사자가 별로 없어서 나는 서툰 운전 실력으로 새로 초대된 봉사자들을 마중하는 일을 맡았다. 6월이었고, 한창 많은 봉사자들이 리옹 공항에 내릴 시기였다. 나는 멕시코, 마다가스카르, 베트남 봉사자들의 마중을 나갔다. 봉사자 마중은 꽤 멋진 일이었다. 고물차를 몰며 바깥 경치를 구경할 때면 가슴이 탁 트인 기분이 들었다.

게이트에서 한지가 나타났을 때, 나는 너무도 쉽게 그애에게 시선을 빼앗겼다. 나는 그 전에도 후에도 한지보다 더 검은 흑인을 본 적이 없다. 검은 유화 물감으로 캔버스에 그려진 사람처럼, 그애의 피부는 순수한 검은빛이었다. 한지는 190센티는 넘어 보이는 거구였다. 더운 날씨였는데도 긴 면바지에 가죽으로 된 구두를 신고 있었다. 그애는 우리가 마치 오랜만에 만난 친구라도 되는 것처럼 활짝 웃으며 걸어왔다.

한지 옆에는 한눈에 봐도 아름다운 여자애가 걸어오고 있었다. 그애의 이름은 카로였다. 우리 넷은 포옹을 하고 이야기를 시작했다. 한지와 테오, 그리고 카로는 빠른 속도의 프랑스어로 말했다. 나는 카로의 작은 배낭을 들고 앞장서서 걸어 나갔다.

"프랑스어를 못해?" 카로가 물었고 나는 그렇다고 영어로 대답했다. "듣기도 못해?" 나는 고개를 끄덕였다. 카로는 뒤돌아서 한지와 테오에게 영어로 말하기 시작했다. "영어로 말하자. 영주는 프랑스어를 못한대." 테오는 그냥 무의식적으로 프랑스어로 말했다면서 나를 생각하지 못해서 미안하다고 말했다.

날씨는 맑았고, 고물차는 긁는 소리를 냈고, 나를 제외한 그 셋은 처음부터 뭐가 그리도 잘 맞았는지 프랑스어로 즐겁게 떠들어대다가 다시 나를 의식하고 영어로 이야기하다 결국 프랑스어로 돌아갔다. 영어로 말해달라고 부탁하기도 구차하게 느껴져서 나는 조용히 운전만 했다. 소외감을 느꼈고, 소외감을 인정하기 싫어서 라디오를 켜고 앞만 보면서 운전했다.

수도원에서는 케냐 출신 수사님이 우리를 기다리고 있었다. 한지와 카로는 아까 우리를 봤을 때처럼 크게 웃으면서 수사님에게 달려가 포옹을 했다. 셋은 미리 준비된 식탁으로 갔다. 내가 인사하고 자리를 뜨자 한지는 "영주, 고마워"라고 말하고 나를 가만히 쳐다봤다. "다음에 만나", 한지에게 인사를 하고 밖에서 나오자 스콜이 쏟아졌다.

내가 처음 도착했을 때 스무 명이었던 장기 봉사자들은 한지가 도착했을 때 마흔 명 정도로 불어났다. 여자아이들이 서른 명이었고, 남자애들이 열 명이었다. 여자아이들은 수도원 내부에 있는 한 건물을 공동으로 썼다. 한 방에 네 명씩 잠을 잤고, 2층에는 식당과 거실이 있었다. 남자아이들은 수도원 정문 밖의 오래된 집에서 지냈는데, 그 집 앞에는 커다란 티롤 나무가 있어서 밤이 되면 그 향이 진동했다. 티롤 나무 앞에서 사는 아이들이라고 해서 우리는 그 남자아이들을 '티롤 보이즈'라고 불렀다. 가끔 그 집 앞을 지날 때면 티롤 아이들이 발코니에서 시끄럽게 인사를 건넸다.

우리들은 토요일 아침에 1주일치의 일을 배정받았다. 아침 일, 점심 일, 저녁 일이 따로 나뉘어 있었는데 시간으로 치면 하루에 도합 여섯 시간 정도의 노동이었다. 큰 부엌에서 음식 만들기, 트럭에서 음식 나르기, 방문객 텐트 세우기, 청소, 설거지, 방문객들 맞이하기, 예배당 정리 등의 일이었고 운전

면허가 있는 봉사자들은 시동이 걸리는 것이 신기할 정도로 오래된 트럭이나 승용차를 운전했다.

공동 기도는 하루에 세 번 있었다. 수사들이 예배당 가운데로 와서 자리에 앉으면 기도가 시작됐다. 강당같이 허술한 예배당에는 의자도 없었다. 우리 모두는 소박한 카펫이 깔린 바닥에 앉아서 기도했다. 장기 봉사자들은 수사들이 앉은 뒤쪽의 정해진 자리에 모여 앉았다.

한지는 수도원에 도착한 날 저녁 기도에서 그곳에 처음 모습을 드러냈다. 그애는 내가 앉은 줄의 맨 끝에 앉았다. 푸른색 라운드넥 티셔츠에 반바지를 입은 한지는 편안해 보였다. 나는 갓 설거지를 끝내고 장화를 벗어둔 채 맨발로 바닥에 앉아서 꾸벅꾸벅 졸았다. 수사들이 모두 자리를 떠나고 난 다음에도 노래를 부르고 싶은 사람들은 남아서 함께 노래를 불렀는데, 그때까지도 나는 고개를 모로 숙이고 졸고 있었다.

"영주."

저 멀리 앉아 있던 한지가 어떻게 내 곁으로 왔는지 나는 의아했다. 이미 봉사자 자리에 앉아 있던 봉사자들이 다 자리를 떠난 것이었다. 한지는 내 옆에 놓여 있던 장화를 들었다가 놨다가 하면서 내 얼굴을 보고 있었다.

나는 한지의 얼굴을 처음으로 가까이에서 봤다. 까만 피부는 주름 하나 없이 윤기가 돌았고 커다란 눈은 아이처럼 맑았다. 라운드넥 티셔츠 위로 긴 목이 보였다. 하얀 치아는 앞니 하나가 반쯤 부러져 있었다. 그애에게서는 여름 풀냄새가 났다.

"피곤해?" 한지가 물었다.

"넌 안 피곤해? 아프리카에서부터 왔잖아."

"하나도 안 피곤해. 너, 매점이 어디 있는 지 알아? 칫솔을 안 가져왔어."

나는 장화에 발을 넣고 예배당을 나왔다. 예배당 앞쪽 담벼락에서 중남미에서 온 장기 봉사자들이 모여서 떠들고 있었다. 한지는 반갑게 웃으면서 그

애들에게 스페인어로 말을 걸었다. 마치 그애들을 예전부터 알았다는 듯이.

"영주. 아까 자동차에서 화가 났었어?"

"아니."

"그랬던 것 같은데. 우리가 프랑스어로만 이야기해서."

"아니야. 요즘 일이 많아서 피곤했을 뿐이었어. 봐봐. 난 영어로도 말을 잘 못하잖아."

한지는 고개를 흔들면서 말했다.

"아니야. 난 널 다 이해해."

한지는 네가 하는 말(what you say)을 다 이해한다는 말을 너(you)를 다 이해한다는 뜻의 영어로 말했다.

"영주, 그거 알아? 나 외국은 처음이야. 그리고 한국인도 처음 만났어. 너는 나의 첫 번째 한국인이야, 영주."

"너, 아시아인도 처음 봤어?"

"응. 나이로비에서 지나가는 중국인들을 보긴 했지만 말을 해본 건 처음이야. 참 신기하고 즐거워, 영주."

매점 앞에는 높은 테이블들이 여럿 있었다. 아이들은 그곳에 서서 칩스를 먹거나 콜라를 마셨다. 매점 앞 공터의 불빛 아래에서 본 한지의 얼굴은 더 낯설었다. 이렇게 생긴 사람을 만난 건 처음이라고 생각했다. 한지도 나만큼이나 내 얼굴이 낯설게 느껴졌었겠지.

"너는 무슨 일을 해?" 한지가 물었다.

"나는 대학원에서 지질학을 공부해."

"지질학?"

"지구에 대해서 연구하는 거야. 지구의 나이를 측정하고, 예전에 지구에 살았던 생물들에 대해서 알아보고, 화산 폭발이나 지진을 예측하고. 암석이나 빙하에 대해서도 연구해."

"넌 그중에서 어떤 연구를 하는데?"

"과거의 기후에 대해서 연구해. 최근에는 과거 2천 년간의 동아시아의 기후에 대해서 연구했었어."

"어떻게?"

"동굴에 있는 석순을 분석해서."

"석순이 뭐야?"

"동굴에서 나는 미끌미끌한 뿔." 나는 아이스크림콘을 가리키며 말했다.

"아, 그거 뭔지 알아." 한지가 웃었다.

"너도 여기에 초대받아서 왔어?" 한지가 물었다.

"아니. 처음에는 그냥 1주일만 머물려고 했었어. 1주일이 2주일이 되고, 2주일이 3주일이 되고, 나도 내가 얼마나 여기에 있을지 몰라. 학교도 휴학했고, 아무 계획이 없어. 난 스물일곱 살이야. 여기서 이러고 있으면 안 된다는 걸 알아."

"왜?" 한지가 물었다.

"도피하는 건 좋은 게 아니니까. 내 삶에 대해서 책임감을 가져야 하니까."

"괜찮아, 영주." 한지가 말했다.

충동적으로 여기에 머문 것도, 네가 해야 했던 일을 내팽개쳐버린 것도, 수도원 생활도 모두. 괜찮아.

그 이야기를 하는 한지의 얼굴이 환하게 빛났다. 어디에서도 본 적이 없는 표정이었다. 나를 위로하려는 얼굴도 아니었고, 그저 누구나 할 수 있는 빈말을 할 때의 얼굴도 아니었다. 웃을 때조차도 대화하는 사람을 의식하는 어른들의 얼굴도 아니었다. 한지의 얼굴은 그저 자연스럽게 풀려 있었다.

대학원이라는 좁은 사회로 진입하면서 나는 사람을 조심하라는 충고를 많이 들었었다. 대학원 사람들을 경계하지 않는 내 태도가 굉장히 유아적인 것이라는 이야기였다. 특히 여자 대학원생은 이미지 관리가 중요하다고, 한 번

뒷소문이 퍼지기 시작하면 미래가 없다는 이야기를 나는 밥 먹듯이 들었다.

그리고 나는 꽤나 그 룰을 잘 따라왔다고 믿었다. 수업과 답사에 적극적이었고 뒤풀이에도 참석해서 웃고 떠들었지만 집으로 가는 길에 아무 이유 없이 울었다. 왜 우는지도 모르면서 울었다. 집에 와서는 혼잣말로 중얼거렸다.

미간에 주름이 잡힌 내 얼굴. 웃고 있는 사진을 보면 한쪽 입꼬리가 다른 쪽보다 더 많이 올라가서 얼굴이 비대칭으로 보였다. 그저 웃고 있을 뿐인데도 자연스러워 보이지 않았고 찡그린 얼굴처럼 느껴졌다. 그 사실을 의식하고 나서부터는 사람들과 이야기할 때 상대의 눈을 잘 쳐다보지 못했었다.

그날, 나는 한지의 눈을 피하지 않고 말했다. 그러면서도 내가 한지의 눈을 피하지 않는다는 것을 의식하지도 못했다.

한지는 나이로비에서 수의사를 하고 있다고 말했다. 여기에 오기 전에는 월급을 받으면서 농장의 소나 염소를 치료하는 일을 했고, 대학을 다닐 때는 고아가 된 야생 코뿔소 두 마리를 아홉 달간 키워서 야생에 되돌려 보내는 프로젝트에 참여하기도 했다고 말했다.

"걔네 이름은 하위와 글로리아였어. 우리는 한 번에 2리터짜리 분유를 타서 먹이고 흙바닥을 파고 물을 뿌려서 진흙 웅덩이를 만들어줬어. 걔들은 가르쳐주지 않아도 어떻게 진흙 웅덩이에서 목욕을 하는지 알더라. 나를 꽤나 잘 따랐어. 그림자처럼 졸졸 따라 다니고, 다정하게 쳐다보고, 나를 완전히 믿고 있다는 신호를 보내줬어. 적응 훈련이 다 끝나고 야생에 풀어줄 날이 다가오는데, 차마 걔네 얼굴을 제대로 못 보겠더라. 이렇게나 나를 믿고 따르는데, 배신하는 것 같아서. 버려졌다는 마음에 슬프지 않을까. 한편으로는 걔네가 죽을까 봐 두려웠어. 야생 적응 훈련이라고는 했지만 야생에서 자란 애들보다는 뒤떨어질 게 분명했으니까. 우리는 적응 훈련 마지막 날에 작은 파티를 열고 서로를 격려했지. 그간 애들을 잘 키웠다면서. 그런 이야기들을 하는데 눈물이 나는 거야."

이 말을 하는 한지의 눈시울이 붉어졌다.

"그애들과 헤어진다는 게 실감이 나지 않았고 못된 짓을 하는 것 같았지. 이게 옳은 일인지 잘 모르겠다는 말까지 나왔어. 그러자 다른 선생님이 말했지. 그건 우리 생각일 뿐이라고. 인간적인 생각으로 걔네의 행복을 막아서는 안 된다는 거야. 사랑과 애착은 구별되어야 한다면서, 나를 위해서 야생동물들을 곁에 두려는 생각은 진실한 사랑이 아니라고 했어. 걔들을 케이지에 태우고, 운전을 해서 야생에 풀어놓으니까 내 쪽을 자꾸만 보더라. 보지 말고 앞으로 가라고 말했어. 그런데도 둘이 자꾸만 뒤를 돌아보는 거야. 뒤를 돌아보면서도 앞으로 가더라. 천천히 우리를 등지고 그렇게 초원 속으로 가더라."

이야기를 나누는 동안, 매점 문이 닫히고, 몇몇 만이 어둠 속에 남아 있었다.

"아직도 하위와 글로리아를 생각해. 나는 사람이니까 코뿔소의 마음을 알 길이 없지만, 최대한 그애들이 느낄 초원에 대해서 상상해. 거긴 좁은 훈련장보다 좋은 곳이겠지."

한지는 아픈 동물들을 치료하는 이야기를 했다. 정말 가망이 없어 보이던 동물이 살아나기도 하고, 무난하게 치료할 수 있을 거라 믿었던 동물들의 상태가 갑자기 악화되어 죽기도 한다고 했다. 그럴 때마다 살릴 수 있는 동물을 죽인 건 아닌가 하는 자괴감을 느꼈고, 지금도 그렇기는 하지만 최선을 다할 뿐, 그 최선이 항상 좋은 결과를 보장할 수는 없다는 것을 배워나가는 중이라고 했다.

"나도 동물을 좋아하지만, 아픈 동물을 보는 것이 고통스러울까 봐 수의사가 될 생각은 꿈도 못 꿨어. 아픈 동물들이 죽어가는 걸 볼 자신이 없었어."

내가 말했다.

"이해해." 한지가 말했다.

매점 앞 공터에는 우리밖에 남아 있지 않았다.

그 이후로 얼마 동안은 한지와 따로 이야기를 하지 못했다.

나는 천막이나 침대 시트를 차로 나르거나, 수사들의 가족이 묵는 집을 청소하는 일을 했다. 하루에 세 번 예배당에서 한지를 봤지만 멀찍이 떨어져 앉아서 눈인사를 하는 정도였다. 한지는 남자 봉사자들과 친해져서 언제나 그애들과 붙어 있었다. 안녕, 한지. 인사를 하면 한지의 곁에 늘 붙어 있는 다른 애들이 내게 말을 붙였다.

한지는 주로 빅 키친에서 일했다. 주방에서 매시 포테이토를 만들고 커다란 솥에다 코코아나 가루 홍차를 타서 날랐다. 나는 멀찍이 서서 창고에서 음식을 나르는 한지를 지켜봤다. 아침 기도 전에 그애를 창고 앞에서 볼 수 있다는 것을 알고는 산책 삼아서 창고 근처를 배회했다.

그애는 한눈팔지 않고 열심히 일했다. 포대를 나르고, 바닥에 물을 뿌리고 솔로 문지르고, 식사를 배급할 테이블을 정리했다. 그 일을 할 때는 그 일에만 집중하는 것처럼 보였다. 나는 한지가 일할 때의 모습을 보는 걸 좋아했는데, 이 글을 쓰는 지금에서야 드는 생각이지만 한지도 내가 자기 주위를 맴돌고 있다는 것을 알았을 것 같다. 나는 손차양을 만들어 햇빛을 가리고 눈을 찌푸리면서 그애의 얼굴을 확인하려고 애썼다. 햇빛 아래서 그애의 검은 피부는 신비로운 금속처럼 푸른빛을 냈다.

1주일에 두 번, 성경 공부 시간이 있었다.

성경 공부를 하는 장소는 중앙 예배당 옆에 있는 작은 집이었다. 그 집은 수사들만 출입할 수 있는 구역에 있었다. 그 집 앞에는 달리아 꽃과 라벤더 꽃이 빽빽하게 피어 있었다. 점심과 저녁에 수업이 있어서, 점심시간에 일을 하는 봉사자들은 저녁에 수업을 듣고, 저녁에 일하는 봉사자들은 낮에 수업을 들었다.

성경 공부는 성경 텍스트에 대한 내재적 분석과, 그 텍스트가 쓰인 시대의 상황에 대한 외재적 분석을 하는 것으로 진행됐다. 성경의 필자들이 살았던 시대의 관념이나 문화가 텍스트 기술에 미친 영향이 소개되었고, 그 이후에는 봉사자들이 수사에게 질문을 하며 비판적으로 텍스트를 읽었다.

"흥미로운 점은 성경이 죽음 뒤의 삶에 대해서 구체적으로 기술하지 않았다는 겁니다. 하지만 확실한 것은 영혼이 죽지 않고, 지금과는 다른 상태에서 여전히 존재한다는 점이죠. 죽은 뒤의 영혼은 육체라는 제한적 조건에 영향을 받지 않기 때문에 아직 죽지 않은 우리들은 죽음 뒤에 대해서 전혀 모른다고 해도 과언이 아닙니다." 수사가 말했다.

"하지만 성경은 천국과 지옥에 대해서 언급하지 않나요?" 카로가 물었다.

"성경은 천국을 언급하지만 구체적으로 묘사하지는 않죠. 정직하게 말해서 그곳은 지금의 우리로서는 인식할 수 없는 곳이고 상상할 수 없는 곳입니다." 수사가 대답했다.

"인간의 인식이 제한적이라는 것은 저도 공감해요. 하지만 상상할 수 없다는 것은 잘 모르겠네요. 인간이 상상할 수 없는 것도 있나요? 상상에 제한이 있나요?" 카로가 다시 물었다.

"글쎄요. 하지만 우리가 어떤 상상을 하든 천국은 그 상상을 뛰어넘는 상태일 겁니다. 천국에는 시간도 공간도 존재하지 않을 테니 천국은 영혼의 상태라고 이야기할 수 있죠." 수사가 말했다.

저녁 기도가 시작된다는 종이 울려서 수업이 중단되었다. 저녁 기도를 하면서 나는 내가 내세에 대해서 조금도 생각해보지 않았다는 것을 알았다. 나는 그저 영원이라는 개념에 압도당할 뿐이었다. 그것이 지옥이든 천국이든 영원이라는 개념은 나를 숨 막히게 했다.

끝이 없다는 것.

저녁 기도를 끝내고 숙소에 돌아오면서 카로에게 물었다.

"천국이 우리의 상상을 뛰어넘는 영혼의 상태라는 결론에 대해서 어떻게 생각해?"

카로는 잠시 침묵하다가 입을 뗐다.

"잘 모르겠어."

"너는 천국이 어떤 곳이라고 생각하니?"

"잘 모르겠지만 이 세상과는 다른 곳일 거라고 생각해. 사랑하고 사랑받기만 하는 상태. 순진한 생각이라고 비웃어도 좋아." 카로가 말했다.

"죽음 뒤의 삶이 영원하다면, 영원에 비하면 찰나에 불과한 지금의 삶은 왜 존재하는 거지? 천국은 이런 삶에 대한 보상이라는 거야?"

"이런 삶?" 카로가 나를 물끄러미 바라봤다.

나는 카로에게 더 이상 말하지 않았다. 죽고 나면 나라는 존재가 사라지기를 바라왔다고. 차라리 처음부터 나라는 것이 없었다면, 그게 삶을 다 겪어내고 천국에 들어가는 것보다 나을 것이라는 생각이었다.

"영주." 카로는 내 이름을 부르며 등을 쓰다듬었다.

수도원 근처에는 작은 마을이 있었다. 방문객들 중 몇몇은 그 마을에 가서 와인을 마시고 웃고 떠들어댔는데, 작은 마을에 사는 주민들에게는 참을 수 없는 소음 공해였다. 특히나 야간에 말썽이 많았고, 몇몇 봉사자들이 길가에 서서 다른 마을로 밤 나들이 가려는 아이들을 막아서야 했다. 그 일을 '나이트 가드'라고 불렀다.

한지와 같은 일을 한 건 처음이었다.

나이트 가드는 총 열 명으로, 다섯 개의 구역에 두 명씩 배정되었다. 한지와 나는 2주일간 짝이 되어서 같은 구역을 맡았다. 수도원 근방의 가장 큰 마을로 향하는 길목이었다. 7시에도 해가 완전히 지지 않았고 하늘은 오렌지빛과 분홍빛, 먹빛이 어지러이 뒤섞인 호수처럼 보였다. 선선히 부는 바람 사이로 티롤 꽃의 향이 났다. 한지와 나는 벤치에 앉아서 가족 숙소로 돌아가는 사람들을 지켜보고 있었다.

가족 숙소는 수도원 바깥에 있었다. 가족 숙소에 묵는 사람들은 1주일간 숙소에 머무르며 자전거를 타고 수도원을 왕복했다. 그들은 해가 지기 전에 숙소로 이동해야 했지만, 몇몇은 늦게까지 기도를 하고 간간히 있는 가로등의 희미한 불빛을 의지해서 숙소까지 돌아갔다.

"저쪽으로 걸어가면 뭐가 있을까?" 나는 깜깜한 어둠을 가리키며 물었다.

"집들, 해바라기 밭, 라벤더 밭, 목장들, 와인 가게들, 식당들. 더 걸어가면 작은 개천이 나온다고도 하고 호수가 나온다고도 해. 중간중간에는 작은 채플들이 있다더라." 한지가 말했다.

"난 다른 것들이 있다고 들었는데." 내가 말했다.

"어떤 것들?"

"농장에서 섹스하는 10대들."

한지는 고개를 끄덕이며 웃다가 말했다.

"넌 네 담당 수녀님에게도 그렇게 말하니?"

우리는 함께 웃었다.

"저기에 뭐가 있는지 가서 확인해보자. 우리 근무, 11시에 끝나잖아. 끝나면 그때 가보는 거지." 특유의 천진스러운 얼굴로 한지가 말했다.

나는 조용히 고개를 저었다. 잘 모르는 타국에서 위험을 감수하면서까지 밤 산책을 하고 싶지 않다고 했다.

9시가 넘으면 수도원 밖으로 산책을 나갈 수 없었으므로, 몇몇 아이들은 자기들이 가족 숙소에 머무는 커플이라고 거짓말을 해서 밖으로 나가고자 했다. 그럴 때 우리는 그냥 속아주는 척 그들을 수도원 밖으로 보냈다.

그 벤치에 앉아서 한지와 나는 꽤나 많은 이야기를 나눴다. 이야기에 깊이 빠져들어서 아이들이 수도원 밖으로 빠져나가고 나서야 정신을 차렸던 적도 있었다. 내가 무슨 이야기를 해도 내 이야기는 세상으로 퍼질 염려가 없었고,

무엇보다도 한지가 나를 판단하지 않으리라는 믿음이 컸다. 부끄러운 기억들도, 나를 용서할 수 없었던 일들도 한지 앞에서는 별다른 저항 없이 이야기할 수 있었다. 나는 지금 쓰고 있는 이 글에서도 할 수 없는 말들을 한지에게 했고, 그 이야기는 그애에게만 속해 있다.

그런데도 말문이 막히는 순간들이 있었다.

한지가 내가 사는 곳이 어떤 곳이냐고 물어볼 때라든지, 왜 그렇게 풍요로운 나라에서 많은 사람들이 자살을 하는지에 대해서 물어볼 때 그랬다. 나는 그 질문에 제대로 대답을 하지 못했고, 내가 살고 있는 세상에 대해 분명하게 말할 수 없는 나 자신이 부끄러웠다. 한국 사회의 과잉 경쟁, 비정규직 문제, 아직 성숙하지 못한 민주주의와 세대 간의 갈등, 지역 갈등에 대해 설명해줄 수는 있었지만 그건 반쪽짜리 대답 같았다. 나는 그 대신 나의 할머니 이야기, 엄마 이야기, 옆집에 살던 아주머니가 살아온 이야기를 했다. 차라리 그쪽이 한지의 질문에 대한 대답으로 더 적합한 것 같아서였다.

한지도 한지의 이야기를 해줬다. 나이로비에 살고 있는 400만 명 중에 250만 명이 빈민가에 산다는 이야기를 하면서 한지는 그런 극단적인 부조리를 아무렇지 않게 생각하는 부모님을 이해하지 못하며 자랐다고 말했다. 교회에 가서 가족의 평안만을 비는 부모님을 보면서 한지는 그 교회에서 고작 몇 킬로미터 거리에서 죽어가는 아이들을 생각했다. 그러면서도 한지는 아버지의 돈으로 좋은 교육을 받았고, 가족에게 헌신적인 어머니의 사랑으로 안정적인 삶을 살아왔다는 사실을 인정했다. 자신이 누려왔던 삶은 부모님의 부로 인한 것이었고, 그 부가 누군가를 착취한 결과는 아닐지 생각할 때면 눈을 감아왔다고 말했다. 자신이 진정으로 믿고 의지하는 건 결국 돈뿐이라고 그애는 내게 고백했다.

수도원 밖으로 나갔던 커플들도 다 돌아오고, 더 이상 웃고 떠드는 아이들의 목소리가 들리지 않았을 때야 우리는 시계를 봤다. 새벽 1시였다. 11시나

됐을까 하고 확인한 시간이었다.

저녁 기도를 끝내고 한지와 나는 어제의 그 벤치로 갔다.

"보여줄 것이 있어."

한지는 늘 들고 다니는 크로스백 안에서 손바닥 크기만 한 작은 앨범을 꺼냈다. 우리는 가로등 불빛에 그 앨범 속 사진들을 비춰봤다.

첫 번째 사진은 스무 명 정도 되는 사람들이 부엌에서 꼿꼿이 서 있는 사진이었다. 사진의 정 가운데에 노란 꽃무늬가 그려진 초록 드레스를 입은 여자가 흰 요람에 싸인 아이를 안고 있었다. 그녀의 머리에는 드레스와 같은 무늬의 터번이 둘러져 있었다. 한지는 요람에 싸인 아이를 가리키며 말했다.

"이게 나야. 이 사람들은 가장 가까운 가족이고."

한지의 가족들은 여자 남자 할 것 없이 모두 어깨가 넓었고 손발이 컸다. 한지의 엄마는 건장한 남자들만큼이나 체구가 좋아 보였다. 그런 엄마의 품에 안긴 한지가 내 눈에는 작은 강아지처럼 보였다.

"이 꼬마는 누구야?"

나는 엄마의 치맛자락을 붙잡고 카메라를 응시하는 세 살배기 애를 가리키며 물었다.

"우리 형이야."

"형제는 형뿐이야?"

"아니. 여동생이 하나 있어."

한지는 앨범을 뒤지더니 사진 한 장을 보여줬다. 백일도 채 안 되어 보이는 어린애가 침대에서 자는 사진이었다. 한지는 다시 앨범을 넘겨서 다른 사진을 보여줬다. 아까 그 아이가 분명한, 대여섯 살쯤 된 아이가 자고 있는 사진이었다. 다시, 10대로 자란 그 여자애가 침대에 누워 있는 사진을 봤다. 10대의 그애는 얼굴과 목에 살이 많이 붙어 있었고, 머리카락이 짧았다. 아이는 거즈 수건이 놓인 베개에 얼굴을 묻고 있었다. 입을 살짝 벌리고 있었는데 좋은 꿈을 꾸는 듯 편안해 보였다.

"자는 사진 말고 다른 사진은 없어?" 내가 물었다.

한지는 여동생이 누워서 웃고 있는 사진을 보여줬다. 여동생은 얼굴을 찡그리고 웃고 있었다.

"레아는 태어나서부터 지금까지 이렇게 누워만 있어."

나는 무슨 말을 해야 할지 몰라서 가만히 있었다.

한지는 앨범을 넘겨서 다른 사진을 보여줬다. 아까의 사진보다 더 살집이 붙어 있는 그애 앞에서 한지와 한지의 엄마, 아빠가 웃고 있는 사진이었다.

"레아의 생일 날 찍은 사진이야."

그렇게 말하고 한지는 한참 동안 그애의 얼굴을 들여다봤다. 한지의 얼굴에 따뜻한 빛이 일렁였다. "아름다워. 그렇지?" 한지의 물음에 나는 고개를 끄덕였다.

"레아의 마음은 두 살에 머물러 있어. 어릴 때부터 마음이 산란할 때는 레아에게 갔어. 형이 엄마 아빠 몰래 나를 때리고 괴롭힐 때도 잠든 레아의 방에 찾아가서 조용히 울었어. 침대 위에서 자고 있는 레아의 얼굴을 가만히 들여다보면 마음이 잔잔해지는 거야. 레아가 다른 아이들 같았다면 레아랑 무슨 놀이를 하고 놀았을지 상상해보기도 했어."

나는 그 방에 앉아 레아를 바라보는 어린 한지를 생각했다. 평생 수발해야 할 가족을 두고 살아가는 삶이 어떤 것일지 나는 몰랐다.

한지는 엄마와 아빠, 형, 할머니, 고모들이 번갈아가면서 레아를 돌본다고 말했다. 하지만 언젠가는 결국 자신이 레아를 주도적으로 돌봐야 하리라고, 그래서 어릴 때부터 자신의 삶은 자신만의 삶이 아니라는 걸 알았다고 했다.

"결혼을 한다든지, 아이를 낳는다든지 그런 일은 생각해본 적이 없어. 난 레아를 책임져야 돼. 돈을 벌어야 하고, 내가 집에 없을 때 레아를 돌봐줄 믿을 만한 사람을 고용해야 하고."

한지의 식구들은 레아의 몸에 등창이 생기는 것을 막기 위해서 두 시간에 한 번씩 레아의 몸을 반대편으로 뒤집어야 했다. 레아를 목욕시킬 때는 적어도 두 명이 동시에 일을 했다. 시간만 나면 여행을 다니던 한지의 엄마와 아빠는 레아를 낳은 이후로 가까운 거리로도 여행을 가지 못했다. 한지는 그것이 무척 괴로운 일이었지만 그 괴로움이 전부는 아니었다고 말했다. 가족들 모두 레아를 진심으로 사랑하고 아끼고 있다고.

레아는 한지 가족에게 침묵을 선물해줬다. 하루에 적어도 두세 번은 소리 없이 잠든 레아를 바라보는 시간이 있었고, 그 아무것도 아닌 시간이 한지의 마음을 견고하게 했다.

"울고 떼를 쓸 때도 있어. 아이니까, 그럴 수 있지. 어떤 날에는 몇 시간이고 쉬지 않고 울기도 해. 그럴 때는 정말이지 레아가 밉고, 그 상황이 짜증나고, 때려서라도 레아를 조용히 시키고 싶었어. 나는 나쁜 사람이야."

"한지, 너는 누구보다 좋은 사람이야."

"영주……. 넌 참 단순하구나."

나는 어색해진 분위기를 바꿔보려고 대화의 주제를 바꿨다.

"이게 네 첫 여행이야?"

"처음이야. 난 나이로비 근교에도 놀러 가본 적이 별로 없어. 학교를 다닐 때 세렝게티 공원에 가본 게 전부야."

"세렝게티?"

"지프차를 타고 다니면서 야생동물을 보는 거야."

"멋지다."

"나에겐 세렝게티 공원이 세상의 끝이었어. 세렝게티 공원의 초원은 끝도 보이지 않을 만큼 넓어서 초등학교를 다닐 때는 정말로 세렝게티 공원에 끝이 없을 줄 알았었어. 소풍을 다녀와서는 엄마 아빠에게 세렝게티에 대해서 신나게 이야기하고, 그것도 성에 안 차면 레아의 방으로 달려가서 걔에게 내가 본 풍경들을 과장해서 들려줬어. 그런 얘기를 하고 나면 어쩐지 레아에게 미안한 마음이 들었지. 레아는 평생 한 발자국도 움직이지 못하고 그렇게 누워만 있는데 나만 좋은 구경을 한 것 같아서."

한지는 밖에서 맛있는 것을 먹을 때도, 여자애랑 데이트를 할 때도, 클럽에서 춤을 출 때도, 노래를 부를 때도 레아를 생각한다고 했다. 레아에 대한 연민 때문에 마음이 약해졌다가도, 그렇게 생각하는 것 자체가 레아에 대한 오만이라는 생각으로 마음을 다스린다고 했다.

"레아는 타인이 아니야. 나는 지금 여기서 너와 이야기를 나누고 있지만, 내 몸의 일부는 아직도 나이로비 집에 누워 있어. 내가 어디를 가더라도, 무슨 일을 하고 있더라도 나의 일부는 나이로비에 있어."

이런 이야기를 하면서도 한지의 시선은 레아의 사진에 닿아 있었다. 한지의 얼굴에 일렁이는 따뜻한 빛이 내 창백한 마음 위에 비쳤다.

한지의 손에 깍지를 낀다.

한지의 목에 키스한다.

나무 그늘 아래 벤치에서 한지와 함께 잠든다.

비행기를 타고 한지와 나이로비에 가서 사진 속에서 봤던 한지의 키가 큰 가족들을 만난다. 한지의 가족들은 나를 환대해주고 용납해준다. 나는 한지와 함께 레아의 방에 가서 인사를 한다. 한지는 레아를 바라보는 그 따뜻한 눈빛으로 나를 바라본다. 횡단보도가 없다는 나이로비의 도로를 한지와 마구 건너고 버스를 타고 세렝게티 초원으로 간다. 거기에서 우리는 우연히 한지의 코뿔소들을 만난다. 그들은 건강하고 행복해 보인다. 우리는 그 코뿔소들과 함께 초원에서 해가 지는 모습을 바라본다.

한지의 아이를 갖고, 추운 겨울이 없는 나이로비에 머문다. 거기에서 한지와 나는 이곳 수도원의 이야기를 나눈다. 너무 오래된 이야기여서 잘 기억이 나지 않는다면서. 서로가 없었던 예전의 시간은 온전하지 않았다고 말한다.

나는 나이로비를 벗어나지 못한다.

레아의 기저귀를 갈고, 그애의 목을 세워 수프를 먹인다. 나의 아름다운 아기는 바닥에 앉아서 울고 한지는 집에 들어오지 않는다. 나는 한지를 처음 만났던 이 시절을 그리워한다.

그 2주일이 지나고, 우리는 더 이상 나이트 가드로 만나지 않았다. 그런데도 한지와 나는 약속이라도 한 것처럼 저녁 기도가 끝나고 그 길목에서 만났다. 예전처럼 긴 이야기를 나누지는 못해도 하루 종일 무슨 일을 했는지에 대해서는 서로 확인했다.

가로등 빛이 잘 비추지 않는 곳에 가면 한지의 얼굴과 팔을 알아보기가 어려웠다. 한지의 몸은 어둠 속으로 섞여 들어갔고, 두 눈은 허공 위에서 가끔씩 깜빡였다. 제대로 보이는 것이라고는 눈밖에 없었는데도, 그 눈을 보면 한지가 무슨 생각을 하는지, 어떤 기분인지 알아차릴 수 있었다.

한지의 얼굴은 종종 굳었다.

처음에 봤을 때 봤던, 자연스럽게 풀려 있던 얼굴이 아니었다. 아주 짧은 시간이기는 했지만 한지는 죽은 사람처럼 보였다. 여기에 존재하지 않는 사람의 얼굴. 그럴 때 나는 그가 나이로비의 레아 곁에 있다고 생각했다.

우리는 처음처럼 많은 말들을 쏟아내지는 않았다. 짧으면 몇 초, 길면 몇 분 정도 이야기를 하지 않고 가만히 걷기만 했고, 길가로 기어 나온 민달팽이를 주워서 풀숲에 던졌다. 나는 그 침묵 속에서 내가 얼마나 그 시간에 집착하고 있는지 알았다. 그 시간은 영원해야 했다. 다른 시간들처럼 함부로 흘러가버려서 과거 속에 폐기되어서는 안됐다.

우리는 종종 수도원 바깥으로 산책을 나갔다.

수도원 정문 가까이에는 예전에 예배당으로 쓰이던 작은 채플이 있었고, 채플 앞에는 세상을 떠난 수사들의 묘지가 있었다. 봉분이 없는 작은 묘지였다. 단순한 나무 십자가에 이름이 적혀 있었고, 작은 비석에 태어난 해와 세상을 떠난 해가 기록되어 있었다. 사람들이 곳곳에 꽃을 심어놓아서 묘지는 작은 화원 같았다. 채플 가장 가까이에는 그 수도원을 만든 수사의 묘지가 있었다. 그는 '이 적막한 곳에 함께 있어줘서 고마워'라는 노부인의 말 한마디에 연고도 없는 이 작은 마을로 이사를 온 마음이 여린 사람이었다.

한지와 나는 실컷 떠들다가도 그의 무덤 앞에서는 침묵했다.

그 채플 아래로 내려가면 말 한 마리가 있었다. 우리는 그 말에게 피터라는 이름을 지어주고, 식사 시간에 배급받은 사과와 비스킷을 줬다. 주머니칼로 사과를 사등분해서 손바닥 위에 올려놓으면 피터가 두터운 혀로 손바닥을 핥으면서 사과를 채갔다. 피터는 멀리 있다가도 '피터'라고 부르면 천천히 우리 쪽으로 걸어왔는데, 자세히 보면 충혈된 눈가에 파리 떼가 득시글해서 고통스러워 보였다.

수도원의 다른 쪽으로 나가면 양을 방목하는 초원이 나왔다.

털이 짧은 양들은 나무 그늘에서 잠만 잤다.

조금 더 걸어가면 시간마다 종을 치는 작은 성당이 하나 나왔고, 더 걸어가면 가족 숙소가, 더 걸어가면 침묵 주간을 지내는 이들의 숙소가 나왔다. 우리는 보통 그 지점에서 수도원으로 돌아왔지만 시간 여유가 되면 더 멀리 걸어 나가기도 했다. 거기서부터는 계속 마을이었다. 마을을 지나 한참을 걸어가면 콘크리트 다리가 나왔고, 그 아래로 시내가 흘렀다. 우리는 발을 벗고 그 시내에 가만히 앉아 있기를 좋아했다.

좋은 일들만 있었던 건 아니다.

어떤 사람들은 다리 위에서 Chinese! 라고 나를 부르기도 했고, 보다 과격한 사람은 Fuck off colored, 라고 말하고는 마시던 술병을 던지는 제스처를 취하기도 했다. 그럴 때면 우리는 멀뚱히 다리 위를 쳐다봤다. 조금도 두렵지 않았기 때문이다. 어떤 사람은 프랑스어로 욕을 했는데, 내가 무슨 이야기냐고 물으면 한지는 웃으면서 별거 아니라고 말했다.

"가끔씩은 동물원에 갇힌 원숭이가 된 것 같아." 내가 말했다.

한지는 아무 대답도 하지 않았다.

나는 거기에 가만히 앉아서 우리에게 그런 인종차별의 말을 내뱉고 도망간 사람들이 대해 생각했다. 저들은 어떤 사람들일까. 저들은 다리를 건너서 어디로 가나. 장을 보고 집에 가거나 술집에서 친구들을 만나겠지. 그 사람들도 누군가에게는 소중한 친구이자 가족일 거고, 고객이나 상사 앞에서 모멸감을 느낄 때도 있을 것이다. 외모나 나이, 환경, 혹은 누군가의 편견 때문에 차별받아본 기억이 있을 테고 사랑했던 누군가에게 거절당하기도 했을 것이다.

되갚아주고 싶은 건가.

아니면 그저 누군가를 자극해서 그 반응을 보고 싶은 건가. 나는 궁금해졌고, 그런 식으로밖에 자신에 대해 안심하지 못하는 그들이 진심으로 가엾게 느껴졌다. 누군가를 조롱하고 차별하면서 기쁨을 느끼는 삶은 얼마나 공허한가.

그곳에의 시간은 빠르게 갔다. 나는 시계를 보면서 5분, 5분이 지나는 것을 안타까워했다. 우리는 가져간 타월로 발의 물기를 닦고, 조금 빠르게 걸어서 수도원으로 돌아오곤 했다. 나는 거의 뛰다시피 해서 한지를 따라잡으려 했었다.

매주 월요일마다 수도원을 떠나는 봉사자들을 위한 모임이 있었다. 그 모임은 서너 평이나 될까 한 작은 휴게실에서 열렸다. 떠나는 봉사자들 앞에 작은 테이블을 놓고, 몇 개의 양초를 켜고는 그애들의 심정을 듣는 시간이었다. 떠나는 사람들과 친했던 동료들이 함께 지냈던 시간에 대해서 회고하기도 했고, 악기를 다룰 줄 알거나 노래를 부르는 아이들은 떠나는 아이들에게 작은 공연을 보여주기도 했다. 멕시코에서 온 신디아는 무언극을 했고, 콜롬비아에서 온 구스타고는 마임을 했다. 시간이 남으면 같이 게임을 하기도 했다.

그 작은 방에, 서로 다른 국적을 가진 봉사자들 서른 명이 모여 있었다. 영어가 모국어인 봉사자는 한 명도 없었다. 아이들은 영어로 말하고 후렴구처럼 '그런데 내 말을 이해해?'라고 말했다. 영어를 모국어로 둔 사람이 우리를 본다면, 열 살짜리 아이들 수준의 말하기라고 생각했을지도 모른다. 그런데도 우리는 어떻게든 서로의 말을 이해했다. 낮은 수준의 영어로, 혹은 낮은 수준의 영어를 구사하는 통역을 이용해서. 영어로 어눌하게 이야기하는 이 아이들이 모국어를 한다면 어떤 모습일지 잘 상상되지 않았다.

그 모임의 분위기는 오로지 그 모임에 속해 있었다.

어느 문화도 그 모임을 주도하지 않았고 그럴 수도 없었다. 아이들은 자발적으로 노래를 부르거나 기타를 치고, 연기와 마임을 했지만 훌륭한 수준이 아니었다. 공통의 화제로 이야기를 나누기도 애매했다. 몇몇을 제외하고 우리는 서로에 대해 완전히 무지했다. 나이가 어떻게 되는지, 어떤 교육을 받았는지, 어디에서 사는지, 정치적인 성향은 어떤지, 왜 여기에 와 있는 것인지 우리는 알지 못했다. 우리는 서로 어눌하게 뱉는 한 문장 한 문장을 이해하려고 애쓰면서 좁은 공간 안에 두 개의 원을 그려 앉았다. 그렇게 원을 그려 모여 앉는 것이 모이는 이유의 전부인 것처럼.

영어를 전혀 하지 못하는 중남미 아이들은 스페인어를 할 수 있는 다른 중남미 아이들의 통역을 들으며 모임에 참석했고, 프랑스어만 할 줄 아는 아프리칸 아이들도 프랑스어와 영어가 동시에 가능한 아이의 통역을 들었다. 누군가 한마디 하면 여기저기서 통역이 진행됐다. 아주 짧은 영어가 긴 통역으로 이어질 때는 그 언어를 이해하지 못하는 쪽에서 웃음이 터져 나왔다.

아프리카에서 온 아이들은 어떤 의미에서 모두 한지를 닮아 있었다. 웃음이 많았고, 몸을 자유롭게 움직였다. 조금이라도 웃을 여지가 있으면 놓치지 않고 웃자는 법이라도 있는 것 같았다. 그 아이들 사이에서 웃고 떠드는 한지를 보면서 어쩌면 한지가 나를 지루해하고 불편해할지도 모른다고 느꼈다.

한지는 창문 앞에 앉은 아프리칸 아이들에게 프랑스어로 통역을 했다. 단순한 사실 전달인데도 재미있는 이야기를 하는 것처럼 다양한 표정을 짓고 말 중간중간 크게 웃기도 했다. 한지와 이야기하는 사람들은 모두 즐거워 보였다. 평소에는 잘 웃지 않던 애들도 한지 앞에서는 활짝 웃었다. 다른 사람들과 함께 있는 한지는 나와 단 둘이 있을 때의 한지와 같은 사람이 아닌 것처럼 보였다.

그럴 때, 한지는 그 어느 때보다도 나로부터 멀리 있었다.

나는 한지를 알지 못했다. 그애의 세계를, 그애의 손길이 닿을 때마다 조금은 더 따뜻해지고 밝아지는 세계를 나는 알지 못했다.

숙소 거실 소파에 누워서 잡지를 읽는데 카로가 옆으로 와 앉았다. 초콜릿빛 피부가 반짝였고, 작은 얼굴은 누가 정성껏 빚어놓은 것처럼 아름다웠다. 검은자위가 크고 반짝이는 눈. 카로는 그 눈으로 나를 빤히 쳐다보다 입을 열었다.

"어제 한지랑 같이 이야기하는 걸 봤어. 송별 모임 끝나고 마을 쪽으로 가는 길에서 얘기했지?"

"그랬어."

"바닥에서 뭔가를 주워서 던지더라. 그게 뭐였어?"

"민달팽이였어."

카로는 미간을 찌푸리며 웃었다.

“영주. 한지는 괴짜야. 정말 특별해.”

카로는 한지에 대해서 얼마나 아는 걸까. 한지는 자신이 아는 모든 사람들에게 내게 한 만큼의 이야기들을 해왔던 걸까. 나는 궁금해졌다.

“넌 첫인상이랑 많이 다른 것 같아.” 카로가 말했다.

“내 첫인상이 어떤데?”

“수녀인 줄 알았어. 그것도 정말 고지식한 수녀. 농담이 아니야.”

카로는 그 말이 내 기분을 상하게 하는 건 아닐지 염려하는 듯 보였다.

“내 편견이었더라. 너도 한지 못잖은 괴짜던데. 한지에게 네 얘기를 많이 들었어. 네가 여기서 가장 가까운 친구라고 말하더라. 한지를 알아온 지 3년이 넘었지만 한지가 누군가와 이렇게 가까이 지내는 걸 처음 봤어.”

“한지가?”

“그래.”

“한지는 모두와 다 잘 지내는 것 같던데.”

“모두와 잘 지내지만 절대 속을 알 수 없지. 나는 한지가 한 번도 사람에게 싫은 기색을 내비치는 걸 본 적이 없어. 상대에게 상처 주는 것이 싫으니까 그런 것 같아. 그런데도 모두가 조금씩 그애에 대해서 반감을 갖고 있어. 한없이 친절하지만 그게 끝이라는 거지. 반감이라기보다는 서운함이라고 해야 맞는 걸까? 가끔씩 보면 사람보다는 동물과 더 잘 통하는 것 같기도 하고.”

나는 그 말을 하는 카로의 아름다운 얼굴을 가만히 응시했다. 잘 배열된 이목구비와 동그란 머리, 만져보고 싶은, 반짝이는 피부. 너처럼 아름다운 아이는 한지와 함께 풀숲으로 민달팽이를 던지지 않을 거라고 생각하면서.

“나도 실은 한지를 잘 몰라. 걔가 왜 나랑 가장 친하다고 말했는지도 잘 모르겠어. 알잖아, 여기선 일이 너무 많아서 서로 이야기 나눌 시간도 부족하다는 거.”

내가 한지를 조금이라도 덜 좋아했다면 솔직하게 말했을지도 모른다.

있지, 카로. 나는 한지와 나는 매일 이야기를 나눠. 일하지 않는 시간이 겹치면 수도원 주위를 산책하고 밤에는 매점 자판기에서 콜라를 뽑아 나눠 마셔. 자정이 넘으면 수돗가 옆 나무 밑에 가만히 앉아 있기도 해. 어떻게 말해야 할까. 이렇게 말해도 된다면……. 한지는 나를 알아. 그리고 나는 한지가 코뿔소의 마음을 상상하듯, 한지의 마음을 상상하고 있어. 가끔씩은 한 번도 가본 적 없는 한지의 집 발코니 위에 앉아 있기도 해.

한지는 나와 가깝다고 무람없이 이야기할 수 있었을지 몰라도, 나는 그에 대해 그렇게 이야기하지 못해. 한지에 대해 한마디라도 하면, 모두가 한지에 대한 나의 상상까지 꿰뚫어볼 것만 같아서. 그런 면에서 나는 조금은 미친 사람 같지.

"그런데, 영주. 넌 몇 살이지?"

카로의 질문에 나는 머뭇거렸다.

한지와 우연히 마주치면 배와 등의 피부가 따끔따끔했고 피가 머리 쪽으로 쏠리는 소리가 들렸다. 심장이 크게 뛰기 시작했고, 자꾸 말을 더듬게 됐다. 한지가 멀리서 나를 쳐다보고 있다고 생각하면 종아리부터 목 뒤에까지 불이 번지는 것 같았다.

그럴 때면 나는 지질시대 구분표를 생각했다.

나는 중학교 1학년 때 선물로 받은 지질시대 구분표를 벽에 붙여놓고 처음부터 끝까지 읽어 내려가길 좋아했었다. 나중에는 시대별로 살았던 생물들의 이름을 차례대로 외웠고, 고등학교에 입학할 때쯤에는 처음부터 끝까지 암송할 수 있었다. 지금은 없지만 언젠가는 존재했던 것들의 이름이 소중하게 느껴져서였다.

은생이언.

은생이언에 지구에는 어떤 생물도 없었다. 나는 아무것도 그려지지 않은 검은 칠판을 상상했다.

시생대.

박테리아와 남조류, 고세균류가 등장했다. 백묵의 끝으로 그린 작은 점들.

원생대.

해파리가 나타났다. 몸속이 환히 보이는 투명한 해파리들.

캄브리아기.

조개와 산호, 삼엽충.

오르도비스기. 불가사리와 바다 전갈로 불리는 생물. 사라져버린 코노돈트.

실루리아기. 달팽이, 대합, 홍합, 불가사리. 턱이 없는 어류들.

나는 기도문을 외우듯이 그것들의 이름을 나열할 수 있었다. 턱이 있는 어류, 폐어, 육지 달팽이, 해백합, 파충류 같은 포유류, 소철류, 시조새, 원시 현화식물. 그 이름들을 속으로 외울 때면 바깥 세계에 대한 관심이 사라졌고, 내 안의 생각과 느낌들이 무뎌졌으며, 나라는 존재가 조금은 희미해지는 것 같았다.

어디에서든, 어느 시간이든 그런 건 중요하지 않았다.

슬플 때, 불안할 때, 화가 날 때, 누군가가 내 마음을 쥐고 흔들 때, 나는 그 이름들을 그저 간절하게 불렀고, 그들은 어느 정도까지는 현실의 고통에서 나를 분리시켜줬다. '은생이언'로 시작해서 '여러 종류의 발굽이 있는 동물'까지 중얼거리고 나면, 내가 그들의 이름을 부른 것이 아니라, 그들이 나의 이름을 불러준 것 같았다. 그럴 때 나는 혼자가 아니었다.

한지는 그걸 알았을까. 내가 그의 옆에서 사라진 생물들의 이름을 조용히 불러왔다는 것을. 그것으로 한지에 대한 내 감정을 자제하려 했다는 것을. 무엇보다도 그애가 내 생각을 읽게 될까 봐 염려했었다는 것을. 막연하게나마 한지가 내 마음을 알게 된다면 멀리 도망가리라고 생각했었다는 것을.

어디에서나 존재감이 없는 나. 많은 사람들 사이에서도 눈에 띄는 한지.

자신감이 없고 무슨 말이든 우물쭈물하는 나. 누구와 있어도 자연스럽게 말하는 한지.

제대로 웃지도 못해서 입을 가리는 나. 꾸밈없는 표정의 한지.

어쩌면 한지는 내가 좋아서가 아니라, 다른 아이들과 잘 섞이지 못하는 나를 그저 돌봐줘야 하는 사람이라고 생각했을지도 몰라, 라고 그때의 나는 생각했다.

우리는 대등한 사람이 아니었다. 그렇기에 연인이 될 수 없었고, 친구로 만나기에도 나는 부족한 사람이었다. 아무도 그렇게 말하지 않았고, 그렇게 판단하지 않았지만 나 자신은 그 사실을 잘 알고 있었다. 그런 생각을 할 때면 내가 자신을 '만나줬다'고 말했던 전 남자친구가 생각났다. 어쩌면 그와 나를 3년이라는 시간 동안 묶어줬던 건, 스스로를 보잘것없는 사람이라고 믿었던 우리의 공통점 때문이었는지도 모른다. 단지 그의 열등감이 나의 열등감보다 더 컸으므로 나는 그를 경멸하며 나에 대한 경멸을 피해왔을 뿐이었다.

"무슨 생각을 해?" 한지가 물었다.

"한 달 반이 지나면 네가 나이로비로 돌아간다는 생각을 해."

한지는 침묵했다.

"우리가 다시 예전의 생활로 돌아가면 여기에서 지냈던 시간을 얼마나 기억하게 될까." 내가 물었다.

"거의 모든 걸 잊어버리게 되겠지." 한지가 답했다.

"나는 그게 싫어."

"뭐가?"

"잊어버리는 것."

나는 가방에서 내 노트를 꺼내서 펼쳐보였다.

"내 일기야. 여기에 도착해서부터 매일 써왔던 거야. 읽어도 돼."

한지는 내 노트를 한 장 한 장 넘기면서 소리 내서 웃었다.

"글씨가 무슨 그림 같다. 이거 봐." 한지는 내가 '옷'이라고 쓴 글자를 가리키며 말했다. "사람이 춤추는 모습 같잖아."

한지는 그 문자들을 신기한 듯 만져봤다.

"아, 이건 나도 읽을 수 있어. 6월 23일. 내가 도착한 날이네. 날도 더운데 오래된 차를 타고 리옹 공항까지 가서 피곤했다. 나이로비에서 온 한지인지 뭔지 하는 남자애는 자꾸 프랑스어로 말하는데 시끄러워서 한 대 때려주고 싶었다. 예배당에서 졸고 있는데 말을 거는 건 또 뭔가. 3개월간 집을 떠나왔는데 칫솔을 안 가져왔다고? 덕분에 매점까지 같이 가줘야 했다."

한지는 한글을 읽을 수 있다는 듯이, 문자 위에 손가락을 갖다 대며 이야기를 지어댔고 우리는 같이 웃었다.

"여기에 내 얘기를 쓰기도 했어?" 한지가 물었다.

6월 23일 이후의 일기부터 너는 하루도 빠지지 않고 등장한다.

"네 얘기는 별로 없어." 내가 농담조로 말했다.

"난 널 친구라고 생각했는데." 한지가 웃었다.

나는 '한지는 빅 키친에서 일하고 있다'라는 문장에서 '한지'라는 글자를 손가락으로 가리켰다.

"이게 네 이름이야."

한지는 그 글자를 가만히 내려다봤다. 나는 노트에 커다랗게 '한지'라고 다시 써서 보여줬다. "아름답다." 한지가 말했다. "네 이름은 어떻게 생겼어?"

나는 '한지'라는 글자 옆에 '영주'라고 썼다. '한지'와 '영주'라는 글자는 다정해 보였다.

"넌 여기서의 시간을 잊어버릴 수가 없겠다." 한지가 내 노트를 훑어보면서 말했다. "나는 글쓰기가 어렵던데. 어떻게 이렇게 매일 기록할 수 있어? 나중에 만나게 되면 나에게 지금 시간들에 대해서 이야기해줘야 돼. 난 잘

잊으니까."

"꼭 이야기해줄게."

우리는 다시 만나기 어렵다는 것을 알면서도 늘 그런 식으로 다시 만날 것을 가정했다. 초인종만 누르면 언제고 얼굴을 볼 수 있는 옆집에 사는 것처럼, 저녁을 먹으러 오라고 이야기하면 슬리퍼를 끌고 놀러 갈 수 있는 거리에 사는 것처럼 다시 만날 것을 가정하면서 우리가 평생을 서로 아무 관계없이 살아가리라는 사실을 피하려고 했다.

"영주. 나는 알아. 우리는 다시 만날 거야." 한지가 말했다.

"그래."

나는 내 노트 위에 나란히 놓인 '한지'와 '영주'를 바라봤다.

'한지'와 '영주'는 아직도 내 노트 위에 있다.

그날의 기록들을 읽어나가면 우리가 나눴던 웃음과 이야기들, 밤의 풍경과 밤공기에 섞인 티롤 향기까지 느낄 수 있다. 내게 웃어주던 한지의 얼굴, 한지가 매점에서 산 밑창이 얇은 슬리퍼, 우리가 나눠 먹던 콜라와 다리 하나가 약해서 자꾸 뒤로 넘어가던 간이 벤치 모두 생생하다. 그런데도 이 이야기들은 모두 없었던 일처럼 빛을 잃는다. 한지와 보낸 시간의 세부를 낱낱이 기억하면서도 실감은 점점 흐려진다.

나는 아직도 왜 한지가 내게 등을 돌렸는지 모른다.

그 단절을 이해하지 못한다.

시간이 지나도 이해할 수 없는 일은 그렇게 내버려둬야 한다고 생각하면서도 나는 작은 기억 하나도 제대로 잊지 못한다.

처음에는 한지가 나를 보지 못한 거라 생각했다. 웃으며 인사하는 나를 한지가 모른 척할 일은 없었으니까. 그러나 그런 일들이 빈번했고, 한지는 우리가 매일 만나던 그 벤치에 더 이상 나타나지 않았다. 어쩌면 한지가 아파서 그런 것이라고 생각했다. 그 벤치에서 숙소로 돌아가는 길에 다른 아프리칸 아이들과 어울려 웃고 있는 한지를 보기 전까지는. 나는 다시 손을 들어 인사를 했고, 한지는 고개를 돌렸다.

그건, 한지가 나이로비에 가기 2주 전, 9월 12일의 일이었다.

'한지는 고개를 돌렸다'고 나는 썼다.

한지가 내게서 고개를 돌리기 전날에도 우리는 그 벤치에서 만나 이야기를 나눴다. 다툼도 없었고, 서로의 마음을 상하게 할 만한 장면도 없었다. 우리는 그저 평소처럼 그날 무슨 일을 했는지 이야기했다. 1주일간 머무른 방문객들이 빠져나간 날이어서 도미토리 숙소를 청소한 이야기를 했던 기억이 난다. 매트리스에서 침대 시트를 빼내고 나르는 일이 어려웠다는 이야기였다. 한지는 이제 방문객들이 예전처럼 많지 않아서 수도원이 조금은 적적하게 보인다는 말을 했었다. 그게 전부였다.

어쩌면 내가 기억하지 못하는 부분에서 그가 상심했던 것은 아닐까. 어쩌면 내가 짓궂은 농담을 했는지도 모른다. 하지만 나는 아주 작은 부분에서도 내가 좋아하는 상대에게 상처를 주고 싶지는 않았기에 늘 조심스러웠었다. 나는 기분 내키는 대로 말하면서, 자기가 무슨 말을 하는지도 모르는 그런 어린애가 아니었다. 아무리 나로 인해 상심하거나 불쾌했다고 해도 말로 풀 수는 없었던 걸까. 다시 얼굴을 마주 보고 이야기를 나눌 수 없을 만큼 내가 뭔가 심각한 잘못을 한 걸까. 아니면 누군가 나에 대해 안 좋은 이야기를 했거나 우리 사이를 이간질했나. 만약에 누군가 너에 대해 모함했다면, 나는 그 말을 믿지 않았을 테고, 적어도 너에게 확인이라도 했을 텐데.

마지막 날에도 한지는 '내일 보자'라고 이야기했었다. 어둠 속에서, 그 다정한 눈으로 나에게 너는 그렇게 이야기했었다.

마음에 걸리는 게 없는 건 아니었다. 가끔씩 한지는 내가 '단순하다'고 말했었다. 항상 웃으면서 말했지만, 어쩐지 말에 뼈가 있다고 느껴졌던 적이 몇 번 있었다. 한번은 한지가 '넌 참 단순하구나' 라고 말하고는 '단순함은 좋은 거니까'라고 변명을 했었다.

나는 한지가 말했던 나의 그 단순함이 무엇인지 아직도 모른다.

"기억은 재능이야. 넌 그런 재능을 타고났어."

할머니는 어린 내게 그렇게 말했었다.

"하지만 그건 고통스러운 일이란다. 그러니 너 자신을 조금이라도 무디게 해라. 행복한 기억이라면 더더욱 조심하렴. 행복한 기억은 보물처럼 보이지만 타오르는 숯과 같아. 두 손에 쥐고 있으면 너만 다치니 털어버려라. 얘야, 그건 선물이 아니야."

하지만 나는 기억한다.

불교 신자였던 할머니는 사람이 현생의 삶에 대한 기억 때문에 윤회한다고 했다. 마음이 기억에 붙어버리면 떼어낼 방법이 없어 몇 번이고 다시 태어나는 법이라고 했다. 그러니 사랑하는 사람이 죽거나 떠나도 너무 마음 아파하지 말라고 했다. 애도는 충분히 하되 그 슬픔에 잡아먹혀버리지 말라고 했다. 안 그러면 자꾸만 다시 세상에 태어나게 될 거라고 했다. 나는 그 마지막 말이 무서웠다.

시간은 지나고 사람들은 떠나고 우리는 다시 혼자가 된다.

그 사실을 받아들이지 않으면 기억은 현재를 부식시키고 마음을 지치게 해 우리를 늙고 병들게 한다.

할머니는 그렇게 말했었다.

나는 그 말을 언제나 기억한다.

한지는 나를 대놓고 없는 사람 취급하기 시작했다.

내 인사를 받지 않는 건 물론이고, 길에서 마주치면 다른 길로 돌아갔다. 그런 그애의 눈빛에는 일말의 분노도 없었다. 그저 무심했고 희미했고 지쳐 보였다. 나는 그애를 쫓아가거나 이름을 부를 수조차 없었다. 그럴 자신이 없었다.

나는 멀리서 쓰레기를 거두는 한지를 바라봤다. 오른손에는 팔꿈치까지 올라오는 장갑을 끼고, 왼손에는 집게를 들고 있었다. 그애는 쓰레기통에서 페트병이나 유리병, 종이 박스를 꺼내서 망태기에 집어넣는 일을 반복했다. 턱에서 땀이 떨어졌고, 푸른 티셔츠의 목 아래와 겨드랑이, 등 쪽이 축축하게 젖어 있었다. 한지는 입을 약간 벌리고, 등을 굽힌 채 조용히 그 작업에 집중했다.

언젠가는 한지를 잃게 될 거라고 생각했지만 지금은 아니라고 생각했다.

한지가 나를 보고 웃을 때, 나를 위해 시간을 내서 같이 산책을 할 때, 나를 가장 가까운 친구라고 생각한다고 이야기했을 때 나는 그 모든 것들이 과분하다고만 생각했었다. 하지만 그 모든 것들을 아무런 설명 없이 끝내버리는 일은 부당했다.

나는 쓰레기를 거두는 한지에게 다가갔다. 현기증이 났다.

"한지."

한지는 나를 물끄러미 쳐다봤다. 어떤 미소도 없는 굳은 얼굴이었다. 그 얼굴을 본 순간 하고 싶었던 이야기가 무엇인지 잊어버렸고 말문이 막혔다. 한지의 시선이 잠깐 내 얼굴에 스쳤다 떠났다.

한지가 한 손으로 들고 있던 망태기에는 페트병이 가득 들어 있었다. 끈적끈적한 콜라 페트병에는 파리 몇 마리가 앉아 있었고 어디선가 아이들이 깔깔 웃는 소리가 들렸다. 내가 어물대는 사이 한지는 망태기의 주둥이를 모아서 한 손에 쥐고 그 자리를 떠났다. 한지는 목각인형처럼 뻣뻣하게 걸어갔다.

나는 쓰레기통 앞에 가만히 서서 한지가 조금 전까지 서 있었던 허공을 바라봤다. 한지는 나에게 아무 말도 하지 않았지만 나는 알았다. 한지가 나를 피하는 이유가 무엇이든 그건 중요한 게 아니었다. 한지는 이제 나를 피하고 있고, 내가 그 사실을 받아들이지 않는다면 그건 한지를 괴롭히는 일이 될 것이었다.

나는 그애를 괴롭히고 싶지 않았다.

내가 무슨 사과를 하든, 어찌된 일이냐고 따져 묻든 그건 모두 잘못된 일이었다.

사람들은 떠난다. 할머니는 그렇게 말했었다.

그 사실을 있는 그대로 받아들이기만 하면 돼.

나는 나에게 속삭였다.

가끔 꿈을 꾼다. 밤에 산책을 하는 꿈이다.

은생이언처럼, 세상에는 어떤 생물도 없다. 민달팽이도, 티롤 나무도, 파리도, 파리 떼를 달고 있는 피터도, 낮잠을 자는 양도, 한지의 코뿔소들도, 젊은이도, 노파도, 대학원생도, 수사도, 인종차별주의자도, 그들이 쏟아놓는 쓰레기도 없다.

나는 그 텅 빈 어둠 속에서 '한때 지구는 이렇게 쓸쓸한 곳이었구나'라고 생각한다.

지구는 그저 융기하고 침식하며, 열심히 퇴적하고 있었구나.

참 열심히, 쓸쓸히도.

세상은 잿빛이고 멀리서 화산은 쿵쿵 소리를 낸다. 나는 그쪽으로 걸어간다. 한참을 걸어가다 보면 수도원 근처의 채플이 나오고, 여자 봉사자 숙소가 나오고, 한지와 함께 걸었던 마을이 나온다. 멀리서 냇가에 발을 담그고 있는 한지와 내가 보인다. 세상에는 그 둘밖에 없다. 빨리 다리에서 내려가서 저들에게로 가야 하는데, 나는 다리 아래로 갈 수 있는 길을 찾지 못한다. 아무리 발버둥을 쳐도 다리 아래로 갈 수가 없다.

갑자기 장면이 바뀐다.

나와 한지는 수돗가 옆 벤치에 앉아 있다. 어둠 속에서 그렇게 가만히 앉아 있다.

한지는 이런 이야기를 한다.

"우리는 다시 만날 거야. 다시 만나게 되면 내가 잃어버린 기억에 대해서 이야기해줘. 난 다 잊어버릴 테니까. 너도. 이 시간도."

한지는 그 말을 하면서 슬프게 웃는다.

나는 대답을 하고 싶지만 입이 열리지 않는다. 힘겹게 한지 쪽을 쳐다보면 한지 대신 커다란 망태기 하나가 입을 벌리고 있다. 한지가 주워 넣었던 페트병이 가득 담긴 망태기가.

나는 다른 사람들에게 내 고통에 대해 시위하고 싶지 않았다.

나는 그저 내 몫의 일을 하고, 하루 세 번 밥을 먹고 공동 기도에 참석했다. 한지와 산책을 하던 시간에는 여자 숙소 거실에서 책을 읽거나, 다른 봉사자들과 함께 코코아를 타 먹으면서 이야기했다. 밤에는 카드 게임을 하거나 남미에서 온 애들과 털실로 팔찌를 만들고 거실 식탁에서 엉터리 탁구를 쳤다. 나는 눈물이 날 때까지 웃었다. 12시쯤 방에 들어가면 룸메이트들은 다 자고 있었다. 나는 담요 속으로 기어 들어가 소리 없이 울다 잤다.

카로가 나를 찾아온 건 그런 밤들 중의 하루였다. 그녀는 방문을 열고 내 이름을 조용히 불렀다.

"영주."

나는 담요를 머리끝까지 뒤집어쓰고 자는 척했다.

"일어나, 영주. 잠깐이면 돼."

나는 베개에 눈물로 축축해진 얼굴을 부비고 일어났다. 우리는 창고 앞으로 걸어가서 바닥에 종이 박스를 깔고 앉았다.

"자는 걸 깨워서 미안해. 그런데 이렇게 하지 않고서는 너랑 얘기를 할 수 없을 것 같았어. 일하는 시간 말고는 계속 거실에서 다른 애들이랑 같이 있더라."

"그랬어."

"네가 나랑 일대 일로 말하는 걸 피한다는 느낌을 받았었어."

"피한 적 없어."

"그렇다면 미안. 너도 내가 너에게 무슨 말을 하려고 하는지 알겠지."

"……."

"한지에 대해서야. 한지와 무슨 일이 있었던 거니?" 카로의 목소리가 가늘게 떨렸다.

카로의 예쁜 얼굴. 너는 아무것도 모른다. 갑자기 아무 잘못도 없는 카로에게 화가 났다.

"그걸 왜 네가 묻는 건데?"

"그냥 궁금했었어. 왜 매일 붙어 있던 너희가 이제 인사도 안 하는 사이가 됐는지. 애들이 너희 앞에서 말을 안 해서 그렇지 그런 얘기를 많이 해. 한지는 시무룩해 보이더라. 월요일에 있는 아프리칸 모임에도 안 나왔고, 숙소에서도 애들이랑 잘 어울리지 않는다고 해."

"그래서?" 내가 물었다.

"네가 왜 한지에게 그렇게 대하는지 모르겠어. 한지는 좋은 애야."

나는 할 말을 잃었다.

"네가 한지에게서 무슨 이야기를 들었는지는 모르겠다." 내가 말했다.

"한지는 아무 말도 안 했어."

"그럼 왜 모든 걸 추측해서 내가 한지에게 일방적으로 잘못했다고 단정하고 이 시간에 자는 나를 깨워서 괴롭히는 거니?"

나는 내가 나쁘게 말하고 있다는 것을 느꼈다. 카로는 그저 한지가 걱정되어 묻고 있을 뿐인데 나는 감정적으로 반응하고 있었다. 나에게서 분리된 내가 그렇게 감정적으로 말하는 나를 무심하게 바라봤다.

"넌 웃고 떠들잖아. 다른 애들이랑 카드 게임을 하고 탁구를 치고. 한지가 괴로워하는 동안." 카로는 조심스럽게 말했지만, 나는 그 말 속에서 나에 대한 카로의 단죄를 느꼈다.

"그래. 그랬어. 그런데 그게 너랑 무슨 상관이야?"

나는 짧은 영어로 직설적으로 말했다. 아이가 뱉은 것처럼 유치하고 날카로운 말. 한지가 나를 어떻게 모른 척하는지, 그게 나를 얼마나 고통스럽게 하는지, 하지만 한지에게 왜 내게 그렇게 하느냐고 왜 묻지를 못하는지에 대해 설명하려고 해도 할 수가 없었다. 머릿속에서 떠다니는 영어 단어들이 질서를 이루지 못하고 엉켜서 내뱉어지지 않았다. 카로. 내가 하고 싶은 말은 이런 게 아니었어. 잠시만 내게 시간을 줘봐. 생각을 하고 좋은 단어들을 선별해서 문장을 만들 시간을.

카로는 커다란 눈으로 나를 쳐다봤다. 내 직설적인 말은 카로를 상처 입힐 수 없었다. 그 눈빛에 담긴 감정은 실망감이었다. 너는 이것밖에 안 되는 사람이었구나, 라는 눈빛.

"난 그저 너희 사이가 걱정돼서 했던 말이었어. 내가 예전에도 너에게 이야기했었지. 한지는 너랑 지냈던 것처럼 누군가와 가까이 지내본 적이 없는 애야. 영주, 한지는 좋은 애야. 그애가 드디어 가까운 사람을 만나서 다행이라고 생각했었어. 보이지 않는 벽 같은 게 있는 애였으니까. 그걸 겨우 여기 와서 깨뜨렸다고 생각했는데, 걔는 상처 입은 것처럼 보여."

나는 잠시 침묵하다가 말했다.

"한지는 나를 피하고 있어. 말을 걸 수조차 없어."

"싸웠니?"

"아니. 나를 피하기 하루 전에도 같이 이야기했었어."

"정말이야?"

"그래."

"영주. 난 네가 이해가 안 돼. 그러면 한지에게 가서 따져 물어. 왜 너를 피하냐고. 이야기를 해서 풀어야 돼. 너처럼, 아무 일도 없는 것처럼 그렇게 지내는 건 너에게도 한지에게도 좋지 않아. 마음에 풀지 못하는 일을 두고 여기서 웃으며 지내는 건 널 속이는 일이야."

"난 이제 자러 갈게. 내일은 아침부터 일이야." 나는 카로의 말을 듣지 못한 것처럼 말했다. 카로. 나는 한지를 괴롭히고 싶지 않아.

그 주에 나는 다이어트 키친에서 일했다. 방문객 중에서는 유당이나 글루텐을 소화시키지 못하거나, 콩, 견과류, 고기, 새우, 토마토 같은 음식에 알레르기를 일으키는 사람들이 있었다. 다이어트 키친은 그런 사람들을 위해서 따로 요리를 하는 주방이었다. 그 주방에서 우리는 감자, 당근, 계란을 삶고, 쌀로 밥을 짓고, 꾸스꾸스를 불리고, 상추를 씻어서 샐러드를 준비했다. 개중에는 치즈를 먹을 수 있는 사람들도 있었으므로, 바구니에 치즈를 담아내기도 했다.

그날, 치즈가 다 떨어지자 다이어트 키친의 책임자는 나를 빅 키친으로 보냈다. 나는 그곳에서 한지가 일하고 있는 걸 알았지만 빅 키친은 넓었고, 조리실 벽 뒤에 있는 냉장실에 잠깐 들어갔다 나온다 해도 조리실에서 일하는 한지가 나를 볼 수 없다고 생각했다.

냉장실의 불을 켜고 안으로 들어가자 사과 박스를 들고 있는 한지가 서 있었다.

나는 그애의 얼굴을 잠깐 보고, 아무 말 없이 길을 비켜줬다. 그런데도 한지는 사과 박스를 든 채로 가만히 서서 나를 쳐다보고 있었다.

나는 낱개로 포장된 크림치즈를 바구니에 넣었다. 바구니에 치즈를 넣고 돌아봤을 때도 한지는 그 자리에 그대로 있었다. 냉장실 천장에 달린 둥근 전등이 깜빡거렸다. 한지는 무슨 말을 할 것처럼 나를 쳐다보면서도 한마디도 하지 않았다.

나는 그애가 나를 피하지 않았다는 것만으로도 안도했고 말을 할 수 있는 용기를 얻었다.

나는 한지가 들고 있는 박스 속의 사과를 바라보며 이야기했다.

"나를 피하지 않아줘서 고마워. 아주 잠깐이면 돼. 여기는 냉장고 안이고 너무 추워서 오래 있을 수도 없잖아. 그러니 들어줘. 내가 없는 것처럼 나가 버리지 마." 나는 이 말을 끝내고 한지의 얼굴을 봤다.

한지는 울고 있었다.

"네가 왜 이러는지 이유를 묻지 않을게. 알게 된다면 마음은 후련해지겠지만 그게 무슨 소용이니. 내가 너에게 잘못한 게 있다면 용서하고 용서하지 않고는 너의 자유야. 나의 잘못 때문도 아니라면, 너의 사정 때문에 이러는 거라면 그게 무엇이든 나는 이해할 수 있어. 하지만 누군가의 말 때문에 날 오해했다면, 내 진심을 보지 못했다면 그건 정말 안타까운 일일 거야."

나는 추위와 두려움 때문에 덜덜 떨면서 말했다.

"네가 나에게 아무리 못되게 해도 난 상관 안 해. 세상 어디에도 널 미워할 수 있는 방법은 없어. 이런 식으로라도 좋으니 너와 같은 공간에서 지내고 싶어. 1주일 뒤에 너를 여기서 볼 수 없다고 생각하면 걷다가도 눈물이 나. 이제 더 이상 너에게 이렇게 말을 할 수는 없겠지. 한지야, 제발 이렇게 내 인생에서 사라지지 마."

나는 울음을 참고 최대한 냉정하게 이야기하려고 노력했다.

"한지. 더 이상 너를 방해하지 않을게. 나이로비에서도 잘 지내. 넌 지난 일들을 잘 잊는다고 했으니 좋은 기억만 남기고 다 잊어. 아니, 좋은 기억도 잊어. 한지 네가 건강하길. 너의 가족도, 레아도."

"한지. 그 안에 한지 있어?"

밖에서 누군가가 냉장실 문을 두드리며 한지를 불렀다.

한지는 손등으로 눈물을 닦고 냉장실 밖으로 나갔다.

나도 곧 냉장실 밖으로 나갔지만, 뼛속까지 스며든 한기가 쉽게 가시질 않았다. 그런데도 이마만은 뜨겁게 끓어오르고 있었다.

나는 침묵 주간을 신청했다.

숙소에 있는 모든 짐을 챙겨서 수도원 밖에 있는 침묵의 집으로 갔다. 침묵의 집은 오래된 2층집이었고, 큰 정원이 있었다. 말이 정원이었지 가꾸지 않은 풀들이 우후죽순 솟아 있어서 밤에는 뱀이라도 나올 것처럼 보였다. 침묵의 집에서는 혼자 방을 쓸 수 있었고, 모든 끼니가 수도원에서 배달되어 왔다. 우리는 공동 기도 시간마다 30분씩 걸어서 수도원으로 이동했다. 침묵 주간 동안 노동은 면제됐고, 오후 2시쯤에는 수녀님 한 분이 오셔서 복음서의 한 장에 대해서 이야기하는 시간을 보냈다.

노동이 없는 하루는 길고 고통스러웠다. 아무리 마음을 다잡고 책을 읽으려고 해도 눈에 들어오지 않았고, 그간 노동의 피로로 누르고 있던 불안과 망상들이 내 속에서 날뛰기 시작했다. 가장 한심한 생각은 내가 과거에 어떤 행동을 했다면 현재에도 한지와 잘 지낼 수 있었으리라는 망상이었다.

한지가 밤중에 산책을 하자고 했을 때 거절하지 않고 같이 걸었다면 어땠을까. 한지가 내 노트에 자신의 이야기도 있느냐고 물었을 때, 그냥 솔직히, 내가 쓰는 이야기의 대부분은 너에 대한 것이라고 이야기했더라면 어땠을까. 그애가 살리지 못했던 동물들에 대해서 이야기했을 때, 당황해서 침묵하지 말고 '그건 네 탓이 아니었어'라고 이야기해줬더라면 어땠을까. 그애가 관심도 없어하는 민달팽이의 기원 따위를 떠벌이던 시간에, 그애가 나에게 하고 싶었던 말을 할 기회를 줬더라면 어땠을까. 혹시 나의 그 단순함이 그애를 숨 막히게 한 건 아니었을까. 어쩌면 내가 너무 자주 그애를 보려 한 건 아닐까. 그애가 혼자 있고 싶은 시간을 내가 독점해서 나에게 질려버린 건 아닐까.

침묵은 나의 헐벗은 마음을 정직하게 보게 했다.

사랑받고 싶은 마음, 누군가와 깊이 결합하여 분리되고 싶지 않은 마음, 잊고 싶은 마음, 잊고 싶지 않은 마음, 잊히고 싶은 마음, 잊히고 싶지 않은 마음, 온전히 이해받으면서도 해부되고 싶지 않은 마음, 상처받고 싶지 않은 마음, 상처받아도 사랑하고 싶은 마음, 무엇보다도 한지를 보고 싶다는 마음을.

나는 냉장실에서 한지를 본 이후로 계속 한지를 보지 않고 있었다.

예배당의 봉사자석에 가서 앉거나 빅 키친 쪽으로 가면 그애를 볼 수 있다는 것을 알고 있었지만 의식적으로 그애를 피했다. 이제 1주일도 안 되어서 그애는 나이로비로 돌아갈 것이었고, 차라리 그애가 이미 가버렸다고 생각하는 편이 덜 고통스러울 것이라고 생각했다. 내가 먼저 그애를 보지 않는 편이, 못 보게 되어버리는 편보다는 더 나을 거라고 생각했던 것이다.

한지의 생각이 들 때마다 나는 정원의 풀숲을 걸으며 지질시대 분류표를 암송했다. 하지만 그 암송도 한지에 대한 생각을 멈추게 할 수는 없었다. 그애는 지질시대의 모든 시기에 숨 쉬고 있었다. 지구가 처음 생겼을 때에도, 지구에 단단한 지표면이 없었을 때에도, 육지 동물들이 나타나지 않았을 때에도, 그애는 그저 거기에 있었다. 내가 기억하는 한 그애는 영원 속에서 살아갈 것이다. 나는 그 사실을 받아들였다.

나는 정원 가장자리에 놓인 의자에 앉아 노트에 한지에게 하고 싶은 말을 썼다. 처음에는 한국어로, 그다음에는 영어로 썼다. 철자법이 엉망진창이고 관사가 듬성듬성 빠진 영어로.

한지,

나는 지금 침묵의 집에 있어. 지금 시간은 오후 5시이고 날씨는 조금 쌀쌀해.

오늘 저녁에 너는 다른 아이들과 함께 송별 모임을 할 거야. 거기서 누군가는 기타를 치며 노래할 테고, 또 누군가는 너와 함께 지냈던 시간을 추억하며 이야기하겠지. 너와 카로는 여기에서 지냈던 시간에 대해 이야기하고 모두에게 고맙다고 말할 거야. 나는 거기에 없을 테고 너는 내가 나타나지 않아 안심하겠지.

내일 너는 나이로비로 떠날 거고, 저녁 무렵에는 나이로비의 너의 집에서 가족을 만나게 될 거야. 레아는 널 보고 얼마나 기뻐할까. 그런 레아를 만날 너는 얼마나 행복할까. 너는 샤워를 하고 짐을 풀고 가족들과 함께 식사를 하겠지. 핸드폰으로 찍은 사진들을 가족들에게 보여주면서 여기에서는 좋은 일들만 있었다는 듯이 이야기할 거야. 그러면서도 마음속으로는 어디에도 가지 못하는 너희 가족들에게 미안하겠지. 그래서 넌 가족에게 더 성실해질 테고, 머잖아 다시 동물병원에서 일을 시작하게 될 거야.

시간이 지나면 너는 조금 어리둥절해질 거야. 네가 한때 프랑스의 한 시골마을에서 수도원 생활을 했고, 거기에서 조그마한 한국 여자애에게 네 이야기를 털어놓고 매일 만나 산책을 했다는 사실이 낯설게 느껴지게 될 거야. 그때가 되면 네가 내 인사를 피하고 내게 등을 돌린 이유도 옅어지겠지. 그때 나를 다시 생각한다면, 이미 나는 얼굴도 목소리도 사라진 사람이 되어 있을 거야. 나는 너의 인생에 아주 작은 흔적만을 남긴, 어쩌면 아무런 흔적도 남기지 못한, 너와 무관하게 살아가는 타인이 될 거야.

나도 언젠가는 너처럼 이곳을 떠나 내가 살던 곳으로 가게 되겠지. 다시 연구실에 출근을 하고, 암석들을 상대하고, 일본과 중국의 동굴로 출장을 떠날 거야. 나이에 걸맞은 옷과 표정을 걸치고서 누구와도 불화하지 않으려고 애를 쓰면서 아주 가끔씩, 지금의 시간들을 떠올리게 될 거야. 내가 가장 나다울 수 있었던 시간을. 그 시간 속의 너와 나를 기억할 거야.

내 적막한 마음에 함께 있어줘서 고마웠어.

한지,

네가 앞으로 살아갈 시간에 축복이 가득하길.

망각의 축복을, 순간순간마다 존재할 수 있는 힘을 낼 수 있기를.

—영주.

나는 그렇게 쓰고, 한국어를 영어로 옮겨 적은 페이지를 찢어서 버렸다. 나는 가방에 노트를 넣고 수도원으로 걸어갔다. 그 노트에는 그곳에서 지낸 여섯 달의 시간이 하루도 빠지지 않고 한국어로 기록되어 있었다.

저녁 기도 시간이었다. 노래와 침묵, 다시 노래가 이어졌고 수사들은 예배당을 빠져나갔다. 한지는 봉사자석에 가만히 앉아서 예배당 기둥에 걸린 이콘을 보고 있었다.

예수와 그의 친구를 그린 이콘이었다. 흙으로 그린 듯, 소박한 색으로 그려진 이콘 속 예수의 표정에는 어떤 전능함도 근엄함도 어려 있지 않다. 예수와 그의 친구는 나란히 서서 앞을 바라보고 있는데, 가만히 보면 예수의 팔이 친구의 어깨에 둘러져 있다. 조금 어색하게 어깨동무를 한 모습이다. 친구와 비슷한 몸집에 비슷한 얼굴을 하고 있는 그는 머리 뒤에 그려진 후광만 제외하면 특별할 것도, 경외할 것도 없는 평범한 남자로 보인다. 그 평범한 얼굴 위로, 내색은 하지 않지만 속으로는 몹시도 아끼는 친구에 대한 사랑이 드러난다.

한지는 이콘을 바라보다 일어나서 예배당 앞쪽으로 걸어가더니 벽에 기대 눈을 감았다. 내가 마지막으로 보게 될 한지의 모습이었다. 나는 그애에게 다가갈 수 없었다.

사람들은 떠난다.

나는 자리에서 일어나서 예배당 밖으로 갔다. 거기에 카로가 서 있었다.

"잘 가, 카로." 나는 카로의 귀에 대고 속삭였다.

"말하지 않아도 돼. 침묵 주간이잖아." 카로가 말했다.

나는 카로에게 쓴 엽서를 전했다. 세 달간 고마웠고, 말하지 못했지만 너는 참 아름다운 사람이라는 이야기였다. 카로도 내게 쓴 엽서를 줬다. 나는 엽서를 가방에 넣고 카로에게 마지막 인사를 했다.

침묵의 집으로 가는 길에, 침묵의 집 여자애들이 먹을 음식을 배달하고 온 테오를 만났다. 나는 잠시 망설이다가 가방에서 노트를 꺼내서 테오에게 전했다.

"이걸 한지에게 전해줘. 이 노트는 한지 거야."

테오는 잠시 망설이다가 노트를 받아들었다.

"너는 한지가 나를 왜 피하는지를 아니?" 내가 물었다.

테오는 고개를 저었다. 그애는 나를 미친 사람을 보듯 바라봤다.

"한지를 만나면 전해줄게. 걔는 내일 나이로비로 돌아가."

"알아."

"이따 송별회에는 안 올 거야?"

"나는 거기 안 가."

테오는 잠시 망설이다 말했다.

"내가 이런 말을 해도 될지 모르겠지만 너희가 끝까지 화해하지 못한 건…… 끔찍한 일이라고 생각해."

테오는 부정적인 감정을 표현할 때는 늘 '끔찍한'이라고 이야기했다. 그는 영어를 잘하지 못했고 특히 형용사 어휘를 많이 알지 못했다. 맛이 없는 음식도, 비가 많이 오는 날씨도, 자기의 여드름이나 곱슬머리도 그에게는 모두 '끔찍한' 것이었다. 그런데도 그애가 나와 한지의 관계에 대해 '끔찍하다'고 표현하자 그 말은 화살이 되어 내 정신을 관통했다.

관계가 이런 식으로 끝나버린 건 미화될 수 있는 일이 아니었다.

나는 천천히 걸어서 침묵의 집으로 향했다.

한지가 수도원에서 보낼 마지막 밤이었다. 나는 밤을 꼬박 새고, 어둠 속에서 수도원 쪽으로 걸어갔다. 아침 7시 반 비행기였다. 아마 5시에는 떠날 거야, 라던 카로의 말을 기억하고 걸어갔지만, 이미 그애들이 탄 차는 떠나고 없었다. 그때는 몰랐지만, 나는 끝까지 용기를 내지 못했던 것 같다. 어쩔 수 없이 차를 놓쳐버렸어, 라고 말했지만, 그 말이 진실하지 않다는 것을, 깊은 마음은 알았을 것이다.

한지가 수도원을 떠난 이틀 후에 나는 다시 여자 숙소로 돌아왔다. 침묵의 집에 들어갈 때에는 여름옷 차림이었는데, 1주일 사이에 기온이 뚝 떨어져서 다들 후드티나 카디건을 걸치고 있었다. 제3세계에서 초대받은 봉사자들이 시나브로 모두 제 나라로 돌아가서 콜롬비아와 파라과이에서 온 아이들을 제외하고는 유럽 아이들밖에 남아 있지 않았다. 쉰다섯 명까지 불어났던 봉사자들이 3주 안에 열다섯 명으로 줄어든 것이었다. 늘 시끌벅적하던 거실은 황량해졌고, 아이들이 뜨개질을 하던 바닥에는 뜨개바늘과 털실만 굴러다녔다. 몇몇 애들은 이 변화를 받아들이지 못하고 차를 마시다가 훌쩍대기도 했다.

그 눈물에는 떠난 이들에 대한 감미로운 애정이 담겨 있었다. 다 큰 성인이 되어서 아무런 조건 없이 누군가를 좋아하고 생활을 함께했다는 행복. 그 지속될 수도, 반복될 수도 없는 시간 속에서 함께 존재했다는 행복. 그 눈물은 고독이 없었던 시간에 대한 애도였다.

그리고 노트는 다시 나에게로 왔다.

"한지는 이 노트를 받지 않았어. 이건 너에게 중요한 거라고 말하면서."

테오가 말했다.

"일부러 읽어보려 한 건 아니었어. 하지만 노트를 우연히 펼쳐보니 전부 읽을 수 없는 문자로 적혀 있더라. 이게 한국어의 알파벳이니?"

"응."

"한지가 이걸 읽을 수 있었어?"

"아니."

테오는 아무 표정도 읽을 수 없는 얼굴로 내게 노트를 건넸다.

이틀 후에 테오도 수도원을 떠났다. 나는 아직도 프랑스어 억양이 강했던 그애의 목소리를 기억한다. 테오는 한지와 내가 화해하지 못한 건 끔찍한 일이라고 말했었다. 우리가 서로에게 아주 나쁜 짓을 했다는 듯이. 그 말을 할 때 그애의 얼굴이 어떻게 일그러졌는지 나는 기억한다.

나는 노트를 둥그렇게 말아서 얼음을 캐낸 구멍 안에 넣고 깊이 밀어낸다. 노트는 별다른 저항 없이, 미끄러지듯 얼음 속으로 떨어진다. 그것은 적어도 1만 년간 썩지 않을 것이다. 나는 그 시간 동안 거듭해서 다시 태어나고 싶지 않다. 그 기억들이 나를 떠나 이 얼음에 붙기를.

레아의 얼굴들.

괜찮아, 라는 말.

어둠 속에서 형체가 사라지던 몸과 가끔씩 깜빡이던 눈.

침묵하던 눈과 입.

검고 푸른 피부.

내게서 고개를 돌릴 때의 그 자연스럽지 않던 몸짓.

끝까지 그를 이해하지 못하는 내 단순함.

그 위로 흐르는 시간.

단절.

그 모든 것들, 얼음 속으로 떨어진다.

여기에 머물렀다 떠나간 많은 생명들처럼.

로버트 스콧처럼, 코노돈트처럼, 검치 고양이처럼, 아르디피테쿠스처럼,

적막하고, 또 적막하게.

작품해설

이경재 숭실대학교 국어국문학과 교수

소통과 애도

최은영의 「한지와 영주」는 케냐인 한지와 한국인 영주의 사랑을 통하여 타자의 타자성은 과연 극복 가능한 것인지와 그에 따른 애도의 문제에 대하여 말하고 있는 작품이다. 대학원에서 지질학을 공부하던 스물일곱 살의 영주는 프랑스의 시골에 위치한 수도원에서 7개월을 보내게 된다. 그곳은 아프리카, 아시아, 중남미에서 온 젊은이들이 머물면서 일을 하거나 기도를 하는 곳이다. 이곳은 일상의 논리와 질서로부터 절연된 공간이라고 할 수 있다.

수도원은 끊임없이 자기 계발과 자기 소모를 강요하는 현대사회의 기본적인 속성으로부터 벗어나 있다. 수도원에 오기 전에 영주는 "죽기 살기로 빠른 시간 내에 안전한 경력을 쌓"아야 하는 20대의 삶을 충실하게 살아왔다. "생긴 대로 살아서는 안 되며 보다 나은 인간으로 변모하기를 멈춰서는 안" 되었던 영주는, 달라지지 않는다면 이 세계에서 "소거되어버릴 것"이라는 불안에 시달려왔던 것이다. 나름 경력을 쌓기 위해 영주는 수업과 답사에 적극적이었고 뒤풀이에도 열심히 참석해서 웃고 떠들었지만 집에 가는 길에는 아무 이유 없이 울음이 날 정도로 결코 행복한 삶을 살지 못했다. 심지어 영주는 "죽고 나면 나라는 존재가 사라지기를 바라"는 것에서 나아가 "처음부터 나라는 것이 없었"기를 바랄 정도로 힘들어했다. 그러나 이 수도원은 더 이상 끊임없이 경력을 쌓고, 자신을 변화시켜야 한다는 강박에서 자유로운 곳이다.

또한 이 수도원은 인종이나 민족을 바탕으로 인간을 차별하는 인식으로부터도 벗어난 곳이다. 영주와 한지가 수도원 밖으로 산책을 나갔을 때 사람들은 한국인인 영주와 아프리카인인 한지에게 "다리 위에서 Chinese! 라고 나를 부르기도 했고, 보다 과격한 사람은 Fuck off colored, 라고 말하고는 마시던 술병을 던지는 제스처를 취하기도 했"다. 그곳에서 영주는 "동물원에 갇힌 원숭이가 된 것 같"은 기분이 들고는 했던 것이다. 그러나 수도원은 이러한 바깥 세상과는 너무도 다른 곳이다. 그것은 영어가 모국어가 아닌 서로 다른 국적의 봉사자들이 모여 열 살짜리 수준의 영어로 서로 이야기를 나누는 모습을 통해 극적으로 드러난다. 누구도 주도하지 않는 그 모임은 "그렇게 원을 그려 모여 앉는 것이 모이는 이유의 전부"라고 생각할 정도이고, 여기서 차별이나 억압도 존재할 수 없다.

끊임없이 자기 소모를 강요하는 현대사회의 질서나 타자를 배제하는 차별의 논리도 작동하지 않는 이 수도원에서 영주와 한지는 인간 사이의 소통 가능성과 그 한계를 실험하게 된다. 「한지와 영주」에서 한지는 공감과 소통을 위해 가장 최적화된 존재로 그려지고 있다. 나이로비에서 수의사로 일하는 한지는 고아가 된 야생 코뿔소 두 마리와 나름의 교감을 나누기도 하는 존재이다. 영주는 한지와 함께 나이트 가드를 하며 수많은 이야기를 나눈다. 영주는 자신이 무슨 이야기를 해도 자신의 이야기가 세상으로 퍼질 염려가 없고, "한지가 나를 판단하지 않으리라는 믿음이 컸"던 것이다. 그렇기에 "부끄러운 기억들도, 나를 용서할 수 없었던 일들도 한지 앞에서는 별다른 저항 없이 이야기"한다.

그러나 한지가 나이로비로 돌아가기 2주 전부터 한지는 영주를 외면한다. 영주는 평소에 한지가 자신을 향해 "단순하다"고 말했던 것을 마음에 걸려 한다. '단순하다'는 말은 한지가 자신의 여동생으로 두 살의 정신으로 평생 누워만 지내야 하는 레아에 대한 이야기를 했을 때, 한지가 영주에게 했던 말이다. 한지는 자신이 평생 레아를 돌봐야 한다는 생각이며, 그렇기에 "결혼을 한다든지, 아이를 낳는다든지 그런 일은 생각해본 적이 없"다. 영주는 한지와 대화를 나누던 중에, 몇 시간이고 울어대는 레아가 밉고 짜증나서 때려서라도 레아를 조용히 시키려 했던 경험이 있다며 자신은 "나쁜 사람"이라고 고백한다. 이에 영주는 "한지, 너는 누구보다 좋은 사람이야"라고 대답한다. 이 순간 한지는 영주를 향해 "넌 참 단순하구나"라고 말했던 것이다. '단순하다'는 말 속에는 타인을 너무나 쉽게 규정짓는 영주의 성향에 대한 비판적 인식이 담겨 있다고 볼 수 있다.

또 하나 영주가 지닌 열등감 역시도 한지와의 소통과 교감을 막는 부정적 힘으로 작용한다. 영주는 카로를 통해 한지가 자신을 "가장 가까운 친구"라고 고백했다는 사실을 듣는다. 그러나 한지를 너무나 좋아하는 영주는 다른 사람들에게 한지에 대한 자신의 마음이 알려질까 겁이 나서, "걔가 왜 나랑 가장 친하다고 말했는지도 잘 모르겠어"라고 카로에게 말한다. 영주는 한지가 "내 마음을 알게 된다면 멀리 도망가리라고 생각"했기에 결국 그런 거짓말을 한 것이다. 영주는 마음속으로 한지를 이상화하는 만큼 자신은 과소평가하며 둘 사이에 거리를 만들어왔던 것이다.

영주는 수도원에 오기 전에 남자친구가 있었는데, 그는 언제나 자기 자신을 과소평가하며 자신에게 가혹할 정도로 인색했다. 그는 마음속 깊이 자신이 사랑받을 수 없다고 믿고 있었는데, 영주 역시도 남자친구처럼 열등감 덩어리였던 것이다. 그러나 둘의 사이가 멀어진 후에 카로가 하는 말은 영주가 생각하던 한지와 실제의 한지 사이에는 상당한 거리가 있었음을 보여준다. 카로가 말하는 한지는 영주가 생각한 것처럼, 사람들의 주목을 받으며 누구와도 자연스럽게 말하는 꾸밈없는 표정의 사람이 아니라, "보이지 않는 벽 같은 게 있는 애"였던 것이다. 그렇기에 카로가 보기에 영주와의 이별로 인해 더욱 "상처 입은 것처럼 보"이는 사람은 영주가 아닌 한지이다.

그러나 「한지와 영주」에서 둘의 이별은 영주의 잘못 때문이라기보다는 이성관계 나아가 모든 인간관계에 뒤따르는 극복할 수 없는 타인의 타자성에서 비롯된 것이다. 침묵 주간을 신청하고, 영주는 침묵의 집에 지내며 여러 가지 생각을 한다. 처음 든 생각은 자신이 "과거에 어떤 행동을 했다면 현재에도 한지와 잘 지낼 수 있었으리라는 망상"이다. 그러나 그것을 '망상'이라고 표현하는 것에서도 알 수 있듯이, 그러한 생각은 모두 "나의 헐벗은 마음"에서 비롯된 헛것일 뿐이다. 둘의 멀어짐은 타자의 타자성에서 비롯되는 근원적인 성격을 지니는 것이라고 할 수 있다. 영주와 한지가 좋은 관계를 유지할 때도, "한지가 내가 사는 곳이 어떤 곳이냐고 물어볼 때라든지, 왜 그렇게 풍요로운 나라에서 많은 사람들이 자살을 하는지에 대해서 물어볼 때"면 말문이 막히고는 했으며, 잘 웃지 않던 애들이 한지 앞에서는 활짝 웃는 것을 보며 "나는 한지를 알지 못했다"고 생각하기도 했던 것이다.

작품의 시작과 마지막은 6개월간 수도원에서 지낸 일들이 하루도 빠짐없이 기록되어 있는 노트를 남극의 얼음에 밀어넣는 것이다. 그것은 영주의 말처럼, 그 노트를 "1만 년간 썩지 않을 것"으로 만드는 일이다. 그렇다면 그것은 한지와의 일을 영원히 망각하지 않고 언제까지나 기억한다는, 그리하여 영주가 우울증적 주체로 남겠다는 의미일 수도 있다. 그러나 동시에 이 얼음에 넣는 행위는 이 소설 속에서 고유한 의미를 담고 있다. 할머니는 영주가 기억하는 재능을 타고났지만, 행복한 기억은 "타오르는 숯"과 같아 두 손에 쥐고 있으면 다치게 된다고 말한 바 있기 때문이다. 얼음 속에 한지와의 일들을 기록한 일기를 던지는 것은 할머니의 말에 따른다면, 타오르는 숯을 꺼버리는 일에 해당한다. 할머니는 "애도는 충분히 하되 그 슬픔에 잡아먹혀버리지 말라"고 이야기해 주었던 것이다. 이러한 이야기를 한 이유는, 시간은 지나고 사람들은 떠나고 우리는 다시 혼자가 된다는 사실을 받아들이지 않으면, "기억은 현재를 부식시키고 마음을 지치게 해 우리를 늙고 병들게" 만들기 때문이다. 이상적인 애도란 본래 '불가피하지만 불가능한', 혹은 '불가능하지만 불가피한' 과정으로서의 애도일 수밖에 없다. 그 대상을 완전히 망각해도 안 되지만, 그 대상을 온전히 기억해도 안 되는 그 역설 속에 진정한 애도의 모습은 존재할 수밖에 없다. 그렇다면 얼음 속에 일기를 넣는 행위는 "애도는 충분히 하되 그 슬픔에 잡아먹혀버리지 말라"는 할머니의 말에 대한 훌륭한 실천에 해당한다고 볼 수 있을 것이다.

개를 데리고 다니는 여인

하성란

—

1967년 서울 출생

1996년 『서울신문』 신춘문예에 단편소설 「풀」 당선

소설집 『루빈의 술잔』 『옆집 여자』

『푸른수염의 첫 번째 아내』 『웨하스』 『여름의 맛』

장편소설 『식사의 즐거움』 『삿뽀로 여인숙』 『내 영화의 주인공』 『A』

산문집 『왈왈』 『아직도 설레는 일은 많다』

1.

지난 12월 최 원장을 만난 뒤로 명희는, 댑싸리나 독활 같은 생소한 식물들의 이름을 줄줄 꿰게 되리란 건 짐작했지만 일생 동안 먹어온 것에 버금갈 양의 설렁탕을 반년 만에 먹게 될 줄 몰랐다. 두어 번 전화 통화로 인사를 나누다가 출판 계약을 위해 최 원장의 한의원을 찾아간 날이었다. 점심을 대접하겠다며 가운을 벗어 옷걸이에 걸던 그가 딱 꼬집어 메뉴를 말하는 대신 수수께끼 같은 말을 흘렸다. "겨울엔 역시 파죠."

한의원 앞 횡단보도에서 신호가 바뀌기를 기다리는데 그가 손가락으로 대각선 방향을 가리켰다. 빌딩들 틈 사이로 얼핏설핏 꼭대기에 눈을 얹은 바위산이 보였다. 가야 할 곳이 빌딩 중 하나인 건지 그 뒤의 산인 건지 아리송했다. 최 원장의 걸음을 따라잡느라 명희는 재게 걸었다. 겨울 파가 달다는 건 그녀도 들은 바 있었다. 파전일까 아니면 토막낸 대파를 꼬치에 꿰어 숯불에 굽고 데리야끼 소스를 바른 대파구이? 찬 공기 속으로 불내가 훅 다가왔다. 이건 식사라기보다 안줏거리였다. 그렇다면 파국일까? 파를 숭숭 썰어넣고 뭉근하게 끓인 뒤 달걀 줄알을 친. 그러고 보니 이건 해장국, 또 술이다.

빌딩들이 하나둘 자취를 감추고 길은 약간 오르막이 되었는데 그 지점부터 명희가 그동안 보아온 서울과는 다른 풍경이 펼쳐졌다. 겨우 구색만 갖춘 구멍가게와 정육점, 한복집, 참기름집 등은 마치 명희의 어린 시절을 재현해 놓은 세트장 같았다. 나중에야 그 일대가 개발제한구역으로 묶여 있다는 것을 알았다.

길은 조금씩 좁아져서 나중에는 자동차가 다니지 못하는 골목으로 이어졌다. 이제 다 왔다, 생각했는데 웬걸 그곳에서부터 시작이었다. 골목은 미로처럼 좌로 우로 휘어졌다. 한 사람이 간신히 지날 만큼 좁아졌다가 두 사람이 나란히 설 만큼 넓어지기도 했다. 수시로 돌풍이 휘몰아치는 빌딩들 사이보다 훈훈했다. 골목 양쪽으로 안이 들여다보이지 않는 작은 한옥들이 다닥다닥 붙어 있었다. 양팔을 뻗으면 양쪽 담장에 손이 닿을 것 같은 골목을 지나기도 했다. 시야가 비좁은 골목 폭만큼 좁아졌다. 오로지 골목뿐이었다. 가끔 모퉁이 저쪽에서 아득하게 나무 대문이 열리는 소리가 들렸지만 막상 그 골목으로 접어들면 아무도 없었다. 이러다 골목이 산으로 이어지는 것은 아닐까. 답답했던 시야가 갑자기 환하게 트이며 바람에 흔들리는 광대한 파밭을 보게 될 것만 같았다. 어느새 명희는 무릎 높이로 자란 푸른 파밭에 서 있었다. 바람이 불자 파들이 일제히 흔들리며 우우우 소리를 냈다.

최 원장은 명희와 나란히 서서 걷기도 하고 명희보다 앞서 걷기도 했다. 그러면서 좀 이따 도착하게 될 식당에 대한 정보를 조금씩 흘렸다. 여전히 어떤 음식이라고는 밝히지 않은 채.

그들이 곧 도착하게 될 식당은 최 원장이 태어나기 훨씬 전부터 그곳에 있었다. 그는 어릴 적부터 아버지를 따라 종종 그 식당에 들렀다. 잠시 사이를 두고 최 원장의 목소리가 낮아졌다. “그런데 좀 작아요.” 작지만 음식 맛이 한결같다고 했다. 그건 재료를 아끼지 않기 때문이라고 했다. 맛집으로 소문이 나서 가게를 확장하고 체인점을 낼 만도 한데 어릴 적 그대로라고. 그가 다시 토를 달았다. “그래서 아주 작아요.”

대체 얼마나 작기에 자꾸 작다는 말을 하는 걸까. 어쩌면 손님 접대치고는 너무 소박하고 값싼 음식인 게 미안해 돌려 말하는 건 아닐까. 이런저런 생각을 하는데 최 원장이 작은 한옥 대문 앞에 멈춰 섰다. 간판이랄 것도 없이 문 앞에 설렁탕이라고 쓰인 입간판 하나가 덜렁 서 있을 뿐이었다. 설렁탕이었다.

설렁탕이라는 걸 확인했으면서도 명희는 그 긴 골목길을 지나오는 동안 자신이 조금씩 넓혀온 파밭이 너무 거대해져서, 그 사실을 곧이곧대로 받아들이지 못할 지경이었다. 진작 설렁탕이라고 말해줄 것이지, 그런데 설렁탕이라는 걸 알고 왔으면 골목길이 그렇게 묘한 느낌으로 다가왔을까, 분명 아니었을 것이다.

수돗가가 있는 작은 마당을 지나자 안방과 건넌방, 마루를 한데 튼 듯한 식당이 나왔다. 작다더니 식당은 명희의 예상보다 넓었다. 하지만 곧 그것이 눈속임이라는 걸 알았다. 출입구 맞은편의 실내 한 면이 통거울이었다. 가게가 제 평수보다 넓어 보인 건 바로 그 거울 때문이었다.

대체 어디에서 이렇게 많은 노인들이 온 건지, 테이블마다 노인들이 앉아 있었다. 점심시간이 바듯한 직장인들이 다녀가기에 좀 외진 곳이긴 했다. 부츠를 신고 벗는 것이 성가셔서 입식 테이블을 찾고 있는데 최 원장이 성큼성큼 식당 안쪽의 좌식 테이블로 가서 구두를 벗었다. 명희는 마지못해 허리를 굽히고 롱부츠의 지퍼를 내렸다.

탁자는 끈끈했고 솜이 눌린 방석은 얼룩덜룩했다. 조악한 모양의 양념통 틈새마다 후추인지 먼지인지 알 수 없는 회색 가루가 끼어 있었다. 무릎을 꿇고 앉느라 치마가 허벅지까지 깡총하게 당겨 올라갔다. 식당을 천천히 둘러보던 최 원장이 명희를 지그시 바라보았다.

"지금 이 실장이 앉아 계신 그 자리에 늘 아버지가 앉으셨어요."

치마를 잡아당기는 데 신경을 쓰지 않았다면 과거형의 그 문장에서 명희도 뭔가 감을 잡았을 것이다.

"이곳까지 걸어 들어오시다니, 정정하시네요."

화장을 곱게 한 중년 여자가 주방 쪽에서 나오다가 최 원장과 눈인사를 주고받았다. 명희가 앉은 탁자에 설렁탕 뚝배기만 한 오지그릇이 놓여 있었다. 얼핏 둘러보니 식탁 하나에 오지그릇 하나였다. 뭘까, 살짝 뚜껑을 열었는데 냄새만으로 뭔지 알 수 있었다. 최 원장이 낸 수수께끼의 해답이 거기 있었다. 총총 썬 대파. "작고하셨어요, 재작년 여름에"라는 최 원장의 말과 명희의 "아!" 하는 감탄사가 공교롭게도 맞물렸다. 최 원장은 그걸 타계한 자신의 아버지에 대한 조의의 뜻으로 들은 모양이었다. 그가 손사래를 쳤다. "괜찮습니다, 괜찮아요. ……2년이 다 되어오네요."

설렁탕은, 설렁탕이었다. 최 원장의 혀는 소믈리에처럼 미묘한 맛을 감지하는 듯했다. 간도 하지 않은 국물을 떠먹더니 이 맛이야, 라는 듯 고개를 깊게 끄덕였다. 명희도 다시 국물 맛을 보았지만 맹 설렁탕일 뿐이었다. 매일 밤 습관적으로 마시게 된 위스키 때문일까. 맥주보다는 살이 덜 찔 거라고 생각해 홀짝이기 시작했는데 두 다리가 풀릴 만큼 취해 이도 닦지 못하고 침대로 가 쓰러지는 날이 많았다.

"돌아가시기 전에는 냄비를 들고 와서 설렁탕을 받아다 드렸어요." 여느 식당들처럼 포장도 되지 않는 데다, 된다고 해도 플라스틱 포장 용기가 못 미덥던 참이었다. 그는 냄비에 설렁탕을 담아 가곤 했다. 냄비의 양손잡이를 잡고 조심히 걷는데도 자꾸 국물이 넘쳤다. 그때를 생각하면 아직도 애가 탄다며 그가 웃었다. "마음은 급하고 국은 넘치고."

무턱대고 넣은 파 때문에 파맛만 진하게 났다. 파의 거친 식감도 거슬렸다. 국물을 삼킬 때 파까지 넘어가면서 목구멍을 훑기도 했다. 탁자들은 바투 놓여 있었다. 탁자 사이사이로 설렁탕 뚝배기를 나르는 트레이가 겨우 지나갔다. 명희는 숟가락을 조리처럼 돌려가며 국물 위에 파랗게 뜬 파를 걷어내느라 낯익은 검은 부츠 한 짝이 트레이 바퀴에 끼어 조금씩 멀어지는 것을 보고만 있었다.

2.

7월 초순이었지만 한낮 기온이 30도를 훌쩍 넘었다. 명희는 출근 준비를 서두르며 텔레비전에서 흘러나오는 일기예보를 들었다. 기상청의 예보에 의하면 이번 더위는 9월 말까지 지루하게 이어질 거라고 했다. 기상 캐스터는 "지루하게"라는 말의 어감을 기가 막히게 잘 살렸다. 도대체 어떻게 생긴 사람인가, 지루함의 끝을 본 사람 아닐까, 하지만 텔레비전 속의 얼굴은 너무도 천진난만했다. 그녀는 표정과 따로 노는 목소리로 7월 말부터 지루한 장마가 시작될 거라고 말했다. 그녀의 말에 따르면 올 여름은 지루한 장마와 지루한 더위로 지루하게 흘러가게 될 것이다. 아무래도 지루하다는 단어는 기상 캐스터만의 주관적인 표현이 분명했다.

최 원장에게서 넘겨 받은 초안의 느낌도 비슷했다. '도감'류의 책으로 만들 예정이라고 했는데 최 원장만의 주관적인 생각이 느껴지는 부분이 글 곳곳에서 눈에 띄었다. 이를테면 '파' 항목에서도 그랬다. '겨울에는 역시 파다'라는 부분은 누누이 그에게 들어온 터라 제쳐둔다 쳐도 '기회가 있을 때마다 피하지 말고 먹어두는 것이 좋다'라는 문장에서는 나긋나긋한 최 원장의 목소리가 들리는 것 같았다. 이상하게 마음이 살짝 움직였다. 어느새 명희도 기회가 될 때마다 파를 먹어두자는 각오를 하게 되었고 실행에 옮기고 있었다.

최 원장은 몇 년째 한 방송사의 라디오 프로그램의 2분짜리 건강 정보 코너를 맡아 해오고 있었다. 먹는 것이 곧 약이다, 먹을거리로 병을 예방하고 치료한다, 라는 점이 청취자들의 큰 공감을 사서 이따금 아침 텔레비전 프로에 출연하기도 했다. 나름 유행어를 만들기도 했다. "지금 냉장고를 열어보세요, 거기 약이 있습니다."

짤막한 방송용 원고들이 반년 동안 명희와 최 원장 사이를 오가는 사이 책 한 권 분량으로 늘어났다. 그사이 파에는 질긴 섬유소 덩어리인 심지가 자리

잡고 맛도 없어졌는데 그 무렵 최 원장의 설렁탕 레퍼토리도 '파맛'에서 '이열치열'로 바뀌어 있었다.

설렁탕에 대한 최 원장의 사랑은 지칠 줄 몰랐다. 단순히 파맛이나 이열치열이 아닐지도 모른다는 생각을 한 뒤로 명희가 먼저 설렁탕 어떠세요, 운을 떼기도 했다. 그러니 지난 반년, 평생 먹은 양만큼의 설렁탕을 먹게 된 데에는 어느 정도 명희의 책임도 있었다.

명희가 올 때마다 설렁탕집의 탁자는 더욱 끈끈해지고 방석의 솜은 더욱 눌리고 얼룩은 더 느는 것만 같았다. 맨 처음 최 원장의 뒤를 따라 이곳에 올 때만큼 골목이 신비스럽지는 않았지만 대신 가정집이었을 식당 내부가 세세하게 살아났다.

반자를 털어 한옥의 보와 마룻대가 다 드러났다. 마룻대에는 상량식 때 써 넣었을 한자가 적혀 있었다. 흐릿하기도 하고 잘 모르는 한자이기도 해서 겨우겨우 알아보았는데 마지막 글자를 다 읽는 순간 명희는 자신도 모르게 탄성을 지르고 말았다. 세상에, 거기에는 최 원장이 태어나기 훨씬 전, 그의 아버지가 옹알이를 하던 시절의 날짜가 적혀 있었다.

그녀가 경이로운 마음으로 보와 마룻대, 그 사이를 지나고 있는 푸르고 붉은 전선줄과 그 전선줄을 감고 있는 사기 애자를 올려다보고 있는데 최 원장이 말했다. "골목 초입의 한옥들과는 다른 곳이에요. 거긴 30년대 주택경영회사라는 데서 지은 보급형 한옥들이구요." 한옥에도 보급형이 있었다니, 흥미로웠다. 그렇다면 명희의 옛집은 보급형 양옥이었다. 최 원장이 소리 없이 웃었다. "어릴 때 저 위, 반자가 있었어요. 누런 쥐오줌 자국이 얼룩진."

낮 1시가 지난 식당 안은 후덥지근했다. 에어컨을 켜두었지만 별 소용이 없었다. 설렁탕을 먹던 손님들이 일어나 에어컨의 송풍 날개의 방향을 슬쩍슬쩍 자기 쪽으로 바꿔놓았다. 그때마다 미적지근한 바람이 명희의 등에 닿왔다 말았다 했다.

아무리 더워도 1994년의 여름만 하겠어? 명희는 땀을 흘리면서 생각했다. 20년이 흘렀지만 그 여름의 기록은 좀처럼 깨지지 않았다. 혼자 몸이었어도 참기 어려웠을 텐데 그 여름 명희의 뱃속에는 아기가 있었다. 덥다, 더워. 명희는 장판에 누워 조금이라도 찬 곳을 찾아 굴러다녔다. 너무 더울 때면 자신의 몸이 상한 통조림처럼 부풀고 있다는 착각에 빠지기도 했다. 정말 뱃속의 아기가 쉬어터질까 봐 걱정이 되었다. 하루 종일 에어컨이 빵빵하게 나오는 연구소에 있다 돌아온 남편은 오늘 정말 그렇게 더웠나? 라는 표정으로 말하곤 했다. "이명희, 인간은 항온동물이야."

어느 9월의 밤, 하루 종일 열어둔 창문으로 냄새가 다른 바람 한 줄기가 들어왔다. 발가락을 실처럼 휘감던 그 찬바람을 명희는 아직도 생생하게 기억하고 있다. 언제 더웠냐는 듯 일교차가 조금씩 벌어지던 10월 말에 윤이 태어났다.

확실히 작년 여름보다 땀이 많이 흘렀다. 작년에는 이렇게 땀이 나지 않았다. 점심을 먹고 똑같이 걸어 사무실에 돌아와도 땀이 흘러 얼룩덜룩 화장이 지워진 후배들과는 달리 명희의 얼굴은 뽀송뽀송했다. 후배들은 땀이 흘러 노곤해진 표정으로 대체 비결이 뭐냐고 그녀에게 따져 물었다. 아무래도 더위 때문만은 아닌 듯했다.

덥다, 더워. 여러 장의 냅킨을 겹쳐 땀을 닦으면서 고개를 들었는데 웬 젊은 여자가 눈을 동그랗게 뜨고 명희를 바라보고 있었다. 한의원의 점심시간은 1시부터 시작되어 최 원장과 명희가 설렁탕집에 도착하는 시각은 1시 20분에서 30분 무렵이었다. 그 시간 식당엔 노인들이 많았다. 옷차림도 다르고 말투도 다르고 나이 때도 조금씩 차이가 있을 테지만 그들은 다 노인들이었다. 노인들 사이에서 그 여자가 눈에 띈 건 젊은 데다 숱 많은 머리를 붉게 염색했기 때문이었다. 아무리 더워도 아무리 뜨거운 설렁탕을 먹어도 땀 한 방울 흘리지 않을 것 같은 여자였다.

언젠가 자신도 땀을 뻘뻘 흘리는 중년 여자를 보며 놀란 적이 있었을 것이다. 그때는 이런 날이 이렇게 빨리 올 줄 몰랐을 것이다. 냅킨으로 코와 이마의 땀을 꾹꾹 눌러 닦으며 여자를 힐끗거리다가 명희는 낯익은 얼굴을 보았다. 자신의 앞, 그러니까 국물을 한 모금이라도 남기지 않으려 받침대에 뚝배기를 비스듬히 걸쳐놓은 최 원장 바로 뒤 거울에 비친 자신이었다. 흥건히 땀이 흐른 목덜미와 이마에 닿은 머리카락이 돌돌 말리고 있었다. 붉은 머리도 거울 속에 있었다.

거기 거울이 있다는 걸 명희는 매번 잊었다. 잊는 것과 의식하지 않는 것은 달랐다. 명희는 매번 거울을 잊었고 거울이 있다는 걸 알 때마다 매번 놀랐다. 찬찬히 거울을 보았다. 멀리 카운터에서부터 제일 가깝게는 최 원장의 뒷모습이 담겨 있었다. 붉은 머리 여자는 예뻤다. 그런데 왜 저런 표정을 짓고 있는 걸까, 마치 들고 있던 핸드백을 날치기라도 당한 것 같았다. 핸드백을 훔친 사람은 오토바이를 타고 유유히 멀어지는데 너무 놀라 고함도 나오지 않는 듯한 표정이었다.

붉은 머리 맞은편에 앉은 여자는 명희와 등지고 앉아 얼굴이 거울에 비치지 않았다. 정수리 쪽으로 머리를 올려 묶었는데 드러난 목이 희고 길었다. 식당 안은 어수선했다. 거나하게 술이 오른 노인이 별안간 탁자를 치며 웃어댔다. 텔레비전의 음량도 너무 커서 그녀들의 대화는 명희 쪽으로 건너오지 못했다. 무언가 도둑맞은 듯한 표정, 그런데 명희는 그런 표정을 언젠가 본 적이 있었다. 분명 자신의 얼굴은 아니다. 그렇다면 누구였을까.

"밀폐용기란 게 있더라구요." 최 원장이 갑자기 생각난 듯 말했다. 알쏭달쏭한 말에 명희가 눈을 동그랗게 떴다. 최 원장이 웃었다. "대형 마트에 갔다가 우연히 그릇 코너 쪽으로 갔는데요, 거기 진열대 절반 이상이 다 밀폐용기더라구요. 뚜껑에 손잡이가 달린 것도 있구요." 냄비의 양손잡이를 잡고 조심스럽게 골목을 빠져나오고 있는 남자의 모습이 떠올랐다. 뭔가 쓸쓸해지는 장면이었다. "그런 게 있다는 걸 알았을 텐데. 주방 싱크대에도 그런 게 있었을 텐데. 아내는 말해주지 않았어요. 내가 냄비의 손잡이를 잡고 울퉁불퉁한 골목길을 빠져나오는 상상을 하며, 그 사람 고소했을까요?"

낡은 거울 속으로 최 원장의 뒤통수가 비쳤다. 검은 머리카락 사이를 뚫고 힘차게 솟은 흰 머리카락들이 보였다. 선풍기가 회전해 머리 위를 지날 때면 머리카락이 흩날리면서 숱이 없는 정수리가 드러났다. 저곳에 거울을 달 생각을 한 사람은 누구였을까. 식당이 넓어 보이기는 했다. 하지만 사람들을 등지고 앉아도 거울을 통해 자신의 표정을 들키기 십상이었다. 이곳에 오면 고개를 들지 못했던 게 바로 그 때문이라는 걸 명희는 깨달았다. "엄마, 엄마." 윤이의 목소리가 떠올랐다. "엄마, 엄마. 거울 속에서 나는 왼손잡이예요. 자 봐요, 봐요!"

윤이의 말처럼 거울 속에는 다른 세상이 있다. 코 끝에 돋보기를 걸친 여사장이 손에 침을 묻혀가며 영수증 다발을 천천히 넘기고 있다. 최 원장은 늘 자신의 아버지가 앉았던 자리에 명희를 앉게 했다. 왜 그분은 이곳에 앉았던 걸까. 이곳에 앉아 뭘 보았던 걸까.

그때 수저통이 드르륵드르륵 정신없이 흔들렸다. 곁의 후추통과 소금통도 흔들리면서 조금씩 제자리에서 밀려났다. 매너모드로 해둔 핸드폰을 수저통 위에 올려둔 게 떠올랐다. 명희는 부랴부랴 전화를 받았다. 무거운 상자들에 깔린 듯한 목소리가 흘러나왔다.

"명희야, 나, 명희……."

명희? 명희였다.

설렁탕집의 명희는 불현듯 거울 속 붉은 머리 여자를 보았다. 무언가를 도둑맞은 그 표정, 혹시 전화 속 명희였나? 비약인 줄 알면서도 설렁탕집 명희의 목소리는 조금 떨렸다. "야, 이명희. 너 진짜……."

최 원장이 힐끗 그녀를 바라보는 게 느껴졌다. 그녀는 고개를 돌리고 수화기 부분을 손바닥으로 가리면서 목소리를 낮췄다. "누구세요? 누구신데 제 이름을 아세요?” 전화기 건너편에서 으흐흐, 하는 명희의 낮은 웃음소리가 흘러나왔다. 통화 마저 다 하고 일어나라는 듯한 제스처를 하며 최 원장이 먼저 일어났다. 급한 마음에 소리부터 지르고 말았다. “원장님, 안 돼요!”

그녀는 급한 마음에 식당의 플라스틱 슬리퍼를 꿰며 카운터로 달려가, 현금을 꺼내 드는 최 원장을 막아서서 카드를 내밀었다. “누구 거 받을까요? 두 사람 거 다 받을까?” 여사장이 말끝을 늉치며 웃었다. 최 원장이 카드를 든 명희의 손을 살짝 밀쳐냈다. “설렁탕 두 그릇에 카드는 무슨. 여기 카드기계 들여논 지도 얼마 안 됐어요.” 명희는 한 손에 들고 있는 전화기가 그대로 켜져 있는 줄도 몰랐다. “안 되는데, 자꾸 그러시면 안 되는데…….” 최 원장이 웃었다. “왜요? 자꾸 이러시면, 이 실장 버릇 나빠질까 봐요?”

마지못해서 명희는 가게 밖으로 먼저 나왔다. 날씨가 너무도 맑아 골목 끝이 하얗게 빛나고 있었다. 얼마나 땀을 뺐는지 다리가 후들거렸다. 그제야 명희와의 통화가 떠올랐다. 혹시나 해서 수화기를 입에 대고 여보세요, 라고 중얼거렸는데 그때까지 전화를 끊지 않고 있었는지 명희의 걸걸한 목소리가 흘러나왔다. “안 되다니? 뭐가 안 되는데? ……너 아직도 내숭 떨고 사냐? 안 돼요, 돼요, 돼요, 돼요. 이러면서?”

명희로부터의 전화가 2년 만이라는 것이 떠오르면서 화가 치솟았다. “눈치 9단인 너는? 너는 어떻게 살았는데?” 뒤통수를 치는 반격이 있을 줄 알았는데 건너편의 명희는 아무 말도 없었다. 잠시 뒤 전화기를 타고 엄살 섞인 명희의 목소리가 흘러나왔다.

“야, 나 죽을 뻔했어.”

천하의 명희가 죽어? 어명희가 죽어?

“으응, 그러셔? 그동안 공갈도 늘었구나? 연락 끊고 전화번호까지 바꾸고.”

“야, 나 지금 누워서 꼼짝도 못해.”

여전히 무언가에 눌린 듯한 목소리였다. 정말인가, 슬슬 걱정이 되려는데 명희가 다시 흐흐흐 웃었다. 웃는 거 보니 살 만은 한가 보았다.

오피스텔 화장실에서 샤워를 하고 나오다가 미끄러졌다고 했다. 다행히 머리를 부딪히지는 않았는데, 일어설 수 있기는커녕 엉덩이도 다리도 옴짝달싹할 수가 없었다. 핸드폰을 책상 위에 올려둔 게 떠올랐다. 손을 뻗었지만 책상에 닿을 리 없었다. 그렇지만 손을 뻗었다. 손이 가 닿지 않았지만 손이 책상에 가 닿는다는 심정으로 손을 뻗었다.

"이렇게 죽나 보다 했어. 문 밖도 아니고 화장실 밖이 황천길일 줄 누가 알았겠냐?"

명희는 최 원장이 나오나 한옥 대문을 살피면서 목소리를 낮췄다.

"홀딱 벗고 있었고?"

"홀딱 벗고 있었지. 방금 샤워를 하고 나왔으니까."

겨울이면 딱 감기에 걸렸을 거라며 명희가 말을 이었다.

"그런데 죽을지도 모른다는 생각이 든 순간."

명희는 꼭 중요한 순간 말을 끊는 버릇이 있었다.

"순간? 뭐? 그래서 뭐?"

정색을 하고 명희가 말했다.

"네가 생각났어."

명희는 깜짝 놀랐다.

"뭐? 내가? 네 엄마가 아니고?"

"그래, 너. 이명희. 이명희 A."

왜 하필 나야, 라고 물어보려는데 명희가 물어볼 줄 알았다는 듯 말했다.

"왜 그랬는지는 나도 모르지. 그냥 튀어나왔으니까."

그때 명희의 목소리 조금 뒤로 명희처럼 걸걸하지만 조금 더 모래알이 낀 듯한 목소리가 끼어들었다.

"망할 년들!"

명희의 엄마였다. 밥 먹듯 욕을 하는 명희의 엄마. 명희가 목소리를 줄였다.

"결혼해서 애 낳고 다들 잘사는데, 왜 그거 하나 못하냐고 저런다, 아침부터. 너랑 나랑 싸잡아서."

정확히 말하면 우리는 망할 년들이 아니라 이미 망한 년들 아니냐고 하려다 말았다. 아직도 엄마는 미련을 버리지 못하는 걸까. 우리에게 아직도 희망이 있다고 생각하는 걸까. 그녀가 이혼한다고 했을 때 제일 말렸던 사람은 그녀의 엄마가 아니라 전화기 건너편 명희의 엄마였다. 그녀의 결심이 흔들리지 않을 걸 알고는 눈 딱 감고 윤이를 제 아빠에게 주라고 한 것도 명희 엄마였다. 욕을 늘 입에 달고 살았지만 그 말을 할 땐 욕을 섞지 않았다.

아침이 되었지만 명희는 여전히 움직일 수 없었다. 그때 책상 가장자리로 비쭉 나온 핸드폰이 보였다. 분명 어제는 보이지 않았었다. 그렇다면 핸드폰이 움직인 게 분명했다. 핸드폰에 닿으려는 간절한 마음이 핸드폰을 움직인 게 분명했다. 명희의 다음 말은 더욱 믿을 수 없는 말이었다. 핸드폰에 정신을 집중했고 간절히 간절히 핸드폰을 원했다. 원하고 원했다. 어느 순간 명희의 손에 거짓말처럼 핸드폰이 쥐여져 있었다나, 뭐라나? 명희는 엄마에게 전화했다.

"야, 나한테 전화하지."

"그게 말했잖아, 홀딱 벗고 있었다고."

언젠가 여름휴가 때 명희와 거제도에 갔던 것이 떠올랐다. 수영복을 갈아입기 전에 샤워를 했는데 뭐가 부끄러웠는지 두 사람은 서로 등을 돌리고 급히 몸을 씻었다. 그런데도 그녀는 조금 속상했다. 명희의 엄마는 태안에 있었다. 전화를 받고 혼비백산 놀라 뛰어왔을 명희 엄마도 그렇고, 엄마가 올 때까지 꼼짝하지 못한 채 누워 있는 명희에게도 얼마나 긴 시간이 흘러갔을까.

그녀가 속상해하는 걸 눈치챘는지 명희가 깔깔거렸다. "내가 앞으로 고꾸라지기만 했어도 널 불렀을 거다. 그런데 이게 말야, 뒤로 발라당 자빠진 거거든. 상상이 되냐?"

그나저나 태안의 펜션은 어쩌고 명희 엄마가 서울에 와 있는 건지 궁금했다.

"어디야? 지금?"

당장 달려갈 것처럼 말은 했지만 일단 사무실로 들어가 해결해야 할 일이 있었다.

"여기 솔바람이야, 수술 받고 바로 실려왔지, 걸을 수가 없으니 내뺄 수도 없고, 꼼짝 없이 잡혀 왔어. 여기 슬슬 바빠질 때잖아."

시장에서 어묵을 만들어 팔던 명희 엄마가 장사를 접고 태안으로 내려간 건 그녀의 아들인 윤이 네 살 무렵이었다. 태안을 비롯해 전국에 하나둘 펜션이 지어지고 있을 때였다. 윤이가 여섯 살 때, 그녀는 명희와 함께 솔바람 펜션으로 놀러갔다. 윤이는 갯벌을 무서워했다. 발이 쑥 빠지자 놀라 울음을 터뜨렸다. 하지만 나중에는 갯벌에서 나오지 않겠다고 또 울었다. 발목이 쑤욱 빠지던 갯벌의 그 질감이 선연하게 떠올랐다. 겨우겨우 빼내면 갯벌을 디딘 반대쪽 발이 또 빠졌다. "엄마, 엄마." 속눈썹에 눈물방울이 맺힌 윤이가 웃었다. 웃을 땐 작은 눈이 사라져 보이지 않았다. 그녀가 윤이를 안고 있는데 명희가 윤이를 놀렸다. "윤아, 울다 웃으면 안 되는데, 울다 웃으면 안 되는데……." 윤이를 안 본 지 10년이 지났다.

명희가 씩씩하게 앞으로의 포부를 밝혔다.

"이제 슬슬 움직일 수 있게 되면 해변에 나가보려구. 하얀 스피츠도 한 마리 사고. 누가 아냐? 근사한 남자가 말을 걸어올지."

웬 스피츠? 라고 물으려는데 떠오르는 게 있었다.

"왜, 베레모는 안 쓰시고?"

아이고, 웃겨죽겠다. 명희가 바닥을 치며 웃었다. 그러더니 또 목소리를 낮췄다. "나 디펜드 입었다!" 일손이 달려 바쁜 엄마가 아침 일찍 명희에게 디펜드를 입혀놓았다고 했다. 디펜드? "왜 있잖아, 엄마들 기저귀……." 아, 그 디펜드!

문득 내려다보니 아직 식당의 슬리퍼를 신고 있었다. 최 원장도 떠올랐다.

"명희야, 주말에 갈게, 꼭 갈게."

명희도 말했다.

"알았어. 명희야. 얼른 와."

명희는 구두를 갈아 신으러 대문 안으로 들어갔다. 수돗가에 최 원장이 서 있었다. 한 손에 명희의 핸드백과 원고가 든 에코백을 들고, 다른 한 손엔 명희의 구두를 들고. 거기 서서 전화 통화가 끝나기를 기다린 듯했다.

골목도 후끈 달아올랐다. 아무리 더워도 1994년 여름만 할까. 골목으로 난 작은 창들이 다 열렸다. 어느 창 앞을 지나가는데 개그맨 둘이 하는 라디오 방송이 흘러나왔다. 앞서 걷던 최 원장이 물었다. "친군가 봐요……." 딱히 명희의 대답을 기다리는 건 아니었다. "여자들은 신기해요. 금방 그 시절로 돌아가니까요." 그 여자들 속에 최 원장이 국물을 질질 흘리면서 냄비를 들고 뛰어오는 걸 고소해했다는 부인도 들어 있는 걸까? 이명희 A와 이명희 B이던 시절을 떠올리려는데 최 원장이 별안간 돌아서는 바람에 명희는 그와 부딪힐 뻔했다.

"이 실장…… 혹시 연애해요? 문득문득 반짝, 반짝 빛이 나는데. 아무래도 그게 연애 아닐까 해서." 최 원장이 불쑥 명희의 얼굴 쪽으로 손을 내밀었다. 질끔 놀라 한 발짝 뒤로 물러서는데 최 원장이 손가락으로 명희의 코 부분을 가리켰다. "거기……." 명희는 코를 더듬었다. "아니, 그 옆에……." 최 원장의 손가락을 따라 코에서 뺨으로 손가락을 옮기는데 뭔가가 만져졌다. 작은 휴지 조각이었다. 아까 냅킨으로 땀을 닦을 때 달라붙어 떨어지지 않은 모양이었다.

지루한 여름이 이제 막 시작되고 있었다.

3.

'연'과 '연근' 항목에서 진도가 멈춘 채 좀처럼 나아가지 못했다. 최 원장은 왜 '연'과 '연근' 항목을 따로 분리해둔 것일까. 연근은 연이 아닌가. 연을 설명하는 부분에도 연근에 대한 짤막한 설명이 붙어 있었다. 그렇다면 뒤의 항목인 '연근'은 분류상 빠져야 했다. 연과 연근 둘 다 쓸 거라면 파도 파줄기와 파의 흰뿌리인 총백을 따로 분류해야 하는 건 아닐까.

예전 같으면 가차 없이 연근이라는 항목을 없애고 연근에 대한 설명을 오려, 연의 마지막 부분에 붙여넣기를 했을 것이다. 그런데 연과 연근을 따로 분류한 데는 최 원장만의 이유가 있을 것 같았다. "별 이유 없어요. 일반인에게는 연근이 더 가까우니까. 스님이라면 연이 가지는 의미 때문에 연이 더 중요할 테고"라는 다소 빤한 대답이 돌아온다고 해도 말이다.

그날 오래된 골목에서 했던 최 원장의 말이 이따금 떠올랐다. 정말 내 안에서 뭔가 반짝이나? 오래전에는 그런 이야기를 종종 들었다. 물론 지금보다 열 살 어렸다. 명희 씨, 좋은 일 있어? 반짝반짝하는데? 그땐 그 일에 대한 추억 때문일 거라고 생각했다. 제대로 시작도 하지 못하고 끝났지만 파르르 타올랐던 정열은 아직 남아 있었다. 10년도 더 지난 그날, 한 남자가 다가와 말했다.

"우린 인생의 반환점을 막 돌았어요." 일생을 70이라고 친다면 그 남자의 말이 맞았다. 그 자리에 있던 사람들 중 세 사람이 막 서른다섯 살이 되었다. 그 남자와 두 명의 명희. 그때까지도 그런 생각을 해본 적 없는 그녀는 뭔가 깜짝 놀라 새삼스럽게 그 남자를 올려다보았다. 두 명의 명희가 다 아는 남자였다. 그 남자를 먼저 안 건 태안의 명희였다. 아무튼 그 이야기를 듣자 그녀는 반환점을 막 돈 자신의 모습이 그려졌다. 지금까지와 비슷한, 이미 봐온 익숙한 전경이 다시 펼쳐질 거란 생각을 하자 남편이 떠오르고 뭔가 목을 조여오듯 답답해졌다. 남편과 대비되면서 그 남자가 더 새로웠다. 얄타의 해변에 나타난 새로운 인물처럼. 그 남자의 눈동자 속에서 벌레 같은 것이 꿈틀댔다. 그가 그녀를 보았다. 그녀는 자신도 모르게 어깨까지 내려오는 머리카락을 손으로 만지작거렸다. 하나로 묶었다 풀고 하나로 모아 한쪽 어깨로 넘기기도 했다. 또 시작이군, 하는 눈빛으로 그녀를 보던 명희가 그 남자를 향해 아니꼽다는 듯 쏘아붙였다. "꿈도 야무지시다. 70을 다 채우시려고?"

그때로부터 10년이 흘렀다. 그사이 반환점은 다섯 살 뒤로 물러났다. 만 마흔이 되자 그녀는 생애전환기 건강검진표를 받았다. 그때 그 남자와 명희가 떠올랐다. 그 남자의 얼굴이 잘 생각나지 않았다. 그 남자의 어디가 매력적이었는지도 떠오르지 않았다. 단지 창피했다. 야근이 계속되고 있었고 이사도 가야 했다. 엄마는 버릇을 잡으려는 것처럼 "돈은 한 푼도 줄 수 없다"라고 잘라 말했다. 반환점을 돌았지만 풍경은 익숙하지 않았다. 혹시 뛰어오느라 보지 못했던 걸까. 문득 명희로부터 점점 전화가 뜸해지고 있다는 걸 깨달았다. 다들 바빴다.

그녀가 다녔던 고등학교에는 한 학년에 이명희가 다섯 명이나 되었다. 물론 한자는 달랐을 것이다. 명희란 이름의 여자애들은 더 많았다. 다섯 명의 이명희 중 두 명의 이명희가 한 반이 될 확률은 얼마나 될까. 3년 동안 딱 한 번뿐이었으니 확률이 그렇게 높은 건 아니었다.

두 사람은 1학년 때 같은 반이 되었다. 첫 조례 시간에서 출석을 부르던 담임은 이명희가 둘 있다는 걸 알고 출석부 앞의 이명희 옆에는 'A'를, 뒤의 이명희 옆에는 'B'를 써넣었다. 하지만 반 아이들이 "이명희 A!", "이명희 B!"라고 부르는 일이 길게 이어지지는 않았다. 학기 초에 이명희 A는 반장이 되었다.

키가 좀 작고 근시였던 반장 이명희는 늘 앞자리에 앉았다. 키가 큰 이명희 B는 뒷자리에 앉았다. 공부에 대한 열의가 있었다면 앞자리로 나와 앉았겠지만 이명희 B의 관심은 다른 데 있었다. 그 둘이 말을 나눈 건 2학년, 연극반에서였다. 결정적으로 그 둘이 친해진 건 청소년연극제에 나갈 연극에서 남녀 주인공을 맡았기 때문이었다.

안톤 체호프의 〈개를 데리고 다니는 여인〉이었다. 연극반 지도선생이 소설을 각색했는데, 두 명의 명희 모두 그 내용에 공감을 할 수 없었다. 명희 A가 "역겨워"라고 말하면 명희 B는 "지저분해"라고 받았다. 명희 B는 엄마와 단둘이 살았다. 연극반 학생 모두가 그 불륜에 동감하지 않았다.

연극반 지도선생은 말했다. "다들 지고지순한 사랑을 꿈꿀 거야. 하지만 이 소설의 사랑이 여러분의 생각처럼 그렇게 지저분하고 역겹기만 한가? 애들아, 사랑의 참모습은 뭘까. 불륜이라는 것에서 벗어나서 난 여러분이 뭔가 깨닫게 되면 좋겠는데……." 하지만 아이들의 반응이 신통치 않자 선생은 당황했다. "애들아, 이 소설이 발표된 게 거의 90년 전이야. 그때 얄타에는 말야, 하얀 스피츠를 데리고 몽롱하게 꿈꾸는 눈빛으로 해변을 쏘다니는 여자들이 많아졌어. 그런데 현대 여성인 너희들이 이 사랑을 받아들이지 못하다니." 절망한 듯 선생이 연극배우처럼 두 팔을 과장되게 내밀었다. "앞날은 알 수 없어, 애들아! 앞날은 알 수 없는 거야."

명희 A는 안나를, 명희 B는 구로프 역할을 맡았다. 명희 B가 남자 역할을 맡은 건 상대적으로 키가 크고 걸걸한 목소리 때문이었다. 안나가 앉아 있는 곳에 구로프가 다가온다. 안나의 스피츠가 구로프를 경계하며 으르렁거린다. 안나가 시선을 내리깔며 말한다. "안 물어요." 이때다, 구로프가 묻는다. "뼈를 줘도 됩니까?" 연습을 구경하고 있던 아이들의 입에서 야유가 터졌다. 명희 B는 뼈를 줘도 됩니까, 라고 낮은 목소리로 말하고는 뒤돌아서서 우욱, 토하는 시늉을 하곤 했다.

4.

설렁탕집이 더 이상 낯설게 느껴지지 않을 무렵, 명희는 카운터 뒤에 걸린 사진 한 장을 보았다. 명희도 아는 국무총리의 젊은 시절 사진이었다. 어떻게 저렇게 늙을 수 있는 걸까. 체형도 그대로다. 미소도 그대로다. 단지 흰머리와 주름이 늘었을 뿐이다. 그가 국무총리가 된 뒤에 이곳 주인은 그때 같이 찍은 사진을 액자에 끼워 걸어두었을 것이다. 장래 국무총리가 될 젊은이는 자신의 앞날을 모른 채 설렁탕 집의 여주인과 나란히 서 있었다. 젊은이보다 기껏해야 열 살 정도 많을 여주인은 아름다웠다. 작은 입술이 도톰했다. 지금 여사장의 어머니였다. 전에 최 원장이 지나가는 말로 여주인의 안부를 묻던 게 기억났다. 여사장은 말없이 고개를 저었을 뿐이었다.

원고는 모두 끝났고 8월 초면 책이 출간될 예정이었다. 어쩌면 이 식당에 오는 것도 몇 번 남지 않았을지 몰랐다.

"사무실 분위기가 완전 달라졌어요. 토사곽란은 물론이구요, 열갈, 소변 불리 같은 용어를 입에 척척 올려요. 게다가 뭐가 좋다, 뭘 먹어라 친구들에게 처방까지 내린다니까요."

명희의 말에 최 원장이 웃었다. 후배들까지 갈 필요도 없었다. 어느 해 여름 윤이가 고열에 시달렸던 일이 떠올랐다. 젖은 수건으로 몸을 문질러도 열이 잘 떨어지지 않았다. 게다가 먹는 족족 설사를 했다. 윤이를 안고 대학병원의 응급실로 뛰었다. 그때 그 증상이 아무래도 '열리' 아니었을까.

이 자리에 앉았던 최 원장의 아버지는 어떤 사람이었을까, 아들을 데리고 설렁탕을 먹으러 오던 다정다감한 아버지. 윤이도 이렇게 제 아빠를 따라 아빠의 단골집 같은 델 갔을까. 만약 그렇더라도 설렁탕은 아닐 게 분명했다. 윤의 아빠는 설렁탕 같은 국물 있는 음식을 싫어했다. 그래서 그와 사는 동안 명희도 국물 있는 음식을 먹지 않았다.

소주 한 병을 더 달라는 노인에게 여사장이 웃으며 말했다. "어르신, 저는 돈 벌어 좋은데요, 더는 안 돼요. 밖이 너무 뜨거워요. 잘못하다 쓰러지셔요, 아셨죠?" 지구의 북반구는 하루가 다르게 뜨거워지고 있었다. 설렁탕집도 하루가 다르게 뜨거워지고 있었다. 차가운 정종 한 잔이 간절히 생각났다. 명희가 입은 블라우스의 겨드랑이 부분이 땀으로 젖고 있었다.

평생 설렁탕을 먹어서 그런 걸까, 여사장의 피부는 탄력 있었다. 화장도 잘 받았다. 그녀가 코 끝에 돋보기를 걸칠 때에야 비로소 그녀의 나이가 짐작되곤 했다. 명희는 거울 속으로 여사장을 훔쳐보았다. 최 원장의 아버지가 식당을 자주 찾던 무렵, 식당 카운터에는 여사장의 어머니가 서 있었을 것이다. 뭔가 짚이는 구석이 있었다.

"아버님이 먼저 이 자리에 앉으셨죠?"

최 원장이 고개를 갸우뚱했다.

"그랬겠죠? 아버지가 앉으셔서 그 앞에 제가 앉는 식이었겠죠. 그러다 그게 굳어진 거구요."

"여기 앉아보셨어요? 식당 안이 다 보이는데."

"예? 예……."

앉아보았다는 건지 앉아보지 않았다는 건지 최 원장이 말끝을 흐렸다. 명희는 설렁탕을 거의 다 남겼다. 땀이 흐르고 몸이 까부라져서 밥을 먹을 기운이 없었다. 여전히 설렁탕 맛을 모르기도 했다. 만약 최 원장이 알고 있었다면, 설렁탕도 설렁탕이지만 자신의 아버지가 이곳에 오는 진짜 이유를 알고 있었다면, 어머니에게 의심받지 않기 위한 알리바이에 자신이 이용된 걸 알았다면, 아버지가 어린 최 원장 뒤의 거울로 슬쩍슬쩍 여주인의 모습을 훔쳐보고 있는 동안 어린 최 원장도 카운터에 서서 이쪽을 바라보는 여주인의 시선을 의식했다면, 아들도 아버지의 그 사랑을 알고 그 사랑에 동조를 해왔다면, 그걸 최 원장의 아내가 알고 있었다면. 그럼 최 원장이 앓아누운 아버지를 위해 설렁탕이 든 냄비의 손잡이를 들고 위태위태 골목을 빠져나오는 걸 알면서 끝내 편리한 밀폐용기가 있다는 걸 말해주지 않았을 수도 있었을 것이다.

후끈 단 공기가 명희의 발목을 휘감았다. 지루한 여름은커녕 지루한 장마도 아직 시작되지 않았다. 아무리 더워도 1994년 여름보다 더하지는 않을 것이다. 눈이 부셔 명희는 눈을 감았다. 최 원장이 앞서 걸었다. 모래주머니를 단 것처럼 다리가 무거워 그를 따라잡을 수가 없었다. 골목은 계속 이어졌다. 끝났다 싶으면 왼쪽으로 꺾어졌다. 다음엔 오른쪽이었다. 드디어 명희는 골목의 끝에 섰다. 시야가 확 트이며 바람에 흔들리는 푸른 파밭이 나타났다. 그런데 이를 어쩌지? 파꽃이 피었다. 꽃이 피면 파는 맛없어진다. 순간 파밭이 흔들리고 수만 개의 픽셀로 잘라지면서 폭발하듯 흩어졌다.

10년 전에 만난 그 남자가 말했다. "이제 우린 반환점을 돈 거죠." 명희 B가 코웃음을 쳤다. "꿈도 야무지네요, 80까지 살 거라고 생각해요?" 그 남자가 멋쩍은지 뒷머리를 긁었다. 반환점을 돌아야 하는데 반환점이 보이지 않았다. 저만큼 앞에서 반환점이 움직이고 있었다. 서른다섯에서 마흔으로, 10뒤엔 마흔다섯이 될까? 천진난만한 얼굴로 기상 캐스터가 말했다. "정말 지루한 삶이 이어질 겁니다." 붉은 머리 여자가 거울 밖으로 얼굴을 내밀고 물었다. "정말 아흔까지 살 거라고 생각해요?"

2인용 병실이었다. 브래지어 고리는 물론이고 블라우스 단추와 치마의 허릿단을 죄고 있던 후크까지 다 풀려 있었다. 입이 썼다. 혀뿌리에서 들큰하게 파맛이 났다. 최 원장은 더위 때문이라고 진찰했을 것이다. 하지만 명희가 생각하기에 땀 때문이었다. 그러니 더위 때문 아니냐고 최 원장이 말할지 모른다. 최 원장의 책을 만들면서 명희는 물론 사무실 후배들은 반 한의사가 다 되었다. 옷매무시를 고치고 구두를 신었다. 가방은 머리맡에 놓여 있었다. 복도엔 아무도 없었다. 한약 달이는 냄새가 낮게 가라앉아 있었다. 명희는 조용히 한의원을 빠져나왔다.

호르몬 때문일 수도 있었다. 여전히 밤엔 술 없이 잠이 오지 않았다. 하지만 자신이 올해 부쩍 땀을 흘리기 시작한 건, 아무래도 파 때문이라는 생각을 떨쳐버릴 수가 없다. 설렁탕을 먹을 때마다 듬뿍 파를 넣었다. 최 원장도 자신의 글에 써놓지 않았는가. 기회가 될 때마다 먹어두라고. 다만, 허약체질은 많이 먹지 말아야 한다고. 반년 새 허약체질이 되고 말았다. 너무 더웠다. 아직 본격적인 여름은 시작되지도 않았는데.

5.

명희가 태안으로 명희를 만나러 간 건 7월이 다 지나갈 무렵이었다.

서해고속도로를 벗어나 아산만 방조제 위를 달리는데 빗방울이 떨어지기 시작했다. 명희는 와이퍼를 작동시키면서 "지루한 장마가 시작되었습니다"라고 말해보았다. 문득 장마를 기다리고 있었다는 생각이 들었다.

그녀는 몇 번 태안에 왔었는데 그때마다 간조였다. 바다는 간데없고 갯벌이 드러나 있었다. 갯벌을 볼 때마다 그녀는 뒤숭숭해졌다. 과장을 좀 보태자면 자신의 내부가 만천하에 드러나는 듯한 기분이랄까. 언젠가 명희에게 그렇게 말했더니 시니컬한 대답이 돌아왔다. "야, 갯벌은 살아 있어, 몰라? 저 속에서 지금도 수많은 생물들이 꿈틀대며, 살기 위해. 응? 그런데 네 가슴은?"

솔바람 앞의 작은 주차장은 관광버스 한 대가 차지하고 있었다. 방금 도착한 듯 노란색 면티를 맞춰 입은 남녀 청년들이 우르르 내리더니 짐칸을 열고 짐들을 꺼내기 시작했다. 배낭부터 음료수와 라면, 부식 들이 든 상자와 채소가 든 커다란 비닐봉투가 끝없이 나와 마당에 봉우리처럼 쌓이고 있었다. 마지막으로 커다란 솥이 나왔을 때 그녀는 입을 벌렸다.

처마 밑에 서서 비를 피하며 목발을 짚지 않은 한 팔로 수신호를 보내고 있는 건 명희였다. 청년들이 출입구를 혼동하고 자꾸 살림집으로 들어가려 할 때마다 명희가 한 팔을 뻗어 객실 쪽을 가리켰다. 회복이 빠른 편인 듯했다. 3주 전에만 해도 꼼짝없이 누워 디펜드를 하고 있지 않았는가. 명희를 발견한 명희가 "야!" 하고 소리를 지르며 목발을 들고 휘둘렀다. 노란 티를 입은 청년들이 놀라 두 명희를 번갈아 보았다. 그 소란에 살림집 입구에서 누군가 거북이처럼 얼굴을 내밀었다. 명희 엄마였다. 그녀를 본 명희 엄마가 아니나 다를까 욕부터 내뱉었다.

"에구 이년아! 넌 좋은 날 다 놔두고 하필 이런 날 기어왔냐? 단체손님 들이닥칠 때."

교회의 청년부 수련회였다. 객실에 모여 통성기도를 마친 청년들이 펜션 밖으로 몰려나왔다. "바다다!" 노란 티를 입은 청년들이 일제히 함성을 지르며 해변 쪽으로 내달렸다. 가는 비가 내리고 있었다. 스크럼을 짜서 바다로 돌진하다 한 청년이 발을 헛딛고 고꾸라지는 바람에 다른 청년들도 덩달아 모래밭에 나뒹굴기도 했다.

키득키득 웃어대던 명희가 말했다.

"야, 윤이가 딱 저 애 같겠는데?"

"누구? 누구?"

"쟤! 키 크고 어깨 딱 벌어진 저 애……."

그녀는 그 애가 누군지 찾지 못하겠는데, 명희의 시선은 그 애를 좇고 있는지 이리저리 움직였다.

"야, 똑같은 면티를 입혀놨는데, 누군 저렇게 멋지고 누군……."

윤이를 닮았을 청년을 찾았지만 그녀의 눈에 노란 티를 입은 청년들은 다 비슷해 보였다.

하늘은 낮게 가라앉고 새 한 마리 보이지 않았다. 바다 끝에서 갯내가 밀려오고 있었다.

"윤이도 정말 멋지게 컸을까?"

"그럼그럼, 어려서도 달랐잖아. 귀티가 철철 흐르는 게."

그녀는 먼바다를 바라보았다. 해안과 바다를 구분하듯 크고 잔 바위들이 테두리처럼 둘러쳐져 있었다. 바위들마다 따개비들이 잔뜩 들러붙어 있을 것이다. 뛰어내려갈 때의 기세와는 달리 갯벌로 뛰어드는 청년은 몇 되지 않았다. 명희가 윤이를 닮았다고 한 청년, 누구일까. 여자애와 나란히 선 저 청년일까? 윤이도 사랑을 할까?

윤의 아빠나 그녀나 키가 크지 않았다. 게다가 윤이는 어려서도 입이 짧았다. 첫 이유식 때 딸기즙을 입에 대자마자 오만상을 찡그렸다. 명희가 말한 것처럼 키가 크고 어깨가 떡 벌어지게 자랐다면 그녀는 윤이를 한번에 알아보지 못할 것이다.

별안간 명희가 깔깔대고 웃었다. "야, 짬뽕." 짬뽕을 좋아했지만 윤의 아빠와는 먹으러 간 적이 없었다. 윤이를 가지고 짬뽕이 너무나 먹고 싶었다. 맛있는 짬뽕을 먹으러 명희의 극단이 있는 대학로까지 간 적이 있다.

"알랭 들롱 브로마이드가 있던 중국집. 연극제 참석하고 밤늦게 들어갔던 중국집." 그랬었나? 〈개를 데리고 다니던 여인〉을 공연하고 국립극장에서 내려오면서 중국집에 갔던 것도 같다. "다 짜장으로 통일했는데 너만 손을 반짝 들고 나, 짬뽕, 이랬잖아."

잘 기억나지 않는다. 짬뽕을 좋아하지만 자신이 아닌 것 같았다. 아니라고 했더니 명희가 "내 뒤통수가 기억한다"라고 말했다.

"나 그날, 선배 언니한테 뒤통수 맞았잖아."

"짬뽕 시킨 건 나라며?"

"그래, 짬뽕은 너였지."

명희 말에 의하면 29인분의 짜장과 1인분의 짬뽕을 주문받은 중국집은 그야말로 호떡집에 불이 났다. 한 번에 만들 수 있는 양이 있어, 만들어지는 대로 족족 안쪽에 앉은 사람들 앞에부터 놓여졌다. 짜장이 다 나왔지만 마지막 짬뽕 한 그릇 때문에 시간이 더 지체되었다. 나오는 대로 먼저 먹으면 되는데

3학년 회장 언니가 날이 날이니만큼 나오면 모두 같이 먹자고 했다. 명희가 젓가락으로 짜장을 건드린 건 불어서 덩어리가 되는 짜장의 면발을 풀어놓기 위한 거였는데 의리 없이 먼저 먹는다고 생각한 회장이 냅다 명희의 뒤통수를 쳤다고 했다.

"내가 뭐랬는 줄 알아? 개도 먹을 땐 안 건드려요, 안 건드린다구요."

둘 다 웃음이 터졌다. 다른 건 칼로 도려낸 듯 생각이 나지 않는데 희미하게 우리를 내려다보던 알랭 들롱의 얼굴은 떠오르는 것 같았다.

최 원장의 한의원에서 눈을 뜬 그날, 명희는 설렁탕집에서 보았던 붉은 머리 여자의 표정을 어디에서 봤는지 기억해냈다. "정말 아흔까지 살고 싶어요?" 붉은 머리 얼굴 위로 명희의 얼굴이 딱 겹쳤다. 명희에게 사랑에 빠졌노라고 막 고백을 한 뒤였다. 그녀는 울음부터 터졌다. 명희가 눈을 동그랗게 뜨고 그녀를 바라보았다. 그 사람이 누구냐면, 너도 아는데. 명희는 어쩌면 그녀가 제발 그 남자의 이름만큼은 말하지 않길 바랐을지도 모른다. 반환점을 돈다고 말한 남자의 이름을 듣는 순간, 명희는 오토바이를 타고 속도를 내며 다가온 누군가가 자신의 핸드백을 강취해 달아난 것을 알았다. 뒤쫓아가보려 했지만 다리가 움직이지 않았다.

"안 물어요."

명희가 목소리를 예쁘게 꾸며 말했다.

"뼈를 줘도 됩니까?"

그때와 역할이 바뀌었다. 그녀가 그 사랑을 위해 아이까지 포기하려 했을 때는, 〈개를 데리고 다니는 여인〉 속의 사랑 같은 건 사랑이 아니라고 고개를 절레절레 흔들던, 추잡하다고 역겹다고 말하던 때로부터 불과 14년밖에 흐르지 않았을 때였다. 붉은 머리 여자의 표정이 명희의 표정과 일치되는 순간 매듭이 풀리며 기억들이 리본테이프처럼 술술 풀려나왔다.

그 남자가 그녀와 명희가 있는 쪽으로 온 건 그녀 때문이 아니었다. 반환점을 돌았죠, 라고 말한 건 명희를 향해서였다. 명희도 그 남자의 진심을 알았다. 내색만 하지 않았을 뿐이었다. 그런데 그 남자의 관심이 자신에게 쏠리고 있다고 믿은 그녀는 순간 모든 것을 버릴 결심을 했던 것이다. 아직도 일생일대의 순간이었다고 자부하며 남들이 눈치챌 정도로 빛을 내기도 했던 것이다. 그녀가 그 남자를 사랑한다고 선수를 치는 바람에 명희는 지금까지 입을 다물고 있었다.

그와의 만남은 한 계절도 가지 못했다. 왠일인지 그는 그녀만큼 열성적이지 않았다. 앞으로 같이 넘어야 할 산이 한둘이 아닌데 시종일관 그는 시큰둥했다. 벼락처럼 찾아온 사랑은 그만큼 빨리 식었다. 그와의 만남이 극적으로 남은 건 순전히 이혼 때문이었다. 그와 헤어졌지만 남편에게 돌아가기는 싫었다.

그런데 왜 그런 오해를 한 걸까, 왜 그 남자가 명희가 아닌 자신에게 매력을 느꼈다고 생각했던 걸까. 그 알량한 오해 때문에 그녀는 집을 나왔고 윤과 헤어졌다. 10년째 윤을 보지 못했다. 게다가 명희의 인생마저 꼬이게 했다. 그날부터 조금씩 틀리기 시작해서 명희는 극단도 그만두었고 여러 일을 전전하다 결국 그토록 질색하던 엄마 옆으로 돌아왔다.

어느 순간 해변은 텅 비었다. 해변을 물들였던 노란 잔상만 아니라면 방금 청년들도 꿈처럼 느껴졌을 것이다. 명희와 명희는 해변에 나란히 앉아 있었다. "명희야." 그녀가 명희를 불렀다. 잠시 뒤 명희가 그녀를 불렀다. "명희야."

명희는 물이 차오르기를 기다렸다. 그렇게 한참 기다리다 보니 자신이 뭘 기다리고 있는지도 잊었다.

류보선 군산대학교 국어국문학과 교수

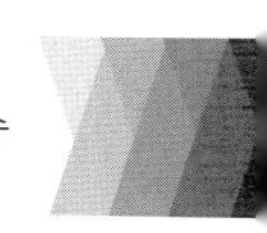

식별 불가능한 세계의 발견과 그 의미

이렇게 시작해보기로 하자. "하성란의 「개를 데리고 다니는 여인」은 어느 누구도 아닌 하성란의 소설이다"라고. 일찍이 한 비평가가 은희경 소설에 대해 "은희경은 하나의 장르다"고 한 적이 있다. 은희경 소설의 유별난 고유성 혹은 특이성을 지칭하고자 한 것일 터이다. 은희경 소설에는 다른 어떤 작가에게서 볼 수 없는 어떤 고유성이 있다는 것, 그러니까 은희경 소설은 어떤 이념화/상징화도 삼킬 수 없는, 그리고 다른 작가들이 결코 공유할 수 없는 은희경 소설만의 잔여물(indivisible remainder)을 가지고 있다는 것. 간혹 은희경의 소설처럼 기대 지평 저 너머에서 홀연히 나타나는 소설들이 있고 그럴 때 우리는 그 소설에 대해 "은희경의 소설은 은희경의 소설이다"와 같은 동어반복의 오류를 무릅쓰고 더 나아가 작가의 이름을 빌려 "은희경은 하나의 장르다"라는 표현을 쓸 수 있을 것이다. 은희경 소설만의 특이점이 넘쳐 "은희경의 소설은 은희경의 소설이다"라고 말할 수 있듯, 하성란의 소설에 대해서도 그렇게 말할 수 있다. 하성란의 소설은 하성란의 소설이다. 그리고 하성란의 모든 소설이 그러하듯, 하성란의 「개를 데리고 다니는 여인」 역시 하성란의 소설이다.

냉소와 위악이 은희경이라는 장르의 나눌 수 없는 잔여물이라면, 이야기(혹은 서사화)될 수 없는 것들에 천착은 하성란이라는 장르가 다른 작가들과 구분되는 특이성의 중핵이다. 겉으로 드러나는 하성란의 소설의 특이점은 여럿이다. 현재형 문체(초기의 경우), 현미경적 묘사, 말하지 않기 혹은 집요한 보여주기, 이름없는 인간들과 이름이 선명한 사물들, 도플갱어 모티브 혹은 분신 모티브, 동명이인 모티브, 그리고 최근에는 맛에 대한 히스테리적 집착에 이르기까지 다양하다. 언뜻 보면 이 요소들은 워낙 이질적이라 어떤 공통분모도 없는 듯 보인다. 하지만 깊이 들여다보면, 비록 하나의 개념으로 특칭하기는 힘들되, 이 이질적인 것들을 가로지르는 인식론을 찾아볼 수 있다. 바로 앞서 언급했던 이야기(혹은 서사화)될 수 없는 것들에 대한 천착이다. 하성란의 소설은 특이하게도 서사화에서 인간의 감옥 혹은 죽음을 발견한다. 한 사람의 삶이 과거에 있었던 몇 개의 사건을 중심으로 서사화되는 순간, 그 순간 그 개인은 자신의 정체성을 확립하는 듯하지만 실제로는 다른 사람과 나누어 가질 수 없는 그만의 비교 불가능하고 대체 불가능한 고유성의 흔적들은 모두 사라진다고 믿는다. 서사화란 곧 상징 질서에 집어삼켜지는 과정에 불과하며 그것이 이루어지는 순간 그 개인은 대타자의 욕망을 욕망하는 순종하는 신체로 전락한다. 그런 까닭에 하성란의 소설은 서사화될 수 없는 것들에 집착하는 한편 서사화되면서 사라진 희미한 그림자들, 맛들, 아우라들을 복원하고자 혼신의 힘을 다한다. 해서 하성란의 소설은 사소한 것에 집착하고 또 그것에 큰 의미를 부여하는 소인국의 무의미한 행동들의 전시장 같지만, 이 히스테리는 세상의 모든 차이와 신성한 디테일들, 그리고 살아가는 매 순간 각 개인이 벌이는 치열한 실존적 결단들을 간단하게 집어삼키는 상징 질서와의 힘겨운 싸움에 다름 아니다. 그러므로 하성란 소설이 벌이는 이 쉼 없는 히스테릭한 싸움은 인간이 진정으로 순종하는 신체에서 벗어날 수 있는 의미 있는 선택 중에 하나라 할 수 있으며, 하성란 소설이 문제적인 것은 바로 이 때문이다.

너무 반복하는 감이 없지 않지만 그래도 이렇게 말할 수밖에 없다. 하성란의 「개를 데리고 다니는 여인」은 전형적인 하성란 소설이다. 하성란 소설 특유의 현미경적 묘사가 있고, 동명이인을 활용한 분신 모티브가 자리하고 있으며, 거울

이미지 혹은 거울 형상이 배치되어 있고, 한 개인의 삶을 서사화할 때 배제될 수밖에 없으나 그러나 한 개인의 삶에 결정적인 순간이기도 한 '맛'에 대한 기억이 동원되기도 한다. 그런가 하면 정말 말하지 않는다. 말하지 않아도 너무 인색하게 말하지 않는다. 말하고자 하는 바를 말하지 않고 집요하게 보여주기만 한다고 할까. 그 결과 「개를 데리고 다니는 여인」은 하성란 소설이 항상 그러하듯 작중화자가 어느 시기에 우연히 경험한 일을 꼼꼼하게, 그러나 무심하게 옮겨놓은 듯하다. 흔히 많은 소설들이 뜻하지 않게 외설적으로 조우한 사건들을 인생의 전기가 되는 충격적인 사건으로 혹은 진리의 현현의 순간으로 강렬하게 그려내는 것과는 구분되며, 그래서 「개를 데리고 다니는 여인」은 나레이션이 없는 흑백화면을 보는 듯하다. 하지만 깊이 들여다보면 역시 이제까지의 하성란 소설이 그러하듯 인간의 개별성 모두를 집어삼키는 상징 질서와의 처절한 쟁투가 있다.

「개를 데리고 다니는 여인」은 명희를 친구로 둔 명희라는 작중화자가 유난히 더운 한여름에 겪은 어떤 경험에 관한 이야기다. 작중화자가 겪은 사건은 간단하다. 유난히 더운 여름 작중화자인 명희는 책 출간 문제로 최 원장이라는 한의사를 여러 번 만나고, 만날 때마다 설렁탕을 먹는다. 어느 정도인가 하면 "일생동안 먹어온 것에 버금갈 양의 설렁탕을 반년 만에 먹게 될" 정도다. 그렇게 최 원장을 여러 번 만나 계속 설렁탕을 먹다가 고등학교 때부터 친구인 명희가 아프다는 소식을 듣고 뒤늦게 태안엘 간다. 그리고 해안에 물이 차오르기를 기다리면서 "뭘 기다리고 있는지도 잊"은 채 무언가를 기다린다. 이것이 이 소설의 전부다. 겉으로 보자면 그렇다. 그래서 「개를 데리고 다니는 여인」은 정작 중요한 것이 덜 말해진 느낌을 준다. 우리에게 익숙한 소설의 문법에 기대어보자면, 적어도 무언가가 하나둘은 더 있어야 한다. 예컨대 둘 사이의 내밀한 감정의 교류라든가 서로에 대한 친밀성의 표현이라든가 하는 것. 아니면 이 소설의 전경화로 깔려 있는 〈개를 데리고 다니는 여인〉처럼 제도와 관습을 뛰어넘는 열정적 사랑에의 갈망과 갈등 같은 사랑의 드라마 같은 것 말이다.

하지만 작중화자와 최 원장은 사랑인 것도 아니고 사랑이 아닌 것도 아닌 이 식별 불가능한 상태를 견딘다. 이것을 견디는 것이 마치 진정한 친밀성의 경험이라도 되는 것처럼, 아니면 이것이야말로 대타자의 욕망을 욕망하는 것이 아니라 자신의 욕망을 욕망하는 유일한 길이라는 고집스레 믿는 것처럼. 작중화자는 최 원장을 만나는 동안 이전에 있었던 두 번의 사랑을 떠올린다. 한 번은 이혼한 남편과의 만남. 그러나 어느 날 문득 그녀는 그 남편과의 제도 안에서의 사랑이 굴레였음을 깨닫는다. 10년 전 서른다섯 살이 된 시점, 그녀는 '그 남자'를 만난다. 그 순간 "지금까지와 비슷한, 이미 봐온 익숙한 전경이 다시 펼쳐질 거란 생각을 하자 남편이 떠오르고 뭔가 목을 조여오듯 답답해"지는 것을 경험한다. 그녀는 남편을 두고 '그 남자'의 열정적 사랑을 꿈꾸나 그것 역시 좌절한다. '그 남자'는 작중화자가 아닌 그녀의 친구인 명희에게 애정을 가지고 있었던 것. 그 때문에 작중화자와 '그 남자'는 물론이고 친구 명희와 '그 남자'의 사이도 멀어진다. 그런데 문제는 남편과 아이를 포기할 정도로 강렬했던 사랑의 감정이 금방 식었다는 것. 5년이 더 흘러 만 마흔이 되었을 때 작중화자 그녀는 "그 남자의 어디가 매력적이었는지 떠"올리지 못하고 "단지 창피했다"는 감정만 건져 올린다. 그러니까 작중화자에게 최 원장과의 만남은 세 번째 사랑의 경험이라 부를 만한 것이다. 작중화자는 이제 최 원장과의 사이를 가로지르는 이 감정을 이전처럼 쉽게 식별하려고도 결정하려고도 하지 않는다. 아주 쉽게 사랑이라 획정하여 제도의 틀 안에 포획시키거나 역시 쉽게 획정하여 누군가에게 결정적인 불행을 안기려고도 하지 않는다. 다만 이 식별 불가능하고 결정 불가능한 상태를 자신의 감정의 출발점으로 삼아 그 식별 불가능하고 결정 불가능한 그것에 그녀 자신을 맡겨두려 한다.

일찍이 알랭 바디우는 "모든 주체는 언어가 실패하고 이념이 중단되는 지점에서 있는 힘을 다해 통과한다"고 한 적이 있다. 바디우가 사랑의 마법에 걸린 연인들에게 "인류 전체의 해방을 위해 노력하는 정치적 투사일 뿐만 아니라 예술가-창조자, 새로운 이론적 장을 여는 과학자"들과 마찬가지로 진리의 주체라는 지위를 부여한 것은 사랑의 마법에 걸린 연인들이야말로 언어가 실패하고 이념이 중단되더라도 어떻게든 그 지점을 온 힘을 다해 통과하려 하기 때문일 것이다. 그런 점에서 보자면「개를 데리고 다니는 여인」의 작중화자가 최 원장에게 느끼는 깊은 감정은 이제까지와는 또 다른 연대의 방식 혹은 사랑의 형식일지도 모른다. 이전에 살아온 그녀의 삶 전부를 반성하게 하고 그러면서 이전과는 또 다른 친밀성의 형식을 발명하게 하는 만남이 이 둘 사이의 만남이라면, 이제 사랑마저 제도화되어 그것에 순응하는 것은 물론 또 그것을 전면적으로 거부하는 것도 사랑이라 하기 어려운 이 시대에 이 둘의 만남은 이 시대의 진정한 '사랑의 참 모습'이 아닐까.

마지막으로 한 번만 더 반복하자. 이제까지 살펴보았듯 하성란의「개를 데리고 다니는 여인」은 하성란의 소설이다. 그런 까닭에「개를 데리고 다니는 여인」은 말할 바를 분명하게 말하지 않는다. 그러나 그렇다고 해서「개를 데리고 다니는 여인」에 말하고자 하는 바가 없는 것은 아니다. 꼼꼼히 읽어보면「개를 데리고 다니는 여인」은 어떤 담론이나 이야기에 당연히 배제될 수밖에 없는 각 개인들의 마음의 무늬 혹은 마음의 섬세한 파장들을 집요하게 묘사한다. 그리고 그를 통해 이곳에 사는 우리들은 결코 순종하는 신체들이 아님을 증명하고자 한다. 그리고 그러니 모든 개별성을 집어삼키는 언어/이념, 혹은 상징화/이념화의 일방적인 호명에 순응하지 말고 우리 모두가 생애 순간순간마다 느끼는 마음의 파장들을 믿자고 말한다. 그것은 분명 식별 불가능하고 결정 불가능한 것이어서 지속하기 힘들지만 하지만 그것을 견디는 것이야말로 진정 주체일 수 있는 길이라고 말이다. 하성란의「개를 데리고 다니는 여인」은 이처럼 우리가 쓸모없는 실존으로 격하한 마음의 무늬들에게서 우리들의 진정한 실존 가능성, 더 나아가 탈-존 가능성을 제시해주거니와, 이런 점에서 가볍게 읽을 소설이 아니다. 어떤가. 하성란이라는 장르가 여전히 우리 곁에 있다는 것이. 곤혹스러우면서도 즐겁지 않은가.

2015 올해의
문제소설